Die Nähe zwischen uns

Das Buch

Jeden Morgen verlässt Bhima, eine Hausangestellte im heutigen Bombay, ihre kleine Behausung in den Slums, um nach dem Haushalt von Sera Dubash zu sehen. Seit über zwanzig Jahren schon kümmert sich Bhima, die ihre eigene Familie verloren hat, um das Wohlergehen der Dubashs aus der parsischen Oberschicht und gehört quasi zur Familie.

Trotz der Klassenunterschiede sind Bhima und Sera in all den Jahren zu engen Vertrauten geworden und helfen einander, wo sie können. Beide Frauen haben eine unglückliche Ehe ohne Liebe führen müssen und teilen ein ähnliches Schicksal. Nur durch Seras großzügige finanzielle Unterstützung kann Bhimas Enkeltochter Maya ein richtiges College besuchen. Doch dann wird Maya zum großen Entsetzen Bhimas schwanger, von einem Mann, dessen Identität sie verheimlicht. Bhimas Träume von einem besseren Leben für Maya scheinen für immer zerschlagen …

Die Autorin

Thrity Umrigar schreibt als Journalistin u. a. regelmäßig für die *Washington Post* und den *Boston Globe* und unterrichtet Creative Writing und Journalismus an der Case Western Reserve University. *Die Nähe zwischen uns* ist ihr erster Roman in deutscher Sprache. Thrity Umrigar lebt in Cleveland, Ohio.

Thrity Umrigar

Die Nähe zwischen uns

Roman

Aus dem Englischen von Svenja Geithner

List Taschenbuch

Besuchen Sie uns im Internet:
www.ullstein-taschenbuch.de

Mix
Produktgruppe aus vorbildlich bewirtschafteten Wäldern und anderen kontrollierten Herkünften
www.fsc.org Zert.-Nr. GFA-COC-1223
© 1996 Forest Stewardship Council
FSC

Dieses Taschenbuch wurde auf FSC-zertifiziertem Papier gedruckt. FSC (Forest Stewardship Council) ist eine nichtstaatliche, gemeinnützige Organisation, die sich für eine ökologische und sozialverantwortliche Nutzung der Wälder unserer Erde einsetzt.

Ungekürzte Ausgabe im List Taschenbuch
List ist ein Verlag der Ullstein Buchverlage GmbH, Berlin
1. Auflage Januar 2008

Titel der amerikanischen Originalausgabe:
The Space Between Us (William Morrow, New York)
Umschlaggestaltung und Konzeption: RME Roland Eschlbeck und Kornelia Rumberg, nach einer Vorlage von HildenDesign, München
Titelabbildung: © Stephen P. Huyler, Camden
Satz: Pinkuin Satz und Datentechnik, Berlin
Gesetzt aus der Bembo
Papier: Munkenprint von Arctic Paper Munkedals AB, Schweden
Druck und Bindearbeiten: Clausen & Bosse, Leck
Printed in Germany
ISBN 978-3-548-60757-3

Für die echte Bhima und die Millionen, die ihr ähneln

Prolog

Die hagere Frau im grünen Sari stand auf den glitschigen Klippen und starrte auf die dunklen Fluten ringsum. Der warme Wind zerrte an ihrem schütteren Haar und löste Strähnen aus ihrem Knoten. Die Geräusche der Stadt hinter ihr waren kaum noch zu hören, gedämpft vom gleichmäßigen Plätschern des Wassers um ihre bloßen Füße herum. Von den Krabben abgesehen, die sie überall auf den Felsen rastlos umherlaufen hörte, war sie alleine hier – allein mit dem sanften Meeresrauschen und dem sichelförmigen Mond, der wie ein Lächeln hoch oben am Nachthimmel stand. Ihre Hände waren leer, nun da sie die mit Helium gefüllte Fracht freigegeben und ihr nachgesehen hatte, bis auch der letzte Ballon von der nächtlichen Dunkelheit über Bombay verschluckt worden war. Ihre Hände waren jetzt leer, so leer wie ihr Herz – das einer ausgehöhlten Kokosnuss ohne Fruchtfleisch glich.

Während sie vorsichtig über die Felsen balancierte und spürte, wie die aufkommende Flut züngelnd an ihren Füßen leckte, blickte die Frau zum tintenschwarzen Himmel hinauf, in der Hoffnung, von dort eine Antwort zu erhalten. Hinter ihr lagen die im Dunkel versunkene Stadt und ein Leben, das sich in diesem Augenblick romanhaft und unwirklich anfühlte; vor ihr die kaum sichtbare Nahtlinie, an der sich Meer und Himmel trafen. Sie konnte nun mühselig über diese Klippen wieder nach oben klettern, über die Betonmauer steigen und zurückkehren in die Welt; konnte wieder teilhaben am irrwitzigen, rastlosen, unberechenbaren Pulsen der Stadt. Oder sie konnte ins Meer gehen, das wartend vor ihr lag, konnte seinem Locken erliegen, sich von seinem vertrauten Raunen überwältigen lassen.

Erneut sah sie zum Himmel empor, auf der Suche nach einer Antwort. Doch das Einzige, was sie hörte, war das gewohnte Pochen ihres eigenen pflichtbewussten Herzens …

Erstes Buch

∾ 1 ∾

Obschon ein lichter, neuer Tag anbricht, lauert in Bhimas Herzen bereits die Dunkelheit.

Sie rollt sich auf der dünnen, am Boden liegenden Baumwollmatratze auf die linke Seite und setzt sich ruckartig auf, wie sie es jeden Morgen tut. Dann hebt sie eine knochige Hand über den Kopf, gähnt und rekelt sich, worauf ihr ein säuerlicher Geruch aus der Achselhöhle in die Nase weht. Einen müßigen Augenblick lang sitzt sie auf dem Rand der Matratze, die schwieligen Füße flach auf dem Lehmboden, die Knie angewinkelt, den Kopf entspannt auf die verschränkten Arme gelegt. In diesen Minuten ist sie beinahe ruhig innerlich, ihr Geist wunderbar frei und unbelastet von den Widrigkeiten, die sie an diesem Tage erwarten und wohl auch am nächsten und übernächsten ... Um diesen glückseligen, von keinem Gedanken beschwerten Zustand noch ein Weilchen zu genießen, greift Bhima geistesabwesend nach der Büchse Kautabak, die sie neben ihrem Bett aufbewahrt, und steckt sich einen kleinen Priem in den Mund, der ihre hagere Wange ausbeult wie ein Kricketball.

Doch Bhimas Idylle ist von kurzer Dauer. Im ersten schwachen Lichtschimmer des neuen Tages sieht sie, wie Maya sich im anderen Teil der Hütte auf ihrer Matratze zu regen beginnt. Das Mädchen murmelt im Schlaf vor sich hin und gibt leise, wimmernde Laute von sich, und unwillkürlich überkommt Bhima ein Gefühl der Milde, und ihr Herz schmilzt, wie damals vor vielen Jahren, wenn sie Mayas Mutter Pooja die Brust gab. Von Mayas welpenhaften Lauten getrieben, erhebt sie sich mit einem ergebenen Seufzer von ihrer Matratze und schlurft zu ihrer Enkelin hinüber. Doch in der Sekunde, die sie braucht, um die kleine Hütte zu durchqueren, schlagen Bhimas Gefühle um, und die weichen, mütterlichen Regungen, die sie gerade noch verspürt hat, werden von jener harten, erbarmungslosen Wut verdrängt, die schon seit Wochen in ihr gärt. Hoch aufgerichtet steht sie über dem schlafenden Mädchen, das jetzt leise schnarcht, ahnungslos, dass seine Großmutter mit zornfunkelnden Augen auf seinen leicht gewölbten Bauch starrt.

Ein rascher Tritt, sagt sich Bhima im Stillen, ein rascher Tritt in den Bauch, gefolgt von einem weiteren und noch einem, und alles ist vorüber. Schau sie dir an, wie sie da liegt und schläft, wie eine schamlose Hure, als könnte nichts auf der Welt sie bekümmern. Als hätte sie nicht mein Leben auf den Kopf gestellt. Bhimas rechter Fuß zuckt bereits bei der Vorstellung; ihre Wadenmuskeln spannen sich an, als sie den Fuß ein paar Zentimeter vom Boden hebt. Es wäre so einfach. Und verglichen mit dem, was so manch andere Großmutter mit Maya anstellen würde – ein kurzer Stoß in einen offenen Brunnenschacht, ein Benzinkanister und ein Zündholz, der Verkauf an ein Freudenhaus –, wäre dies höchst human. Auf die Weise würde Maya am Leben bleiben, würde weiter aufs College gehen und einen Weg einschlagen, wie ihn Bhima nie kennen gelernt hatte. So war es geplant, und so war es auch bisher gewesen, bis dieses Schaf von einem Mädchen, dieses Mädchen mit dem großen Herzen und nun dem dicken Bauch, so dumm war und sich schwängern ließ.

Maya lässt plötzlich ein lautes Schnauben hören, und Bhimas erhobener Fuß sinkt zu Boden. Sie kauert neben dem schlafenden Mädchen nieder und rüttelt es an den Schultern. Als Maya noch aufs College ging, ließ Bhima sie immer so lange wie möglich schlafen, bereitete jeden Sonntag *gajar halwa* für sie, tischte ihr jeden Abend die größten Portionen auf. Wann immer Serabai Bhima eine Leckerei schenkte – Cadbury-Schokolade oder jenes weiße Zuckerwerk mit Pistazien aus dem Iran –, bewahrte sie diese Köstlichkeiten auf, um sie Maya mitzubringen, obwohl ihr Serabai gewöhnlich ohnehin etwas für Maya mitgab. Doch seit Bhima über die Schande ihrer Enkelin im Bilde ist, hat sie das Mädchen stets früh geweckt. An den letzten Sonntagen hat Maya kein *gajar halwa* bekommen, und sie hat auch nicht nach ihrer Lieblingsnachspeise gefragt. Vor einigen Tagen hat Bhima dem Mädchen sogar aufgetragen, sich anzustellen und ihre zwei Töpfe an der öffentlichen Wasserstelle zu füllen. Maya hat protestiert und sich unwillkürlich den Bauch gerieben, doch Bhima hat den Blick abgewandt und gesagt, die Leute im *basti* würden ohnehin bald von ihrer Schande erfahren, wozu sie also verbergen?

Maya rollt sich im Schlaf auf die andere Seite, sodass ihr Gesicht nur wenige Zentimeter von der Stelle entfernt ist, an der Bhima hockt. Mayas junge, weiche Hand tastet nach Bhimas dürrer, faltiger, sie zieht sie an sich und hält sie zwischen Kinn und Brust fest. Ein Speichelfaden tropft auf Bhimas gefangene Hand, und die alte Frau spürt, wie ihr milder zumute wird. So war Maya seit jeher – anlehnungsbedürftig, zärtlich, vertrauensvoll. Trotz des Leids, das sie in ihrem jungen Leben schon erfahren hat, hat sich Maya ihr sanftes, unschuldiges Wesen bewahrt. Mit der freien Hand streicht Bhima über Mayas üppiges, seidiges Haar, das so anders ist als ihre eigenen schütteren Strähnen.

Die leisen Klänge eines Transistorradios dringen ins Zimmer, und Bhima flucht still in sich hinein. Für gewöhnlich steht sie zu der Zeit, da Jaiprakash sein Radio einschaltet, bereits an der Wasserstelle an. Das heißt, sie ist spät dran heute Morgen. Serabai wird außer sich sein vor Zorn. Diese dumme, faule Göre hat sie aufgehalten. Bhima entzieht Maya jäh ihre Hand, ohne sich darum zu scheren, ob sie von dem Ruck erwacht. Doch das Mädchen schläft weiter. Bhima springt auf, und dabei knackt ihre linke Hüfte vernehmlich. Einen Augenblick lang steht sie reglos, in Erwartung der Schmerzwelle, die dem Knacken folgt, doch heute ist ein guter Tag. Keine Schmerzen.

Bhima nimmt die zwei Kupfertöpfe und öffnet die Haustür. Sie bückt sich, um zu der niedrigen Tür hinauszugehen, und zieht sie dann hinter sich zu. Sie will nicht, dass die lüsternen jungen Männer, die hier im Viertel leben, im Vorbeigehen begehrliche Blicke auf ihre schlafende Enkelin werfen. Einer von ihnen ist vermutlich der Vater des Babys … Bhima schüttelt den Kopf, um die düsteren Gedanken loszuwerden, die sich heimtückisch in ihr Hirn einschleichen.

Bhimas Eingeweide rumoren, und sie schnalzt mit der Zunge. Nun muss sie erst zu den öffentlichen Toiletten hinüber, bevor sie zur Wasserstelle geht, und die Schlange wird noch länger sein. Normalerweise versucht sie, ihren Stuhlgang zurückzuhalten, bis sie bei Serabai ist, wo es richtige Toiletten gibt. Doch es ist ja noch früh genug, die Zustände dürften eigentlich noch nicht allzu schlimm sein. Ein paar Stunden später fände man kaum noch einen Weg zwischen den gewaltigen Scheißhaufen, die die Slumbewohner auf dem Lehmboden der Gemeinschaftstoilette hinterlassen. Nach all den Jahren dreht es Bhima angesichts der Fliegen und des Gestanks noch immer den Magen um. Die Slumbewohner haben sich darauf verlegt, die Haridschan, die am anderen Ende der Slumsiedlung lebt, dafür zu bezahlen, dass sie jeden Abend ihre Haufen einsammelt. Bhima sieht sie ab und an, wie sie auf dem Boden kauert und die zertretenen Kotfladen mit ihrem Besen in einen mit Zeitungspapier ausgelegten Weidenkorb kehrt. Gelegentlich begegnen sich ihre Blicke, und Bhima hat es sich zum Prinzip gemacht, ihr freundlich zuzulächeln. Anders als die meisten Slumbewohner hält Bhima sich nicht für etwas Besseres als diese arme Frau.

Bhima erledigt ihr Geschäft und macht sich auf den Weg zur Wasserstelle. Als sie die lange Schlange sieht, die sich an den schäbigen, schwarzen Hütten mit den geflickten Blechdächern entlangwindet, stöhnt sie. Im Morgenlicht tritt das Elend der Slumsiedlung noch deutlicher zu Tage. Die offenen Abflussrinnen mit ihrem modrigen, beißenden Gestank, die dunklen Zeilen schiefer Baracken, die ausgezehrten Männer, die überall mit offenen Mündern herumlungern, benommen vom Suff – all das wirkt im hellen Licht eines neuen Tages noch bedrückender. Unwillkürlich schweifen Bhimas Gedanken zurück zu alten Zeiten, als sie mit ihrem Ehemann Gopal und ihren beiden Kindern in einer Mietskaserne wohnte, wo Wasser aus einem Hahn in der Küche sprudelte und sie die Toilette nur mit zwei weiteren Familien teilen mussten.

Bhima will sich gerade am Ende der Schlange anstellen, als Bibi sie erspäht. »Hey, Bhima *mausi*«, ruft sie. »Komm hier vor, los. Hab eigens für dich einen Platz freigehalten.«

Bhima lächelt dankbar. Bibi ist eine fettleibige, asthmatische Frau, die vor zwei Jahren in den Slum gezogen ist und Bhima sofort als eine Art ältere Tante adoptiert hat. Bhima ist schweigsam und zurückhaltend, Bibi dagegen laut und schrill. Keiner kann Bibi allzu lang böse sein – ihre Hilfsbereitschaft, ihre gutmütige Art, Alt und Jung zu necken, haben sie zu einer der beliebtesten Slumbewohnerinnen gemacht.

Bhima arbeitet sich bis zu der Stelle vor, wo Bibi steht. »Hier«, sagt Bibi und nimmt Bhima einen ihrer Töpfe ab, obwohl sie selbst schon zwei trägt. »Reih dich hier ein.«

Der Mann hinter ihnen fühlt sich bemüßigt zu protestieren. »He, Bibi, das ist hier nicht der Deccan-Express, wo es Erste-Klasse-Reservierungen für irgendwelche feinen Pinkel gibt«, knurrt er. »Keiner darf sich einfach so vordrängeln.«

Bhima spürt, wie ihr die Röte ins Gesicht schießt, doch Bibi streckt die Hand aus, um sie zu bremsen, und wirbelt zu dem Nörgler herum. »Qua, qua, qua«, sagt sie laut. »Mr. Deccan Express hier ärgert sich über Leute, die sich vordrängeln. Aber schon in ein, zwei Stunden, wenn Bhima *mausi* hart schuftet, wird er die Pinte unseres Bootleggers ansteuern. Und wenn der Alkohol heute knapp ist, gottbewahre, dann wollen wir mal sehen, ob er sich vordrängelt oder nicht.« Die Menge rundum kichert.

Der Mann tritt nervös von einem Fuß auf den anderen. »Ist ja schon gut, Bibi, brauchst mich nicht gleich niederzumachen«, grummelt er.

Bibis Stimme wird nur noch lauter. »*Arrey, bhai sahib,* wer macht dich denn nieder? Ich sage doch nur, dass du offenbar ein Mann bist, der reichlich Muße hat, ein wohlhabender Mann. Wenn du deine Tage gern in der Hütte des Schwarzbrenners zubringst, ist das deine Sache. Aber die arme Bhima hier, die hat nicht so einen tüchtigen Ehemann wie dich, der ihr den Rücken freihält. Wir wissen ja alle, wie großartig du deine Frau unterstützt. Na, wie auch immer, Bhima *mausi* muss pünktlich zur Arbeit. Und ich hätte nicht gedacht, dass ein Gentleman wie du was dagegen hat, dass sie ihre Töpfe vor dir füllt.«

Die Menge johlt jetzt vor Vergnügen. »*Ae,* Bibi, du bist wirklich eine Wucht, *yaar:* Spitze, einfach einsame Spitze«, sagt einer der jungen Männer, die den ganzen Tag faul herumlungern.

»Wer braucht da noch Atomwaffen?«, wirft ein anderer ein. »Ich sag dir, Kumpel, sie sollten Bibi einfach in Kaschmir von der Leine lassen. Da bringen ihre feurigen Reden die Schneemassen zum Schmelzen.«

»He, wartet mal, ich hab's«, meldet sich Mohan zu Wort, der siebzehnjährige Junge, der in der Baracke schräg gegenüber von Bibi wohnt. »Ein perfekter Song zum Thema. Hört mal her:

Die Atombombe, rief Indien, vergesst,
Unsre neue Waffe wütet in Pakistan wie die Pest,
Nicht nur Mr. Deccan Express verging jüngst Hören und Sehen,
Auch bei euch wird kein Stein auf dem andern mehr stehen.«

Ein Mann, den Bhima nicht kennt, klopft Mohan auf den Rücken. »*Arrey, ustad,* bist ja 'n echtes Genie. Der private Hofdichter unseres Slums. Und siehst auch noch aus wie ein Filmstar; du solltest Songs schreiben und singen. Stell dir das vor, die Statur eines Sanjay Dutt und die Stimme eines Mohammad Rafi. Bei der Filmpreisverleihung in Bombay wärst du der einsame Gewinner, das sag ich dir.«

Bhima muss unwillkürlich lächeln. »Nun ist's aber gut, ihr Taugenichtse«, erklärt Bibi grinsend. »Jetzt lasst uns in Frieden.«

Als Bhima schließlich wieder bei ihrer Hütte ankommt, macht Maya gerade Teewasser auf dem Gaskocher heiß. Als sie die Minzblätter ins kochende Wasser gibt, knurrt Bhima der Magen. Die beiden putzen sich vor der Hütte eilig die Zähne. Maya benützt eine Zahnbürste, doch Bhima streut einfach das Zahnpulver auf ihren Zeigefinger und reibt damit kräftig ihre verbliebenen Zähne. Sie spucken in die offene Abflussrinne, die an ihrem Haus vorbeiführt. Bhima taucht rasch einen Plastikbecher in einen der Kupfertöpfe und wäscht sich, ohne die Kleidung abzulegen. Sie wird feuerrot vor Scham, als sie den Mann in der Baracke gegenüber bemerkt, der sie anstarrt, während sie eine Hand unter die Bluse schiebt, um sich unter den Achseln zu waschen. Schamloser Kerl, murmelt sie vor sich hin. Benimmt sich, als hätte er weder Mutter noch Schwester.

Als Bhima wieder in die Hütte tritt, gießt Maya den Tee in Gläser. Sie hocken sich auf den Boden, blasen in den heißen Tee und stippen ein Stück Brot hinein. »Gut, der Tee«, bemerkt Bhima. Es ist das Erste, was sie an diesem Morgen zu Maya sagt. Dann, als könnte sie den dankbaren Blick des Mädchens nicht ertragen, fügt sie hinzu: »Sieht aus, als sei wenigstens irgendwas hängen geblieben von dem, was ich dir beigebracht habe.«

Maya zuckt zusammen, und ihr Gesicht nimmt wieder einen wachsamen Ausdruck an. Bhima beschleicht ein Gefühl der Reue, aber sie empfindet auch eine gewisse Genugtuung und spürt das Verlangen, noch ein bisschen stärker in der Wunde herumzustochern.

»Und, was wirst du heute den ganzen Tag lang treiben?«

Maya zuckt die Achseln.

Das Achselzucken versetzt Bhima in Rage. »Oh, stimmt, ich vergaß, *memsahib* geht ja nicht mehr aufs College«, sagt sie, den Blick zur Wand gerichtet. »Nein, jetzt wird sie einfach nur den lieben langen Tag wie eine Königin herumsitzen und sich und ihren … ihren Bankert mästen, während ihre arme Großmutter sich im Haus anderer Leute abrackert. Alles, damit sie den kleinen Dämon ernähren kann, der im Bauch ihrer Enkelin heranwächst.«

Wenn Bhima Salz in offene Wunden streuen wollte, so hat sie ihr Ziel erreicht. Maya stöhnt gequält, als sie sich mühsam vom Boden erhebt, und verzieht sich in die hinterste Ecke des kleinen Raumes. Sie lehnt sich an die Blechwand, die Hände um den Bauch gelegt, und beginnt leise zu schluchzen.

Bhima würde das weinende Mädchen am liebsten an ihr Herz drücken, es im Arm halten und zärtlich streicheln, wie früher, als Maya noch klein war; würde ihm gerne verzeihen und es ihrerseits um Verzeihung bitten. Doch sie ist außerstande. Wäre sie nur zornig, so könnte sie über ihren Schatten springen und ihrer Enkelin die Hand zur Versöhnung reichen. Doch der Zorn ist lediglich die Spitze des Eisbergs. Darunter lauert die Angst – eine Angst, die so unendlich groß und grau und gewaltig ist wie das Arabische Meer; es ist die

Angst um dieses einfältige, unschuldige, schwangere Mädchen, das hier schluchzend vor ihr steht, und um das ungeborene Kind, das auf die Welt kommen wird zu einer Mutter, die selbst noch ein Kind ist, und zu einer Großmutter, die alt und zu Tode erschöpft ist; einer Großmutter, die der Verluste überdrüssig ist, des Liebens und des Verlierens, die den Gedanken an einen weiteren Verlust und einen weiteren Menschen, den sie lieben muss, nicht mehr erträgt.

Daher starrt sie wie betäubt auf das weinende Mädchen und zwingt sich, die Pfeile, die Maya mit ihrem Schluchzen verschießt, an sich abprallen zu lassen. »Selbst Tränen sind Luxus«, sagt sie, ist sich aber nicht sicher, ob sie es laut ausgesprochen oder nur bei sich gesagt hat. »Ich neide dir deine Tränen.«

Die nächsten beiden Sätze sagt sie durchaus bedacht: »Wenn du dich gut genug fühlst, schau doch später mal bei Serabai vorbei. Sie fragt andauernd nach dir.«

Doch obwohl sie in Tränen aufgelöst ist, schüttelt Maya voller Abwehr den Kopf: »Ich hab's dir doch schon erklärt, Ma-ma«, fügt sie hinzu. »Ich gehe den ganzen Tag nicht aus dem Haus, wenn du fort bist.«

Bhima gibt auf. »Okay, dann sitz eben zu Hause, während deine alte Großmutter von früh bis spät schuftet«, erwidert sie und steht auf. »Mäste dein Baby mit meinem Blut.«

»Ma-ma, bitte«, schluchzt Maya und presst sich die Hände auf die Ohren, wie sie es immer tat, als sie klein war.

Bhima zieht die Tür hinter sich ins Schloss. Sie hätte gute Lust, sie zuzuknallen, beherrscht sich aber. Es braucht schließlich keiner im *basti* etwas von ihren familiären Problemen mitzubekommen. Sie werden noch früh genug von der Schande erfahren, die Maya auf sich geladen hat, und dann werden sie wie die Aasgeier über sie herfallen. Wozu diesen Tag vorzeitig heraufbeschwören?

Als Bhima sich auf den Weg zu Serabai macht, bläst ihr ein kühler Morgenwind ins Gesicht, und sie senkt fröstelnd den Kopf. Der Stand der Sonne verrät ihr, dass sie spät dran ist. Serabai wird darauf brennen zu erfahren, was sich gestern zugetragen hat. Bhima beschleunigt ihren Schritt.

2

Sera Dubash blickt flüchtig auf den Korb Zwiebeln, der neben dem Fenster hängt, und dann auf die große Küchenuhr. Schon wieder zu spät. Bhima ist schon wieder zu spät dran. Sie muss wirklich mit Bhima über dieses tägliche Zuspätkommen sprechen. Schließlich ist sie, Sera, dafür verantwortlich, dass Dinaz' und Virafs Mittagsverpflegung jeden Morgen rechtzeitig fertig wird, und dazu braucht sie Bhimas Hilfe. Gestern sind beide Kinder zehn Minuten zu spät zur Arbeit aufgebrochen, weil ihre Lunchpakete nicht fertig waren. Sera musste Viraf inständig bitten, vorsichtig zu fahren und nicht zu vergessen, dass seine Frau ihr erstes Baby erwartet. »Jaaa, ist ja gut, Mama«, sagte Viraf lächelnd und drückte Sera einen flüchtigen Kuss auf die Wange. »Wir wissen alle, dass auf Dinaz' Bauch die Worte ›Vorsicht, zerbrechlich!‹ eintätowiert sind.«

Als sie über die Schwangerschaft ihrer Tochter nachsinnt, muss Sera an Maya denken und hat ein schlechtes Gewissen wegen ihres Vorsatzes, Bhima eine Strafpredigt zu halten. Arme Bhima, denkt sie. Als wäre ihr Leben nicht schon hart genug, muss nun auch noch die Enkelin ihren Kummer vermehren. Wer hätte geahnt, dass ein braves Mädchen wie Maya zu solchen Dummheiten fähig sei? Sera fragt sich, was sich wohl gestern in Mayas College abgespielt hat. Sie kann es kaum erwarten, die jüngsten Neuigkeiten von Bhima zu erfahren, und blickt abermals ungeduldig auf die Uhr.

Dann seufzt sie. Sie verabscheut Zwiebelhacken, doch wenn die Omeletts für die Kinder rechtzeitig fertig werden sollen, muss sie sich ans Werk machen. Wer weiß, wann Bhima heute auftaucht.

Sera nimmt sich eine mittelgroße Zwiebel, und als sie die durchscheinende Haut abgezogen hat, beginnen ihre Augen zu tränen. Sie greift nach dem größten Messer in der Schublade. Besser, sie bringt die Sache so schnell wie möglich hinter sich. Vor Jahren war Feroz einmal hinter ihr aufgetaucht, als sie sich in der Küche zu schaffen machte, und hatte gesagt: »Mein Gott, Sera. Du hackst ja Zwiebeln, als würdest du Köpfe abhacken. So rabiat.«

»Ich würde lieber Köpfe abhacken als Zwiebeln hacken«, hatte sie erwidert. »Da müsste ich vermutlich weniger weinen.« Und Feroz hatte gelacht. Das war in alten Zeiten gewesen, als es ihr noch gelungen war, Feroz zum Lachen zu bringen.

Sera hört Viraf in seinem Schlafzimmer unmelodisch pfeifen, und seine schrägen Töne entlocken ihr ein Lächeln. Sie sieht im Geiste ihren jungen, gut aussehenden Schwiegersohn vor dem mannshohen Spiegel stehen, wo er seine Krawatte zurechtrückt und sich mit einer lässigen Geste durch das volle Haar fährt. Es hat etwas Wunderbares, einen Mann zu hören, der sich zurechtmacht, um voller Tatendrang in den Tag zu starten, denkt Sera. Anders als Feroz erzeugt Viraf Lärm und sorgt dafür, dass man seine Anwesenheit bemerkt. Er lässt seine Haarbürste fallen und murmelt ein leises »Verdammt!«; er singt in der Dusche alte Beatles-Songs; er gurgelt kräftig, wenn er sich die Zähne putzt; brüllt nach Dinaz, sie solle ihm eine frische Flasche Shampoo bringen; und kommt geräuschvoll in die Küche gestapft, mit Rasiercreme im Gesicht und einem Handtuch um die Taille. Feroz dagegen lebte wie ein Dieb in seinem eigenen Haus – er kleidete sich im Badezimmer vollständig an, bevor er auf der Bildfläche erschien, und verließ dann ohne einen weiteren Blick in den Spiegel das Schlafzimmer.

Sera schlägt zwei Eier auf, verquirlt sie in einer Schüssel und gibt Zwiebeln, Knoblauch, Koriander sowie eine Prise Chilipulver hinzu. Das heiße Öl in der Bratpfanne zischt, als sie die Masse hineingießt. So, eins wär schon mal geschafft, jetzt noch Numero zwei. Sera überlegt, ob sie zwei weitere Omeletts für sich und Bhima machen soll; doch die Vorstellung, noch mehr Zwiebeln hacken zu müssen, hält sie davon ab. Vielleicht sollte sie Knoblauchomeletts für sie beide bereiten. Als sie nach dem Brotkasten greift, fällt ihr wieder ein: Keine Stärke. Diese Proteindiät, der sich Viraf und Dinaz gerade unterziehen, macht die Essensplanung schwierig. Sie schaut im Kühlschrank nach, was sie den Kindern noch mitgeben kann.

»Meine Güte, Mummy, vielen, vielen Dank. Hättest du doch was gesagt, ich hätte die Zwiebeln für dich hacken können«, ruft Dinaz, als sie in die Küche kommt.

»Um dann stinkend wie ein parsisches Lokal zur Arbeit zu fahren?« Sera schmunzelt. »Nein, wenn du mir wirklich helfen willst, sag mir, was ich dir noch einpacken kann, *deekra*. Ein Ei ist einfach nicht genug …«

»Das ist mehr als genug. Wirklich.«

»*Arrey,* Dinaz, ein Ei mag vielleicht genug für dich sein, aber nicht für deine bessere Hälfte«, entgegnet Sera. »Er ist schließlich ein ausgewachsener Mann, der einen anspruchsvollen Job hat und hart arbeitet.«

Dinaz schneidet eine Grimasse. »Ja, klar, nur dein heiß geliebter Schwiegersohn arbeitet hart, der arme Kerl. Deine nutzlose Tochter hingegen schlägt in der Arbeit den ganzen Tag Fliegen tot.«

»Nun komm aber, Dinaz, ich sagte lediglich …«

Sera hört Virafs Schritt, und der Duft von *Old Spice* steigt ihr in die Nase. »Rrrich-tig«, bemerkt Viraf, als er die Küche betritt. »Mama hat absolut Recht. Meine Güte, wenigstens gibt es einen Menschen in diesem Haus, der mich schätzt und es zu würdigen weiß, wie hart ich arbeite, um meine Familie und mein künftiges Kind zu ernähren.«

Dinaz versetzt ihm einen kräftigen Schlag auf den Arm. »Halt bloß die Klappe, *yaar*. Einen verzogenen Fratz, das ist es, was Mummy aus dir gemacht hat, mehr nicht. Wenn's an die Beförderung geht, werden wir ja sehen, wer die dickere Gehaltserhöhung bekommt.« Doch sie lächelt zu ihren Worten.

Viraf zuckt mit den Achseln und verdreht die Augen. »Sie kämpft mit unfairen Mitteln, Mama. Der arme Mister Dalal ist so bezaubert vom Aussehen und der Figur meiner reizenden Gemahlin, wie könnte er ihr da irgendetwas abschlagen? Und jedes Mal, wenn er sie ansprechen muss, bekommt er weiche Knie. Was hat ein ehrbarer, einfacher Mann wie ich mit dem Gesicht eines Zimtapfels schon für eine Chance angesichts dieser weiblichen Listen?«

Die beiden Frauen müssen lachen. »Sieh ihn dir an, Mummy. Er legt es doch glatt drauf an, noch mehr Komplimente einzuheimsen«, sagt Dinaz.

Sera schmunzelt, als das Paar wieder im Schlafzimmer verschwindet, um sich fertig anzuziehen. Sie ist heilfroh, dass die Streitigkeiten, die vor einigen Monaten so plötzlich zwischen den beiden aufgeflackert sind, als hätte jemand ein Streichholz angezündet, offensichtlich beigelegt sind. An dem Tag, als Viraf und Dinaz nach Feroz' Tod bei ihr einzogen, schwor sich Sera, sich grundsätzlich aus der Ehe der beiden herauszuhalten. Wer wüsste schließlich besser als sie, wie sehr eine Schwiegermutter, die sich ständig einmischt, einer Ehe schaden kann. Dennoch fiel es ihr schwer, den Mund zu halten, als sie die Fältchen bemerkte, die sich plötzlich auf Dinaz' blassem, schmalem Gesicht zeigten. Und sie musste sich auf die Zunge beißen, wenn Viraf seine schwangere Frau bei Tisch anherrschte oder so sarkastisch wurde, dass Dinaz erst nach einigen Sekunden von ihrem Teller aufblickte, weil sie eine Weile brauchte, um ihre Fassung wiederzugewinnen und eine undurchdringliche Miene aufzusetzen. Wie gut Sera diesen Blick kannte. Wie oft hatte sie, wenn Feroz sie wieder einmal gedemütigt hatte, ihre ganze Willenskraft aufgeboten, um sich die Tränen zu verbeißen und ihrer Schwiegermutter Banu nicht die befriedigende Gewissheit zu verschaffen, dass ihr Sohn sie empfindlich getroffen hatte. Wenigstens schlägt Viraf seine Frau nicht, tröstete sie sich in solchen Momenten und hasste sich alsbald dafür, dass sie allein die Abwesenheit körperlicher Misshandlung inzwischen als Indikator für eine gute Ehe betrachtete. Eigentlich hatte Sera sich für ihr einziges Kind so viel mehr gewünscht.

Nun lächelt sie still und zufrieden vor sich hin. Welcher Sturm zwischen den Kindern auch immer getobt haben mag – er scheint sich gelegt zu haben. Ihre Beziehung ist jetzt wieder wie früher von Geplänkel und Neckereien geprägt, was Sera als Zeichen dafür deutet, dass sie in erster Linie gute Freunde sind und dann erst Mann und Frau. Selbst in ihrer Anfangszeit mit Feroz, als er sie ansah, als sei sie ein vom Himmel gefallener Stern, hat Sera niemals die ungezwungene Spontaneität von gleich zu gleich erlebt, die zwischen ihrer Tochter und deren Ehemann herrscht. In der Anfangsphase ihrer Beziehung war Feroz galant, höflich, ja sogar verliebt – doch dabei stets förmlich. Betrat sie zum Beispiel den Raum, während er sich gerade die Zähne putzte oder die Zehennägel schnitt, scheuchte er sie hinaus. »Das ist meine Privatangelegenheit«, erklärte er. »Du brauchst mich nicht von meiner unvorteilhaftesten Seite zu sehen.«

Als Dinaz ihr nun aus dem anderen Raum etwas zuruft, dauert es einen Moment, bis Sera die Stimme ihrer Tochter ortet. »Sind die *poras* fertig zum Mitnehmen, Mummy?«, will Dinaz wissen.

»Gleich«, erwidert Sera und greift nach der Alufolie, die Viraf von seiner letzten Amerikareise mitgebracht hat.

Als es an der Tür klingelt, stößt sie einen erleichterten Seufzer aus. Bhima.

Sera öffnet, und ein Blick auf Bhimas bleiches Gesicht verrät ihr, dass die Mission vom Vortag gescheitert ist. Sie hebt fragend die rechte Braue, und Bhima schüttelt langsam den Kopf. Das schätzt Sera am meisten an Bhima – ihre Art, sich wortlos mitzuteilen, die Vertrautheit, die sich im Lauf der Jahre zwischen ihnen entwickelt hat. Deshalb spürt Sera auch sofort, dass Bhima warten möchte, bis die Kinder aufgebrochen sind, bevor sie ihr Bericht erstattet. Worüber Sera froh ist, denn sie möchte nicht, dass Dinaz in Mayas Probleme hineingezogen wird, dass Mayas missliche Lage einen Schatten auf das Glück ihrer schwangeren Tochter wirft.

»Tut mir Leid, Serabai«, sagt Bhima jetzt. »Die Schlange an der Wasserstelle war heute länger als sonst.«

Obwohl sie ihren Ärger eigentlich gar nicht zeigen will, kann Sera ihn doch nicht ganz verbergen. »Halb so wild«, entgegnet sie in einem Ton, der sich auch in ihren eigenen Ohren gezwungen anhört. »Ich musste eben die Omeletts für die Kinder selber machen. Ich will nicht, dass sie zu spät zur Arbeit kommen.«

Bevor Bhima etwas erwidern kann, hören sie Viraf im Nebenzimmer schreien: »Dinaz, hast du meine rote Krawatte gesehen? Diejenige, die du mir letztes Jahr zum Geburtstag geschenkt hast?«

»Gott, du bist so ein Baby«, gibt Dinaz zurück, doch man hört das Lächeln in ihrer Stimme. »Ein Wunder, dass du wusstest, wie man sein Essen kaut, bevor du mich kennen gelernt hast. Wie bist du bloß früher zurechtgekommen?«

»Nun, mehr schlecht als recht eben«, lautet die prompte Antwort. »Ich trug unterschiedliche Socken zur Arbeit. Und was meine Essweise betrifft – hast du das Lätzchen nicht bemerkt, das ich bei unserer ersten Begegnung anhatte?«

Bhima schüttelt den Kopf. »Dieser Viraf *baba*«, bemerkt sie. »Ist nie um eine Antwort verlegen. Bringt immer Feststimmung ins Haus, nur durch seine Gegenwart, als wäre jeden Tag Holi oder Divali oder sonst irgendein großes Fest.«

Sera nickt. Und weiß sofort, was Bhima nicht ausgesprochen hat: nicht wie früher, als Feroz noch lebte und sie und Bhima auf Zehenspitzen umherschlichen, voller Angst vor seinem bedrohlichen Schweigen und seinen Wutausbrüchen. Als sie sich in diesem Hause lebendig begraben fühlten, von einer Mauer des Schweigens umschlossen – einem Schweigen, das Sera davon abhielt, ihre Fühler nach anderen Menschen auszustrecken, sodass sie ihr dunkelstes Geheimnis nicht einmal mit ihren engsten Freundinnen teilte. Als nur Bhima Bescheid wusste über die feuchten Kopfkissen nach all den langen Nächten, in denen Sera heiße Tränen vergoss; als nur Bhima die erstickten Laute aus dem ehelichen Schlafzimmer vernahm …

Sera schüttelt unwirsch den Kopf, wie um sich von den Spinnweben der Vergangenheit zu befreien. Da suhle ich mich in den alten Geschichten, während die arme Bhima selbst in der Klemme steckt, denkt sie. Was bin ich doch für ein törichtes, egozentrisches Weib geworden.

»Komm«, sagt sie zu Bhima. »Dein Tee ist fertig. Trink erst mal, und dann machst du dich an den Abwasch.«

3

Bhima steht in der Küche und spült das Geschirr vom Vorabend ab. Sera sieht zu, wie ihre Hände, so dunkel und dürr wie die Zweige eines Baumes, über die Töpfe und Pfannen fliegen und sie schrubben, bis sie gleißen wie die Mittagssonne. Ihr selbst gelingt es nie, die Töpfe so blitzblank zu polieren, da kann sie sich noch so sehr bemühen.

Viraf kommt hereingeschlendert und rückt seine Krawatte zurecht. »Ich hab *die* Idee«, verkündet er. »Nächsten Monat besorge ich eine Spülmaschine. Es ist doch nicht nötig, dass die arme Bhima sich so schindet.«

Bhima schaut dankbar auf, doch bevor sie ein Wort sagen kann, schießt Sera los: »Jetzt aber mal halblang. Mit meiner Bhima nimmt es keine deiner neumodischen Spülmaschinen auf. Nicht mal ein ausländisches Fabrikat schafft es, das Geschirr so sauber zu waschen wie Bhima. Spar dir das Geld, *deekra.*«

… und gib es stattdessen mir, denkt Bhima im Stillen; doch dann fürchtet sie, einer könnte ihre Gedanken lesen, und schrubbt eifrig an einem Fleck herum. Außerdem braucht sie ein paar Sekunden, um sich innerlich zu beruhigen. Manchmal wird sie nicht schlau aus Serabai. Wenn Serabai sie »meine Bhima« nennt und von ihr spricht, als sei sie ihr persönliches Eigentum, errötet Bhima vor Stolz. Andererseits tut Serabai immer wieder Dinge, die Bhimas Interessen zuwiderlaufen. Wie zum Beispiel Virafs Angebot abzulehnen, einen Geschirrspüler zu kaufen. Wie schön wäre es, wenn sie nicht den ganzen Tag mit ihren gichtigen Händen im Wasser herumhantieren müsste. Außerdem bekommt sie von der gebückten Haltung am Spülbecken immer öfter Rückenschmerzen, sodass sie sich an manchen Tagen erst nach der Hälfte des Heimwegs wieder wirklich gerade aufrichten kann. Doch wie soll sie Serabai all das erklären? Und heute Morgen hat sie ihr ein schlechtes Gewissen eingeredet, weil sie die Omeletts für ihre eigene Tochter und ihren Schwiegersohn zubereiten musste. Was soll's schon, wenn Sera Zwiebelhacken hasst? Macht es ihr, Bhima, vielleicht Spaß, sich zum Scheißen auf eine Gemeinschaftstoilette zu hocken? Aber sie muss es tun, weil sie keine andere Wahl hat. Verglichen mit dieser Erniedrigung ist Zwiebelhacken doch das reinste Zuckerschlecken.

Als sich Bhimas Zorn gelegt hat, gewinnen ihr Gerechtigkeitssinn und ihre unerschütterliche Zuneigung zur Familie Dubash wieder die Oberhand. Mein Gott, du undankbare Person, schilt sie sich selbst. Wer hat sich denn um dich gekümmert, als du Typhus hattest? Der Geist deines Mannes vielleicht? Wer hat dir erst gestern Geld gegeben, damit du mit dem Taxi zu Mayas College fahren kannst? Deine Enkelin, die so bereitwillig die Beine breit macht? Nein, es war diese Frau, deren Brot du isst und über die du nun so hässlich denkst. Du solltest dich schämen.

Als Bhima an die Fahrt zu Mayas College zurückdenkt, schweift ihr Blick unwillkürlich zur Küchenuhr. Noch ein paar Minuten, dann sind Viraf *baba* und die liebe Dinaz fort. Dann können sie und Serabai eine Tasse Tee trinken und reden. Bhima weiß, dass Serabai es kaum erwarten kann, haarklein zu erfahren, was sich gestern zugetragen hat, und bei diesem Gedanken schnürt es Bhima die Kehle zusammen. Wenigstens liegt noch einem weiteren Menschen das Wohl dieser schwangeren Göre genauso am Herzen wie ihr selbst. Maya hat ihre Ausbildung schließlich Serabais Großzügigkeit zu verdanken, und falls Serabai sich nun durch Mayas niederträchtiges Verhalten hintergangen fühlt, falls sie den Eindruck hat, sie habe ihre Investition in die Zukunft des Mädchens in den Sand gesetzt, so muss man ihr doch zugute halten, dass sie ihrer Enttäuschung Bhima gegenüber nie offen Ausdruck verliehen hat. Nachdem Bhima ihr die katastrophale Schreckensnachricht anvertraut hatte, war Sera vom ersten Augenblick an mitfühlend, besorgt und hilfsbereit. »Natürlich muss sie es abtreiben lassen«, erklärte Sera sofort. »Das ist die einzig sinnvolle Lösung. Maya ist zu intelligent, sie sollte ihr Leben nicht verpfuschen, indem sie mit siebzehn Mutter wird. Ich werde mich um alles kümmern, Bhima, über den Organisationskram brauchst du dir nicht den Kopf zu zerbrechen. Ich weiß, dass du genügend andere Probleme hast.«

Doch aus Gründen, die ihr selbst noch ein Rätsel sind, hat Bhima gezaudert. Vielleicht hat sie unbewusst Maya nachgegeben, die entsetzt erstarrte, als Bhima zum ersten Mal etwas von Abtreibung erwähnte. Und dann war da noch die unausgesprochene, vielleicht uneingestandene Hoffnung, dass der Vater des Kindes sich melden würde, um seiner Verantwortung nachzukommen und das Richtige zu tun; die Hoffnung, dass der Schleier der Anonymität gelüftet würde und den Blick auf einen etwas verängstigten, aber rechtschaffenen jungen Mann freigeben könnte, der trotz seiner Furcht entschlossen war, sich dieser Herausforderung zu stellen, zu heiraten und mit der Frau zu leben, die sein erstes Kind zur Welt bringen sollte. Ja, mit siebzehn wäre Maya eine junge Mutter, und eine Heirat würde sicherlich ihre Träume, den Bachelor in Betriebswirtschaft zu machen und in der Rechnungsabteilung einer angesehenen Firma zu arbeiten, zerstören. Der Weg in eine strahlende Zukunft, der sich Maya eröffnet hatte, da sie als Erste aus Bhimas Familie studierte – die gute Stellung, die sie dank Dinaz' und Virafs Einfluss und geschäftlicher Kontakte bekommen hätte und die ihr die erniedrigende, zermürbende Knochenarbeit erspart hätte, durch die das Leben ihrer Mutter und ihrer Großmutter so beschwerlich war –, dieser Weg wäre ihr damit für immer versperrt, so viel war sicher. Doch – und in diesem Punkt hatte sich Bhima erlaubt, ein Fünkchen Hoffnung zu nähren – vielleicht würde sich ein anderer Weg auftun. Wenn Maya ihr nur verraten würde, wer der Vater des Kindes war. Im Geiste sah Bhima ihre geliebte Enkelin wohlgenährt und zufrieden in einer Küche, wo sie geschäftig mit funkelnden Edelstahltöpfen und -pfannen hantierte, um in Fett gebackene, goldgelbe *puri* für einen dunkelhaarigen kleinen Wildfang und einen Vater zuzubereiten, der allabendlich von einem Schreibtischjob heimkehrte.

Bhima war so aufgeregt gewesen, als Maya ihr vor einigen Tagen nach wochenlangem gutem Zureden, Betteln und Drohen endlich den Namen des Vaters anvertraut hatte. Ashok Malhotra. »Ich gehe mit ihm aufs College«, hatte sie geschluchzt. »Er ist in meiner Klasse. Bist du jetzt zufrieden, Ma? Nachdem du den Namen aus mir herausgepresst hast? Und jetzt lass mich bitte in Ruhe.«

Bhima war zufrieden. Wenigstens konnte sie nun dem Schattenwesen, das durch ihre Träume und Albträume geisterte, einen Namen zuordnen. Ashok Malhotra. Ein Mitstudent, der dasselbe College besuchte wie Maya. Sie hätte gern noch weitergebohrt, um zu erfahren, wann sie Gelegenheit gefunden hatten, miteinander zu schlafen. Doch in diesem Punkt stellte Maya sich stur und ignorierte Bhimas weitere Fragen, indem sie mit jener ausdruckslosen Miene, die sie neuerdings, seit sie schwanger war, so gerne zur Schau trug, geistesabwesend ins Leere starrte. Und Bhima hatte unversehens beschlossen, dass sie gar nicht zu viele schmutzige Details erfahren wollte. Was tat das Wie und Wo jetzt schon noch zur Sache? Zumindest hatte sie das Mädchen so weit gebracht, ihr größtes Geheimnis zu offenbaren und den Namen des jungen Mannes preiszugeben, der solchen Kummer in ihrer beider Leben gebracht hatte. Und Bhima wusste, wo sie ihn finden könnte. Es lag bei ihr, sich um den Rest zu kümmern. Maya war schlicht ein törichtes, unreifes Mädchen, das sich keine Vorstellung davon machte, wie erbarmungslos sie der gähnende Abgrund des Schicksals verschlingen würde, falls sie ihren Plan umsetzen und das Kind ohne einen Vater, der für sie beide sorgte, zur Welt bringen sollte. Ja, es oblag ihr, Bhima, sich zu Mayas Anwältin zu machen und das zu tun, wozu das Mädchen nicht fähig war – diesen Ashok Malhotra zu bewegen, Verantwortung zu übernehmen für das, was er angerichtet hatte, und an sein Ehrgefühl zu appellieren. Ihm begreiflich zu machen, dass ihre Maya eine schmückende Girlande und keine Eisenkette um seinen Hals war.

»Ich werde die Taxifahrt zum College bezahlen«, hatte Sera gesagt, als sie erfahren hatte, wer der Vater war. »Du fährst hin, um dich mit ihm zu treffen, Bhima. Finde heraus, was er für Absichten hegt. Schau, ob dieser Ashok unserer Maya überhaupt würdig ist oder ob er bloß so ein ungehobelter Flegel ist, der nur mal kurz seinen Spaß haben wollte. Ich bete für dich, dass er einen anständigen Charakter hat.«

Bhima fuhr zum ersten Mal allein zu Mayas College. Davor war sie nur einmal in Begleitung von Sera und Maya dort gewesen. Sie hatten alle drei in einer langen Schlange angestanden, um die Aufnahmeformalitäten zu erledigen, und Sera hatte den ruppigen Verwaltungsbeamten zurechtgewiesen, als er Maya in unfreundlichem Tonfall eine Anweisung erteilte. Sera hatte sich damals zu ihrer vollen Größe aufgerichtet, an ihrer langen, geraden, hochmütig erhobenen Parsennase herabgeschaut und dem Mann in ihrem schönsten Klosterschulenglisch erklärt, er möchte doch bitte schön Acht geben, wen er vor sich hätte; dieses Kind, das er da so grob behandle, sei vermutlich die intelligenteste Studentin, die sie in diesem College je haben würden, und sie könnten sich dessen glücklich schätzen. Unter ihrem hochnäsigen Upperclass-Blick war der Verwaltungsbeamte äußerst kleinlaut geworden und hatte einen Schwall von Entschuldigungen vorgebracht. »Verzeihung, Madam. Wollte Sie nicht beleidigen. Was sollen wir machen, Madam, so viel Arbeit lastet auf unseren Schultern. Bitte vergeben Sie mir.«

Jetzt machte Bhima das Büro ebenjenes Verwaltungsbeamten ausfindig. Und tatsächlich saß der Mann an seinem Schreibtisch und starrte mit finsterer Miene auf einen kleinen Stapel Formulare vor sich. Zögernd trat sie näher. »Verzeihung?«

Der Mann blickte gar nicht hoch. »Was gibt's?«, fragte er barsch.

»Bitte, ich suche einen Studenten. Könnten Sie mir vielleicht helfen, ihn zu finden?«

Einen kurzen Moment herrschte Schweigen, während der Mann das Blatt vor sich weiter vollkritzelte. Dann: »Und in welcher Beziehung stehen Sie zu dem Studenten?«

Bhima geriet aus dem Konzept. »Ähm. Ich bin seine … also, genau genommen in gar keiner. Ich wünsche ihn einfach zu sprechen.«

Der Beamte musste wohl ihr Unbehagen bemerkt haben, denn nun hob er den Blick und schaute sie aus seinen kleinen, funkelnden Schweinsäuglein an. »In keinerlei Beziehung, ja?«, wiederholte er laut, sodass es auch seine Kollegen hören konnten. »Vielleicht hoffen Sie ja darauf, irgendeine Art von Beziehung mit einem jungen College-Studenten anzuknüpfen, wie?« Seine Kollegen kicherten, während Bhima zu Boden starrte, unschlüssig, was sie als Nächstes tun sollte. Als sie daran dachte, wie Serabai diesen unverschämten Kerl seinerzeit mit ein paar wenigen, wohl gesetzten Worten in seine Schranken verwiesen hatte, wünschte Bhima nicht zum ersten Mal, sie hätte selbst eine ordentliche Schulbildung erhalten. Dieser Mann brachte sie zur Weißglut. Die ganze Nacht lang hatte sie sich innerlich auf ihr Treffen mit Ashok Malhotra vorbereitet. Sie hatte wach gelegen, völlig verkrampft vor Anspannung und Aufregung. Sie hatte ihre Worte einstudiert, hatte mit sich selbst gerungen, ob sie ihm drohen oder ihm gut zureden sollte, auf ihn losgehen oder ihn beknien. Während der Taxifahrt kam sie sich vor wie ein brodelnder Topf auf Serabais neuem Bajaj-Herd, denn ihre Emotionen waren kurz vorm Überschäumen. Und dieser ungehobelte Klotz stellte sich nun quer und hinderte sie daran, Ashok überhaupt nur zu finden; ließ sie nach Lust und Laune zappeln, ohne sich etwas dabei zu denken, rein mechanisch, einfach so zum Spaß. Er spielte mit ihr so unbeteiligt, fast gelangweilt wie die streunenden Katzen, die im Slum umherstreiften, es mit den Mäusen taten, die sie in die Krallen bekamen. Bhima merkte, wie ihre Entschiedenheit und ihre Entschlusskraft ins Wanken gerieten.

Da mischte sich eine jüngere Verwaltungsbeamtin ein und gab Bhima Rückendeckung. »Hören Sie nicht auf dieses Mannsvolk, *mausi*«, sagte sie und trat hinter ihrem Schreibtisch hervor. »Die haben offenbar nichts Besseres zu tun. Erzählen Sie mal, wen suchen Sie denn?«

Bhima schenkte ihr ein dankbares Lächeln. Wie immer hielt sie sich automatisch den Mund zu, als sie lächelte, um ihre beiden Zahnlücken zu verbergen. »Ich danke Ihnen, meine Liebe. Ich bin auf der Suche nach einem gewissen Ashok Malhotra.«

Als der Name fiel, geschah etwas Seltsames, das Bhima nicht entging. Die Beamten in dem Büro mussten alle vier schmunzeln. »*Arrey, mausi*, warum Sie haben nicht gleich gesagt, dass Sie unseren Prinz Ashok suchen?«, erkundigte sich der Griesgram. »Warten Sie, ich werde jemanden holen, der Sie zu ihm geleitet. Er sitzt höchstwahrscheinlich in seinem Palast und empfängt seinen Hofstaat.«

Bhima schaute verwirrt von ihm zu seiner Kollegin. Als er ihr Gesicht sah, grinste der Mann. »In der Kantine«, erklärte er vergnügt. »Das ist der Ort, an dem Prince Ashok *darbar* hält. Dort können Sie ihm Ihre Aufwartung machen.« Er betätigte eine Klingel auf seinem Schreibtisch, und wenige Sekunden darauf erschien ein missmutig dreinblickender Laufbursche. »*Ae,* Suresh«, sagte der Beamte. »Die gnädige Frau ist hier, um unseren Ashok zu sprechen. Sei so nett und bring sie in die Kantine rüber, ja?«

Die Kantine roch nach Zigarettenqualm und Gebratenem. Es war ein lauter, spelunkenartiger Raum, erfüllt von Rauch und dem ohrenbetäubenden Lärm der Studenten, die miteinander schwatzten und diskutierten. Junge, dunkelhäutige Burschen in Khakihosen rannten umher, um Bestellungen aufzunehmen und Gläser mit dampfendem Tee zu servieren. Die Studenten aus der bürgerlichen Mittelschicht blickten kaum auf, wenn sie die Teller mit *samosas* und *masala dosas* serviert bekamen – höchstens, um sich bei den Jungen zu beschweren, dass der Tee kalt geworden sei, während sie auf ihr Essen warteten. Die älteren Studenten unterstrichen ihre Beschwerden, besonders wenn eine Frau bei ihnen saß, mit einem freundschaftlichen, aber nichtsdestoweniger harten Schlag auf den Kopf der jungen Servierburschen. Einem uralten, zeitlosen Ritual gehorchend, grinsten die Jungen, nachdem sie geschlagen worden waren, rieben sich den Kopf und protestierten schwach, dass sie das Essen doch immer sofort brächten, wenn der Koch es zubereitet hätte. »Was sollen machen, *sahib*? Viel, viel zu tun heute.« Die Belohnung für eine solch liebedienerische Unterwürfigkeit war ein geringfügig höheres Trinkgeld.

»Da ist er«, bemerkte Suresh und zeigte auf einen schlanken Mann in einer dunkelblauen Kurta und ausgeblichenen Bluejeans. »Der da rechts. Das ist Ashok.« Obwohl noch drei weitere Jungen an dem Tisch saßen, konnte Bhima selbst auf die Entfernung erkennen, dass Ashok der Anführer der Gruppe war. Sie wandte sich um, um etwas zu Suresh zu sagen, aber der war bereits verschwunden und hatte sie ihrem Schicksal überlassen, sodass sie allein auf den Jungen zugehen musste.

Die vier Studenten an dem Tisch blickten neugierig auf, als sie vor den Vater ihres Enkels hintrat und ihn schweigend anstarrte. »Nun?«, fragte schließlich einer der Jungen. »Können wir Ihnen irgendwie behilflich sein?« Die anderen kicherten.

Bhima beschloss, dass ihr der junge Mann gefiel. Von dieser Erkenntnis ermutigt, fragte sie: »Sind Sie Ashok? Ashok Malhotra?«

Der Junge erhob sich halb von seinem Platz. *»Namaste«,* grüßte er höflich. »Und wer sind Sie?«

»Ich muss mit Ihnen reden.« Und mit einem flüchtigen Seitenblick auf die anderen: »Unter vier Augen.«

Ashok wirkte überrascht. »Äh, ja natürlich, selbstverständlich.« Er warf seinen Genossen einen unmissverständlichen Blick zu, und sie erhoben sich widerwillig, um das Feld für die knochige, streng blickende Frau zu räumen, die vor ihnen stand. »Junge, Junge, Ashok, dein Harem wächst ja munter weiter«, raunte einer von ihnen leise. Bhima, der die Bemerkung nicht entgangen war, erschrak. Zum ersten Mal kam ihr in den Sinn, dass dieser gut aussehende, beliebte Junge vielleicht noch weitere Freundinnen neben Maya haben könnte.

Sie schüttelte grimmig den Kopf, um diesen tückischen Gedanken zu vertreiben. Als Ashok ihr Kopfschütteln sah, musste er schmunzeln. »In dieser Kantine hier gibt's wirklich zu viele Fliegen«, bemerkte er entschuldigend.

Sein liebenswürdiges Lächeln machte Bhima Mut, und sie fand ihre Sprache wieder. »Ich bin die Großmutter von Maya Phedke«, begann sie.

ꙮ 4 ꙮ

Sie sitzen im Esszimmer und schlürfen Tee – Sera aus dem blaugrauen Becher, den Dinaz ihr bei Cottage Industries besorgt hat, Bhima aus dem Edelstahlbecher, der im Hause Dubash eigens für sie reserviert ist. Sera sitzt wie üblich auf einem Stuhl am Tisch, Bhima hockt ein Stück weiter am Boden. Als Dinaz noch jünger war, redete sie ihrer Mutter immer wieder hart ins Gewissen, wie ungerecht es sei, dass es Bhima nicht erlaubt war, auf dem Sofa oder auf einem Stuhl Platz zu nehmen, und dass sie ihr eigenes, gesondertes Geschirr und Besteck benutzen musste. »Du erzählst deinen Freunden, dass Bhima wie ein Mitglied der Familie ist, dass du nicht ohne sie leben kannst«, wetterte Dinaz als Teenager. »Und doch ist sie nicht fein genug, um mit uns am Tisch zu sitzen. Und du und Daddy, ihr redet ständig über diese Hindus aus den höheren Kasten, die Haridschans verbrennen, und was für ein Unrecht das ist. Aber in eurem eigenen Haus macht ihr die gleichen Kastenunterschiede. Das ist so was von scheinheilig, Mummy.«

»Nun lass aber die Kirche beim Dorf, Dinaz«, pflegte Sera dann nachsichtig zu antworten. »Es ist doch wohl ein kleiner Unterschied, ob man eine Haridschan verbrennt oder ob wir es Bhima verwehren, aus unseren Gläsern zu trinken. Und überhaupt – ist dir schon einmal aufgefallen, wie übel der Tabak stinkt, den sie den lieben langen Tag kaut? Willst du, dass ihre Lippen mit unseren Gläsern in Berührung kommen?«

»Aber es ist nicht nur das, Mummy, und das weißt du auch. Okay, wenn es wegen des Tabaks ist – warum erlaubst du ihr dann nicht, auf dem Sofa oder auf den Stühlen zu sitzen? Oder hat Bhima am Hintern auch Tabak kleben?«

»Dinaz!« Sera war schockiert. »Drück dich bitte etwas gepflegter aus. Du weißt, dass Daddy einen Anfall bekommen würde, wenn er eines Tages nach Hause käme und Bhima auf dem Sofa vorfände.« Die beiden Frauen mussten unwillkürlich kichern, als sie sich die Szene und Feroz' entsetzte Miene vorstellten. Aber Dinaz war noch nicht fertig. »Das ist ja wohl ohnehin rein hypothetisch. Als ob die arme Bhima in diesem Haus je eine freie Minute finden würde, um sich auszuruhen.«

Sera zog die rechte Braue hoch. »Weil wir gerade dabei sind – ich bekam neulich mit, wie du Bhima angestachelt hast, um eine Lohnerhöhung zu bitten. Hör zu, Dinaz, ganz gleich, was du denkst, du gehörst zu dieser Familie hier, nicht zu Bhimas. Ich glaube, im Großen und Ganzen behandelt die Familie Dubash ihre Bediensteten besser als nahezu jeder andere, den wir kennen. Aber Geld wächst nicht auf Bäumen, Liebling. Dein Daddy arbeitet sehr hart für alles, was wir besitzen. Es ist nicht richtig von dir, Bhima gegen ihn aufzuhetzen. Denk daran, Nächstenliebe beginnt zu Hause.«

Als Sera Bhima jetzt an ihrem Tee nippen sieht, ist ihr unbehaglich zumute. Seit Feroz' Tod hat sie immer wieder einmal mit der Idee geliebäugelt, Bhima zu bitten, sich doch zu ihr an den Tisch zu setzen. Sicher, einige ihrer Freundinnen wären wohl anfangs schockiert, und das nächste Mal, wenn eine Hausangestellte ihre Herrin um eine Gehaltserhöhung ersuchte, würde die Frau automatisch Sera Dubash bezichtigen, dass sie mit schlechtem Beispiel vorangegangen sei. »Sera hat diese Bhima so weit gebracht, dass sie ihre Gutmütigkeit ausnutzt. Sie hat ihr den kleinen Finger gereicht und ihr erlaubt, sich aufs Sofa zu setzen, und nun nimmt sie die ganze Hand«, würde die Nachbarin bemerken. »Ich sag euch was, das Nächste wird sein, dass diese Bediensteten eine Gewerkschaft gründen.«

Aber der Wirbel würde sich zweifellos legen. Und was kümmert es sie schon, was die Nachbarn reden? Sie ist schließlich nicht auf sie angewiesen, und nun, da Feroz tot ist, fühlt sie sich frei von der Furcht, die sie so viele Jahre lang umgetrieben hat – dass sie über ihre Ehe klatschen könnten. Oder schlimmer noch: dass diejenigen unter ihnen, deren Argusaugen nichts entging, die gelegentlichen

Blutergüsse bemerken würden, die Kleidung und Schminke nicht zu verbergen vermochten, und dass man sie bemitleiden und hinter ihrem Rücken abschätzige Bemerkungen machen würde. Nun, da Feroz tot ist, braucht Sera derlei nicht mehr zu fürchten.

Und dennoch … Die Vorstellung, dass Bhima auf ihren Möbeln sitzt, ist ihr zutiefst zuwider. Bei dem Gedanken krampft sich alles in ihr zusammen, ebenso, wie sie damals förmlich erstarrte, als sie ihre fünfzehnjährige Tochter dabei ertappte, wie sie Bhima liebevoll umarmte. Sera war innerlich hin- und hergerissen angesichts dieser Szene – sie empfand Stolz und etwas wie Hochachtung angesichts der lässigen Ungezwungenheit, mit der Dinaz ein unausgesprochenes Tabu brach, aber auch eine so heftige Abscheu, dass sie den Impuls unterdrücken musste, ihre Tochter zum Händewaschen zu schicken. Was eigentlich verwunderlich ist, denkt Sera jetzt im Stillen, als sie sich den Vorfall wieder ins Gedächtnis ruft. Sie selbst hatte bei zahlreichen Gelegenheiten erklärt, dass Bhima eine der reinlichsten Personen sei, die sie kenne. »Bhima wüsste wohl nicht den Unterschied zwischen einem Deostick und chinesischen Stäbchen, aber ich sage dir, ich habe an dieser Frau noch nie irgendeinen unangenehmen Körpergeruch wahrgenommen«, hatte Sera einmal ihrer Freundin Mani erklärt. »Ich weiß nicht, wie sie das schafft, wenn man bedenkt, dass sie weder einen abgeschlossenen Badezimmerbereich noch fließendes Wasser in ihrem Slum hat. Aber es gelingt ihr.« Und seit Sera sie kennt, hat Bhima stets um vier Uhr nachmittags eine fünfzehnminütige Pause eingelegt, um sich das Gesicht mit der Seife zu waschen, die sie in ihrer eigenen Seifenschale in der Küche aufbewahrt, um Pond's-Körperpuder unter den Achseln zu verteilen und ihr Haar in Ordnung zu bringen, das im Laufe der Jahre zunehmend lichter geworden ist. Ihr tägliches Pflegeritual veranlasst Sera, die daraufhin gewahr wird, dass sie selbst ebenfalls einen säuerlichen Geruch verströmt, ihre eigene Tätigkeit zu unterbrechen und sich ebenfalls frisch zu machen.

Doch ungeachtet all dessen bleibt da dieser Widerwille, dieses Widerstreben, Bhima zu gestatten, die Möbel der Familie zu benutzen. Während sie in trautem Schweigen dasitzen und ihren Tee schlürfen, versucht Sera ihre Voreingenommenheit vor sich selbst zu rechtfertigen. Einen Anteil daran hat dieser vermaledeite Tabak, den sie den ganzen Tag lang kaut, denkt Sera. Mir wird einfach übel davon, und er lässt alles andere an ihr ebenfalls schmutzig erscheinen. Und nachdem ich gesehen habe, wo sie lebt, kann ich mir auch die Bedingungen in dem Slum vorstellen – was für ein Wasser sie zum Waschen benutzt und, nun ja, wie gründlich sie die Regionen unterhalb der Gürtellinie reinigt.

Nachdem sie völlig in ihren eigenen hitzigen, schuldbeladenen Gedanken versunken ist, merkt Sera plötzlich, dass sie die letzten Sätze von Bhimas Erzählung nicht mitbekommen hat.

»Oje, Bhima, sag das Letzte noch mal. Entschuldige bitte. Ich habe dir nicht richtig zugehört.«

Bhima seufzt ungeduldig. Und beginnt ihre Geschichte noch einmal von vorn.

»Ich bin die Großmutter von Maya Phedke«, erklärte Bhima.

Ashok Malhotra sah sie erwartungsvoll an und blinzelte dabei nervös. Als Bhima nicht weitersprach, beugte er sich vor und sagte: »Ja?«

Die beiden starrten sich schweigend an, als erwarte jeder vom anderen, dass er fortfahre zu sprechen. Schließlich nahm Ashok den Faden wieder auf. »Verzeihen Sie … sollte ich … Ich meine, kenne ich diese junge Dame – diese Maya?«

Bhimas Stimme begann zu zittern. »Maya«, hob sie an, als beschriebe sie ihre Enkelin einem Fremden. »Sie ist im zweiten Studienjahr. Langes Haar. Groß, hellhäutig.« Dann hielt sie wie paralysiert inne, so ungeheuerlich erschien es ihr, dass sie diesem gleichgültigen Wüstling in Erinnerung rufen musste, wie die Frau aussah, die er geschwängert hatte.

Ashok kam ihr zu Hilfe. »Oh, Maya«, erklärte er freudestrahlend. »Natürlich kenne ich Maya. Ich glaube allerdings, ich habe nie mitbekommen, wie sie mit Familiennamen heißt. Tut mir Leid.«

Bhima starrte auf das attraktive Gesicht vor sich. Nicht die leiseste Spur von Schuldbewusstsein oder Besorgnis, stellte sie staunend fest.

Was war nur los mit den Kindern von heute? Sie ließen sich auf Beziehungen ein, ohne den Nachnamen des anderen in Erfahrung zu bringen? In ihrer Jugend war es wichtiger gewesen, den Familiennamen eines Menschen zu erfahren als seinen Vornamen. Schließlich verriet einem der Nachname alles, was man wissen musste – welcher Kaste die Person angehörte, wo ihre Familie herstammte, wer ihre Vorfahren waren, welchen Beruf sie ausübten und wie ihr *khandaan*, ihr familiärer Background, aussah. Und hier saß dieser Junge und gab ungeniert zu, dass er sich nicht die Mühe gemacht hatte, Maya nach ihrem Familiennamen zu fragen.

»Wie dem auch sei, wie geht es Maya?«, fuhr Ashok fort. »Wenn ich es recht bedenke, habe ich sie eine halbe Ewigkeit nicht mehr gesehen.« Er blickte plötzlich besorgt. »Es geht ihr doch gut, oder, *auntie*?«

Bhima schüttelte den Kopf. »Nein. Maya geht es gar nicht gut.«

»O nein«, rief Ashok. »Was hat sie denn, Malaria oder so etwas? Zwei meiner Freunde sind gerade daran erkrankt. Aber hören Sie, sagen Sie Maya, sie soll sich keine Sorgen machen. Ich werde ihr all meine Mitschriften zukommen lassen. Das ist nämlich ein Ansporn für mich, nicht länger den Unterricht zu schwänzen und meine Zeit in den Hörsälen zu verbringen statt in dieser dämlichen Kantine hier.« Er lächelte strahlend.

Zum ersten Mal kam Bhima der Gedanke, dass dieser hübsche, glattrasierte Junge womöglich ein Schwachkopf war. Aber war er wirklich geistig minderbemittelt? Oder stellte er sich vorsätzlich dumm, um unschuldig zu wirken und sich um die Verantwortung zu drücken? Aha, das war es also. Je eingehender Bhima Ashok Malhotras offenes Gesicht mit den großen Kinderaugen betrachtete, desto genauer durchschaute sie das Spiel, das er spielte.

Nun, sie würde ihn nicht ungeschoren davonkommen lassen. Schließlich war sie genau deshalb hier, in dieser fremden, ungewohnten Umgebung – um diesen jungen Mann, der offenbar alles leugnen wollte, zu veranlassen, sich seiner Verantwortung zu stellen. Bhima beugte sich vor. »Sie hat keine Malaria, *beta*«, erklärte sie, um einen ruhigen Tonfall bemüht. »Sie wissen haargenau, was Maya fehlt.«

Ashok blinzelte. »Ich … Ich weiß es?«, fragte er.

Erneut trat Schweigen ein, und sie starrten einander an. Dann schüttelte Bhima ungehalten den Kopf. Dieser Junge machte es einem wahrlich nicht leicht. Er konnte es sich ja erlauben, hier in dieser Kantine zu sitzen und den lieben langen Tag seine Spielchen zu treiben; sie dagegen nicht. Sie war alt und müde, hatte noch eine lange Heimfahrt vor sich und musste Abendessen kochen, wenn sie zu Hause angelangt war. Im Übrigen konnte sie sich auf eine Szene gefasst machen, wenn Maya herausfand, dass sie im College gewesen war. Es gäbe Tränen und wechselseitige Beschuldigungen, und Maya würde sie mit vorwurfsvollem Blick ansehen und sagen: »Wie konntest du das nur tun, Ma? Ich habe dir mein Geheimnis anvertraut.« Als wäre ihr ein Stapel Bücher auf den Kopf gefallen, spürte Bhima schlagartig ihre fünfundsechzig Jahre. Jeder einzelne Knochen in ihrem Leib heulte lauthals sein Weh heraus, jedes graue Haar tat schwirrend sein Elend kund, jeder Muskel zitterte und bebte vor Schmerz. Sie musterte den dunkelhaarigen Jungen mit der samtweichen Haut voll bitterem Neid. Registrierte seine sauberen Fingernägel, seine gestärkte Kurta, das adrett geschnittene Haar. Sie nahm seine blühende Jugend und Gesundheit wahr, die gepflegten weißen Zähne, die makellosen, faltenfreien Hände. Dieser Junge hatte alle Zeit der Welt. Prinz Ashok hatten sie ihn genannt, und das stimmte. Dieser Junge konnte Zeit verbrauchen, nein vergeuden, als sei sie eine von der Inflation entwertete Währung. Während sie, Bhima, mit ihrer Zeit geizen, jede Sekunde des Tages zählen musste, konnte dieser Junge sich die Zeit planlos durch die Finger rieseln lassen, konnte sie leichtfertig verschwenden, als handle es sich um Zehn-Paisa-Münzen.

Irgendetwas von der Wut der Betrogenen, die sie empfand, musste wohl in ihrer Miene zu lesen sein, denn Ashok Malhotra sah sie beunruhigt an. »Ist alles in Ordnung mit Ihnen, *auntie*?«, fragte er. »Möchten Sie vielleicht eine Limca oder irgendwas in der Art?«

»Hören Sie mal, Ashok, ich habe keine Zeit für solche Dinge. Ich bin eine alte Frau und habe nicht mehr ewig zu leben. Wenn es schon sonst keinen Grund gibt, so zeigen Sie wenigstens um meines

Alters willen Mitleid, und halten Sie mich nicht länger zum Narren. Für mich ist das hier auch nicht leicht, *beta.*«

Der Gesichtsausdruck des Jungen veränderte sich. Er nahm die Ellbogen von dem Resopaltisch und lehnte sich zurück, als wolle er einen möglichst großen Abstand zwischen ihnen schaffen. »Ich bin Ashok Malhotra«, sagte er vorsichtig. »Sind Sie sicher, dass ich der Ashok bin, den Sie suchen?«

Bhima stieß einen Seufzer aus, der fast wie ein Fauchen klang. »Schauen Sie, *baba.* Ich weiß alles. Mir brauchen Sie nichts vorzugaukeln. Maya hat mir alles erzählt. Ich bin nicht hier, um irgendjemandem Vorwürfe zu machen. Ich will nur …«

»Was denn? Was hat Maya Ihnen erzählt?«

Endlich kamen sie der Sache näher. »Ashok, Maya ist schwanger. Sie liegt nicht mit Malaria im Bett. Sie ist schwanger.«

Ashok rang nach Luft. »Schwanger? Das ist doch nicht möglich. Ich meine, *auntie,* ich bin schockiert.«

Bhimas Ton war jetzt freundlich. »Ich weiß, *beta.* Das sind wir alle. Das ist nicht das Leben, das mir für meine Enkelin vorgeschwebt hat. Doch wer kennt schon Gottes unergründliche Wege? Vielleicht …«

»Nein, ich meine, ausgerechnet Maya. Ich kannte sie nicht sehr gut, aber ich hatte wirklich Achtung vor ihr. Ich dachte immer, sie sei ein vernünftiges Mädchen, nicht wie manche anderen Mädchen, die ich kenne.«

Bhima starrte ihn mit offenem Munde an. Dieser Junge war ja an Frechheit nicht zu überbieten. Absolut schamlos. Saß da vor ihr und sprach von anderen Mädchen, die er kannte. Hieß das, er hatte auch noch andere Mädchen geschwängert? Und es liefen – oh, allmächtiger Gott! – noch weitere kleine Ashok Malhotras in der Welt herum? Eine Woge der Verzweiflung und des Kummers übermannte sie.

Doch sie musste es versuchen. Maya zuliebe musste sie diesen Jungen dazu bringen, dass er all seine anderen Freundinnen vergaß. »Was vorbei ist, ist vorbei«, erklärte sie. »Die Frage ist, was soll als Nächstes geschehen?«

Ashok zuckte die Achseln. Als sie das Achselzucken sah, umklammerte Bhima krampfhaft die Kante des rosafarbenen Tisches, damit ihre Hand sich nicht selbständig machte und diesem Burschen ins Gesicht fuhr. Ihre Maya war in einer verheerenden Lage, und dieser weibstolle, schamlose Hurenbock wusste nichts Besseres zu tun, als angesichts ihrer Probleme mit den Schultern zu zucken.

»Jetzt hören Sie mir mal zu«, sagte sie, diesmal ohne abzuwarten, bis der Zorn aus ihrer Stimme gewichen war. »Ich weiß alles. Maya hat mir alles erzählt. Über Sie beide. Und als angehender Vater könnten Sie wenigstens …«

»Was? Wie bitte?« Ashok stand ruckartig auf, und seine Stimme klang völlig verändert. »Was haben Sie da gesagt?«

Er hatte es also nicht gewusst. Als Bhima sah, dass die anderen Studenten fragend zu ihnen herüberblickten, verwünschte sie sich, dass sie nicht einen ruhigeren Ort gewählt hatte, um ihm die Nachricht beizubringen. »Hey, Ashok, alles in Ordnung, *yaar*?«, rief einer der Jungen, die Bhima zuvor von ihrem Platz an Ashoks Tisch vertrieben hatte.

Ashoks Gesicht war kalkweiß, und er rang nach Luft. Sonderbarerweise verspürte Bhima plötzlich den Drang zu kichern. Der schockierte Junge vor ihr gebärdete sich so melodramatisch und entrüstet wie eine dieser Bollywood-Schauspielerinnen, deren Tugendhaftigkeit in Frage gestellt wird. Doch dann bemerkte sie den Hass in seinem Blick, und das Lachen in ihr erstarb. »*Beta*, setzen Sie sich wieder«, bat sie ihn. »Es ist hart, ich weiß, aber …«

»Hat sie das behauptet?«, zischte er. »Hat sie behauptet, dass ich der Vater ihres Babys bin?«

Unfähig, ihm in die Augen zu schauen, nickte Bhima.

»Diese verdammte Lügnerin. Diese verdammte, schmutzige, miese Lügnerin. Wie kann sie es wagen? Diese dreckige kleine Schlampe. Flittchen. Da sieht man's mal wieder, einer Frau kann man nicht trauen. Niemals.«

Bhima brauchte einen Augenblick, bis sie begriff, dass er von Maya sprach. Und in diesem Augenblick wurde es ihr klar – sie würde Ashok Malhotra nicht zum Schwiegersohn wollen, und wäre er der letzte lebende Mensch auf Erden. Für den Bruchteil einer

Sekunde blickte sie in die Zukunft und sah, was aus dieser Erkenntnis folgte, sah die zerfetzten Eingeweide eines Traums. Keine Küche mit funkelnden Töpfen und Pfannen würde auf Maya warten, kein liebender Ehemann, der sie mit all den schönen Dingen versorgte, die sie, Bhima, ihr niemals bieten könnte. Stattdessen warteten eine Abtreibung auf sie und ein Leben, das für immer gezeichnet war von verborgener Schande und Geheimniskrämerei. Doch das war immer noch besser, als diese unflätige Kreatur zur Ehe mit Maya zu zwingen. Serabai las häufig Berichte aus der Zeitung über Brautverbrennungen und Mitgiftmorde vor. Bhima schauderte. Einige Dinge, die diese Männer ihren Frauen antaten, wünschte man nicht einmal seinem ärgsten Feind. Man konnte über Gopal sagen, was man wollte; selbst wenn der Alkohol ihren Mann in ein Wrack verwandelt hatte – er hatte sie jedenfalls niemals mit so schlimmen Schmähwörtern beschimpft wie dieser üble Bursche hier ihre Maya.

Die Erkenntnis, dass sie Ashok Malhotra nicht in ihrer Familie haben wollte, wirkte befreiend auf Bhima. »Halt deinen Mund, Bürschchen. Dass du mir nie wieder in dieser Art und Weise über meine Enkelin redest. Denk daran, selbst wenn ich tot bin, werde ich aus meinem Grab steigen, um dir die Zunge abzuschneiden. Meine Maya ist ein anständiges Mädchen und so viel wert wie zehn von deiner Sorte zusammen. Es hat schon ein dreckiges Schwein wie dich gebraucht, um sie auf die schiefe Bahn zu bringen. Was meine Bitte, sie zu heiraten und auf diese Weise eine ehrbare Frau aus ihr zu machen, betrifft, so war ich wohl …«

»Sie zu heiraten? Eine ehrbare Frau aus ihr zu machen?« Ashoks Stimme wurde schrill. »*Arrey,* Bhagwan, ich glaub, ich werde verrückt? Hör mal zu, Omma, ich kenn deine Enkelin kaum. In der ganzen Studienzeit habe ich nur fünf- oder sechsmal mit ihr gesprochen, und das auch nur im Beisein weiterer Freunde, da ist Gott mein Zeuge.«

Bhima wollte schon protestieren, doch das wütende Funkeln in Ashoks Augen ließ sie verstummen. »Das ist ein von meinen Feinden geschmiedetes Komplott, das rieche ich doch«, fuhr er fort und sah sich im Raum um. »Das waren diese Scheißtypen von der Progressive Student Union, die Sie dazu angestiftet haben. Ich weiß es. Diese vermaledeiten, moralisch verlotterten Linken. Versuchen dauernd, uns von der RJS in Misskredit zu bringen. All diese liberalen PSU-Huren, mit ihrem Geschwätz von Säkularismus und dem ganzen Scheiß. Und ihre verweichlichten sozialistischen ›Genossen‹, die ihnen lechzend nachrennen wie geile Köter. Aber trotzdem hätte ich niemals gedacht, dass sie sich in solche moralischen Niederungen hinabbegeben.«

»*Beta,* ich bin hergekommen, um über Maya zu reden, und sonst gar nichts …«

»Hätte im Leben nicht geglaubt, dass Maya eine von ihnen ist«, sagte Ashok so leise, dass Bhima ihn kaum hören konnte. »Aber egal. Sie kann meinen Ruf nicht schädigen. Jeder hier im College weiß, dass ich ein RJS-Mitglied bin und dass wir an Reinheit und Keuschheit vor der Ehe glauben. Selbst einige der christlichen Studenten haben mir heimlich anvertraut, dass sie das Ziel der RJS, einen Hindustaat zu errichten, zwar nicht befürworten, aber viele ihrer Maximen anerkennen. Natürlich würden sie das niemals öffentlich zugeben. Haben zu viel Angst vor den fanatischen Muslimen, nehme ich an. Wie auch immer, in der RJS lehrt man uns, unseren Hindufrauen Achtung entgegenzubringen, selbst gefallenen Mädchen wie Maya. Aber wir glauben auch an Gegenwehr. Wir müssen uns wehren, wenn jemand unseren Ruf zu zerstören versucht.« Er starrte Bhima zornig an.

Einer von Ashoks Konsorten kam anmarschiert. »Was ist los, Boss?«, fragte er mit einem flüchtigen Seitenblick auf Bhima. »Belästigt dich die alte Dame? Wir können uns des Problems annehmen; eins, zwei, drei …«

Doch Ashok scheuchte ihn fort. »Nein, lass sein. Mit der werd ich schon alleine fertig.«

»*Chamcha* – Schleimscheißer«, schnaubte Bhima leise, als der andere Junge den Rückzug antrat.

Doch in Wirklichkeit war sie vollkommen mürbe. Ashok Malhotras energische Verteidigung seines Charakters, das irre, paranoide Funkeln in seinen Augen, seine offenkundige Verachtung für Maya und seine kaum verhüllten Drohungen hatten Bhima in die Knie gezwungen, und sie spürte, wie sie gleich einem Kartenhaus in sich zusammenfiel. Es gab nichts mehr zu sagen, gab keinen wirklichen Grund, noch länger hier zu bleiben. Ihre Mission war auf ganzer Linie gescheitert, war so böse ins Auge gegangen, dass sie an deren Sinn und Zweck zu zweifeln begann. »Tut mir Leid, wenn ich Sie verärgert habe«, erklärte sie leise. »Ich hoffe, Sie können mir verzeihen, *beta*. Ich bin einfach nur ein närrisches, dummes Weib. Wenn Sie auch sonst kein Erbarmen haben, so haben Sie es wenigstens mit diesen grauen Haaren, und vergessen Sie unser Gespräch einfach. Meine Familie« – und hier brach ihr die Stimme – »wird sie nie wieder behelligen. Bitte geben Sie Ihrem Herzen einen Stoß und verzeihen Sie mir.«

Die Kantine erschien ihr nun doppelt so lang wie zuvor. Mit unsicherem Schritt ging Bhima hinaus, den Blick zu Boden gerichtet, und bemühte sich, das gedämpfte Getuschel und Gekicher, das in ihrem Rücken laut wurde, zu ignorieren. Ihre Füße schmerzten an der Stelle, an der ihre Gummischlappen auf der Haut scheuerten.

Der Taxifahrer war ein junger, leutseliger Bursche, der zum Plaudern aufgelegt schien, doch Bhima war nicht in der Stimmung für eine Unterhaltung. Sie starrte aus dem Fenster auf die verfallenen Häuser und Bauruinen, an denen das Taxi vorübersauste. Selbst der Anblick des Arabischen Meers mit seiner Gischt und dem graubraunen Wasser, bei dem ihr für gewöhnlich das Herz im Leibe hüpfte, vermochte sie nicht aufzumuntern.

Sie ließ das Gespräch mit Ashok noch einmal Revue passieren und versuchte, den genauen Zeitpunkt auszumachen, an dem es ihrer Kontrolle entglitten war, einer Herde wild gewordener Elefanten gleich; den präzisen Zeitpunkt, an dem ihr das Herz gebrochen und die Zukunft vor ihrem ungläubigen Blick in Scherben gegangen war.

Sie sann auch darüber nach, wann genau sie an Ashok Malhotras Unschuld zu glauben begonnen hatte. Denn ihrer Meinung nach bestand kein Zweifel daran, dass der Junge die Wahrheit gesagt hatte. Und dass Maya sie angelogen hatte – Maya, die Enkelin, die sie, Bhima, aus den Fängen des Todes gerettet hatte; Maya, die als Waise zu ihr gekommen und zu einer intelligenten, ambitionierten jungen

Frau herangewachsen war; Maya, die einzige Blutsverwandte, die sie noch in ihrer Nähe hatte; Maya, die der einzige Lichtblick in Bhimas trostlosem Dasein gewesen war; Maya, die Bhima entschädigen musste für ihre eigenen unverwirklichten Hoffnungen und gescheiterten Träume; Maya, der strahlende Mittelpunkt, um den all ihre Phantasien und Tagträume kreisten – Maya war diejenige, die sie hintergangen hatte. (Doch sollte sie nicht inzwischen an Verrat gewöhnt sein?) Maya hatte sie in diese peinliche Lage gebracht und gedemütigt. (Doch sollte sie nicht hinlänglich Erfahrung im Umgang mit Demütigungen haben?) Maya war allem Anschein nach darauf bedacht, das Elend wie harte Baumwollkissen unter Bhimas Kopf zu stopfen. (Doch weshalb sollte Maya schließlich anders sein als der Rest ihrer Familie?)

Bhima ließ sich vom Taxifahrer fünf Minuten vor dem *basti* absetzen. Sie wollte nicht, dass ihre Nachbarn Spekulationen anstellten, aus welchen Gründen sie sich wohl für den Heimweg ein Taxi genommen hatte. Auch war ihr an diesem Tag nicht danach zumute, den Stachel ihres Neides zu spüren zu bekommen. Viele von ihnen, das wusste sie, missgönnten ihr das Glück, für eine Frau wie Serabai zu arbeiten. »*Ae,* Bhima *mausi*«, sagte Bibi oft zu ihr. »Ich warte nur darauf, dass Maya eine Topstellung bekommt und du dich zur Ruhe setzen kannst. Dann geh ich für deine Serabai arbeiten. Ich möchte auch gern mit Cadbury-Schokolade für meine Kleinen heimkommen. Diese Gudschar-Frau, für die ich arbeite, ist so eine alte Geizziege; gibt sie mir den einen Monat auch nur das kleinste Körnchen Salz extra, so kann ich darauf schwören, dass sie versucht, mir im nächsten Monat etwas vom Lohn abzuziehen. Sie ist wirklich der Inbegriff einer *kanjoos*.«

Bhima lief raschen Schrittes, denn sie konnte es kaum erwarten, nach Hause zu kommen. Die Riemen ihrer Gummischlappen schnitten ihr ins Fleisch, doch sie war zu sehr in Gedanken versunken, um den Schmerz wahrzunehmen. Wenn Ashok Malhotra nicht der Vater von Mayas Baby war, wer war es dann? Doch spielte das überhaupt eine Rolle? Denn vermutlich hatte einer der ungehobelten Bengel aus dem Slum Maya geschwängert. Möglicherweise sogar dieser unverschämte Kerl, der ihnen gegenüber wohnte und nicht einmal den Anstand besaß, den Blick abzuwenden, wenn sie ihre tägliche Toilette machten. Bei dem Gedanken daran schoss Bhima die Röte ins Gesicht. Nein, sie hatten wohl keine andere Wahl, als eine Abtreibung vornehmen zu lassen. Nach der unschönen Begegnung mit Ashok Malhotra war Bhima die Kampflust vergangen. Sie konnte sich nicht vorstellen, das Ganze noch einmal mit einem weiteren Verdächtigen durchzuexerzieren. Auch war schließlich nicht gewährleistet, dass diese unverfrorene Göre ihr diesmal die richtige Information an die Hand gab. Bhimas Wangen glühten vor Zorn über Mayas arglistige Täuschung. Ihre Rechte zuckte bereits in der Erwartung der schallenden Ohrfeigen, die sie Maya verpassen wollte. Sie beschleunigte ihren Schritt.

Doch als sie sich dem *basti* näherte, überkam sie ein sonderbarer Widerwille, ihre düstere Hütte zu betreten. Einmal mehr fiel ihr auf, wie schäbig und verfallen die behelfsmäßige Konstruktion aus Blech und Pappe wirkte; eher wie ein riesiges, von einem Schwarm besoffener Krähen zusammengeschustertes Vogelnest als ein Ort, an dem Menschen lebten. Sie hob mit der rechten Hand ihren Sari hoch, um zu verhindern, dass der Saum mit dem trüben braunen Wasser auf dem Boden in Berührung kam; mit der Linken scheuchte sie die Fliegen fort, die sie umschwirrten. Wie immer empfand sie hilflose Verzweiflung, wenn sie ihr armseliges Viertel betrat. Doch heute fühlte sich die Verzweiflung noch bitterer und gnadenloser an als gewöhnlich, und nackter, blanker Hass auf Maya stieg in ihr auf. Hirnverbrannte dumme Göre – hatte ihre Zukunft achtlos verschenkt wie eine alte Zeitung. Nun würde auch sie in diesem schmutzigen Elendsviertel leben, dazu verdammt, ein ebenso mühseliges Dasein zu fristen wie sie, Bhima. Und der Schatten ihres abgetriebenen Kindes würde sie stets verfolgen. Dabei war sie schon so dicht davor gewesen, diesem Ort den Rücken zu kehren und etwas aus ihrem Leben zu machen. Doch der Familienfluch lastete offenbar auch auf ihr, lauerte über ihrem Kopf wie ein Raubvogel. Der Fluch, der Maya mit sieben zur Waise gemacht hatte, würde nun dafür sorgen, dass ihr mit siebzehn ihr Kind genommen würde.

Andererseits hätte Maya vielleicht an ihr College zurückkehren können, wenn sie, Bhima, dort heute nicht so eine Szene geliefert hätte. Maya hätte die Abtreibung durchführen lassen können, ein paar Tage zu Hause bleiben und dann ohne großes Aufhebens das Studium wieder aufnehmen. Falls irgendeiner ihrer Kommilitonen nachgehakt hätte, so hätte sie sagen können – was hatte Ashok Malhotra gleich noch gemeint, was seine Freunde hätten? Richtig, Malaria. Keiner hätte etwas erfahren. Doch als Maya Ashok Malhotras Namen erwähnte, hatte irgendein merkwürdiger irrationaler Optimismus von Bhima Besitz ergriffen. Die Vision von der Küche mit den blitzenden Töpfen hatte sie nicht mehr losgelassen. Es war, als habe ein Dämon sein Spiel mit ihr getrieben und sie mit einer gefährlichen Hoffnung infiziert, habe sie umgarnt und sei den ganzen Weg zu Mayas College vor ihr herumgetanzt, um ihr den Weg zu Ashok Malhotras Tisch zu weisen, wo sie Kummer und Spott erwarteten, einem heißen, dampfenden Teller *battatawadas* gleich. Bhimas Glieder fühlten sich schwer an, als breiteten ihre Schuldgefühle sich darin aus wie ein radioaktiver Farbstoff. Ohne es zu wollen, hatte sie die Zukunft ihrer Enkeltochter zerstört. Was auch immer Maya an Fehltritten begangen haben mochte, wäre wieder gutzumachen gewesen. Aber was Bhima getan hatte – das Wissen um die Schande ihrer Familie mit einem Fremden zu teilen –, besudelte Mayas Ehre vor einem selbstgerechten, frömmlerischen Narren, enthüllte ihr Geheimnis weiß Gott wie vielen neugierig gespitzten Ohren; dieser Schaden ließ sich nicht ungeschehen machen. Sie hatte ihre Kleine in dieser großen, hellen, von Menschen wimmelnden Kantine nackt ausgezogen, hatte sie den Pfeilen des Tratsches und gedankenlosen Geredes preisgegeben.

Vielleicht war es das schlechte Gewissen, das sie dazu trieb, auf Maya loszugehen, kaum dass das Mädchen die Tür geöffnet hatte. Sie packte ihre rechte Schlappe, die eine tiefe, blutige Kerbe in ihren Fuß gegraben hatte, und wartete, bis Maya die klapprige Tür geschlossen hatte. Dann schlug Bhima, noch bevor sich das Mädchen entfernen konnte, nach der schwangeren Maya, deren Gesicht allein sie jetzt schon krank machte vor Kummer. »Komm her, du schamlose, verlogene Göre«, keuchte sie. »Da hast du's, und noch mal, und noch mal. Komm nur her, ich würde dich am liebsten zu Brei zermalmen, deine Lügenvisage nie wieder sehen.«

In dem instinktiven Versuch, die Schläge abzuwehren, schoben sich Mayas Hände blitzschnell schützend vor ihren Unterleib. Sie wirbelte herum, sodass der Großteil von Bhimas Hieben auf ihrem Rücken landete. »Nicht, Ma-ma«, wimmerte sie einmal, doch dann wurde sie rasch still und zuckte nur jedes Mal stumm zusammen, wenn ein weiterer Schlag sie traf.

Ihr Schweigen brachte Bhima zur Weißglut. Sie wollte ihr richtig wehtun, jawohl, aber noch dringender wollte sie Mayas Tränen fließen sehen, als würden die Tränen sie beide taufen, sie läutern, sie reinwaschen von jenem Übel, das sich wie ein Wurm in ihr Leben gefressen hatte. »Sag doch etwas«, forderte sie. Und dann im Rhythmus der Schläge: »Sag etwas … Fleh um Ver…gebung, du … Satans…braten … du elende … Missgeburt.« Doch stattdessen war Bhima selbst den Tränen nahe, denn die Ereignisse des Tages hatten sie eingeholt – und mit ihnen das Gefühl der Erniedrigung und die Erschöpfung, die Entrüstung der hilflosen Betrogenen, die von ihrem eigenen Enkelkind belogen worden war; und jetzt kam noch das Entsetzen über ihr eigenes unkontrolliertes Verhalten hinzu.

Der Schmerz in ihren Unterarmen ließ sie innehalten. Maya kauerte auf dem Boden und schaute aus großen, ängstlichen Augen zu ihr auf. Ihr Blick brach Bhima schier das Herz und weckte in ihr den Wunsch, diesen jungen, zitternden Leib zu packen und ebenso ungestüm mit Küssen zu bedecken, wie sie ihn eine Minute zuvor mit Schlägen überzogen hatte. Doch sie verschloss ihr Herz. Genau diese Nachsicht war es, die es Maya überhaupt erst ermöglicht hatte, vom rechten Weg abzukommen.

»Ashok Malhotra«, stieß sie hervor. »Vater deines unehelichen Kindes, ja? *Arrey,* ein leichtes Mädchen wie du müsste neunmal wiedergeboren werden, um sich einen anständigen, frommen und gottesfürchtigen Jungen wie ihn zu angeln.«

Maya starrte sie entsetzt an. »Woher weißt du, dass Ashok fromm ist?«, fragte sie.

»Ich habe ihn getroffen. Ich bin heute zu deinem College gefahren, um ihm den Vorschlag zu machen, dich zu heiraten.« Bhima lachte verbittert und schüttelte den Kopf angesichts ihrer anfänglichen Naivität.

»*Was* hast du getan?« Mayas Stimme klang schrill und hysterisch. »*Was* hast du getan, Ma?«

Bhima zwang sich, ihrer Enkelin weiterhin ins Gesicht zu sehen. »Du bist selbst schuld daran. Oder spinnst du so viele Lügen, dass du vergessen hast, was du mir über ihn erzählt hast? Na ja, im Grunde ist es mein Fehler. Denk bloß, ich habe dem Wort eines Flittchens vertraut.«

Maya zuckte zusammen. »Hör auf, so grausam zu sein, Ma-ma, ich flehe dich an. Du kannst mich meinetwegen mit deinen *chappals* oder mit einem Stock schlagen, kannst mich mit Benzin übergießen und mich bei lebendigem Leibe verbrennen. Aber geißel mich nicht mit deinen Worten.«

»Ich dich geißeln und schlagen? *Beta,* warte nur, du wirst schon sehen, wie erbarmungslos diese grausame Welt über dich herfallen wird, wenn die Nachricht von deiner Schwangerschaft erst mal die Runde macht. Du weißt, wie Yasmeen, die Muslimin im benachbarten *basti*, den Purdah trägt? Nun, du wirst keinen brauchen. Deine Schande wird dir als Schleier dienen.«

»Und nun hast du diese Schande wie Dung im ganzen College verbreitet«, bemerkte Maya voller Groll. »Ich kenne diesen Ashok. Ich bin noch nie auf seinen Hare-Rama-Quatsch reingefallen. Ich habe mitbekommen, wie gern er klatscht, besonders über Mädchen, die er nicht leiden kann. Und er ist so ein Großmaul; es ist, als sei er mit einem Lautsprecher in der Kehle auf die Welt gekommen. Wahrscheinlich weiß es bereits das ganze College.«

Bhima schluckte die Gewissensbisse hinunter, die den Geschmack von saurer Milch in ihrem Mund hinterließen. »Du hättest eben darüber nachdenken sollen, bevor du ihn grundlos in die Sache hineingezogen hast; bevor du mir offen ins Gesicht gelogen hast.«

»Du hast mich dazu gezwungen«, erwiderte das Mädchen, und für die Dauer einer Sekunde blitzte etwas von der alten, temperamentvollen Maya auf. »Du hast mich mit deiner hartnäckigen Fragerei in die Enge getrieben, und so habe ich den erstbesten und abwegigsten Namen genannt, der mir in den Sinn kam. Was spielt es schon für eine Rolle, wer der Vater ist, Ma-ma? Tatsache ist doch, dass das Baby in *meinem* Bauch heranwächst, nicht in seinem. Das bedeutet, es ist mein Fluch und mein Segen, nicht der irgendeines anderen …«

»Segen? Du sprichst von diesem … diesem Etwas, das da in deinem Bauch heranwächst, als einem Segen? Bist du jetzt völlig übergeschnappt, Mädchen? Oder planst du, deine alte Großmutter in den Tod zu treiben, damit du diesen Palast hier erben kannst, in dem wir wohnen?«

Maya legte zaghaft die Hand auf Bhimas dürren Arm. »Sprich nicht vom Sterben, Ma-ma. Du bist alles, was ich noch habe auf dieser Welt.«

Ah, das empfand man also, wenn einem das Herz brach: diesen kühlen, zarten, köstlichen Schauer, wie bei den hohen Geigentönen auf den Klassikschallplatten, die bei Serabai liefen. Bhima hätte Maya am liebsten umarmt und getötet, um sie zu retten und sie zu zerstören – alles in einem einzigen, explosiven Moment.

»Nun ist's aber gut«, erklärte sie schroff. »Jetzt führ dich nicht auf wie Meena Kumari in einer dieser Bollywood-Schnulzen. Geh den Kocher anzünden. Mein Magen knurrt schon so laut, dass selbst die Ratten gleich verschreckt die Flucht ergreifen werden.«

Maya machte Anstalten, sich zu entfernen, doch Bhima hielt sie zurück. »Hör zu, Mädchen«, sagte sie. »Morgen werde ich mit Serabai sprechen, damit wir dich zu einem Arzt bringen können, der Abtreibungen vornimmt. Es wird nämlich höchste Zeit.«

5

Während Sera auf den Aufzug wartet, sinnt sie darüber nach, ob es nicht riskant ist, Bhima alleine zu Hause zurückzulassen. Noch nie hat sie Bhima so alt, so müde wie heute gesehen, so – nun, wie soll man es am besten bezeichnen? – *niedergeschmettert*. Nicht einmal als Gopal verschwunden war und das Kostbarste in Bhimas Leben mitgenommen hatte. Natürlich saß Bhima damals der Schreck in den Gliedern, keine Frage, aber sie wusste, dass sie noch für Pooja verantwortlich war, und diese Verantwortung für ihre Tochter hatte ihr Mut verliehen, hatte sie davor bewahrt, völlig zu Grunde zu gehen. Nein, Gopal mochte Bhima gewissermaßen das Kreuz gebrochen haben, aber Maya hatte ihren Lebenswillen gebrochen. Oder besser Ashok Malhotra. Sera wäre gern ärgerlich auf Maya, stellt aber fest, dass es ihr beim besten Willen nicht gelingen will. Sie versucht sich Maya vorzustellen, wie sie heute ist – misstrauisch, verschlagen, trotzig und auf Manipulation bedacht –, sieht aber nur die schüchterne, verängstigte Siebenjährige mit dem roten Rüschenkleid und den goldenen Schläppchen vor sich, die vor ihr und Feroz stand und die Hand ihrer Großmutter umklammerte. Bhima war mit ihrer Enkelin gerade erst aus Delhi zurückgekehrt; sie hatten die ganze Nacht im Zug gesessen, und Sera gewahrte die dunklen Ringe unter den Augen des Mädchens. Ein Waisenkind, entsetzlich dünn, dessen Herz Sera eroberte, indem sie ihm Tag für Tag drei Stückchen Cadbury-Milchschokolade schenkte; und nachdem Bhima ihre Enkelin zwei Monate lang zu den Dubashs mitgebracht hatte, wenn sie dort arbeitete, hatte das Mädchen zu Seras Entzücken eines Tages auf

Englisch gefragt: »Wo meine Schokolade?« An jenem Tag – oder kurz darauf – beschloss Sera dann auch, dass dies ein intelligentes Kind sei, das ein anderes Leben verdient hatte, als seine Großmutter es ihm bieten konnte. Und dass sie, Sera, die Verantwortung für Mayas Ausbildung übernehmen würde.

Sera steigt in den Aufzug und trifft dort auf Mrs. Madan, eine Nachbarin aus dem fünften Stock. »*Kem che,* Sera?«, fragt die Frau. »Lange nicht gesehen, meine Liebe.«

»Oh, mir geht's ausgezeichnet«, gibt Sera zurück. »Und Ihnen?« Sie bereut die Frage, kaum dass sie ihr über die Lippen gekommen ist.

Mrs. Madan seufzt. *»Chalta hai, chalta hai«,* sagt sie. »Das Leben geht weiter. Die Arthritis wird immer schlimmer. Sehen Sie diesen Daumen? Schauen Sie mal, wie rot und geschwollen der ist. Wie eine dicke, fette Tomate. *Baap re,* Sie können sich gar nicht vorstellen, wie weh das tut. Nun ja, was man nicht heilen kann, muss man aushalten, wie mein lieber Praful, Gott hab ihn selig, immer zu bemerken pflegte. Aber ich sage Ihnen, Sera, das kommt, weil er niemals Migräne hatte. Manchmal sind die Kopfschmerzen so schlimm, dass ich nicht einmal mehr die Augen öffnen kann. Gott sei Dank weiß meine Hausangestellte genau, was sie in solchen Momenten für mich tun muss. Sie arbeitet schon lange bei mir, wissen Sie. Nicht so lange wie Ihre Bhima bei Ihnen natürlich. Das ist wahrlich außergewöhnlich, das muss ich sagen. Kein Wunder, Sie behandeln sie ja auch wie ein Familienmitglied. Mein Praful pflegte immer zu sagen, Sie hätten diese Frau so weit gebracht, dass Sie Ihre Gutmütigkeit ausnutzt und Ihnen auf der Nase herumtanzt, falls Sie mir die Bemerkung gestatten. Aber diese Männer, die sind eben hartherzig, nicht wahr? Nicht so weichherzig wie wir Frauen. Ich sage immer: ›Sera wird im Himmel dafür belohnt werden, wie sie Bhima behandelt hat.‹«

»Der Himmel hat damit nichts zu tun«, hebt Sera an. »Bhima ist einfach eine anständige Person und leistet gute Arbeit.«

»Oh, ich weiß, ich weiß. Das ist genau das, was ich allen erkläre. Nein, Sie haben ein ebenso weiches Herz wie ich, Sera. Allein schon, wie Sie tagtäglich Ihre alte Schwiegermutter besuchen, um nach dem Rechten zu sehen. Glauben Sie nicht, ich würde das nicht mitbekommen, selbst wenn ich beinahe blind bin wegen meines grauen Stars. Sie mögen vielleicht nicht so häufig in den *agyari* gehen wie manche von uns, aber Sie sind auf Ihre eigene Art und Weise fromm, das weiß ich. *Chalo,* wird Zeit für mich, mein Rezept abzuholen. Der Doktor hat mir geraten, ich solle jeden Tag einen kleinen Spaziergang machen, aber ich sage Ihnen, die Fußwege in Bombay sind heutzutage in so einem üblen Zustand; ich habe Angst, vor die Tür zu gehen. Überall offene Kanalschächte und Baugruben.«

Diese Mehru Madan ist vielleicht eine einfältige Person, denkt Sera, als die beiden Frauen sich trennen. Konfuse theologische Thesen, konfuse medizinische Weisheiten, einfach geistig konfus. Ihr fällt ein, dass Feroz von Mehru immer als der alten Mrs. Wirrkopf gesprochen hat, und der Gedanke daran entlockt ihr ein Schmunzeln.

Noch immer schmunzelnd, steigt sie in den Aufzug in Banu Dubashs Mietshaus ein, was den Fahrstuhlführer dazu veranlasst, sie anzugrinsen. *»Salaam, memsahib«,* sagt er. Sie nickt knapp, ärgerlich, weil er sie in diesem Moment der Selbstvergessenheit ertappt hat.

»Zweiter Stock«, sagt sie, obgleich ihr klar ist, dass der Mann haargenau weiß, in welchem Stockwerk sich die Wohnung von Banu Dubash befindet.

Das Monster liegt auf seinem Bett, das lange, schüttere Haar wie eine Mähne übers Kopfkissen gebreitet. Es schläft, als Sera den Schlüssel im Schloss herumdreht und die Wohnungstür öffnet. Der vertraute Geruch von *Tata's Eau de Cologne* und Franzbranntwein steigt Sera beißend in die Nase, sobald sie über die Schwelle tritt. Wie immer sind die schweren Vorhänge fest zugezogen, weil das Monster es gern Tag und Nacht dunkel hat in seiner Höhle. Die alte Wohnung riecht muffig, und Sera verspürt einen flüchtigen Anflug von Klaustrophobie, sodass sie den Impuls niederkämpfen muss, die verblichenen Vorhänge aufzuziehen und die Fenster aufzureißen, um Luft und Sonnenlicht hereinzulassen – was dringend nötig wäre. Und wie immer sind ihr die düsteren, schmutzigen Wände, an denen die

Tünche abblättert, ein Dorn im Auge, und sie denkt, wie liebend gern sie doch einen Trupp Handwerker bestellen und diese alten Wände in einem hellen Farbton streichen lassen würde. Soweit Sera sich entsinnen kann, ist diese Wohnung nicht mehr gestrichen worden, seit sie hier als junge – nun gut, nicht ganz so junge – Braut herkam, vor unendlich vielen Jahren. Sie schaudert unwillkürlich bei der Erinnerung an diese elenden Jahre, als sie in der Wohnung des Monsters lebte. Gott sei Dank fand sie den Mut auszuziehen, und die Vorsehung hat ihr ein eigenes Zuhause beschert. Nicht, dass ihr Leben mit Feroz allein das Paradies auf Erden gewesen wäre. Aber trotzdem. Sie wäre schon vor Jahren vom Balkon dieses Hauses gesprungen, hätte sie weiter mit ihren Schwiegereltern unter einem Dach leben müssen.

Die Tagesschwester, Edna, döst in dem großen Lehnstuhl in der rechten Ecke des Zimmers, in der das Monster schläft, und sein gleichmäßiges Schnarchen erfüllt den Raum mit einem monotonen Rhythmus. Sera sieht Edna zunächst nur in dem mannshohen Spiegel, der eine Tür des Mahagonischranks neben dem Bett des Monsters einnimmt. Die zweite Tür ist mit einem Gemälde verziert, das eine baumbestandene Landschaft mit Giraffen, Elefanten und Hirschkälbern zeigt. Der riesige Kleiderschrank hatte Sera fasziniert, als sie ihn zum ersten Mal gesehen hatte. Der Haushalt der Dubashs war damals voll gestellt gewesen mit antiken Möbelstücken – einem geschnitzten Mahagoni-Esstisch, an dem zwölf Personen Platz fanden, zwei Couchtischen mit Marmorplatten, einem Himmelbett aus massivem Teakholz.

Sera räuspert sich vorsätzlich, und Edna schreckt aus dem Halbschlaf hoch. »Oh, guten Tag, Madam«, stammelt sie und springt auf. »Ich habe Sie gar nicht gehört – Banu *auntie* hat nach ihrer Morgenwäsche ein Nickerchen gemacht, daher habe ich …«

»Schon gut«, erwidert Sera kurz angebunden. »Es ist also alles in Ordnung? Ist die Nacht gut verlaufen?«

»Im Wesentlichen ja, Madam. Sie hatte einmal Stuhlgang, etwa um zwei Uhr morgens, weil sie leichten Durchfall hat.« Edna gewahrt Seras Miene und bereut umgehend ihre Worte. »Ich … tut mir Leid,

Madam. Ich dachte nur, es interessiert Sie vielleicht. Einige Familien wollen jedes Detail über ihren Patienten erfahren, wissen Sie.«

Sera betrachtet das knochige, dunkelhäutige Gesicht, das müde wirkt, die ausgefransten Ränder der weißen Schwesternhaube, die blassen Konturen eines braunen Flecks auf der abgetragenen Tracht und verspürt einen Anflug von Mitleid und Schuldgefühlen. »Aber sicher doch, das ist ja auch gut so. Wir wollen in der Tat auf dem Laufenden gehalten werden, was mit ihr los ist. Nun, Edna, wie wäre es, wenn Sie uns beiden ein Tässchen Tee aufbrühen? Ich werde ein bisschen aufräumen hier drinnen, während Sie uns einen schönen heißen Brooke Bond zubereiten.«

Sie wird mit einem unerwartet freudigen Lächeln belohnt, das so strahlend ist wie der Himmel draußen. »Geht in Ordnung, Madam«, erklärt Edna. »Ich werde – wie sagen Sie Parsen doch gleich? – *fattaa-faat* eine Kanne Tee kochen. Geht ruck, zuck. Vielleicht möchte Banu *auntie* ja ebenfalls etwas Tee?«

Die alte Frau regt sich unvermittelt, als ahnte sie, dass über sie geredet wird. Sera staunt über den sechsten Sinn ihrer Schwiegermutter, wie schon so oft. Während der Jahre, die Sera in diesem Hause gelebt hatte, war sie zu der Überzeugung gelangt, Banu habe drei zusätzliche Augen am Hinterkopf. Sosehr Feroz und sie sich auch bei einem Streit um Diskretion bemühten, so leise sie auch sprachen, wenn es wieder einmal zu einer Auseinandersetzung kam – Banu schien stets genau darüber informiert, was sich in ihrem Zimmer abgespielt hatte.

Eines Tages hatte Sera versucht, Feroz darauf anzusprechen. »Fällt dir eigentlich auf, wie deine Mutter mich ansieht, wann immer wir uns zanken? Was macht sie bloß, spioniert sie uns hinterher oder was? Ich gebe mir solche Mühe, unsere Probleme vor ihr zu verheimlichen, doch sie scheint jedes Mal, wenn es zwischen uns Ärger gibt, im Bilde zu sein.«

»Hast du gerade deine Tage?«

»Wie bitte?«

»Ob du deine Periode hast?«, wiederholte Feroz. »Denn dann wirst du immer so hysterisch und paranoid wie jetzt gerade und bildest dir ein, die Leute würden dich bespitzeln. Nächstens wirst du noch wie diese dämlichen Amerikaner, die an UFOs und solchen Quatsch glauben.«

Sera starrte ihren Mann wortlos an; dass er ihre Sorgen einfach so abtat, traf sie stärker, als es ihrem Empfinden nach berechtigt gewesen wäre. »Na schön, Feroz«, erwiderte sie schließlich. »Dann mach dich eben weiter lustig über mich.«

»Nun, wenn du nicht so unsinniges Zeug reden würdest, hätte ich keinen Anlass dazu, meine Liebe. Tust gerade so, als hätte meine Mutter nichts Besseres zu tun, als ihre Zeit damit zu vergeuden, dass sie dich belauert.«

Als Edna hinausgeht, widersteht Sera dem Drang, ihr in die Küche zu folgen. Obwohl Banu jetzt gelähmt und hilflos ist, fühlt Sera sich nach wie vor unwohl, wenn sie mit ihrer Schwiegermutter alleine ist. Die bösen Szenen der Vergangenheit klingen ihr noch in den Ohren, wie das Geschnatter der Affen in den Bäumen von Khandāla. Zu viele Geister treiben in diesen Räumen ihr Unwesen, und auch wenn auf diesem Bett nun die gespenstischen, halb toten Überreste der gelähmten alten Frau vor ihr liegen, ist die Tote, an die sich Sera am deutlichsten erinnert und die sie am meisten betrauert, jene junge Frau, die in diesem Haus begraben liegt. Mit welchen Hoffnungen war die frisch Vermählte einst ins Haus ihrer Schwiegereltern gekommen. Mit welcher Leidenschaft hatte jener Mann sie umworben und verführt, der dann ihr Ehemann wurde und sie über diese Schwelle trug wie eine kostbare Fracht, ein zerbrechliches Stück edles Porzellan. Welche Heiterkeit, welches Strahlen hatte jene Tage erfüllt – als hätte jemand eine zweite Sonne am Himmel über Bombay aufgehängt. Sie und Feroz hatten goldene Tage erlebt damals; sie waren nicht mehr wirklich jung gewesen, doch das hatte ihr leuchtendes Glück nur noch strahlender gemacht, weil es hart erkämpft und unerwartet war. Sie hatten einander gefunden, als keiner von ihnen mehr damit gerechnet hatte.

Sera hört, wie die Krankenschwester die Teetassen auf der Küchenanrichte abstellt. »Der Tee ist fast fertig, Madam«, trällert Edna in der Küche. »Gleich kommt eine *garam-garam* Tasse Chai.«

Sera antwortet nicht, aus Angst, die alte Frau aus ihrem Schlummer aufzustören. Schlafende Hunde soll man nicht wecken, schießt es ihr durch den Sinn, und schon zwickt sie das schlechte Gewissen, weil sie ihre Schwiegermutter mit einem Hund vergleicht. Trotzdem genießt sie es, dass sie einmal ein paar Minuten für sich hat, in denen sie nicht Banus wachsamen Blicken ausgesetzt ist. Obwohl der Schlaganfall Banu zu einer hilflosen, bettlägerigen Person gemacht hat und sie kaum noch sprechen kann, verfolgt die alte Frau nämlich normalerweise mit Argusaugen jede Bewegung ihrer Schwiegertochter, ganz gleich in welchem Teil des Zimmers diese sich gerade aufhält – genau so, wie sie es in der Anfangszeit von Seras Ehe immer getan hat.

Sera, die sich in der tröstlichen Gewissheit wiegt, dass Banu noch schlummert und ihre flinken Luchsaugen fest geschlossen hat, schleicht jetzt auf Zehenspitzen zu der alten Frau hinüber. Banu schläft mit offenem Mund, geräuschvoll atmend, und jeder dritte Atemzug gerät zu einem lauten, röchelnden Schnarchen. Ein dickflüssiger Speichelfaden sickert langsam von ihrem Mund aufs Kissen. Bei diesem Anblick wird Sera ganz übel. Obwohl sie jeden Tag vorbeikommt, um nach ihrer Schwiegermutter zu sehen, überfällt sie ein beklemmendes Ekelgefühl, sobald sie die Wohnung betritt. Sie fixiert Banu gebannt, mustert eingehend die verrunzelte, mausgraue Frau in diesem Bett, das förmlich um sie herumgewachsen zu sein scheint, und forscht tief in ihrem Innern, ob sie nicht mit irgendeiner Faser ihres Herzens Mitleid aufbringen kann; doch vergebens. Oder vielmehr fördert sie statt der gesuchten Faser einen endlos langen Strang zu Tage, ähnlich dem Seil, das man benutzt, um die Wassereimer in die Brunnen der parsischen Feuertempel hinunterzulassen. Bitterkeit und Groll sind in diesen Strang mit verwoben, und er nimmt sich schwarz und verkohlt aus, als sie ihn in Händen hält, versengt von ihrem schwelenden Zorn. Nach all den Jahren kann sie, Sera Dubash, treue Freundin, liebende Mutter, gütige Dienstherrin, hilfsbereite Nachbarin und großzügige Kunstmäzenin, diesem lebenden Gerippe, das da vor ihr liegt, nicht vergeben. Der Gedanke erfüllt sie mit Scham und Heiterkeit zugleich.

Seras Blick fällt auf das große Ölgemälde über Banus Bett, ein Porträt von ihrem Schwiegervater, Freddy Dubash. Freddy sieht auf dem Gemälde ungewöhnlich ernst aus, doch der Anblick seines geliebten Papageis Polly, der auf seiner rechten Schulter hockt, erfüllt Sera mit Freude. Wenn die ersten Jahre ihrer Ehe eine dunkle Kohlengrube waren, so war Freddy der einsame Lichtstrahl, der vom Helm des Bergmanns leuchtete. Ihm hatte sie zu verdanken, dass sie nicht völlig die Orientierung verlor.

Sera muss unwillkürlich lächeln, wie immer, wenn sie an ihren Schwiegervater zurückdenkt. Als sie Freddys kahles Haupt und seine vertrauten Züge betrachtet, erinnert sie sich an die erste Begegnung mit ihm – und natürlich an den stets anwesenden Polly. Drei Monate nachdem sich zwischen ihnen die ersten zarten Bande entsponnen hatten, lud Feroz sie an einem Sonntagnachmittag zu seinen Eltern nach Hause ein. Freddy Dubash, einer der erfolgreichsten Anwälte Bombays, spazierte damals in einem bestickten roten Morgenrock ins Wohnzimmer, und auf seiner Schulter hockte ein Papagei.

»Ich bin Farokh Dubash«, stellte er sich vor. »Der Vater des Wunderknaben. Aber alle nennen mich Freddy.«

»Freut mich, Sie kennen zu lernen«, murmelte Sera.

»Feroz hat mir erzählt, dass Sie klassische Musik lieben«, fuhr Freddy fort. »Stimmt das?«

»Mein Vater und ich sind zu Konzerten ins Homi-Bhabha-Auditorium gegangen, seit ich sieben war«, antwortete Sera unumwunden. »Er ist ein leidenschaftlicher Musikliebhaber.«

Freddy wandte sich seinem Papagei zu. »Polly, wir haben eine neue Freundin. Komm, gib die Hand, hier ist eine, die unsere Musikbegeisterung teilt. Na komm schon. Gib ihr die Hand.«

Und tatsächlich hob der Vogel seine dürre Kralle und hielt sie Sera hin. Sie sah Feroz verwirrt an, unsicher, wie sie sich verhalten sollte. Der blickte leicht irritiert. »Na, was ist, nur zu, schüttle diesem Tier die Hand«, forderte er sie verdrossen auf. »Dann bist du endgültig aufgenommen in diese verrückte Familie.«

Banu rutschte nervös auf ihrem Platz herum und wirkte peinlich berührt. »Also wirklich, Freddy«, fing sie an, doch Sera trat mit ausgestreckter Hand auf Freddy zu. »Guten Tag«, krächzte Polly, als Sera ihre Hand zu seiner Klaue emporhob. Als die anderen Seras überraschten Gesichtsausdruck sahen, lachten sie. »Das ist so ein kleines Kunststück meines Mannes«, erklärte Banu, und in ihrer Stimme schwangen Verlegenheit und Stolz zugleich mit. »Hat ihn Wochen gekostet, Polly das beizubringen.«

»Wochen?! So ein Unsinn!«, widersprach Freddy. »Ein paar Tage hat er gebraucht, um es zu lernen. Das liegt daran, dass Papageien ungewöhnlich intelligente Vögel sind«, erklärte er Sera. »Viel klüger als Hunde, wenn Sie mich fragen.«

»Ja, ja, Daddy, es war eine Sache von ein paar Tagen, Polly dieses Kunststück beizubringen«, bemerkte Feroz nachsichtig. »Ach, eigentlich nur von ein paar Minuten. Schließlich ist dieser verdammte Vogel intelligenter als dein eigener Sohn. Polly ist wirklich der Sohn, den mein Vater niemals hatte«, fügte er, an Sera gewandt, hinzu. Sie meinte, eine Spur Bitterkeit aus seinem Ton herauszuhören, doch seine Miene war heiter.

Freddy beachtete seinen Sohn überhaupt nicht. »Polly mag Sie«, sagte er zu Sera. »Genau wie ich erkennt er einen Klassikliebhaber auf hundert Meilen gegen den Wind.«

Warum musste Papa Freddy bloß vor dem Monster sterben, denkt Sera, nicht zum ersten Mal. Nach all den Jahren betrachtet sie den exzentrischen, gutherzigen Freddy noch immer als ihren Retter, als den Mann, der sie aus dieser Hölle hier befreit hat.

Banu stöhnt im Schlaf, als würde sie von ihren eigenen Gedanken und Träumen gequält. Für den Bruchteil einer Sekunde fliegen ihre Lider hoch, doch ihr Blick ist ins Leere gerichtet, und im nächsten Moment schnarcht sie schon wieder. Dennoch weiß Sera, dass die alte Frau nun jede Minute aufwachen wird. Sie hört, wie Edna die zwei vollen Teetassen auf einem Tablett balanciert und sich anschickt, ins Zimmer zu treten. Rasch blickt Sera sich um, voller Schuldgefühle. Dann beugt sie sich zu der Schlafenden hinunter, wie um ihr die Stirn zu streicheln. Sie dreht sich noch einmal flüchtig um, bevor ihre Hand die Richtung ändert. Ihre geöffnete Rechte schließt sich,

Daumen und Zeigefinger nähern sich einander an wie die Enden einer Pinzette.

Genau in dem Augenblick, als Edna den Raum betritt, packt Sera Banus schlaffe, leblose Wange mit den Fingern und kneift zu. Mit aller Kraft. Das Herz hämmert ihr in der Brust. Sie wartet darauf, dass die alte Frau mit einem Schrei erwacht, obwohl sie doch weiß, dass Banu mit ihrem gelähmten Gesicht diese Züchtigung gar nicht gespürt hat. Banu schläft weiter, verloren in der übel riechenden Welt ihrer Träume. Und Sera wird von Reue und Scham erfüllt angesichts ihres unreifen Benehmens und hat das Gefühl, als quelle trüber Qualm durch ihre Adern. Dennoch weiß sie, dass sie am nächsten Tag das gleiche Ritual vollziehen wird. Es ist ihre einzige Möglichkeit, wenigstens einen kleinen Sieg für die idealistische, hoffnungsfrohe junge Frau zu verbuchen, die irgendwo in diesem gruftartigen Haus begraben liegt.

Ihr schlechtes Gewissen treibt Sera dazu, in ihre Geldbörse zu greifen und einen Hundert-Rupien-Schein herauszuziehen. »Das ist für Ihre Kinder«, erklärt sie Edna. »Besorgen Sie ihnen heute auf dem Heimweg ein bisschen Schokolade.«

6

Shyam, der pockengesichtige Nachbar, der auf der anderen Seite des Abflussgrabens wohnt, hält Bhima auf, als sie im Begriff ist, in ihre Hütte einzutreten. *»Namaste, mausi«*, grüßt er. »Langen Tag gehabt heute?«

Bhima nickt. »Jeder Tag ist ein langer Tag, wenn man arbeitet«, erwidert sie. Dann fällt ihr ein, dass Shyam vor zwei Monaten seinen Job verloren hat, und sie lächelt zerknirscht, damit er bloß keine versteckte Schelte aus ihrer Antwort heraushört.

Aber ihr Nachbar macht keinen beleidigten Eindruck. *»Hahji«*, sagt er. »Recht hast du. Also, Bhima *mausi*, wirst du nun morgen Nachmittag bei unserem Treffen mit dem Menschen von der Stadtverwaltung dabei sein?«

»Bei welchem Treffen?«, fragt Bhima; doch noch bevor sie die Frage ausgesprochen hat, fällt es ihr ein. Bibi hat ihr ein paar Tage zuvor erzählt, dass es den Bewohnern des Slums gelungen sei, ein Treffen mit irgendeinem hohen Tier von der Stadtverwaltung zu erwirken, das einen Rundgang durch den Slum machen soll. Neben zahlreichen anderen Forderungen haben die Slumbewohner die Stadt darum ersucht, ein paar weitere Wasserstellen zu installieren. »Ach richtig, jetzt entsinne ich mich«, sagt sie zu Shyam, bevor der Mann etwas antworten kann. »Irgendjemand hat da was erwähnt. Aber was soll ich machen, Shyam, ich muss an meinem Arbeitsplatz im Haus meiner Dienstherrin sein. Wenn ich nicht arbeite, habe ich nichts zu beißen.«

Shyam zuckt zusammen, und Bhima verwünscht sich selbst für

ihr mangelndes Taktgefühl. »Ja, *mausi,* ich weiß, was du meinst«, erwidert er, und sein Ton trieft vor Hohn. »Um dieses verdammten Magens willen muss man wirklich alles Mögliche und Unmögliche tun. Doch das Wohl dieses Slums ist auch eine Sache, die den Einsatz lohnt, oder nicht? Deine Herrin kann dir doch sicher ein paar Stunden freigeben.«

Bhima fühlt sich in die Enge getrieben. Das Mitgefühl, das sie kurz zuvor noch für Shyam empfunden hat, verflüchtigt sich und wird von Groll abgelöst. Sie ist müde und ausgelaugt und wünscht sich nichts sehnlicher, als endlich in ihre kleine Hütte zu verschwinden und die Tür zur Welt draußen zu schließen. Bei dem Gedanken an eine heiße Tasse Tee mit Zucker und Milch läuft ihr das Wasser im Munde zusammen, und sie hofft, dass Maya daran gedacht hat, welchen zuzubereiten. Sie hat keine Lust, noch mehr Zeit mit diesem arbeitslosen Hohlschädel zu vergeuden. »Meine Herrin braucht mich«, erklärt sie schroff. »Und was den Slum betrifft – dazu haben wir ja euch Mannsleute, die sich um unsere Belange kümmern und mit den Oberen reden und debattieren können. Ich bin nur eine arme, ungebildete Frau, die zu nichts weiter nutze ist als zum Zwiebelhacken und Kehren. Apropos Zwiebeln – ich muss Abendessen kochen für mich und meine Enkelin. Daher werde ich mich jetzt, wenn du erlaubst, von dir verabschieden.«

Sie hat schon eine Hand an der Tür, als sie hört, wie Shyam auf einmal Mayas Namen nennt und jäh innehält. »Ach, übrigens«, hebt er an, und selbst im Dämmerlicht des ausgehenden Tages kann Bhima erkennen, dass sein Mund höhnisch verzogen ist. »Weil die Sprache gerade auf Maya kommt … Meine Rehka ist heute zu euch rübergegangen. Wir hatten keinen Zucker mehr, und meine bessere Hälfte bat Rehka, eben rüberzulaufen, um sich welchen zu borgen. Da uns aufgefallen ist, dass Maya die letzten Tage morgens nicht ins College los ist, war sich die Chefin sicher, dass jemand zu Hause sein würde.«

Bhima spürt, wie sich ihr der Magen zusammenkrampft. Irgendetwas ist da im Anzug, und sie ist sich sicher, dass es nichts Gutes ist. »Und, was hat das bitte schön mit Maya zu tun?«, fragt sie in unverhohlen spitzem Ton.

»Immer mit der Ruhe, *mausi,* immer schön mit der Ruhe.« Shyams Worte gleiten wie eine glitschige Schlange durch die aufkommende Dunkelheit. »Soll ich's dir verraten, hm? Nun, was ich eigentlich erzählen wollte, ist, dass meine kleine Rehka euer Haus betrat, und was muss sie sehen: deine Maya, die sich in einer Ecke übergibt und sich den Bauch hält. Und als meine Rehku versucht, ihr beizuspringen, fährt Maya wie eine Giftnatter auf sie los und scheucht sie hinaus. Jetzt sag mal selbst, ist das vielleicht eine Art – jemanden, der Tür an Tür mit dir in einem *basti* lebt, so zu behandeln?«

»Ich werde mit Maya reden«, entgegnet Bhima. »Sie hat schon seit etlichen Tagen Grippe, das arme Mädchen.«

»Ach, Grippe, tatsächlich?« Seine Stimme trieft jetzt förmlich vor Spott. »Merkwürdige Grippe, die so lange anhält. Einige Leute im *basti* sagen, sie würde sich nun schon seit ein oder zwei Monaten erbrechen. Aber na ja, bei den Fliegen und Ratten und dem dreckigen Wasser hier im Slum ist vermutlich alles möglich.«

Bhima widersteht dem Drang, ihm sein pockennarbiges Gesicht zu zerkratzen. Stattdessen erklärt sie in ruhigem, besonnenem Ton: »Schick Rehka doch einfach rüber, Shyam. Dann kann sie sich etwas Zucker nehmen.«

Shyams Miene hellt sich umgehend auf. Sein Sinneswandel erinnert Bhima an die Kobra im Mahalati-Tempel, die ihren schildförmig gespreizten Nacken senkt, sobald der oberste Priester eine silberne Schale mit Milch vor sie hinstellt. »Bhima *mausi.* Ich wusste, dass ich auf dich zählen kann.« Er grinst. »Wenn ich erst mal einen Job habe, habe ich fest vor, all meine Schulden zu begleichen. Die Kleine wird gleich bei dir sein.«

Bhima wartet, bis Rehka mit ihrer halben Tasse Zucker wieder verschwunden ist, bevor sie sich Maya zuwendet. Ihr Blick schweift durch das kleine Zimmer. Sie stellt fest, dass ihre Enkelin ihr die Tasse Tee, auf die sie sich so gefreut hat, nicht aufgebrüht hat. »Was hast du denn heute gemacht?«, erkundigt sie sich, und ihr angespannter Ton verheißt nichts Gutes.

»Nichts«, antwortet das Mädchen vorsichtig.

»Nichts«, wiederholt Bhima. »Die Prinzessin mit dem dicken

Bauch hat den lieben langen Tag herumgelegen und nichts getan.«

Mayas Miene ist steinern und ausdruckslos, aber aus ihren Augen quellen Tränen. Bhima ist jedoch noch nicht zufrieden. »Hast du gehört, was dieser *badmash* von Shyam über dich erzählt hat?«, zischt sie.

»Lass mich in Ruhe, Ma«, bittet Maya. »Ich fühl mich nicht gut.« Ihre Stimme ist so brüchig wie ein Tonkrug.

Bhima öffnet den Mund, um zu antworten, dann schließt sie ihn wieder. Das Mädchen sieht wirklich krank aus.

»Na komm«, brummt sie verdrossen. »Du legst dich jetzt ein paar Minuten hin, während ich das Abendessen koche.«

Maya gewahrt den veränderten Tonfall ihrer Großmutter, und ihre Augen beginnen zu leuchten. »Ich kann dir helfen, Ma-ma«, bietet sie an. »Du musst doch müde sein.«

Dieses Mädchen ist wie eine Hündin, die um Zuneigung buhlt, stellt Bhima staunend fest. Auf der Hut, wenn man nach ihr tritt, aber sobald man aufgehört hat, sie zu treten, wedelt sie schon wieder mit dem Schwanz. »Also gut, dann schneid die Zwiebeln«, willigt sie ein. »Und setz schon mal Reis auf. Ich werd eine Gemüsepfanne machen.«

Als sie neben ihrer Enkelin vor dem Gaskocher hockt, hört Bhima, wie Mayas Magen knurrt. »Hast du heute überhaupt schon was gegessen?«, fragt sie in scharfem Ton.

»Ja. Nein. Ich meine, ich hab's versucht.« Maya sieht elend aus. »Zu Mittag hatte ich solche Lust auf ein hart gekochtes Ei. Aber es waren keine Eier mehr im Haus, und ich – ich habe mich nicht danach gefühlt, die Gasse runter zu dem kleinen Laden zu gehen. Daher habe ich versucht, stattdessen ein *chapati* zu essen. Aber davon ist mir nur schlecht geworden.«

Als sie an das Omelett denkt, das Serabai ihr am Morgen gemacht hat, packt Bhima das schlechte Gewissen. »Dummes Ding«, schimpft sie. »Wirst langsam ganz schön faul. Du kannst also nicht bis zur nächsten Straßenecke gehen, um dir ein Ei zu besorgen?«

Doch plötzlich bricht Maya ohne weitere Erklärung in Tränen

aus. »Zur nächsten Straßenecke gehen? Manchmal wünschte ich, ich könnte einfach nur dieses Zimmer hier verlassen und so lange weiterlaufen, bis meine Füße sich in Flügel verwandeln. Irgendwohin gehen, wo mich keiner kennt, wo mich nicht unzählige neugierige Augenpaare verfolgen. Du hast ja keine Ahnung, wie es sich anfühlt, den ganzen Tag hier hinter der verschlossenen Tür zu sitzen, die Geräusche der Außenwelt zu vernehmen, zu hören, wie anderswo Türen zugeknallt werden, Kinder irgendwelche Spiele spielen, die Frauen im *basti* miteinander schwatzen, und sich zu fragen, ob sie sich vielleicht gerade über mich das Maul zerreißen. Ich fühle mich wie eine Gefangene, aber dann frage ich mich: Wer ist denn eigentlich mein Kerkermeister? Ich bin mein eigener Kerkermeister. Ich weiß nicht, was dunkler ist, Ma-ma – dieser Raum hier, in dem es kein elektrisches Licht gibt, oder der Schleier der Schande, der mich umhüllt.«

Das Schluchzen ihrer Enkelin trifft Bhimas Herz wie ein Fausthieb, aber sie ist dennoch froh. Soll sie ruhig heulen. Soll sie ruhig bereuen, was sie getan hat. Sie stellt einen Teller Essen vor das weinende Mädchen und sieht dabei geflissentlich über die Tränen hinweg, die in Mayas Reis tropfen. »Iss«, knurrt sie. »Ein Mädchen in deinem Zustand muss essen.«

Als sie ihre Mahlzeit beendet haben, greift Bhima nach der Tabakdose und stopft sich einen Priem in den Mund. Während sie bedächtig darauf herumkaut, mustert sie ihre Enkelin eindringlich. »Hör zu«, sagt sie. »Hier wird schon geredet. Und du kannst deine Schande nicht ewig in diesem Zimmer hier verstecken. Bald wird nicht einmal mehr dein Salwar Kameez deinen Bauch verbergen können. Es ist schon viel zu viel Zeit ins Land gegangen. Wir müssen dich schleunigst zum Arzt bringen.«

Zu ihrem Erstaunen setzt Maya sich nicht zur Wehr. »Ich werde gehen«, erklärt sie. »Allerdings unter einer Bedingung – ich möchte, dass nicht du, sondern Serabai mit mir in die Klinik kommt.«

Bhima ist überrascht, wie sehr sie diese Zurückweisung schmerzt. Um ihre Gefühle zu verbergen, erwidert sie unwirsch: »Serabai hat tausend wichtigere Dinge zu tun, als ein schamloses Mädchen wegen einer Abtreibung zum Arzt zu begleiten. Es wäre mir zu peinlich, sie zu fragen. Im Übrigen ist das unsere private Familienangelegenheit. Warum willst du diese arme Frau da mit hineinziehen? Hat sie dir nicht schon oft genug einen Gefallen getan?«

Maya sieht müde aus. »Frag sie einfach. Ich weiß, dass sie nicht Nein sagen wird. Ich flehe dich an, Ma-ma.« Und als sie die verstockte Miene ihrer Großmutter gewahrt, fügt sie hinzu: »Du weißt, dass sie mich besser behandeln werden, wenn jemand wie sie dabei ist. Ich möchte, dass das Ganze so glatt wie möglich verläuft.«

Bhima errötet. Sie entsinnt sich an den Tag, als Gopal vor Jahren sterbenskrank im staatlichen Krankenhaus lag und nicht ausreichend betreut wurde. Doch dann kamen Sera und Feroz Dubash wie Filmstars hereingerauscht und sorgten dafür, dass er die allerbeste medizinische Versorgung erhielt. Maya hat Recht. Sera ist reich, selbstbewusst und gewandt, vor ihr tun sich Türen auf wie von Zauberhand. Bhima nimmt sich vor, am nächsten Morgen mit ihr zu sprechen.

Als sie in jener Nacht auf ihrer dünnen Baumwollmatratze liegt, lässt Bhima die Unterhaltung mit Shyam noch einmal Revue passieren. Sie hat es zwar geschafft, der Schlange fürs Erste die Giftzähne zu ziehen, hat sich sein Schweigen mit einer halben Tasse Zucker erkauft. Doch für wie lange? Shyam ist nicht gerade der Hellste. Wenn selbst er schon Mayas morgendliche Übelkeitsanfälle bemerkt hat, dann sind diese zweifellos auch den Argusaugen der klatschsüchtigen Frauen mit den *paan*-verfleckten Zähnen nicht entgangen, von denen es im Slum nur so wimmelt. Halten sie den Mund nur aus Respekt vor ihr, Bhima? Und wenn ja, wie lange wird das Schweigen noch währen? Oder ist sie einfach nur die Letzte, die davon erfährt? Schwebt das Gerücht bereits in der Luft wie ein schwarzer Milan, und ist nur sie zu dumm und beschränkt, um es mitzubekommen? Schließlich hat sie keine wirklichen Freunde im *basti*. Nachdem sie seinerzeit aus ihrer Zweizimmerwohnung in der Mietskaserne ausgezogen ist, in der sie mit Gopal lebte, um in diese Hölle hier herabzusteigen, hat sie von Anfang an allen zu verstehen gegeben, dass sie nicht von hier stammt. Das ist einer der Gründe, weshalb sie kein Interesse daran hat, sich an den dämlichen Treffen mit diesem Typen von der Stadtverwaltung oder Ähnlichem zu beteiligen. Selbst wenn es fünf Wasserstellen mehr gibt, wird der Slum immer noch ein Slum sein. Und sie ist eben etwas Besseres gewohnt. Bhima weiß, dass ihr distanziertes Auftreten sie zur Zielscheibe für die Anwürfe der Nachbarn macht, aber das kümmert sie nicht weiter. Wenn vielleicht auch nicht um ihrer selbst willen, so darf sie zumindest um Mayas willen die Hoffnung nicht aufgeben, dass sie hier nur vorübergehend leben. Wenn sie über eine Abflussrinne steigt oder beim Scheißen die Fliegen verscheucht, fällt es ihr zwar zuweilen schwer, daran zu glauben. Doch hat sie stets hartnäckig an der Überzeugung festgehalten – zumindest bis zu dem Tag, an dem sie heimkam und Maya auf dem Boden kauernd vorfand, eine Lache Erbrochenes neben sich. Als die Spuckerei drei Tage kein Ende nahm, hat sie ihre Enkelin zu Dr. Premchand in die Klinik geschleppt, in der Annahme, es handle sich um einen akuten Fall von Magen-Darm-Grippe oder Lebensmittelvergiftung – um dann stattdessen zu erfahren, dass Maya schwanger ist.

Als sie so über den Slum nachsinnt, muss Bhima an ihre Wohnung in der Mietskaserne denken, an ihr verlorenes Königreich, und sie spürt wieder die altvertraute Sehnsucht nach allem, was sie verloren hat.

Gopal. Es ist eigenartig, aber seit Maya schwanger ist, hat Bhima öfter an ihren Mann gedacht als all die Jahre zuvor. Sie hatte sich eingebildet, sie wäre an die Einsamkeit gewöhnt und könnte damit leben, dass eine Stelle ihres Herzens taub war, als hätte ein Arzt sie mit Äther besprüht. Doch vielleicht hat der Schmerz über Mayas Verrat alte Wunden aufgerissen. Vielleicht ist es so, dass sie gerade jetzt einen Mann brauchen könnte, der ihr hilft, das Schiff durch diese trüben Gewässer zu steuern, in die ihre gedankenlose Enkelin sie beide hineinlaviert hat. Oder vielleicht ist es so, dass die Zeit die Wunden gar nicht heilen kann, dass dies die größte Lüge von allen ist; vielleicht frisst sich in Wahrheit jede Verletzung tiefer und tiefer in dein Fleisch hinein, bis du eines Tages feststellen musst, dass nicht nur deine Augen ihren Glanz eingebüßt haben, deine Haut ihre

Spannkraft verloren hat und dein offenes Lächeln auf immer entschwunden ist, sondern dass deine nackte Knochenlandschaft – dein kantiger Schädel, deine vorspringenden Hüftknochen und deine spitzen Schultern – unter der Last deines Kummers zusammengebrochen ist.

Gopal. Wenn Bhima einen Moment lang die Augen schließt, kann sie immer noch das Dring-dring seiner Fahrradklingel hören, an dem Tag, als er begann, ihr auf seine eigentümliche, inbrünstige Art den Hof zu machen – sie war damals zwanzig, und das ganze Leben lag vor ihr gleich einem blühenden Garten.

Am Tag zuvor war sie ihm auf der Hochzeit ihrer besten Freundin Sujata zum ersten Mal begegnet. Jetzt wartete sie auf den Bus der Linie 5, der sie zum Haus von Dinu Shroff bringen sollte, der Frau, für die sie damals arbeitete. Bhima stand ans Geländer der Bushaltestelle gelehnt und schloss die müden Lider. Sie waren so spät von Sujatas Hochzeit nach Hause gekommen, dass sie nur fünf Stunden geschlafen hatte. Sie war einen Moment lang weggenickt – als sie das Läuten einer Fahrradklingel hörte. »Aufwachen, aufwachen«, ertönte eine unbekannte Stimme. »Sonst geraten die Schlafmonster in Versuchung und entführen dich.«

Bhima öffnete die Augen und schloss sie sofort wieder, als sie Gopals Gesicht vor sich erblickte. Es war Sujatas Vetter, dieser unverschämte Trottel, der ihr gestern zugezwinkert und sie zum Tanzen aufgefordert hatte, als sei sie ein Mädchen aus schlechter Familie. Oh Bhagwan, mach, dass er weg ist, wenn ich die Augen wieder aufschlage, betete sie.

Ihre Gebete wurden nicht erhört. Als sie die Augen erneut öffnete, thronte er immer noch grinsend auf seinem Fahrrad. *»Namaste«,* begrüßte er sie. »Ich sah mich genötigt, dich zu wecken. Noch eine einzige weitere Minute Schönheitsschlaf, und deine Schönheit würde selbst die Sonne blenden.«

Bhima stöhnte. »Bitte verschon mich mit deinen abgeschmackten Scherzen«, erwiderte sie. »Ich bin nicht in der Stimmung dafür.«

»Nicht in der Stimmung, Scherze zu hören? Nun, das ist ja ein trauriger Zustand, liebe Bhima. Dann ist es wohl meine Pflicht, dich wieder in eine fröhlichere Stimmung zu versetzen.«

Woher kannte er ihren Namen? Noch bevor sie fragen konnte, drehte sich der Mann, der vor ihr in der Schlange stand, um und kam ihr zu Hilfe. »Belästigt Sie dieser Rüpel, Fräulein?«

Gopal platzte auf der Stelle heraus. »*Ae,* kümmern Sie sich um Ihren eigenen Kram, *yaar*. Sich einfach ohne jeden Grund zwischen einen Mann und seine Verlobte zu drängen. Das ist eine interne Familien-*mamla*, kapiert?«

Der Mann schrumpfte unter Gopals finsterem Blick förmlich in sich zusammen. »Ist ja gut, tut mir Leid. Ich wollte nur …«

»Satz mit X, war wohl nix.« Gopal ließ ihn seine Überlegenheit spüren. »Das ist das Problem hier in Bombay – zu viele Leute, die sich in anderer Leute Privatangelegenheiten einmischen.« Und als der Mann sich abwandte, zwinkerte er Bhima zu.

Sie schaute weg und sah einen roten, einstöckigen BEST-Bus näher kommen. Es war ein Bus der Linie 5. In weniger als einer Minute wäre sie diese lästige Pestbeule los.

So früh am Tag war der Wagen noch halb leer. Bhima wusste, dass er in einer Stunde so überfüllt sein würde, dass die Menschen aus der Türöffnung quollen und man kaum wusste, wo man beim Einsteigen seinen Fuß hinsetzen sollte. Doch um diese Zeit konnte sie sich noch frei aussuchen, wo sie sich hinsetzte, und sie begab sich zu einem Fensterplatz im vorderen Teil. Sie knotete den zusammengebundenen Zipfel ihres Saris auf, um das Kleingeld für den Fahrschein herauszuholen.

Keine Sekunde später fuhr sie erschrocken hoch, weil eine Hand die Metallstäbe an ihrem Fenster umschloss. Einen Moment lang glaubte sie, jemand wolle ihr von draußen das Geld für ihr Ticket stehlen. Doch es war Gopal auf seinem Fahrrad, der wie wild in die Pedale trat, um mit dem Bus mitzuhalten, eine Hand um die Strebe, die andere um den Lenker gekrallt.

»Du Idiot«, zischte sie. »Willst du überfahren werden?«

Seine Antwort bestand darin, dass er sang: *»Mere sapono ke rani kab aayegi tu?« Königin meiner Träume, wann wirst du kommen?* Er hatte eine kräftige, tiefe Stimme, und je länger er neben dem Bus herstrampelte, desto lauter wurde sie.

In dem Bemühen, ihn von seinem irren Strampeln abzubringen, rutschte Bhima vom Fenster weg in Richtung Gang. Doch an der nächsten Haltestelle stiegen weitere Passagiere zu, und sie war gezwungen, wieder zum Fenster zurückzurücken. Aus dem Augenwinkel gewahrte sie, wie geschickt Gopal sich durch den irrwitzigen Verkehr von Bombay schlängelte, ohne dabei auch nur ein einziges Mal seine Hand von der Metallstrebe zu lösen. Falls er sich Sorgen machte, dass der Bus abrupt anhalten und ihn vom Rad werfen könnte, so war es ihm zumindest nicht anzumerken, denn er wirkte lässig und selbstsicher.

Gopal schmetterte noch immer dasselbe Lied, und schließlich fragte der Mann, der hinter ihr saß, laut und vernehmlich: »*Arrey, yaar,* kennst du denn keine anderen Lieder? Wenn du der jungen Dame ein Ständchen bringen willst, solltest du schon mehr als einen Song auf deiner Hitliste haben.«

Gopal kam der Aufforderung nach und stimmte ein anderes Lied an, das jede Menge Zweideutigkeiten und Anzüglichkeiten enthielt. Jetzt stiegen einige der Passagiere in den Spaß mit ein, indem sie ihm Wünsche zuriefen. Bhima saß zähneknirschend auf ihrem Platz. Dieser Gopal war doch einfach das Letzte. Wenn sie wenigstens den *jharoo* bei sich gehabt hätte, mit dem sie Dinubais Haus fegte. Es hätte sie in den Fingern gejuckt, ihm mit einem kräftigen Besenstreich sein dämliches Grinsen vom Gesicht zu wischen.

Vor lauter Ärger hätte sie beinahe die Haltestelle verpasst. »Stopp, warten Sie«, schrie sie dem Busfahrer zu. »Ich muss hier raus.«

Nachdem sie ausgestiegen war, wartete sie, bis der Bus wegfuhr, damit sie dem jungen Mann gegenübertreten und ihm erklären konnte, dass er gefälligst mit diesen albernen Faxen aufhören solle. Doch zu ihrem Leidwesen sah sie ihn neben dem Bus davonradeln. Als wüsste er, dass sie ihn beobachtete, hob er die Hand und winkte. Dieser Feigling, dachte sie. Hat gewusst, dass ich ihm ordentlich Zunder geben würde, also macht er sich aus dem Staub.

Am nächsten Tag war er wieder da. Doch diesmal wartete er auf der anderen Straßenseite und saß gegenüber von der Bushaltestelle im Sattel, zu weit entfernt, als dass sie ihm hätte die Meinung geigen können. Daher bemühte sie sich nach Kräften, nicht in seine Richtung zu schauen, aber jedes Mal wenn ihr Blick doch unwillkürlich hinüberglitt, griff er sich theatralisch ans Herz. Idiot, dachte sie. Ich wünsche ihm, dass er das nächste Mal, wenn er sich an die Brust fasst, eine Herzattacke erleidet und von seinem Fahrrad fällt. Doch schon im nächsten Moment erstarrte sie, erschrocken über die Boshaftigkeit ihrer Gedanken.

Sie war dankbar, als der Bus eintraf, und setzte sich auf ihren üblichen Platz. Fünf Sekunden später war wieder die altbekannte Hand um die Metallstrebe geklammert. Diesmal sprang Bhima allerdings nicht vor Schreck von ihrem Sitz auf, sondern zuckte nur leicht zusammen vor Ärger über diese Dreistigkeit. Sie hatte wahrhaftig geglaubt, er würde sie an diesem Tag in Ruhe lassen. *Königin meiner Träume, wann wirst du kommen?* Die vertraute Weise war wieder zu vernehmen. Abermals das geschickte Durchschlängeln und Zickzackfahren durch den Verkehr. Die anderen Passagiere, von denen viele täglich denselben Bus benutzten, kicherten. *»Arrey, behnji«,* rief ihr Möchtegern-Retter vom Vortag ihr über den Gang zu. »Warum sagst du nicht Ja zu deinem Mann und erlöst ihn von seiner Qual? Er setzt für dich sein Leben aufs Spiel.« Bhima strafte ihn mit einem bitterbösen Blick, worauf der Herr sich wieder seiner Zeitung zuwandte und etwas von den Listen und Ränken des schönen Geschlechts vor sich hin murmelte.

Die nächsten drei Wochen vollzog Gopal nun täglich dasselbe Ritual.

An manchen Tagen wartete er auf der anderen Straßenseite und raste dann wie ein Wilder über vier volle Fahrspuren, um den Anschluss an den Bus zu finden, wenn dieser eintraf. Andere Male begrüßte er sie mit dem Dring-dring seiner Fahrradklingel und fuhr im Kreis um die Bushaltestelle herum, bis ihr ganz schwindlig wurde. Der einzige Unterschied zwischen dem ersten Tag, an dem er ihr auf diese sonderbare Art den Hof machte, und den darauf folgenden Tagen bestand darin, dass er nicht mehr mit ihr sprach. Doch an dem frechen Grinsen, den waghalsigen Kunststücken auf dem Fahrrad, während sie beide auf die Ankunft des Busses warteten, und den fröhlichen Ständchen änderte sich nichts. Ebenso wenig wie an dem Umstand, dass er mit dem Bus zusammen davonfuhr, wenn dieser Bhima ein paar Straßen vom Hause ihrer Dienstherrin entfernt abgesetzt hatte. Bhima brannte darauf, mit ihm zu reden, ihn nach einer Erklärung für sein tolldreistes Verhalten zu fragen, doch die Anwesenheit der restlichen Passagiere zwang sie zum Schweigen.

An einem Tag während jener drei Wochen war Gopal nicht an der Bushaltestelle, als Bhima dort ankam. Ihr Kopf gebot ihr, einen Seufzer der Erleichterung auszustoßen, auch wenn ihr Bauch ihr etwas anderes sagte und sie enttäuscht war und sich im Stich gelassen fühlte. Offenkundig empfanden ihre Mitreisenden dasselbe. »Der junge Bursche ist heute gar nicht da«, bemerkte ein weiß gekleideter älterer Herr in Kurta und *dhoti*. »Frage mich, ob alles in Ordnung ist mit ihm.«

Ein Gefühl der Lethargie überkam Bhima, als sie in den Bus einstieg. Die sieben Stationen bis zu Dinubai werden sich endlos in die Länge ziehen ohne die Zerstreuung, die Gopal uns bietet, dachte sie, über sich selbst erstaunt. Sie betrachtete die leere, einsame Metallstrebe fast schon mit Wehmut, denn sie vermisste die braune Hand mit den dicken dunklen Haaren, die für gewöhnlich die Stange gepackt hielt. Als der Bus ruckelnd anfuhr, blickte sie sich nach hinten um – und entdeckte wahrhaftig Gopal, der wie wild in die Pedale trat, um sie einzuholen. Eine Minute darauf griff seine Hand triumphierend nach der Stange. »Sei gegrüßt, meine Königin«, ertönte die vertraute Stimme. »Hätte dich fast verpasst heute, weil ich verschlafen habe.«

»Schaut nur, da ist ja unser junger Held«, rief der ältere Herr, und in den Reihen derer, die jeden Tag mitfuhren, wurde vereinzelt Applaus laut. »Er hat sich mächtig ins Zeug gelegt und uns eingeholt.«

Der Applaus ärgerte Bhima. Diese Idioten, dachte sie. Ermuntern ihn auch noch, sich so närrisch aufzuführen. Doch sie vermochte das leise Gefühl der Freude, das sie beschlich, als sie Gopal neben dem Bus sah, nicht zu verscheuchen.

Nach Ablauf der drei Wochen war Gopal dann verschwunden.

Bhima hielt jeden Morgen nach ihm Ausschau, wenn sie an der Bushaltestelle anlangte; wobei sie das Bimmeln seiner Fahrradklingel zugleich fürchtete und voller Spannung erwartete, ebenso wie seinen spitzbübischen Gesichtsausdruck, wenn er sie ansah und dabei ein ständig wachsendes Repertoire an Liedern zum Besten gab. Tagaus, tagein stieg sie in den Bus und blickte – sosehr sie sich auch selbst dafür hasste – nach hinten, um zu sehen, ob sie irgendwo das vertraute Fahrrad ausmachen konnte. Ab und an, wenn sie auf der Straße einen Burschen erspähte, der Gopal ähnelte, hüpfte Bhima das Herz im Leib, und wenn sich das Herzflattern dann unweigerlich wieder legte, schalt sie sich selbst für ihre Torheit. An manchen Tagen, wenn sie sicher war, dass niemand es bemerkte, hielt sie die Metallstrebe locker mit ihren eigenen langen Fingern umfasst und gab sich der Phantasie hin, sie könne immer noch die Wärme von Gopals Hand spüren.

Doch Gopal war fort. Sie hatte ihn mit ihrem frostigen Benehmen in die Flucht geschlagen, hatte dafür gesorgt, dass sein Interesse in Gleichgültigkeit umgeschlagen war. Bhima stellte sich vor, wie er womöglich in einem anderen Teil der Stadt mit einem anderen Lied um ein anderes Mädchen warb. Dieser Gedanke veranlasste sie dazu, so energisch auf die Zwiebeln einzuhacken, dass Dinubai sie befremdet ansah und fragte, ob sie sich auch gut fühle. Mit tränenschwimmenden Augen schaute sie zu ihrer Herrin auf. »Alles in Ordnung, *bai*«, erwiderte sie. »Diese Zwiebeln sind nur so verdammt scharf, das ist alles. Treiben mir die Tränen in die Augen.«

Doch Bhima hätte sich keine Sorgen machen müssen, denn Sujata und ihr frisch gebackener Ehemann Sushil traten bald darauf mit einem Heiratsantrag an sie heran. Obschon Gopal Sujatas Vetter war, führte eher Sushil das Wort. »Gopal hat keinerlei unmittelbare Verwandte in Bombay, die für ihn sprechen könnten«, erklärte Sushil Bhimas Vater Prithviraj. »Seine Mutter lebt auf dem Land, sein Vater – gebe Gott, dass er seinen Frieden gefunden hat – ist tot. Daher überbringe ich diesen Antrag im Namen von Gopals älterem Bruder. Wir können uns allerdings für seinen guten Charakter verbürgen, ebenso wie für seine Fähigkeit, hart zu arbeiten. Er hat eine solide Stellung in einer Fabrik und verdient gutes Geld. Es wird Ihrer Bhima an nichts fehlen, *ji*. Ach ja, und noch etwas – Gopal hat mir ausdrücklich aufgetragen zu erwähnen, dass er eine Mitgift weder erwartet noch wünscht.«

Prithviraj war bemüht, sich seine Freude nicht anmerken zu lassen. »Ich werde mich mit meiner Familie beratschlagen und in ein paar Tagen antworten«, entgegnete er. »Doch so viel will ich doch schon sagen – alleine ein Heiratsangebot von Seiten einer so guten Familie zu erhalten erfreut mein Herz. Schließlich haben wir Sujata mit eigenen Augen aufwachsen sehen. Ich bete darum, dass meine Bhima einen ebenso ehrbaren Ehemann findet wie Sie, Sushil.«

Einen Monat später wurden Bhima und Gopal im Rahmen einer einfachen Feier getraut, die in krassem Gegensatz zu dem prunkvollen Fest stand, das einige Monate zuvor anlässlich Sujatas Hochzeit stattgefunden hatte. Während der Trauungszeremonie wirkte Gopal so kleinlaut und verängstigt, wie Bhima sich fühlte. Da war keine Spur mehr zu merken von dem vorwitzigen jungen Burschen, der sie mit solcher Leidenschaft verfolgt hatte. Doch kaum war sie das erste Mal mit ihrem frisch angetrauten Ehemann alleine, kaum hatte er ihr auf dem hohen Hochzeitsbett den Teil des Saris, der ihr Gesicht umgab, vom Haar gestreift, kam der alte, sonnige Gopal wieder zum Vorschein. Er blickte ihr tief in die Augen, ein schiefes Lächeln auf den Lippen, und begann unmelodisch das Lied zu pfeifen, das er ihr bei seinem ersten Ständchen gesungen hatte. *Königin meiner Träume, wann wirst du kommen?* Von ihrem Gekicher ermutigt, pfiff er lauter, bis das Pfeifen sich schließlich zu einem Summen wandelte. Sie kicherte noch etwas heftiger, als er seine Nase an ihrem Kinn rieb und sie am Bauch kitzelte. »Hör auf«, flüsterte sie hilflos. »Du Spinner.«

Gopal sprang mit einem Satz auf und reckte beide Arme in die Höhe, wie ein Boxer im Siegestaumel. »Ja, ich bin ein Spinner, der verrückte Herr des Hauses«, verkündete er so laut, dass die Verwandten, die natürlich draußen vor ihrem Schlafzimmer standen und lauschten, ihn hören konnten. »Und du bist ein verrücktes Frauenzimmer, weil du so ein verrücktes Mannsbild geheiratet hast. Aber ach, meine Bhima, wir werden den Rest unseres Lebens jede Menge Spaß haben. Warte nur, liebe Frau, ich werde dich wie die Königin behandeln, die du bist.«

Als sie an ihre Hochzeitsnacht denkt und daran, wie Gopal später sein Versprechen gebrochen hat, wälzt sich Bhima unruhig hin und her. Sie weiß, dass sie versuchen muss zu schlafen, aber ihr fiebernder Geist irrt rastlos durch die dicht bevölkerten Korridore der Vergangenheit. Neben ihr liegt leise schnarchend Maya und murmelt gelegentlich im Schlaf etwas vor sich hin. Instinktiv reagiert Bhima mit dieser neuartigen Empfindung, die sich immer wieder einstellt, seit sie von Mayas Schwangerschaft erfahren hat – einer Mischung aus dem fast unerträglichen Bedürfnis, das Mädchen zu beschützen, und extremer Gereiztheit. Als sie das Schnarchen und Murmeln ihrer Enkeltochter hört, würde Bhima sie am liebsten mit einem Kissen ersticken, aber ebenso sehnlich wünscht sie sich, sie in die Arme zu nehmen und die ganze Nacht lang zu wiegen. Sie würde gerne die Unschuld retten, die Maya ihren kindlichen Schlaf beschert; und sie würde diese Unschuld gern zerstören – so wie das Baby, das in Mayas Leib heranreift, ihren eigenen Seelenfrieden zerstört hat. Manchmal erschreckt es sie, wie selbstverständlich sich beide Gefühle in ihrem Herzen eingenistet haben, wie sehr sie sich daran gewöhnt hat, Maya zu lieben und zu hassen, wie eng Liebe und Furcht nun miteinander verwoben sind. Es erschreckt sie, dass sie das Gefühl hat, von ihrem eigenen Fleisch und Blut verraten worden zu sein.

Du solltest doch inzwischen an Verrat gewöhnt sein, alte Frau, sagt sie sich im Stillen. Du vor allen anderen Leuten. Warum sollte dieses schmächtige Mädchen dir mehr schulden als dein Ehemann? Schau dir doch an, was er dir angetan hat. Hat dir dein Leben gestohlen, oder etwa nicht? Und du hast ihm vergeben, stimmt's? Nein, nicht vergeben, aber du hast deinen Frieden damit geschlossen, nicht wahr? Also, warum nicht das Gleiche mit diesem armen, einfältigen Ding hier tun?

Während sie angestrengt die Augen aufsperrt, um in der Dunkelheit Mayas Umrisse zu erkennen, beantwortet Bhima sich die Frage selbst. Die Sache mit Gopal gehört der Vergangenheit an, und sie kann sie wie einen getragenen Hochzeitssari zusammenlegen und in einen dunklen Winkel wegstopfen. Doch Maya verkörpert die Gegenwart. (Einst stand auch sie für die Zukunft, doch es hat ja keinen Sinn, sich jetzt den Kopf darüber zu zerbrechen.) Ein winziges, rot glühendes, pochendes Etwas wächst nun in Mayas Bauch heran, pulsierend vor Leben und Energie. Ohne den Segen eines Priesters, empfangen unter dem Schleier der Schande, von der Welt nicht erwünscht, hat dieses Wesen, das da in Mayas Leib heranreift, die Macht, sie beide zu zerstören. Doch bevor es das vermag, bevor es seinen Kummer in die Welt hinausschreien kann, bevor es ihnen zum ersten Mal mit seiner winzigen Faust zuwinken kann, müssen sie es vernichten.

Eine einsame Krähe krächzt, und Bhima stöhnt. Es muss schon gegen drei Uhr früh sein. In ein paar Stunden ist es Zeit zum Aufstehen, und sie hat noch nicht eine Stunde geschlafen. Bald wird der Morgen dämmern.

7

Es ist Samstagmorgen, und Bhima ist schon wieder zu spät dran. Obwohl sie schwanger ist, steht Dinaz heute früh auf und hilft Sera beim Frühstückmachen. Dinaz weiß, wie sehr ihre Mutter es hasst, Zwiebeln und Koriander zu hacken, und da beide Zutaten nötig sind, um Virafs Lieblingsfrühstück, *akuri,* zuzubereiten – Rührei mit Chilipulver, Zwiebeln, Knoblauch und anderen Gewürzen –, hat sie heute diese unliebsame Aufgabe übernommen. Sera blickt flüchtig zu ihrer Tochter hinüber und empfindet wie immer ehrfürchtige Hochachtung, weil Dinaz ein so wunderbarer Mensch geworden ist. Auch wenn es vielleicht sonst keinen Grund gibt – die Tatsache, dass diese Tochter aus ihrer Ehe mit Feroz hervorgegangen ist, ist Anlass genug, diese Verbindung nicht zu bereuen. Es ist schon seltsam, denkt sie, Feroz und ich hatten beide so viele Fehler. Und doch, sieh an, was wir da zusammen geschaffen haben – einen der reizendsten Menschen, den ich kenne; und dieses Gefühl hätte ich auch, wenn sie nicht mein einziges Kind wäre. Das bringt einen doch dazu, an die Evolution oder Gott oder Wunder oder sonst irgendetwas zu glauben. Daran, dass das Gute im Menschen sich durchsetzt.

Sera wirft einen Blick auf die Uhr. Sie macht sich Sorgen, dass diese Unpünktlichkeit Bhimas zur Gewohnheit wird. Das darf ich nicht einreißen lassen, sagt sie sich im Stillen. Ich weiß, dass sie belastet ist durch die Sache mit Maya, aber schließlich hat sie hier ebenfalls Verpflichtungen. Unwillkürlich hört sie Feroz' Stimme: »Diese Frau zu behandeln, als gehörte sie zur Familie. Hausangestellte müssen in ihre Schranken verwiesen werden, das sage ich dir. Eines Tages werde ich nach Hause kommen und dich antreffen, wie du Bhima bedienst.«

Als hätte sie die Gedanken ihrer Mutter erraten, hebt Dinaz die Hand, um Sera die Sicht auf die Uhr zu versperren. »Mein Gott, Mummy, nun hör doch mal auf, ständig auf diese blöde Uhr zu gucken. Es ist Samstag; selbst wenn Bhima mal einen Tag zu spät kommt – was soll's schon? Sie ist auch nur ein Mensch, weißt du.«

Es amüsiert Sera immer wieder, wie Dinaz, wenn die Sprache auf Bhima kommt, instinktiv in die Rolle schlüpft, die sie, Sera, Feroz gegenüber gespielt hat. Und paradoxerweise übernimmt sie selbst Feroz' Part. »Einen Tag wäre ja in Ordnung«, entgegnet sie jetzt. »Doch das hier wird allmählich zu viel. Schließlich ist es zwecklos, eine Hausangestellte zu haben, wenn ich am Ende die ganze Arbeit alleine erledige.«

Falls Sera Mitgefühl erwartet hat, kann sie diese Illusion schnell wieder begraben. Dinaz knufft ihre Mutter in den Rücken. »Ein bisschen Hausarbeit hat noch keinen umgebracht«, doziert sie grinsend. »Das ist gut gegen deine Arthritis – es hält die Gelenke geschmeidig. Im Übrigen ist Bhima älter als du; sie braucht ihre Ruhepausen dringender.«

Sera muss wider Willen lächeln. Zuweilen vergisst sie, dass Dinaz, bevor sie auf Drängen ihres Vaters die Managerlaufbahn einschlug, eine Ausbildung zur Sozialarbeiterin angefangen hatte. Doch ganz gleich, wie erfolgreich sie in ihrem neuen Beruf zusehends wird – ihr alter Sinn für Fairplay, ihr Durst nach Gerechtigkeit ist allgegenwärtig. Was Bhima betrifft, so ist Dinaz völlig verblendet. Schon als kleines Mädchen konnte Dinaz kein unfreundliches Wort über Bhima ertragen. »Diese Frau verpasst unserem einzigen Kind direkt vor deiner Nase eine Gehirnwäsche«, hatte Feroz Sera einmal vorgehalten. »Und du – du bist zu selbstzufrieden und vernagelt, um es überhaupt zu merken. Dinaz spricht mit Bhima in netterem Ton als mit ihrem eigenen Daddy.« Seinerzeit musste Sera sich auf die Zunge beißen, um Feroz nicht den offenkundigen Grund zu nennen – nämlich dass Dinaz Bhima schließlich auch öfter zu Gesicht bekam als ihn und von der Hausangestellten freundlicher behandelt wurde als von ihrem eigenen Vater.

Viraf kommt in die Küche spaziert, noch im Pyjama. Ohne dass ihn einer gebeten hätte, holt er drei Teller aus dem Schrank und stellt sie auf den Esstisch. »Bhima, Bhima, Bhima, das ist alles, was ich die letzten Tage höre«, brummt er. »Ich könnte schwören, dass kein anderer Name in diesem Hause öfter fällt.«

»Und, was ist daran so verwerflich?«, fragt Dinaz postwendend. »Schließlich steckt die arme Frau in Schwierigkeiten.«

»Oooch Kinder! Hatte nicht damit gerechnet, dass ich heute Morgen zum Frühstück schon solche trübsinnigen Themen serviert bekomme«, erwidert Viraf. »Nein, meine Liebe, es ist nichts Verwerfliches daran, über Bhimas Nöte zu sprechen. Ich habe nur ein Problem damit, dass nach all diesen endlosen Gesprächen noch nichts passiert ist.«

»Und was schlagen Sie vor, was wir tun sollen, Mr. Siebengescheit?«, fragt Dinaz, doch das Lächeln auf ihrem Gesicht mildert ihre Worte.

Viraf erwidert ihr Lächeln allerdings nicht. »Das liegt doch auf der Hand«, entgegnet er. »Maya muss das Kind abtreiben lassen, und je schneller dies geschieht, desto besser wird sie das Ganze verkraften. Es erstaunt mich nur, dass wir überhaupt schon so lange damit gewartet haben.«

Obgleich sie weiß, dass ihr Schwiegersohn es gut meint und dass ihm Bhimas Belange am Herzen liegen, sträubt sich etwas in Seras Innerem angesichts Virafs besitzergreifendem Gebrauch des Wörtchens »wir« und der beiläufigen Art, in der er die Abtreibung erwähnt. Typisch Mann eben, denkt sie. Als sei es genauso einfach, ein Kind wegmachen zu lassen, wie scheißen zu gehen. Sie errötet angesichts der Derbheit ihrer eigenen Gedanken.

Viraf durchbricht die lähmende Stille, die nach seinen Worten eingetreten ist. »Nun, dem Schweigen entnehme ich, dass mein Standpunkt allgemeine Zustimmung findet«, bemerkt er sarkastisch. »Ich fürchte allerdings, meine Damen, dass keine Zeit mehr bleibt für Empfindsamkeiten oder dafür, weiter um den heißen Brei herumzureden. Wisst ihr, in diesem Fall müssen wir einfach pragmatisch sein. Maya hat sich selbst in diese Lage hineinmanövriert und sich schwängern lassen. Und wenn wir nun die Hände in den Schoß legen, verlängern wir nur ihr Elend. Mir scheint, eine Abtreibung ist der einzig gangbare Weg.«

»Du hast Recht«, nickt Dinaz, während sie das *akuri* aus der Bratpfanne auf die Teller verteilt. »Ich weiß, dass du Recht hast, Schatz.« Sie hält inne. »Mummy, soll ich Bhima vielleicht auch was übrig lassen?«

»Sie fastet doch samstags«, ruft Sera ihr in Erinnerung. Und als sie Virafs fragenden Blick sieht, fügt sie hinzu: »Irgend so ein Feiertag.«

»Apropos Bhima«, beginnt Viraf. »Sie sollte lieber bald auf der Bildfläche erscheinen, wenn sie eine Mitfahrgelegenheit zum Gemüsemarkt haben will. Ihretwegen werde ich nämlich nicht zu spät zum Kricketspielen aufbrechen.«

Dinaz und Sera schmunzeln. Viraf ist völlig kricketverrückt. Jeden Samstag zieht er seinen weißen Dress an und fährt zu einem *maidan*, um mit seinen alten Freunden eine Runde zu spielen. Seit seinem ersten Collegejahr spielt er in dieser Mannschaft. »Du solltest deine Teamkameraden fairerweise schon mal vorwarnen«, bemerkt Dinaz. »Wenn das Baby erst geboren ist, ist es mit dem Kricketspielen vorbei.«

Viraf sieht so bestürzt aus, dass die beiden Frauen prustend zu lachen anfangen. »Mein Gott, schau dir das Gesicht an«, sagt Dinaz. »Man könnte meinen, ich hätte ihm mitgeteilt, er dürfe nie wieder essen und trinken.«

»Kricket ist ja auch ein wahres Lebenselixier«, antwortet Viraf theatralisch. »Es ist kein Spiel, sondern eine Lebensart. Der eleganteste und anmutigste Sport, den es gibt. Und im Übrigen, wer weiß … Wenn es ein Sohn ist, werde ich ihn mitnehmen, sobald er laufen kann.«

»Na großartig, dann dürfen wir uns mit einer weiteren Generation von Sportfanatikern rumschlagen. Nein danke, *baba*. Mein Sohn wird ein Gelehrter und Denker.«

»Du solltest aufpassen, was du sagst, meine Liebe. Ich werde nicht zulassen, dass du aus meinem Sohn ein Weichei machst«, kontert Viraf schelmisch. »Ich sage dir, wenn die Technologie es erlauben würde, dann würde ich die Ärzte dazu überreden, einen Chip in deinen Bauch zu implantieren, sodass mein Sohn mit einem Kricketball in der Hand geboren wird.«

Dinaz dreht sich zu ihrer Mutter um. »Siehst du, wie liebreizend dein werter Herr Schwiegersohn ist? Redet davon, Chips in meinen Bauch einzupflanzen, als sei ich eine Kuh oder so was Dämliches.«

Sera erhebt sich lächelnd vom Tisch. »Kinder, Kinder«, sagt sie. »Was redet ihr bloß für albernes Zeug.«

»Warte, steh noch nicht auf«, bittet Dinaz. »Wir sollten dieses Bhima-*mamla* heute klären.« Sie wendet sich an Viraf: »Schatz, kannst du Rusi anrufen, wenn du vom Kricketspielen zurück bist? Ich weiß, dass er kein Gynäkologe ist, aber er wird sicher in der Lage sein, jemanden zu empfehlen, oder?«

»Bhima kann sie doch ins staatliche Krankenhaus bringen«, rutscht es Sera automatisch heraus.

»Nun mach aber mal einen Punkt, Mummy. Du weißt doch, was für Schlachter die Ärzte in diesen Krankenhäusern sind, in denen man nichts bezahlen muss. Und wenn man dann noch bedenkt, dass sie ein junges, unverheiratetes Mädchen ist …« Dinaz schaudert.

Viraf verzieht das Gesicht. »Okay, okay, ich werde Rusi anrufen und eine Empfehlung einholen. Also, könnten wir jetzt vielleicht bitte dieses unerquickliche Thema abschließen und von etwas anderem reden? Diese Unterhaltung verdirbt mir den ganzen Frühstücksgenuss.«

Die beiden Frauen wechseln einen raschen Blick. »Viraf hat Recht«, sagt Sera. »Der Frühstückstisch ist nicht der passende Ort für solche Gespräche.« Sie lächelt ihren Schwiegersohn beschwichtigend an.

Viraf erwidert ihr Lächeln. »Nebenbei gesagt ist es ziemlich deprimierend, über Abtreibungen und all so was zu sprechen, jetzt wo Dinaz … wo wir schwanger sind. Ist doch wahr, oder? Jedes Mal wenn ich einfach nur glücklich sein möchte darüber, wie gut es das Schicksal mit uns meint, muss ich an Mayas Unglück denken.«

Dinaz legt umgehend ihre Gabel nieder und beugt sich zu ihrem

Ehemann, um ihn auf die Wange zu küssen. »Tut mir Leid, *janu*«, sagt sie. »Ich empfinde genauso. Entschuldige bitte meine mangelnde Sensibilität.«

Viraf schiebt seine Hand hinüber zu Dinaz, die neben ihm sitzt, und hakt seinen rechten Zeigefinger in Dinaz' linken ein. Den Rest des Frühstücks halten die beiden Händchen, und als Sera sie so sieht, wird sie von einem so heftigen Glücksgefühlt gepackt, dass es fast schmerzt in der Brust. Das war es wert, denkt sie. Die ganze Misere mit Feroz war es wert, weil sie mir diesen Moment hier beschert hat. Meine Tochter führt die Ehe, die ich niemals hatte. Und ich habe sie dorthin geführt. Jawohl, ich war das. Ich. Diese neurotische alte Närrin mit all ihren Macken.

Ihr Leben lang hat Sera Tausende von Geschichten gehört, in denen Frauen, die von ihren Schwiegermüttern drangsaliert wurden, später ihrerseits unweigerlich zu abscheulichen Schwiegermüttern wurden. Als sei das eine Art Initiationsphase, in der die Jüngeren schikaniert werden, denkt sie. Doch selbst jetzt sind die Wunden aus ihrer Zeit in Banu Dubashs Haus noch zu frisch, als dass sie je eine solche Rolle im Leben ihrer Kinder spielen würde. Seit Viraf und Dinaz nach Feroz' Tod bei ihr eingezogen sind, hat Sera ihr Möglichstes getan, um ihnen die Privatsphäre zuzugestehen, die sie brauchen. Wie war gleich noch diese merkwürdige Modevokabel? Freiraum. Ja, sie hat ihnen ihren Freiraum gelassen. Und sie hat ihre Zunge im Zaum gehalten. Zuweilen war das nicht einfach, besonders wenn Viraf und Dinaz eine ihrer Streitereien begonnen hatten. Dann war der Drang groß, einzuschreiten und ein versöhnliches Wort beizusteuern. Es fällt ihr zwar leicht, Viraf zu verzeihen und über seine Verschrobenheiten hinwegzusehen. Doch das Verlangen, Dinaz beiseite zu nehmen und ihr zuzuraunen, dass sie im Unrecht ist, sie daran zu erinnern, dass eine Ehefrau ihren Mann dadurch in der Hand hat, dass sie sich gehorsam zeigt, und ihre Tochter zur Versöhnung mit Viraf zu drängen, ist in solchen Momenten so stark, dass Sera sich förmlich auf ihre Hände setzen und sich den Mund zukleben muss, damit sie sich nicht einmischt. Das hat sie Dinaz versprochen, als die Kinder damals anboten, bei ihr einzuziehen. »Ich werde dafür sorgen, dass ihr beiden nicht eine übergriffige Schwiegermutter am Hals habt.«

»Ach, Mummy, da machen wir uns gar keine Sorgen«, erwiderte Dinaz.

Doch Sera schüttelte ungehalten den Kopf. »Ich weiß, wovon ich rede, *deekra*«, sagte sie. »Ihr beiden seid ja noch nicht allzu lange verheiratet. Ihr müsst erst noch richtig zusammenwachsen. Ich weiß, dass jetzt alles einfach klingt und alles möglich scheint; aber mit einer anderen Person zusammenzuleben, besonders mit einem Vertreter einer anderen Generation, ist schwierig. Glaub mir. Ich weiß wirklich, wovon ich spreche.«

Den ersten Streit mit Banu hatte es gegeben, als Sera und Feroz noch nicht einmal zwei Wochen aus den Flitterwochen zurück waren. »Feroz, *deekra,* kannst du mal eine Minute zu mir reinschauen?«, rief Banu an jenem Abend aus ihrem Schlafzimmer, als Feroz von der Arbeit heimkehrte. Er schnitt Sera, die ihn an der Wohnungstür begrüßt hatte, eine Grimasse, drückte ihr zärtlich den Arm und ging zu seiner Mutter hinein.

Als er eine halbe Stunde später in ihr eigenes Schlafzimmer kam, machte er einen verlegenen Eindruck. »Ähm, also, Mummy wollte, dass ich mit dir über etwas Wichtiges rede«, stotterte er.

»Geht es um meine Kochkünste?«, fragte sie sofort. »Habe ich das Hühnchen nicht kräftig genug gesalzen? Mein Daddy beklagt sich immer, dass ich …«

»Nein, nein, es ist nichts dergleichen. Weißt du, Mummy ist aufgefallen, dass bei dir gerade so die Zeit ist …«

»Welche Zeit?«, fragte sie verständnislos.

Er seufzte. »Deine Menses. Die Periode. Dass du gerade deine Periode hast. Und, äh, ähm, in unserem Hause sitzen Frauen, die ihre Monatsblutung haben, getrennt von den anderen. Sie rühren das Essen in der Küche nicht an, benutzen gesondertes Geschirr und Besteck und so weiter.«

Sie starrte ihn ungläubig an. »Feroz, das ist doch jetzt nicht dein Ernst, oder?«

Er machte ein verdrossenes Gesicht. »Ich weiß, für dich als moderne Frau muss es altmodisch klingen.« Sein Ton war seltsam, und Sera konnte sich des Gefühls nicht erwehren, dass er einfach blind die Worte seiner Mutter nachplapperte. »Aber das sind die Regeln in diesem Haus. Die Regeln meiner Mutter. Und da wir unter ihrem Dach leben, müssen wir uns daran halten.« Er blickte sie flehend an. »Sera, bitte, dem Seelenfrieden aller Beteiligten zuliebe, tu einfach, was sie verlangt. Letztlich ist es doch zu deinem eigenen Wohl. Wenn eine Frau ihre Blutung hat, ist sie geschwächt. Daher trägt diese Tradition ja nur dazu bei, deine Kräfte zu schonen.«

Dies ist also mein moderner Ehemann, der im Ausland gelebt hat, wunderte Sera sich im Stillen. Ein hohes Tier in der Führungsetage der Tata Group. Plötzlich fiel ihr wieder ein, was einer ihrer Kollegen immer zu sagen pflegte … »Vor seiner Mutter verwandelt sich ein parsischer Mann in ein Mäuschen.«

»Feroz, bitte, das ist doch lächerlich«, wandte sie ein. »Jetzt mal ernsthaft, ich dachte, nur diese armen, altmodischen Frauen in Udvada säßen während ihrer Periode in einem separaten Raum. Wir sind hier in Bombay, *janu*. Und die Menschen müssen schließlich mit der Zeit gehen.«

Er seufzte erneut, und diesmal kam sein Seufzer aus tiefster Seele. »Sieh mal, Sera, ich bin heute todmüde. Hatte einen ewig langen Tag mit allem Drum und Dran. Liebling, gib Mama in diesem Punkt einfach nach, okay? Sie ist eine alte Dame, die so ihre eingefahrenen Ansichten und Gewohnheiten hat, weißt du. Und das ist eine Kleinigkeit – es muss doch nicht sein, dass du sie damit ärgerst. Ich wünsche mir so sehnlich, dass wir alle einträchtig zusammenleben wie eine große, glückliche Familie. Bitte sag einfach Ja.«

Es war die Vision dieser einen großen, glücklichen Familie, die Sera dazu bewog, in den sauren Apfel zu beißen und einzuwilligen. »Und was heißt das nun genau?«, erkundigte sie sich misstrauisch.

»O Gott, keine Ahnung«, erwiderte er und umarmte sie rasch. »Aber ehrlich, wahrscheinlich bedeutet es weiter nichts, als dass du dein Essen auf deinem Zimmer serviert bekommst und ein paar andere Kleinigkeiten. Danke, Sera, dass du mich nicht vor meiner Familie gedemütigt hast.«

Es war ein merkwürdiges Gefühl für sie, das Abendessen aufs Zimmer gebracht zu bekommen; doch Sera zwang sich, die Gekränktheit, die in ihr aufstieg, als die Stimmen der anderen drei aus dem Esszimmer zu ihr herüberdrangen, niederzukämpfen. Sie schaltete das Radio im Schlafzimmer ein und vertilgte lustlos ihr Abendessen. Wenig später kam Feroz ins Schlafzimmer und erklärte ihr im Flüsterton, wie Leid es ihm täte und wie sehr er sie am Essenstisch vermisst hätte. In jener Nacht hielt er sie bis zum Morgengrauen in den Armen. Sera staunte über die körperliche Vertrautheit, die bereits zwischen ihnen herrschte. Und indem sie Feroz' Körper erkundete, lernte sie ihren eigenen Körper besser kennen – seine Wünsche und Bedürfnisse, die zuckenden Muskeln und gleichsam elektrisierten Nerven, die Höhlungen und empfindsamen Punkte. »Geh nicht arbeiten heute«, hauchte sie ihm am Morgen ins Ohr. »Lass uns den Tag gemeinsam verbringen, nur wir beide.«

Er lachte und entzog sich widerstrebend ihrer Umarmung. »Gott, ich wünschte, ich könnte es. Aber ich habe bereits für die Flitterwochen freigenommen, weißt du. Und ich habe heute Nachmittag eine große Präsentation.«

Sie winkte ihm vom Balkon aus zum Abschied, und ihr war bewusst, dass Banu, die ihm gleichfalls winkte, möglichst viel Abstand zu ihr hielt. Da Sera noch immer emotional angeschlagen war von dem Gespräch am Vorabend, blieb sie noch ein Weilchen auf dem Balkon, nachdem Feroz weggefahren und Banu wieder nach drinnen gegangen war. Sie hörte den heiseren Schrei des Bananenverkäufers, der seinen hölzernen Karren durch die Straßen schob; sie sah die beiden halbwüchsigen Jungen auf der Terrasse des gegenüberliegenden Gebäudes, die ihre Drachen steigen ließen. Und während sie dort so stand, überlegte Sera, ob sie mit Banu über ihre Unterredung mit Feroz sprechen sollte, fragte sich, ob es einen Versuch wert war, ihre Schwiegermutter dazu zu bewegen, ihre Haltung zu hinterfragen. Viele alte Parsinnen hingen diesem Aberglauben hinsichtlich der Menstruation an, das wusste Sera, doch bislang hatte sich keine dieser Frauen in ihr Leben eingemischt. Sie war die Tochter eines Wissenschaftlers und empfand es als erniedrigend, sich derart primitiven Vorstellungen zu beugen. So bin ich einfach nicht groß geworden, Mama Banu, hätte sie ihr am liebsten gesagt. Und falls dies Bedingung war, um in diesem Haus zu leben, so hättest du es mir besser vorher sagen sollen.

Die Sonne brannte auf ihr Gesicht herunter und trieb ihr den Schweiß aus den Poren. Sie vernahm Freddy Dubashs Musik, die auf dem Plattenspieler lief, hörte Polly bei den hohen Tönen mitkreischen. Ihr lautes Magenknurren erinnerte sie daran, dass sie Hunger hatte. Sie fragte sich, ob sie um ihr Frühstück bitten sollte oder ob sie nun auf ihr Zimmer zu gehen und zu warten hatte, bis ihr das Essen hingestellt wurde wie einem Verbrecher in seiner Zelle; die Vorstellung war für sie so demütigend, dass sie noch stärker ins Schwitzen geriet. Sie beschloss, in ihr Zimmer zurückzukehren.

Banu saß auf dem Sofa im Wohnzimmer, ein weißes *mathubanu* um den Kopf, und hielt ein Gebetbuch in der Hand. *»Kem na mazda«,* murmelte sie, als Sera an ihr vorbei durchs Wohnzimmer ging.

Doch im nächsten Moment ertönte ein ohrenbetäubender, schriller Schrei. »Raus, raus hier«, kreischte Banu. »*Acchut.* Unreine Person, hast das ganze Zimmer besudelt, während ich gebetet habe. All meine Gebete sind zunichte, weil du in deinem Zustand der Unreinheit diesen Raum betreten hast. Haben deine Mummy und dein Daddy dir eigentlich überhaupt irgendetwas beigebracht, du schmutzige Göre?«

Sera starrte Banu fassungslos an. Sie brauchte einen Augenblick, um zu begreifen, dass das hysterische Gekreisch ihrer Schwiegermutter tatsächlich ihr, Sera, galt. Die tobende Furie vor ihr hatte keinerlei Ähnlichkeit mit der scheuen Frau, die so um ihre Sympathie geworben, sie ermuntert hatte, ihren Sohn zu heiraten, und sie erst wenige Wochen zuvor mit offenen Armen bei sich empfangen hatte. »Ich … Ich …«, stammelte sie.

Freddy Dubash kam aus dem Esszimmer herübergerannt. »Was ist passiert? Ist jemand gestürzt?«

»Oh, Freddy, Gott sei Dank bist du da«, rief Banu theatralisch. »Hilf mir, Liebling, steh mir bei!«

Freddy schaute völlig verwirrt. »Banu, was ist denn los, so rede doch. Ist was mit deinem Herz?«

»Nein, nein, nichts dergleichen. Nur, dass dieses ganze Haus nun gereinigt werden muss. Sera ist durchs Zimmer gelaufen, während ich gebetet habe, und sie hat ihre Periode, weißt du. Und trotzdem hat sie, ohne nachzudenken, mein Gebet gestört.«

Sera errötete. Doch noch ehe sie etwas erwidern konnte, ergriff Freddy das Wort. »Du und deine irrationalen *vhems* und *dhahkaras*. Was bist du bloß für ein verrücktes, abergläubisches Weibsbild. Fällst über dieses arme Kind her und versetzt es ohne triftigen Grund in Angst und Schrecken.« Dann wurde er noch zorniger. »Und das Schlimmste, du hast mir meinen Musikgenuss verdorben. Eine neue Mozartplatte, die ich mir gerade erst gekauft habe, und nun habe ich wegen deines hysterischen Theaters die schönste Passage verpasst.« Er warf Sera einen teilnahmsvollen Blick zu, dann stapfte er aus dem Zimmer.

Banu kniff die Augen zusammen und schleuderte Sera einen Blick zu, bei dem ihr fast das Herz stehen blieb. »Siehst du, was du angerichtet hast? Hast meinen Freddy völlig aus der Fassung gebracht«, zischte sie, sorgsam darauf bedacht, so leise zu sprechen, dass es im Nebenzimmer nicht zu hören war. »Bist du vielleicht in mein Haus eingezogen, um Misshelligkeiten zwischen meinem Mann und mir zu verursachen?«

Sera fühlte sich so benommen, als hätte sie vier Glas Bier getrunken. Sie tat einen Schritt auf Banu zu und fasste sie sachte bei der Hand. »Mama Banu, ich weiß gar nicht, was geschehen ist ...«

»Sie hat mich berührt«, kreischte Banu. »Mit voller Absicht hat sie mich mit ihren unreinen Händen berührt. O Gott, was für eine *daakan* ist in mein Haus eingezogen, um mir auf meine alten Tage mein Dasein zur Hölle zu machen?«

Diesmal kam Gulab angelaufen, das Hausmädchen der Dubashs. Sie erfasste mit einem Blick die Lage und schob Sera in Richtung Schlafzimmer. »Schätzchen, Sie gehen jetzt mal für eine Weile auf Ihr Zimmer«, erklärte sie bestimmt. »Los, machen Sie schon, ich werde Mummy beruhigen.«

In ihrem Zimmer sank Sera völlig niedergeschmettert aufs Bett.

Ein körperlicher Angriff hätte sie nicht schlimmer schmerzen können. Mit einem Teil ihres Herzens glaubte sie noch immer, dass die ganze Szene ein raffiniert ausgeklügelter Scherz war, ein grausames, aber dennoch harmloses Initiationsritual, das Feroz ersonnen hatte, um sie in die Familie aufzunehmen; sie rechnete noch immer damit, dass Freddy und Banu jeden Moment verlegen lächelnd in ihr Zimmer spazieren und sich für diesen dummen Streich entschuldigen würden. Doch während sie dasaß und wartete, kam ihr in den Sinn, was ihre Mutter während ihrer Verlobungszeit einmal zu ihr gesagt hatte. »Ich bin heute Amy Smith in die Arme gelaufen«, berichtete ihre Mutter damals mit leichtem Stirnrunzeln. »Du entsinnst dich doch, nicht? Deine Lehrerin aus der Sechsten? Scheint, als habe sie bis vor ein paar Jahren in Feroz' Haus gewohnt. Ich erzählte ihr von den freudigen Neuigkeiten in deinem Leben, und sie war überglücklich, dass du endlich heiratest. Aber irgendetwas, was sie sagte, machte mich hellhörig, *beta*. Sie meinte, Banu Dubash sei ein bisschen wunderlich. Ich habe den Eindruck gewonnen, dass Miss Smith sie nicht besonders gut leiden kann.«

Seinerzeit hatte Sera die Worte ihrer Mutter so unbekümmert beiseite gewischt, als schnippe sie eine verirrte Wimper von ihrer Wange. »Alle Parsen sind wunderlich und verschroben, Mummy.« Sie hatte gelacht. »Das ist doch nichts Neues.«

Doch ihre Mutter war noch nicht überzeugt. »Vielleicht sollten wir ein paar diskrete Erkundigungen einziehen. Du weißt, dass Miss Smith dich sehr gerne hat. Sie hätte niemals irgendetwas erwähnt, wenn kein Anlass dazu bestünde.«

»Mummy, bitte. Nun belästige mich doch nicht mit solchen Geschichten. Ich heirate schließlich Feroz und nicht seine Mutter. Und Mama Banu war reizend zu mir. Erst neulich erklärte sie mir, dass sie gleich bei unserer ersten Begegnung gewusst hätte, dass ich die Richtige für Feroz sei.«

Jehroo Sethna musste schmunzeln. »Du wirst noch dazulernen, *deekra*. Du heiratest nie nur einen einzelnen Menschen. Sondern immer eine ganze Familie.«

Als sie jetzt so dasaß, zutiefst verstört von der Szene, die sich soeben abgespielt hatte, schossen Sera die Worte ihrer Mutter so jäh durch den Sinn, als würde ein Zug durch ihr Hirn rasen. Bitte lass Feroz heute früh heimkommen, betete sie inständig. Bitte mach, dass ich keinen Fehler begangen habe, indem ich ihn geheiratet habe.

Eine Stunde später klopfte Freddy Dubash an ihre Tür und kam mit einem Teller Rührei herein. »Tut mir Leid, dass das Frühstück so spät kommt, Liebes«, murmelte er. Doch als sie aus ihren tränennassen Augen zu ihm aufblickte, schaute er weg.

»Tut mir auch Leid, was … was da draußen vorgefallen ist. Und dieses ganze Trara wegen der Menstruation – ich weiß gar nicht, was ich dazu sagen soll. Meine Mutter war genauso. Hat Banu das Leben zur Hölle gemacht. Und jetzt benimmt Banu sich kein bisschen anders. Das Beste ist, du gehst ihr in dieser Zeit aus dem Weg, *deekra.*«

Sie nickte. Den Rest des Tages verbrachte sie in ihrem Zimmer, wo sie einen Roman las und auf und ab wanderte. Noch nie war ihr die Zeit so langsam vergangen. Irgendwann blickte sie zufällig in den Spiegel und war erschüttert über die Verzweiflung in ihren Augen – wie bei einem Tier, das in der Falle saß. Vor einigen Monaten arbeitete ich noch erfolgreich im Beruf, hatte ein angenehmes Leben, konnte kommen und gehen, wie es mir beliebte, dachte sie. Und jetzt wage ich es nicht einmal mehr, dieses Zimmer zu verlassen, und das alles wegen der schwachsinnigen Ansichten einer abergläubischen alten Frau. Sie blinzelte leise, als könnte diese kleine Bewegung etwas ändern an der seltsamen Realität, von der sie sich nun umschlossen sah.

Ihre beste Freundin, Aban, hatte seinerzeit eine heftige Diskussion mit ihr vom Zaun gebrochen, als Sera ihr erzählte, sie wolle ihren Job im Bombay House, dem Hauptsitz der Tata Group, aufgeben. »Nein, *yaar,* heutzutage sollte eine Frau unabhängig sein«, so ihr Rat. Seinerzeit war Sera so berauscht gewesen von Feroz' Erklärung, er sei mehr als fähig, seine Frau zu ernähren, dass sie Abans Bemerkung als schlichten Fall von Neid abgetan hatte. Doch ihre Freundin hatte Recht gehabt, das wurde ihr jetzt bewusst. Nun vermisste Sera die simple tägliche Entscheidung, was sie zur Arbeit anziehen sollte, das herrliche Gefühl, in der riesigen Woge von Büroangestellten mitgeschwappt zu werden, die jeden Morgen aus den Zügen strömten; sie vermisste die kameradschaftliche Verbundenheit, die durch die Witzeleien und den Klatsch entstand, der im Büro kursierte wie inoffizielle Memos, die Befriedigung, eine Arbeit zu verrichten, die ihr lobende Anerkennung von Mr. Madan eintrug. In ihrem ganzen Leben hatte sie noch nie diesen bleiernen Druck verspürt, der jetzt auf ihrer Seele lastete, als sie in ihrem Schlafzimmer saß und darauf wartete, dass ihr Mann nach Hause kam.

An jenem Abend öffnete Banu Feroz die Tür. »Was ist los, Mama? Wo steckt Sera?«, hörte Sera ihn fragen.

Seine Mutter seufzte. Dann antwortete sie laut und vernehmlich: »Frag nicht. Frag einfach nicht. Doch falls du deine alte Mutter umbringen wolltest, hättest du mich einfach an deinem Hochzeitstag an den Türmen des Schweigens abladen sollen. Dann müsste ich nicht diesen langsamen, quälenden Tod hier sterben. Von den Geiern zerpickt zu werden ist besser als das hier.«

Sera wartete darauf, dass Feroz angesichts des melodramatischen Auftritts seiner Mutter schallend zu lachen anfing. Sie wünschte sich, er würde der alten Dame mit ein paar wohlgesetzten Worten den Kopf zurechtrücken, so wie er seine Untergebenen bei der Arbeit zur Ordnung rief. Oder, falls dies nicht möglich war, in ihr Schlafzimmer marschieren, sie in die Arme nehmen und mit ihr zur Türe hinaustanzen, während Banu ihnen mit offenem Munde nachstarrte.

»Lass uns in dein Zimmer gehen zum Reden, Mama«, erklärte Feroz. »Dann erzählst du mir, wo dich der Schuh drückt.«

Als er eine Stunde später in ihren gemeinsamen Raum trat, war seine Miene völlig undurchdringlich. »Hi«, sagte er. »Was hast du heute gemacht?«

Sera sah ihn ungläubig an. Was ich heute gemacht habe?, hätte sie am liebsten zurückgefragt. Ich habe ein neues Kapitel des *Ramayana*[1]

1 Das Ramayana erzählt die Lebensgeschichte des mythischen Prinzen Rama, der siebten Inkarnation des Gottes Vishnu, und ist neben dem Mahabharata das zweite große indische Epos. Der Hauptteil entstand vermutlich im 4. oder 3. Jahrhundert vor Christus. [Anm. d. Übs.]

geschrieben. Ich habe beim Mittagessen eine Symphonie komponiert. Ich habe eine Vorrichtung erfunden, mit der man übergriffige Schwiegermütter auf den Mond schießen kann. »Nichts«, entgegnete sie.

Er lächelte schwach. »Mummy meinte, hier seien heute schon die Fetzen geflogen. Das ist meine Schuld. Ich habe vergessen, dich davor zu warnen, in ihre Nähe zu kommen, wenn sie betet.«

Seine aufgesetzte Demut war der Auslöser, dass sie explodierte. »Also, dann wollen wir mal sehen: Ich darf nicht ins Wohnzimmer, wenn deine Mutter betet. Ich darf nicht ins Esszimmer, um meine Mahlzeiten einzunehmen. Und auch nicht in die Küche, um zu kochen. Das bedeutet im Klartext, ich soll als Gefangene in diesem Zimmer sitzen, solange ich meine Periode habe?«

»Es besteht kein Anlass, hier ein Drama abzuziehen, Sera …«

Sie gab einen glucksenden Laut von sich, der wie eine Mischung aus Husten und Schluckauf klang. »Ich ein Drama abziehen? *Ich*, ja? Mein lieber Feroz, der Auftritt deiner *Mutter* heute Morgen war bühnenreif, damit hätte sie jeden Schauspielpreis gewonnen.«

»Sprich nicht so laut, liebe Frau.«

»Fahr mit mir irgendwohin.«

»Wie bitte?«

»Nimm mich zu einer kleinen Spazierfahrt mit – an den Chowpatty Beach, einfach irgendwohin. Lass uns *bhel* essen gehen. Ich muss aus diesem Haus raus, ein bisschen frische Luft schöpfen.«

»Aber Sera, nun sei doch vernünftig. Mama hat Abendessen für uns gekocht. Was meinst du denn, wie sie sich fühlt, wenn …«

»Früher hast du mich ständig zum *bhel*-Essen ausgeführt, Feroz. Und da hatte deine Mama ebenfalls Abendessen gekocht.«

»Das war etwas anderes.«

»Und warum? Was war da anders?«

Er starrte sie wortlos an, und sie konnte die Antwort in seinen Augen lesen: Der Unterschied war, dass er damals um sie geworben hatte und sicherstellen wollte, dass er unter allen Männern der Auserwählte sein würde, wohingegen er sie jetzt erobert hatte und es keinen Grund mehr gab, sie noch weiter zu beeindrucken. Sie wandte sich von ihm ab, aus Angst, er könnte die Enttäuschung in ihrem Blick lesen. Denn sie war nicht so sehr von seinem gegenwärtigen Verhalten enttäuscht, sondern vielmehr von seiner ganzen Person, von seiner Banalität, davon, dass er sich als dermaßen *gewöhnlich* entpuppte.

Er fasste sie unter dem Kinn und drehte ihr Gesicht zu sich her. »Schau mich an«, sagte er. Und dann eindringlich: »Sera, nun sei doch nicht so. Ich habe dir bereits erklärt, dass es mir Leid tut. Aber bitte bedenk auch meine Position. Ich möchte nicht, dass Mama das Gefühl hat, ich sei auf einmal gegen sie, nur weil ich jetzt verheiratet bin. Ich werd dir was sagen. Am Freitag komme ich etwas früher von der Arbeit heim, und dann gehen wir aus, nur wir beide. Nun komm schon, bitte. Nimm dich doch wenigstens ein bisschen zusammen.«

Vier Tage darauf gesellte Sera sich zu Banu in die Küche, nachdem sie geduscht hatte. »So, Mama«, verkündete sie und bemühte sich zwanghaft um einen unbeschwerten Tonfall. »Alles wieder in Ordnung. Lass mich heute das Mittagessen kochen.«

Banu sah sie an und wich einen Schritt zurück. »Hast du deine Haare gewaschen?«, fragte sie mit gepresster Stimme.

Sera sah sie verdutzt an. »Meine Haare? Die werde ich morgen waschen …«

»Dann bist du also noch unrein. Du kannst unmöglich rein sein, bevor du dich nicht von Kopf bis Fuß gewaschen hast. Und in diesem Zustand bist du in meine saubere Küche gekommen!«

Sera fing an zu lachen. Sie lachte, bis ihr die Tränen über die Wangen rollten. Sie hörte irgendwelche Laute aus ihrem Mund dringen, konnte selbst nicht sagen, ob sie lachte oder weinte. Aus dem Augenwinkel sah sie Gulab, die mit mehlbepuderten Händen dastand und sie besorgt betrachtete. Der Anblick brachte Sera nur noch mehr zum Lachen. Sie glaubt wahrscheinlich, ich werde verrückt, dachte sie. O Gott, ich *werde* verrückt. Und irgendwie belustigte sie diese Vorstellung so sehr, dass sie überhaupt nicht mehr aufhören konnte.

»Schamloses Ding!« Banus Hand schnellte vor und klatschte auf ihre Wange. »Sich über seine alte Schwiegermutter lustig zu machen.

In was für einem Zuhause bist du bloß groß geworden, dass du nicht die kleinste Spur Schamgefühl hast?«

Die Ohrfeige zeitigte die beabsichtigte Wirkung. Das hysterische Lachen verstummte, und Seras Gesicht nahm einen gallenbitteren Ausdruck an. »Du hast mich wahrhaftig geschlagen«, sagte sie schockiert und rieb sich mit dem Zeigefinger die Wange. »Du hast mich wahrhaftig geschlagen.« Da sie es einfach nicht fassen konnte, sprach sie lauter als beabsichtigt.

»Lügnerin«, erwiderte Banu prompt. »Ich habe dich nur geschüttelt, um dich aus deiner Hysterie zu befreien.« Sie drehte sich zu dem Hausmädchen um. »Gulab, du bist meine Zeugin. Habe ich dieses Mädchen angerührt?«

Gulab schaute von einer zur anderen und wiegte dann vage den Kopf. »Ich habe nicht hingeschaut, *baiji*«, erwiderte sie ausweichend. »Ich war mit der Zubereitung meiner *chapatis* beschäftigt.«

»Siehst du?«, triumphierte Banu. »Selbst Gulab sagt, ich sei unschuldig. Niederträchtige Person, bezichtigt ihre Schwiegermutter, sie hätte sie geschlagen. Wir kommen doch nicht aus der Gosse, dass wir solche abscheulichen, schlimmen Dinge tun würden.«

Sera wich vor Banu zurück, erschrocken über das, was sie in den Augen der alten Frau gewahrte. Banus Augen waren groß und glänzend geworden, und es lag ein wahnsinniger Ausdruck darin, der Sera einen Schauder über den Rücken jagte. Dabei strahlte Banu eine Siegesgewissheit aus, die Sera bedeutete, dass ihre Schwiegermutter in jedem Fall die Oberhand behalten würde. Ihr Widerstand war einfach zwecklos. Obwohl die Umrisse von Banus Fingern noch auf Seras brennender Wange zu sehen waren, redete die alte Frau Sera ein, dass der Schmerz, den sie spürte, reine Einbildung war, eine bloße Ausgeburt ihrer Phantasie. Sera hatte das Gefühl, als müsse sie sich gegen etwas Heimtückisches zur Wehr setzen, das sowohl ihren Körper als auch ihren Geist angriff. So ist also das Böse beschaffen, dachte sie. Bis dahin hatte sie das Böse immer im Großformat vor sich gesehen – Kriege, Konzentrationslager, Gaskammern, die Teilung einzelner Staaten. Jetzt wurde ihr klar, dass das Böse eine private Seite besaß, auch wenn es auf Grund seiner Banalität nicht nach außen drang. Ein rascher Blick auf Gulabs unbeteiligte Miene verriet ihr, dass die Hausangestellte schon vor langem gelernt hatte, was sie, Sera, gerade erst begriff.

»Tut mir Leid, Mama«, stammelte sie. »Ich … Ich werde auf mein Zimmer zurückgehen.«

Als Gulab an jenem Tag mit ihrem Mittagessen hereinkam, schickte sie sie fort. »Nun essen Sie doch was, Herzchen«, sagte Gulab und streichelte ihr den Rücken. »Warum tun Sie sich selbst ohne Not so weh? In einer Familie gibt es eben ab und an mal kleine Spannungen.«

Sera hätte Gulab gerne von dem kultivierten, freundlichen Umgangston erzählt, der in ihrem Elternhaus geherrscht hatte. Ich wurde niemals von meinen Eltern geschlagen, wollte sie sagen, und ich musste niemals in meinen eigenen vier Wänden eingesperrt sitzen wie jetzt gerade. Doch ihr Stolz verbot es ihr, sich einer Bediensteten anzuvertrauen. »Das ist es nicht«, sagte sie. »Ich habe einfach keinen Hunger.«

Um vier Uhr verließ Banu das Haus, um zum Feuertempel zu fahren. »Kann sein, dass ich heute länger unterwegs bin, Liebling«, rief sie Freddy von der Tür her zu. »Ich muss mit Dastur Homjee sprechen, ob er die Küche neu weihen kann, nun, da sie durch unreines Haar besudelt wurde.«

Wenige Minuten darauf klopfte es an Seras Tür. »Darf ich reinkommen?«, fragte Freddy. Polly saß nicht auf seiner Schulter.

Freddy stand in der Tür und gewahrte ihr zersaustes Haar und ihre rotgeränderten Augen. »Komm«, sagte er ruhig. »Lass uns ins Wohnzimmer rübergehen und ein bisschen Musik auflegen.«

Seine flehende Miene erlaubte es Sera nicht abzulehnen. »Okay«, entgegnete sie. »Ich will mich nur eben ein bisschen frisch machen.«

Als sie ins Wohnzimmer trat, war die Stereoanlage bereits eingeschaltet. *»Mondscheinsonate«,* sagte er und blickte zu ihr auf. »Ich dachte, irgendetwas Elegisches, Schönes wäre passend. Wir können diesen Raum im Geiste verlassen und so tun, als wären wir an einem Ort, wo der Mondenschein auf dem Wasser spielt.«

Sera lächelte schwach und setzte sich neben ihn aufs Sofa. Nach ein paar Minuten spürte sie, wie die Musik ihren Körper durchströmte und sie sich entspannte. Sie schloss die Augen, sodass sie sich in einer dunklen, orangefarbenen Welt verlor, in die nichts eindrang außer den erhabenen Klängen eines einsamen Klaviers. »Als ich noch jünger war, dachte ich, das Klavier sei mein Lieblingsinstrument«, begann sie mit gedämpfter Stimme, um die Musik nicht zu übertönen. Ihre Augen waren noch immer geschlossen, aber sie merkte, wie Freddy seine Sitzposition änderte. »Aber jetzt«, fuhr sie fort, »jetzt liebe ich den tiefen Klang des Cellos. Irgendwie scheint mir sein Ton das Leben am treffendsten widerzuspiegeln – traurig, süß und verloren. Einsam. Ich denke immer, wenn das Herz singen könnte, so würde es wie ein Cello klingen. Findest du diese Vorstellung sehr abwegig?«

Freddy gab einen erstickten Laut von sich, worauf Sera abrupt die Augen aufriss. Sie fuhr zusammen, als sie merkte, dass der alte Mann weinte. »Papa Freddy, was ist denn los?«, rief sie. »Habe ich irgendetwas gesagt, was …«

Er wandte ihr das Gesicht zu, und zum ersten Mal fiel ihr auf, dass die Haut unter seinem zuckenden Kinn schlaff herunterhing und sich in seinen Augen allmählich eine leichte Alterstrübung bemerkbar machte. Erschrocken stellte sie fest, dass er die Hände faltete, als wolle er inständig um etwas bitten, und ihr Blick fiel auf die Runzeln und Altersflecken auf der karamellbraunen Haut. »Vergib mir«, sagte Freddy, während ihm die Tränen über die Wangen strömten. »Vergib mir, Liebes, dass ich nicht früher etwas gesagt habe.«

Sie sah ihn verwirrt an. »Aber nicht doch, Papa Freddy, ist schon in Ordnung«, erwiderte sie. »Ich habe dich ja gerade eben erst nach deinem Lieblingsinstrument gefragt …«

»Ich spreche von ihr«, erklärte er schroff und wies mit dem Kopf zu Banus Zimmer hinüber. »Als du das erste Mal herkamst, als du deine Heirat mit Feroz plantest, hätte ich dich über ihre … ihre Launenhaftigkeit aufklären sollen. Wie hundsgemein sie manchmal sein kann. Ja, und Feroz leider auch. Aber was hätte ich denn tun sollen, *deekra?* Ich mochte dich vom ersten Moment an. Entsinnst du dich an das erste Mal, als du in dieses verflixte Haus kamst? Wie wir uns über klassische Musik unterhalten haben und du mit Polly gespielt hast und all das? Gleich da schon wollte ich dich als Tochter haben. Ich wünschte mir so sehnlich, dass eine neue Person in dieses Haus einzieht. Jemand, der eher so ist wie ich. Und du stammtest aus so einer guten Familie. Hattest einen Vater, der selbst Musikliebhaber war, kultiviert und intelligent. Kurzum, ich beschloss, meinen Mund zu halten. Irgendwie dachte ich, wenn du erst einmal hier wärest, würde sie sich bessern. Aber das sollte wohl nicht sein, das erkenne ich jetzt. Gulab hat mir erzählt, was sich heute Morgen zugetragen hat. Vergib mir, *deekra,* für diese Sünde, die ich begangen habe.«

Aus diesem Strudel von Worten hörte Sera nur eine Aussage heraus. »Wie war das mit Feroz?«, hakte sie nach. »Du sagtest, du hättest mich auch vor ihm warnen sollen.«

Freddy seufzte. »Ach, nichts. Weißt du, Liebes, er ist im Grunde ein guter Junge. Doch zuweilen schlägt das Temperament seiner Mutter durch. Oder vielleicht ähnelt er *meiner* Mutter, was weiß ich. Meine Mutter war ein richtiger Drache, möge sie in Frieden ruhen. Sie hat Banu das Leben zur Hölle gemacht, weißt du. Als kleiner Junge habe ich sie hinter ihrem Rücken immer Mrs. Chilipulver genannt.«

»Und … du sagtest, Feroz sei wie sie?«

Freddy blickte sie unverwandt an, einen mitleidigen, traurigen Ausdruck in den Augen. »Feroz hat ein jähzorniges Naturell. So Gott will, wirst du nie einen seiner Ausbrüche erleben. Als er kleiner war, habe ich Stunden über Stunden mit ihm darüber geredet, dass er seine Wut bezähmen muss. Aber was willst du machen, *beta*? Die Macht des Blutes. Wenn dir etwas im Blut steckt, ist es sehr schwierig, sich davon zu befreien, nicht wahr? Ich dachte, er würde seine Lektion lernen, als er Gulnaz verlor. Aber er ist wie seine Mutter – redet drauflos und denkt dann erst nach.«

»Wer ist denn Gulnaz?«, fragte Sera, unsicher, ob sie es tatsächlich erfahren wollte.

Freddys Blick schweifte rastlos durchs Zimmer, bevor er auf Seras erschöpftem Gesicht zu ruhen kam. Unvermittelt streckte er die Hand aus und strich ihr übers Haar. »Schau nicht so traurig, Liebes«, murmelte er. »Es kommt mir vor, als würdest du durch meine Worte zehn oder fünfzehn Jahre altern.« Er stieß einen schweren Seufzer aus und begann von vorn. »Gulnaz war seine Freundin. Sie waren verlobt, mit allem Drum und Dran. Ihre Eltern stammten aus Jamshedpur, nette, einfache Leute. Ich weiß bis heute nicht genau, was alles passiert ist. Aber eines Sonntags, als wir beim Essen saßen, tauchte unerwartet Gulnaz bei uns auf. Direkt vor Banus und meiner Nase streifte sie ihren Ring ab und warf ihn auf den Tisch. Sie knallte ihn mit solcher Wucht darauf, Sera, dass er von der Tischplatte abprallte und in Feroz' *dhansak* hineinsprang. Sie erklärte, sie könne seine schrecklichen Launen nicht mehr länger ertragen und nach all den Geschichten, die ihr über Banu zu Ohren gekommen seien, sei sie nun zu der Überzeugung gelangt, dass sie nicht in diese Familie einheiraten wolle. Banu fragte sie postwendend, was ihr denn alles zu Ohren gekommen sei, doch Feroz schnitt seiner Mutter das Wort ab und herrschte Gulnaz an, sie solle aufhören, seine Familie zu beschimpfen, und machen, dass sie aus diesem Haus verschwinde. *Bas,* das war's. Ob er sie je wieder gesehen hat – keine Ahnung.«

Die Platte war schon seit mehreren Minuten zu Ende, und Freddy erhob sich, um eine neue aufzulegen. Während Sera stumm vor Schreck auf dem Sofa saß, stöberte er in seiner Sammlung. »Wie wär's hiermit?«, fragte er. »Die New Yorker Philharmoniker, unter der Leitung eines der Unseren – Zubin Mehta[1].«

Sera nickte geistesabwesend; ihr Kopf glich einem Trödellager, das voll gestopft war mit verwirrenden, widerstreitenden Gedanken. Feroz mit einer anderen Frau. Einer, die ihm so viel bedeutet hatte, dass er sie hatte heiraten wollen. Einer, der er einen Verlobungsring geschenkt hatte. Also war das alles eine Lüge: seine Beteuerungen, er sei noch nie so besessen von einer Frau gewesen wie von ihr, Sera, und hätte überhaupt nicht gewusst, was Liebe heiße, bis sie in sein Leben getreten sei? Was sollte sie denn nun von dem unermüdlichen, leidenschaftlichen Eifer halten, mit dem er ihr nachgestellt hatte – war

1 Der indische Dirigent Zubin Mehta wurde in Bombay geboren und ist Parse. [Anm. d. Übs.]

das nur der letzte, verzweifelte Versuch eines nicht mehr ganz jungen Mannes gewesen, der sein Leben nicht alleine verbringen wollte? Hätte sein Augenmerk auf jede beliebige Parsin, die halbwegs gut aussah, fallen können? Oder hatte er sie womöglich ausgewählt, weil sie schon achtundzwanzig war und ihr die Ausstrahlung einer Frau anhaftete, die bereits fürchtet, dass sie keiner mehr will? Hatte er etwas an ihr gewittert, irgendeine verletzliche Seite, einen Makel, irgendeine Schwäche, die er sich zunutze machen konnte? Hatte sie selbst bewusst die Augen verschlossen vor seinen Fehlern, hatte der Versuchung nachgegeben, sich von seinem offenkundigen Begehren schmeicheln zu lassen?

Als könne er ihre wirren Gedanken lesen, sagte Freddy: »Eines weiß ich, Sera. Mein Feroz liebt dich. Diese Blicke, die er dir beim Essen zuwirft, die Art, wie er sich reckt vor Stolz, wenn du ins Zimmer kommst – diese Dinge vermag nur ein Vater zu sehen. Ich will nichts Schlechtes über Gulnaz sagen, aber wenn er mit ihr zusammen war, machte er nie einen solchen Eindruck.«

Sie lächelte dankbar, doch ihr Blick war von Zweifeln verdüstert. »Danke, Papa Freddy. Feroz ist ein guter …« Die Worte blieben ihr im Halse stecken. »Feroz ist jetzt mein Leben«, schluchzte sie, und ihre Stimme klang rau und heiser, weil sie so aufgewühlt und verzweifelt war.

Banu kam an jenem Abend um halb sieben nach Hause und brachte in ihrem bestickten Taschentuch Asche aus dem Feuertempel mit. Freddy und Sera saßen noch immer auf dem Sofa und hörten Musik, während es bereits dämmerig im Zimmer wurde. Banu drehte den Schlüssel im Türschloss herum und trat in die Wohnung, wo sie auf der Stelle das Licht einschaltete und die schummrige, intime Atmosphäre zerstörte, die die beiden sich geschaffen hatten. Blinzelnd saßen sie in der plötzlichen Helligkeit, und Sera konnte erkennen, wie Banus Augen kaum merklich schmaler wurden, als sie die Szene betrachtete und die zärtliche Verbundenheit zwischen Sera und ihrem Schwiegervater gewahrte, die kaum zu übersehen war. »Mein Gott, ihr sitzt da wie ein Paar trübsinniger Eulen«, bemerkte sie und kam forsch ins Zimmer marschiert. »Oder sollte ich vielleicht besser sagen, wie zwei verliebte Turteltäubchen?« Als sie Freddys entrüsteten Blick sah, fügte sie hastig hinzu: »Verliebt in euren Amore Amadore Mozart natürlich.«

Als Banu vor Freddy stand, nahm sie eine kleine Prise Asche und verrieb sie auf seiner Stirn. »Dastur Homjee lässt dir schöne Grüße ausrichten«, fuhr sie fort. »Er meint, er hätte dich zwei, drei Monate schon nicht mehr im *agyari* gesehen.« Sie pickte erneut mit den Fingerspitzen etwas Asche aus dem Taschentuch, und Sera bereitete sich innerlich darauf vor, die geweihte Asche zu empfangen. Doch Banu ließ die Asche wieder zurückrieseln und kehrte ihrer Schwiegertochter den Rücken zu, sodass Sera leicht verloren auf dem Sofa saß und sich albern und überflüssig vorkam.

»Na los, steht schon auf, ihr zwei«, rief ihnen Banu über die Schulter zu. »Und macht diese triste Begräbnismusik aus. Feroz wird bald zu Hause sein.«

Sera fragte Feroz erst nach Gulnaz, als sie ein paar Tage später allein waren. Sie hatten in einem neu eröffneten chinesischen Restaurant zu Abend gegessen, und nach dem Essen wollte Sera gerne noch zum Gateway of India am Hafen hinunter. »Hast du Lust, in der Sea Lounge im Taj Mahal Hotel noch einen Tee zu trinken?«, fragte Feroz prompt.

»Nein, ich fände es einfach schön, noch einen kleinen Abendspaziergang am Wasser zu machen«, erwiderte sie. »Ein bisschen frische Luft schöpfen.«

»Auch gut«, sagte er und drückte ihr liebevoll den Arm. »Ganz wie du möchtest, Schatz.«

Nach den Spannungen der letzten Tage war es herrlich, mit Feroz allein an einem öffentlichen Ort zu sein. Als sie in einvernehmlichem Schweigen am Apollo Bunder entlangbummelten, fühlte Sera sich ihm so nah wie die ganze Woche nicht. Daher war sie überrascht, ja regelrecht bestürzt, als sie sich selbst fragen hörte: »Warum hast du mir nie von Gulnaz erzählt?«

Er verkrampfte sich sichtlich. »Wer hat dir das gesteckt? Mama?«, fragte er.

»Ähm, nein, eigentlich war es dein Daddy.«

Er schnaubte entnervt. »Ich hätte es wissen müssen. Er ist einfach das größte Klatschmaul aller Zeiten.«

Sera fühlte sich bemüßigt, Freddy in Schutz zu nehmen. »Papa hatte nichts Böses im Sinn. Im Übrigen ist dies etwas, was du mir hättest erzählen sollen. Weshalb hast du das nicht getan?«

Er blieb so abrupt stehen, dass zwei händchenhaltende Teenager, die ihnen entgegenkamen, sich trennen und rechts und links um sie herumlaufen mussten. Der Junge warf Feroz im Vorbeigehen einen erbosten Blick zu. »Unhöflicher Mensch«, brummelte er. Doch Feroz beachtete ihn gar nicht. Als er sich Sera zuwandte, war seine Miene starr und ausdruckslos. »Ich habe es dir nicht erzählt, meine Liebe«, sagte er und stieß dabei jedes Wort so zischend hervor, als steckte es zwischen seinen Zähnen fest, »weil es dich offen gestanden einen feuchten Kehricht angeht.«

Seine Verachtung traf sie wie ein Fausthieb, und sie spürte einen schmerzlichen Stich in der Magengrube. »Ich bin immerhin deine Frau«, bemerkte sie matt.

»Richtig. Du bist meine Frau. Jetzt. Heute. Damals warst du nicht meine Frau. Und was ich damals gemacht habe, ist meine Privatsache. Das hatte nichts mit dir zu tun, okay?«

Sera starrte auf das dunkle Meer hinaus, das so groß und unermesslich war wie der Kummer, der in ihr aufwallte. Sie blinzelte, um die Tränen zu vertreiben, und versuchte das Ganze vernünftig zu betrachten, indem sie überlegte, ob sie tatsächlich im Recht war oder ob sie vielleicht in irgendeiner Weise gegen die allgemeinen ehelichen Umgangsformen verstoßen hatte. Ging es sie am Ende wirklich nichts an, dass Feroz in eine andere verliebt gewesen war, bevor er sie kennen lernte? Und stand es ihr nicht zu, irgendwelche Fragen zu stellen?

Dann fiel ihr ein, wie er sie am Abend zuvor angebrüllt hatte, als sie ins Badezimmer kam, während er sich die Zähne putzte; wie er stets das Licht ausschaltete, wenn er seine Kleider ablegte und sich den Schlafanzug anzog. Und ihr wurde bewusst, dass er seine Vergangenheit ebenso vor ihr verbarg wie seinen Körper.

»Na komm, lass uns gehen«, erklärte er brüsk. »Es wird langsam spät.«

Bei dem Gedanken daran, sich wieder in diese Wohnung zurückzubegeben, in der Banu mit rastlosem Blick jede ihrer Bewegungen verfolgte, begann Seras Stimme vor Anspannung zu zittern. »Morgen ist doch Samstag. Bitte, ich habe das dringende Bedürfnis, mir noch ein bisschen die Beine zu vertreten. Mir ist noch nicht danach, schon zurückzufahren.«

Er seufzte ungeduldig. »Also schön, ich habe zwar schon den ganzen Tag lang gearbeitet, aber wenn die gnädige Frau spazieren gehen will, dann gehen wir eben noch spazieren.«

Genau in dem Moment erblickte Sera ein muslimisches Pärchen, das auf sie zukam. Das glatt rasierte Gesicht des Mannes wirkte im Schein der Straßenlaternen jung und strahlend. Das Gesicht seiner Begleiterin konnte Sera nicht erkennen, weil die Frau eine schwarze Burkha trug, die sie von Kopf bis Fuß verhüllte, sodass nur ihre Augen hinter dem Gitterstoff zu sehen waren. Normalerweise hätte sich bei diesem Anblick alles in Sera gesträubt. Sie hätte unbarmherzige Dinge über den Ehemann gedacht, der es zuließ, dass seine Frau in diesem Gefängnis aus Stoff umherlief, und der die Statistiken ignorierte, die besagten, dass von den Frauen, die den ganzen Tag ihr Gesicht bedeckten, ein überdurchschnittlich hoher Prozentsatz an Tbc erkrankte. Doch nun bemerkte sie, dass der Zeigefinger der Verschleierten aus dem schwarzen Gewand herausspitzte und in den ihres Mannes eingehakt war. So liefen sie in rührender Weise, die Finger miteinander verbunden, was darauf schließen ließ, dass der Schein trog und sich unter dem Schleier etwas Tieferes und Beständigeres als nur gesellschaftliche Konventionen verbarg.

Der Anblick schnitt Sera ins Herz und erfüllte sie mit plötzlichem, glühendem Neid. »Feroz«, begann sie, von dem Wunsch beseelt, ihm alles zu erklären: dass bestimmte Töne der Mondscheinsonate an ihrem Herzen zerrten wie der Wind, der in eine Papiertüte fährt und sie beutelt und zaust; dass sich ihre Seele so endlos weit und tief anfühlte wie das tosende Meer neben ihnen; dass der Anblick des jungen Muslim-Pärchens sie mit einer Empfindung erfüllte, die zu gleichen Teilen aus Freude und Traurigkeit bestand; und vor allem, wie sehr sie sich eine Ehe wünschte, die sich von der öden, bleigrauen Flut der Ehen unterschied, die sie rund um sich sah; wie sehr sie sich etwas Feinsinnigeres mit mehr Tiefgang wünschte, eine Ehe, die aus Samt und Seide gewirkt war statt aus grobem Tuch, eine Ehe aus Wolken und Sternenstaub, aus roter Erde und Meeresschaum, aus Mondenschein und Sonaten, aus Büchern und Kunstgalerien, aus Leidenschaft und Zärtlichkeit, aus Trübsal und Freudentaumel – und aus Fingern, die sich unter einer Burkha herausstahlen, um die Finger des Partners zu berühren. Sie drehte sich zu ihrem Mann herum, fiebernd vor Sehnsucht. »Feroz«, hob sie erneut an. »Ich … Ich liebe dich wirklich.«

Daraufhin wandte Feroz sich ihr zu und sein tränenschimmernder Blick war voller Wärme. »Ich liebe dich auch, Sera«, entgegnete er, und seine Stimme klang dunkel und zärtlich. »Es tut mir Leid, dass ich mich so idiotisch benommen habe.« Und obwohl Sera dankbar war für seine Worte, empfand sie Ernüchterung, hatte das Gefühl, sich selbst untreu geworden zu sein. Sie wusste, dass sie den einfachen Ausweg gewählt hatte, dass sie den Dampf aus dem brodelnden Topf ihrer Emotionen einfach sang- und klanglos hatte entweichen lassen. Was sie eigentlich hatte sagen wollen, war ganz und gar nicht »Ich liebe dich«. Was sie hatte sagen wollen, war »Ich liebe das Leben«, eine Selbstoffenbarung, die so unverhüllt und ehrlich und authentisch gewesen wäre wie ein Röntgenbild. Und dann krachte auf einmal eine Tür irgendwo in einem innersten Winkel von Seras Herzen ins Schloss: Wenn sie wirklich die Wahrheit gesagt hätte, so hätte Feroz sie nicht verstanden, das wurde ihr klar. Ein Gefühl der Einsamkeit fegte über sie hinweg wie ein eisiger Wind, und sie schauderte.

»Ist dir kalt?«, fragte Feroz sofort, und seine Stimme klang besorgt. »Komm, lass uns ins Taj gehen, damit wir dir eine heiße Tasse Tee bestellen können.«

Als er sie bei der Hand nahm, um mit ihr die Straße zu überqueren, hasste Sera sich selbst für ihre illoyalen Gedanken, die in ihrem Kopf umherflatterten wie Fledermäuse und so gar nicht mit ihren Worten im Einklang standen. Warum solltest du denn nicht sagen »Ich liebe dich«? Sie haderte mit sich selbst. Schließlich stimmt das doch, oder nicht? Selbst wenn es nicht das war, was du in dem Moment eigentlich sagen wolltest, ist es doch nicht gelogen, oder? Doch sie vermochte das unbehagliche Gefühl, sich selbst verraten zu haben, nicht abzuschütteln.

Der Kellner wies ihnen einen Tisch zu, und Sera starrte durch die Panoramafenster auf die dunklen Wogen des Arabischen Meers. »Ich glaube, ich werde ein Bier nehmen, keinen Tee, *janu*«, sagte sie.

Feroz gab die Bestellung auf: »Ein Kingfisher und einen Sherry. … Ach, und bringen Sie uns doch noch eine Schale Cashewkerne dazu.«

8

Bhima sitzt neben Viraf in seinem klimatisierten Wagen und lächelt zufrieden. Sie schätzt dieses gemeinsame Samstagmorgen-Ritual ungemein. Und ist dankbar, dass sie nicht in dem überfüllten, klapprigen BEST-Bus zum Markt fahren muss. Sie ist allmählich zu alt, um sich durch das Gedränge zu kämpfen, das jedes Mal entsteht, wenn einer der roten Busse an der Haltestelle erscheint. Erst letzte Woche hat Serabai ihr von einer entfernten Verwandten erzählt, einer klapperdürren Frau von achtundsechzig Jahren, die bei dem Versuch, in den Bus einzusteigen, von der blindwütig boxenden und schiebenden Menge beiseite gestoßen wurde und sich das Handgelenk gebrochen hat. »Ich schwöre dir, sie haben es auf die Parsen abgesehen«, hat Sera gemurmelt. »Jeder weiß, dass unsere Knochen so zerbrechlich sind wie britische Mürbekekse.«

Früher waren zumindest die Frauen von dem Gerangel verschont geblieben, das jedes Mal entstand, wenn ein Bus gleich einem mythischen Ungeheuer an der Haltestelle auftauchte. Doch im heutigen Bombay kämpft jeder für sich allein, und die Gebrechlichen, die Schwachen, die Kinder und die Alten steigen auf eigene Gefahr in die berstend vollen Busse ein. Bhima hat den Eindruck, als erkenne sie die Stadt kaum mehr wieder – es ist, als habe man eine knurrende, bösartige und grausame Bestie von der Leine gelassen. Sie entdeckt die Anzeichen dieser neuen Bösartigkeit überall: In den Slums binden die Kinder den streunenden Hunden Knallfrösche um den Schwanz und lachen und klatschen vor Schadenfreude in die Hände, wenn die armen Tiere, halb wahnsinnig vor Angst, im Kreis herumrennen.

Wohlhabende Collegestudenten erleiden Tobsuchtsanfälle, wenn ein fünfjähriges Bettelkind seine schmutzigen Fingerabdrücke auf den Scheiben ihrer auf Hochglanz polierten BMWs und Hondas hinterlässt. Jeden Tag liest Sera Zeitung und berichtet Bhima von den jüngsten Horrormeldungen – ein Gewerkschaftsfunktionär, der zu Tode geprügelt wurde, weil er es gewagt hatte, Fabrikarbeiter dazu aufzurufen, für eine Lohnerhöhung von zwei Rupien auf die Barrikaden zu gehen; der Sohn eines Politikers, der für unschuldig befunden wurde, nachdem er auf dem Weg zu einer Party drei Kinder aus einem Slum überfahren hatte; ein älteres parsisches Ehepaar, das von einem Hausmädchen, das seit vierzig Jahren in seinen Diensten gestanden hatte, in seinem Bett ermordet wurde; junge nationalistische Hindus, die mit ihrem eigenen Blut Glückwunschzeilen schreiben, um einen erfolgreichen Atomwaffentest Indiens zu feiern. Es ist, als lieferten sich in der Stadt Profitgier und Hunger, Macht und Ohnmacht, Reichtum und Armut einen aberwitzigen Kampf.

Bhima kann am eigenen Leibe fühlen, wie ihr die Gemeinheit gleich schmieriger Brühe durch die Adern rinnt, wenn sie auf den Bus wartet. Und sobald das rote Ungetüm, eingehüllt in eine Abgaswolke, heranfährt, spürt sie ihr Herz in der Brust hämmern, während sie die anderen Passagiere beäugt und einzuschätzen versucht, wer schwach und verletzlich wirkt und wen sie mit einem Rippenstoß beiseite schubsen kann. Kaum rollt der Bus heran, zerfällt die Schlange zu einem ungeordneten Haufen. Weitere Menschen kommen aus allen Richtungen angerannt und versuchen, auf die offene Plattform im Einstiegsbereich zu springen, noch bevor der Wagen überhaupt zum Stehen kommt. Einmal wurde ein alter Mann, der bereits mit einem Fuß im Bus und mit dem anderen noch draußen stand, einen halben Häuserblock weit mitgeschleift, bis der Fahrer schließlich, durch die Schreie der übrigen Passagiere aufmerksam geworden, anhielt. Bhima sah, dass der Mann nicht einsteigen konnte, weil ihm die Beine so zitterten. Der Chauffeur musterte ihn ungeduldig von seinem thronartig erhöhten Sitz. »Wollen Sie nun rein oder nicht?«, fragte er, doch der arme alte Teufel stand einfach nur keuchend da. Der Fahrer klackte mit den Zähnen und betätigte erneut seine Klingel. Der Bus setzte sich wieder in Bewegung und ließ den Mann mitten auf der Straße zurück, wie ein Paket ohne Adresse, das einfach irgendwo abgestellt worden ist.

»Ist die Klimaanlage zu stark aufgedreht?«, fragt Viraf, und obwohl Bhima ein wenig kalt ist, schüttelt sie verneinend den Kopf. Viraf *baba* wird es schnell heiß, das weiß sie.

Bhima schaut zum Fenster hinaus auf die Straßen, die draußen vorüberfliegen. Wie viel freundlicher die Stadt doch durch die getönte Scheibe eines klimatisierten Wagens aussieht, denkt sie. Sogar die Auspuffgase der Busse und Lastwagen brennen ihr nicht in den Augen und in der Kehle, und sie hat das Gefühl, ihre Erzfeindin, die Sonne, bezwungen zu haben. Lieber ein bisschen frieren als spüren, wie die Sonne ihre Augen und ihre Haut attackiert.

Viraf hat die Stereoanlage eingeschaltet, und es laufen irgendwelche englischen Songs, die Bhima weder versteht noch mag. Sie fragt sich, warum er immerzu englische Musik einlegt und nie die Soundtracks zu irgendwelchen Hindifilmen, die in ihrem *basti* so beliebt sind. Sie mustert den Mann, der da neben ihr sitzt in seinem weißen Kricketdress, und er kommt ihr vor wie ein Alien, wie die hellhäutigen *ferangas*, die sie immer sieht, wenn sie mit Serabai nach Colaba zum Einkaufen fährt. Serabai hat ihr einmal erklärt, warum diese Fremden strohblondes Haar haben und ihre Haut so weiß ist wie eine Krankenhauswand – irgendwie fehlte ihren Körpern etwas, und sie mussten an warme Orte wie Bombay kommen, um ihren Teint zu bräunen. Sie taten Bhima Leid, und in Anbetracht ihrer langen Haare und ihrer abgetragenen Kleider hätte sie ihnen am liebsten etwas Geld gegeben. Doch Sera lachte darüber und sagte, sie bräuchte sie nicht zu bedauern; sie seien im Grunde sehr stolz auf ihre weiße Haut. Wie konnte man stolz sein, wenn dem eigenen Körper etwas fehlte?, wollte Bhima schon fragen, doch bevor sie dazu kam, erklärte Sera, dass sie kein Geld von ihr bräuchten und dass sie aus Regionen der Welt kämen, die weit wohlhabender seien, als sie sich vorstellen könnte. In dem Moment war Bhima sicher, dass Sera sie anlog, denn ein Blick auf das schmutzige Haar dieser Fremden, auf ihre ausgeblichenen Hemden und zerrissenen blauen

Hosen genügte – und noch der Dümmste konnte sehen, dass diese ungepflegten, farblosen Menschen bettelarm waren.

Viraf schaut sie neugierig an. »Hast du irgendwas von dem mitbekommen, was ich soeben gesagt habe?«, erkundigt er sich.

Bhima zuckt schuldbewusst zusammen. »Oh, Viraf *baba*. Entschuldigen Sie bitte. Ich war nur gerade …«

»Schon gut.« Er lacht. »Ich habe mich lediglich nach Maya erkundigt.«

Sie errötet, denn es widerstrebt ihr, Mayas Situation mit einem Mann zu erörtern, selbst wenn dieser Mann Viraf heißt. Doch noch ehe sie etwas erwidern kann, rettet er sie aus ihrer misslichen Lage. »Hör zu, Bhima«, erklärt er leicht befangen. »Das Ganze ist keine erfreuliche Angelegenheit, ich weiß. Aber wir müssen uns damit befassen. Also Folgendes: Ich habe einen Freund, der Mediziner ist. Ich hatte eigentlich vor, ihn anzurufen, wenn ich heute von meinem Match nach Hause komme, um mir den Namen eines Arztes geben zu lassen, der … also, einer, der … du weißt schon, jemand, der Maya helfen kann, das Baby loszuwerden. Es wird Zeit, dass in dieser Sache etwas passiert, nicht wahr?«

Bhima weiß, dass sie dankbar sein sollte; doch stattdessen stellt sie bestürzt fest, dass Virafs Worte sie mit tiefem Groll erfüllen. Für ihn ist es ja ein Leichtes, darüber zu reden, dass Maya ihr Baby loswerden muss, denkt sie. Schließlich bekommen er und Dinaz bald ein eigenes Kind – ein Kind, das niemals erfahren wird, was es heißt, wenn Erwachsene einen töten wollen. Ein Kind, das auf der Welt willkommen ist. Das seinen Eltern nie Schmach und Schande bereiten wird. Einen Augenblick lang empfindet sie eine blinde Wut, die so immens ist, dass sie sich gegen Maya, Dinaz *und* Viraf richtet. All diese jungen Leute, all diese Kinder, die demnächst geboren werden. Sie ist das alles leid – ist diesen endlosen Kreislauf aus Geburt und Tod leid, ist es leid, irgendwelche Hoffnungen in die nächste Generation zu setzen; sie ist es leid, und es flößt ihr Angst ein, mit weiteren Wesen konfrontiert zu sein, die sie liebt, denn sie weiß nur allzu gut, dass jeder Mensch, den sie liebt, ihr eines Tages wehtun, sie verletzen und ihr das Herz brechen wird, indem er sie arglistig hintergeht oder verrät; oder einfach auf Grund seiner Fehlbarkeit, seines Menschseins an sich. Bhima fühlt sich ausgelaugt, innerlich leer, so hohl und verschrumpelt wie eine Walnussschale. Sie hat nichts mehr zu geben, vermag keine Liebe mehr aufzubringen. Aus diesem Grund weigert sie sich, den streunenden Hunden in ihrem Elendsviertel, die mit dem Schwanz wedeln und erwartungsvoll hecheln, sobald sie aus ihrer Hütte tritt, auch nur den kleinsten Brocken Essensreste hinzuwerfen. Sie kann den Anblick ihres verfilzten Fells und ihrer von Bisswunden entstellten, verkrüppelten Leiber, ihr gieriges Verlangen, das einem fast das Herz zerreißt, den Liebeshunger in ihrem Blick nicht mehr ertragen.

Gopal. Ihre beiden Kinder, Amit und Pooja. Und später ihr Schwiegersohn, Raju. Sie hat sie alle geliebt, und einer nach dem anderen haben sie verlassen, vorsätzlich oder weil sie im Kampf mit dem Tod unterlagen. Für Bhima lief es immer auf dasselbe hinaus – sie blieb allein zurück, während die anderen zu neuen Gefilden unterwegs waren, die sich Bhima als üppig grünende Wiesen ausmalte.

Sie blinzelt mit den Lidern und zwingt sich, wieder in die Gegenwart zurückzukehren. Sie schämt sich für ihren Neid auf Dinaz' und Virafs Glück. Bhima hat Dinaz mit eigenen Augen aufwachsen sehen, und sie erinnert sich noch, was für ein wundervolles Kind Dinaz war – immer zu Umarmungen und zum Lachen aufgelegt. Ein Wunder, dass ein solches Kind in dem Schatten, den ihr dunkler Berg von Vater warf, blühen und gedeihen konnte. Seit dem Tag, an dem sie ihr erstes eigenes Gehalt auf dem Konto hatte, schob Dinaz Bhima stets einen Zehn- oder Zwanzig-Rupien-Schein zu. Und Viraf *baba* – so ein Sonnenschein, hatte nichts als Unfug im Kopf und war immer am Strahlen. Um sich selbst für ihre lieblosen Gedanken zu bestrafen, bohrt Bhima ihren rechten Daumen in die Innenfläche der linken Hand, bis sie vor Schmerz zusammenzuckt.

»Sie haben Recht, Viraf *baba*«, murmelt sie wie betäubt. »Ich habe Maya erst gestern Abend dasselbe erklärt.«

Viraf sieht für den Bruchteil einer Sekunde zu ihr herüber. Seine Hand flattert zwischen ihnen in der Luft, als wolle er Bhima trösten, aber dann kommt sie wieder auf dem Lenkrad zu liegen. »Ich werde heute mit meinem Freund sprechen«, entgegnet er ruhig.

Als er Bhima am Markt absetzt, bemerkt sie, dass er wartet, bis sie wohlbehalten auf der anderen Straßenseite angelangt ist. Sie lächelt still in sich hinein. So ein aufmerksamer Junge, dieser Viraf *baba*. Einige seiner Gesten erinnern sie an Amit – die gleiche Zuvorkommenheit, die gleiche liebevolle Besorgtheit. Amit. Ihr einziger Sohn. Wo er jetzt wohl steckt? Denkt er je an seine Mutter, hat Sehnsucht nach ihr, vermisst sie, so wie sie ihn vermisst?

Sie ist so in Gedanken versunken, dass sie in einen hölzernen *hathgadi* hineinrennt, der mitten auf dem Trottoir steht. Sie flucht, als sich der lange Holzgriff des Karrens in ihre linke Hüfte bohrt und ein stechender Schmerz durch ihren knochigen Oberschenkel schießt. Ein junger Mann liegt ausgestreckt auf dem flachen Gefährt und schläft tief und fest. Bhima fragt sich erstaunt, wie er inmitten der lärmenden Menge, die sich an ihm vorbeidrängt, auch nur ein Auge zutun kann. Seit Maya schwanger ist, findet Bhima so schwer Schlaf, dass selbst das Piepsen der Mäuse, die um ihre Hütte herumflitzen, sie wach zu halten vermag. Als Bhima sich die Hüfte reibt und überlegt, ob sie den jungen Mann wecken und auffordern soll, seinen *hathgadi* beiseite zu schieben, bemerkt sie die Ausbuchtung unter seinem weiten, weißen Hosenboden. *»Saala badmash«,* murmelt sie in sich hinein, während sie rasch den Blick abwendet. »Betrunkener Rüpel, liegt hier im Freien, als gehörte ihm die Stadt. Dieses Pack hat wirklich keinen Funken Scham im Leib.«

Eine vertraute Stimme reißt sie aus ihren finsteren Gedanken. *»Arrey, mausi,* hier spielt die Musik«, hört sie jemanden rufen. »Ich hab extra für dich mein allerallerbestes Gemüse aufgehoben.«

Bhima macht eine abwehrende Handbewegung. »Ich komm später rüber«, schreit sie zurück. »Aber zuerst muss ich diesen nichtsnutzigen Rajeev finden.«

»Er war vor ein, zwei Minuten erst hier. Hat dich gesucht, *mausi.*«

Als hätte er nur auf seinen Einsatz gewartet, taucht Rajeev auf, den riesigen Weidenkorb auf dem Kopf balancierend. Er ist ein hoch gewachsener, gebeugter Mann um die fünfzig, mit einem langen, an den Enden aufgezwirbelten Schnauzbart und erinnert Bhima an die Kulis aus Rajasthan, die früher die Victoria Terminus Station bevölkerten, als sie und Gopal noch mit dem Zug in das Heimatdorf seiner Familie fuhren. Obschon Gopal hartnäckig darauf bestand, ihre Koffer selbst zu tragen, folgten ihnen die Kulis gleich einer Meute hungriger Köter, bettelten förmlich darum, ihr Gepäck zu tragen, und senkten mit jedem Schritt, den Bhima und Gopal taten, den ursprünglich genannten Preis.

»Wo hast du denn gesteckt?«, herrscht Bhima Rajeev an – ganz wie sie ihn immer begrüßt. »Meinst du, ich kann meine Zeit vertrödeln so wie du? Ich hab's eilig.«

»*Ae,* Bhima *mausi,* immer mit der Ruhe, immer mit der Ruhe«, erwidert Rajeev mit einem friedfertigen Lächeln, bei dem die roten Spuren des *paan* sichtbar werden, das er sich gerade erst in den Mund geschoben hat. »Warum so eilig? Deine *bai* ist nett – es kümmert sie doch gar nicht, ob du ein paar Minuten früher oder später kommst.«

Doch Bhima marschiert schon zu der Gemüsehändlerin hinüber, die sie zuvor beim Namen gerufen hat. Auf dem Weg dorthin muss sie an Parvati vorbei, der alten Frau, die jeden Morgen zum Markt kommt und dort ausharrt, bis sie den kompletten Bestand von sechs winzigen, verwelkten Blumenkohlköpfen verkauft hat. Das gebrechliche alte Mütterchen sitzt auf dem Fußweg auf einem schmutzigen Baumwolllaken und preist mit seiner dünnen, näselnden Stimme seine Ware an. Seit Bhima Parvati kennt, hat diese eine dicke Wucherung von der Größe einer Orange an der Kehle. Einmal, als Parvati auf dem Fußweg eingeschlafen war, kam Bhima zufällig vorbei und sah, wie die alte Frau im Schlaf, ohne es zu merken, ihre Geschwulst betastete.

Wie jeden Samstag wendet Bhima den Kopf ab. Parvatis Anblick und ihr trist aussehendes Gemüse erfüllen sie mit einer unerträglichen Traurigkeit. Da die restlichen Händler ganz gern klatschen, weiß sie, dass Parvati weder Mann noch Kinder hat. Sie weiß auch, dass die anderen der Alten unter die Arme greifen und sie jeden Abend mit den überreifen Früchten und dem verdorbenen Gemüse nach Hause schicken, das sie nicht mehr verkaufen können. Und doch fragt sich Bhima, wie es dieser Frau gelingt, mit einem solch kärglichen Einkommen ihre Existenz zu fristen. Und warum erweitert Parvati ihren Warenbestand nicht? Warum hat sie keinen besseren Blumenkohl anzubieten, den Bhima ihr abkaufen könnte? Denn diese Kohlköpfe hier sind so klein und schrumplig, dass selbst der ganze Bestand von sechs Stück nicht reichen würde, um die Familie Dubash zu verköstigen. Noch während sie über diese Frage nachsinnt, gibt Bhima sich selbst die Antwort – die alte Frau lebt von der Hand in den Mund und macht einfach nie genügend Gewinn, um ein größeres Angebot zu erstehen.

Als Amit und Pooja noch klein waren, fuhren Gopal und sie jeden Samstag mit den Kindern ans Meer. Dort bestand Bhima darauf, den Kindern Luftballons in Tiergestalt zu kaufen, die ein Ballon-*wala*, ein hagerer, großer Paschtune aus Afghanistan, feilbot. Etwas an der stillen Würde des Mannes, den behutsamen, bescheidenen Gesten, mit denen er die Ballons zu den unterschiedlichsten Figuren zurechtdrehte und -bog, berührte Bhima in tiefster Seele. Wenn andere Ballon-*walas* mit flinken Fingern Elefanten und Hunde aus den Ballons formten und die Kinder mit ihren showreifen Verrenkungen zu beeindrucken suchten, scheuchte Bhima sie fort und wartete, bis der Paschtune kam. Und wenn der alte Mann dann mit einem versonnenen Lächeln an seinen Kreationen arbeitete, hätte sie ihm gern so manche Frage gestellt – weshalb er sein Vaterland verlassen hatte, dessen zerklüftete, raue Landschaft sich in seinem faltigen, wettergegerbten Antlitz widerzuspiegeln schien; ob es ihm schwer fiel, sich an den Verkehrslärm und die von Abgasen verpesteten Straßen der Stadt zu gewöhnen; ob er die klare, frische Bergluft seiner Heimat vermisste. Vor allem aber hätte sie gern erfahren, wie er sich rein durch den Verkauf dieser roten und weißen Gebilde aus Gummi und Luft über Wasser halten konnte. Seine Einnahmen schienen ihr nicht ausreichend, um einen hoch gewachsenen, dürren Paschtunen zu ernähren, geschweige denn eine ganze Familie. Doch weil sie so schüchtern und unbeholfen war, tat sie den Mund nicht auf, sodass das größte Mysterium Bombays für sie weiter im Dunkeln blieb – nämlich wie eine ganze Gruppe von Einwohnern (die Ballon-*walas*, die Ohrenputzer und Lumpensammler) sich verbissen an den Verheißungen dieser großen Metropole festklammerte und wie es diesen Menschen gelang, trotz ihrer erbärmlichen Einkünfte ihr Leben zu fristen.

Jetzt steigt Bhima über eine Bananenschale am Boden und bleibt bei ihrer Lieblingsgemüsehändlerin stehen, Rajeev nur wenige Schritte hinter ihr. Der Mann geht in die Hocke, lässt den Weidenkorb vom Kopf gleiten und setzt ihn auf dem Trottoir ab. Bhima ignoriert das Geschrei der Verkäuferin – »*Ae, mausi,* ich habe bereits das schönste Gemüse für Sie herausgesucht« – und fängt an, selbst das Beste aus der farbenprächtigen, herrlich arrangierten Palette aus Obst und Gemüse auszuwählen. Sie kauft sechs Kilo Okras, wobei sie sorgfältig die kleinen, zarten Schoten herauspickt. Sie inspiziert die violetten Auberginen und nörgelt so lange herum, wie angeschlagen sie seien, bis die Verkäuferin leise murrend hinter sich greift und vier glänzende Exemplare zu Tage fördert. Sie wiegt die Knoblauchknollen in der Hand, darum bemüht, die größten herauszufischen. Sie befühlt den Koriander und zupft von einem Bündel die vertrockneten Blätter ab. Und nötigt schließlich die Standbesitzerin, einen frischen Kürbisschnitz für sie abzuschneiden, weil auf dem bereits abgetrennten Stück Fliegen sitzen. Nachdem die Händlerin das Gemüse auf ihrer alten Metallwaage abgewogen hat – die sechseckigen Gewichte auf der einen Seite, Obst und Gemüse auf der anderen – und das Ganze in rosafarbenen Plastikbeuteln verstaut hat, packt Rajeev die Tüten und legt sie in seinen Korb.

Bhima kommt aus der Hocke hoch und zieht einen Schein aus dem Zipfel ihres Saris. Sie wartet auf ihr Wechselgeld, doch die Frau starrt sie einfach nur an. »Die Summe stimmt so, *mausi*«, erklärt sie schließlich. »Ich habe Ihnen heute einen wirklich guten Preis gemacht. Bei jedem anderen hätte ich was draufgeschlagen. Sie haben allerfrischeste Ware bekommen.«

An jedem anderen Samstag hätte Bhima zu rechten angefangen, hätte keinen Fingerbreit nachgegeben, bis sie von der Frau Geld zurückerhalten hätte. Schließlich hat das Feilschen auf diesem Markt seit altersher Tradition. Außerdem ist Bhima, anders als die meisten Hausangestellten, die für ihre Herrinnen einkaufen, darum bemüht, nie auch nur einen Paisa von Serabais Geld zu vergeuden. Für Bhima ist dies eine Frage von Treu und Glauben. Serabai vertraut ihr ausreichend, um sie allein zum Lebensmitteleinkaufen zu schicken. Daher findet Bhima es nur recht und billig, dass sie mit Serabais Finanzen ebenso sorgfältig haushaltet, wie sie es mit ihrem eigenen Geld tun würde.

Doch heute ist sie müde und hat andere Dinge im Kopf. Auch hat ihr eigener Kummer ihre Aufmerksamkeit für das Elend der anderen geschärft. Zum ersten Mal bemerkt Bhima die dunklen Ringe unter den Augen der Verkäuferin, die grauen Strähnen in ihrem Haar, für die sie eigentlich noch viel zu jung ist, das kleine Loch im Ärmel ihres Sarioberteils. Heute kann Bhima diese Frau nicht als ihre Gegnerin betrachten, als jemanden, den sie in einen verbalen Schlagabtausch verwickeln muss. Die paar Rupien, die sie sparen könnte, indem sie mit der Frau feilscht, erscheinen ihr plötzlich bedeutungslos. »Ist gut«, erklärt sie völlig unvermittelt. Und dann, an Rajeev gewandt: »Lass uns gehen. Ich brauch noch Kartoffeln und Zwiebeln.« Als sie davoneilt, spürt sie den verdutzten Blick der Händlerin im Rücken.

Doch zu dem Mann, bei dem sie Kartoffeln und Zwiebeln kauft, ist sie nicht annähernd so freundlich. Der stämmige, bebrillte *baniya* hat einen kleinen, engen Laden und behandelt Bhima stets weniger respektvoll als die restlichen Händler. Und seit sie ihn dabei ertappt hat, wie er die Hand auf die Waagschale legte, um sie nach unten zu drücken, misstraut sie ihm. Wenn es nach Bhima ginge, würde sie seinen Laden meiden, doch Serabai mag seine Produkte und besteht darauf, dass Bhima dort einkauft. Nun mustert Bhima ihn mürrisch. »Fünf Kilo Kartoffeln«, verlangt sie kurz angebunden. »Und sehen Sie zu, dass keine verdorben ist. Letzte Woche waren zwei Stück so schlecht, dass wir sie nicht verwenden konnten.«

Der Ladeninhaber setzt nicht etwa eine bedauernde Miene auf, sondern grinst vielmehr höhnisch. »Alles in Mumbai ist verdorben«, verkündet er. »Die Luft ist verpestet, die Politiker sind korrupt, das öffentliche Verkehrssystem ist marode. Warum sollten also nicht mal ein paar meiner Kartoffeln faulig sein?« Er lacht wiehernd und entblößt dabei seine braun verfleckten Zähne. Der kränklich wirkende

Junge mit den langen, dünnen Armen, der in seinem Geschäft mithilft, wiegt bewundernd den Kopf. »Schön gesagt, Boss, wirklich schön«, äußert er und wirft Bhima einen feindseligen Blick zu.

»Hast du das gehört?«, sagt Bhima zu Rajeev, laut genug, dass der *baniya* es hören kann. »Mit solchen *badmashi* muss man sich herumschlagen, selbst wenn man sein sauer verdientes Geld in den Laden trägt. Ich hätte gute Lust, meine Besorgungen woanders zu tätigen.«

Der Blick ihres Gegenübers ist plötzlich gehässig. »Es ist schließlich nicht Ihr Geld, das Sie da ausgeben, sondern das Ihrer Herrin«, erwidert er. »Sie könnten sich meine Ware und meine Preise niemals leisten, gute Frau. Und jetzt stehlen Sie mir bitte nicht länger meine Zeit.«

Bhima zuckt zusammen, da der Mann mit seiner Bemerkung ins Schwarze getroffen hat. Doch noch ehe sie reagieren kann, ist Rajeev drohend einen Schritt auf den Geschäftsinhaber zugetreten. »He, Freundchen, halten Sie Ihre Zunge im Zaum«, sagt er. »Gibt 'ne Menge Läden hier in der Gegend, die Kartoffeln und Zwiebeln verkaufen. Ich kann durchaus dafür sorgen, dass keiner meiner Kunden je wieder einen Fuß in Ihren Laden setzt.«

Bhima wünscht sich plötzlich nichts sehnlicher, als das Ganze hinter sich zu bringen. Sie muss noch zum Fischmarkt und schaudert bei der Vorstellung, sich wie auf rohen Eiern über den stinkenden, glitschigen Boden zu bewegen, ängstlich darum bemüht, dass keine Flossen oder Fischschuppen zwischen Fuß und Gummischlappe geraten. Sie hasst den Krach in der Markthalle, das schrille, penetrante Geschrei der Fischhändler, die versuchen, die Kunden an ihre Stände zu locken. Sie hasst den stumpfen, glasigen Gesichtsausdruck der toten Fische, und sie hasst es, die schmierigen Münzen in der Hand zu spüren, wenn der Verkäufer ihr das Wechselgeld herausgibt. Während Rajeev und der *baniya* sich wie Hund und Katze gegenüberstehen, holt sie das Geld aus ihrem Sari und legt es auf den Haufen Kartoffeln. »Hier«, erklärt sie eilig. »Hier ist Ihr Geld. Jetzt geben Sie mir raus, ich muss weiter.«

Sie sieht zu, wie Rajeev die Tüten in seinen Korb packt. Normalerweise geht der halbwüchsige Gehilfe Rajeev zur Hand, wenn dieser sich auf den Boden hockt, um seinen Korb auf den Kopf zu heben; doch heute steht der Junge mit gefalteten Händen daneben und sieht seelenruhig zu, wie Rajeev sich mühsam aufrichtet. Der Korb ist nun schon ziemlich voll, und Rajeev wankt einen Moment lang unter seinem Gewicht, bevor er eine stabile Position findet. Bhima entgeht nicht, dass er kurz taumelt, und der erbarmungswürdige Anblick versetzt ihr einen Stich. Sie schaut weg, ärgerlich auf sich selbst angesichts dieser ungewohnten Sentimentalität. Sie hat schon genügend Sorgen, ohne sich auch noch die Probleme der Welt auf die Schultern zu laden, ohne sich in das Leid jeder Gemüseverkäuferin und jedes Trägers, die ihren Weg kreuzen, einzufühlen. Gopal pflegte ihr stets vorzuhalten, dass sie ein zu weiches Herz hätte, dass die Welt ihre Gutmütigkeit eines Tages ausnutzen würde; und hatte die Zeit nicht den Beweis erbracht, dass ihr Ehemann in diesem Punkt geniale Scharfsicht gezeigt hatte? Hatte er nicht absolut Recht behalten? Und dass Gopal selbst derjenige war, der die Güte aus ihrem Herzen gesogen und dafür gesorgt hatte, dass betonharte Kälte sich darin breitmachte – nun, das war einfach nur noch die ironische Krönung des Ganzen.

»Wohin jetzt, *mausi*?«, fragt Rajeev, und Bhima deutet zum Fischmarkt hinüber.

Nachdem sie die Einkäufe erledigt haben, stellt Rajeev den gefüllten Korb vor Bhimas Füßen ab und erklärt, er werde ihnen ein Taxi suchen gehen. Das ist ihr allwöchentliches Ritual, doch heute will Bhima die Erinnerung daran, dass Rajeev ihr beigesprungen ist, um sie zu verteidigen, nicht aus dem Kopf gehen. *»Chalo«,* sagt sie. »Bevor du dich auf die Suche machst, lass uns noch einen heißen Tee trinken. Du hast diesmal eine ordentliche Ladung zu schleppen.«

Rajeev sieht sie merkwürdig an, nickt jedoch. »Das ist eine nette Idee, *mausi*. Vielen Dank.«

Sie stehen draußen vor dem kleinen Café und schlürfen das hellbraune Gebräu aus den niedrigen Gläsern. Der Besitzer, ein korpulenter Mann mit dickem Wanst, sitzt am Eingang des Cafés und taucht gewürzte, in Teig gewälzte Kartoffeln in einen riesigen Wok mit siedendem Öl. Bei dem Duft nach *battatawadas* läuft Bhima das Wasser im Munde zusammen. Sie überschlägt, wie viel sie wohl von Serabais Geld noch übrig hat, nachdem sie das Taxi bezahlt hat, und kommt zu dem Schluss, dass sie sich und Rajeev noch einen kleinen Imbiss spendieren kann. »Zwei *battatawadas* in Brot, mit Chutney«, ruft sie dem Cafébesitzer zu, und als ihr der Snack auf einem Stück Zeitung serviert wird, reicht sie Rajeev wortlos ein Sandwich. Der Korbträger schaut entzückt. »Vielen Dank«, sagt er und verschlingt seine Portion. Bhima würde ihm gern ein zweites Sandwich ausgeben, ist sich aber der Tatsache quälend bewusst, dass es Serabais Geld ist, das sie da so großzügig verprasst. Daher zwingt sie sich, mit dem Essen aufzuhören, und gibt vor, sie sei bereits satt. »Diese *battatawadas* sind ganz schön mächtig«, stöhnt sie. »Ich schaffe meins gar nicht. Möchtest du das hier noch, Rajeev?« Und noch ehe sie den Satz beendet hat, hat er ihr schon das Sandwich aus der Hand genommen.

Als das Taxi kommt, steigt Rajeev vorn neben dem Fahrer ein, während Bhima auf dem Rücksitz Platz nimmt, den Korb sicher neben sich verstaut. Das Essen hat Rajeev in gute Stimmung versetzt; er ist in Plauderlaune und dreht sich mehrfach zu Bhima um. Doch ihr steht der Sinn überhaupt nicht nach einer Unterhaltung, und schließlich knüpft Rajeev stattdessen ein Gespräch mit dem Fahrer an. Nun, da die beiden Männer reden, kann Bhima unbehelligt ihren eigenen Gedanken nachhängen, während sie aus dem Fenster starrt. Sie beugt sich über den Korb und kurbelt die rechte Seitenscheibe hoch, um sich vor den Auspuffgasen der Busse zu schützen. Das linke Fenster hat sie gleich beim Einsteigen zugemacht. Was dazu führt, dass es unerträglich heiß wird im Auto; doch Bhima leidet lieber unter der Hitze als unter den krampfartigen Hustenanfällen, die sie neuerdings bekommt, wenn ihre Lunge den aggressiven Abgasen ausgesetzt ist. Sie sehnt sich nach der Klimaanlage in Virafs Wagen, sehnt sich danach, gedankenverloren die Welt draußen zu bestaunen, während ein kühler Lufthauch ihre Haut streift.

Draußen vor dem Fenster zieht Bombay vorbei, so rasch und still, wie auch der Großteil ihres Lebens an ihr vorübergezogen ist.

9

Sera erwacht mit einem Stöhnen. Sie blickt zum Wecker hinüber und stellt erleichtert fest, dass es erst Punkt vier Uhr morgens ist. Also kann sie noch mindestens eine Stunde schlafen. Sie spürt einen Anflug von Unmut, weil sie an diesem Morgen so früh aufstehen muss. In wenigen Stunden wird sie Bhima und Maya an der Bushaltestelle in der Nähe ihres Hauses abholen. Bhima wird dann unterwegs aussteigen und den Rest des Wegs zur Arbeit zu Fuß zurücklegen, während sie, Sera, Maya zu dem Arzt bringt, der die Abtreibung vornehmen soll. Drei Tage zuvor hat sie sich noch geschmeichelt gefühlt, als Bhima ihr Mayas Bitte übermittelt hat, dass Sera sie zum Arzt begleiten möge. Doch als sie nun wach liegt und ins Dunkle starrt, merkt sie, dass sie sich ärgert. Mit solchen Schwierigkeiten hat sie nicht gerechnet, als sie sich seinerzeit erbot, Mayas Studium zu finanzieren. Jedes Trimester Mayas Studiengebühren zu zahlen ist eine Sache; das Mädchen zu einem Arzt zu begleiten, der ihr uneheliches Kind absaugen wird, eine völlig andere.

Aber du tust dies nicht für Maya, ruft Sera sich in Erinnerung. Du tust es für die gute alte Bhima. Bei dem Gedanken stellt sich unverzüglich ein dumpfer Schmerz unterhalb ihrer Schulter ein. Es ist eine Art Phantomschmerz, das weiß sie, ein psychosomatischer Schmerz, den sie jedoch nicht ignorieren kann. Es ist Jahre her, dass ihr Arm nach dem Schlag angeschwollen und ihr wochenlang zu schaffen gemacht hat. Andererseits, wer weiß? Vielleicht hat der Körper sein eigenes Speichersystem, vergleichbar mit jenen unsichtbaren Meridianen, von denen diese chinesischen Akupunkteure immer reden. Vielleicht verzeiht der Körper nichts, vielleicht erinnert sich jede Zelle, jeder Muskel und jeder Knochen an jede einzelne Misshandlung oder Verletzung. Womöglich sind die schmerzlichen Erinnerungen als verschlüsselte Botschaften in unser Knochenmark eingegangen, und jede unvergessene Kränkung treibt wie ein harter, schwarzer Kiesel durch unsere Blutbahn. Letztendlich sind die Wege des Körpers so unergründlich wie die Wege Gottes.

Seit ihrer Jugend ist Sera von diesem Widerspruch fasziniert – wie uns ein Leib, in den wir hineingeschlüpft sind und den wir gleich einem Mantel vom Augenblick unserer Geburt – ja sogar schon vor der Geburt – getragen haben, noch immer fremd sein kann. Schließlich dient beinahe alles, was wir in unserem Leben tun, unserem körperlichen Wohlbefinden: Wir baden uns täglich, putzen uns die Zähne, pflegen unsere Haare und Fingernägel; wir arbeiten in irgendwelchen grässlichen Jobs, um unseren Körper mit Nahrung und Kleidung zu versorgen; wir unternehmen alle erdenklichen Anstrengungen, um ihn vor Schmerz, Gewalteinwirkung und Verletzungen zu schützen. Und doch bleibt uns unser Körper ein Rätsel, ein Buch mit sieben Siegeln. Sera tändelt in Gedanken mit dieser Ironie des Schicksals, spielt mit den einzelnen Teilen dieses Puzzles: Trotz unserer lebenslangen Beschäftigung mit unserem Körper werden wir unsere Nieren niemals persönlich kennen lernen, würden in einer Reihe von Lebern unsere eigene Leber nicht erkennen, haben nie unser Herz oder unser Gehirn zu Gesicht bekommen. Wir wissen mehr über die Tiefen des Ozeans, sind mit den entlegenen Winkeln des Weltraums besser vertraut als mit unseren eigenen Organen, Muskeln und Knochen. Daher gibt es vielleicht gar keine eingebildeten Schmerzen; vielleicht ist aller Schmerz real; vielleicht besteht jeder lang zurückliegende Schlag in veränderter Form und Gestalt fort bis in alle Ewigkeit; vielleicht ist der Körper ein überempfindliches, rachsüchtiges Gebilde, eine Art Hauptbuch, ein Lager, in dem Kränkungen und Grausamkeiten für immer bewahrt werden.

Doch wenn dies zutrifft, erinnert sich der Körper zweifellos auch an jede liebevolle Geste, jeden Kuss, jeden Akt des Mitgefühls, nicht wahr? Gewiss ist dies unsere Rettung, unsere einzige Hoffnung – dass auch Freude und Liebe in die Fasern unseres Körpers mit hineinverwoben sind, in jeden kräftigen Muskelstrang, in den Kern jeder lebenden Zelle?

Aus dem fahlen Dunkel der Vergangenheit treten vor Seras innerem Auge der Schlag und der Balsam zutage; der Folterer und die Heilerin: Feroz und Bhima.

Feroz und Sera waren mittlerweile aus Banus Wohnung ausgezogen, in ihre eigenen vier Wände. Als Sera der erste Hieb traf, hatte sie bereits vergessen, wie der Streit begonnen hatte. Sie sah nur Feroz' Gesicht vor sich – die dicke, zornpochende Ader an seiner Stirn, seine Augen, die vor Wut aus den Höhlen zu quellen schienen, seine Haut, die sich rostrot verfärbt hatte. Und dann gewahrte sie aus dem Augenwinkel den Messingkerzenleuchter in seiner Hand, die raschen grimmigen Schläge ins Leere, bevor der Leuchter mit voller Wucht auf ihren Arm herunterkrachte; den Arm, den sie in dem verzweifelten Versuch gehoben hatte, sich vor Feroz' Wut zu schützen. Ein stechender, höllischer Schmerz durchflutete ihren Körper, und ihr entfuhr ein schriller, fast animalischer Schrei, bevor sie gewaltsam die Lippen aufeinander presste. Sie sank neben dem Bett zusammen und hielt sich den geschundenen Arm, doch Feroz war nicht zu bremsen, prügelte nun mit den Fäusten auf ihren Rücken ein. Sera glaubte, ohnmächtig zu werden vor Schmerz, doch da brachen die Schläge ebenso unvermittelt ab, wie sie eingesetzt hatten; als hätte jemand einen Schalter umgelegt.

In der Vergangenheit war Feroz' Zorn stets verebbt, nachdem er sich wolkenbruchartig über ihrem Haupt entladen hatte, und er hatte Sera fassungslos angesehen; darauf waren dann für gewöhnlich Tränen, Entschuldigungen und Selbstanklagen gefolgt. Feroz hatte geschluchzt und sie um Vergebung gebeten; ja, er hatte sich sogar selbst geohrfeigt oder sich auf den Hinterkopf gehauen. Doch an diesem Tag stand er einfach nur da und schaute sie an, und als sie es schließlich vermochte, zu ihm aufzublicken, und durch den Zerrschleier ihrer Tränen sein Gesicht gewahrte, blieb ihr angesichts seiner angewiderten Miene schier das Herz stehen. Er starrte sie an, als fände er sie schlicht verabscheuungswürdig, als würde ihm beim bloßen Anblick ihres vor Schmerz gekrümmten, grün und blau geschlagenen Körpers schon übel. »Heute bist du zu weit gegangen«, zischte er. »Heute verdienst du, was du bekommen hast. Dein verdammter Hochmut, deine Arroganz – du bist eine richtige Beißzange, die die Männer nur fertig macht, bist gar keine echte Frau, ist dir das eigentlich klar?«

Sera war bereits so lange mit Feroz verheiratet, dass sie klug genug war, nicht zu antworten. Er wurde zum Besessenen, wenn er eine seiner schwarzen Phasen hatte, und dann konnte die leiseste Provokation dazu führen, dass die Furien in seinem Inneren noch schneller herumkreiselten und sich drehten, wie eine wirbelnde Staubwolke, die sich bedrohlich verdichtet. Daher wandte sie den Blick ab, dankbar, dass Dinaz mit Bhima im Park war, dass ihr Kind sich in sicherer Entfernung befand und nicht mit anhören musste, wie die Ehe seiner Eltern in Scherben ging. Und da sie sich schon gerade die positiven Dinge vor Augen hielt, sollte sie wohl auch dankbar sein für die Tatsache, dass sie die Sorte Haut hatte, die rasch heilte, wodurch ihr im Gegensatz zu anderen Frauen die Demütigung erspart blieb, die Spuren der Misshandlung durch ihren Ehemann für jeden sichtbar zur Schau zu tragen.

Doch diesmal wollten die Blutergüsse nicht heilen. Drei Tage später war ihr Arm noch immer schwarz und blau und so stark geschwollen, dass sie ihn kaum über den Kopf heben konnte, um morgens ihr *sadra* anzuziehen. Selbst beim Zubinden ihres *kasti*, des traditionellen dünnen Gebetsgürtels der Parsen, der aus zweiundsiebzig Wollfäden gewebt ist und um die Taille getragen wird, schmerzte ihr Arm. Außerdem war da die geschwollene Stelle an ihrer Oberlippe, da sie bei ihrem Sturz auf die Bettkante aufgeschlagen war. Doch augenblicklich kümmerte sie das nicht. Sie wäre am liebsten den ganzen Tag im Bett liegen geblieben und hätte ihre Gedanken in einem Zustand der Benommenheit ertränkt, so wie ihr Körper von Schmerz durchflutet und außer Gefecht gesetzt wurde. Jeden Morgen stand sie Dinaz' wegen auf; doch sobald sie ihre Tochter in den Kindergarten losgeschickt hatte, ging sie wieder zurück ins Bett. Und dort blieb sie mehr oder weniger, bis Dinaz nach Hause kam.

Am Tag nachdem er sie verprügelt hatte, war Feroz ins Schlafzimmer gekommen und hatte verkündet, er führe weg, auf Geschäftsreisen nach Pune. Sera war klar, dass er die Reise arrangiert hatte, um von zu Hause zu entfliehen, hatte allerdings nichts dagegen. Sie war dankbar, dass er wegfuhr. So konnte sie keiner verächtlich taxieren, wenn sie sich um neun Uhr morgens wieder ins Bett verkroch; keiner sie ermahnen, sich das schleunigst wieder abzugewöhnen, weil sie sonst wie eine jener alten Parsinnen aus der Grant Road enden würde; keiner konnte ihren Blick kritisieren, ihren Gang oder ihren Geruch; keiner behaupten, die Blutergüsse an ihrem Körper seien nicht echt oder sie sorge dafür, dass sie nicht abheilten, um ihn in ein schlechtes Licht zu rücken. Und doch – trotz ihrer Erleichterung, die Wohnung für sich zu haben, machte ihr Herz jedes Mal einen Sprung, wenn das Telefon klingelte oder der Postbote an die Tür klopfte. Sie wartete noch immer darauf, dass Feroz sich mit einem Brief oder einem Anruf entschuldigte, dass er ihren Schmerz zur Kenntnis nahm, sich nach ihrem geschundenen Körper erkundigte. Doch wenn er Abend für Abend anrief, so geschah dies nur, um Dinaz gute Nacht zu sagen. Diesmal würde er keine Abbitte leisten. Diesmal lief es wohl nicht nach dem üblichen Muster, wo auf den ungezügelten Gewaltausbruch eine Flut von Tränen, Entschuldigungen, süßen Worten, Küssen und Versprechungen folgte. Diesmal war da einfach nur die Durststrecke aus Distanz und Schweigen. Sera wurde schmerzlich bewusst, dass es mit dem üblichen Zyklus von Streit und Versöhnung vorbei war. Es kam ihr vor, als sei eine weitere Phase ihrer Ehe zu Ende gegangen, und diesmal konnte sie sich nicht einmal mehr mit der angenehmen Aussicht trösten, dass er wieder um ihre Gunst werben würde. Feroz' Gleichgültigkeit schmerzte nicht minder als die Blutergüsse an ihrem Arm.

Am vierten Tag trug Bhima ein kleines Bündel in der Hand, als sie zur Arbeit kam. Sera musterte es ohne weiteres Interesse, als sie Bhima die Türe öffnete, und kehrte in ihr Schlafzimmer zurück. Wenig später kam Bhima herein, einen Teller mit zwei Scheiben Toast in der Hand. »Kommen Sie, *bai,* stehen Sie auf«, sagte sie. »Wenn Sie im Bett liegen bleiben, werden Sie sich nur noch elender fühlen. Bhima wird Sie heute kurieren. All diese dunklen Flecken auf Ihren Armen werden bis Sonnenuntergang verschwunden sein, das verspreche ich Ihnen.«

Sera lächelte matt. Sie war zu müde, um Bhima besondere Aufmerksamkeit zu schenken. Selbst als sie hörte, wie in der Küche irgendetwas zerstoßen wurde, achtete Sera nicht weiter darauf. Doch als Bhima kurz darauf den Primus-Gaskocher ins Schlafzimmer brachte, blickte sie auf und rief: »Bhima, was wollen Sie denn mit diesem Ding hier drin?«

»Pscht, pscht, *bai*. Lassen Sie mich nur machen. Das ist ein Rezept von der Mutter meines Gopal, aus seinem Heimatdorf. Eines Tages, als wir seine alte Mutter besuchten, wurde ein Mädchen aus dem Dorf von einer Bande *goondas* zusammengeschlagen und vergewaltigt. Als wir zu ihr gingen, um sie zu besuchen, *bai,* war das arme Mädchen so voller blauer und grüner Flecken, man konnte gar nicht mehr sagen, welche Farbe ihre Haut hatte. Selbst der Doktor wusste nicht, was er mit ihr machen sollte. Meine Schwiegermutter lief nach Hause, kam mit diesen getrockneten Blättern und etwas heißem Öl wieder und rieb den Körper des Mädchens damit ein. Und, ob Sie es glauben oder nicht, am nächsten Morgen hatte das Mädchen eine Haut wie ein Neugeborenes.«

Sera wollte eigentlich protestieren, doch sie war zu erschöpft. Sie legte sich wieder hin und sah zu, wie Bhima eine Prise dunkelbraunes Pulver nahm und es mit dem Öl vermischte. Bhima schaltete den Kocher auf die niedrigste Stufe und wärmte die Mixtur ein paar Sekunden lang an. Dann goss sie das Öl in ihre rauen, schwieligen Hände und begann, Seras Arme einzureiben.

Sera schreckte zurück. Nie zuvor hatte Bhima sie berührt. Sie sann angestrengt nach Argumenten, um sich zu widersetzen, stellte aber fest, dass sie mit keinem triftigen Grund aufwarten konnte, weshalb Bhimas Hände sie nicht berühren sollten. Das Öl prickelte derart auf der Haut, dass Sera aus ihrer Lethargie erwachte. Obschon Bhimas dürre, aber kräftige Hände nur ihren Arm massierten, merkte Sera, wie ihr ganzer Körper aufatmete. Sie spürte, wie sich das Blut in ihren Adern wieder zu regen begann, und konnte nicht sagen, ob das Öl diese neuartige, angenehme Empfindung auslöste oder der tröstliche Umstand, dass ein anderer Mensch sie freundlich und liebevoll berührte. Selbst im süßesten Augenblick des Liebesakts mit Feroz hatte Sera niemals eine solche Großzügigkeit und Selbstlosigkeit gespürt wie bei dieser Massage. Schließlich waren an das Liebesspiel stets Bedingungen geknüpft – man musste den Bedürfnissen des anderen gerecht werden, und selbst wenn Feroz sich darauf konzentrierte, ihr Freude zu bereiten, hatte Sera stets seinen vor Erregung bebenden Körper im Auge, und ihr entging auch nicht, wie genau er sie beobachtete und wie ungeduldig er darauf wartete, dass seine eigenen Gesten und Bewegungen sich in ihrer Reaktion widerspiegelten. Wenn man es auf den Punkt brachte, war Sex letztlich ein egoistischer Akt, bei dem die Erwartungen des einen Körpers naturgemäß mit den Bedürfnissen des anderen verwoben waren. Doch hier, bei Bhima, war nichts dergleichen zu spüren. Hier konnte Sera einfach dem Klang ihres eigenen Körpers lauschen, der sich aus seiner Verkrampfung löste, konnte beobachten, wie der Schmerz und das Gift aus den blauen Flecken verschwanden, bis diese sich so harmlos auf ihrem Arm ausnahmen wie schwarze Schmetterlinge.

Sie murrte leise vor Enttäuschung, als Bhima eine Sekunde lang innehielt, um noch mehr von der Mixtur anzurühren. Jetzt drehte Bhima sie sachte auf den Bauch und öffnete die schwarzen Knöpfe ihres Kleides. »Arme Serabai«, murmelte sie. »Dieser Leib trägt eine solche Last. So viel Unglück. Geben Sie es an den Teufel ab, lassen Sie es los, schleppen Sie es nicht mit sich herum.« Während sich ihre Hände kreisend über Seras glatten Rücken bewegten, während sie an den verklebten Muskeln zupfte, die schmerzenden Stellen mit den Fäusten bearbeitete, ihre Finger entlang der Wirbel auf- und abwandern ließ, als wären diese Klaviertasten, fuhr Bhima fort, in Worten und in Sprachen mit ihr zu reden, die Sera kaum verstand. Als ihr Körper sich unter Bhimas sachkundigen Händen entspannte, spürte Sera, wie sie sich aus dem Hier und Jetzt entfernte, sich auf der Zeitachse rückwärts bewegte, sodass sie einen Augenblick lang eine junge Braut war, die rittlings auf dem Schoß ihres frisch gebackenen Ehemanns saß, während er sie im Rhythmus des Liebesakts vor- und zurückschaukelte; und dann, im nächsten Moment, wurde sie zum kleinen Kind auf den Knien seiner Mutter, das nach einer heißen, unruhigen Nacht in den Schlaf gewiegt wurde, und kurz darauf war sie sogar noch älter und noch jünger – wurde zum kleinen Fisch, der in einem warmen, dunklen Nass umhertrieb, ein Wesen, das ebenso gestaltlos, durchscheinend und flüssig war, wie sich ihre Knochen jetzt, in diesem Augenblick, anfühlten. Und immer noch sprach Bhima zu ihr, wobei ihre Worte schnell wie Sperlinge in der Dämmerung aus ihrem Mund flogen und ihre Zunge sich so rasch bewegte wie ihre Hände, sodass alles zu einem einzigen Nebel aus Worten und Rhythmus, aus Geschwindigkeit und Bewegung verschwamm. Und Sera sank nun weg, ergriffen vom Sog frühester Erinnerungen, wurde in die Tiefe gezogen von einem Strudel aus Empfindungen und Gefühlen, aus alten Verletzungen und frischen Wunden, die aus ihrem Körper ausgetrieben wurden, sodass sie sich am Ende ebenso heiter und frisch fühlte wie am Tage ihrer Geburt. Paradoxerweise begann sie zu weinen, als der Schmerz aus ihrem Körper wich – als besetze jener Schmerz nun nicht mehr länger ihren Körper, als sei endlich Raum für Tränen. Die Tränen strömten ihr übers Gesicht und wurden vom Kissen aufgefangen; doch falls Bhima das zuckende Wogen ihres Rückens gewahrte, so enthielt sie sich zumindest jeden Kommentars. Bhima wirkte selbst wie in Trance; das eigentümliche Gemurmel dauerte an, während Sera lautlos weinte, und Sera war dankbar dafür.

Das Letzte, dessen Sera sich entsinnen konnte, bevor sie einschlief, war der Geruch des Öls im Raum. Er erinnerte sie an den Geruch in der Wohnung ihrer Großmutter; und der Gedanke an ihre Großmutter, eine kräftig gebaute, herbe Person mit einem großen, kissenartigen Busen, an den sie den Kopf ihrer Enkelin zu drücken pflegte, entlockte Sera ein Lächeln.

Als sie ein paar Stunden später erwachte, waren die blauen Flecken auf ihrem Arm geschrumpft. Hatten sie ursprünglich ausgesehen wie eine Weltkarte, so hatten sie jetzt nur noch die Größe der Landkarte von Brasilien. Zu jeder anderen Zeit wäre Sera erstaunt gewesen, doch nach Bhimas seltsam traumartiger Massage schien alles möglich. Sera stand auf, schlüpfte in ihre Gummischlappen und ging in die Küche. Plötzlich empfand sie eine unerklärliche Scheu vor der Frau, die dort über die Spüle gebeugt stand und das Geschirr mit derselben Leidenschaft schrubbte, mit der sie ein paar Stunden zuvor ihren Rücken bearbeitet hatte. Sie wollte Bhima für ihre Güte danken, wollte ihr erklären, wie wohlig heiß und phantastisch es sich anfühlte, wenn einem das Blut wieder durch die Adern zu rieseln begann, wollte ihr erzählen, wie kalt ihr ums Herz gewesen war nach diesem letzten Konflikt mit Feroz und wie warm ihr dank Bhimas Behandlung nun wieder zumute war – als hätte Bhima ihr fröstelndes, abgestorbenes Herz zwischen ihre braunen Hände genommen und es gerieben, bis das Blut wieder hineinströmte. Doch die Schüchternheit warf gleichsam ihr Netz über Sera, als Bhima von ihrem Geschirr hochsah und sie anblickte. Seit langem schon hatte Sera akzeptiert, dass Bhima als Einzige wusste, wie Feroz' Fäuste gelegentlich, schwarzen Geiern gleich, auf ihren einsamen, ungeliebten Leib niedersausten, dass Bhima mehr über ihre sonderbare Ehe wusste als ihre Freundinnen oder Verwandten. Doch nun hatte Sera überdies das Gefühl, als habe Bhima Einblick in ihre Seele erhalten; als sei sie in gewisser Weise tiefer in ihren Körper eingedrungen, als Feroz es je getan hatte. »Geht's besser?«, erkundigte sich Bhima ernst.

Als Antwort hob Sera den Arm, damit Bhima sehen konnte, wie die blauen Flecken auf ihrer Haut verblassten. Die Ältere nickte lebhaft. »Morgen früh werden die Spuren von ... werden die Spuren restlos verschwunden sein.«

Sera spürte, wie ihr die Röte ins Gesicht schoss. Die Spuren von Feroz' Brutalität, das war es, was Bhima eigentlich hatte sagen wollen. Sera wandte sich beschämt ab und bemerkte deshalb nicht, dass Bhima auf sie zutrat und sich dabei die Hände am Sari abtrocknete. »Serabai«, sagte Bhima leise, »Sie sind viel gescheiter als ich; Sie sind eine gebildete Frau, während ich weder lesen noch schreiben kann. Aber, *bai,* hören Sie auf meinen Rat – dulden Sie nicht, was er Ihnen antut. Erzählen Sie es irgendjemand. Erzählen Sie es Ihrem Vater – er wird hier aufmarschieren und ihm die Nase brechen. Sie versuchen, Ihre Schande zu vertuschen, *bai,* ich weiß, aber es ist nicht Ihre Schande. Es ist die Schande von Feroz *seth*, nicht die Ihre.«

Sera stiegen die Tränen in die Augen. Sie fühlte sich von Bhimas Röntgenblick durchleuchtet, doch sie empfand auch eine ungeheure Erleichterung darüber, dass ein anderer Mensch Feroz' Taten verurteilte. »Schlägt … Schlägt Gopal Sie nie?«

Bhima schnaubte vernehmlich. »Mich schlagen? *Arrey,* wenn dieser alte Narr mich auch nur einmal anrühren würde, so würde ich irgendeinen *jadoo* auf ihn anwenden und seine Hände – Hokuspokus – in Holzpfosten verwandeln.« Dann, als sie Seras entsetzte Miene sah, lächelte sie. »Nein, *bai*. Gott sei Dank ist mein Gopal nicht wie die anderen Männer. Er würde sich eher die Hände abhacken als mir etwas zu Leide tun.«

Als sie nun im Bett liegt, kommt Sera Bhimas zuversichtliche Bemerkung über Gopal wieder in den Sinn – von wegen, er würde sich eher die Hände abhacken als ihr etwas zu Leide tun –, und sie lächelt bitter. Die Zeit hat Bhimas Behauptung widerlegt; sie hat das Vertrauen in ihren Ehemann gleichsam abgehobelt und eine verwundete, splitternde Frau zurückgelassen. Bhima und sie sind sich in vielerlei Hinsicht ähnlich. Obwohl ihr Leben so unterschiedlich verlaufen ist – auf Grund von Umständen, von denen Sera nun glaubt, dass sie auf den Zufall ihrer Geburt zurückzuführen sind –, haben sie beide die schmerzliche Erfahrung gemacht, dass das blühende Glück ihrer Ehe irgendwann dahinwelkte. Gopal war ein guter Mann, aber er hat Bhima seine Giftzähne ins Fleisch gehauen wie eine Viper und ihr das Strahlendste, Leuchtendste in ihrem Leben gestohlen.

Nun, es bringt ja nichts, über die Vergangenheit zu lamentieren, denkt Sera, als sie aus dem Bett steigt und den Wecker ausschaltet. Besser, man konzentriert sich auf die Zukunft – was sie ja tut, indem sie Maya zu einer Abtreibung verhilft. Sie bleibt auf der Bettkante sitzen und betet fünf Yatha Ahu Vairyos, das Hauptgebet aus dem *Zend-Awesta*, den heiligen Schriften der Parsen. Als Nächstes küsst sie das kleine Bildnis Zarathustras, das sie in einem Plastikrahmen auf ihrem Nachttisch stehen hat. Dann schleicht sie auf Zehenspitzen ins Badezimmer, um die Kinder, die im Zimmer nebenan schlafen, nicht zu stören. Als sie an Dinaz denkt, fällt ihr ein, wie Bhima ihre Tochter stets verhätschelt hat, als sie noch ein kleines Mädchen war. Bhima hat unserer ganzen Familie schon so oft eine Gefälligkeit erwiesen, denkt sie. Wenn Maya jetzt meine Hilfe braucht, wie könnte ich sie ihr verweigern?

∞ 10 ∞

Wenigstens muss ich die beiden nicht im Slum abholen, denkt Sera, als sie ins Taxi steigt. Gott sei Dank war sie geistesgegenwärtig genug und hat Bhima und Maya gebeten, an der Bushaltestelle auf sie zu warten. Auf diese Weise können sie und Maya mit dem Taxi weiterfahren zu Dr. Mahtas Klinik. Obwohl seither Jahre verstrichen sind, schaudert Sera noch immer bei der Erinnerung an ihren Besuch im Slum.

Bhima war damals an Typhus erkrankt gewesen. Da sie nicht in der Lage gewesen war, zur Arbeit zu kommen, hatte sie die Nachricht von ihrer Krankheit durch eine ihrer Nachbarinnen überbringen lassen, und Sera hatte sofort gewusst, dass es etwas Ernstes war. Typhus durfte man nicht auf die leichte Schulter nehmen. Und so beschloss sie, Bhima und Maya einen Besuch abzustatten.

Obgleich ihr Wohnblock keine fünfzehn Fußminuten von dem *basti* entfernt war, kam es Sera vor, als sei sie in ein fremdes Universum eingetreten. Durch die Elendsviertel zu fahren, die überall in der Stadt wie Pilze aus dem Boden schossen, war eine Sache. Doch etwas ganz anderes war es, zu Fuß durch die engen Gassen zu gehen, die in die wild wuchernde Slumsiedlung hineinführten – zu sehen, wie man sich die Lackschuhe mit dem trüben, schlammigen Wasser bespritzte, das sich in großen Pfützen auf dem Boden sammelte; von dem entsetzlichen Geruch nach Scheiße und Gott weiß was sonst noch einen Würgreiz zu bekommen; wegzuschauen, wenn erwachsene Männer in die offenen Abflussgräben urinierten, die an ihren Behausungen vorüberführten. Und dann die bedrohlich fetten Schmeißfliegen. Und die streunenden Hunde mit ihrem räudigen Fell und ihren schwärenden Wunden. Und die Kinder, die kreischten wie aufgescheuchte Hühner, wenn ihre Mütter sie mit der flachen Hand schlugen. Sera hätte am liebsten auf dem Absatz kehrtgemacht, um dieser entsetzlichen Welt zu entrinnen und in ihr eigenes, geordnetes Leben zu flüchten. Doch ihre Sorge um Bhima trieb sie voran.

Als sie weiterging, heftete sich ein Grüppchen Slumbewohner an ihre Fersen – Kinder, die aufgeregt auf einem Bein hüpften, neugierige Frauen und ein paar Männer, die dreister waren als die übrigen –, wodurch sie sich erst recht wie ein Alien vorkam, ein Eindringling aus dem All, der zufällig auf einen anderen Planeten geraten ist. Die kleine Schar hinter ihr war in ausgelassener Stimmung, und der schwirrende Klang ihrer Unterhaltungen folgte Sera, als flöge ein Bienenschwarm hinter ihr her. Doch niemand sprach sie an, man wies ihr lediglich den Weg zu Bhimas Hütte – »Links abbiegen, Madam« und »Nein, *bai,* hier lang«. Sie wusste, dass die Bewohner dieses Slums täglich gut gekleideten, wohlhabenden Leuten wie ihr auf der Straße begegneten und dass viele dieser Menschen in den Häusern ebensolcher Leute arbeiteten. Deren Welt war ihnen vertraut; ungewöhnlich war jedoch, dass jemand aus Seras Welt einen Fuß in die ihre setzte.

Doch der schlimmste Teil ihres Besuches – wenn sie daran zurückdenkt, fangen Seras Wangen noch immer an zu glühen –, der schlimmste Teil war der Empfang, der ihr bereitet wurde, als sie Bhimas Haus betrat. Ein Blick auf Bhima verriet Sera, dass die ältere Frau auf den Tod krank war. Mit ihren eingefallenen Zügen wirkte Bhima wie ein Skelett, und ihre Augen glänzten von dem hohen Fieber, das sie jeden Tag in Schüben überfiel. Und doch erhob sich Bhima mühsam von ihrem Lager, um Sera in ihrem bescheidenen Heim willkommen zu heißen. Sie stöberte in ihren Habseligkeiten, förderte einen Fünf-Rupien-Schein zu Tage und trug Maya auf, eine Flasche Mangola für ihren Gast zu besorgen – denn sie wusste, dass dies Seras bevorzugtes Erfrischungsgetränk war. Ohne dass man sie eigens darum gebeten hätte, trieben ihre

Nachbarn im Handumdrehen einen Holzstuhl auf und bestanden einhellig darauf, dass Sera darauf Platz nahm. Als sie Einspruch erhob und erklärte, sie könne gut auf dem Boden sitzen, lachten sie, als hätte sie einen wahnsinnig lustigen Witz gerissen. Maya kehrte mit der Flasche Mangola zurück. Als Sera ihr einen Schluck anbot, lehnte das Mädchen dankend ab, leckte sich jedoch unwillkürlich die Lippen und wandte den Blick ab.

Als sie dann auf dem einzigen Stuhl im Raum saß, umringt von auf dem Boden hockenden Menschen, und die Kinder aus dem Slum sie aus großen, gierigen Augen ansahen, während sie an der Mangola nippte, wurde Sera von Schuldgefühlen und Bekümmerung überwältigt. Bei jedem Schluck, den sie von dem dicken, süßen Mangosaft trank, hatte sie das Gefühl, als rutschte ihr ein Blutgerinnsel die Kehle hinunter. Mehrmals tat sie, als sei ihr Durst gestillt, doch daraufhin wirkte Bhima jedes Mal todunglücklich. Die Großzügigkeit der Armen, staunte Sera im Stillen. Das beschämt uns Angehörige der Mittelschicht. Eigentlich sollten sie uns abgrundtief hassen. Stattdessen hofieren sie uns wie Mitglieder des Königshauses. Beim Gedanken daran, wie sie selbst Bhima behandelte – dass sie ihr nicht erlaubte, sich auf die Möbel der Familie zu setzen, sie dazu zwang, beim Essen ihr eigenes Besteck und Geschirr zu benutzen –, fühlte Sera sich miserabel. Und doch wusste sie: Sollte sie je versuchen, an diesen eingefahrenen Gewohnheiten etwas zu ändern, würde Feroz einen Tobsuchtsanfall bekommen. Bhimas von der Krankheit gezeichnetes, fieberglühendes Gesicht und ihre spontane Großherzigkeit hatten allerdings bei Sera einen Entschluss ausgelöst. »Du kommst mit mir nach Hause und bleibst bei uns, bis es dir wieder besser geht«, erklärte sie. »Nichts da, es ist zwecklos zu diskutieren, Bhima. Du bist nicht in der Lage, für dich selbst zu sorgen, geschweige denn für Maya. Das sieht wirklich ein Blinder. Pack alles ein, was du brauchst, und dann lass uns fahren.«

Sie war ihrem Wort treu geblieben und hatte Bhima gesund gepflegt, nachdem sie sie tags darauf mit zu dem liebenswürdigen Hausarzt ihrer Familie, Dr. Porus, gebracht hatte.

Doch jetzt, da sich ihre Gedanken in einem Tempo jagen, das

dem des Taxis in nichts nachsteht, empfindet Sera keinen Stolz, wenn sie an diese Zeit zurückdenkt. Stattdessen kommt ihr wieder in den Sinn, dass die sterbenskranke Bhima damals auf einer dünnen Matratze draußen auf dem Balkon lag; denn Sera war die Vorstellung, sie würde in einem ihrer Betten schlafen, zuwider gewesen. Die kleine Maya hatte auf einem Laken neben ihrer Großmutter kampiert. Damals hatte Sera Feroz die Schuld daran gegeben, hatte sich gesagt, dass er nichts anderes dulden würde. Doch in Wirklichkeit wäre ihr selbst jede andere Lösung unangenehm gewesen. Die üblen Gerüche und die Bilder aus dem Slum standen ihr noch zu deutlich vor Augen, und es kam ihr vor, als hätten diese Eindrücke sich in ihrem Haar und auf ihrer Haut festgesetzt. Sobald Sera an den Slum dachte, grauste ihr vor Bhimas Anwesenheit im Haus, als verkörperte diese Frau nun alles, was an dem Viertel abstoßend war. Jahrelang hatte Sera gestaunt, wie sauber und gepflegt Bhima war. Doch wenn sie Bhima jetzt ihre Tabletten verabreichte, achtete Sera sorgfältig darauf, sie in Bhimas geöffnete Hand fallen zu lassen, ohne sie zu berühren. Und in den Wochen darauf war sie peinlichst darauf bedacht, Dinaz von Bhima fern zu halten. Sera redete sich ein, das geschähe wegen des Fiebers, doch sie wollte ihre Tochter auch vor der Schmutzschicht schützen, die sie nun jedes Mal zu sehen meinte, wenn sie ihre Hausangestellte betrachtete.

Sera seufzt so laut, dass der Taxifahrer fragend in den Rückspiegel blickt. Sosehr ich mich auch bemühe, ich kann aus der Haut der Mittelschichtangehörigen nicht heraus, denkt sie. Aber immerhin hat sie ihr Bestes für Bhima und deren Familie getan. Und nun muss sie durch diese Sache mit Maya durch. Doch um ihrer aller willen wird sie heilfroh sein, wenn die ganze elende Angelegenheit überstanden ist. Diese unglückselige Geschichte ist Bhima entsetzlich an die Nieren gegangen – erst am Vortag musste sich Sera mindestens fünfmal auf die Zunge beißen, weil Bhima aus Unachtsamkeit irgendein blödsinniges Missgeschick unterlaufen war.

Als Sera mit dem Taxi an der Bushaltestelle eintrifft, warten Bhima und Maya schon auf sie. Sie sieht die beiden, noch bevor diese sie erspähen; zwei Menschen, die fast fünfzig Jahre Altersunterschied trennen und die doch unverkennbar durch Blutsbande und Schicksal verbunden sind. Obgleich sie nicht sprechen, stehen sie dicht beisammen, und ihre Haltung zeugt von Vertrautheit und Intimität. Sera spürt, wie sich ihr die Kehle zusammenschnürt, denn sie hat Maya wirklich von Herzen gern. Sie hat sie lange nicht gesehen, da das Mädchen vor einigen Monaten – ungefähr zu der Zeit, als sie ihre Affäre hatte, spekuliert Sera jetzt – plötzlich nicht mehr bei ihrer Schwiegermutter zur Arbeit erschien. Banus Tagesschwester legte seinerzeit Wert darauf, um drei Uhr nachmittags zu gehen, und Sera hatte Maya eingestellt, um die Lücke bis acht Uhr abends zu überbrücken, wo die Nachtschwester ihre Schicht begann. Es war eine einfache Arbeit – Maya musste lediglich dafür sorgen, dass die alte Dame ihren Nachmittagstee und ihr Abendessen erhielt. Sera hätte günstiger wegkommen können, wenn sie jemand anderen eingestellt hätte; doch Maya war praktisch ein Familienmitglied, und Sera gönnte ihr den Mehrverdienst durchaus. Nach Seras Einschätzung fühlte sich das junge Mädchen vermutlich ohnehin fehl am Platz zwischen ihren wohlhabenderen Mitstudenten am College. Schließlich waren nicht allzu viele von ihnen Waisen, deren einzig überlebende Verwandte als Hausangestellte bei anderen Leuten arbeitete. Und wenn ein paar zusätzliche Rupien dazu beitragen konnten, Mayas Unbehagen zu mindern, wenn sie sich ein paar Sachen zum Anziehen leisten konnte, die ihr Selbstvertrauen stärkten, dann lohnte sich der Einsatz doch schon.

»Halten Sie ein Stückchen hinter der Bushaltestelle«, weist Sera den Taxifahrer an. »*Bas,* das ist gut. Hier können Sie halten.«

Als sie aus dem Taxi steigt, entdecken Maya und Bhima sie und laufen auf sie zu. Sera ist betroffen, als sie bemerkt, dass Maya es vermeidet, ihr in die Augen zu sehen und stattdessen auf den Boden starrt. Irgendwie versetzt ihr die mangelnde Freundlichkeit des Mädchens einen Stich und dämpft die liebevollen Gefühle, die sie zuvor genährt hat. »Hallo, Maya«, sagt sie kühl. »Wie geht's?«

»Gut«, antwortet Maya mit tonloser Stimme. Und als sie merkt, dass Sera sie kritisch mustert, hebt sie endlich den Kopf und sieht sie an. Doch ihr Blick ist ebenso dumpf wie ihre Stimme, als wäre ihr Gesicht mit einem Mal versteinert.

Bhima schaut besorgt von einer zur anderen. »Sie ist heute in schlechter seelischer Verfassung, Serabai«, erklärt sie. »Ist völlig niedergeschlagen aufgewacht.« Ihre alten, grauen Augen flehen Sera an, Verständnis zu zeigen und dem Mädchen zu verzeihen.

Sera wünscht plötzlich, Bhima würde sie zum Krankenhaus begleiten. Mit dieser neuen, verdrossenen Maya will sie nichts zu tun haben. Das Mädchen, das sie kennt, um deren Erziehung und Ausbildung sie sich gekümmert hat, ist fröhlicher, jünger als dieses bedrückte, deprimierte Wesen, das da vor ihr steht. Sie kämpft den Impuls nieder, Maya daran zu erinnern, dass schließlich sie diejenige war, die um Seras Begleitung gebeten hat, und nicht umgekehrt. Einen Moment lang fühlt sie sich auch schuldig – haben sie, Viraf und Bhima nicht hinter Mayas Rücken Pläne geschmiedet und sie dazu gezwungen, sich gegen ihren Willen einer Abtreibung zu unterziehen? Letztendlich hat sie nie direkt mit Maya über ihre Wünsche gesprochen. Doch dann fällt ihr Blick auf Bhimas altes, müdes Gesicht, und ihr Rücken wird steif. Das Mädchen ist einfach zu jung und zu naiv, um sich im Klaren zu sein, was sie erwartet, wenn sie ein uneheliches Kind bekommt. Diese Gesellschaft wird so erbarmungslos wie ein Schwarm Geier über sie herfallen und sie in Stücke reißen. Nein, das Beste ist, sie wird das Baby los, und wenn dann ein paar Wochen verstrichen sind, kann sie, Sera, sich vielleicht mit Maya hinsetzen und ihr darlegen, wie wichtig es ist, dass sie mit ihrer Ausbildung fortfährt. Vielleicht kann sie ihr sogar dabei behilflich sein, sich an einem anderen College einzuschreiben, an irgendeinem Ort, wo sie einen Neuanfang machen kann. Und diesmal keine Männergeschichten, keine Affären; das wird sie Maya sagen. Einfach nur dein Studium. Denk daran, ohne Ausbildung bist du ein Nichts. In dieser Stadt nagen sogar Leute mit fertigem Jurastudium und Doktortitel am Hungertuch. Ja, ein Hochschulabschluss reicht nicht einmal aus, um einen Job als *channawalla* zu bekommen und geröstete Nüsse und Kichererbsen zu verkaufen. Es ist dieselbe Predigt, die sie Dinaz vor Jahren gehalten hat. Doch bei Maya wird sie noch eine weitere

Drohung hinzufügen. Wenn du nicht wenigstens den Bachelor in der Tasche hast, wirst du dein Leben damit zubringen, bei anderen Leuten den Boden zu kehren und ihre schmutzigen Kleider zu waschen. Ist es das, was du dir wünschst – das gleiche Leben, das deine Mutter und deine Großmutter geführt haben?

Der Gedanke an Mayas verstorbene Mutter stimmt Sera milder gegenüber dem Mädchen, das da neben ihr steht. Sie blickt zu Maya hinüber, doch deren Miene ist völlig ausdruckslos. Sera seufzt. Sie ist versucht, Bhima zu erklären, dass sie sie bitte doch in die Klinik begleiten möge, widersteht jedoch der Versuchung. Es wartet einfach zu viel Hausarbeit auf Bhima, als dass sie es sich erlauben könnte mitzukommen. Obwohl sie diesen Arzt eingeschaltet haben, der mit Viraf befreundet ist, steht in den Sternen, wie lange sie werden warten müssen. Und das Letzte, was sie am Ende eines solchen Tages brauchen kann, ist, in eine schmutzige Wohnung zurückzukehren. »Ich habe die Hausschlüssel bei den Nachbarn gleich nebenan hinterlegt«, sagt sie zu Bhima. »Sie werden dich reinlassen.«

Maya sieht Sera abschätzig an und kann sich ein bitteres Lachen nicht verbeißen. »Sie hätte die Hausschlüssel doch mitbringen können«, bemerkt sie zu ihrer Großmutter, als sei Sera gar nicht da. »Sie hätte sie dir ruhig anvertrauen können. Aber sie hat eben mehr Vertrauen zu den Nachbarn.«

Sera ist schockiert über diese Unverschämtheit. Doch nein, das ist es gar nicht wirklich. Es ist Mayas feindseliger Ton, der sie entsetzt. Das und – nun, das muss gesagt werden – diese absolute Undankbarkeit. Aber noch ehe sie etwas erwidern kann, tut es Bhima. »Du dumme, ungehobelte Göre«, schimpft sie ihre Enkelin. »Deine Nase in Dinge zu stecken, die dich nichts angehen. Was hat es dich zu kümmern, was Serabai mit ihren Schlüsseln macht? Es ist ihr Haus, oder nicht? Sieh doch zu, dass du eines Tages zu deinem eigenen Palast kommst, und dann mach mit deinen Schlüsseln, was du willst. Aber bis dahin halt die Klappe, hast du verstanden?«

Solche hässlichen Worte so früh am Morgen. Sera ist nicht ganz sicher, wo die Ursache dafür liegt. Es muss die Schwangerschaft sein, grübelt sie, das unerwünschte Kind, das in Maya heranwächst und das seinen unmittelbar bevorstehenden Tod vorausahnt, sich aber aus dieser Welt nicht endgültig verabschieden will, bevor es nicht seine unheilvollen Spuren hinterlassen hat. Bei dem Gedanken an ein totes Baby läuft es ihr kalt den Rücken hinunter. Je schneller dieser Tag vorüber ist, desto besser für alle Beteiligten, denkt sie. Noch nie hat sie Maya so bösartig erlebt, so voller Abwehr und ungezogen, so … proletenhaft, ja wirklich. Und seit sie herausgefunden hat, dass Maya schwanger ist, ist auch Bhima nicht mehr ganz zurechnungsfähig – einen Moment ist sie langsam und zerstreut, den nächsten fahrig und reizbar. Überdies hängt die unerwünschte Schwangerschaft auch über dem Hause Dubash wie eine düstere Wolke, und das Baby, das gleich Unkraut in Maya heranwächst, verdunkelt das Glück, das sie eigentlich alle beim Gedanken an das neue Leben empfinden sollten, das in Dinaz' Bauch seine Knospen entfaltet. Vermutlich unterdrückt Dinaz sogar ihre eigene jubelnde Freude aus Rücksicht auf Bhimas Kummer. Wenn sie es sich recht überlegt, hat Sera die letzten Wochen eine gewisse Gedämpftheit an Dinaz ausgemacht. Und dabei gab es doch gar keinen Anlass dafür. Die ersten drei Monate der Schwangerschaft waren die Hölle für Dinaz, das weiß Sera. Dinaz war häufig schlecht, sie war müde und reizbar, und Viraf und sie hackten aufeinander herum wie Krähen, die ein überfahrenes Tier zerpflücken. Doch als Müdigkeit und Übelkeit nachließen, wurde Dinaz mit jedem Tag, der verging, wieder mehr die Alte. Und doch wirft Mayas Baby irgendwie einen Schatten auf ihr Glück. Es ist schwierig, mit Kleidern für das Neugeborene nach Hause zu kommen, zu überlegen, in welcher Farbe man das alte hölzerne Gitterbett, in dem einst Dinaz gelegen hat, streichen soll, die Frage nach der Geburtshelferin und dem Krankenhaus zu entscheiden, während Bhima mit regloser, aber wachsamer Miene daneben steht. Das Ganze gleicht dem Versuch, in einer Leichenhalle einen Hochzeitsempfang zu veranstalten.

Nun, wenn es schon eine Leiche zu betrauern gilt, wenn das Baby, das sich in Mayas Leib regt, getötet werden muss – bei dem Wort zuckt Sera innerlich zusammen –, dann haben sie keine Zeit zu verlieren. Am besten, sie packen den Stier bei den Hörnern. »Wir setzen dich an der nächsten Straßenecke ab, Bhima«, erklärt sie entschlossen, als sie ins Taxi klettert. »Dann kannst du den Rest zu Fuß gehen, und Maya und ich fahren weiter zur Klinik. Na los, lasst uns zusehen, dass wir in die Gänge kommen.«

Maya zögert für den Bruchteil einer Sekunde, bevor sie ins Taxi steigt. Doch Sera tut, als bemerkte sie es gar nicht.

11

Dr. Mehta ist ein hoch gewachsener, gebeugter Mann mit Hängelidern und einem traurigen Blick, der die verstörende Angewohnheit hat, seinen Patientinnen nicht in die Augen zu blicken, wenn er von ihnen spricht. Statt an Maya richtet er seine Fragen an Sera.

»Nun, wie fühlt sie sich?«, fragt er.

Sera blickt flüchtig zu Maya hinüber, die darauf konzentriert scheint, einen ganz bestimmten Punkt auf ihrem Fuß zu fixieren. »Gut«, sagt sie schließlich. »Ich meine, wir alle werden uns besser fühlen, wenn …«

»Ich weiß, ich weiß«, erwidert der Arzt hastig. Er erhebt sich. »Nun, machen Sie sich keine Sorgen, Mrs. Dubash. Wir werden diesen kleinen Eingriff im Handumdrehen über die Bühne gebracht haben.« Zum ersten Mal, seit sie in seiner Praxis sind, wendet er sich direkt an Maya und schaut ihr ins Gesicht. »Ähm, also, wenn Sie mir bitte folgen würden«, stottert er und schiebt seinen Stuhl zurück. »Zur Klinik geht's hier lang.«

Das Mädchen steht jetzt auf und sieht Sera an. Mit einem Mal wirkt Maya verängstigt. Ihre Augen sind weit aufgerissen, und ihre Oberlippe ist von einem dünnen Schweißfilm überzogen. Sera packt das Mitleid, und ihr wird selbst ganz bang ums Herz. Sie streckt die Hand aus, um das Mädchen zu beschwichtigen, und Maya packt ihre Hand und klammert sich daran fest. »Kommen Sie bitte mit«, flüstert sie panisch. »Ich will nicht alleine da drinnen sein.«

Sera starrt sie entsetzt an. Mitzuerleben, wie der Fötus entfernt wird, ist das Letzte, wonach ihr zumute ist. Sie spürt einen Würgreiz hinten im Rachen aufsteigen. Bring mich nicht in diese Lage, bittet sie innerlich. Darauf war ich nun wirklich nicht gefasst.

Noch ehe sie etwas erwidern kann, eilt ihr Dr. Mehta zu Hilfe. »Unsinn, Mädchen«, erklärt er. »Da hinten darf niemand rein außer den Klinikangestellten und den Patienten. Verwandte müssen im Wartezimmer bleiben. Und weshalb bekommst du denn auf einmal die Panik? Das braucht's doch gar nicht. Wir werden dieses Baby schneller rausholen als einen Zahn.«

Sera und Maya zucken bei dem Vergleich zusammen. Während die beiden Frauen einen Blick wechseln, tätschelt Sera Mayas rechten Arm. »Hab keine Angst«, sagt sie. »Ich setze mich hier hin und warte auf dich.«

Im Wartezimmer liest Sera eine alte Ausgabe von *Eve's Weekly*. Es sind nur zwei weitere Frauen im Raum, und keine von ihnen versucht, Blickkontakt mit ihr aufzunehmen. Dem Aussehen nach sind beide Ende vierzig, und ihre eleganten Saris und ihr Goldschmuck verraten Sera, dass sie aus reichen Verhältnissen stammen. Sie fragt sich, was sie wohl für eine Geschichte haben. Wahrscheinlich sind sie hier, um sich um ihre Töchter im Studentenalter zu kümmern. Tja, mit Geld kann man alles erwerben, von seidenen Laken bis zu einer Abtreibung in einer schönen, sonnendurchfluteten Privatklinik. Dann wird Sera plötzlich bewusst, was sie da für Gedanken hegt. Du bist schließlich ebenfalls hier, weil du Geld hast, ruft sie sich selbst in Erinnerung. Und ist Virafs Freund dankbar, dass er diesen Termin arrangiert hat. Wie anders hätte die Sache ausgesehen, wenn Maya in ein staatliches Krankenhaus hätte gehen müssen. Sera hat Geschichten von Ärzten gehört, die anzügliche Witze über gefallene Mädchen rissen und ihre Hände unter dem Deckmantel der medizinischen Untersuchung in die Vagina der Betroffenen schoben. Und die meisten dieser Frauen waren zu schlecht aufgeklärt, um zu begreifen, was sich da abspielte, und zu arm, um zu protestieren, selbst wenn es ihnen klar war. Sie schaudert bei der Vorstellung, dass Maya an einem dieser Orte hätte landen können.

Sera blickt flüchtig auf ihre Armbanduhr und merkt, dass sie vergessen hat, zu schauen, wie spät es ist, als sie Maya reingeholt haben.

Sie hat keine Ahnung, wie lange der Eingriff dauern wird oder – und hier überfällt sie mit einem Mal eine dunkle Vorahnung – in welchem Zustand Maya sein wird, wenn die Sache vorüber ist. Wir hätten vielleicht mehr Fragen stellen sollen, schilt sie sich selbst. Doch dann kommt ihr wieder Dr. Mehtas langes Gesicht mit den traurigen Augen in den Sinn. Nicht gerade die Sorte Mann, mit der man ausgiebig plaudern kann.

Jetzt, wo sie Dr. Mehta wieder vor sich sieht, steht ihr unweigerlich auch Mayas Gesichtsausdruck wieder vor Augen, als der Arzt sie ins Hinterzimmer geführt hat. Wie winzig und verängstigt das Mädchen gewirkt hat. Im Grunde gar nicht so anders als die Waise, die vor knapp zehn Jahren eines Tages mit Bhima auf ihrer Schwelle stand. Die Kinder von heute, denkt Sera seufzend. Noch gar nicht erwachsen, und nun erwartet Maya selbst schon ein Kind. Na ja, wenigstens ist das Ganze bald vorbei. Obschon ihr angesichts ihres Aufenthalts hier nicht ganz wohl ist in ihrer Haut, besteht für Sera kein Zweifel daran, dass sie das Richtige tun. Wenn Maya eine Chance haben soll im Leben, muss die Geschichte mit ihrem Baby hier enden, in dieser vornehmen Klinik.

Sera ist wohl eingenickt, denn nun beugt sich eine Schwester in gestärkter Tracht über sie und ruft leise ihren Namen. »Mrs. Dubash … Ihre Patientin ist bereit, sie zu empfangen.«

Maya sieht bleich und verloren aus in ihrem Krankenhausbett. In ihren Augen glitzern Tränen, als Sera sich nähert. »So«, erklärt sie, noch ehe Sera etwas sagen kann, »jetzt werden Sie ja wohl alle zufrieden sein. Mein Baby ist tot.«

Sera schreckt zusammen. Sie spürt, wie der Zorn in ihr aufflackert, und bemüht sich, ihn zu bezähmen, bevor er sich in irgendwelchen Worten Bahn bricht, die sie später bereut. Das Mädchen hat soeben ein traumatisches Erlebnis durchlitten, mahnt sie sich selbst. Sei nett zu ihr. Und als sie dann schließlich spricht, schwingt tatsächlich keinerlei Verärgerung in ihrer Stimme mit. »Leider Gottes bestand keine andere Wahl, Maya«, murmelt sie. »Aber ich kann mir vorstellen, dass du traurig bist. Wie fühlst du dich körperlich, mein Mäuschen?«

Maya beginnt zu schluchzen. »Weiß ich nicht«, gibt sie zurück. »Es tut schrecklich weh. Aber die Schwester hat gesagt, sie würde mir Schmerztabletten geben. Sie hat gesagt, in zwei, drei Tagen sei ich wieder auf den Beinen.«

Dr. Mehta tritt ans Bett und bedeutet Sera, ihm nach draußen zu folgen. Die Haut um seine Augen wirkt noch schlaffer, sein Blick noch trauriger als zuvor. »Es war ein ziemliches Blutbad«, sagt er. »Passiert schon mal ab und an. Kann also sein, dass sie Krämpfe bekommt. Und möglicherweise fühlt sich das Mädchen ein paar Tage lang schwach. Wenn Sie meinen, dass die Familie es sich leisten kann, werde ich ihr ein Tonikum verordnen.«

»Ja, bitte tun Sie das«, erwidert Sera, ohne zu zögern. »Machen Sie sich wegen der Kosten keine Sorgen, Herr Doktor. Ich möchte, dass dieses Kind von allem das Beste bekommt.«

Dr. Mehta lächelt leise, und Sera ist verblüfft, wie sehr dies sein Gesicht verwandelt. »Fein«, sagt er. »Das ist gut. Hören Sie, Mrs. Dubash, ich werde das Mädchen noch ein paar Stunden hier behalten, bevor ich sie nach Hause schicke. Falls Sie … Also, falls Sie noch Besorgungen zu erledigen haben oder so was, könnten Sie in ein paar Stunden wiederkommen, um sie abzuholen. Und sehen Sie zu, dass Sie selbst auch etwas zu Mittag essen.«

Als Sera ein paar Stunden später zurückkehrt, hat sie einen neuen Salwar Kameez für Maya erstanden. Auch hat sie das Stärkungsmittel, das Dr. Mehta verschrieben hat, geholt und eine Ananas sowie einige Bananen und Orangen besorgt. Das Mädchen wird es nötig haben, die nächsten paar Tage anständig zu essen. Und sie wird Bhima Geld geben, damit sie täglich Kokosnusswasser kaufen kann, um die Heilung von Mayas inneren Wunden zu unterstützen.

Maya sitzt aufrecht da und wartet auf Sera. Ihr Haar ist gekämmt, und wie sie dort so auf ihrem hohen Krankenhausbett thront, erinnert sie Sera an ein in braunes Packpapier eingeschlagenes, sauber verschnürtes Päckchen, das darauf wartet, dass jemand kommt, um es abzuholen. »Fertig?«, fragt sie, und Maya lässt sich mit einem leisen Stöhnen vom Bett rutschen.

Draußen merkt Sera, wie zaghaft Maya einen Fuß vor den anderen setzt, und wird von Mitleid gepackt. »Was machen die Schmerzen?«, fragt sie, doch das Mädchen zuckt nur die Achseln, ohne eine Miene zu verziehen.

Sie halten Ausschau nach einem Taxi. »Lass uns zu mir nach Hause fahren, ja?«, schlägt Sera vor. »Ich werde Bhima früher gehen lassen, damit sie dich heimbringen kann.«

Plötzlich kommt Leben in Mayas ausdrucksloses Gesicht. »Nein, Serabai«, sagt sie. »Ich würde ... Ich ... Also, setzen Sie mich einfach an der Bushaltestelle beim *basti* ab. Ich bin müde. Und würde lieber nach Hause fahren, um mich auszuruhen, und dort warten, bis Mama heimkehrt.«

»Maya, nun sei doch vernünftig. Wie willst du denn von der Bushaltestelle zu eurem Viertel laufen? Ich kann doch sehen, dass du Schmerzen hast.« Bitte frag mich bloß nicht, ob ich dich in den Slum begleiten kann, denkt sie.

»Ich komm schon klar, Serabai. Wirklich. Ich ... Ich habe nur das dringende Verlangen, nach Hause zu fahren und mich hinzulegen. Bitte.«

Sera merkt, wie sich mit einem Mal ihre innere Anspannung löst, und sie atmet tief aus. Sie ist es leid, Verantwortung für dieses widerspenstige Mädchen zu übernehmen. Ist es leid zu kämpfen, sich mit Mayas Starrköpfigkeit und ihrem ungezogenen Verhalten herumzuschlagen. Eigentlich ist es viel leichter und angenehmer, die Segel zu streichen.

»Also gut«, lenkt sie ein. »Wenn es dir so am liebsten ist. Ich werde Bhima weglassen, sobald ich nach Hause komme.«

Ein Taxi verlangsamt seine Fahrt, als es auf ihrer Höhe ist, und Sera hält es an. Maya lehnt sich gegen die Tür und starrt hartnäckig aus dem Fenster, sodass sie den Rest des Weges in vollkommenem Schweigen zurücklegen.

Zweites Buch

12

Nun sind schon zwei Monate verstrichen, denkt Bhima, und die Lebensgeister des Mädchens wollen einfach nicht wieder erwachen. Maya sitzt tagaus, tagein in ihrer Wellblechhütte wie eine fette, steinerne Gottesstatue. Doch anders als eine Gottheit, sieht Maya weder zornig oder rachsüchtig noch fröhlich aus. Sie blickt weder so finster wie Kali, noch lächelt sie so süß wie Krishna. Sie sitzt vielmehr mit versteinerter Miene da, als hätte der Arzt, der die Abtreibung vorgenommen hat, mehr als nur ihr Baby getötet; als hätte er auch ihre Seele mit ausgeputzt, hätte ihr pochendes Herz mit ausgeschabt, ganz so, wie Bhima das faserige Fruchtfleisch aus den roten Kürbissen kratzt, die Serabai zusammen mit den kleinen gelben Linsen in ihr *daal* hineingibt. Was immer es ist, was Menschen dazu bewegt, zu lachen, zu tanzen, zu hoffen, zu lieben und zu beten, was immer es ist, was die Jugend vom Alter scheidet, das Leben vom Tod – Maya hat es verloren. Und Bhima, die nicht imstande ist, es für ihre Enkelin zu stehlen, käuflich zu erwerben oder zu borgen, empfindet ihre Armut, ihr Alter und den Umstand, dass sie weder lesen noch schreiben kann, als drückendes Joch. Wenn ich doch nur gebildet wäre, denkt sie, dann wüsste ich, was zu tun ist. Ich würde das Heilmittel in einem Buch finden; wüsste, wen ich um Rat fragen muss – einen Arzt, einen Priester oder einen Lehrer. Aber wie soll ich ein Leiden kurieren, das ich nicht benennen kann?

Ziemlich bald nach der Abtreibung hatte Bhima Maya gedrängt, ihre Ausbildung wieder aufzunehmen, doch das Mädchen war so heftig auf sie losgegangen, dass Bhima die Worte im Hals stecken geblieben waren wie trockene Blätter. Genauso verhielt es sich, wenn sie das Thema Teilzeitbeschäftigung ansprach und Maya vorschlug, sich nach einer Anstellung umzusehen. Allerdings verfolgte Bhima dieses Anliegen, wenn sie ehrlich war, nicht mit demselben Nachdruck, mit dem sie ihre Enkelin dazu aufforderte, über eine Rückkehr ans College nachzudenken. Es war ohnehin zu spät, um den Job bei Banubai zu erhalten. Die neue Tagespflegerin, Edna, konnte länger arbeiten als ihre Vorgängerin, und Serabai hatte sie eingestellt, kurz nachdem Maya nicht mehr zur Arbeit erschienen war. Und bei dem Gedanken, dass Maya im Hause irgendwelcher fremden Leute arbeiten würde, krampfte sich Bhima der Magen zusammen. Wenn man für Serabai arbeitete, war es ein Leichtes, sich einzureden, man hülfe nur bei einem Familienmitglied aus, wo man gerade dringend gebraucht wurde. Doch die Vorstellung, dass ihre Enkeltochter woanders die mörderische Knochenarbeit verrichten musste, die sie selbst jeden Tag zu leisten hatte, schnitt Bhima ins Herz. Das war schließlich der ganze Sinn und Zweck von Mayas Studium gewesen – dass das Mädchen sich eine glücklichere Existenz aufbauen konnte.

Im Haus ist es dunkel, und an diesem Abend erträgt Bhima die lastende Atmosphäre nicht mehr, die Maya mit ihrer trübsinnigen Art verbreitet. »Hast du dich heute schon gewaschen?«, fragt sie und nimmt voller Genugtuung den beleidigten Ausdruck auf dem Gesicht ihrer Enkelin zur Kenntnis, als diese nickt. Ein Silberstreifen am Horizont, denkt sie. Das Mädchen ist noch nicht so tief gesunken, dass ihre Eitelkeit zerstört wäre.

Der schwache Hoffnungsschimmer verleiht Bhima Auftrieb zu neuen Taten. Sie schaltet den Kocher, den sie erst eine Sekunde zuvor angezündet hat, wieder aus. »Zieh dich an«, sagt sie. »Wir gehen ans Meer. Dort werden wir *panipuri* oder *bhel* essen. Heute Abend wird nicht zu Hause gekocht.«

Maya starrt sie einen Moment ungläubig an, dann beginnen ihre Augen zu leuchten. Als sie sieht, wie ihre Enkelin sich aufrappelt, wird Bhima von heftigen Gewissensbissen gepackt. Auf die Idee hätte sie schon viel früher kommen sollen. Wenn man den ganzen Tag lang in dieser erbärmlichen Hütte herumsitzt, ist es eigentlich kein Wunder, dass man förmlich versteinert. Bhima verwünscht sich innerlich, weil sie schon so alt ist, dass sie vergessen hat, was ein junges Mädchen braucht: frische Luft, ab und an mal Tapetenwechsel, die Gesellschaft anderer Menschen, die Gelegenheit, neue Garderobe auszuführen und ihre Augen mit einem Kajalstrich zu betonen. Sie selbst ist zu einer Maschine geworden, die nur noch existiert, um zu arbeiten und sich ihren monatlichen Lohn zu verdienen, und die gerade so viel Nahrung und Wasser benötigt, dass ihre einzelnen Teile geschmiert und am Laufen gehalten werden. Und wie sollte eine Maschine die Gedanken und Bedürfnisse einer jungen Frau kennen?, fragt sie sich vorwurfsvoll. Woher willst du schon wissen, was ein junges, blutdurchströmtes Herz bewegt, in dem Lebenslust und Begierden pulsieren? Kein Wunder, dass das arme Mädchen den ganzen Tag zu Hause herumhockt wie eine verdörrte Rosine.

In einträchtigem Schweigen laufen sie zum Meer hinunter. Als sie sich dem Wasser nähern, hören sie die Wogen gegen die Klippen branden, und der feine Sprühnebel, der über die Felsen hochweht, streift ihr Gesicht gleichsam als Willkommensgruß. Maya grinst – ein plötzliches, ungezwungenes Grinsen, das Bhima an die Siebenjährige erinnert, die sie einst aus Delhi geholt hat. »Das Meer spricht«, bemerkt Maya, und als sie die glückliche, arglose Miene ihrer Enkeltochter betrachtet, spürt Bhima neue Hoffnung in sich aufsteigen wie feuchten Meeresdunst.

»Genau das pflegte dein Großvater auch immer zu sagen«, erwidert sie. »Wir kamen so gerne hierher mit deiner *ma* und deinem Onkel Amit, als sie Kinder waren.«

Mayas Gesicht nimmt einen wehmütigen Zug an, wie immer, wenn Bhima ein Mitglied ihrer spurlos verschwundenen Familie erwähnt. »Erzähl mir was«, sagt sie. »Erzähl mir von jenen Zeiten.«

Bhima runzelt die Stirn – eine reflexartige Reaktion, sobald sie an die Vergangenheit zurückdenkt. Sie sichtet im Geiste prüfend ihre Erinnerungen, als siebe sie den Reis bei Serabai durch, um Steine und andere harte Partikel zu entfernen, sodass am Ende nur die schönen, blanken Körner übrig bleiben. »Wir kamen jeden Samstag hierher«, fängt sie an. »Alle vier. Als deine Mutter klein war, pflegte

Gopal sie zu tragen. Er war nicht wie die anderen Männer, die erwarteten, dass ihre Frau die ganze Arbeit macht. Nein, dein *da-da* war nicht wie jene Männer.«

»Wie war denn Ma? Als sie klein war, meine ich.« Mayas Stimme klingt atemlos, und Bhima, die ihre brennende Ungeduld heraushört, spürt ein leichtes Ziehen in der Herzgegend.

»Deine Mutter?« Sie lacht. »Deine Mutter war so, wie du als Kind – ein Strich in der Landschaft, aber mit Bärenkräften gesegnet. Und obendrein intelligent. Hatte vom Tag ihrer Geburt an ihren eigenen Kopf. Ich entsinne mich noch: Wenn ich sie fertig gestillt hatte und sie nicht auf der Stelle von meinen Brüsten wegzog, hat sie mich mit schöner Regelmäßigkeit gebissen. Selbst ohne Zähne, mit diesen winzigen Gaumen, *ae* Bhagwan, was konnte die beißen. Sie war wirklich vom Tage ihrer Geburt an eine kleine Kämpfernatur.«

Sie müssen lachen. Doch Bhima fällt auf, dass Maya ein wenig ins Schnaufen geraten ist vom Laufen, und sie zieht das Mädchen zu der Betonmauer, die die Küste säumt. »Komm, wir setzen uns ein paar Minuten hin«, schlägt sie vor. »Ich bekomme allmählich müde Beine.«

Doch insgeheim macht sie sich Sorgen um Maya. Da stimmt doch was nicht, wenn ein Mädchen von siebzehn Jahren nach so einem kurzen Spaziergang schon außer Atem gerät. Das ist ein Zeichen dafür, dass Maya noch immer nicht wieder ganz auf dem Posten ist; und Bhima beschließt, Serabai darum zu bitten, ihr ein Stärkungsmittel für das Mädchen zu nennen. Ganz gleich, was es kostet, sie wird es Maya mindestens einen Monat lang spendieren. Für dieses Mädchen ist mir kein Preis zu hoch, denkt Bhima, und ihr wird so schwindlig von ihrer plötzlichen Gefühlsaufwallung, dass sie beinahe von der Mauer ins Meer gefallen wäre.

Mit einem Mal verspürt sie den Wunsch, die Vergangenheit mit Maya zu teilen. Das ist schließlich ihre Hinterlassenschaft, dieser Schatz an Erinnerungen, den sie, Bhima, gleichsam in einem unsichtbaren Sack mit sich herumträgt. Vielleicht ist jetzt der Moment gekommen, dem Mädchen dieses Erbe noch mit warmer Hand zu übergeben, bevor so viel Zeit verflossen ist, dass es überhaupt nichts mehr wert ist.

»Hier gab es immer einen Ballonverkäufer«, beginnt sie ihre Erzählung. »Einen alten Afghanen, genauer einen Paschtunen. Ein hoch gewachsener, ehrwürdiger Herr. Die Kinder liebten ihn. Er formte immer die herrlichsten Gebilde aus seinen Ballons für sie. Gopal hielt eigentlich stets ein Schwätzchen mit ihm; erkundigte sich, wie die Geschäfte liefen, wo genau er in Bombay lebte. Doch ich … ich habe das nie getan. Ich weiß nicht, warum ich nicht mit ihm sprach, aber ich hab's eben nicht getan. Jetzt wünschte ich, ich hätte mich überwunden. Ich hätte ihn so gern nach … nach gewissen Dingen gefragt.«

»Nach was für Dingen?«, fragt Maya wispernd. Ihr Gesicht leuchtet erwartungsvoll, wie immer, wenn Bhima ihr irgendwelche Erinnerungsbrocken vorwirft.

»Nun, zum Beispiel, wie er es aushielt, so weit entfernt von seinem Heimatland zu leben, ob er seine Familie vermisste, wo seine Frau war. Weil mir klar war, dass er allein hier in Bombay lebte. Das sah man an seinem Blick, weißt du. Verlassen wie dieses Meer hier vor uns war sein Blick. Ja, ich konnte es an seinen Augen ablesen, aber gesagt habe ich dennoch nichts.«

Maya deutet ihre Worte falsch und legt ihrer Großmutter den Arm um die Schulter. »Das ist doch nicht schlimm, Ma-ma«, erklärt sie tröstend. »Ich bin sicher, dass es dem Paschtunen gut ging.«

Bhima schüttelt ungehalten den Kopf. »Nein, deswegen ist es nicht. Ich meine, ich machte mir natürlich Sorgen um ihn, aber das ist nicht der Grund, warum ich es bedaure, ihn nicht gefragt zu haben.«

Sie spricht immer leiser, bis sie schließlich nur noch flüstert. »Weißt du, ich glaube, er hätte mir helfen können … das, was mir später in meinem eigenen Leben widerfahren sollte, zu verkraften. Er kannte das Geheimnis, begreifst du? Das Geheimnis der Einsamkeit. Wie man mit ihr lebt, wie man seinen Körper darin einhüllt und dabei immer noch imstande ist, schöne, bunte Dinge zu erschaffen, so wie er jene Ballons. Und er hätte es mir vermitteln können, wenn ich ihn nur gefragt hätte.«

Die beiden schauen einander einen Moment lang tief in die Augen, und ihr Blick ist unverstellt und voller Sehnsucht. Dann beginnt

Maya zu weinen. »Es tut mir Leid, Ma«, schluchzt sie. »Es tut mir Leid, dass ich eine weitere Bürde in deinem Leben bin. Ich weiß, wie dein Leben war, und ich wollte nie …«

Die anderen Leute, die auf der Mauer sitzen, sehen mit unverhohlener Neugier zu ihnen herüber und lauschen schamlos. Bhima funkelt den jungen Mann neben Maya zornig an und zieht ihre Enkelin hoch. »Lass uns ein Stück laufen«, brummt sie. »Hier sind zu viele Leute, die lange Ohren machen.«

Bhima hält beim Gehen Mayas Hand umschlossen; diese weiche Hand, die sie immer wieder in Entzücken versetzt. Sie ist stolz, denn dafür, dass diese Haut so zart ist, hat Bhima mit ihrem persönlichen Schweiß bezahlt. Sie erinnert sich, wie ihre eigenen Hände aussahen, als sie siebzehn war – hart und schwielig von der Arbeit als Hausmädchen, die sie von frühester Jugend an verrichtet hat. Zerschunden, weil sie ein Leben lang mit den scharfen, spitzen Borsten des Besens in Berührung gekommen waren; weil sie in Asche getaucht wurden, um Töpfe und Pfannen zu polieren, bis sie funkelten. Maya ist diesem Schicksal entronnen. Bis jetzt. Bhima fährt behutsam mit dem Daumen über Mayas Handrücken, als streiche sie über ein Stück Samt.

»Ma-ma, nicht«, kichert Maya unter Tränen. »Das kitzelt.«

»Ja, kitzlig bist du schon immer gewesen.« Bhima lächelt. »Seit eh und je. Ich brauchte dich nur anzusehen, und schon hast du gezappelt wie ein Fisch. Als ich dich damals aus Delhi geholt hatte, nahm ich dich die erste Zeit immer den ganzen Tag über zu Serabai mit, wenn ich dort arbeitete. So scheu und verängstigt, wie du damals warst, war das der einzige Weg, dir ein Lächeln zu entlocken: Serabai hat dich gekitzelt, und dann musstest du lachen.«

»Ma«, sagt Maya unvermittelt. »Du hast es mir nie wirklich erzählt. Wie war das, als du nach Delhi gereist bist?«

Bhima erstarrt. Ihr Gesicht nimmt schlagartig einen verschlossenen Ausdruck an – als habe jemand eine Falltür herunterkrachen lassen. »Was bringt es schon, die Vergangenheit aufzuwärmen«, erklärt sie mit belegter Stimme. »Ist schon so schlimm genug, dass ich das durchgemacht habe, ohne dass ich alles erneut Revue passieren lasse. Im Übrigen ist es nichts, was ein junges Mädchen wie du zu erfahren braucht.«

»Du kannst mich nicht ewig in Watte packen, Ma-ma«, entgegnet Maya. »Ich muss es wissen. Schließlich und endlich betrifft es mich auch. Das waren meine leiblichen Eltern – mein *baba* und meine *ma*.« Als sie die verstockte Miene ihrer Großmutter sieht, fügt Maya hinzu: »Das alles gehört nicht dir allein, Ma. Es gehört auch mir. Dass du im Besitz dieser Erinnerungen bist, bedeutet noch lange nicht, dass sie dein alleiniges Eigentum sind. Indem du mir die Wahrheit verschweigst, beraubst du mich um etwas.«

Bhimas Züge sind jetzt völlig versteinert. Als Maya dies gewahrt, bekommt ihre Miene etwas Durchtriebenes. »Ich weiß, wie sie gestorben sind, Ma-ma«, wispert sie. »Ich weiß, dass sie an Aids gestorben sind.«

Bhima wünscht, sie wären an diesem Abend zu Hause geblieben. Diese milde Nachtluft, das leise raunende Meer, die Anonymität, während sie so zwischen Tausenden Fremden dahinlaufen, animieren Maya dazu, sie mit Fragen zu behelligen, die sie normalerweise nicht stellen würde. Bhima sieht sich nach einem Imbissverkäufer um, in der Hoffnung, das Mädchen könnte sich vielleicht vom Duft gerösteter Erdnüsse oder im Wok brutzelnder *battatawadas* ablenken lassen.

»Hunger?«, fragt sie, aber Maya gibt keine Antwort. Sie hat den Unterkiefer vorgeschoben und macht dasselbe Gesicht wie während der Schulzeit, wenn sie über einer schwierigen Rechenaufgabe brütete. Plötzlich fragt sie: »Warum haben *ma* und *baba* dich hier zurückgelassen und sind nach Delhi gezogen?«

»Weil dein *baba* der beste Lkw-Fahrer in seiner Firma war. Als sein Chef in Rente ging und nach Delhi zog, nahm er deinen *baba* mit, um ihn als Privatchauffeur einzustellen.«

Maya denkt darüber nach. »Also, wenn sie nicht nach Delhi gezogen wären, dann wären sie vielleicht nicht … krank geworden.«

Bhima weißt nicht so recht, was sie darauf erwidern soll. »Der Wille der Götter«, murmelt sie leise. Und dann, weil sie das Bedürfnis verspürt, ihren Schwiegersohn in Schutz zu nehmen: »Raju war ein guter Mensch. Er hat dich und Pooja sehr geliebt.«

Maya ist noch immer nicht zufrieden. »Ich bin froh, dass ich in Bombay geboren bin«, verkündet sie plötzlich. »Im Grunde meines Herzens bin ich eine Bombayerin. Und ich kann mich entsinnen, dass Ma die Stadt auch vermisst hat.«

Bhima nickt argwöhnisch, denn sie macht sich auf weitere Fragen gefasst. Und braucht auch nicht lange zu warten.

»Sind Großvater und Amit eigentlich damals zur Hochzeit gekommen?«, will Maya nun wissen, und als Bhima den Kopf schüttelt: »Warum denn nicht?«

»Weil deine Mutter sie nicht eingeladen hat«, erwidert Bhima schroff.

Sie lässt den lange zurückliegenden Streit mit Pooja noch einmal im Zeitraffer vor ihrem inneren Auge ablaufen. »Es ist ja nicht so, dass dein Vater schon gestorben wäre«, hatte sie damals argumentiert. »Kannst du dir ausmalen, was die Leute sagen werden – ein Mädchen, dessen Vater noch lebt, heiratet und zieht es vor, dass er bei der Hochzeit nicht zugegen ist?«

Aber Pooja war stur geblieben. »Dann erinnere doch bitte dieselben Leute daran, wie er sich bei Nacht und Nebel von zu Hause fortgeschlichen hat«, schrie sie. »Du hast es wohl vergessen, Ma – nicht wir haben *ihn* verlassen, sondern er hat *uns* verlassen. Warum sollte er nun zurückkehren, um einen Tag lang den großen Zampano zu markieren und alle mit seinem Charme zu betören? Was wird er denn für uns tun, außer sich wie ein Filmheld herauszustaffieren und unser Essen zu verputzen? Im Übrigen hast du es selbst mal gesagt – du bist für mich Mutter *und* Vater zugleich.«

Als Bhima daran zurückdenkt, beginnt sie, schneller zu laufen, und Maya stolpert hastig hinterher, um mit ihr Schritt zu halten. Bhima spürt Mayas Blick auf sich ruhen, spürt, wie das Mädchen ihre Stimmung einzuschätzen versucht. Bhima kämpft darum, den Geschmack nach saurer Milch loszuwerden, den sie plötzlich im Mund hat. »Das hätte sie nicht tun dürfen«, sagt Maya jetzt. »Ma hätte Großvater zu ihrer Hochzeit einladen sollen. Sollte ich je heiraten, so würde ich Großvater einladen. Und Onkel Amit«, fügt sie besänftigend hinzu.

Bhima registriert den versöhnlichen Tonfall und weiß, dass das

Mädchen es gut meint. Doch dass Maya ihre eigene Hochzeit erwähnt, erinnert sie erneut daran, dass das Mädchen gleichsam beschädigte Ware ist, und sie kann ihre Gereiztheit nicht verhehlen. »Das mit der Heirat vergiss mal ganz schnell«, entgegnet sie harsch. »Du konzentrierst dich aufs Studium und sonst gar nichts.«

Maya beginnt zu blinzeln, und Bhima hasst sich selbst dafür, dass sie dem Mädchen so wehtut; doch zugleich ist sie erleichtert, weil ihre Worte weitere Fragen ihrer Enkeltochter im Keim erstickt haben. Ein paar Minuten lang hüllen sich beide in reserviertes Schweigen.

»Lass uns sehen, dass wir irgendwo *bhel* bekommen«, erklärt Bhima schließlich. »Du musst etwas in den Magen kriegen.« Sie wissen beide, dass dies ihre Art ist, wieder Frieden herzustellen.

Mayas weiche Hand greift nach Bhimas. »Ich bin froh, dass du mich bei dir aufgenommen hast, nachdem *ma* und *baba* gestorben sind«, bemerkt sie völlig unvermittelt. »Ich weiß nicht, was ich ohne dich getan hätte.«

Dieses Mädchen ist wie ihr Großvater, denkt Bhima. Sie kann deinem Herzen mit einem kleinen Wort, so winzig wie ein Moskito, einen Stich versetzen. Um ihre Rührung zu kaschieren, gibt Bhima ihrer Enkelin einen leichten Klaps auf den Arm. »Albernes Ding«, murmelt sie unwirsch. »Ist doch klar, dass ich dich aufgenommen habe. Du bist schließlich mein Fleisch und Blut, oder nicht? Was hast du denn gedacht, was ich mit dir tun würde – dich an den Trödler verkaufen? Oder dem Zirkus stiften?«

Maya muss schmunzeln. »Frag mich, was der Trödler wohl für mich bezahlt hätte?«

»Fünf Paisa. Und selbst das wäre noch zu viel gewesen für so ein leichtfertiges Geschöpf wie dich.«

Sie laufen den überfüllten Fußweg entlang, die Finger lose ineinander gehakt. Nach einigen Minuten neigt Maya den Kopf und legt ihn auf die Schulter ihrer Großmutter. »Ma-ma«, flötet sie in zuckersüßem Ton, und Bhima verkrampft sich, weil sie sich auf eine weitere Fragerunde gefasst macht.

Doch Maya sagt nur: »Ma-ma. Ich habe Hunger. Aber könnten wir vielleicht statt *bhel panipuri* essen?«

13

Auf dem Telegramm, das aus Delhi eintraf, stand lediglich POOJA UND RAJU KRANK STOPP KOMMEN SIE SOFORT STOPP.

Serabai half ihr, die Fahrkarten zu besorgen, und Bhima brach am nächsten Morgen nach Delhi auf.

Aids.

Als sie in dem überfüllten, schmutzigen Gang des staatlichen Krankenhauses stand, in dem Pooja zwischen mottenzerfressenen Laken auf einem Feldbett lag, schleuderte ein junger, müde wirkender Arzt Bhima das Wort an den Kopf. »Ihre Tochter hat Aids«, verkündete er forsch. »Hat sie sich von Ihrem Schwiegersohn geholt. Begreifen Sie? Er wird wohl nicht mal mehr den morgigen Tag überleben, schätze ich. Was …« Er blickte nach unten, um das Blatt auf seinem Klemmbrett zu konsultieren. »Was Pooja betrifft, so ist es schwer zu sagen, wie lange sie noch unter uns weilen wird.«

»Eids?«, hauchte sie. »Ist das so was wie Lebensmittelvergiftung?« Nur damit ließe sich erklären, weshalb Pooja und Raju so ausgezehrt wirkten.

Der Arzt sog die Wangen ein und blickte sie durchdringend an. »Sie wissen nicht, was Aids ist?« Als Bhima verneinend den Kopf schüttelte, gab er sich gar nicht erst Mühe, seine Empörung zu verbergen. »Ihr seid mir schon so eine Spezies«, stöhnte er. »Die Götter allein wissen, warum die Regierung Abertausende von Rupien ausgibt, um euch über Familienplanung und all das aufzuklären. Es ist wirklich ein zweckloses Unterfangen.« Er starrte sie noch ein paar Sekunden an, dann wandte er sich abrupt zum Gehen. »Ich habe keine Zeit, Ihnen medizinische Nachhilfe zu erteilen. Hab Hunderte anderer Patienten, nach denen ich sehen muss. Und überhaupt bin ich Arzt und kein Pauker, verdammt.« Er war schon im Begriff davonzuhasten, doch dann hielt er noch einmal inne. »Sie sollten lieber zu Ihrer Tochter schauen, um sich von ihr zu verabschieden, falls Sie meinen Rat hören wollen.« Und als er ihre bestürzte Miene gewahrte, schob er noch nach: »Tut mir Leid.«

Bhima stand im Krankenhausflur, unfähig, sich zu rühren. Pooja und Raju dem Tode nahe? Hatte sie den Arzt richtig verstanden? Oder hatte sie mal wieder nichts begriffen und seine Worte falsch interpretiert? Und warum hatte er so ärgerlich geklungen, als er mit ihr gesprochen hatte? Sie blickte sich um und sah Hunderte von Menschen den langen Gang auf- und abwandern, die ebenso benommen und niedergeschlagen wirkten wie sie selbst. Ja, hier um sie herum waren Hunderte von Menschen, und doch hatte sie sich noch nie so allein gefühlt. Wäre sie in Bombay gewesen, so hätte sie gewusst, was zu tun war. Sie hätte Serabai anrufen und sie dazu bewegen können, mit diesem jungen Arzt zu sprechen. Selbst eine Nachbarin aus dem *basti* hätte ihr in einem solchen Moment beigestanden. Sie hätte ihren Stolz überwunden und um Unterstützung gebeten. Für Pooja hätte sie sich nackt ausgezogen und wäre auf Knien gerutscht, um Hilfe zu erhalten. Sie hätte Gott weiß was getan, um ihre Tochter vor dieser garstigen Krankheit zu retten, die ihr das Fleisch von den Knochen fraß und sie tötete. Auf einmal knickten Bhimas Knie unter ihr ein, und sie streckte blitzartig die Hand aus, um sich an der schmutzigen, *paan*-verfleckten Wand abzustützen.

»*Ae,* kann mal jemand der Frau dort helfen«, hörte sie eine Stimme, und ein Paar Arme packte sie, um sie zu halten. »Sachte, *didi,* immer schön sachte«, ertönte eine andere Stimme. »Kommen Sie, setzen Sie sich eine Minute auf die Bank hier.«

Bhimas Kopf fühlte sich so leer an wie eine ausgehöhlte Wassermelone. Sie blieb mit geschlossenen Augen sitzen, bis der Schwindel und die Benommenheit verflogen waren, dann schlug sie die Lider wieder auf, weil Poojas mageres, vom Tode gezeichnetes Antlitz vor ihrem inneren Auge schwebte. Als sie sich zur Seite wandte, um ihrem Retter zu danken, erblickte sie einen jungen Mann in den Zwanzigern mit spärlichem Bartwuchs. »Gott segne Sie, *beta*«, murmelte sie.

»Mein Name ist Hyder«, sagte er und sprang auf. »Ich werd Ihnen einen Becher Wasser holen. Ich habe eine Flasche dabei.« Und ehe sie etwas erwidern konnte, war er verschwunden.

Dann sah sie, wie er zurückkam und sich dabei mühsam einen Weg durch die stetig wachsende Menge von Angehörigen bahnte. »Hier, *didi*«, erklärte er. »Schönes kaltes Wasser.«

Bhima zögerte einen Moment, denn sie hatte noch nie mit einem Muslim aus einem Becher getrunken, und alles, was man ihr ein Leben lang eingetrichtert hatte, wirbelte nun spiralförmig wie der Wolkenschlauch eines Tornados aus den Tiefen ihres Bewusstseins herauf. Dann blickte sie sich um in der Hölle, in die sie da geraten war – registrierte die abgezehrten, hohlwangigen Gesichter der todgeweihten Patienten, die verhärmten Mienen ihrer Angehörigen, den pestilenzialischen Gestank nach Urin und billigem Tabak, der in der Luft hing, drohend wie eine Henkersschlinge. Sie gewahrte Hyders liebenswürdige, neugierig gespannte Miene, und ihr wurde bewusst, dass er ihr an diesem Ort, an dem es vor Menschen wimmelte, als Einziger zu Hilfe gekommen war.

Sie trank, und das Wasser rann ihr angenehm kühl die ausgedörrte Kehle hinunter.

Hyder beobachtete sie. »Sie stammen nicht aus Delhi, *didi*«, bemerkte er, was eher eine Feststellung als eine Frage war.

Sie nickte. »Bombay«, erwiderte sie zwischen zwei Schlucken. »Aber meine Tochter und ihr Mann leben hier. Bin mit dem Zug nach Delhi gefahren und gestern hier eingetroffen.«

Hyder nickte. »Verstehe. Und … ist das da drinnen Ihre Tochter?«

Bhima schossen ungeheißen die Tränen in die Augen. »Tochter und Schwiegersohn, alle beide. Er liegt auf der Männerstation.«

Es erstaunte sie, dass Hyder kein bisschen überrascht schien. »Das passiert ständig«, sagte er. »Der Mann schnappt es auf und überträgt es dann auf seine Frau.«

Bhima merkte, wie plötzlicher Zorn in ihr aufloderte. Also war Raju schuld? Was hatte er getan? Verdorbenes Essen mit nach Hause gebracht? Oder war es so etwas wie eine Fieberkrankheit oder Malaria, womit eine Person die andere anstecken konnte?

»Was macht denn der Ehemann?«, fragte sie. »Wie überträgt er es auf seine Frau?«

Hyder errötete. Er musterte Bhima aufmerksam, als versuchte er zu entscheiden, was und wie viel er ihr erzählen sollte. Sie starrte ihn ihrerseits flehend an. »*Beta,* wenn ich ein Heilmittel für meine Tochter finden soll, dann muss ich wissen, was dieses Eids ist«, beharrte sie. »Ich bin eine ungebildete Frau, die von nichts eine Ahnung hat. Der Doktor *sahib* war zu beschäftigt, um mir zu erklären, was das für eine Krankheit ist.«

»Es gibt kein Heilmittel«, erklärte Hyder, und sie blinzelte angesichts der schonungslosen Grausamkeit seiner Worte. »Das ist mal das Erste, was es zu begreifen gilt, *didi.* Niemand überlebt diese heimtückische Krankheit.« Sein Ton wurde milder, als er sah, welch verheerende Wirkung seine Worte hatten. »Sie sagen, dass es sich um eine Krankheit handelt, die durch Blut übertragen wird. Die Männer bekommen sie vom, na, Sie wissen schon …« Er zwinkerte nervös, bemüht, seine Verlegenheit zu überspielen. »Also, wenn sie Beziehungen zu liederlichen Weibspersonen haben. Huren und Ähnlichem«, fügte er hinzu, um sicherzustellen, dass Bhima verstand. »Und dann kommen sie nach Hause und geben das Übel an ihre Ehefrauen weiter.« Er senkte die Stimme. »Es heißt, die Straßen in Delhi seien voll mit solchen Fällen. In Bombay ist es vermutlich nicht anders.«

Bhima war schockiert. »Aber mein Raju ist nicht so einer«, wandte sie ein. »Er und meine Pooja waren glücklich …«

Hyder biss sich auf die Unterlippe. »Ich will ja damit gar nichts über Ihren Raju sagen, *didi*«, entgegnete er. Dann hellte sich seine Miene auf. »Es heißt, es kann über Jahre hinweg in deinem Körper schlummern, bevor es seine garstige Fratze zeigt. Daher … nun also, selbst falls Ihr Raju vor der Ehe … Sie wissen schon … so kann es immer noch in ihm stecken.«

Bhima starrte den jungen Mann fasziniert an. »Wie ein Fluch«, wisperte sie. Und als sie sah, dass er nicht begriff, fügte sie hinzu: »Irgendjemand verhängt einen Zauber über dich – so wie man dir beispielsweise abgeschnittene Fingernägel unter die Matratze schiebt oder Chilischoten und Limonen in einem alten Lumpen einwickelt, sodass man sie nicht sieht, und ihn dir in den Weg legt –, und Jahre vergehen, und du wiegst dich in Sicherheit. Und dann, eines Tages passiert etwas Schlimmes, und dir wird klar, dass der Fluch all die Jahre auf dir gelastet hat. Du hast es nur nicht gewusst.«

»Ja, genau so«, rief Hyder aus. »Genau wie ein Fluch, *didi*.«

»Nur dass der Fluch in diesem Fall mein Schwiegersohn war«, bemerkte Bhima verbittert.

In den nächsten Tagen stützte sich Bhima auf Hyder wie auf einen Krückstock. Im Reich der Kranken boten seine gute Gesundheit und seine Vitalität ihr Halt, wenn ihre eigenen Kräfte zu schwinden drohten. Hyder hetzte hin und her, weil er sich abwechselnd um seinen sterbenden Freund kümmerte – einen jungen Mann von dreiundzwanzig Jahren, dessen Eltern nichts mehr mit ihm zu tun haben wollten – und nach Bhima und Pooja schaute.

Er stand ihnen auch zur Seite an dem Tag, als Pooja ihren Mann besuchte. Obwohl sie selbst so schrecklich krank war, hatte sie darauf bestanden, über den langen Flur zur Männerstation hinüberzulaufen, damit sie Raju ein letztes Mal sehen könnte. Wie immer hatte Bhima nichts gegen Poojas Entschlossenheit vermocht. Es war, als sei diese Willenskraft das Einzige, was von ihrer Tochter noch übrig war, das einzige Fragment dieser zu einem Schatten ihrer selbst verkommenen Person, das Bhima noch wiedererkannte. So wankte Pooja also dahin, die knochigen Finger auf der einen Seite in Bhimas Handgelenk verkrallt, während sie sich auf der anderen an Hyders Arm festhielt. Für Bhima weckte ihr langsamer, unsicherer Gang den Gedanken an einen Trauerzug, und das war es in der Tat, denn als sie schließlich an Rajus Krankenbett angelangt waren, wirkte dieser mehr tot als lebendig. Bhima konnte spüren, wie ein Teil ihrer selbst auf diesem Weg starb, als sei ein Stück ihres Herzens – dieser alten, knirschenden Maschine – abgefallen und für immer verloren gegangen. Und auch Hyder, der zum Umfallen müde war von der Pflege seines sterbenden Freundes, blickte so ernst und ausdruckslos wie der Insasse eines Todestraktes. Was Pooja betraf, so versetzte es Bhima einen inneren Ruck, als sie bemerkte, welche Schmerzen es ihrer Tochter bereitete, sich auf einen Klappstuhl niederzusetzen, den einer der Stationshelfer neben Rajus Bett gerückt hatte. Vergib mir, Bhagwan, betete Bhima im Stillen. Ich muss unzählige schlimme Sünden in meinem letzten Leben begangen haben, dass ich in diesem *janam* so hart bestraft werde. Seine eigene Tochter derart leiden zu sehen muss eine Strafe sein, die ausschließlich Mördern oder anderen besonderen Fällen vorbehalten ist.

Pooja ließ sich auf den Stuhl sinken. »Raju«, wisperte sie. »Raju, mach die Augen auf. Schau, ich bin's, deine Pooja. Ich habe meine beiden Versprechen, die ich dir gegeben habe, gehalten, lieber Mann. Ich sagte dir, dass du nicht alleine sterben wirst *und* dass ich dich nicht alleine in diesem Jammertal hier zurücklassen würde. Du gehst als Erster, *janu,* und dann werde ich folgen.«

Raju hatte die Augen geöffnet. Er starrte Pooja an, doch Bhima war nicht sicher, ob er überhaupt einen von ihnen wirklich wahrnahm. Seine Rechte, die auf seiner Brust ruhte, hob sich zitternd ein paar Zentimeter. Sofort schloss Pooja sie in ihre eigene Hand und schnitt eine Grimasse, weil es sie solche Anstrengung kostete. Sie streichelte Rajus Hand, bevor sie sie sachte wieder auf seine Brust bettete. Rajus Augen blieben noch einen Moment lang offen. Dann schloss er die Lider, und das schaurig raue, rasselnde Keuchen setzte wieder ein. Pooja drehte sich zu ihrer Mutter um, den Blick verschleiert vor Furcht. »Ma«, flehte sie. »Lass uns unseren Raju einpacken und heimfahren. Ich hab Angst vor dem, was geschehen wird, Ma, wenn wir an diesem schrecklichen Ort hier bleiben.«

Bhima blickte Hilfe suchend zu Hyder hinüber, unschlüssig, wie sie reagieren sollte. Sie war innerlich gespalten; im Grunde hätte sie nichts lieber getan, als die beiden kranken Kinder in ein Taxi zu verfrachten und nach Hause zu bringen, wo sie gutes, stärkendes Essen für sie kochen und sie wieder gesund pflegen konnte. Doch Hyders entschiedene Bemerkung, dass keiner diese monströse Krankheit überlebte, hielt sie davon ab. Noch ehe sie sich eine Antwort überlegen konnte, ergriff Pooja erneut das Wort: »Nein, es ist der Wunsch der Götter, dass wir hier sterben, an diesem Ort zwischen lauter Fremden«, bemerkte sie leise. »Unser Schicksal war schon entschieden, bevor wir geboren wurden. So ist es. Und so wird es sein.«

Pooja beharrte darauf, auf dem hölzernen Klappstuhl sitzen zu bleiben – in dem schmalen Zwischenraum zwischen dem Bett ihres Mannes und dem nächsten. Bhima versuchte ein paarmal, ihrer Tochter gut zuzureden, sie solle doch in ihr eigenes Bett zurückkehren, doch dann gab sie es auf. Es war offensichtlich, dass Raju die Nacht nicht überstehen würde, und Pooja lag so viel daran, das Versprechen zu halten, das sie ihrem Ehemann gegeben hatte. Also hockte sich Bhima neben ihre Tochter auf den Boden. Die Nacht war erfüllt vom trockenen Husten, Ächzen und Stöhnen der Männer ringsum. Doch noch schlimmer als die Geräusche setzten ihr die Gerüche zu – der dumpfe Geruch nach Phenol, mit dem die Stationshelfer die Steinböden wischten; der scharfe Duft nach Flit-Insektensprays, der im Raum versprüht wurde, um die Moskitos zu töten, die um die klammen Betten herumschwirrten; und über allem der Ruch des Todes, der wie eine dunkle Verheißung über ihren Köpfen schwebte. Hin und wieder fand Bhima den Mut, Poojas spindeldürre Hand in die ihre zu nehmen, obwohl sie jedes Mal mit dem Ekel rang, wenn ihre Finger nur Knochen statt Fleisch zu fassen bekamen. Wie hart hatte sie all die Jahre dafür gearbeitet, dass an diese Hand ein bisschen Fett hinwuchs. Und wozu? Damit irgendein Mann ihrer Tochter eine Krankheit anhängen konnte, die sie in ein Gerippe verwandelte. Verbittert blickte sie zu Raju hinüber, der seinen stummen Kampf mit dem Tode focht, und stellte fest, dass sie außerstande war, die Energie aufzubringen, die zum Hassen erforderlich war. Alles, was sie empfand, war Mitleid; tiefes, entsetzliches Mitleid mit dem Sterbenden, mit Pooja, mit sich selbst, mit Hyder, mit allen, die hier in diesem Krankenhaus gleichsam in der Falle saßen.

Sie merkte, wie Pooja sich neben ihr regte. »Warum hast du mir das Telegramm nicht schon eher geschickt?«, flüsterte Bhima und bereute die Frage sogleich, als sie den schmerzvollen Blick sah, der die Miene ihrer Tochter gleich einer Wolke verdunkelte.

»Ich hab keine Ahnung, Ma. Raju wollte nicht, dass es jemand erfährt. Vor allem du nicht. Er schämte sich so, weißt du? Und außerdem war lange Zeit nur er krank, nicht ich. Erkältungen, die wochenlang nicht weggingen, Bläschen im Mund, die nicht abheilen wollten. Und Magenkrämpfe. *Arrey,* Bhagwan, diese Magenkrämpfe, die er immer bekam.« Sie schauderte. Und schluckte schwer, während sie sich mit der Zunge über die trockenen, aufgesprungenen Lippen fuhr. »Aber ich hatte kein Problem damit, weil ich stark war. Ich konnte ihn und Maya versorgen. Kein Anlass, dich in Aufregung zu versetzen. Doch vor etwa sechs Monaten wurde ich auch langsam krank. Und dann …«

»Vor sechs Monaten?« Bhima konnte ihre Entrüstung nicht verbergen. »Seit sechs Monaten bist du krank und hast mir nichts erzählt? Kind, ich hätte doch kommen können, um dir beizustehen …«

»Ich weiß, Ma, ich weiß. Aber was soll's schon jetzt, es war, wie es war. Der Plan der Götter für deine unselige Tochter.« Pooja machte eine lange Pause. Die Anstrengung des Sprechens hatte sie ihre letzten Reserven gekostet, und Bhima packte die Reue. »Hast ja Recht«, sagte sie, indem sie die knochige Hand ihrer Tochter tätschelte. »Was bringt es schon, die Vergangenheit aufzurollen. Du ruhst dich jetzt auf jeden Fall mal ein bisschen aus.«

Sie schwiegen eine ganze Weile lang. Doch dann, als hätten sie ihr Gespräch überhaupt nicht unterbrochen, begann Pooja wieder zu reden. Ihre Stimme war so leise, dass Bhima sich Mühe geben musste, um sie zu verstehen. »Schau, wir wussten nicht einmal, was das für eine Krankheit war, bis es mir vor drei Monaten auf einmal so richtig dreckig ging«, berichtete Pooja. »Da hat Nanavatisahib, Rajus Chef, dann darauf bestanden, dass wir beide eine Blutuntersuchung vornehmen lassen. Raju hatte ihm erzählt, dass ich nachts nicht mehr richtig schlafen konnte, dass ich schlotternd und schweißgebadet aufwachte. Da ging Nanavatisahib plötzlich ein Licht auf, und wir bekamen dieses elende Krankenhaus hier das erste Mal zu Gesicht. Doch selbst zu dem Zeitpunkt hatten wir noch keine Ahnung, dass wir ein paar Monate später so intensiv Bekanntschaft damit machen würden. Inzwischen sehe ich es natürlich selbst in meinen Träumen vor mir.«

Bhima wusste, dass sie sich die Frage verkneifen sollte, aber sie konnte einfach nicht anders. »Und … wie ist Raju mit dieser verflixten Krankheit in Berührung gekommen?«

Poojas Miene versteinerte. »Diese Frage führt uns nicht weiter, Ma. Was geschehen ist, ist geschehen. Er ist mein Mann. Und bis das Ganze begann, hat er mich wie eine Königin behandelt.«

Als hätte er seinen Namen gehört, ächzte Raju. Bhima sprang auf und streichelte seine Hand. »Raju *beta*«, murmelte sie sanft. »Ist ja gut. Wir sind alle bei dir, *beta*. Schlaf jetzt.«

Doch Raju stöhnte nur noch lauter – ein herzzerreißender Laut, der von einer solch schrecklichen Einsamkeit zeugte, dass Bhima eine Gänsehaut an den Armen bekam. Das war der Klageruf eines Mannes, der wirklich allein war, der an den Ufern eines Flusses stand, wo seine Mitmenschen ihn nicht mehr erreichen konnten. Ihre letzte Widerstandskraft bröckelte bei diesem Stöhnen dahin. »Raju«, schrie Bhima. »Sieh doch, deine arme Pooja sitzt bei dir. Und ich bin auch da. Ich werde mich um Pooja kümmern, das verspreche ich dir. Und um Maya«, fügte sie aufgeregt hinzu. »Ich werde eure Maya wie mein eigenes Kind großziehen. Du brauchst dir keine Sorgen zu machen, Raju *beta*. Nun geh ruhig. Geh hin in Frieden.«

Rajus Kiefer zuckte ein paarmal. Sein Mund öffnete und schloss sich, während der laute, rasselnde Atem seinen ganzen Körper erbeben ließ. Seine Hand fuhr mehrmals flatternd an seine Brust. Und dann war er hinübergegangen.

Bhima und Pooja starrten einander an, zu benommen, um auch nur ein Wort über die Lippen zu bringen. Bhima nahm wie aus weiter Ferne wahr, dass Hyder zu Rajus Bett gerannt war und nun etwas zu ihr sagte. Doch sie hörte ihn nicht wirklich. Im Geiste sah sie noch die Fußstapfen des Todes auf Rajus gemartertem Leib vor sich. Und war stumm vor Entsetzen, was für eine rücksichtslose, brutale Macht der Tod doch war und wie Rajus zerbrechlicher Körper unter der bleiernen Wucht seines dunklen Odems erschaudert war und sich gebäumt und gewunden hatte.

Pooja wandte den Kopf langsam von ihrem toten Ehemann zu ihrer Mutter hin, und Tränen strömten ihr über die Wangen. »Als Nächste bin ich an der Reihe«, bemerkte sie leise.

Eine Stunde später kamen sie, um Rajus Leichnam abzuholen. Zwei Männer, die den toten Leib, der so braun und spröde war wie ein Tonkrug, wortlos in ein Laken hüllten und ihn den langen Korridor hinuntertrugen. Zwei Männer, die ihren Job auf schonungslos effiziente Art und Weise erledigten. Bhima roch ihre Alkoholfahne und empfand sie als persönliche Beleidigung. Sie wollte sich schon beschweren über diese Respektlosigkeit, doch dann fiel ihr auf, dass die Scharen von Angehörigen, die den gesamten Krankenhausflur bevölkerten, nicht einmal beiseite traten oder ihre Gespräche unterbrachen, als die Männer sich mit Rajus abgezehrtem Leichnam einen Weg zwischen ihnen bahnten. Oh natürlich, sie berührten ehrerbietig ihre Stirn, wenn die kleine Prozession auf ihrer Höhe anlangte, doch Bhima konnte genau erkennen, dass diese mechanische Geste eher aus Gewohnheit und Aberglauben heraus erfolgte als aus aufrichtiger Trauer darüber, dass ein anderer Mensch dahingeschieden war. Und kaum waren die Leichenträger an ihnen vorüber, wurden die Gespräche schon wieder fortgesetzt, als wäre Rajus Leichnam bloß ein kleiner Kiesel in einem Teich, der ein leichtes Kräuseln verursacht, bevor sich das Wasser wieder glatt und ruhig über ihm schließt. Es kam Bhima vor, als herrschte überall in diesem Krankenhaus dieselbe Gleichgültigkeit gegenüber dem Tod. Oder möglicherweise war es auch gar keine Gleichgültigkeit, sondern die erschöpften und niedergeschlagenen Menschen waren schlicht nicht mehr fähig zur Anteilnahme; als flösse so viel Energie in das Bemühen, die Lebenden vor dem Hinscheiden zu bewahren, dass nichts mehr übrig blieb, um die Toten zu betrauern.

Um sechs Uhr morgens standen sie schließlich auf dem offenen Feld hinter dem Krankenhaus, wo ein Dutzend Leichenfeuer zugleich loderten. Dichter Rauch, so schwarz wie die Verzweiflung, stieg von den brennenden Holzhaufen auf. Dann und wann, wenn sie irgendwelche Knochen verzehrten, knisterten die Flammen. Bhima sah zu, wie Rajus Leichnam auf die sorgsam aufgeschichteten Holzscheite herabgesenkt wurde. Hyder hatte seinen sterbenden Freund allein gelassen und sie zu dem Platz begleitet. Ihre Augen brannten vom Rauch der Leichenfeuer, doch sie verfolgte trotzdem, wie Rajus Körper von den Flammen ergriffen wurde, die hoch gen Himmel emporschlugen und sich flackernd gegen die aufkommende Morgenröte im Osten abzeichneten. Ein entsetzlicher Gestank, dumpf und muffig, der Gestank nach nasser Baumwolle und Mottenkugeln, stieg auf, und sie musste würgen. Dennoch sah sie zu, wie Rajus Leib sich in Asche verwandelte, beobachtete aufmerksam die lodernden Flammen, die an Rajus Leichnam leckten wie eine brennende Zunge. Es ist richtig so, redete sie sich selbst wenig überzeugend zu. Der arme Kerl hat so gelitten. Dieser Tod ist eine Erlösung, keine Strafe, vergiss das nicht.

Doch dann dachte sie an Pooja und das kleine Mädchen, Maya, für das sie bald verantwortlich wäre, und ihr ganzer Körper rebellierte gegen das, was da gerade geschah; sie wäre am liebsten ins Feuer gesprungen und hätte den Flammen befohlen, von dem Leib abzulassen, den sie da gerade verschlangen; hätte am liebsten verlangt, dass Raju sich aus seiner letzten Heimstatt aus Holz und Asche erhob, um seinen Pflichten nachzukommen, und Pooja strikt angewiesen, dafür zur sorgen, dass sie wieder Fleisch auf die Knochen bekam und in ihr rechtmäßiges Zuhause zu ihrem gesunden Mann und ihrem Kind zurückkehrte. Gern hätte sie das Rad der Zeit bis zu Mayas zweitem Geburtstag zurückgedreht, als Pooja und Raju sie zum Abendessen eingeladen hatten und sie ihrer bildschönen Enkeltochter ein vollständiges Ensemble geschenkt hatte – rot-weiße Schühchen, ein rosafarbenes Kleid und eine passende rosa Haarschleife. Wie gern hätte sie noch einmal die Unterhaltung nach dem Essen erlebt – als Raju ihr erzählte, dass man ihm einen neuen Job angeboten hatte, bei dem er viel mehr verdienen würde, und sie sich so für ihn gefreut hatte; bis er ihr gebeichtet hatte, dass sie dafür nach

Delhi umziehen mussten. Damals hatte sie sich zu einem Lächeln gezwungen, hatte ihr protestierendes Herz zum Schweigen gebracht und Raju erklärt, er solle das tun, was für seine Familie das Beste sei; hatte einer bedrückten Pooja erklärt, dass ihr Platz als verheiratete Frau an der Seite ihres Ehemanns sei und nicht an der Seite ihrer alten Mutter. Aber jetzt sah sie die Sache mit anderen Augen. Jetzt hätte sie die Zeit am liebsten noch einmal bis zu jenem Tag damals zurückgespult und ihr Missfallen kundgetan; jetzt hätte sie Raju gern dargelegt, dass die Familie wichtiger war als Geld, dass sie einen Zusatzjob annehmen würde, um ihn für den Verzicht auf die Lohnerhöhung zu entschädigen, den er in Kauf nahm, wenn sie in Bombay blieben. Jetzt wäre sie skrupellos und unbarmherzig: Sie würde Pooja daran erinnern, dass sie alles war, was sie, Bhima, hatte; dass es einem Mordanschlag gleichkam, ihr das einzige Enkelkind wegzunehmen; dass sie eine alte Frau war und sie ihretwegen nach ihrem Tod hinziehen konnten, wo immer sie wollten – nach Delhi, Kalkutta, auf den Mond –, aber nicht solange sie noch am Leben war.

In ihrer Kehle gluckste es, und Hyder legte ihr behutsam die Hand auf die Schulter. »Seien Sie tapfer, *didi*«, sagte er, und seine Stimme klang nicht wie die eines jungen Mannes. »Seien Sie tapfer, Ihrer Tochter zuliebe.«

Sie hätte gerne erwidert: Meiner Tochter zuliebe kann ich alles sein – tapfer, stark, furchtlos. Ihr zuliebe kann ich über Glassplitter laufen, mich auf heiße Kohlen legen, durch eiskalte Fluten waten. Aber meine Tochter weilt nur noch für ein paar Tage hier auf Erden, das weiß ich. Bald wird es eine weitere solche Leichenverbrennung geben wie diese hier. Nur wird es dann der Leib des Babys sein, das ich geboren habe; des Säuglings, der mich jedes Mal nach dem Stillen in die Brustwarze gebissen hat; des sechsjährigen Mädchens, das sich eines Tages übergeben hat, nachdem es sechs Bananen hintereinander gegessen hatte; der Elfjährigen, die weinend von ihrer Arbeit bei Benifer Sodabottleopenerwalla heimkam, weil ihre Periode eingesetzt hatte und sie dachte, sie würde verbluten; der Sechzehnjährigen, die ernst und still wurde, nachdem ihr Vater uns einfach zurückgelassen hatte wie ein ausrangiertes Paar Schuhe. Und nach dieser zweiten Leichenverbrennung, nachdem ich dazu verdammt worden bin, persönlich zuzusehen, wie Pooja zu Asche wird, nachdem ich die grauenvolle Erfahrung durchgemacht habe, dass mein eigenes Kind vor meinen Augen stirbt, werde ich mir wünschen, wie Eis zu zerschmelzen, werde mir wünschen, zu zerbröseln wie Sand, werde mich wie Zucker in einem Glas Wasser auflösen wollen. Ich werde mir wünschen, dass ich aufhöre zu existieren, verstehen Sie? Denn, Hyder, versuchen Sie das zu begreifen – einst hatte ich zwei Kinder, und nun werde ich gar keins mehr haben. Eins tot, eins verschwunden, wie vom Erdboden verschluckt, weil es mir mein Kakerlak von Ehemann geraubt hat. Und eine Mutter ohne Kinder ist überhaupt keine Mutter mehr, und wenn ich keine Mutter bin, dann bin ich nichts. Nichts, ja. Ich bin wie Zucker, der sich in einem Glas Wasser aufgelöst hat. Oder wie Salz, das unsichtbar wird, wenn man damit kocht. Ich bin Salz. Ohne meine Kinder höre ich auf zu existieren.

Für eine Frau wie mich, Hyder, wäre der Tod ein Luxus. Ich würde ihn mit offenen Armen begrüßen, so wie ich einst die Liebe willkommen geheißen habe. Aber die Götter sind grausam, Hyder. Du lernst diese Lektion auch gerade, und dabei bist du noch so jung. Also, mit dieser Bhima, dieser hässlichen, vom Pech verfolgten, einfältigen und ungebildeten Bhima werden die Götter selbst jetzt noch ihr Spiel treiben, weil sie wissen, dass sie nicht gerissen genug ist, um zum Gegenschlag auszuholen. Und daher gibt es Maya. Mein eigen Fleisch und Blut. Was würde mit ihr geschehen, wenn ich in Poojas Leichenfeuer hineinspränge, wie ich es gerne täte? Ja, was wird aus einer Waise in den Straßen von Delhi? Sie und ich, wir kennen beide die Antwort, Hyder. Ein Bettelmädchen, oder schlimmer noch, eine Prostituierte. Keine Indira Gandhi, so viel ist sicher. Und daher bin ich gezwungen zu leben. Selbst obwohl ich eigentlich schon tot bin, weiß ich, dass ich leben muss. Weil wir nicht nur um unserer selbst willen leben, *hai na, beta*? Die meiste Zeit leben wir für andere, setzen weiter schön einen Fuß vor den anderen – links, rechts, links, rechts –, sodass uns das Gehen zur Gewohnheit wird, genau wie das

Atmen. Einatmen, ausatmen; linker Fuß, rechter Fuß. Sie müssen mir verzeihen, *beta,* ich weiß, dass ich Sie verwirre. Ich habe selbst den Eindruck, dass ich verwirrt bin … An diesem Ort hier weht nicht die kleinste Brise, es scheint, als hätte das Feuer die Brise verzehrt, es ist so heiß und beengend hier, wie am Eingang zum Wald des bösen König Ravan[1]; und diesen Gestank, *beta,* den Gestank nach verwelkten Blumen, Spinnweben, Mottenkugeln und Verwesung, diesen Gestank, der sich in meinem Kopf eingenistet hat, werde ich nie mehr loswerden, das weiß ich, dieser Gestank wird mich den Rest meines Lebens verfolgen, ich spüre, wie er in meine Knochen eindringt, sich wie Staub in meinen Adern festsetzt …

Hyder fing sie auf, als sie umfiel.

Am nächsten Tag brachte Bhima Maya mit ins Krankenhaus und wurde dafür mit einem schwachen Lächeln auf Poojas Lippen belohnt. *»Ae, chokri«,* sagte Letztere leise zu Maya, die eng an Bhimas Hüfte gelehnt stand. »Komm her. Hast deine Mutter schon vergessen in den paar Wochen, hm?«

Maya ging zaghaft auf ihre Mutter zu. »Ich hab was für dich gemacht in der Schule«, erklärte sie, indem sie ihrer Mutter ein Bild mit einer Blume darauf überreichte.

Pooja lächelte matt und schaute das Bild gar nicht wirklich an. »Gut, dass du zur Schule gehst«, fuhr sie fort. »Du musst die allerdollste Schülerin der ganzen Schule sein, *achha*?«

Maya erwiderte ihr Lächeln und murmelte schüchtern: »Das bin ich schon.«

Pooja schloss erschöpft die Augen. Maya wandte sich zu ihrer Großmutter um. »Sie schläft ja gleich ein«, bemerkte sie anklagend. »Und ich hab ihr noch nicht mal erzählt, was die Lehrerin zu mir gesagt hat.« Sie starrte ihre Mutter einen Moment lang an. »Ma-ma, wieso sieht Ma so hässlich aus?«

»*Chup re,* du ungezogenes Gör«, herrschte Bhima sie an, »wirst du

1 Der mächtige, böse Herrscher des uralten mythischen Reiches von Lanka im *Ramayana*-Epos. [Anm. d. Übs.]

wohl still sein. Deine *Ma* ist so schön wie eh und je. Du musst nur genauer hinsehen, um die Schönheit zu erkennen, das ist alles.«

Maya trat einen Schritt näher und musterte eingehend das Gesicht ihrer schlafenden Mutter. »Ich guck jetzt ganz, ganz genau«, sagte sie. »Aber für mich sieht sie immer noch hässlich aus.« Dann begann sie zu weinen.

Bhima, die einen halben Meter entfernt stand, trat eilig zu Maya und drückte das schluchzende Kind an ihren Busen. Genau in dem Augenblick brach die Schwester der Frau, die zwei Betten weiter lag, in ein schrilles, schauriges Wehgeschrei aus. »Oh Bhagwan, meine Schwester ist tot«, kreischte die Frau. »Oh große Schwester, antworte mir, sprich mit mir. Oh Gott, nimm mich ebenfalls zu dir, warum hast du mich alleine auf dieser einsamen Erde zurückgelassen?« Als sie das Klagegeheul der Frau hörte, fing Maya heftig zu zittern an. »Ma-ma, ich fürchte mich«, wimmerte sie. »Ich will nach Hause.«

Ehe sie sich beherrschen konnte, wirbelte Bhima zu der Trauernden herum. »Seien Sie gefälligst still«, brüllte sie. »Uns allen einen solchen Schrecken einzujagen. Was glauben Sie eigentlich – dass Sie die Einzige sind, die hier Kummer hat? Dass der Rest von uns ein Herz aus Stein besitzt?« Als sie das ängstliche Gesicht der Frau sah, der vor Schreck der Mund offen stehen blieb, loderte Bhimas Zorn nur noch heftiger auf. Ihr Mund war von einem bitteren Geschmack erfüllt, als hätte sie die Asche von Rajus Leichenfeuer geschluckt, und die grausamen Worte, die ihr über die Lippen kamen, waren wie diese Asche, durchdrungen von Bitterkeit. »Unverschämte Person«, fuhr sie fort, vage gewahr, dass alle im Raum, Patienten ebenso wie Angehörige, sie entsetzt beobachteten. »Behalten Sie Ihre Tränen für sich. Selbst falls Sie hundertundzwei Jahre alt werden sollten, werden Sie noch keine Vorstellung von dem Kummer haben, den einige von uns gelitten haben. So ein Gezeter zu veranstalten wegen seiner Schwester, während ich hier über mein einziges Kind wachen muss …«

»Still jetzt!«, erscholl eine kräftige Männerstimme, die Bhimas Worte übertönte. »Haben Sie denn gar kein Pietätsgefühl, Sie skrupellose Person?« Es war derselbe Arzt, dem sie ein paar Tage zuvor im Flur begegnet war, doch er signalisierte in keiner Weise, dass er sie wieder erkannte. »Was sind Sie und Ihresgleichen eigentlich, Tiere? Haben Sie überhaupt keine Achtung vor dem Tod oder anderer Leute Trauer? Fahren hier einander an die Gurgel wie wild gewordene Hunde.« Hoch aufgerichtet stand er vor Bhima, die Mayas Kopf fest an ihren Busen drückte, als wollte sie verhindern, dass das Kind die Schelte hörte, die sie einstecken musste. »Das ist ein Krankenhaus, Sie sind hier nicht bei sich in der Gosse!« Der Arzt tobte vor Wut. »Wenn Sie es nicht schaffen, sich im Krankenhaus an die Regeln zu halten, dann packen Sie Ihre Patientin ein, und fahren Sie nach Hause.«

Bhima spürte, wie sich ein dünnes Rinnsal aus Schweiß bildete und ihr langsam den Rücken hinunterlief. Ihre Augen füllten sich mit Tränen, und sie schielte flüchtig zu Pooja hinüber, um zu sehen, ob ihre Tochter die demütigende Situation mitbekommen hatte. Doch Pooja hielt die Augen geschlossen. Langsam hob Bhima den Blick, sodass sie schließlich auf den Kragen des weißen Arztkittels starrte. »Tut mir Leid, Doktor *sahib*«, murmelte sie. »*Maaf karo*. Bitte verzeihen Sie mir.«

Der Arzt machte ein Gesicht, als wolle er noch etwas sagen, doch dann bemerkte er Maya, die sich hinter dem Rücken ihrer Großmutter versteckte, und bremste sich. Er stierte Bhima noch einen Moment lang an, dann kehrte er ihr den Rücken zu. »Die Lage ist wirklich hoffnungslos«, murmelte er leise, jedoch gerade laut genug, dass Bhima ihn hören konnte. »Dieses ganze Krankenhaus ... alles ... hier ist einfach Hopfen und Malz verloren. Hätt in die Staaten gehen sollen, als ich die Chance hatte. Da drüben haben sie wenigstens Respekt vor dem menschlichen Leben.«

Nachdem der Arzt aus dem Zimmer gerauscht war, herrschte eine Weile Stille im Raum. Einige der Anwesenden betrachteten Bhima mit offensichtlicher Genugtuung ob der verbalen Abreibung, die sie sich eingehandelt hatte, andere wandten angesichts ihrer peinlichen Lage unbehaglich den Blick ab. Die junge Frau zwei Betten weiter begann leise vor sich hin zu schluchzen, den Kopf auf die Beine ihrer verstorbenen Schwester gelegt. Maya wimmerte und zerrte an Bhimas Sari. »Los, lass uns gehen«, drängte sie. »Ich will nach Hause.«

»Warte, *beta*«, erwiderte Bhima. »Komm, setz dich noch kurz zu deiner Mutter.«

»Ich will nicht.«

»Dann warte hier auf mich. Ich bin gleich wieder da.«

Bhima ging zum Bett der Verstorbenen hinüber. Als sie ihre Schritte hörte, hob die Hinterbliebene angstvoll den Kopf, und beim Anblick ihrer argwöhnischen Miene wurde Bhima von heftigen Gewissensbissen gepackt. »Ich wollte Ihnen mein Bedauern ausdrücken über Ihren Verlust«, hob sie an. »Und ich bitte Sie inständig um Verzeihung für meine barschen Worte. Bitte geben Sie Ihrem Herzen einen Stoß und verzeihen Sie mir. Ich weiß nicht, was … Gestern habe ich meinen Schwiegersohn eingeäschert. Und das da drüben ist meine Tochter. Aber trotzdem, meine hässlichen Worte waren …«

»Nicht nötig, um Vergebung zu bitten«, erwiderte die andere Frau matt. »Hier gibt es keine Vergebung. Und was Sie gesagt haben, ist ja wahr. Wir haben hier alle unseren Anteil Kummer abbekommen.«

Maya war zaghaft bis zu Bhima getippelt. »Ma-ma, lass uns gehen«, weinte sie jetzt. »Es ist so schrecklich hier.«

Bhima verzog das Gesicht. »Wird Zeit, die hier nach Hause zu bringen«, bemerkte sie. Und dann senkte sie die Stimme: »Sie versteht es noch nicht.« Dann streckte sie die rechte Hand aus und legte sie der jungen Frau sachte auf den Kopf. »Möge Gott Sie behüten, *beti*«, murmelte sie. »Und denken Sie daran: Diejenigen, die niemanden haben, haben Gott.«

In den darauf folgenden zwei Wochen wurde Bhima selbst den Patientinnen im Krankenhaus immer ähnlicher. Sie erwachte jeden Morgen in aller Frühe, zog Maya an und brachte sie zur Nachbarin. Dann machte sie sich auf den Weg ins Krankenhaus, wo sie meist eine Banane zu Mittag aß. Wenn sie sich im Bus ans Fenster lehnte, erhaschte sie gelegentlich einen Blick auf ihr Spiegelbild in der Scheibe und bemerkte die dunklen Ringe, die sich gleichsam über Nacht um ihre Augen gebildet hatten; auch entging ihr nicht, dass ihr Gesicht allmählich so eingefallen und erschöpft aussah wie Poojas. Doch registrierte sie diese Dinge, ohne weiter darüber nachzudenken, als würde sie das Antlitz, das ihr da entgegenblickte, gar nicht wirklich erkennen. Denn sie war mit anderen Dingen beschäftigt. Zu viele weitere Gedanken forderten ihre Aufmerksamkeit und schwirrten in ihrem Kopf umher wie ein Bienenschwarm. Eigentlich sollte sie Gopal verständigen, dass seine Tochter im Sterben lag, das war ihr klar. Ganz gleich, was für einen verlotterten Kerl der Alkohol aus ihm gemacht hatte – Bhima wusste, dass er alle Hebel in Bewegung setzen würde, um nach Delhi zu gelangen und Pooja noch einmal zu sehen. Doch wie sollte sie mit Gopal Kontakt aufnehmen? Sie hatte nur eine Adresse seines älteren Bruders, und die war irgendwo in ihrer Hütte in einem alten Koffer vergraben, den Serabai ihr einmal geschenkt hatte. Und wen könnte sie bitten, nach dieser Adresse zu wühlen? Sie konnte doch Serabai nicht zumuten, in ihr ärmliches Viertel zu fahren, um diese Bitte an eine ihrer Nachbarinnen heranzutragen. Davon abgesehen hatte sie seit ihrer Ankunft in Delhi noch nicht einmal Zeit gehabt, jemanden ausfindig zu machen, der Serabai hätte schreiben können, was sie hier angetroffen hatte. Sie wusste, dass Serabai sich Sorgen machen würde; doch seit sie diese Krankenhauswelt betreten hatte, in der die Zeit zum Stillstand gekommen schien, war der Rest ihres Lebens in neblige Ferne gerückt. Es kam ihr vor, als fühlte sie sich nur noch an diesem von Krankheit und Tod beherrschten Ort lebendig. Ihr übriges Dasein geriet zu einer schemenhaften Erinnerung, einem verschwommenen Schatten.

Vielleicht war Poojas Krankheit ja die Strafe dafür, dass sie Gopal nicht zur Hochzeit eingeladen hatte. Hatte sie, Bhima, es nicht gleich gewusst, dass es Unglück brachte, seine Tochter zu verheiraten, ohne dass der Vater zugegen war, um sie wegzugeben? Kein Wunder, dass ihr Kind nun von dieser Seuche heimgesucht wurde. Krankheiten griffen stets die Schwachen und Verwundbaren an. Sie hätte sich nicht von Poojas Schimpftiraden gegen ihren abwesenden Vater beeinflussen lassen dürfen. Pooja war damals ein unreifes junges Ding gewesen – was hatte sie schon von den Ränken der Götter gewusst, von der unbarmherzigen Rache des Schicksals? Sie, Bhima, wusste ein Lied davon zu singen! Sie entsann sich des Falles von Seema, einer Frau, die damals in dem Wohnblock, in dem sie mit ihren Eltern lebte, die Erdgeschosswohnung bezogen hatte. Eines Tages, an Divali – Bhima war damals zwölf Jahre alt gewesen –, hatten sich alle Hausbewohner im Hof des Gebäudes versammelt, wo sie Böller hochgehen ließen und Süßigkeiten austauschten. Alle, bis auf Seema und ihren Mann. Zwischen dem Zischen und Krachen der Feuerwerkskörper hindurch hörten die anderen Bewohner, wie die beiden sich zankten. Seemas Worte schossen so scharf zum Fenster ihrer Parterrewohnung heraus wie die Raketen, die sie draußen in die Luft jagten. »Du nichtsnutziger Faulpelz … Bist zu nichts zu gebrauchen … Gammelst den ganzen Tag nur untätig herum … Wär besser dran, wenn du tot wärst, so mausetot wie das Ding zwischen deinen Beinen.« An jenem Tag hatten ein paar der Feiernden wütend an Seemas Tür geklopft und sie aufgefordert, nicht so zu schreien. Das hatte sie zum Schweigen gebracht. Doch wirklich zum Schweigen gebracht wurde Seema vier Monate später, als sie abends von der Arbeit zurückkehrte, sich ins Bett legte und nie wieder erwachte. All die Nachbarn, die sich an die wüsten Schimpfwörter erinnerten, die sie zu Divali ihrem Ehemann an den Kopf geworfen hatte, schüttelten die Köpfe angesichts der Gerissenheit der Götter. »Sie haben ihr ihre eigenen Worte im Munde herumgedreht und sie gegen sie verkehrt«, hatte Bhimas Mutter damals bemerkt.

Diesmal saß Hyder an Poojas Bett, als sie bei ihrer Tochter eintraf. »Wie geht es ihr?«, erkundigte sie sich, und Hyder schenkte ihr ein strahlendes Lächeln. »Gut«, erwiderte er. »Der Doktorji war zur Visite da, und selbst er meinte, dass Pooja *didi* heute phantastisch aussieht.«

Bhima warf einen flüchtigen Blick auf Pooja und stellte erleichtert fest, dass Hyders Gegenwart ihre Tochter tatsächlich aufgemuntert hatte. »Hast du geschlafen letzte Nacht, *beti*?«, fragte sie zärtlich.

Pooja lächelte. »Es ist alles besser, jetzt, wo ihr beide, du und Hyder, hier seid«, entgegnete sie. »Wie geht's meiner kleinen Maus? Vermisst sie ihre Mutter überhaupt?«

»Sie vermisst dich ganz schrecklich«, log Bhima. »Sie fragt andauernd nach dir, es geht nur immerzu: Wann kommt Mummy nach Hause? Wann können wir zusammen zur *mela* gehen?«

Als sie Poojas geschmerzte Miene sah, merkte sie, dass dies keine glückliche Antwort gewesen war. »Erklär es ihr, Ma«, wisperte Pooja. »Sie muss es begreifen. Sag ihr, dass ich nicht mehr mit ihr zum Jahrmarkt gehen kann; sag ihr, dass ich überhaupt nicht wieder nach Hause zurückkehren werde.«

Hyder räusperte sich. »Ich komme später wieder«, erklärte er.

Die beiden Frauen blickten dem jungen Mann nach, als er aus dem Zimmer ging. Pooja griff nach Bhimas Hand. »Ich bin froh, dass er dir zur Seite steht, Ma. Ich schäme mich so, dass ich dir all diese Scherereien eingebrockt habe …«

»Scherereien? Hör mal, *chokri,* wofür hältst du mich eigentlich? Ich bin doch nicht irgendeine dahergelaufene Person vom Markt. Ich bin deine Mutter, habe dich neun Monate in meinem Bauch getragen.« Bhima musste unwillkürlich lächeln. »Selbst da warst du schon eine kleine Kämpfernatur – hast mir ständig von innen gegen den Bauch getreten. *Baap re,* ich dachte schon, ich würde einen Ringer wie Dara Singh gebären.«

Pooja wandte das Gesicht ab, doch Bhima sah, wie ihr die Tränen über die Wangen rannen. Wo landen nur all die Tränen, die auf der Welt vergossen werden, dachte sie. Wenn es gelingen würde, sie alle aufzufangen, könnte man damit die ausgetrockneten Felder in Gopals Dorf und noch weit darüber hinaus wässern. Dann wären die Tränen vielleicht zu etwas nutze, und dieser ganze Kummer hätte einen Sinn. Anderenfalls war alles vergebens, einfach nur ein endloser Kreislauf aus Geburt und Tod, aus Liebe und Verlust.

Pooja war an jenem Tag äußerst gesprächig. Bhima traute ihren Augen kaum, doch die Lebensgeister ihrer Tochter schienen wieder zu erwachen, sodass ungeachtet der ausgemergelten Züge und der gespenstisch glänzenden Augen wieder ein klein wenig von der alten Pooja durchblitzte. Am Nachmittag bat sie ihre Tochter inständig, doch ein paar Stunden zu schlafen, aber Pooja beharrte darauf, dass sie sich lieber unterhalten wolle. Sie erging sich in Erinnerungen an die Zeit, als sie Raju kennen gelernt hatte, und an den Tag von Mayas Geburt; und sie bedauerte die Tatsache, dass sie Bhima allein in Bombay zurückgelassen hatte. »Wir hätten dich überreden sollen, mit uns zu kommen, Ma«, sagte sie. »Dann würden all die Jahre, die wir voneinander getrennt waren, jetzt nicht so wehtun. Raju war ein Waisenjunge – was wusste er schon von Familienliebe? Doch ich hätte niemals aufgeben sollen.« Ihr hageres Gesicht glühte, ja, es leuchtete beinahe, als würde es von einem inneren Licht erhellt.

Bhima betrachtete sie beunruhigt. »*Beti,* du verausgabst dich zu sehr, wenn du in einem fort redest. Ruh dich ein bisschen aus.«

Doch Pooja glich einer brennenden Kerze. »Bald wird es nichts als Ruhe mehr geben, Ma. Heute ist ein guter Tag – ich fühle mich durchaus bei Kräften. Lass mich nur reden. Außerdem muss ich dir ja alles über Maya erzählen. Ma, das Mädchen hat ein sehr weiches Herz. Ist ziemlich leicht gekränkt. Aber sie hat auch eine äußerst rasche Auffassungsgabe. Sie kann schon schreiben.«

Sie schwieg ein Weilchen, um Atem zu schöpfen. Ihre Wangen waren rot und fiebrig. »Noch was anderes. Auf der Bank liegt etwas Geld – unser *khata* ist bei der State Bank. Das Scheckbuch haben wir in dem Safe im Metallschrank verwahrt. Entsinnst du dich an den Schrank, den Serabai uns zur Hochzeit geschenkt hat? In dem liegt es. Nimm alles Geld heraus. Ich habe einige Inhaberschecks ausgestellt, bevor wir ins Krankenhaus gekommen sind – die musst du einfach nur zur Bank bringen, dann kriegst du das Geld.«

»*Beti, beti,* das ist nicht der rechte Moment, um über Geldkram zu reden. Ich komme schon zurecht, das verspreche ich dir. Solange ich am Leben bin, werde ich dafür Sorge tragen, dass deiner Tochter nicht ein Haar gekrümmt wird.«

In Poojas Augen glitzerten Tränen. »Ich weiß, Ma. Das ist auch der einzige Grund, warum ich in Frieden sterben kann. Wenn du nicht wärest, so hätte ich als Geist auf die Erde zurückkehren müssen, um mich um meine Kleine zu kümmern.«

»*Achha,* schlaf jetzt, *beti.* Halt deine Kräfte zusammen. Schlaf. Ich werde hier sein, wenn du wieder aufwachst.«

Pooja wachte nicht wieder auf. Doch sie ging auch nicht völlig kampflos. Als die beiden Männer kamen, um sie mitzunehmen, waren ihre Züge von ihrem ungeheuerlichen Ringen gezeichnet, so als sei ihr Gesicht von den Hufen des Todes zertrampelt worden.

Wieder standen Bhima und Hyder an dem Platz, auf dem die Toten eingeäschert wurden, und Bhima sah zu, wie die Flammen ihren dämonischen Tanz um den Leichnam ihrer Tochter aufführten. Maya, wisperte Bhima unaufhörlich vor sich hin. Denk daran, du bist alles, was die Kleine hat. Sei tapfer, alte Frau, um ihretwillen.

Drei Tage später fuhren sie nach Bombay zurück, und Hyder kam zum Bahnhof, um sie zu verabschieden. Im hellen Tageslicht bemerkte Bhima Fältchen auf seinem jungen Gesicht, die sie im Krankenhaus nicht gesehen hatte. »Wenn ich je hundert Jahre alt werden sollte …«, hob sie an.

Er gebot ihr Einhalt, indem er sie umarmte. *»Didi«,* sagte er. »Bitte. Fahren Sie … fahren Sie einfach beruhigt ab, und versuchen Sie, all die schlimmen Dinge hier zu vergessen.« Einen Moment lang standen sie beide da und sahen sich an, während Maya ungeduldig an Bhimas Hand zerrte.

Dann stiegen Großmutter und Enkelin in den Zug und machten ihren Schlafwagenplatz ausfindig. Als sie Mayas Köpfchen mit dem säuberlich in der Mitte gescheitelten Haar betrachtete, stieß Bhima einen Seufzer aus. »Ich weiß nicht, wie ich das bewerkstelligen soll«, flüsterte sie Hyder zu, der draußen vor ihrem Fenster auf dem Bahnsteig stand. Was sie damit sagen wollte, war, dass sie dieses Kind nicht in der Weise kannte, wie sie Pooja gekannt hatte. Sie wusste nicht, wie Mayas Mund von innen aussah, wie sich ihr Rücken anfühlte, ob sie lieber süßes oder saures Essen mochte, wie sie gern getröstet wurde, wenn sie krank war.

»Das wird schon«, erwiderte Hyder. »Haben Sie Vertrauen, *didi,* haben Sie einfach Vertrauen.«

Dies waren die letzten Worte, die Hyder zu ihr sprach, bevor der Zug aus dem Bahnhof rollte. Bhima beobachtete, wie sein liebenswürdiges, nachdenkliches Gesicht kleiner und kleiner wurde, bis es schließlich ganz verschwunden war.

14

»Sera! Dinu! Willkommen, willkommen, willkommen in unserem bescheidenen Heim«, begrüßt Aban Driver sie in der Tür ihrer Wohnung. »*Ae,* wo habt ihr denn Viraf gelassen? Parkt er den Wagen, oder was?«

Dinaz lacht, als sie in den schmalen Flur eintreten, der zum Wohnzimmer führt. Sie hat seit jeher eine Schwäche für die Frau gehabt, in deren Wohnung sich ihre Eltern zum ersten Mal begegnet sind.

»Schön, dich zu sehen, Aban *auntie*«, erklärt sie jetzt. »Viraf kommt ein bisschen später – er ist noch aufgehalten worden bei der Arbeit.«

»Gar kein Thema, wirklich kein Thema«, entgegnet Aban. »Der arme Junge, muss so hart schuften. Aber natürlich«, fügt sie mit einem prüfenden Seitenblick auf Dinaz' runden Bauch hinzu, »muss er das auch, jetzt, wo er ein Kleines zu ernähren hat.« Sera und sie wechseln einen verständnisinnigen Blick.

Im Wohnzimmer sind schon zahlreiche Leute versammelt, und Pervez Driver eilt auf sie zu, um sie zu begrüßen. Sera bemerkt bestürzt, wie sehr er gealtert ist, seit sie ihn im Jahr zuvor bei der Hochzeit einer Freundin getroffen hat. »Hallo, Sera. Hallo, Dinaz«, sagt er in der scheuen, zurückhaltenden Art, die er Sera gegenüber seit jeher an den Tag gelegt hat. »Bitte, kommt doch rein, fühlt euch wie zu Hause.« Er verscheucht ein paar kleine Jungen von der Couch, um Platz für die beiden zu schaffen.

»Wo steckt denn Toxy?«, erkundigt sich Sera. Schließlich sind sie deshalb hier – um die Verlobung des jüngsten von Abans und Pervez' drei Kindern zu feiern.

»Sie sitzt mit ihren Freundinnen im Nebenzimmer«, antwortet Aban leichthin. »Ihr wisst ja, wie diese jungen Leute sind – haben keine Lust, auch nur eine Minute mit uns alten Herrschaften zu verbringen. Ja, ja, liebe Dinaz, du gehörst jetzt auch schon zu uns Oldies … Oldies but Goldies«, fügt sie kichernd hinzu. »Schließlich bist du eine verheiratete Frau und erwartest dein erstes Kind.«

Dinaz springt auf. »Unsinn«, erwidert sie lächelnd. »Ich geh mal nach Toxy und den anderen sehen.«

Pervez räuspert sich, worauf die beiden Frauen, die gar keine Notiz von ihm genommen haben, zu ihm hochblicken. »Sera, was möchtest du trinken?« Und ehe sie antworten kann: »Ein schönes, kühles Kingfisher, wenn mich meine Erinnerung nicht trügt, stimmt's?«

Die Reaktion ist allgemeines Gelächter. »Siehst du, was für ein Schlitzohr er ist?«, fragt Aban. »Alle halten Pervez für einen naiven *bhola-bhala*, der unter dem Pantoffel seiner Ehefrau steht, aber ich sag's euch, dieser Mann ist ein ausgemachter Schwerenöter.«

Ein Gast, den Sera schon von anderen Einladungen kennt, dessen Name ihr allerdings immer wieder entfällt, dreht sich zu Aban um. »Aber nun sei mal ehrlich, Aban, du liebst diesen nichtswürdigen Kerl an deiner Seite doch immer noch, oder?« Er lacht, und Sera fällt auf, dass man dabei sein Zahnfleisch sieht.

»Absolut«, gibt Aban zurück und drückt Pervez' Hand an ihre Wange. »*Arrey wah,* was ist das bloß für eine blöde Frage? Mein herzallerliebster Gemahl hier ist der beste Mann der Welt.«

»O gütiger Gott«, mischt Meena Gupta sich ein. Sie ist eine der wenigen Nichtparsen auf dem Fest. »Schau dir Pervez an, er errötet ja wie eine Braut. Da fragt man sich doch glatt, ob nicht vielleicht er und nicht Toxy demnächst vor den Traualtar tritt.«

Eine Dame, die Sera nicht kennt, schlägt sich vor Lachen aufs Knie. »Der war gut, Meena, der war gut«, prustet sie.

Sera nippt an dem Kingfisher, das Pervez ihr eingeschenkt hat, und blickt sich diskret um. Es ist schon erstaunlich – obwohl der Raum neu gestrichen worden ist, sieht er noch genauso aus wie an jenem Tag, als sie Feroz hier zum ersten Mal begegnet ist; bei der Party zu ihrem achtundzwanzigsten Geburtstag.

Sie mustert verstohlen Abans rundes Gesicht mit den fleischigen Hängebacken und dem ausladenden Doppelkinn und wundert sich, wie die Zeit gleichsam mit ihrer Kralle über dieses Gesicht gefahren ist und es mit harschem Griff nach unten gezogen hat. Ohne den leisesten Anflug von Eitelkeit blickt Sera auf ihr eigenes Bild in dem Spiegel des Godrej-Schrankes, der auf der anderen Seite des Raumes steht, und stellt fest, dass sie wundersamerweise von den verheerenden Auswirkungen der Zeit verschont geblieben ist. Ihr Gesicht, das ja immerhin einer Frau mittleren Alters gehört, hat seine jugendliche, lebendige Spannkraft bewahrt, und ihre Haut ist so samtig und straff wie damals, als sie Feroz kennen gelernt hat. Abans Züge hingegen sind schlaff und weich wie Pudding geworden. Ihre ganze Erscheinung ist so heruntergekommen wie dieses Wohnzimmer mit seiner alten, völlig unzeitgemäßen Möblierung, der dicken Staubschicht unter den Stühlen, dem quietschenden Deckenventilator, der wirkt, als sei er seit zwanzig Jahren nicht mehr geputzt worden. Seras Wohnzimmer ist das genaue Gegenteil. Es blitzt und funkelt wie ein Juwel mit seinen hellen, frisch getünchten Wänden, der teuren Couchgarnitur, die Feroz speziell für ihre Wohnung hat anfertigen lassen, und dem niedrigen Rosenholztisch, den Bhima täglich auf Hochglanz poliert; und statt eines quietschenden Ventilators ist nur noch die leise, beinah geräuschlos summende Klimaanlage zu hören. Sera versucht sich zu entsinnen, ob Aban schon genauso schlampig war, als sie noch jünger waren. Selbst jetzt, wo sie sich doch immerhin für den besonderen Anlass fein gemacht hat, rutscht ständig der Träger ihres Büstenhalters unter ihrer ärmellosen Saribluse heraus, und auf ihrem Busen prangt ein brauner Fleck, der unzweifelhaft von verkleckertem Chutney oder Sauce herrührt.

Doch falls Pervez irgendetwas davon bemerkt, scheint es ihn jedenfalls nicht zu stören. Sera fällt auf, dass er sich nie allzu weit von seiner Frau entfernt und dass die Blicke der Drivers, selbst wenn sie sich gerade an den beiden entgegengesetzten Enden des Raumes befinden, beständig zueinander schweifen. Irgendwann spitzt Aban die Lippen, um ihrem Mann eine Kusshand quer durchs Zimmer zuzuwerfen, und Pervez fängt sie mit einer raschen Handbewegung auf. Sera muss über die Szene schmunzeln, und als er dies gewahrt, reagiert Pervez seinerseits mit einem verlegenen Lächeln und hebt beinahe entschuldigend die Schultern.

Gute alte Aban und guter alter Pervez, denkt Sera bei sich. Sind all die Jahre miteinander verheiratet und verhalten sich immer noch wie zwei verliebte Turteltäubchen. Auf einmal verspürt sie einen schmerzlichen Stich und merkt, dass sie neidisch ist. Um den Neid hinunterzuspülen, trinkt sie noch einen Schluck Kingfisher, und als sie daraufhin den Blick hebt, sieht sie, dass Aban zu ihr herüberkommt. »*Ae,* Sera, was ist denn mit dir los? Du guckst ja wie drei Tage Regenwetter. Ist das Bier nicht kühl genug, oder was?«

»Das Bier ist wunderbar«, erwidert Sera. »Nein, ich amüsier mich prächtig, war nur gerade in Gedanken versunken …«

»Ja, natürlich, ist doch klar«, sagt Aban und zieht die Mundwinkel nach unten, sodass sie wie ein trauriger Clown aussieht. »Manchmal bin ich so taktlos, *baap re baap,* ich könnte mich selbst erschießen dafür. Was für ein Tollpatsch ich doch bin, ein dickes, fettes Trampeltier. Klar doch, du vermisst sicher deinen lieben Feroz. Schließlich seid ihr euch hier zum ersten Mal begegnet, nicht?«

Sera sieht ihre älteste Freundin an, unsicher, was sie erwidern soll. Sie beneidet Aban um ihre Naivität, ihre schlichte Art, die Welt in Liebe und Nichtliebe zu unterteilen, in Gut und Böse. Doch was sie soeben empfunden hat, ist so viel komplizierter als das. Seit Feroz' Tod hat Sera sich immerfort mit diesem vertrackten Gefüge aus gegensätzlichen Gefühlen auseinander setzen müssen, mit diesem *bhelpuri* aus Trauer und Groll, Liebe und Verbitterung, Verzeihen und Anklage, Einsamkeit und Erleichterung. Vermisst sie Feroz? Sie weiß nicht recht, wie sie diese Frage beantworten soll. Was sie nicht vermisst, sind die erniedrigenden Schläge, sein verbissener Zorn, ihre eigene duckmäuserische Unterwürfigkeit und die Heuchelei, wenn sie vorgab, in ihrer Ehe sei alles in Ordnung. Nein, das fehlt ihr nicht. Was sie vermisst, ist nicht die Ehe, sondern vielmehr der Traum von der Ehe. Selbst jetzt, nach all den Jahren, die mittlerweile ins Land gegangen sind, vermisst sie den Mann, den sie geglaubt hatte zu heiraten. Sie vermisst die fast schon zudringliche Art und Weise, in der er ihr einst den Hof gemacht hat, sein unnachgiebiges Liebeswerben. Vermisst den Umstand, dass sie nie erleben wird, was es heißt, eine Ehe wie die von Aban und Pervez zu führen – jahrelang verheiratet zu sein und sich immer noch Kusshände quer durchs Zimmer zuzuwerfen.

Aban lässt ihr gar keine Gelegenheit zu antworten. »He, Sera, entsinnst du dich noch an die Reise nach Mātherān? Was hatten wir doch für einen Heidenspaß dort, wie? Glaub mir, Pervez und ich erzählen unseren Kindern noch immer von dieser Reise. Gott, was waren wir damals noch jung.«

Diesmal lächelt Sera aufrichtig vergnügt. Das war in der Tat eine kurzweilige Reise. Feroz und sie waren erst drei Monate verheiratet gewesen, als Aban gebeten und gebettelt hatte, sie möchten sie und ihren Mann doch in die Ferien begleiten. »Nun komm schon, *yaar,* wir werden doppelt so viel Spaß haben, wenn ihr beiden mitfahrt«, hatte sie Sera in den Ohren gelegen. »Na los, seid so gut, sagt Ja, alle beide.«

Und ein lächelnder Feroz hatte schließlich zugestimmt.

»Erinnerst du dich noch an diese hinterhältigen Affen?«, fragt Aban jetzt. »Wie wir uns nie richtig entspannen konnten, wenn wir auf der Veranda gefrühstückt haben?« Sie wendet sich an die anderen Gäste. »Wenn du deine Banane auch nur eine Sekunde aus der Hand gelegt hast, schossen sie herein und flitzten damit davon. Einmal versuchte einer, sie mir direkt aus der Hand zu reißen. Ich sage euch, ich habe so laut gekreischt, ich glaube, davon ist nicht nur diesem Affen Hören und Sehen vergangen, sondern noch seinen Kindeskindern.« Sie lachen alle.

»Hey, hey, du vergisst den besten Part«, mischt Pervez sich ein. »Eines Tages hatte ich meine Brille auf dem Tisch liegen, und eins dieser rotarschigen Mistviecher schwingt sich vom Baum herab und springt damit davon. Und das Frechste war, er hockt auf dem Ast eines nahe gelegenen Baumes, und was meint ihr wohl? Na, er setzt meine Brille auf. Hat sich gerade so positioniert, dass ich nicht mehr hinkomme, und schnattert in seiner Affensprache drauflos. Ich war so sauer, dass ich am liebsten auf den Baum geklettert wäre und diesem Scheißvieh ein, zwei handfeste Schläge verpasst hätte.«

»Oh nein«, stöhnt ein Gast. »Was hast du denn dann den Rest eures Aufenthaltes gemacht?«

»*Arrey,* was meinst du wohl?«, gibt Pervez zurück. Aus der für ihn untypisch ungestümen Art zu erzählen schließt Sera, dass Pervez' nicht seinen ersten Drink vor sich hat. »Nun, schließlich hatten wir unseren brillanten Feroz Dubash bei uns. Also, was er tat, war Folgendes: Er saß da und beobachtete den Affen. Binnen weniger Minuten fand Feroz heraus, dass der Affe alles imitiert, was wir tun. Daher geht Feroz also nach drinnen und bringt seine eigene Brille mit heraus. Zunächst setzt er sie auf, genau wie der Affe. Dann nimmt er sie wieder ab und schiebt sie sich ins Haar. Der Affe tut dasselbe. Daraufhin steckt Feroz das Ende des einen Bügels in den Mund und knabbert daran herum. Der Affe natürlich ihm wieder nach. Inzwischen wurde ich allmählich nervös, *yaar.* Doch meine Aban beschwichtigt mich, ich solle Feroz vertrauen. Genau in dem Augenblick wirft Feroz seine Brille zu Boden. Und was meint ihr wohl? Na, der dämliche Affe wirft meine Brille ebenfalls zu Boden. Wie ein Besessener hechte ich hin und hebe sie auf, so schnell konnte gar keiner schauen. Das dumme Vieh saß im Baum, bleckte seine gelben Zähne und gab höchst sonderbare Laute von sich.«

»Meine Güte, die Geschichte ist ja genial, einfach genial, *yaar*«, ruft Meena Patel, als habe sich das Ganze gerade erst zugetragen. »Ihr Mann war ein echter Pfiffikus, Mrs. Dubash.«

Sera nimmt das Kompliment mit einem schwachen Lächeln zur Kenntnis, das sogar ihr selbst gequält und verkniffen erscheint. Denn Pervez' denkwürdige Anekdote aus alten Zeiten hat eine andere Erinnerung bei ihr ausgelöst. Sie hatte den Vorfall, der sich gegen Ende ihres Māherān-Aufenthalts ereignete, schon vergessen, doch jetzt steht er ihr wieder deutlich vor Augen.

Nach einem späten Abendessen im besten Restaurant von Māherān waren sie in ihr Hotel zurückgekehrt. Zu Beginn des Abends hatte sich Feroz herzlich und überschwänglich gezeigt. »Das Essen geht auf meine Rechnung«, hatte er Pervez erklärt, kaum dass sie das

Lokal betreten hatten. »Ich möchte nicht, dass ihr heute Abend eure Brieftasche anrührt.« Sera hatte ihm rasch einen beifälligen Blick zugeworfen. Sie wusste, dass Aban und Pervez nicht viel Geld hatten, auch wenn man angesichts ihrer Großzügigkeit niemals geahnt hätte, wie knapp sie bei Kasse waren. Feroz machte dem Ober ein Zeichen. Es handelte sich um einen gut aussehenden jungen Mann um die zwanzig mit großen, weißen Zähnen, der eifrigst darum bemüht war, es allen recht zu machen. »Hören Sie«, sagte Feroz zu dem Burschen. »Ich habe vernommen, dass Sie hier noch keinen Raum haben, in dem alkoholische Getränke ausgeschenkt werden dürfen. Aber wir kommen aus Bombay und sind es gewohnt, zum Essen ein paar Gläschen zu trinken. Verstehen Sie? Also, sehen Sie zu, was Sie ausrichten können, *achha*?« Er schob ihm einen Zwanzig-Rupien-Schein zu. »Und hier ist etwas *baksheesh* für Sie«, fügte er hinzu.

Der Kellner verneigte sich. »Geben Sie mir ein paar Minuten, *sahib*. Ich will sehen, womit ich Ihnen dienen kann.«

Sera war wie immer peinlich berührt von dieser unverhohlenen Zurschaustellung von Macht. Und in Anbetracht von Abans und Pervez' bescheidenen Mitteln wirkte Feroz' Geste für ihr Empfinden sogar noch protziger. Doch ein Blick auf die bewundernden Mienen ihrer Freunde verriet ihr, dass sie die Situation falsch eingeschätzt hatte. Feroz zwinkerte Pervez zu. »Sieh sie dir an«, bemerkte er, indem er mit dem Kinn zu Sera hinüberwies. »Sie hasst es, wenn ich so was tue. Aber ich sage immer, wenn du nicht kriegen kannst, was du haben willst, dann musst du es dir eben verschaffen.«

Aban nickte. »Ja, ja, ohne Geld läuft gar nichts«, bestätigte sie.

Genau in dem Moment kam der Kellner mit drei kühlen Flaschen Kingfisher zurück. »Aus den Sonderbeständen des Inhabers, *sahib*«, erklärte er.

Feroz strahlte. »Phantastisch.«

Die beiden Frauen gaben die Bestellung auf. »*Ae,* Liebling, achte darauf, dass du was mit Fleisch aussuchst, okay?«, bat Pervez seine Frau. »Nicht irgendwelches Grünzeug, bitte. Wir sind schließlich Männer und keine Ziegen.« Er lachte, weil ihm sein eigener Witz so gut gefiel.

Im weiteren Verlauf des Abendessens bemerkte Sera, dass Feroz immer ruhiger wurde. Sie hätte ihn gern darauf angesprochen und gefragt, ob er Kopfweh habe, aber Pervez, der durch das Bier so richtig in Wallung geraten war, unterhielt sie mit Geschichten aus seiner Internatszeit, und sie konzentrierte sich darauf, pflichtschuldig an den richtigen Stellen zu lachen. Falls den beiden anderen auffiel, dass Feroz sich zunehmend aus dem Gespräch ausklinkte, so sagten sie zumindest nichts. »Kommt, lasst uns noch einen Teller *biryani* bestellen, ja?«, schlug Pervez irgendwann vor und sah dann vorsichtig zu Aban hinüber. Noch ehe sie etwas erwidern konnte, hatte Feroz dem Kellner bereits ein Zeichen gemacht. »Noch eine Portion *biryani* und zwei Flaschen Kingfisher«, orderte er. Nachdem der junge Mann weg war, drehte sich Feroz beinahe unmerklich zu Sera herum und bedachte sie mit einem Blick, auf den sie sich keinen rechten Reim machen konnte. Als das Bier kam, schenkte er sich das Glas bis obenhin voll. Sera wollte schon Einspruch erheben, weil er zu viel trank, doch Feroz wirkte, als habe er sich in eine dünne, kalte Eisschicht gehüllt. Als sie ihn anlächelte, starrte er sie nur teilnahmslos an, und seine Miene wirkte völlig entrückt.

»*Su che,* Feroz«, bemerkte Aban schließlich. »Gibst ja keinen Mucks mehr von dir.«

Feroz schenkte Aban ein Lächeln, doch Sera sah, dass dieses Lächeln seine Augen nicht erreichte. »Ich hör euch dreien einfach zu«, erwiderte er wenig überzeugend.

Aban äugte unauffällig zu Pervez hinüber. »*Chalo,* vielleicht sollten wir langsam zurückfahren«, bemerkte sie. »Es war ein langer Tag, nicht?«

Auf dem Heimweg beteiligte sich Feroz an der Unterhaltung, bei der sie alle beklagten, dass sie ihr friedliches Quartier auf dem grünen Hügel verlassen und in das heiße, übervölkerte Bombay zurückkehren mussten. Und vor dem Hotel stritten sich Pervez und er darum, wer das Taxi bezahlen durfte. »Nun komm schon, *yaar,* das ist sonst unfair«, protestierte Pervez. »Du hast schließlich das Essen mit allem Pipapo bezahlt.«

Doch Feroz durchbohrte den Taxifahrer förmlich mit Blicken.

»Unterstehen Sie sich, von diesem Burschen hier Geld anzunehmen«, gebot er in einem Ton, der keinen Widerspruch zuließ. Der Taxi-*wallah* nahm den Schein, den Feroz ihm hinhielt, entgegen.

»Diese Mannsbilder«, sagte Aban zu Sera und verdrehte die Augen. »Müssen immerzu um etwas zanken, wo doch jeder weiß, dass es bei dem Gerangel eigentlich immer nur um die Länge ihres besten Stücks geht.«

»Aban«, rief Sera aus. »Was sagst du denn da für Sachen.«

»Nun komm schon, *yaar*«, entgegnete Aban. »Hör auf, dich wie eine Jungfrau zu gebärden. Dies ist schließlich eines der Vorrechte, die man als ehrbare verheiratete Frau hat, oder nicht?«

»Gute Nacht, Aban«, meinte Sera hörbar amüsiert. »Du bist mir wirklich manchmal 'ne Marke.«

Feroz und sie liefen schweigend den Gang zu ihrem Zimmer hinunter, und Sera nahm deutlich die unausgesprochene Spannung zwischen ihnen wahr. Sie bemerkte, dass Feroz in steifer Haltung dicht an der Wand entlangging und es vermied, sie zu berühren. »Ist alles in Ordnung mit dir, *janu*?«, erkundigte sie sich, als sie ins Zimmer traten. »Hast du Kopfweh oder irgendwas?«

»Nein, mir geht's gut«, gab er kurz angebunden zurück und verschwand in Richtung Badezimmer. Als er wieder auftauchte, war er bereits im Pyjama. Und mit dem Kleiderwechsel schien auch ein Stimmungswechsel einhergegangen; sein Gesicht war jetzt gerötet, und an seiner Stirn pulsierte eine Ader. Sera starrte ihn wie gebannt an, überzeugt davon, dass er krank war. So hatte sie Feroz noch nie gesehen. »Oh Gott, Feroz, was ist los?«, fragte sie und fasste nach seinem Arm.

Er schob ihre Hand unsanft zur Seite. »Rühr mich nicht an«, presste er zwischen zusammengebissenen Zähnen hervor, und in dem Moment begriff Sera, dass ihr Ehemann nicht krank war, sondern schlicht raste vor Wut. Sie ließ im Geiste noch einmal die Unterhaltung beim Abendessen Revue passieren. Hatte Pervez irgendetwas geäußert, was Feroz verärgert hatte? Hatte Abans Verhalten ihn irritiert?

»Ist … Ist irgendwas nicht in Ordnung?«, versuchte sie es erneut.

Da drehte er sich zu ihr herum. »Du. *Du* bist nicht in Ordnung.«

Er kümmerte sich gar nicht darum, dass sie erschrocken zusammenzuckte, sondern fuhr fort. »Glaub bloß nicht, ich hätte dein *naatak* während des Essens nicht bemerkt. Hast mich vor unseren Freunden zum Idioten gemacht. Indem du mit einem Kellner geflirtet hast, der jung genug ist, um dein Sohn zu sein. Hast ihm zugelächelt, hast jedes Mal Danke gesagt, wenn er dir Wasser nachgeschenkt hat, verdammt noch mal. Bild dir nicht ein, ich hätte nicht haargenau mitbekommen, was da gelaufen ist. Du denkst wohl, ich sei ein totaler Vollidiot; einfach mit einem anderen Mann zu flirten – noch dazu mit so einem jungen Hüpfer –, während ich direkt daneben sitze.«

Er machte Scherze. Es konnte nicht anders sein, er machte Scherze. Die ganze Geschichte war so absurd, es war geradezu surreal, dachte Sera. Sie hatte den Kellner kaum beachtet, ja, würde ihn gar nicht wieder erkennen, wenn sie ihm am nächsten Tag auf der Straße begegnete. Sie versuchte, ihre Empörung und ihr Erstaunen in Worte zu fassen, und stellte fest, dass sie dazu nicht imstande war. Angesichts Feroz' grotesker Anschuldigung hatte es ihr die Sprache verschlagen. Auch war der Mann, der da mit herausquellenden Augen und konvulsivisch zuckendem Kiefer vor ihr stand, ein Mensch, den sie nicht kannte. Ein vollkommen Fremder. Und in gewisser Weise ärgerte sie sich sogar darüber, dass sie sich gegen seine lächerlichen Anwürfe verteidigen musste. Es war schon spät; sie mussten am nächsten Morgen früh aufstehen, weil sie einen Besichtigungstag einlegen wollten. Und nie zuvor hatte jemand in diesem Ton zu ihr gesprochen. Sie war eine ernsthafte, besonnene Person, all ihre Freunde wussten das. Nicht eines dieser billigen, grell geschminkten Flittchen, die mit allem schäkerten, was Hosen trug. Wusste Feroz das etwa nicht? Und falls nein, was wusste er sonst alles nicht über sie? Schließlich stellte er gerade massiv ihren Charakter in Frage …

Sie blinzelte, um die Tränen zu vertreiben. »Deine Bemerkungen sind eigentlich unter deinem Niveau«, erklärte sie so würdevoll, wie sie nur eben vermochte. Der Zorn loderte so plötzlich in ihr hoch, als hätte jemand im Dunkel ein Streichholz entzündet. »Ich habe den Kellner nicht einmal angesehen. Wie kannst du es wagen, mich zu bezichtigen, ich hätte …«

»Sprich gefälligst leise«, fauchte er. »Du bist hier in einem Hotel, nicht in deinen eigenen vier Wänden.«

»Ich *spreche* leise. Und im Übrigen hättest du dir das überlegen sollen, bevor du mit dem ganzen Quatsch angefangen hast …« Doch schon bedauerte sie ihre Worte. »Hör zu, Feroz, es ist bereits spät. Du hast vermutlich zu viel getrunken heute Abend. Lass uns doch unsere Reise nicht durch einen dummen Streit verderben.« Sie streckte die Hand aus, um ihm den Arm zu streicheln.

Und sah den Fausthieb nicht kommen. Er landete mit solcher Treffsicherheit auf ihrem rechten Arm, dass der Schmerz direkt durch die dünne Muskelschicht in den Knochen hineinzufahren schien, wo er nachhallte wie die silbernen Gongs, die die Priester in den Feuertempeln anschlugen. Der Schmerz war so heftig, dass ihr schlecht wurde, und sie zog instinktiv den lädierten rechten Arm, den sie sich mit der linken Hand hielt, vor den Magen, um die Übelkeit einzudämmen.

Feroz stand über ihr und trat von einem Fuß auf den anderen, wie ein Boxer, der abwartet, ob sein Gegner sich endgültig geschlagen gibt. »Ich hab dir gesagt, du sollst mich nicht anrühren«, knurrte er. »Ich hab dich gewarnt …«

Sera wurde plötzlich von einer Angst gepackt, die so gewaltig war, dass sie darüber sogar die Übelkeit vergaß. Ich muss von ihm weg, ich muss um Hilfe rufen, schoss es ihr durch den Kopf; aber ein anderer Gedanke hielt sie an Ort und Stelle – der Gedanke, dass dieser Mensch, vor dem sie da wegzurennen versuchte, kein Fremder war, kein schwarzer Mann, der hinter irgendeinem Busch hervorgesprungen war, um sich auf sie zu stürzen. Dies war ihr Ehemann, der Mann, den sie erst drei Monate zuvor geheiratet hatte, dem sie versprochen hatte, ihre Zukunft mit ihm zu teilen. In blinder Panik blickte sie sich im Zimmer um, unschlüssig, was tun. Das letzte Mal, dass jemand sie verprügelt hatte, war in der dritten Klasse gewesen, als sie sich mit einer Klassenkameradin wegen eines gestohlenen Radiergummis gestritten hatte. Erzogen von Eltern, die jegliche körperliche Züchtigung strikt ablehnten, war ihr die physische Gewalt erspart geblieben, die die meisten ihrer Altersgenossen als selbstverständlich betrachteten. Sera wurde nun klar, dass sie über keinerlei Verteidigungsmittel verfügte, keinerlei Strategien, um sich vor Feroz zu schützen, während dieser immer noch heftig keuchte und sie mit einem irren Gesichtsausdruck ansah, der darauf hinwies, dass er sich nicht mehr unter Kontrolle hatte.

Sie tat ein paar zaghafte Schritte nach hinten, bis sie mit den Kniekehlen an die Bettkante stieß, dann ließ sie sich niedersinken. Und jetzt kamen die Tränen, sie strömten ihr übers Gesicht und tropften auf die Hand, mit der sie sich nach wie vor den Bauch hielt. Selbst als der Schmerz in ihrem Arm ein klein wenig nachließ, wuchs der Schmerz in ihrem Herzen weiter. Sie weinte über die unerwartete Brutalität von Feroz' Reaktion, über seine Gewalttätigkeit; sie schluchzte angesichts der Ungerechtigkeit seiner haltlosen Beschuldigung; und vor allem weinte sie bei der Vorstellung, eine endlose Reihe von Jahren an der Seite eines Mannes zuzubringen, der eine so niedrige Meinung von ihr hatte, dass er sie ungeniert bezichtigte, sie würde mit einem gewöhnlichen Kellner flirten. Sie, die Heiratsanträge von Männern aus Familien abgelehnt hatte, in denen bereits drei Generationen den Doktortitel getragen hatten. Sie, die ihre Samstagabende im Homi-Bhabha-Auditorium in der Gesellschaft kultivierter, ehrwürdiger Herren verbracht hatte. Sie, deren Vater, einer der herausragendsten Wissenschaftler Bombays, seiner Frau gegenüber nie auch nur ein lautes Wort geäußert hatte.

Sie platzte fast vor Empörung, und das verlieh ihr ungeachtet ihrer Furcht den nötigen Auftrieb, um ihrem Herzen Luft zu machen. »In meinem ganzen Leben hat mich noch nie jemand so behandelt«, fuhr sie ihn an. »Keiner hat mich je eines ungehörigen Benehmens beschuldigt. Und keiner hat mich je geschlagen. Wenn mein Vater erfährt, was du heute Abend hier getan hast, so wird er …« Ihr brach die Stimme, und sie war unfähig, ihren Satz zu beenden.

Und plötzlich, genauso unvermittelt, wie der Fausthieb ein paar Minuten zuvor auf ihrem Arm gelandet war, fiel Feroz vor ihr auf die Knie, rieb ihr den Arm, flehte sie mit tränenglänzenden Augen an, ihm zu verzeihen. »Oh Gott, Sera, ich schäme mich so. Es tut mir so Leid, Liebling. Ich weiß nicht, was geschehen ist … Es ist einfach nur so, dass ich dich so wahnsinnig liebe, ich kann den Gedanken nicht ertragen, dich zu verlieren. Und ich bin so viel älter als du, und es macht mich so nervös …«

Sie spürte, wie das frostige Gefühl in ihrem Herzen bei seinen Worten schwand, und war unwillkürlich dankbar dafür. Seine Tränen fielen jetzt auf ihren Schoß, gleichsam als Mahnmal seiner heißen Scham, und brachten die Eisschicht, die sich auf ihre Seele gelegt hatte, zum Schmelzen. Sera streichelte mit der Rechten seinen Kopf, ohne den Schmerz zu beachten, der ihren verletzten Arm durchschoss, sobald sie ihn hob. Während sie sich seine inbrünstigen Bitten um Vergebung anhörte, seine Versprechungen, dass dies nie wieder vorkommen würde, war sie dem Ansturm Tausender widerstreitender Emotionen ausgesetzt – Zweifel, Furcht, Besorgnis, Hoffnung, Scham, doch vor allem Erleichterung. Erleichterung darüber, dass Feroz dank ihrer Tränen wieder zu sich gekommen, durch ihre Worte zur Besinnung gebracht worden war. »Weißt du, ich hatte gar nicht die Absicht, dich zu schlagen, Liebling«, sagte er jetzt. »Was passiert ist, war, dass ich einfach nur die Hand hob, und genau in dem Moment hast du mich angefasst, und ich weiß nicht, was geschehen ist – ich glaube, du bist mir mit deinem Arm einfach in die Quere gekommen.«

Einen winzigen Augenblick lang blitzte die Erinnerung an den wohl platzierten Fausthieb in Seras Hirn auf, aber sie war ebenso brennend darauf erpicht, ihrem Mann Glauben zu schenken, wie er darauf bedacht war, sie von seiner Unschuld zu überzeugen. So verbannte sie die Szene aus ihrem Gedächtnis und ließ zu, dass Feroz sie unter der Flut seiner beschwichtigenden Worte vergrub, ja, dass er gleichsam einen Rupfensack darüber stülpte, in dem sie auf immer verschlossen wären. »Das ist mir doch klar, dass du mich nicht mit Absicht schlagen würdest, Feroz«, erwiderte sie. »Und, *janu,* warum sollte ich irgendeinem Unterschichtkellner hinterherschauen, wo ich dich habe?«

»Ich weiß. Ich weiß, dass du eine anständige Frau bist, Sera. Du hast Recht, die Worte hat mir wohl das Kingfisher eingegeben. Komm, ich werd dir die schmerzende Stelle mit Iodex einreiben. Es tut mir so Leid. Ich bin so ein Tollpatsch, und du bist mir einfach in die Quere gekommen.«

Jetzt verzieht Sera das Gesicht, als sie daran zurückdenkt. Du hättest ihn stehenden Fußes verlassen sollen, sagt sie sich. Als er dich das erste Mal geschlagen hat, hättest du gehen sollen. Und du hättest ihn niemals decken sollen, hättest niemals zulassen sollen, dass seine Schande zu deiner eigenen wird. Sie denkt an die langärmelige, getupfte Bluse zurück, die sie am nächsten Morgen getragen hat, um ihren blau angelaufenen Arm zu verbergen. »Um Himmels willen, Sera«, bemerkte Aban. »Was soll denn diese langärmelige Matronenkluft? So kalt ist es doch nun wirklich nicht, oder?«

Und als sie sich ihre schwache Erwiderung ins Gedächtnis ruft, die selbst in ihren eigenen Ohren nicht überzeugend klang, übermannt Sera eine neuerliche Woge des Zorns. Du hast verdient, was du bekommen hast, geht es ihr durch den Sinn. Du hättest ihn vor Aban und Pervez erniedrigen sollen, damals, vor Jahren. Das hätte seiner Tyrannei gleich zu dem Zeitpunkt ein Ende bereitet.

Dinaz ist wieder ins Wohnzimmer zurückgekommen und sieht sie mit eigentümlicher Miene an. »Alles klar, Mummy?«, fragt sie leichthin. »Steigt dir etwa das Bier schon zu Kopf?«

Einen Moment lang hat Sera den Eindruck, als habe Dinaz all die schwarzen Gedanken gelesen, die wie eine dunkle Tinktur in ihr Hirn geträufelt sind. Und nicht zum ersten Mal rätselt sie, inwieweit Dinaz wohl über Feroz' tätliche Angriffe Bescheid weiß. Nachdem ihre Tochter geboren war, tat sie ihr Bestes, um ihre Schreie zu ersticken, wenn Feroz' Fausthiebe auf ihren Leib niederhagelten, und bemühte sich, die Verletztheit zu verbergen, die nicht nur an ihrem Körper, sondern auch in ihrem Blick zu erkennen war. Sie wollte nicht, dass die Gewalttätigkeit ihres Vaters Dinaz' Kindheit mit ihrem Schatten verdunkelte.

Sera wischt den Zorn, der sich wie Spinngewebe über ihre Seele gebreitet hat, beiseite und ringt sich ein gezwungenes Lächeln ab. »Dazu müsste ich weit mehr trinken, Liebling«, sagt sie. »Wie geht es Toxy? Hast du sie gesehen?«

»Mhm, sie wird gleich rüberkommen«, erwidert Dinaz. »Sie und ihre Freundinnen sind alle hinten im Schlafzimmer und quatschen über Frauenthemen.« Sie beugt sich zu Sera und fragt in leiserem Ton. »Was ist denn los, Mummy? Du siehst so … so traurig aus.«

Aban hört die letzten zwei Sätze zufällig mit. »Wortwörtlich dasselbe habe ich auch vor einer Minute zu deiner *Mummy* gesagt, Dinu«, mischt sie sich ein. »Ich gebe dir mein Wort, meine Sera ist nicht mehr dieselbe, seit ihr geliebter Feroz tot ist.«

Mutter und Tochter wechseln einen raschen Blick. Dabei zieht Dinaz die rechte Augenbraue leicht nach oben, genau wie ihr Vater es immer zu tun pflegte. Und in dem Moment ist Sera überzeugt davon, dass Dinaz im Bilde ist. Allerdings weiß sie nicht recht, was sie davon halten soll. Einerseits zeugt Dinaz' stumme Geste von einer Solidarität, die Sera wohl tut. Andererseits hat sie ein schlechtes Gewissen, weil sie es nicht geschafft hat, ihrer Tochter den Einblick in die zerrüttete Ehe ihrer Eltern zu ersparen.

Dinaz legt Sera den Arm um die Schulter. »Mummy geht's gut, Aban *auntie*«, erklärt sie. »Sie ist nur ein wenig müde, das ist alles. Unsere Bhima war in letzter Zeit … mit ihren Gedanken ein bisschen woanders. Daher musste Mummy einen größeren Anteil Hausarbeit übernehmen als sonst.«

»Das kommt davon, wenn man die Bedienstete wie die Hausherrin behandelt«, rutscht es Aban spontan heraus. »Verzeih, dass ich das so deutlich ausspreche, Sera, aber ich predige dir seit Jahren, dass Bhima dich irgendwann ausnutzen wird. Du kannst sagen, was du willst, diese *ghatis* sind und bleiben *ghatis*. Man bleibt einfach in seiner sozialen Schicht verhaftet. Wir Parsen sind die Einzigen, die ihre Haushälterinnen wie Königinnen behandeln. Und der Schuss geht stets nach hinten los.«

Sera wünscht, Dinaz hätte Bhimas Namen nicht erwähnt. Wenn sie ehrlich ist, ist sie es allmählich leid, sich Gedanken über Bhima zu machen. Seit der Sache mit Maya hat sie sich mehr Gedanken über Bhima machen müssen als über ihre eigene Familie. Und die kühle, distanzierte Art, mit der das Mädchen ihr am Tage der Abtreibung begegnet ist, wurmt sie noch immer. Sie hatte sich eigentlich auf einen unbeschwerten, heiteren Abend gefreut, doch Dinaz hat Aban, ohne es zu beabsichtigen, das Stichwort zu ihrem Lieblingsthema geliefert.

Sera dreht sich halb zu ihrer Tochter herum, um ihr einen warnenden Blick zuzuwerfen, aber es ist zu spät. »Ich sagte nicht, dass es an Bhima irgendetwas auszusetzen gibt«, erklärt Dinaz. »Sie hat eben nur ihre eigenen Probleme, genau wie wir alle.«

Aban starrt Dinaz einen Augenblick lang mit offenem Munde an, dann beginnt sie schallend zu lachen. Sie schlingt der jungen Frau ungestüm die Arme um den Hals und überzieht ihr Gesicht mit einem wahren Kussregen. »Oi, joi, joi, das ist ja wirklich nicht zu fassen«, prustet sie. »Wie die Mutter, so die Tochter, gibt's denn so was. Ach du lieber Gott, nun sieh dir nur dieses wütende Gesicht an – sie schaut ja ganz genauso wie ihre Mutter. Meine Güte, ihre heiß geliebte Bhima, sie ist ihnen so heilig, als sei sie der Kohinoor oder sonst irgendein Diamant des britischen Kronschatzes.«

Eine andere Frau, von der Sera weiß, dass sie bei Aban im Haus wohnt, meldet sich zu Wort. »Meine Rede. Was Aban sagt, stimmt. Man sollte diese Personen nicht zu sehr verwöhnen. Das Beste ist, sie einigermaßen auf Distanz zu halten. Andernfalls nutzen sie dich hundertprozentig irgendwann aus.«

»*Arrey,* hast du vergangene Woche die Geschichte in der *Times of India* gelesen?«, fragt ein weiterer Gast. »Über diese ältere parsische Dame, die ermordet wurde? Es heißt, sie sei vierzig Jahre lang Professorin am Elphinston College gewesen. Die Ärmste wurde von ihrer eigenen Hausangestellten in ihrem Bett erdolcht. Nachbarn haben erzählt, die Frau hätte seit Jahrzehnten für ihre Herrin gearbeitet. Aber na ja, die Gute bewahrte eben auch ihren Hochzeitsschmuck zu Hause auf. Und natürlich wusste die Hausangestellte das. Diese Leute sind wie Schlangen. Ich glaube, sie können im Dunkeln sehen. Hat siebzehnmal zugestochen und sich dann mit dem Schmuck abgesetzt. Die Presse schreibt, ihr Freund hätte sie dazu angestiftet.«

»Aber nun mal ehrlich, manche von uns Parsen sind doch auch leicht meschugge, wenn ihr mich fragt«, mischt Pervez sich ein. »Als Professorin hätte sie schließlich wissen müssen, dass man Schmuck nicht im Haus aufbewahrt. Dazu haben wir doch schließlich unsere eigene Zentralbank. Hätte sich eben dort einen Safe mieten sollen.«

»Aber *janu*, das ist ja gerade der Fehler von uns Parsen«, seufzt Aban theatralisch. »Wir sind zu vertrauensselig, verstehst du. Und auch zu anständig. Daher glauben wir, alle anderen Gesellschaftsgruppen seien genauso anständig wie wir.« Aban wendet sich an Meena Patel. »Einschließlich der Gudscharaten natürlich. Die sind ebenfalls ein ehrbarer Volksstamm. Aber nicht diese Marathen. Das sind Gauner erster Güte.«

Es klingelt, und Pervez geht an die Tür. Keine Minute später kehrt er mit Viraf zurück. Aban springt qietschend von ihrem Stuhl auf. »Ah, mein Märchenprinz ist da. Wie geht's dir, mein Herz? Dinu hat schon erzählt, dass du zu hart arbeitest. Na ja, was bleibt dir schon anderes übrig; ist ja klar, dass du jetzt, wo du demnächst Vater wirst, kräftig ranklotzen musst. Doch du siehst immer noch zu dünn aus, mein Lieber«, sagt sie und kneift ihn in die Wange.

Viraf grinst. »Hallo, Aban *auntie*«, begrüßt er sie. »Und *du* siehst so bezaubernd aus wie eh und je. Übrigens – aber das nur nebenbei –, ich hab in den letzten Monaten fünf Kilo zugelegt. Nur, dass sich alles an meinem *dimchu* festsetzt«, fügt er hinzu und tätschelt seinen Bauch.

Aban strahlt, wie sie es immer in Gesellschaft gut aussehender Männer tut. »*Achha,* Viraf, gib du doch mal dein neutrales Urteil ab. Wir sprachen gerade darüber, dass man den nichtparsischen Bediensteten nicht über den Weg trauen kann, ganz gleich, wie viel man für sie macht. Also, was meinst du? Animieren Sera und Dinaz Bhima dazu, ihre Gutmütigkeit auszunutzen oder nicht?«

Viraf sieht sich im Zimmer um. »He, sag mal, Aban *auntie*«, beschwert er sich. »Was sind denn das für Manieren in diesem Haus? Du hast mich noch nicht mal Toxys Zukünftigem vorgestellt. Wo steckt er denn, sag?«

»Kluges Kerlchen, wirklich, kluges Kerlchen, wechselt einfach das Thema.« Aban lacht gutmütig. »Ein großartiger Diplomat, unser Viraf. Ich glaube, den werden sie noch nach Pakistan entsenden, damit er mit diesem General Musharraf über Kaschmir verhandelt – ich nenn ihn ja immer General Sheriff.« Dann zieht sie bedauernd die Mundwinkel nach unten. »Darius und seine Familie werden nicht mitfeiern heute. Seine Mutter ist der Ansicht, es bringe Braut und Bräutigam Unglück, wenn sie einander wenige Tage vor der Hochzeit noch sehen. Gott weiß, wer unseren Parsinnen diesen Floh ins Ohr gesetzt hat.«

Dinaz packt Viraf bei der Hand. »Los, komm, ich werd dich zu Toxy führen«, beschließt sie. »Du kannst ja wenigstens ihr Hallo sagen.«

Nimm mich mit, würde Sera ihre Tochter, die ihr bereits den Rücken zugekehrt hat und aus dem Zimmer geht, am liebsten bitten. Ich habe keine Lust, hier zwischen diesen dummen Schwätzern festzusitzen. »Bestell Toxy, sie soll mal rüberkommen und dem Altersheim hier guten Tag sagen«, schreit sie ihr nach, und Dinaz hebt die Hand, um ihr zu bedeuten, dass sie verstanden hat.

Aban wirkt, als sei sie im Begriff, mit ihrem Vortrag fortzufahren, aber genau in dem Augenblick steckt Jaya, ihr Hausmädchen, den Kopf aus der Küchentür. *»Bai«,* ruft sie. »Können Sie mal kurz gucken? Die Koteletts sind fertig.«

Aban erhebt sich grummelnd. »Kommt keine zehn Sekunden ohne mich zurecht«, murrt sie.

Sera unterhält sich gerade mit Meena Patel über die hässlichen neuen Wolkenkratzer, die überall in Bombay aus dem Boden schießen, als Aban wieder ins Zimmer tritt. Hinter ihr folgt Jaya, eine aufgeweckte junge Frau von rund zwanzig Jahren, mit einer großen Platte, die mit einem ganzen Berg Hammelkoteletts beladen ist. »*Chalo,* beeil dich«, drängt Aban. »Servier sie unseren Gästen, solang sie noch schön heiß sind.«

Aban teilt kleine Pappteller aus, und Jaya wackelt hinter ihr her und bietet den Gästen die Koteletts an. »Lass die Platte auf dem Tisch stehen«, weist Aban sie an, als sie fertig ausgeteilt hat. Und als Jaya das Tablett abstellt, verdreht sie hinter dem Rücken des Mädchens die Augen.

»Seht ihr, wie sie läuft, wie sie die Hüften schwingt und all das?«, fragt Aban, nachdem die Bedienstete wieder zurück in der Küche ist. »Ich sag's euch, dieses Mädchen hat ganz schöne Allüren. Selbst wenn ich ihr auftrage, kurz mal zum Bäcker runterzurennen, verlässt sie das Haus nicht, bevor sie Kajal aufgelegt hat. Und jede Divali wünscht sie sich neue Klamotten. Ich behandle sie besser als meinen eigenen Nachwuchs.«

»Mein Gott, Aban, sie ist eben noch ein Kind«, wirft Sera ein. »Was erwartest du denn?«

Aban fängt gellend zu lachen an. »Was hab ich euch gesagt, was hab ich euch gesagt?«, quiekt sie. »Oh, Sera, du bist wirklich zum Piepen. Ich könnte schwören, dass du Kommunistin bist oder so was.«

»*Ae,* weil wir gerade bei Kommunisten und anderen Verbrechern sind, hört euch das mal an«, meldet sich ein weiterer Gast zu Wort. »Wisst ihr, was der alten Dame aus meinem Haus widerfahren ist? Vor ungefähr einem Monat geht ihre Klingel, und die arme Frau öffnet die Tür. Drei Gangster, massige, brutale Schlägertypen, stoßen sie beiseite und dringen in die Wohnung ein. Das Ganze wohlgemerkt um drei Uhr nachmittags. Bevor sie auch nur eine Silbe sagen kann, fordern sie barsch: ›Los, raus mit den geheimen Vorräten!‹ Die arme Frau denkt in ihrer Naivität, sie seien hungrig, und führt sie in die Küche. Dort klettert sie auf einen Stuhl und zieht eine Packung feiner Kekse aus dem Vorratsregal herunter. Doch aus irgendeinem Grund macht das die *goondas* nur noch aggressiver. Sie schlagen ein paarmal hintereinander auf sie ein – kannst du dir das vorstellen, sie schlagen eine achtzigjährige Dame? – und fesseln sie an einen Stuhl. Dann stellen sie ihre ganze Wohnung von oben bis unten auf den Kopf und suchen nach irgendwas. Als sie nichts finden, verpassen sie ihr noch zwei, drei weitere Hiebe, dann machen sie sich aus dem Staub.«

Ein wahrer Fragenhagel prasselt auf den Erzähler nieder.

»Was ist aus der Frau geworden?«, will einer wissen.

»Was haben sie denn gesucht?«

»Ist die Arme gestorben?«

»Stopp, stopp, immer mit der Ruhe, ich bin ja noch gar nicht fertig«, wendet der Mann ein. »Also, es stellt sich heraus, dass sie die Hausnummern verwechselt haben. Scheint, als hätte es da einen Schmuggler gegeben, der irgendjemand um seine Goldbarren geprellt hatte. Und dieser Jemand war genauso eine Ratte und hatte nun diese Ganoven angeheuert, damit sie die Wohnung des Schmugglers aufsuchen und das Zeug wieder beitreiben. Doch stattdessen gerät diese arme Frau mitten ins Schlamassel, die natürlich keine Ahnung hat, was die drei mit ›geheimen Vorräten‹ meinen. Der einzige Grund, warum sie überlebt hat, war, dass ihre Nachbarin, die ihr jeden Abend das Essen brachte, wieder und wieder an ihre Tür geklopft und sich schließlich selbst Zugang zu ihrer Wohnung verschafft hat. Und da findet sie die Ärmste an ihren Stuhl gefesselt. Scheint, als habe sich die alte Dame sogar ins Höschen gepinkelt.«

»Solche Schweine gehören gehängt für ihre Taten«, wettert ein anderer Gast.

»Sie haben es ganz gezielt auf die Parsen abgesehen, das sag ich euch«, ruft ein dritter erregt. »Sie wissen, dass wir in der Minderzahl sind, also fallen sie über uns her.«

»Nun, in diesem Fall war es wohl keine Absicht«, bemerkt Sera leise.

»Na schön, aber im Großen und Ganzen trifft es zu«, wirft eine weitere Frau hitzig ein. »Sie wissen, dass wir eine friedliebende Volksgruppe sind, daher sind wir für sie eine willkommene Zielscheibe. Lass sie doch solchen Unfug mal mit den Moslems machen, da werden sie's aber sehen. Sie würden es gar nicht wagen …«

»*Arrey, yaar,* wir sollten unsere eigene Organisation ins Leben rufen. Gleichsam eine parsische Shiv Sena.«

Aban kichert. »Und wer wird unser Bal Thackery?«, fragt sie, unter Bezugnahme auf den militanten Anführer der rechtsgerichteten Hindu-Partei. »Das ist unser Problem, weißt du. Mein Daddy pflegte immer zu sagen, das Schwierige bei den Parsen sei, dass jeder ein General sein wolle und keiner ein Soldat.«

Sera seufzt leise in sich hinein. Ihr Leben lang hat sie diese Unterhaltung in allen erdenklichen Variationen mit angehört. Sie ist sowohl amüsiert als auch verärgert über die Leute um sich herum; denn selbst wenn sie entsetzt ist über deren Chauvinismus, hegt sie eine gewisse Sympathie für ihre überspannten Ideen und hochfliegenden Träume. Und im Übrigen, sagt sie sich, sind sie grundsätzlich gute Menschen, das weißt du doch. Sie mögen vielleicht in mancher Hinsicht eine Schraube locker haben, was diese ganze Inzucht und all den Quatsch betrifft, aber auf *ihre* Art sind sie doch liebenswert.

Einer der jüngeren männlichen Gäste, von dem Sera weiß, dass er eine katholische Frau geheiratet hat, ergreift das Wort. »Ach kommt, was soll das ganze Aufhebens überhaupt? Angeblich sind wir ohnehin weniger als hunderttausend. Und in ein paar Generationen werden wir ganz ausgestorben sein – spätestens.«

Plötzlich herrscht angespanntes Schweigen. Die Antwort »Jawohl, und indem sie jemanden außerhalb der eigenen Bevölkerungsgruppe heiraten, sorgen Typen wie du dafür, dass der Tag des Aussterbens noch schneller da ist« steht unausgesprochen im Raum. Sera spürt förmlich am eigenen Leibe, wie unbehaglich dem jungen Mann zumute ist. Um die peinliche Stille zu durchbrechen, verkündet sie in einem betont fröhlichen Ton, den man sonst gar nicht von ihr kennt: »Nun, ein Grund mehr, das Leben in vollen Zügen zu genießen, solange wir noch alle hier sitzen, nicht?«

»Hört, hört«, bemerkt Pervez und hebt sein Glas. »Das hast du schön gesagt, Sera.«

Viraf ist ins Wohnzimmer zurückgekehrt. »Aufs Aussterben!«, ruft er. »Doch vorher noch darauf, dass Toxy und Darius eine lange und glückliche Ehe führen und Aban und Pervez bald Großeltern werden.« Er hebt sein Glas noch ein Stück höher und steht leicht schwankend im Raum. »Ja, genauer auf viele, viele Parsenbabys – meine Frau und ich werden bald unseren eigenen kleinen Beitrag zu diesem allgemeinen Bemühen leisten.«

Ein großer, bärtiger Mann, der neben Viraf steht, knufft ihn freundschaftlich in den Rücken. »Herzlichen Glückwunsch«, sagt er. »Das ist genau das, was unsere Parsengemeinschaft braucht; junge, gesunde Männer wie dich.«

Viraf grinst. »Und Frauen wie die meine«, ergänzt er vergnügt. »Wir wolln doch die Frauen nicht vergessen.«

»Aber klar doch, das versteht sich von selbst«, versichert der hoch gewachsene Herr und dreht sich eilig zu Dinaz herum. »Das war nicht gegen Sie gemünzt, meine Liebe.«

Dinaz funkelt Viraf an. »Hören Sie bloß nicht auf meinen Mann«, beruhigt sie ihr Gegenüber. »Er spielt nur mal wieder wie üblich den Kasper.«

Auf der anderen Seite des Raumes drückt Aban Sera ganz fest die Hand. »Deine Dinu und ihr Viraf sind so süß.« Sie seufzt. »Kannst du das fassen, Sera? Ich meine, als wir damals im Bombay House gearbeitet haben, wer hätte da gedacht, dass wir eines Tages all das hier unser eigen nennen?«

In Sera wallt herzliche Zuneigung zu Aban auf. Sie und Pervez hatten ein hartes Leben, das weiß sie. Es kann nicht einfach gewesen sein, von ihrem Gehalt drei Kinder großzuziehen. Zudem stammt Pervez aus einer armen Familie und hat auch noch seine Eltern unterstützt, solange sie lebten – daran kann Sera sich noch gut entsinnen. Ja, und dann hat man Aban einige Jahre zuvor die Brust abgenommen. Doch trotz ihres bescheidenen Lebensstils ist es Aban und Pervez gelungen, sich eine gemeinsame Existenz aufzubauen. Ihre Wohnung ist alt und heruntergekommen, aber alle drei Kinder haben ihren Collegeabschluss gemacht und haben jetzt eine gute Stelle. Und auf einmal wird Sera klar, dass sie ihr Leben gern gegen das von Aban getauscht hätte. Sie hätte bereitwillig das Prestige und den Wohlstand aufgegeben, zu denen sie durch die Ehe mit Feroz gelangt war, um in den Genuss der ergebenen Liebe zu kommen, die Pervez Aban entgegenbrachte. Es wäre ihr lieber gewesen, sich in irgendeinem Job abzurackern, täglich in überfüllten Zügen zu sitzen und am Ende eines Arbeitstages erschöpft und verschwitzt nach Hause zurückzukehren, als dieses isolierte Luxusdasein zu führen, das Feroz ihr aufgezwungen hatte.

Soweit Sera im Bilde ist, gibt es keine dunklen Geheimnisse in Abans Leben. Als sie ihre alte Freundin jetzt so betrachtet, gewahrt Sera eine kindliche Reinheit und Klarheit in ihren Augen, und ihr ist auch bewusst, woher dies rührt – davon, dass Aban nicht ihr halbes Leben lang ein Versteckspiel betrieben hat. Zuweilen hat Aban sich bei Sera beklagt, wie ungerecht es sei, dass sie Pervez' alte Eltern versorgen mussten. Doch im selben Atemzug betonte sie immer auch, wie dankbar sie für ihre Schwiegereltern sei, wie gut diese sie behandelten und sich um ihre Kinder kümmerten, während sie selbst bei der Arbeit war. Seinerzeit musste Sera sich stets auf die Zunge beißen, um nicht den Schleier zu lüften und zu erzählen, wie übel Banu mit ihr umsprang. Oder sie stimmte begeisterte Lobeshymnen auf ihren Schwiegervater an und hoffte, es würde Aban nicht auffallen, dass sie sich über ihre Schwiegermutter ausschwieg.

Jetzt ergreift Sera mit beiden Händen die Hand ihrer alten Freundin. »Du hast Recht, Aban. Wir waren damals so jung. Wie hätten wir all dies je vorausahnen können? Ich meine, dass deine kleine Toxy im Begriff steht zu heiraten. Gott, ich entsinne mich noch an den Tag ihrer Geburt.«

Aban senkt die Stimme. »Du hast an jedem traurigen oder glücklichen Ereignis in meinem Leben teilgehabt. Glaub bloß nicht, dass ich dir je die zahlreichen Gefälligkeiten, die du unserer Familie erwiesen hast, vergessen werde. Keine Ahnung, was ich ohne dich getan hätte.«

Sera ist erschüttert. Seit Jahrzehnten ist sie mit Aban befreundet, aber sie hat sich ihr noch nie so nahe gefühlt. Und doch ist es geradezu absurd, wie gerührt sie über Abans Worte ist. »Das kann ich nur zurückgeben«, erwidert sie und hofft, dass Aban nicht die Unaufrichtigkeit aus ihrem Tonfall heraushört. »Ich empfinde genauso, meine Liebe.«

Jaya tritt auf Aban zu. »*Bai,* das Abendessen ist fertig«, erklärt sie.

Aban erhebt sich. »Achtung, alle mal herhören«, ruft sie. Und als die allgemeine Unterhaltung im Raum verstummt, spricht sie das altbekannte Losungswort, das auf den Hochzeitsfeiern der Parsen das Festmahl einläutet. *»Jamva chaloji«,* verkündet sie grinsend. »Es ist angerichtet, ihr Lieben! Es gibt ein Buffet – das Essen wartet in der Küche auf euch.«

»Also, das war durchaus ein vergnüglicher Abend«, bemerkt Viraf auf der Heimfahrt. Seine Hände liegen ruhig und sicher auf dem Lenkrad, und er fährt zügig durch die verlassenen nächtlichen Straßen.

»Ein Abend, an dem es weiß Gott nicht gemangelt hat am typischen Chauvinismus der Parsen, dem üblichen Gequatsche betrunkener parsischer Gentlemen und natürlich, nicht zu vergessen, dem fettigen, nichtvegetarischen Essen, das wirklich ein Angriff auf die Gesundheit ist. So viel zu unserer Diät.«

»Ich frag mich, welcher der Gäste heute Nacht tot umfällt, weil er einen Herzschlag erleidet«, fügt Dinaz hinzu.

»Aber nicht doch, Schatz, das wird nicht vor dem eigentlichen Hochzeitsgelage passieren, wenn sie sich das komplette, cholesterinstrotzende Fünfgängemenü reinziehen«, kontert Viraf prompt. Dinaz und Sera kichern.

»Kinder, Kinder«, protestiert Sera schwach. »Nun seid doch nicht gar so gemein. Aban ist meine älteste Freundin.«

»Oh, nichts gegen Aban *auntie*«, beteuert Viraf. »Sie ist ein echter Schatz, eine ganz Liebe, wirklich ein Engel. Wir planen ja, morgen in aller Herrgottsfrühe gemeinsam in die Schweiz durchzubrennen. Sie wird an der Victoria Terminus Station auf mich warten. Wir fahren nämlich mit dem Zug in die Schweiz.«

Dinaz klatscht Viraf auf den Oberschenkel. »Hör auf mit deinen geschmacklosen Witzen, *yaar*«, sagt sie. »Also ehrlich, dein schwarzer Humor nimmt langsam abartige Formen an.«

Doch Viraf ist nicht zu bremsen. »Sie hat versprochen, mir auf der Reise eine kleine Einführung in die Überlegenheit der parsischen Kultur zu geben«, spinnt er weiter. »Wusstest du, dass die Parsen die Redlichkeit erfunden haben?« Und mit einem flüchtigen Seitenblick auf Dinaz, die ihr Bestes tut, um sich das Lachen zu verkneifen: »Das stimmt; frag, wen immer du willst. An einem 16. Juli im vierten Jahrhundert vor Christus erfanden die Parsen – oder ich sollte wohl besser sagen die Zoroastrier – die Redlichkeit. Am Tag darauf erfanden sie die Güte und die Barmherzigkeit.«

Sera stöhnt entnervt. »Okay, Viraf, nun ist's aber genug …«

»Warte, ich bin noch nicht fertig. Aban *auntie* möchte mit mir auch die Möglichkeit erörtern, eine Bewegung zu gründen, die die Parsen wieder in die Heimat ihrer Vorfahren im Iran zurückführt. Das persische Großreich wird wieder auferstehen. He, wenn die

Juden einen Anspruch auf Israel erheben konnten, warum sollten wir dann nicht Ansprüche auf den Iran geltend machen? Also, wer weiß? Wir könnten vielleicht unsere Schweizpläne fallen lassen und direkt in den Iran reisen. Heute Bombay. Morgen der Iran. Sprecht mir nach: Morgen der Iran.«

Dinaz dreht sich zu Sera herum. »Also, ich schwör dir, wenn dieser *gadhera* noch einmal vor meinen Augen trinkt, dann bring ich ihn um. Ich hoffe nur, dass unser Kind nicht den dämlichen Humor seines Vaters erbt.«

Viraf grinst vergnügt. »Spotte du nur, so viel du willst, meine Liebe«, entgegnet er. »Ich werde dir einfach eine Postkarte aus dem Iran schicken.«

Sera schließt die Augen. Der Tag war lang, und sie ist erschöpft. Sie fragt sich, weshalb sie sich so ausgelaugt fühlt. Entweder brüte ich gerade eine Erkältung aus, oder ich bin nicht mehr an diese großen Feste gewöhnt, geht es ihr durch den Kopf. Dinaz hat ihr oft vorgehalten, dass sie seit Feroz' Tod ein wahres Einsiedlerdasein führen würde; aber bis zu diesem Abend hat Sera nicht wirklich eingehend über das Thema nachgedacht. Sie weiß, dass dies einer der Gründe war, aus denen Dinaz darauf bestanden hat, dass sie und Viraf bei ihr einziehen. In den ersten sechs Monaten nach Feroz' Tod, als die Kinder noch nicht bei ihr wohnten, hatte Sera wenig Anlass gesehen, das Haus zu verlassen, es sei denn, um nach Banu zu schauen. Aber schließlich waren dann Dinaz und Viraf eines Abends vorbeigekommen und hatten ihr ihren Vorschlag unterbreitet. »Unsere kleine Wohnung ist zu weit von unserer Arbeit weg, Mummy«, hatte Dinaz erklärt. »Das Pendeln zu den Hauptverkehrszeiten wird allmählich schlicht unmöglich. Und du wirkst so einsam in dieser großen Wohnung, seit Daddy nicht mehr da ist. Daher haben wir uns gefragt – nun, was würdest du davon halten, wenn wir bei dir einzögen?«

Sera hatte sich bewusst beherrscht, um nicht spontan herauszuplatzen und ihrer uneingeschränkten Freude Ausdruck zu verleihen. Viraf und Dinaz dauerhaft im Haus zu haben! Wo sie mit ihrer Jugend die Geister der Vergangenheit vertreiben würden. Ihre Tage nicht länger damit zuzubringen, unbewusst auf Feroz' Schritte zu lauschen und dann diese seltsame Mischung aus Schuld und Erleichterung zu verspüren, wenn ihr bewusst wurde, dass er nicht nach Hause kommen würde. Es wäre herrlich, etwas zu haben, worauf sie sich am Ende des Tages freuen könnte, den Kindern ihre Lieblingsgerichte zu kochen und dann zufrieden zuzusehen, wie sie mit ihr zusammen im Esszimmer speisten.

Doch die Erinnerung an die elenden Jahre in Banu Dubashs Zuhause hielten sie davon ab, ihre Freude über den Vorschlag laut herauszuschreien. »Für Erwachsene ist es nicht leicht, gemeinsam unter einem Dach zu leben«, gab sie stattdessen zu bedenken. »Ihr wisst, dass eure Großmama mir das Leben wahrlich zur Hölle gemacht hat, solange ich bei ihr gewohnt habe. Ich würde mich selbst hassen, wenn ich je feststellen müsste, dass ich mich so verhalte wie sie. Und ihr seid jung und noch nicht allzu lange verheiratet. Ihr braucht Zeit für euch, um eure Beziehung aufzubauen. Wenn es zwischen uns schief laufen sollte, so würde ich mir das nie verzeihen.«

»Sera Mummy, nun mach aber einen Punkt«, rief Viraf lachend. »Ich bitte dich, du bist in keiner Weise wie Oma Banu. Selbst wenn ich sie jetzt so daliegen sehe, kann ich mir lebhaft vorstellen, was für eine Tyrannin sie gewesen sein muss. Davon mal abgesehen, macht sich Dinaz Riesensorgen um dich – und du würdest umgekehrt *uns* einen Gefallen tun. Die Pendelei zur Arbeit ist uns wirklich zu viel. Aber es ist natürlich dein Haus, also kannst du …«

»Es ist nicht mein Haus«, fiel sie ihm ins Wort. »Was immer mir gehört, gehört euch beiden, und das weißt du auch, Viraf. Es ist ja schließlich nicht so, dass ich noch sechs weitere Kinder hätte. Dieses Haus ist eures, Viraf, hab bitte nie das Gefühl, dass …«

»Wenn dem so ist, dann steht unser Entschluss fest«, schaltete Dinaz sich ein. »Wir ziehen in unsere eigene Wohnung zurück.«

»Denk einfach erst mal darüber nach, was ich gesagt habe«, wandte Sera ein. Sie seufzte. »Natürlich wäre es wundervoll, euch beide hier wohnen zu haben. Doch eine solche Entscheidung sollte man nicht leichtfertig treffen. Lass es dir noch einmal in Ruhe durch den Kopf gehen, *deekra*.«

Während sie auf dem Rücksitz in sich zusammensinkt, starrt Sera schläfrig nach vorn zu Dinaz und Viraf. Danke, lieber Gott, für meine Kinder, wispert sie. Die Freude, die mir die beiden beschert haben, ist mein Lohn dafür, dass ich all die Jahre mit Feroz zusammengeblieben bin.

Das Auto biegt in die Straße ein, in der Banu Dubash lebt, und wie immer drosselt Viraf das Tempo. »Es brennt noch Licht in der Wohnung«, bemerkt er. »Die Nachtschwester ist noch auf.«

»Grandma hat wahrscheinlich gerade einen ihrer Tobsuchtsanfälle«, erklärt Dinaz. »Die arme Pflegerin – ich weiß gar nicht, wie es überhaupt irgendeiner mit der alten Schachtel aushalten kann.«

Du sagst es, denkt Sera. Ich könnte es sicherlich nicht.

15

Nach vier Jahren Ehe hatte Sera eines Morgens beim Aufwachen etwas Heißes, Klebriges im Rachen gespürt. Einen Moment lang dachte sie, es sei der Beginn einer weiteren Nebenhöhlenentzündung, doch als sie vorsichtig schluckte, konnte sie keine Halsschmerzen feststellen.

Es war Hass. Hass, der ihr wie ein Knochen in der Kehle steckte. Hass, der bewirkte, dass sie sich krank fühlte, der ihren Mund austrocknete und einen bitteren Geschmack darin hinterließ. Hass, der ihr Herz in eine Art Fieberzustand versetzte und der ihre Mundwinkel nach unten zog, so wie man einen Löffel verbiegt.

Es war ein strahlend schöner Dezembertag. Eine Taube saß auf Seras Fensterbrett und gurrte ihre unbekümmerte Weise. Die Luft war abgekühlt, eine erholsame Abwechslung nach den heißen Sonnentagen in Bombay. Doch Sera, die mit offenen Augen dalag, konnte sich nicht freuen an dem herrlichen Tag. Sie fühlte sich matt und innerlich angegriffen, als zerfräße der Hass ihren Körper. Erschöpft blieb sie im Bett liegen. Sie konnte sich nicht entsinnen, dass sie in ihrem Leben je einen Menschen wirklich verabscheut hatte. Doch jetzt sickerte der Hass ihr die Kehle hinunter, zähflüssig und widerwärtig, und verlieh ihr das Empfinden, krank zu sein.

Sera schleuderte das Baumwolllaken, mit dem sie zugedeckt war, beiseite und sprang aus dem Bett. Hastig sammelte sie ihre Kleider zusammen und lief zu dem Kinderbettchen hinüber, in dem die schlafende Dinaz lag; sie rüttelte den winzigen Körper, bis ihre Tochter schließlich die Augen aufschlug und ihren winzigen Mund zu einem Gähnen aufriss. »Komm, wach auf, Dinu«, flüsterte Sera. »Du und ich, wir gehen heute auf Abenteuertour.« Sie lief ins Badezimmer, schaltete den Durchlauferhitzer ein und rückte die Plastikwanne unter das fließende Wasser, dann trieb sie das kleine Mädchen dazu an, ihr zu folgen. »Heute nehmen wir zwei ein Bad«, sagte sie.

Als sie schließlich aus dem Schlafzimmer auftauchten, waren sie beide angezogen. Sera ließ Dinaz im Wohnzimmer zurück und ging in die Küche, wo sie ihre Schwiegermutter vorfand. »Ich mache heute mit Dinaz einen kleinen Ausflug«, verkündete sie und wandte den Kopf ab, um Banus durchdringendem Blick auszuweichen. »Wir sind vermutlich den ganzen Tag unterwegs.«

»Du gehst am Morgen schon aus dem Haus? Was ist mit dem Frühstück für die Kleine? Und dem Mittagessen, das wir hier kochen? Du kannst doch nicht das sauer verdiente Geld meines Feroz' zum Fenster hinauswerfen …«

Sera spürte erneut das unangenehme Gefühl im Rachen. Sie fürchtete sich davor, Banu in die Augen zu sehen, aus Angst, in ihrer Miene könnte sich der Hass widerspiegeln, den sie gegen die alte Dame empfand. »Ich werde es Feroz selbst erklären«, erwiderte sie. »Ich muss jetzt los. Bin heute Abend wieder da. Also, bis später.«

Sie setzte sich beherzt über Banus finsteres Gezeter hinweg, indem sie die harschen Worte, die wie ein Trommelfeuer auf sie einprasselten, an sich abprallen ließ – von wegen, was sie zu diesem Verhalten bewöge, was sie eigentlich für eine Kinderstube genossen hätte und was denn das für Sitten seien. Sera packte Dinaz' dünnes Ärmchen und zog ihre Tochter in Richtung Wohnungstür. Kaum war diese hinter ihr ins Schloss gefallen, atmete sie geräuschvoll aus, verlangsamte jedoch ihren Schritt nicht, sondern lief hastig den Flur entlang zum Aufzug. Dann schwenkte sie in letzter Sekunde ab. Statt auf den Lift zu warten, nahmen sie die Treppe. Sera zwang sich, nicht ängstlich zurückzublicken, ob Banu ihnen vielleicht folgte. »Sie ist doch nur ein närrisches altes Weib«, sagte sie sich in einem fort, doch sie hatte dasselbe flaue Gefühl in der Magengrube, das sie erfasste, wenn sie sich in einem dunklen Kino einen Gruselfilm ansah.

Als sie schließlich mit Dinaz auf der Straße stand, merkte sie, dass es erst halb zehn Uhr morgens war und sie keine Ahnung hatte, wo sie eigentlich hinwollte. Sie erwog kurz, auf einen Sprung bei Feroz in der Arbeit vorbeizuschauen, und war bestürzt über das lähmende Gefühl, das sie bei dieser Vorstellung beschlich. Dann liebäugelte sie einen Moment lang mit der Idee, Aban einen Überraschungsbesuch abzustatten, doch bei dem Gedanken an das endlose Geschnatter ihrer Freundin bekam sie Beklemmungen. Und außerdem würde Aban zweifellos etwas in Seras Miene lesen, sie würde zweifellos nachbohren und wissen wollen, was im Argen lag.

Nein, sie würde mit Dinaz zusammen Mummy und Daddy besuchen fahren. Die zwei würden sich freuen, sie zu sehen, und sie nicht mit Fragen behelligen. Sera sehnte sich plötzlich nach ihrem alten Schlafzimmer, einem kühlen Zufluchtsort. Auch hatte sie ihre Eltern schon seit ein paar Wochen nicht mehr besucht und wusste, dass ihr Fernbleiben sie kränkte, auch wenn sie zu anständig waren, um je eine Silbe darüber zu verlieren. Ja, sie würde zu ihren Eltern fahren. Nachdem ihr Entschluss feststand, schlug sie unvermittelt eine andere Richtung ein und steuerte, Dinaz hinter sich herzerrend, auf den Taxistand zu. »Nicht so schnell, Mummy«, jammerte das Mädchen, worauf Sera schuldbewusst zusammenzuckte und ihren Schritt verlangsamte.

Als sie schließlich im Taxi saß und dem Fahrer die Adresse genannt hatte, spürte sie, wie ihr wild hämmerndes Herz sich beruhigte. Sie blickte auf die vorüberhuschenden Straßen hinaus und fragte sich, warum sie das nicht eher gemacht hatte. Auf einmal packte sie eine solche Ungeduld, zu ihren Eltern nach Hause zu kommen, dass sie den Taxichauffeur beinahe nötigte, bei Gelb noch über die Ampel zu fahren. Sie beugte sich angespannt vor, beseelt von einem wütenden Verlangen nach Geschwindigkeit, von dem Wunsch, in Bewegung zu bleiben, immer weiter zu rasen, einen möglichst großen Abstand zu schaffen zwischen sich und Banus düsterer Wohnung, in der einem der Lebenssaft aus den Knochen gesogen wurde. Doch das Taxi hielt an der Ampel an, und ein Schwarm Bettler tauchte vor ihrem Fenster auf. Sera wandte den Kopf ab, weil sie fürchtete, dass jede Form von Blickkontakt diese Menschen ermutigen würde, stehen zu bleiben. Dinaz zerrte an ihrer Bluse. »Mummu, Geld«, sagte sie. Sera seufzte. Dinaz war so ein sensibles Kind. Sie hatte bereits begriffen, dass sie ihren Vater besser nicht dazu drängte, den Bettlern Almosen zu geben. Feroz erklärte oft, dass er nichts davon halte, die Bettelei zu fördern, und verbot Sera, auch nur eine Münze in eine erwartungsvoll geöffnete Hand zu werfen, wenn sie zusammen unterwegs waren. »*Saala,* faule Schweine«, pflegte er zu wettern. »Das würde mir auch gefallen – den ganzen Tag müßig herumzulungern und so leicht mein Geld zu verdienen.«

Während sie in ihrem Portemonnaie nach Kleingeld stöberte, musste Sera plötzlich laut auflachen, weil ihr eine Begebenheit von Feroz' Geburtstag aus demselben Jahr wieder in den Sinn kam. Dinaz hatte beobachtet, wie ihre Großeltern Feroz dazu anhielten, sich mit dem Gesicht nach Osten hinzustellen, ihm einen roten Punkt auf die Stirn malten und ihm eine Blumengirlande um den Hals hängten. Dann war Banu zum Couchtisch gegangen und mit einem Umschlag voll Geld zurückgekehrt. »Alles Gute zum Geburtstag, mein lieber Junge«, sagte sie und umarmte ihn.

Plötzlich setzte sich Dinaz, die auf dem Sofa gelegen hatte, auf. »*Saala,* faules Schwein«, schrie sie. »So leicht sein Geld zu verdienen.« Sie hatte den Tonfall ihres Vaters so perfekt nachgeahmt, dass Sera einen Moment lang glaubte, die Worte kämen von dem stets anwesenden Polly.

Feroz blies die Wangen auf, und einen Moment lang schien es, als wolle er Dinaz für ihre ungezogenen Worte züchtigen. Doch Sera gab seltsame Laute von sich, und die anderen brauchten eine Weile, bis sie begriffen, dass sie wiehernd lachte. Feroz Lippen bebten, und er wirkte unschlüssig, ob er nun seine Tochter schelten oder in das Lachen seiner Frau mit einstimmen sollte. Sera nahm ihm die Entscheidung mehr oder weniger aus der Hand. Noch während ihr vor Lachen die Tränen über die Wangen liefen, ging sie zu Dinaz und legte ihr die Arme um die Schultern. »Du freches, ungezogenes Mädchen«, sagte sie und drückte Dinaz ganz fest an sich. »Solche Dinge darf man nicht sagen, hörst du?«

Doch mittlerweile lachten alle. »Dieses Mädchen ist auf dem

besten Wege, in die Fußstapfen ihres Großvaters zu treten und die Anwaltslaufbahn einzuschlagen, das sag ich euch«, bemerkte Freddy. »Die wird selbst den Obersten Gerichtshof in die Knie zwingen.«

Das Taxi fuhr bereits davon, doch Seras Gesicht wurde noch immer von einem Lächeln erhellt. Sie blickte flüchtig auf Dinaz hinunter, und ihr Herz zog sich vor Liebe zusammen. Sie ist der einzige Lichtblick in meinem Leben, dachte sie. Sie und, bis zu einem gewissen Grad, Papa Freddy. Der Rest der Sippe – Feroz und seine Mutter – hat mein Leben ruiniert.

An jenem Tag um sechs Uhr abends warf Seras Mutter Jehroo ihrem Mann einen raschen Blick zu und wandte sich dann an Sera. »Liebling, wir sind heute Abend zum Essen eingeladen. Sollen wir absagen? Oder gedenkst du ohnehin demnächst nach Hause zu fahren?«

Sera wollte ihren Eltern schon erklären, sie sollten sich von ihren Plänen nicht abbringen lassen, sie und Dinaz würden bald aufbrechen – als ihr klar wurde, dass sie nicht fahren würde. Nein, sie würde nicht zu Feroz zurückkehren. Die Erkenntnis benahm ihr den Atem, als käme soeben in ihrem Kopf an, was ihr Körper bereits gewusst hatte. Sie starrte ihre Mutter an und fragte sich, wie sie diese Erkenntnis in Worte fassen sollte, die genug enthüllen, aber das volle Ausmaß des Grauens im Dunkeln lassen würden, das sie bei dem Gedanken beschlich, in Banus Wohnung zurückzukehren. »Ich habe mir gerade überlegt«, fing sie an. »Also, ich dachte, Dinaz und ich würden heute über Nacht hier bleiben. Ich meine, du und Daddy, ihr geht natürlich zu eurem Essen. Aber ich dachte, Mummy, wir wären einfach noch hier, wenn ihr wieder zurückkommt.«

Jehangir Sethna machte ein Gesicht, als wolle er etwas sagen, doch seine Frau schleuderte ihm einen warnenden Blick zu. »Aber gewiss, Sera«, erwiderte Jehroo sanft. »Du weißt, dass dies dein Zuhause ist, Schatz. Du bist hier stets willkommen. Doch bist du sicher, dass Feroz nichts dagegen hat, seine reizende Frau mit uns zu teilen?«

Wieder dieses Gefühl, dass irgendeine heiße Flüssigkeit ihren Rachen hinuntersickerte. Sera schluckte heftig, bevor sie eine Antwort gab. »Ich denke, er kommt damit klar, Mummy. Aber du und Daddy, ihr solltet euch fertig machen für euer Dinner.«

»He, wenn meine geliebte Tochter und meine Enkeltochter hier bleiben, dann habe ich keine Lust, zu einer Essenseinladung zu gehen«, protestierte Jehangir postwendend. »Ich bin sicher, die Pundoles werden das verstehen.«

»Nein, nein, Daddy, bitte werft eure Pläne nicht um.« Und als Sera den wohl vertrauten störrischen Gesichtsausdruck ihres Vaters sah, fügte sie hinzu: »Um ehrlich zu sein, bräuchte ich … bräuchte ich ein klein wenig Zeit für mich, um … über ein paar Dinge nachzudenken.«

Jehroo stieß ihren Mann unauffällig in die Seite und zwinkerte ihm mehrmals zu, wobei sie das Gesicht von ihrer Tochter abwandte, sodass nur er es sehen konnte. »Na komm schon, Jehangu. Lass uns unsere Verabredung einhalten. Wir können ja ein bisschen früher nach Hause kommen, wenn du möchtest. Dann kannst du noch aufbleiben und mit deiner Tochter reden, solange du lustig bist.«

Nachdem sie gegangen waren, rief Sera in der Wohnung der Dubashs an. Bitte mach, dass Feroz ans Telefon geht, flehte sie innerlich. Bitte, bitte.

»Hallo?«, meldete Feroz sich knapp, und seine Stimme klang so klar am anderen Ende der Leitung, dass Sera kurzfristig die kleine Rede entfiel, die sie sich zurechtgelegt hatte.

»Feroz? Ich bin's. Hör zu, ich ruf nur an, um Bescheid zu sagen …«

»Wo steckst du denn, zum Teufel noch mal? Wir haben seit einer Stunde das Essen fertig und warten darauf, dass du nach Hause kommst.«

»Ich bin bei meinen Eltern. Pass auf, Feroz, ich habe mir überlegt, dass ich vielleicht für ein paar Tage hier bleibe.«

Sie hörte, wie er geräuschvoll Luft holte, dann war gar nichts mehr zu vernehmen. Sag doch was, flehte sie im Stillen. Sag irgendetwas, damit dieser Geschmack von Mottenkugeln aus meinem Mund verschwindet.

Das Schweigen dauerte an. »Hallo?«, hakte sie schließlich nach.

»Ich bin noch dran.«

»Willst du nicht irgendwas sagen?«

Diesmal hörte sie, wie er mit den Zähnen knirschte. »Was gibt es da zu sagen? Du verlässt heute Morgen ohne jegliche Vorwarnung das Haus, kommst heute Abend nicht heim; wir sitzen hier rum wie die Vollidioten und warten auf dich, während das Essen kalt wird; und nun erzählst du mir, du bliebest zu Hause bei deiner Mummy, einfach so, aus irgendeiner unerklärlichen Laune heraus. Was soll ich denn da schon groß machen? Auf den Knien angekrochen kommen und dich anflehen, nach Hause zurückzukehren? Da hast du dir den Falschen ausgesucht, Sera.«

Einen Moment lang betrachtete Sera die Situation aus seinem Blickwinkel. Sie malte sich aus, wie er müde von der Arbeit nach Hause kam und nach ihr und Dinaz fragte; sah im Geiste Banus süffisante Miene vor sich, als sie ihm mitteilte, dass seine Frau seit dem Morgen fort sei und ihre Tochter mitgenommen habe.

»Möchtest … möchtest du Dinaz noch gute Nacht sagen?«, erkundigte sie sich zögernd.

»Wie lange gedenkst du mir meine Tochter denn vorzuenthalten?«, fragte er zurück. »Und willst du mir etwa erzählen, dass deine Eltern dich noch dazu ermutigen, deine Pflichten zu vernachlässigen?«

»Feroz, so ist es nicht. Ich hatte überhaupt nichts dergleichen geplant. Ich hab nicht mal frische Unterwäsche oder ein *sadra* bei mir. Und ich weiß auch nicht, wie viel Zeit ich hier für mich brauche. Es ist einfach nur so, dass die Stimmung zu Hause gerade so gespannt ist zwischen deiner Mutter und mir …«

»Schwachsinn!« Das Wort schoss durch die Telefonleitung wie ein Fausthieb und brachte ihre Ohren zum Klingeln. »Nun schieb nicht Mama oder irgendjemand anders in meiner Familie die Schuld für deine Hysterie in die Schuhe. Du hast dir diese Suppe selbst eingebrockt, also löffel sie auch alleine aus.«

Ungläubig starrte Sera das Telefon an, denn sie konnte es nicht fassen, dass Feroz aufgelegt hatte. Den Hörer immer noch in der Hand, ließ sie sich langsam aufs Sofa sinken. War es möglich, dass die Verbindung unterbrochen worden war, »mit den besten Empfehlungen, Ihre leistungsunfähige Bombayer Telefongesellschaft«? Doch selbst wenn sie diese Möglichkeit kurz in Betracht zog, sagte ihr ihre innere Stimme, dass Feroz den Hörer absichtlich auf die Gabel geknallt hatte. Sie überlegte hin und her, ob sie ihn zurückrufen sollte, doch sie wusste, dass sein Stolz ihn daran hindern würde abzunehmen. Und falls Banu ans Telefon ginge, wäre ihre Schmach vollkommen.

Zwei Wochen verstrichen, ohne dass sie auch nur eine Silbe mit Feroz gesprochen hatte. Anfangs fragte Dinaz noch nach ihrem Vater und ihrem Großvater, aber schon bald blieben die Fragen aus, und sie machte den Eindruck, als hätte sie sich in ihr neues Leben eingefunden. Doch war das wirklich ein neues Leben? Oder nur eine vorübergehende Auszeit von ihrem alten? Eines Tages nahm Jehroo Sethna ihrer Tochter diese Frage mehr oder weniger aus dem Mund. Die beiden waren in Colaba zum Shoppen gewesen und hatten Dinaz zu Hause bei ihrem Großvater gelassen. »Komm, wir kaufen noch ein paar mehr Höschen für die Kleine«, schlug Jehroo vor, als sie an einem schmalen Laden vorbeikamen, der Kinderkleidung führte. Dann blieb sie stehen und blickte ihre Tochter forschend an. »Oder vielleicht doch nicht?«, hakte sie behutsam nach. »Es ist so schwierig, ich weiß nicht, was ich im Hinblick auf ihre Kleidung und all das machen soll, wo ich doch keine Ahnung habe, wie … nun, wie die Zukunft aussieht.«

Sera begriff sofort, was ihre Mutter wissen wollte. Sie wandte den Blick ab, denn sie konnte das sanfte Mitleid, das sie in den Augen ihrer Mutter las, nicht ertragen. Die beiden waren sich gar nicht bewusst, dass sie stehen geblieben waren, und die übrigen Passanten warfen ihnen giftige Blicke zu, weil sie einen Bogen um sie machen mussten. Die Verkäufer in ihren Buden witterten die Unentschlossenheit der beiden Frauen und steigerten ihr näselndes Geschrei zu einer wahnwitzigen Lautstärke, wobei einer den anderen übertönte: »Schöne gute Tag, die Damen, was suchen? Kassetten, Parfum, Seifen, Kraft-Käse im Becher, frisch aus Australien. Auch Schokolade – Nestlé, Toblerone. *Arrey,* schauen Sie, das hier ist *aasli maal,* Madam – die Original. All diese Ware ist aus dem Ausland importiert; kommen Sie, ich mache Ihnen guten, billigen Preis.«

Sera und Jehroo waren so vertieft in ihre Unterhaltung, dass sie gar keine Notiz von dem hektischen Gebaren der Verkäufer nahmen, die verzweifelt um ihre Aufmerksamkeit buhlten.

»Los, komm«, sagte Jehroo, indem sie Sera an der Hand hinter sich herzog. »Lass uns in das iranische Restaurant gehen und etwas Kühles trinken. Und dann können wir das Ganze besprechen.«

Im Lokal bestellten sie jede ein Thums Up und ein Hühnchen-Sandwich und saßen erst einmal eine Weile einträchtig schweigend da. Dann wandte sich Jehroo an Sera. »Ich habe jetzt zwei Wochen lang meinen Mund gehalten. Zwei Wochen, ach, zum Teufel, was red ich, zwei Jahre sind es jetzt, die ich meinen Mund gehalten habe. Meinst du, ich hätte die dunklen *chakkars* unter deinen Augen nicht bemerkt, hätte nicht mitbekommen, dass du nie mehr lächelst? *Deekra,* ich bin deine Mutter. Ich habe dich neun Monate in meinem Bauch getragen. Und kenne jeden Quadratzentimeter deiner Haut. Wenn ein Moskito auf dir landet, so spüre ich den Stich.«

Sera lächelte. »Diese Empfindungen habe ich gegenüber Dinaz«, erwiderte sie.

»Genau. Die Herren der Schöpfung sind manchmal einfach blind für das, was sich direkt vor ihrer Nase abspielt. Aber wir Frauen, wir sehen alles. Und daher frage ich dich, Sera: Was ist mit deiner Ehe los? All diese Monate habe ich mich brav um meine eigenen Angelegenheiten gekümmert, habe mir gesagt, dass du jetzt zu deinem Mann gehörst und nicht länger zu uns. Aber ich ertrage es nicht, mit anzusehen, dass mein eigenes Kind so einen unglücklichen Eindruck macht. Daher würde es mich jetzt doch mal interessieren: Warum bist du bei uns? Und warum hat Feroz nicht ein einziges Mal angerufen oder ist gekommen, um dich wieder heimzuholen?«

Er schlägt mich, hätte sie gerne gesagt. Und seine Mutter macht mir das Leben zur Hölle. Die Worte formten sich auf ihren Lippen wie Meeresschaum am Rande eines Strandes und fielen dann in sich zusammen. Sie konnte ihre Mutter nicht damit belasten. Sie wollte nicht die dunklen Ringe unter ihren eigenen Augen wegnehmen und sie unter die Augen ihrer Mutter packen. Sie hatte kein Verlangen danach, ihre eigene Seele zu erleichtern, indem sie ihren Kummer auf dem Rücken ihrer Mutter ablud. Und außerdem, wer weiß, wie ihr Vater reagieren würde, wenn er herausfände, was Feroz ihr hinter verschlossenen Türen antat. Bisweilen war es nur ein Appetithäppchen – ein rasches, aber festes Zwicken, wenn sein Daumen und sein Zeigefinger wie Scherenhälften zuschnappten und so fest an ihrem Fleisch zerrten, dass es noch Tage später schmerzte. An anderen Tagen war es ein vollständiges Menü, ein Festessen, das Fausthiebe, Schläge und gelegentlich auch mal einen Tritt mit einschloss – ein Mahl, von dem sie so abgefüllt war, dass sie am Tag darauf Stunden mit der Überlegung zubrachte, welches langärmelige Kleid sie tragen und wie sie die Blutergüsse in ihrem Gesicht erklären sollte. Noch schlimmer als die Schläge selbst war allerdings der forschende, triumphierende Ausdruck, den sie am Morgen danach auf Banus Gesicht gewahrte. In gewisser Weise verbanden diese Schläge sie und Banu und erlaubten es der alten Frau gleichsam, in die aufgerissenen, von Unrat übersäten Straßen ihres Herzens einzudringen.

Nein, wer weiß, was ihre Eltern unternehmen würden, wenn sie dies je herausfänden. Gewalt, Grausamkeit – das waren Dinge, die außerhalb ihres Erfahrungsbereichs lagen. Und sie waren so alt, sie mussten ihre Tochter nicht mehr retten oder ihre Kämpfe für sie ausfechten. Im Übrigen hatte ihre Mutter damals versucht, sie vor Banu zu warnen. Sie hatte sich erboten, Nachforschungen anzustellen, Gerüchten auf den Grund zu gehen. Und wie arrogant und achtlos hatte sie, Sera, dieses Angebot damals abgelehnt. Wie idealistisch und selbstbewusst war jene junge Frau gewesen, die aus dem Hause der Eltern auszog. Und was war jetzt noch von ihr übrig? Ein Zittern in der rechten Hand, das sie manchmal nicht unter Kontrolle hatte, dunkle Schatten unter den Augen und ein Herz, das zerschellt war wie ein heruntergefallener Teller.

»Mummy, Feroz und ich haben gerade etwas Probleme, natürlich«, begann sie, jedes Wort sorgsam abwägend. »Ich weiß, dass es eine Zumutung für dich und Daddy ist, mich und die Kleine dazuhaben. Aber wenn ich einfach noch ein wenig bleiben kann, so werde ich …«

»Nun machst du mich aber wütend«, fiel ihr Jehroo ins Wort.

»Liebling, verdreh mir nicht die Worte im Mund. Du weißt, wie sehr dein Vater und ich es genießen, euch bei uns zu haben. Doch genau da liegt auch der Hase im Pfeffer – dein Platz ist nicht bei uns; er ist an der Seite deines Mannes und deiner Schwiegereltern. Also, erzähl mir, was dich bedrückt.«

»Sie mischt sich wahnsinnig oft in unsere Angelegenheiten ein.« Sera sagte das Erstbeste, was ihr in den Sinn kam. »Du weißt ja, sie ist eine alte Dame, die ihre eingefahrenen Ansichten und Gewohnheiten hat.« Sie merkte, dass sie Banu als exzentrische alte Schachtel darstellte und nicht als das bösartige Monster, das sie war.

»Dieses System des Familienzusammenhalts in Indien ist wirklich die Pest«, seufzte Jehroo. »Zahllose Frauen sind um seinetwillen geopfert worden.« Sie sah nach draußen, wo ein junger weißer Mann in ausgebeulter Blumenhose und bedrucktem, weitem Flatterhemd stand und sich mit einer Frau im Baumwollrock unterhielt, die einen Rucksack auf dem Rücken trug. »Weißt du, wir Inder erheben uns über diese Leute im Westen, darüber, dass sie ihre Kinder aus dem Nest werfen, wenn sie achtzehn werden, dass sie die betagteren Menschen in Altenheime stecken und nicht die gleiche Liebe für die Familie aufbringen wie wir. Aber manchmal frage ich mich, ob wir wirklich so überlegen sind, wie wir uns wähnen. Was bringt es denn, dass alle unter einem Dach leben, wenn alles, was dabei herauskommt, ein ständiges Hickhack im Hause ist? Da ist es doch besser, jeder geht seine eigenen Wege, als dass man sich fortwährend bekriegt.

Kennst du unsere Nachbarn Freny und Jamshed? Nun, sie haben Jamsheds Mutter zu sich in Pflege genommen. Neulich ging ich die alte Dame besuchen, und was glaubst du wohl? Die arme Frau ist am ganzen Körper wund gelegen. Freny sagt, sie habe einfach nicht die Kraft, sie so oft im Bett umzudrehen, wie es nötig wäre. Weißt du, Jamshed ist den ganzen Tag bei der Arbeit, daher bleibt alles an Freny hängen. Doch während meines ganzen Besuches war alles, was Freny getan hat, sich über die alte Dame zu beklagen, darüber, dass sie nicht mithilft, wenn man sie im Bett herumdrehen will oder wenn man sie hochheben muss, um ihr die Bettpfanne unterzuschieben. Wo doch jeder sehen kann, dass das arme Geschöpf nur noch Haut und Knochen ist. Sie kann kaum ihre Brauen heben, ganz zu schweigen von ihrem Gesäß. Aber Freny ist überzeugt, dass sie das alles absichtlich macht, um sie zu schikanieren. Und Freny selbst – was soll ich dazu sagen? Sie sieht aus, als sei sie binnen zwei Monaten um fünfzig Jahre gealtert. Erzählt, sie könne kaum mehr als eine Stunde am Stück das Haus verlassen, sie rieche den Urin und den Franzbranntwein selbst im Schlaf. Ihr ganzes Leben ist von dieser leidigen Situation beherrscht.« Jehroo schaute zu Sera auf. »*Beta,* ich bin sicher, sie betet Tag und Nacht darum, dass die Alte stirbt. Und ungeachtet dessen kritisieren wir diese Menschen in anderen Ländern dafür, dass sie ihre Alten einfach in irgendwelche Verwahranstalten abschieben. Ich bete darum, dass ich, wenn meine Zeit gekommen ist, nicht irgendjemandem zur Last werde.« Sie lächelte. »Du schmuggelst einfach ein paar Pillen in den Custard oder den Pudding hinein, und eins, zwei, drei – schon ist der Fall erledigt.«

Sera griff über den Tisch und streichelte ihrer Mutter die Hand, wodurch sie ein bisschen Wasser aus einem der Gläser verschüttete, die der Kellner ihnen gebracht hatte, sobald sie sich hingesetzt hatten. »Mummy, sag so was nicht. Ich wüsste überhaupt nicht, was ich tun sollte, wenn dir etwas zustoßen würde.«

Jehroos Ton war sanft und liebenswürdig. »Dein Daddy und ich werden nicht ewig um dich sein, Liebling. Wir werden allmählich alt, weißt du. Das ist ja der Grund, aus dem ich dir sage, dass dein Platz an der Seite deines Ehemannes ist. In jeder Ehe gibt es mal Spannungen. Und es ist sicherlich keine glückliche Fügung, dass du bei deinen Schwiegereltern lebst. Aber du hast es dir so ausgesucht. Versuch einfach, so tolerant wie möglich gegenüber der alten Dame zu sein. Und mit deinem liebenswürdigen Wesen sollte es dir doch eigentlich gelingen, sie für dich zu gewinnen.«

Sera quittierte die Worte ihrer Mutter mit einem Lächeln, aber es kam nicht wirklich von Herzen. Sie fühlte sich dieser eleganten Frau mit den großen, freundlichen Augen fern. Ihre Mutter mochte schon länger auf der Welt sein als sie, aber in jenem Moment kam Sera sich älter vor, härter vom Leben gebeutelt, erfahrener. Jehroo Sethna war mit liebevollen, wohlhabenden Eltern gesegnet gewesen, die ihr innig zugetan waren; mit einem gebildeten, sanftmütigen Ehemann, der sie abgöttisch verehrte; und einer Tochter, die sie liebte und achtete. Sie hatte nie erlebt, dass harte Männerknöchel mit voller Wucht auf ihr zartes Fleisch prallten; hatte nie die klaustrophobischen Anwandlungen kennen gelernt, die einen überkommen, wenn man in einem Zimmer seiner eigenen Wohnung eingesperrt sitzt; hatte sich nie anhören müssen, wie ihr Ehemann ihr verächtlich erklärte, sie würde allmählich alt, fett und hässlich, oder wie er sie bezichtigte, sie würde mit jedem Mann flirten, dem sie begegneten, wenn sie gemeinsam irgendwo unterwegs waren. Sie hatte nie die Erfahrung gemacht, dass jemand mit flinken, argwöhnisch umherhuschenden Rattenaugen jede ihrer Bewegungen in ihrem eigenen Zuhause verfolgte. Jehroo Sethna hatte nicht gelitten, das wurde Sera klar, und zum ersten Mal in ihrem Leben empfand sie eine gewisse Distanz gegenüber ihrer Mutter, fühlte sich nicht in der Lage, mit ihr auf einer anderen Ebene in Verbindung zu treten als über die Liebe, die sie natürlicherweise füreinander empfanden.

»Weißt du was, Mummy«, sagte sie. »Lass uns diese Höschen für Dinaz besorgen gehen. Dann müssen wir nicht noch mal einkaufen fahren, falls ich beschließe, noch ein paar Wochen bei euch zu bleiben.«

Drei Wochen später klopfte eines Nachmittags jemand an die Tür, und als Sera öffnete, fand sie Freddy Dubash an die Wand im Hausflur gelehnt. Freddy trug seinen braunen Bowler auf dem Kopf, und aus seiner Tasche baumelte seine goldene Uhrkette. »Papa Freddy«, rief Sera hocherfreut. »Was machst du denn hier?« Doch dann bewölkte sich ihre Miene. »Ist alles … Geht es Feroz gut?«

»Alles bestens«, erwiderte der alte Mann. Er runzelte in gespieltem Ernst die Stirne. »*Arrey wah!* Brauche ich einen Anlass, um meine Tochter und meine Enkelin zu besuchen?«

Sera errötete. »Nein, natürlich nicht. Bitte, komm doch herein. Daddy«, rief sie. »Sieh mal, wer da ist.«

Die beiden Männer umarmten sich. »*Kem che,* Freddy, wie geht's?«, fragte Jehangir mit größter Seelenruhe, als würde Freddy täglich bei ihm vorbeischauen. »Bitte, setz dich doch.«

»Gut, gut«, gab Freddy zurück und ließ sich in einem Sessel nieder. »Ich hab in der Zeitung gesehen, dass Franz Gutman diesen Samstag dirigiert. Ich besitze eine seiner frühen Aufnahmen von Haydns Paukenschlag-Symphonie. Habt ihr Karten für das Konzert?«

»Ja, natürlich. Würde es mir um nichts auf der Welt entgehen lassen. Und jetzt, wo meine Sera hier ist, um mich zu begleiten …« Er warf einen flüchtigen Blick zu Sera hinüber und verstummte dann, als er sich über die Begleitumstände von Seras Aufenthalt in seinem Hause klar wurde. Ein betretenes Schweigen machte sich breit. Jehangir sah sich Hilfe suchend im Zimmer um. »Ich werd mal Jehroo aufwecken gehen«, erklärte er. »Sie hat sich mit Dinu zu einem kleinen Mittagsschläfchen hingelegt.«

»Nein, bitte nicht«, wandte Freddy ein. »Ich meine … ich wollte eigentlich mit Sera ein paar Minuten unter vier Augen sprechen, wenn das für dich in Ordnung ist.«

Jehangir sah seine Tochter an und wartete auf irgendein Zeichen. Als sie ihm kaum merklich zunickte, erhob er sich seufzend. »Na, dann bis gleich«, bemerkte er vage.

Als sie mit Freddy allein war, spürte Sera, wie sie eine lähmende Scheu überfiel, die es ihr schwer machte, ihm in die Augen zu sehen. Als sie sich schließlich dazu zwang, stellte sie fest, dass Freddy sie scharf fixierte. In seinem Gesichtsausdruck lagen ein Ernst, eine Entschlossenheit, die sie noch nie zuvor bei ihm erlebt hatte.

»Bist einfach so davongestiefelt«, hob er an. Sie hörte die Gekränktheit in seinem Tonfall und versuchte sich vorzustellen, wie es für ihn gewesen sein musste, plötzlich zu merken, dass sie nicht zurückkehrte, zu begreifen, dass die Einzige, die mit ihm Musik hörte, ihn im Stich gelassen hatte. »Nicht einmal ein ›Auf Wiedersehen‹, nicht einmal ein ›Papa Freddy, mach's gut, ich werde dich vermissen‹. *Bas,* bist einfach so gegangen. Und hast alle Freude aus meinem Haus mit fortgenommen.« Die letzten Worte waren ganz leise gekommen, und sein Kinn war auf die Brust herabgesunken, sodass sie sich anstrengen musste, ihn zu verstehen. Ja, sie hatte fast den Eindruck, als redete er zu sich selbst.

»Wie geht es Mama Banu?«, fragte sie und wurde sich, noch während sie die Frage aussprach, bewusst, dass es sie tatsächlich interessierte.

Sein Kopf schnellte in die Höhe. »Banu? Ich wünschte, ich könnte sagen, meine herzallerliebste Frau Gemahlin habe sich in ein frommes Lämmchen verwandelt, zahm und gutherzig. Doch die traurige Wahrheit ist, dass sie so gemein und hinterhältig ist wie eh und je. Sie treibt die arme Gulab in den Wahnsinn mit ihrem ewigen ›Tu dies, tu das‹.«

»Weiß … weiß Feroz, dass du hier bist?«

Freddy blickte Sera aus tränenfeuchten Augen an und betrachtete forschend ihr Gesicht. »Hör mal, *deekra*«, sagte er feierlich. »Ich bin in einer sehr wichtigen Mission hierher gekommen. Ich möchte, dass du gut aufpasst, was ich jetzt sage.« Plötzlich wirkte er gereizt und sprach ziellos in den Raum hinein. »Nun seht euch mal diese Frau hier an, die ein Gesicht macht wie drei Tage Regenwetter. Ich bin den ganzen Weg hergefahren, um sie zu sehen, und alles, was sie interessiert, ist, ob ihre bessere Hälfte darüber im Bilde ist, dass ich hier bin.« Er seufzte theatralisch. »Ja, meine Liebe, Feroz weiß, dass ich hier bin. Und was noch wichtiger ist, er weiß, weshalb ich hier bin. Also, passt du nun bitte auf, was ich zu sagen habe?«

Sera nickte.

»Fein. Also, vor zwei Tagen bin ich einem meiner ehemaligen Mandanten in die Arme gelaufen. Divan Shah ist sein Name. Er ist mittlerweile ein steinreicher Mann, doch vor ein paar Jahren war er rechtlich in einer relativ heiklen Lage, und lass es mich einfach mal so sagen, ich habe ihm ziemlich geholfen. Wie auch immer, das alles ist für dich eigentlich nicht weiter von Belang. Das Wesentliche ist, dass dieser Mann im Baugeschäft tätig ist. Entsinnst du dich an Moti Mahal, den großen Bungalow am Ende unserer Straße? Nun, es hat sich herausgestellt, dass die alte Dame, die dort über fünfzig Jahre lang lebte, das Haus samt dem umliegenden Grund an Divans Firma veräußert hat. Sie sind gerade im Begriff, es abzureißen und ein neues, siebengeschossiges Gebäude dort hinzusetzen.«

Sera merkte, wie ihre Gedanken abschweiften. Sie hätte gern Dinaz von ihrem Mittagsschlaf aufgeweckt, damit sie ein bisschen Zeit mit ihrem Großpapa Freddy verbringen konnte. Wie Dinaz wohl auf ihn reagieren wird?, fragte sie sich.

»Liebes, hörst du auch zu? Was ich zu sagen versuche, ist: Ich habe Divan darauf angesprochen, dass ich gern eine Wohnung in seinem neuen Gebäude kaufen würde. Er ist gewillt, sie mir zu einem guten Preis zu überlassen. Und gestern Abend habe ich mich mit Feroz unterhalten. Hab mit ihm in einer Art und Weise geredet, in der ich noch nie zuvor mit ihm geredet hatte, falls du weißt, was ich meine. Einfach von Mann zu Mann. Hab ihm erklärt, dass sein Leben gelaufen sei, wenn er dich verlöre. Dass er eines Tages wie diese jämmerlichen alten Parsen enden würde, die auf der Straße mit sich selber reden und sich beim Essen voll sabbern. Und mein stierköpfiger Sohn hat ausnahmsweise einmal Vernunft angenommen. Und hat zugestimmt.«

Freddy hielt inne und blickte Sera triumphierend an. Als sie seine gespannte Miene gewahrte, wusste Sera, dass er auf irgendein Wort von ihr wartete. »Das ist gut«, murmelte sie vage. Und als Freddy nichts erwiderte. »Wozu hat er denn zugestimmt?«

Freddy schlug sich mit der flachen Hand aufs Knie. »Ha, nun kommen wir der Sache langsam näher. Ich sag dir was, *chokri,* ich mach mir allmählich Sorgen um dich. Du wirkst, als würdest du jeden Morgen fünf Beruhigungstabletten schlucken. Wenn du nicht Acht gibst, wird dein Gesicht irgendwann von Spinnweben überzogen sein.«

Sera packte sich innerlich beim Schopf. »Papa Freddy«, erklärte sie. »Es tut mir Leid, das zu sagen, aber ich habe keine Ahnung, wovon du sprichst.«

»Wie solltest du auch? Ich hab's dir ja noch gar nicht wirklich erklärt.« Er beugte sich nach vorn. »Was ich damit sagen will, ist, ich kaufe eine zweite Wohnung. Für dich und Feroz – und Dinaz natürlich. Wo ihr getrennt wohnt von Banu und mir. Auf diese Weise kann Banu nicht mehr ihren gewohnten Zirkus veranstalten, und du und Feroz, ihr habt eine gewisse Privatsphäre.«

Sie starrte ihn an und wagte ihren Ohren nicht zu trauen. »Und ... Feroz hat sich mit diesem Plan einverstanden erklärt?«

»Jawohl. *Beta,* ich kenne meinen Sohn. Sein blödsinniger Stolz wird es ihm niemals erlauben, dich zu bitten, dass du wieder zurückkehrst. Aber ich sage dir, er ist wie ausgewechselt. Er kommt spät nach Hause, isst kaum zu Abend, wenn er daheim ist. Neulich wollte er zur Arbeit los, und ich musste ihn darauf aufmerksam machen, dass er vergessen hatte, sich zu rasieren. Kannst du dir das vorstellen, unser Feroz vergisst etwas Derartiges? Aber seit du weg bist, ist er wirklich nicht wieder zu erkennen. Selbst Polly ist das schon aufgefallen.«

Sera wehrte sich gegen die plötzlich aufflackernde Hoffnung in ihrem Herzen. »Selbst wenn Feroz einverstanden ist ... Mama Banu wird niemals zustimmen«, entgegnete sie matt.

Freddy machte ein verdrießliches Gesicht. »*Arrey,* was soll denn das heißen? Mag sein, dass ihr das alle vergessen habt, aber ich bin immer noch der Herr im Haus. Und habe in unserer Familie das Sagen. Ich habe Banu gestern Abend dargelegt, dass dies die einzige Lösung ist, es sei denn, sie möchte, dass ihr Sohn noch zu ihren Lebzeiten älter aussieht als sie selbst. Hab ihr die Situation erläutert und ihr keine Chance gegeben, mit ihrem Ja-aber-Gerede anzufangen. *Bas,* hab ihr mitgeteilt, dass das der Plan ist, dass sie diesen zu akzeptieren hat und damit basta.«

»Und was hat sie darauf geantwortet?«

Freddy schnaubte vernehmlich. »Hab ich dir das nicht gerade erklärt? Sie hat in der Sache nichts zu sagen. Ich kaufe diese Wohnung von meinem eigenen, hart verdienten Geld. Sie ist mein Geschenk an meinen Sohn und an meine geliebte Schwiegertochter, falls sie bereit ist, es anzunehmen.«

Zum ersten Mal gewahrte sie den flehenden Ausdruck in seinen Augen, hörte das unsichere Schwanken in seiner Stimme, bemerkte das leise Zittern seiner Hände. Papa Freddy wird langsam alt, dachte sie bei sich. Und doch überwindet er seinen Stolz und kommt hierher.

»Beta«, sagte er, noch bevor sie etwas erwidern konnte. »Du bist das Kronjuwel unserer Familie. Dein Platz ist an der Seite deines Ehemannes. Vertrau mir, wenn ich sage, Bombay ist nicht der geeignete Ort für eine allein stehende Frau, um ein Kind großzuziehen. Während meiner Anwaltsjahre habe ich unzählige hässliche Geschichten miterlebt. Natürlich hast du deine wunderbaren Eltern, Gott segne sie mit guter Gesundheit. Aber trotzdem ist dort nicht dein Zuhause. Dein Zuhause ist bei Feroz. Nun sag mir, nimmst du das Geschenk eines alten Mannes an?«

Sera erhob sich vom Sofa und ging hinüber zu der Stelle, wo er saß, sodass sie von oben auf seinen kahlen, runden Schädel hinabblickte, der dem von Feroz so ähnlich war. Als sie diesen Schädel betrachtete, wurde sie plötzlich von einem schmerzlichen Verlustgefühl gepackt. Einen Moment lang vermisste sie Feroz ganz schrecklich, vermisste die harten Konturen seines Körpers, wenn er sich im Schlaf an sie schmiegte; vermisste seine dunklen Hände, die ihre Brüste umfingen, wenn er sich von hinten näherte; vermisste seine Coolness, seine lässige Selbstsicherheit, das Gefühl, beschützt und sicher zu sein, wenn sie zusammen in der Stadt unterwegs waren. Davon abgesehen konnte gewisse Dinge, die Dinaz brauchte – nein besser, auf die sie einen Anspruch hatte –, einzig ihr Vater ihr bieten.

»Papa Freddy«, rief sie aus. »Ich hoffe, ich begehe keinen Fehler, aber ich nehme dein freundliches Angebot an. Ich akzeptiere.«

16

Die salzige Seeluft riecht herrlich, und das Meerwasser netzt Bhimas und Mayas Füße, als sie am Ufer entlanglaufen und dabei von Zeit zu Zeit einen Haken schlagen, um entgegenkommenden Spaziergängern auszuweichen. Eine leichte Brise zaust Bhimas straff nach hinten gezurrtes Haar und löst vereinzelte Strähnen, die darauf vom Kopf abstehen.

Bhima merkt, wie sie beim Laufen alles, was sie belastet, abwirft, in die einladend wogenden Fluten hinein, sodass ihre Muskeln weicher und geschmeidiger werden und sie etwas von dem verbissenen Groll loswird, den sie normalerweise mit sich herumschleppt. Sie ist froh, dass sie und Maya es sich zur Gewohnheit gemacht haben, an den Abenden zum Strand hinunterzugehen. Wenn sie dem gleichmäßigen Seufzen der dunklen Fluten lauscht, hat sie das Empfinden, dass es ein Echo ihrer eigenen Seufzer ist. Die Wellen branden wütend an die Küste, reiben sich tosend am Uferstreifen und hinterlassen beim Zurückweichen frustriert gischtende Schaumkronen. Bhima spürt, wie sich ihre müden Füße auf der Suche nach einem Platz, der nur ihnen gehört, tief in den nassen Sand graben.

Sie kommt schon seit Jahren zum Chowpatty Beach. »Dein Großpapa und ich sind so oft an diesem Strand hier gewesen«, erzählt sie Maya.

»Mit Ma und Amit?«, fragt das Mädchen.

Bhima schnalzt mit der Zunge. »Nein, vorher. Gleich nach unserer Hochzeit. Doch da war das hier alles noch anders.« Ihre Züge werden weicher, als sie daran zurückdenkt, wie sie und Gopal es sich im karamellfarbenen Sand bequem gemacht hatten, Gemüse-*pakodas* aßen und frische Zuckerrohrstangen kauten. Wenn dann die Sonne unterging, die große Masse verschwand und nur noch kleine Inseln aus Liebenden zurückblieben, pflegte Gopal seinen Arm um sie zu legen und sie an sich zu ziehen. Überall saßen Pärchen im Sand beisammen, die sich in unterschiedlichen Stadien der Verliebtheit befanden; doch es galt das ungeschriebene Gesetz, dass man nicht darauf achtete, was die anderen taten. An manchen Tagen schien es Bhima, als sei ganz Bombay an diesem Strand – Verlobte, Liebende, die in außereheliche Affären verstrickt waren, und wieder andere, die sich auf Romanzen eingelassen hatten, für die ihnen schwere Strafen drohten, falls ihre Eltern davon erfuhren. Im Gegensatz dazu fühlte Bhima sich sicher und kam sich anständig vor, weil sie mit ihrem Ehemann da war.

»Inwiefern war alles anders?«, will Maya wissen, und Bhima verspürt einen Anflug von Ungehaltenheit darüber, dass sie in ihren Tagträumen gestört wird.

»Die Regierung hat auf dem Gelände hier aufgeräumt«, erwidert sie. »Früher war der Strand schmutzig und von Unrat übersät. Die Leute pflegten direkt vor deiner Nase in den Sand zu pinkeln. Und in jenem Teil«, fährt sie fort, indem sie auf die glitzernd erleuchtete Hälfte des Strandes zeigt, auf der sich Unmengen von Imbissverkäufern tummeln, »da gab es immer viel, viel mehr *panipuri-* und andere Essensstände. Jetzt wird alles von den Regierungs-*babus* reglementiert.«

Sie hofft, dass Maya durch diese Erklärung ruhig gestellt ist, da sie gern im Geiste in die Vergangenheit zurückschweifen und noch einmal ein wenig Zeit mit Gopal an den goldenen Stränden ihrer Jugend verbringen möchte. Doch Maya will reden. »Dein Ballon-*wala*«, bohrt sie weiter. »Dieser Mann aus Afghanistan, von dem du mir vor einiger Zeit erzählt hast – ist der auch hierher gekommen?«

»Weiß ich nicht«, antwortet Bhima, verspürt aber eine plötzliche Abscheu bei dem Gedanken, dass der Mann seine Ware an dem geschmacklos bunten Chowpatty Beach verkauft haben könnte, inmitten all dieses billigen Flitters. Es ist ihr lieber, ihn sich in den eher düsteren Passagen am Marine Drive vorzustellen, wo nicht Horden von Teenagern und Collegestudenten auf der Suche nach dem perfekten *bhelpuri* einfielen, sondern wo die Kunden sich die Zeit nehmen konnten, die Kunstfertigkeit dieses Mannes zu bewundern, die geduldige, behutsame Art, mit der er einen Hauch aus Gummi und Luft zurechtbog und zwirbelte, um daraus etwas Magisches zu erschaffen. »Vermutlich nicht«, setzt sie hinzu. »Nein, er wäre wohl nicht hierher gekommen.«

»Ich bin sicher, er kam doch«, beharrt Maya. »Wenn hier die große Masse war, so bin ich überzeugt, dass hier auch das Geschäft am besten lief. Also *muss* er seine Ballons hier verkauft haben. Das haben wir in unseren Wirtschaftsvorlesungen gelernt – du musst dort hingehen, wo die Nachfrage ist.«

Bhima packt plötzlich der Zorn, und es juckt sie in den Fingern, Mayas selbstgefälliges, junges Naseweisgesicht zu ohrfeigen. Sie kann gar nicht genau ausmachen, wo ihr Zorn seine Wurzeln hat – ob er davon herrührt, dass Maya beiläufig das College erwähnt hat, oder ob ihre unbedachten Worte irgendwie das Andenken des noblen Paschtunen entweiht und seine Kunst herabgewürdigt haben. »Er war kein Geschäftsmann«, wettert sie. »Dumme Göre, wenn ich's dir doch sage. Er ist nicht hierher gekommen.«

Maya blickt zunächst wie vom Donner gerührt, dann tritt ein gekränkter Ausdruck in ihre Augen; doch in einer Anwandlung von Sturheit weigert sie sich, klein beizugeben. »Nun, dann ist es ja kein Wunder, dass er arm war. Kein Wunder, dass du Mitleid mit ihm hattest.«

Bhima würde Maya gern eines Besseren belehren, würde ihr gern auseinander setzen, dass für sie überhaupt nicht klar ist, ob sie ihn wirklich bemitleidet hat. Sie würde gern sagen: Aber *beti,* es ist mehr als das. Er war nicht wirklich die Sorte Mensch, die man bedauert. Wenn du in seine schönen, traurigen Augen geschaut hast, hast du eher tiefe Bekümmerung empfunden, die Art von Melancholie, die dich befällt, wenn du an einem herrlichen Ort sitzt und die Sonne hinter dem Horizont versinkt. Und wenn ich heute an ihn denke, so tue ich mir hauptsächlich selber Leid. Weil dieser alte Paschtune etwas an sich hatte, was ich jetzt brauchen könnte. Ich hab keine

Ahnung, was es war, kann es nicht mal benennen. Alles, was ich weiß, ist, dass er mir etwas hätte vermitteln können, wenn ich nur nicht so jung und schüchtern gewesen wäre und Angst gehabt hätte, ihm meine Fragen zu stellen.

Doch Maya ist jünger, als sie es damals war, und Bhima weiß, dass der Versuch, ihrer Enkelin all dies zu erklären, zwecklos ist. Abgesehen davon merkt sie, wie eine längst vergangene Szene aus den dunklen Tiefen ihrer Erinnerung auftaucht, und muss sich konzentrieren, um diese Szene ans Licht zu befördern. Irgendetwas, was der alte Paschtune einmal geäußert hat, als er sich mit Gopal unterhielt … Was hatte ihn Gopal bloß gefragt, möglicherweise etwas zu seinem Heimatland? Ja, so war es gewesen. Gopal hatte gesagt: »Verglichen mit unserem Bombay, mit den Monsunen und allem, muss Ihr Afghanistan doch so ausgedörrt wirken wie ein altes Weib, oder? Weit und breit nichts als Berge, und alles knochentrocken, stimmt's? Ich hab mal ein Bild gesehen.«

Sie hatte erwartet, dass der Paschtune beleidigt wäre, doch der lachte. *»Nahi, sahib«,* erwiderte er mit seiner tiefen, träumerischen Stimme. »Mein Afghanistan ist wunderschön. Ein raues Land, ja, voller Berge; aber das Karstige, Schroffe besitzt seine eigene Schönheit.« Er machte eine lange Pause, die Hände reglos über den Ballon gelegt, den er gerade verwandelte, und Bhima hatte den deutlichen Eindruck, dass er sich im Geiste wieder auf jenen unwirtlichen afghanischen Straßen bewegte. »Als ich noch ein Junge war, pflegte ich am Morgen nach dem Aufwachen als Erstes nach draußen zu rennen«, fuhr der Mann mit seiner dunklen Stimme fort, mit der Bhima den Geruch von Tabak, Kampfer und Eukalyptus assoziierte. »Ich sog schnuppernd die klare Bergluft ein, betrachtete jene Bergkuppen, die im Morgenlicht beinahe bläulichrosa wirkten. Und ich befand, dass ich der glücklichste Junge auf Erden sei.« Der Paschtune schmunzelte über die Torheit dieses Knaben aus längst vergangenen Tagen.

»*Wah,* alter Freund, wenn ich Sie so höre, wünschte ich, ich könnte Ihr Heimatland einmal kennen lernen«, antwortete Gopal in seiner gewohnt heiteren Art. »Sind Sie sicher, dass sie nicht eher ein Dichter als ein Ballonverkäufer sind?«

Bhima wollte Gopal schon kneifen – als sie sah, dass der Paschtune lächelte. »In meinem Heimatland ist jeder ein Dichter, *sahib*«, erklärte er. »Das Land macht einen dazu.« Dann bewölkte sich seine Miene. »Das heißt, jeder *war* ein Dichter. Jetzt liegt das Land völlig darnieder. Zu viele Menschen, die um das arme Land streiten, und das Land ist von großem Herzeleid erfüllt. Es weint Tag und Nacht. Gegenwärtig kann es nicht für seine Söhne und Töchter sorgen.« Er hielt inne, und seine Augen glichen Tintenfässern, und seine Gesichtshaut wirkte wie Pergamentpapier. Er machte den Eindruck, als sei er im Begriff, erneut zu sprechen, aber genau in dem Moment fragte Amit: »Ist mein Ballon fertig?«, während er von einem Fuß auf den anderen hopste und voll Ungeduld zu dem Mann aufblickte, der ihm wie ein Riese vorkommen musste.

Der Paschtune bückte sich und tätschelte Amit den Kopf. »Entschuldige bitte, *baba*«, sagte er. »Ich werde saumselig in meinen Geschäften.« Er vollendete den Ballon bedächtig und sorgsam wie immer und überreichte ihn Amit so galant, als sei er eine Blume.

»Verzeihung, aber was will man machen? Dieser Junge ist genauso ungeduldig wie sein Vater«, bemerkte Bhima mit einem entschuldigenden Lächeln. »Doch … was ist denn mit Ihrem Heimatland geschehen, dass es dort so viele Kämpfe gibt?«

Der Paschtune sah sie an und verzog den Mund langsam zu einem Lächeln. »Es gibt eine Redensart bei meinem Volk«, entgegnete er. »Es heißt, wenn etwas sehr schön ist, so sticht es den Göttern des Neides ins Auge. Dann müssen sie es zerstören. Selbst wenn es ihre persönliche Schöpfung ist, weckt seine Schönheit über kurz oder lang ihre Missgunst, und sie bekommen Angst, dass es ihren eigenen Glanz überschattet. Daher zerstören sie ebenjene Tempel, die sie selbst erbaut haben.«

Die Götter des Neides, denkt Bhima jetzt. War es das, was zwischen ihr und Gopal geschehen ist? War ihr Glück irgendeinem bösartigen Gott ein Dorn im Auge? War das der Grund dafür, dass sie ihrer beiden Kinder beraubt wurde? Dass sie ihre Enkelin dazu anhalten musste, ihr eigenes Baby zu vernichten? Möglicherweise hatte der Paschtune Recht, möglicherweise war ein Übermaß an Glück und

Schönheit nicht gut für die Menschen. Vielleicht musste menschliches Glück löffelweise zugemessen werden, wie das Rizinusöl, das Banubai jeden Sonntag auf einen Teelöffel träufelte und hinunterschluckte. Trank man das Öl direkt aus der Flasche, so konnte das den Tod bedeuten.

»Ma-ma, ich frage dich wieder und wieder, und du gibst einfach keine Antwort«, hört sie Maya jetzt sagen. »Bist du sauer auf mich, oder was ist los?«

Bhima schüttelt den Kopf, um die düsteren Nebelschwaden der Vergangenheit zu zerstreuen. »Tut mir Leid, *beti*«, erwidert sie. »Ich war nur gerade in Gedanken und habe dich nicht gehört.«

»Ich habe gefragt, was aus dem alten Paschtunen geworden ist?«

Bei Mayas Worten wird es Bhima ganz klamm ums Herz. »Ich weiß nicht«, antwortet sie schroff. »Nach dem Unfall deines Großvaters sind wir nicht länger ans Meer gekommen.«

»Warum denn nicht?«, bohrt Maya hartnäckig weiter. »Den Beinen von Gopal Dada hat doch nichts gefehlt, oder? Weshalb konntet ihr denn nicht mehr ans Meer?«

Bhimas Miene ist jetzt völlig eisig und verschlossen. »Nach dem Unfall hat sich alles geändert«, erwidert sie kurz angebunden. Sie wendet den Blick ab und blinzelt, um die Tränen zu vertreiben, die ihr unversehens in die Augen gestiegen sind.

Maya lehnt den Kopf an Bhimas Schulter. »Ma-ma«, murmelt sie leise. »Meine arme Ma-ma.«

»Hör zu, *beti*«, sagt Bhima. »Ich habe dir nie erzählt, was nach dem Unfall geschehen ist. Aber jetzt werde ich's dir erzählen, damit du ein für alle Mal begreifst, wie diese Welt Menschen ohne Bildung behandelt.«

An dem Tag, an dem Gopal seinen Unfall hatte, lag Bhima mit Grippe im Bett – was der Grund dafür war, dass der Mann aus der Fabrik sie überhaupt zu Hause antraf, als er um drei Uhr nachmittags an ihre Tür klopfte. Dieser dunkelhäutige Mensch mit dem lauernden, verschlagenen Blick war ein Fremder für sie. »Sind Sie …« Er schaute auf einem Blatt Papier nach. »Bhima? Gopals Frau?«

»Ja, das bin ich.«

Er starrte verlegen auf seine Füße. »Ich fürchte, es gibt schlechte Nachrichten«, begann er. »Sie müssen schnell ins Krankenhaus kommen.« Er benutzte das englische Wort und sprach es *hispietal* statt *hospital* aus. »Es ist ein Unfall passiert.«

»Ein Unfall? In den mein Gopal verwickelt war?« Sie fühlte sich benommen, geschwächt von der Grippe und von der plötzlichen Furcht, die ihr Herz packte wie eine riesige Pranke. »Ist er ... schlimm verletzt?«

Der Mann trat unbehaglich von einem Fuß auf den anderen. »Es geht ihm so weit gut«, sagte er. »Lediglich die Hand ist leicht verwundet. Aber der Boss hat ihn trotzdem ins Krankenhaus bringen lassen, damit er eine Topversorgung bekommt. Und dann hat er mich geschickt, damit ich Sie informiere. Wir bei Godav Industries kümmern uns um unsere Arbeiter.«

Gopal hatte seit vierzehn Monaten bei Godav Industries gearbeitet, nachdem die Textilfabrik, in der er jahrelang tätig gewesen war, Konkurs angemeldet hatte. Bhima hatte nie irgendeinen von Gopals neuen Kollegen kennen gelernt; auch nicht diesen Mann, der jetzt vor ihrer Tür stand. Doch er hatte etwas an sich, was ihr nicht gefiel. »Und wer sind Sie?«, erkundigte sie sich.

»Ich bin Gopals Vorarbeiter. Aber nun kommen Sie schon, wir sollten los. Ich muss zurück zur Arbeit.« Bhima stellte fest, dass er keinerlei Anstalten machte, seinen Namen zu nennen, und sie war zu schüchtern, um erneut zu fragen. Sie wollte nicht, dass der Mann glaubte, Gopal habe eine vorlaute Frau.

Sie vereinbarte mit der Nachbarin von nebenan, dass diese Amit zu sich in die Wohnung nahm, wenn er aus der Schule heimkam. »Pooja wird gegen sieben von der Arbeit zurückkehren, *didi*«, sagte sie. »Richten Sie ihr aus, sie soll Amit Reis kochen, wenn ich bis dahin nicht aus dem Krankenhaus zurück bin.«

»Die Kinder können bei mir essen«, entgegnete die Nachbarin. »Ihre Kinder sind auch meine Kinder.«

»Tausend Dank.« In letzter Sekunde ging Bhima noch zu dem Edelstahltopf hinüber, in dem sie ein paar Rupien für Haushaltsausgaben aufbewahrte, und griff hastig hinein. Als sie das Geld herausnahm, wünschte sie, der Mann würde wenigstens einmal einen Moment wegschauen, aber er verfolgte jede ihrer Bewegungen.

Gopals Vorarbeiter hielt ein Taxi an und wartete, bis Bhima eingestiegen war. Dann nannte er dem Fahrer den Namen des staatlichen Krankenhauses.

»Wir haben ihn ins staatliche Krankenhaus bringen lassen, weil es nicht weit weg war«, erklärte er Bhima. »Er hat geblutet, daher haben wir ihn in ein Taxi gesetzt und dorthin gebracht. *Bara seth* hat das Taxi bezahlt«, fügte er stolz hinzu.

Bhima wurde ganz flau bei der Vorstellung, dass Gopal so stark geblutet hatte, dass man ihm ein Taxi bezahlt hatte. »Sagen Sie mir die Wahrheit«, bat sie. »Ist mein Mann schlimm verletzt?«

»Er wird wieder auf die Beine kommen«, beruhigte sie der Fremde. »Es hängt alles davon ab, welche Art von Behandlung er erhält. Nachdem seine rechte Hand in Mitleidenschaft gezogen ist, müssen Sie uns ein paar Papiere unterzeichnen, die es uns erlauben, ihm zu der nötigen Behandlung zu verhelfen.« Er griff in seine Kunststoff-Aktenmappe und zog ein langes, bedrucktes Blatt und einen Stift heraus. »Unterschreiben Sie doch bitte hier«, sagte er.

Bhima merkte, wie die altbekannte, brennende Scham in ihr hochkroch, als sie die Augen über die Seite mit den unverständlichen Worten wandern ließ. »Kann ich nicht«, erklärte sie und schluckte den Schluchzer herunter, der sich in ihrer Kehle formte. »Ich kann weder lesen noch schreiben.«

»Kein Thema«, erwiderte der Mann, ohne zu zögern, und wühlte in seiner Aktentasche. »Sie haben Glück heute.« Er fischte ein Stempelkissen heraus. »Hier«, sagte er, klappte es auf und griff nach ihrer Hand. »Drücken Sie einfach Ihren Daumen auf das Tintenpolster und pressen Sie ihn danach auf das Blatt.«

Zum unzähligsten Mal wünschte Bhima, sie wäre keine Analphabetin. Sie hätte gern diesen langen Text gelesen, ihn so schnell und lässig überflogen, wie sie Serabai die die Morgenzeitung lesen sah. Vielleicht würde ihr das Schreiben die Wahrheit über Gopals Zustand verraten. Sie errötete innerlich, als ihr einfiel, wie sie mit Gopal gestritten hatte, weil er Pooja auf die Schule schicken wollte, sie aber dagegen gewesen war. Nun würde Pooja zu einer ebenso dummen und ungebildeten Frau heranwachsen wie ihre Mutter. »Sie ist doch schließlich ein Mädchen«, hatte sie Gopal gegenüber argumentiert. »Wozu braucht sie eine Schulausbildung? Bevor wir uns umsehen, wird sie erwachsen sein und einen Mann heiraten, der erwartet, dass eine Frau in der Lage ist zu kochen, das Haus zu fegen und seine Kleider zu waschen. Besser, sie weiß, wie man einen Besen benutzt, als wie man mit einem Füller umgeht.«

»Wir leben in modernen Zeiten«, hatte Gopal eingewandt. »Ein Mädchen sollte …«

»Nicht so modern, dass ein Mann eine Frau akzeptieren würde, die nichts von Hausarbeit versteht. Und nicht so modern, dass wir nicht ein Extraeinkommen in der Familie gebrauchen könnten. Auf die Weise können wir Amits Schulgebühren zahlen. Wenn er eine Ausbildung hat, kann er seiner Schwester später einmal unter die Arme greifen.«

Als Bhimas Daumen nun über dem weißen Formblatt vor ihr schwebte, glühten ihr die Wangen vor Scham bei der Erinnerung an diesen Wortwechsel. Sie wünschte, Amit wäre zu Hause gewesen, als dieser Mensch, der so schlechte Nachrichten brachte, an ihre Tür geklopft hatte. Ihr Sohn hätte diese schwarzen Wörter entziffern können, die wie tote Insekten auf der Seite klebten. Sie merkte, dass der Mann ungeduldig wurde. »Los, machen Sie schon, wir sind fast beim Krankenhaus«, drängte er. »Tinte braucht ein paar Minuten, um zu trocknen. Drücken Sie Ihren Daumen hier drauf.« Und ehe Bhima reagieren konnte, umschloss er ihre Hand mit seiner eigenen, dirigierte sie zu dem Blatt Papier und zwang ihren Daumen nach unten, sodass dieser einen Abdruck auf dem Formular hinterließ.

Ein fremder Mann fasste sie auf dem Rücksitz eines Taxis an … Bhima wäre am liebsten im Erdboden versunken. Das Gebaren dieses unsympathischen Kerls stieß ihr so sauer auf wie geronnene Milch. Sie rückte auf dem Sitz des kleinen Fiats zur Seite, bis sie ganz an der Tür lehnte. Doch die Stimmung des Mannes schien umgeschlagen zu sein. »Weiter lehnen Sie sich besser nicht mehr rüber, *behnji*«, meinte er lachend. »Sonst hab ich bald zwei Patienten, um die ich mich kümmern muss.«

Bhima starrte nach vorn und beachtete seine Worte gar nicht.

Doch im Krankenhaus war sie dankbar, dass der Vorarbeiter dabei war. Ohne ihn hätte sie sich in dem großen, chaotischen Gebäude niemals zurechtgefunden. Er schritt zielstrebig voran. Dann fragte er eine Schwester nach dem Operationssaal, und als sie dies hörte, hätte Bhima beinah laut aufgeschrien. Warum war Gopal im Operationssaal? Dieser Mann, dessen Namen sie noch immer nicht wusste, hatte nichts von einem chirurgischen Eingriff erwähnt. War Gopal kränker, als sie auf Grund seiner Schilderung geglaubt hatte? Doch als sie versuchte, den Mann zum Stehenbleiben zu bewegen, um nachzufragen, schnalzte er nur abwehrend mit der Zunge. »Ich hab's Ihnen doch schon gesagt. Ihrem Mann geht's gut«, herrschte er kurz angebunden. »Gehen Sie mir einfach nach.«

Als sie bei den cremefarbenen Türen mit der Aufschrift »Operationssaal« anlangten, zeigte er auf eine breite Holzbank. »Nehmen Sie dort Platz«, wies er sie an. »Ich bin gleich wieder da.« Sie sah zu, wie er davonlief und kurz darauf, als er eine Krankenschwester entdeckte, stehen blieb. Dann sah sie, wie er in seine Tasche griff und eine Banknote herauszog, wenngleich sie zu weit weg saß, um deren Wert zu erkennen. Sie sah auch, dass die Schwester das Geld hastig entgegennahm und in ihre eigene Tasche schob. Anschließend beugte sie sich über einen Zimmerplan, um nachzuschauen, wo Gopal lag, und deutete den Flur hinunter. »*Shukria*. Vielen Dank«, hörte Bhima den Mann sagen.

Er kam zurück und ließ sich schwerfällig neben sie auf die Bank sinken. »Tja denn«, hob er an, als wolle er ein Gespräch beginnen. »Gopal sollte eigentlich jede Minute aus dem OP draußen sein. Sieht aus, als hätte er drei Finger verloren.« Falls er ihren schmerzvollen Aufschrei überhaupt wahrnahm, ließ er es sich zumindest nicht anmerken. »Der Doktor *sahib* hat sein Bestes getan. Wenn sie ihn in sein Bett rüberbringen, wird Ihnen jemand Bescheid sagen. Dann können Sie ihn besuchen.« Er schaute auf seine Uhr und fluchte leise. »*Saala,* ich bin total spät dran. Ich muss zu meiner

Arbeit zurück. Muss dem obersten Boss berichten, was hier passiert ist.« Er betrachtete ihr zu Tode verängstigtes, bestürztes Gesicht und runzelte die Stirn. »Mein Boss hat schon so viel Zeit und Geld mit dieser Sache hier verloren. Dieser Gopal war schon immer ein leichtsinniger Bursche. Ich hab ihm bis zum Erbrechen gepredigt, dass er vorsichtig sein soll. Schließlich ist so eine große Maschine wie ein Tiger – du steckst deine Hand nicht einfach in ihr Maul. Aber er hört ja nie, Ihr Mann. Markiert immer den großen Zampano bei der Arbeit.«

Bhima schluchzte lautlos. Sie hätte Gopal gern in Schutz genommen, wünschte, sie hätte die passenden Worte gefunden, um dieses gemeine Ekel in seine Schranken zu verweisen; doch sie wusste nicht, wie. Der Mann sah sie eine Weile an, dann sprang er urplötzlich auf. Er wühlte in seiner Tasche und förderte einen Fünfzig-Rupien-Schein zu Tage. »Hier«, sagte er und warf ihr den Schein in den Schoß. »Wenn Sie hier rauskommen, nehmen Sie sich für die Heimfahrt ein Taxi.« Er musterte noch einige Sekunden lang unverwandt ihr tränenüberströmtes Gesicht und war dann bereits im Begriff davonzueilen – als er doch noch einmal ein paar Schritte auf sie zutat. »Ich komme morgen wieder, um nach Gopal zu sehen«, erklärte er. »Dann erledigen wir den ganzen Finanzkram und regeln die vertraglichen Verpflichtungen. Sie verstehen schon, oder?« Sie verneinte kopfschüttelnd, doch er tat, als bemerkte er es gar nicht. »Also dann. Bis morgen früh.«

Als Bhima Gopal am Abend endlich zu Gesicht bekam, benahm er sich sonderbar; er sah sie aus schlaftrunkenen Augen an und murmelte wirres Zeug. Einige Minuten lang fürchtete sie schon, der Vorarbeiter habe sie angelogen und in Wirklichkeit habe Gopals Hirn bei dem Unfall Schaden genommen. Aber die Mutter des Patienten im Nachbarbett erklärte ihr, dies sei ganz normal, der Schlaftrunk, den man den Patienten vor der Operation verabreichte, sei dafür verantwortlich, dass diese so seltsam blickten und sprachen. Auch war Gopals rechte Hand mit einer weißen Mullbinde umwickelt, die bereits rostrote Flecken von seinem Blut und gelborange Verfärbungen von einer unbekannten Substanz aufwies.

Am nächsten Morgen weigerte sich Amit, zur Schule zu gehen. »Ich möchte Baba besuchen fahren«, beharrte er. »Ich weiß, dass er mich braucht.« Bhima protestierte nicht allzu lange. Mit seinen zwölf Jahren war ihr Sohn bereits größer als sie selbst, und sie staunte über die unbefangene, selbstsichere Art, mit der er die Krankenhausflure entlanglief. So wird man also, wenn man lesen und schreiben kann, dachte sie und verspürte eine plötzliche Anwandlung von Stolz, dass sie ihrem Sohn zu dieser Gabe verholfen hatte.

Als sie in Gopals Zimmer eintrafen, war sein Bett leer. Bhima wurde einen Moment von blinder Panik gepackt – war er am Ende mitten in der Nacht gestorben?, fragte sie sich und grub dann den Nagel ihres Mittelfingers in den Daumen, um sich für diesen Gedanken zu bestrafen. Sie wirbelte herum und überlegte, bei wem sie sich nach dem Verbleib ihres Mannes erkundigen könnte, als die ältere Frau am Nachbarbett, die sie bereits am Vorabend beruhigt hatte, von sich aus das Wort ergriff. »Sie haben ihn nach unten gebracht, um eine Röntgenaufnahme zu machen«, erklärte sie. Bhima dankte ihr mit einem Kopfnicken, und dies veranlasste die Frau dazu, sich von ihrem Platz neben dem Bett ihres Sohnes zu erheben und zu Bhima herüberzukommen. Die Frau stellte sich so hin, dass Amit die Unterhaltung nicht mithören konnte, und murmelte in gesenktem Ton: »Ihr Mann hatte etwas Probleme heute Nacht. Hatte Fieber, mit allem Drum und Dran. Und er hatte auch Husten. Hat meinen Jungen die halbe Nacht wach gehalten mit seinem krächzenden Gehuste.« Sie lächelte, um Bhima zu signalisieren, dass sie ihr dies nicht irgendwie zur Last legte.

Die Furcht setzte sich in Bhimas Herzen fest wie der Staub, der sich jeden Morgen auf ihre Edelstahltöpfe und -pfannen herabsenkte. »Aber warum bloß?«, flüsterte sie. »Er hat doch gar keine Erkältung. Warum sollte er denn Fieber und Husten haben?« Sie dachte einen Moment lang nach. »Ich selbst war die letzten Tage krank. Könnte es sein, dass mein Gopal sich meine Erkältung eingefangen hat?«

Die Frau zuckte die Achseln. »Das weiß ich nicht, *beti*. Ich kann Ihnen nur erzählen, was ich gehört und gesehen habe.«

Amit zupfte Bhima am Unterarm, wo er kaum Fleisch zu fassen

bekam. »Ma, was ist denn los?«, raunte er drängend. »Soll ich Baba suchen gehen?«

»Lieber nicht«, erwiderte die alte Dame, als hätte er seine Frage an sie gerichtet. »Die Ärzte hier sind sehr …« Sie schnitt eine Grimasse. »Ist besser, sie nicht zu verärgern. Wartet einfach hier, sie bringen ihn schon wieder zurück nach dem Röntgen.«

Niedergeschlagen saßen sie an Gopals Bett. »Hat *baba* Schmerzen?«, fragte Amit nach einer Weile, und Bhima wiegte den Kopf in einer Art und Weise, die alles bedeuten konnte. Sie fühlte sich selbst immer noch unwohl, weil ihr die Nachwehen der Grippe zu schaffen machten. Auch sann sie darüber nach, ob Murti, die Frau aus ihrem Haus, Serabai bereits ihre Nachricht übermittelt und sie von Gopals Unfall verständigt hatte. Es dauerte ja möglicherweise Tage, bis sie wieder zur Arbeit erscheinen konnte. Wie würde Serabai wohl ohne sie zurechtkommen? Und wenn Gopal und sie beide nicht arbeiteten, würden sie sich mit Hilfe von Poojas Lohn über Wasser halten müssen. Dann fiel ihr ein, was der Vorarbeiter aus der Fabrik am Vortag gesagt hatte – irgendetwas von finanziellen Dingen, die sie regeln müssten. Also hatte die Firma wohl die Absicht, ihnen Geld zum Leben zukommen zu lassen, solange Gopal krank war. Gut, dass dieser Mann seine fünf Sinne beisammen gehabt hatte – ihr eigenes Denkvermögen hatte sie am Vortag völlig im Stich gelassen, wie ein Vogel, der aus seinem Nest geflattert ist, und sie hatte nicht einen Gedanken an Geld oder Ähnliches verschwendet. Bhima war auf einmal überwältigt vor Dankbarkeit. Vielleicht hatte sie ihn falsch eingeschätzt. Er musste ein guter Mensch sein, wenn er sich in Zeiten wie diesen Sorgen um ihr Wohlergehen machte. Sie würde sich heute bei ihm für ihr unterkühltes Verhalten entschuldigen. Sie versuchte sich zu erinnern, ob dieser Mann aus der Fabrik ihr mitgeteilt hatte, um welche Zeit sie mit ihm rechnen konnte. Hatte er gesagt, dass er am Nachmittag kommen würde?

Eine halbe Stunde später rollten sie Gopal ins Zimmer zurück und verfrachteten ihn wieder in sein Bett. Bhima stieß einen Schreckensschrei aus, als sie seinen dünnen, schlotternden Körper erblickte. Keine vierundzwanzig Stunden waren verflossen, seit sie sich von ihrem fröhlichen, robusten Ehemann verabschiedet und ihn zur Arbeit losgeschickt hatte; doch sie erkannte den Menschen, der da vor ihr lag, kaum wieder. Amit musste den Unterschied ebenfalls bemerkt haben, denn er rutschte näher zu seiner Mutter hin und starrte wie hypnotisiert auf seinen Vater. »Ma, was ist mit seiner Hand passiert?«, flüsterte der Junge mit rauer Stimme.

Gopals Blick blieb an Amit haften, und er versuchte, etwas zu sagen; doch seine Worte gingen in einem Hustenanfall unter. Als Bhima die heiseren Belllaute hörte, traute sie ihren Ohren kaum. Als sie Gopal am Vorabend verlassen hatte, war sein Atem ruhig und gleichmäßig gegangen. Und jetzt gab er Geräusche von sich wie jene asthmatischen alten Männer, die sich allabendlich vor dem Tabakladen in der Nähe ihres Hauses versammelten, um sich die Zeit mit *bidi*-Rauchen zu vertreiben. Sie befühlte kurz Gopals Stirn, zog ihre Hand jedoch blitzartig zurück, als hätte sie versehentlich in einen Topf kochendes Wasser gefasst.

Gopal sah sie aus flackernden, hilflos blickenden Augen an. Abermals versuchte er etwas zu sagen, doch der Husten erschütterte seinen Brustkorb und zerhackte seine Worte. »Lass das Sprechen sein«, bat Bhima und legte ihre Rechte auf seine Brust, um das Beben zu mildern. Unter ihrer Hand konnte sie das Rasseln und Keuchen der verstopften Lunge spüren. »Nicht sprechen, mein Gopal. Wir sind ja bei dir. Ruh dich ein bisschen aus.«

Gopal schloss die Augen, und jetzt konnte Bhima seinen verstümmelten Körper eingehend mustern. Sie merkte, dass der Verband an seiner Hand gewechselt worden war, doch es war immer noch frisches Blut aus der Wunde nachgesickert; sie sah die Falten, die sich über Nacht auf seinem Gesicht gebildet hatten; sah sein braunes Antlitz, das beinahe schon rötlich wirkte, als sei das Fieber ein Leuchtfeuer, das direkt unter seiner Haut brannte. Und sie hörte das unheilvolle Pfeifen seines abgehackten Atems, das Rasseln in seinen Bronchien. Gleichzeitig drang ein weiteres Geräusch an ihr Ohr, das sie jedoch erst nach einer Weile identifizierte – es kam von Amit, der neben ihr saß und weinte. »Ma«, schluchzte der Junge. »Was fehlt *baba* denn?«

Voller Angst, dass sein Weinen Gopal aufwecken könnte, fuhr sie wütend zu ihm herum. »Geh nach draußen und warte im Flur«, zischte sie. »Na los, mach, dass du mit deinem Geheule und deinem Miesepetergesicht hier rauskommst, wenn du dich nicht vernünftig benehmen kannst.«

Als wollte sie sie bestrafen für ihre harschen Worte, trat genau in dem Augenblick eine Schwester auf Gopals Bett zu. Sie hielt eine Spritze in der rechten Hand, und Amit und Bhima starrten ängstlich und wie gebannt auf die lange, dicke Nadel. »Ist das Ihr Patient hier?«, fragte die Schwester ungeduldig. »Bitte wecken Sie ihn auf. Er muss seine Schlafanzughose runterziehen.« Noch während sie sprach, packte die Frau den Bund von Gopals Pyjamahose und versuchte sie nach unten zu zerren. Bhima verkrampfte sich, in der Erwartung, dass Gopal aufwachen würde, aber er schlief weiter. »Festen Schlaf, wie?«, bemerkte die Schwester, und keine Sekunde später hatte sie Gopal bereits die Nadel in den Oberschenkel gestoßen. »Au, au, au«, schrie Amit, als spürte er den Schmerz am eigenen Leib; doch Gopal zuckte nur einmal kurz zusammen und schlief weiter. Die Schwester schnalzte mitfühlend mit der Zunge: »Schmerzen wegen Finger müssen sehr groß sein, armer Kerl, merkt nicht mal den Einstich.«

Bhima folgte der Schwester, als diese sich anschickte, das Zimmer zu verlassen. »Schwester«, fing sie an. »Können Sie mir bitte sagen … was ihm fehlt? Wieso hat er Fieber und Husten?«

Die Schwester zuckte die Schultern. »Infektion«, erwiderte sie. »Da ist Infektion in seinem Körper wegen der Operation. Verstehen Sie?«

Nein, wollte Bhima ihr antworten, ich verstehe es nicht. Ich dachte, die Operation würde meinem Mann helfen, nicht ihm Fieber bescheren. Doch ehe sie auch nur ein Wort sagen konnte, nickte die Schwester knapp und marschierte davon.

Bhima kehrte zurück zu Amit, der wartend dasaß. »Bleib hier bei Baba«, befahl sie dem Jungen. »Ich muss mal eben telefonieren.«

Von einer öffentlichen Telefonzelle aus wählte sie Serabais Nummer. Sie wählte langsam, genauso sorgfältig, wie Sera es ihr gezeigt hatte. Als Serabai seinerzeit darauf bestanden hatte, ihr beizubringen, wie man das Telefon bedient, hatte sich Bhima gesträubt. Doch jetzt war sie dankbar, dass sie es beherrschte. Obwohl die Ziffern für sie alle gleich aussahen, hatte sie sich deren Position auf der Wählscheibe eingeprägt und steckte ihren Zeigefinger nun nacheinander in die einzelnen Löcher, um die Scheibe zu drehen.

»Ja bitte?« Das war die Stimme von Feroz *seth*, kräftig und mit einem leicht ungeduldigen Unterton wie immer. Bhima fragte sich verwundert, warum er noch zu Hause war.

»Feroz *seth*?«, brüllte sie. »Hallo? Ja, Bhima ist am Apparat.«

»Bhima? Hör auf zu schreien, Herrgott noch mal! Red einfach normal, wie sonst auch. – Nein, leiser. – So ist's besser. Nun erzähl mal, wie geht's Gopal? Deine Nachbarin war gerade hier und hat uns die Nachricht überbracht.«

»Dem geht's gar nicht gut, Feroz *seth*«, entgegnete sie, bemüht, nicht zu laut zu sprechen. »Die Schwester sagt, er hat eine« – meine Güte, wie war gleich noch mal das Wort gewesen? – »Influktion.«

Feroz fluchte leise. »Klingt nicht gut«, bemerkte er kurz angebunden.

»Nun, einzig aus diesem Grund rufe ich ja an«, erwiderte Bhima. »Was hat es denn damit auf sich? Ist das eine Krankheit?«

Es folgte eine winzige Pause. »Bleib mal dran«, sagte Feroz. »Sera steht neben mir und will dich sprechen.«

»Hallo, Bhima?« Als sie den Klang von Seras Stimme hörte, fühlte sich Bhima gleich ein wenig getröstet. »Was ist denn los?«

»Die Schwester sagt, Gopal hätte eine Influktion.« Irgendetwas an Seras vertrauter, freundlicher Stimme bewirkte, dass sich die ängstliche Starre löste, in der Bhima seit dem Vortag befangen gewesen war, und jetzt begannen die Tränen zu fließen. »Er ist sehr krank, Serabai. Hat hohes Fieber und hustet, als würden zehn wild gewordene Elefanten auf seiner Brust herumspringen. Was ist denn das für eine weitere Krankheit, die er nun noch hat?«

»Was ist mit seiner Hand?«

»Er hat drei Finger verloren.«

Sie hörte, wie Sera scharf die Luft einsog. »Und sie haben ihn operiert? Weißt du, was sie gemacht haben?«

»Nein, keiner sagt mir was. Hier redet keiner mit mir, *bai*«, gab sie zurück.

»Verstehe.« Sera klang ziemlich verärgert. »Ich bin sicher, diese dusseligen Ärzte haben bei dem Eingriff irgendwas verpfuscht.« Sie machte eine Pause, dann sprach sie langsamer weiter: »Bhima, eine Infektion ist wie etwas, was in dein Blut eindringt. Das kann gelegentlich vorkommen nach einer Operation. Aber mit guten Medikamenten kriegt man sie für gewöhnlich weg. Allerdings muss man vorsichtig sein.«

»Soll ich ihm vielleicht *narial pani* zu trinken geben?«, fragte Bhima. »Ich kann Amit bitten, dass er schnell rausläuft und welches besorgt. Kokosnusswasser soll angeblich alle Krankheiten ausschwemmen.«

»Nein, das hier verlangt nach stärkeren Mitteln als *narial pani*.« Sera schwieg einen kurzen Moment. »Wirst du den ganzen Tag im Krankenhaus bleiben? Ja? Gut. Okay, bleib mal eine Sekunde dran.« Bhima hörte, wie sie mit Feroz sprach. Dann war sie wieder da. »Hallo? Also, Bhima, hör zu. Feroz und ich wollen heute etwas unternehmen. Wir haben Hochzeitstag, weißt du. Aber wir werden vorher noch im Krankenhaus vorbeischauen. Dann können wir sehen, was sich machen lässt. Auf welchem Stockwerk liegt Gopal denn?«

Gopal war aufgewacht, als Bhima zu seinem Bett zurückkehrte. Amit saß neben seinem Vater, streichelte dessen Kopf und sang ihm einen Song aus einem neuen Film vor, den er und Gopal erst die Woche zuvor gesehen hatten.

»Baba hat mich gebeten, dass ich ihm etwas vorsinge«, erklärte er Bhima. In den Augen des Jungen glänzten Tränen. Bhima nickte, und Amit fing wieder an zu singen. Als sie die beiden so betrachtete, wurde Bhima ganz weh ums Herz vor Liebe. Bis zu diesem Unfall hatten keinerlei Schatten ihr Leben verdunkelt. Obwohl er zwei Kinder hatte, war Gopal selbst so verspielt und unbekümmert wie ein kleiner Junge. Während Sujatas Ehe mit Sushil dahingekümmert war wie Trauben, die am Rebstock verdorren, hatte sich ihre eigene Ehe zu voller Pracht entfaltet, wie die rosa Blüten, die jeden Frühling an dem Baum vor ihrem Mietshaus aufgingen. Und vom Tage ihrer Geburt an hatte Gopal seinen Sohn und seine Tochter so ungewöhnlich zärtlich und liebevoll behandelt, dass die anderen Kinder in ihrem Mietsblock voll des Neides waren.

Amit sang immer noch, obwohl Gopal eingeschlafen war. Bhima rieb dem Jungen den knochigen Rücken, und ihr Herz krampfte sich erneut zusammen, als sie die vertraute Berg- und Tallandschaft seiner Muskeln spürte. »Baba schläft«, flüsterte sie. »Du kannst jetzt aufhören zu singen.«

»Er hat mich darum gebeten«, gab der Junge ebenso leise zurück. »Ich hab's genau gesehen, Ma, es hat ihm geholfen.«

Sie nickte und nahm ihren Sohn in den Arm. »Du bist die wichtigste Stütze in meinem Leben. So einen Sohn wie dich sollte jeder haben«, sagte sie und beobachtete, wie er an einem Pickel im Gesicht herumkratzte, um seine mit Stolz durchmischte Verlegenheit zu überspielen. Ach, lieber Gott, mach mir meine Familie wieder heil, betete sie. Mach, dass diese Krankheit, die da wie eine finstere Macht durch Gopals Adern rinnt, seinen Körper wieder verlässt. Gib mir meinen Gopal zurück, und mach, dass er wieder lacht und heiter gestimmt ist wie eh und je.

Es war beinahe zwölf Uhr Mittag, als Feroz und eine blendend aussehende Sera im grünen Sari ins Krankenzimmer geschwebt kamen. Mit ihren guten Kleidern und ihren sauberen, blühenden Gesichtern wirkten die beiden auf Bhima wie frische Farbtupfer vor der schwarz-weißen Kulisse des düsteren, schäbigen Krankensaals. Verglichen mit uns Übrigen sehen sie aus wie Filmstars, dachte sie, wie Götter, die vom Himmel zu uns Normalsterblichen auf die Erde herabgestiegen sind. Sie gewahrte, dass die anderen Leute in dem riesigen Raum – Patienten ebenso wie ihre Angehörigen – die Dubashs mit offenem Munde anstarrten, als sie auf Bhima zusteuerten.

»Serabai«, schrie Amit entzückt. Glückstrahlend stand er vor den beiden, und auch wenn er sich vor Feroz ein wenig fürchtete, konnte er die Freude darüber, Sera zu sehen, nicht verhehlen. »Amit«, sagte Feroz steif, indem er dem Jungen seinerseits zur Begrüßung zunickte.

Seras Miene hingegen war voller Wärme. »Wie geht es dir, Amit?«, fragte sie und schüttelte ihm spontan die Hand. Amit kicherte angesichts dieser vertrauten Begrüßung. »Danke, gut«, erwiderte er, so, wie sie es ihn gelehrt hatte. Dann huschte ein Anflug von Besorgnis über sein Gesicht. »Mein *baba* ist krank«, fuhr er fort. »Seine Stirn ist so heiß wie eine Tasse Tee.«

Bhima saß mit andächtig gefalteten Händen da. »Vielen Dank, *bai*«, sagte sie. Dann drehte sie sich zu Feroz herum und fügte hinzu: »Tut mir Leid, dass ich Ihnen solche Umstände bereite, *seth*.«

Feroz wischte ihren Dank mit einer Handbewegung beiseite. »Wo sind die Ärzte und Schwestern?«, fragte er, indem er sich suchend im Krankensaal umsah. »Wer ist hier der Verantwortliche?«

»Vorhin war eine Schwester da«, entgegnete sie. »Hat Gopal eine dicke Spritze gegeben. Sie war diejenige, die mir das mit der Influktion mitgeteilt hat.«

»Infektion«, korrigierte er sie geistesabwesend. Seine Augen huschten blitzschnell im Raum umher, bis sein Blick an einem Stationshelfer hängen blieb, der gerade dabei war, einem Patienten eine Bettpfanne unterzuschieben. »*Ae,* Sie da«, rief Feroz. »Kommen Sie mal einen Augenblick her.«

Gebannt von seinem autoritären Tonfall, ließ der Bursche die Bettpfanne fallen und setzte sich in Bewegung. *»Mere re«,* flüsterte Sera. »Du meine Güte. Man hätte doch meinen sollen, dass er dem armen Mann seine Bettpfanne noch fertig unterschiebt.«

Feroz zog seine Visitenkarte heraus. »So, passen Sie mal auf«, hob er an. »Bringen Sie diese Karte hier dem behandelnden Arzt, und richten Sie ihm aus, dass ich ihn in ein paar Minuten hier sehen will. Beeilen Sie sich, wir haben nicht viel Zeit, denn wir müssen um halb zwei schon wieder woanders sein.«

Der Stationshelfer hielt die Karte, als sei sie ein wichtiges Dokument. Doch er zögerte. »Die Ärzte kommen nur einmal am Morgen und einmal am Abend«, wandte er ein.

Feroz schnaubte ungehalten. »Jetzt hören Sie mal gut zu. Sie bestellen diesem Arzt jetzt, dass er binnen zwei Minuten hier auf der Bildfläche erscheint«, herrschte er ihn an. »Ich kenne die Leute, die dieses Krankenhaus hier erbaut haben, kapiert?«

»Jawohl, Sir«, erwiderte der Junge. »Einen Augenblick, Sir.« Und schon huschte er flink wie ein Kakerlak davon.

Bhima beobachtete staunend, wie wenige Minuten später ein weiß bekittelter älterer Herr auf sie zutrat. »Mr. Feroz?«, fragte er. »Ich bin Dr. Kapur.« Der Mann war mittelgroß und hatte struppiges graues Haar und Tränensäcke unter den Augen. Seine Brille wurde auf einer Seite von schmutzigem medizinischem Klebeband zusammengehalten.

»Ah, fein«, sagte Feroz und reichte ihm die Hand. »Ich bin Feroz Dubash, leitender Manager bei der Tata Group.«

»Freut mich.« Der Arzt blickte Feroz und Sera erwartungsvoll an. »Was kann ich für Sie tun?«

»Wir hätten einfach gern einen Bericht über den Zustand dieses jungen Mannes hier«, erklärte Feroz mit einem flüchtigen Blick auf den schlafenden Gopal. »Er wurde gestern nach einem Arbeitsunfall operiert, und nun erzählt man uns, er habe eine Infektion. Da dachte ich, Sie könnten uns vielleicht darüber aufklären, was passiert ist.«

Dr. Kapur fühlte sich sichtlich unbehaglich. »Ja, es ist per se zu irgendeiner Infektion gekommen. Allgemeines Problem hier nach einem chirurgischen Eingriff«, brummelte er. »Wissen Sie, manchmal dringen Krankheitskeime ein nach einer Operation. Wir bemühen uns, ihm wieder auf die Beine zu helfen.«

»Aha, seit wann erhält er denn Antibiotika?«, erkundigte sich Sera.

»Antibiotika?« Dr. Kapur machte ein Gesicht, als hätte er das Wort noch nie gehört. »Nun, also, um genau zu sein, die bekommt er noch nicht per se. Wir versuchen es zunächst mit anderen Maßnahmen.«

Sera schoss die Zornesröte in die Wangen. »Was soll das denn heißen? Flößen Sie ihm vielleicht erst mal *paan-sopari* ein?«, fragte sie sarkastisch. »Wofür sparen Sie sich die Antibiotika denn dann auf …«

Feroz drückte ihren Ellbogen, um sie zum Schweigen zu bringen. »Sie müssen verzeihen, Dr. Kapur, meine Frau macht sich ein bisschen Sorgen«, sagte er. »Wissen Sie, dieser Mann bedeutet unserer Familie sehr viel.« Er beugte sich näher zu dem Arzt hin, musterte aus seinen schwarzen Augen forschend das Gesicht seines Gegenübers und setzte seine Worte langsam und mit Bedacht. »Wie auch immer, was geschehen ist, ist geschehen. Klingt so, als hätte sich Ihr Krankenhaus hier einen bösen Schnitzer geleistet. Doch die Frage ist: Was können wir tun, um die Sache wieder in Ordnung zu bringen?« Seine Stimme wurde noch leiser. »Darf ich Sie einen Augenblick von Mann zu Mann sprechen? Schön. Also, die Sache ist die. Aus irgendeinem Grund hängt meine Frau sehr an unserer Hausangestellten hier. Und wenn meine Frau glücklich ist, dann bin auch ich glücklich.« Er blinzelte dem Arzt zu. »Wenn Sie verheiratet sind, Dr. Kapur, dann wissen Sie, was ich meine. Heute ist beispielsweise unser Hochzeitstag. Ich habe mir den Tag freigenommen, damit ich ihn gemeinsam mit meiner Frau verbringen kann. Glauben Sie mir, das Letzte, wonach mir der Sinn steht, ist hier, in diesem … Haus zu sein. Doch meine Frau hat darauf bestanden, dass wir hier vorbeifahren, um nach dem Rechten zu sehen; tja, und da sind wir also.«

»Es besteht kein Anlass, sich irgendwelche Sorgen zu machen«, entgegnete Dr. Kapur gereizt. »Dieser Mann erhält eine gute Behandlung …«

Feroz wirkte plötzlich wütend. Die Ader an seiner Stirn schwoll an, doch er sprach immer noch in gedämpftem Ton. »Nennen Sie das vielleicht eine gute Behandlung, bei einer Infektion keine Antibiotika zu verabreichen?«, fragte er. »Ist das für Sie eine gute Behandlung, eine Ehefrau nicht darüber ins Bild zu setzen, was ihrem Mann fehlt? Gibt es dafür irgendeine Erklärung?«

Dr. Kapur wandte den Blick ab. »Er ist nicht der einzige Patient hier, per se.« Er lachte nervös. »Sie können sich um einen einzigen Patienten sorgen. Wir müssen uns um alle Patienten kümmern.«

Feroz stieß einen heiseren Knurrlaut aus, der fast schon wie ein Bellen klang. »Ja, dann kümmern Sie sich doch! Herrgott noch mal, dann kümmern Sie sich! Unternehmen Sie irgendwas! Eins schwör ich Ihnen, Kapur, wenn dieser Mann hier auf Grund mangelnder medizinischer Versorgung stirbt, dann können Sie Ihre Eier als Ohrringe tragen.«

»Aber ich bitte Sie, Mr. Feroz. Es ist doch nicht nötig, solche ordinären Vokabeln zu benutzen. Ich bin zu Ihnen gekommen, weil …«

»Wenn Ihnen meine Worte schon Bauchweh bereiten, dann sollten Sie meine Taten besser nie erleben«, unterbrach Feroz ihn. »Ich arbeite für die Tata Group, haben Sie das begriffen? Ist Ihnen etwa nicht bekannt, was für einen ausgezeichneten Draht wir zur Krankenhausverwaltung haben? Ein kleiner Satz aus meinem Mund, und Sie stehen auf der Straße – und haben noch nicht mal Zeit gehabt, Ihren weißen Kittel mitzunehmen. Und das ist noch nicht alles; ich werde nämlich höchstpersönlich dafür sorgen, dass nicht *ein* anderes Krankenhaus in Bombay Sie einstellt, kapiert?«

Sera trat hastig zu ihrem Mann hin. »Nun, Feroz, ich bin sicher, dass dies alles nicht nötig ist«, bemerkte sie begütigend. »Ich bin überzeugt, dass Dr. Kapur ein guter Arzt ist, der sein Bestes für Gopal tun wird.«

»Nichts anderes versuche ich Ihrem Mann gerade klarzumachen, Madam«, bestätigte Dr. Kapur. Seine Stimme klang jetzt verändert, und es schwang ein weinerlicher, schmeichlerischer Unterton darin mit. »Noch heute Nachmittag werden wir Ihren Patienten auf Antibiotika umstellen, per se. Ein paar Tage, und er ist wieder voll auf der Höhe.«

Bhima bemerkte, dass Sera Feroz einen warnenden Blick zuwarf. Doch Feroz ignorierte ihn. »Also gut«, erklärte er. »Der Plan ist folgender. Sie haben meine Geschäftskarte. Ich möchte, dass Sie einen Ihrer Ärzte damit beauftragen, jeden Morgen bei meiner Sekretärin anzurufen und ihr Bericht zu erstatten über Gopals gesundheitliche Fortschritte. Sagen Sie ihm, er soll um elf Uhr herum anrufen.«

Dr. Kapur lächelte wie ein geprügelter Hund, aber in seinen Augen stand kalter Zorn. »Mr. Feroz, nun seien Sie doch vernünftig«, wandte er ein. »Dies ist ein Krankenhaus, kein Bahnhof. Ich brauche meine Leute jede Minute, und es geht einfach nicht, dass einer von ihnen täglich bei Ihnen anruft. Wenn Sie möchten, können Sie sich selbst telefonisch in der Zentrale melden und dort mit irgendjemandem sprechen.«

»Sie haben Recht«, erwiderte Feroz nachdenklich. »Ihre Leute haben keine Zeit, mich anzurufen. Also gut, ich habe eine bessere Idee. Ich möchte, dass Sie selbst«, und er tippte dem älteren Herrn mit dem Zeigefinger an die Brust, »mich jeden Morgen anrufen. Verstanden?«

Dr. Kapur hielt den Blick starr zu Boden gerichtet, und sein Adamsapfel bewegte sich heftig auf und ab. »Ich bin approbierter Arzt, Sir«, begann er, doch dann verstummte er.

»Dann handeln Sie auch so«, wetterte Feroz. »Erzählen Sie mir nicht, was Sie *nicht* tun können. Sondern lieber, *was* Sie tun können.«

Bei diesem letzten Angriff gegen seine Ehre erschlafften Dr. Kapurs Gesichtszüge und weckten bei Bhima die Assoziation an einen Strohhut, der im Monsunregen in sich zusammenfällt. »In Ordnung, Sir«, erklärte er. »Ich werde Sie jeden Morgen anrufen. Und ich werde seine Behandlung persönlich überwachen, das verspreche ich Ihnen.«

»Fein«, erwiderte Feroz knapp, und Dr. Kapur trat unruhig von einem Fuß auf den anderen. »Kann ich sonst noch irgendwas für Sie tun?«

»Nein, das war's. Sie können gehen.«

Dr. Kapur schoss die Röte in die Wangen. Ohne auch nur einem von ihnen ins Gesicht zu sehen, nickte er und suchte das Weite.

Bhima blickte voller Staunen zuerst dem Arzt nach, der zur Tür hinausverschwand, und dann auf Feroz' triumphierende Miene. Zu ihrer Überraschung lachte Feroz und zwinkerte Sera zu, als sei sein wütendes Gebaren zuvor reine Schau gewesen. »Hab nur ein bisschen *maaja-masti* mit ihm getrieben.« Er gluckste. »Ein bisschen Spaß muss schließlich sein. Kann es doch nicht tatenlos mit ansehen, dass diese staatlichen Angestellten sich derart aufplustern.«

Aha, das ist es also, was Bildung bewirkt, dachte Bhima. Sie öffnet einem Türen. Sie fragte sich, ob Amit eines Tages genauso würde wie Feroz; imstande, andere dazu zu bringen, irgendwelche Dinge für ihn zu tun. Sie war fasziniert und angewidert zugleich von der Vorstellung, dass Amit eine solche Macht über einen anderen Menschen ausüben könnte. Die Aufgeblasenheit dieses Doktors war ja verpufft, als ob man die Luft aus einer der Kreationen von dem afghanischen

Ballon-*wala* herausgelassen hätte. Ein paar Worte von Feroz *sahib,* und er war förmlich zu einem Nichts zusammengeschnurrt. Und jetzt würde Gopal die Hilfe erhalten, die er brauchte. Serabai setzte ihr gerade auseinander, dass sie Gopal demnächst auf neue Tabletten umstellen würden.

»Feroz *seth*, falls Sie dann noch leben, werden Sie sich mit hundert noch meinen Dank für Ihre Hilfe heute anhören müssen«, sagte Bhima. Sie ging auf ihn zu, um seine Rechte behutsam zwischen ihre eigenen Hände zu nehmen und sie dankend zu ihrem Kopf zu heben. Doch Feroz zuckte zusammen und machte einen Satz nach hinten, als ihre Hände die seine berührten. »Schon gut, schon gut«, sagte er hastig. »Du brauchst dich nicht zu bedanken.«

Seine Zurückweisung versetzte Bhima einen schmerzlichen Stich, doch sie schob das Gefühl sofort beiseite. »Wenn Gopal wieder zu Hause ist, werde ich Ihnen *shrikhand* machen«, versprach sie. Sie wusste, dass Feroz das süße Joghurtdessert häufig aus einem der Parsi-Dairy-Farm-Läden in der Stadt mit heimbrachte.

Feroz lächelte. »Ich mag nur Parsi-Dairy-*shrikhand*«, erwiderte er. Und als er ihre gekränkte Miene gewahrte, fügte er hinzu: »Aber wir werden sehen, ist ja noch ein bisschen hin. Lass uns erst mal abwarten, bis er wieder zu Hause ist.«

Nachdem sie gegangen waren, gab Bhima Amit zwei Rupien, damit er sich ein paar *samosas* zum Mittagessen besorgen konnte. »Und was ist mir dir, Ma?«, wollte er wissen.

»Ich hab keinen Hunger«, entgegnete sie kurz. »Geh du mal raus und iss, und dann kommst du auf direktem Wege zurück, *achha*?«

Als sie den Jungen den Korridor hinuntersausen sah, musste Bhima schmunzeln. Amit war nicht nur blitzgescheit, sondern er konnte auch rennen wie der Blitz. Morgen würde sie darauf bestehen, dass er wieder zur Schule ging. Er würde eine Diskussion anfangen, das wusste sie, aber sie würde gar nicht hinhören. Nachdem sie soeben miterlebt hatte, wie Feroz *seth* bei der Unterhaltung mit dem Arzt die absolute Oberhand gehabt hatte, war ihr Vertrauen in die Macht der Bildung endgültig besiegelt. Eines Tages würde ihr Amit ebenfalls in diesem Ton mit Ärzten und Rechtsanwälten reden.

Vielleicht wäre er sogar selbst Arzt oder Rechtsanwalt. Bhima wusste nicht wirklich, was ein Rechtsanwalt tat, aber sie wusste, dass Freddy *seth* einer war, und sie mochte ihn. Freddy *seth* war nett – einmal, als sie mit Serabai zusammen ihre Schwiegereltern besucht hatte, hatte er ihr erlaubt, seinen Papagei, Polly, zu streicheln. Und wenn er zu Sera herüberkam, erkundigte er sich stets nach Gopal und den Kindern. Ja, Amit könnte vielleicht Rechtsanwalt werden, und Freddy *seth* würde ihn dabei unterstützen.

Doch dann schoss ihr plötzlich ein anderer Gedanke durch den Sinn, und sie hielt inne, als stünde sie an einer belebten Kreuzung und als seien ihre Gedanken Autos, die sie alle im Auge behalten musste. Der Doktor *babu* musste doch ebenfalls ein gebildeter Mann sein. Aber wieso hatte er es sich dann gefallen lassen, dass Feroz *seth* in dieser Art und Weise mit ihm sprach? War Bildung allein nicht genug? Und wenn nicht, was fehlte dann noch? Es war ihr nicht möglich gewesen, das Gespräch wirklich zu verfolgen, da Feroz und der Arzt Englisch miteinander gesprochen hatten. Doch sie musste es herausfinden, um Amits willen. Konnte Feroz *seth* so auftreten, weil er Parse war? Jeder wusste, dass die Parsen gebildet und reich waren und dass ihre Frauen meist Kleider statt Saris trugen. Mit anderen Worten, sie hoben sich von der restlichen Bevölkerung ab. Waren anders als sie und Gopal und sogar anders als der Doktor *sahib* mit seinen abgetragenen Gummilatschen und seiner geklebten Brille. Also, war es das? Oder war es etwas anderes? Rührte es daher, dass Feroz *seth* wusste, wie man wütend wirkte, selbst wenn man es gar nicht war? Wäre ihr Amit imstande, so was zu tun? Gehörte das auch zu den Dingen, die man in der Schule beigebracht bekam?

Als Bhima den Kopf hob, sah sie eine weitere Schwester an Gopals Bett stehen, die jünger und hübscher war als diejenige, die ihm einige Stunden zuvor die Spritze verabreicht hatte.

»Jetzt kriegt er neue Medizin.« Die Schwester lächelte und streckte ihr die Hand mit den Tabletten hin. »Antibiotika.«

17

Nach zehn Tagen wurde Gopal aus dem Krankenhaus entlassen, und Bhima ging wieder arbeiten. Das Fieber und der Husten waren abgeklungen, aber er klagte über die schrecklichen Schmerzen in seiner Hand; Schmerzen, die ihm wie heiße Stromstöße in den Arm hinaufschossen. »Warte, bis der Verband runterkommt, Gopu, dann werde ich es mit unseren Hausmitteln probieren«, versprach sie ihm. »Wir könnten vielleicht sogar deinen Bruder bitten, uns Kräuter aus eurem Dorf zu schicken.«

»Und was sollen die bitte bewirken?«, fragte er. »Meine Finger zum Nachwachsen bringen?« Er hatte sich neuerdings diesen brüsken Ton angewöhnt, der sie verletzte und verstörte.

»Nein, aber ... Zumindest werden sie gegen die Schmerzen helfen«, erwiderte sie matt, doch er grunzte verächtlich und wandte sich ab.

Bhima versuchte nicht weiter, ihn in ein Gespräch zu verwickeln. Etwas anderes, Dringlicheres trieb sie um. Seit dem Tag des Unfalls war der Vorarbeiter verschwunden und nicht wieder auf der Bildfläche erschienen. Er hatte sich weder am nächsten Tag blicken lassen, wie er es versprochen hatte, noch am darauf folgenden Tag. Hatte er nicht irgendetwas erzählt, dass er sie wegen eines Vertragsangebots aufsuchen würde? Es wurde allmählich Zeit, dass er sich bei ihnen meldete, nun da Gopal zu Hause war. Schließlich brauchten sie das Geld, wenn sie diesen Monat die Miete zahlen wollten. Und in ein paar Wochen, wenn der Verband herunterkäme und Gopal sich wieder besser bei Kräften fühlte, würde er in die Arbeit zurückwollen. Selbst wenn er nun keine Maschinen mehr bedienen konnte, gäbe es sicherlich eine andere Beschäftigung für ihn bei Godav Industries.

Bhima hätte dies gern mit Gopal besprochen, hätte ihm gern von dem merkwürdigen Menschen erzählt, der sie an jenem Schreckenstag ins Krankenhaus begleitet hatte; doch die Miene ihres Mannes schien jedes Mal zu versteinern, wenn sie das Krankenhaus oder den Unfall nur erwähnte. In ein paar Tagen wird er sich besser fühlen, tröstete sie sich. Dann werde ich mit ihm reden.

Als hätte er ihre Gedanken gelesen, klopfte der Vorarbeiter am Abend darauf an ihre Tür. Bhima war soeben von der Arbeit heimgekommen und knetete den Teig für die *chapatis*. Sie blickte durchs Fenster in den dämmrigen Abendhimmel hinaus. Pooja müsste eigentlich jeden Augenblick zu Hause sein, ging es ihr durch den Kopf. Sie konnte das Geschrei der Nachbarjungen hören, mit denen Amit im Hof unten Kricket spielte. »Sechserschlag!«, ertönte eine jubelnde Kinderstimme, und Bhima betete innerlich, dass Amit derjenige war, der den Ball fest genug geschlagen hatte, um sechs Runs zu erzielen. Sie versuchte, durchs Fenster hinunterzuschauen, aber der Winkel war so ungünstig, dass sie keinen guten Blick auf den Hof hatte.

Als es klingelte, fiel ihr auf, dass Gopal, obwohl er sich am nächsten an der Tür befand, auf seinem Platz sitzen blieb und zusah, wie sie sich den Mehlstaub von den Händen wischte und aufmachen ging. Der alte Gopal hätte sich nie so verhalten, schoss es ihr durch den Kopf, doch sie unterdrückte den Gedanken sogleich. Der Arme, sagte sie sich. Er hat solche Schmerzen. Wenn er den Wunsch hat, sich auszuruhen, warum nicht? Mir tut es ja nicht weh, an die Tür zu gehen.

Sie erkannte Gopals Vorarbeiter nicht gleich auf Anhieb. Und als sie dann begriff, wer da vor ihr stand, war ihre Erleichterung so groß, dass sie ihre Abneigung gegen den Mann vergaß und verzückt lächelte. »Wie schön, dass Sie kommen, *bhai sahib*«, begrüßte sie ihn. »Ich dachte schon, Sie hätten uns vergessen.« Sie tat einen Schritt zur Seite, damit er eintreten konnte, und drehte sich zu ihrem Mann um. »Gopal«, verkündete sie. »Du hast Besuch. Der Vorarbeiter aus der Fabrik ist da.«

Der Mann hinter ihr räusperte sich. »Ähm, also, was ich neulich sagte, war genau genommen nicht ganz korrekt. Ich, ähm, ich dachte bloß, es wäre einfacher bei dem ganzen Wirbel, der an dem Tag herrschte. Aber eigentlich bin ich für die Rechnungsabteilung der Firma tätig.«

Gopal stand vor dem Mann und sah ihn aus verdutzten Augen an. »Sie sind für die Rechnungsabteilung tätig?«, fragte er.

»Namaste, ji«, sagte der Mann und legte seine Hände zur Begrüßung aneinander. Gopal wollte es ihm bereits instinktiv gleichtun, doch ein rascher Blick auf seine verstümmelte Rechte bewog ihn dazu, die Hände wieder sinken zu lassen. Er nickte. *»Namaste«,* erwiderte er.

»Bitte gestatten Sie mir, dass ich mich kurz vorstelle«, fuhr der Mann fort. »Ich bin Devdas. Ich kümmere mich um die Buchhaltung von Godav Industries.«

Gopal äugte flüchtig zu Bhima hinüber, als wollte er sich versichern, dass sie im Zimmer sei. »Sie hätten doch nicht den ganzen beschwerlichen Weg hierher auf sich nehmen müssen«, bemerkte er höflich. »Schließlich habe ich fest vor, in ein paar Wochen wieder zur Arbeit zu erscheinen. Sobald der hier runterkommt«, fügte er mit einem kläglichen Lächeln hinzu und deutete auf seinen Verband.

»Nun, ähm, genau über all das müssen wir uns unterhalten«, entgegnete der Mann. Er machte es sich auf einem Stuhl bequem und öffnete seine Kunststoff-Aktentasche.

»Was hätten Sie denn gerne?«, erkundigte Gopal sich liebenswürdig. »*Chai?* Oder lieber etwas Kühles?«

»Nein, nein, nichts.« Devdas schüttelte energisch den Kopf. »Ich werde Sie gar nicht lange aufhalten«, setzte er hinzu und ließ seinen Blick zu Bhima hinüberschweifen, um sie mit einzubeziehen. Dann wandte er sich wieder an Gopal. »Schließlich müssen Sie sich noch ruhig halten, nicht?«

Gopal zuckte die Achseln. »So ruhig, wie sich ein Mann eben halten kann.«

Der Buchhalter lachte, als hätte Gopal einen vortrefflichen Witz gerissen. »Da sprechen Sie ein wahres Wort.« Er hielt inne und sah auf ein langes Formular hinunter, das er aus seiner Aktenmappe zu Tage gefördert hatte. Als er wieder zu reden begann, klang sein Tonfall verändert. *»Achha«,* bemerkte er knapp. »Was diesen Vertrag betrifft. Gemäß diesem Papier hier wird Godav Industries Ihnen den einmaligen Betrag von tausend Rupien als Abfindungspauschale auszahlen. Danach haben Sie keinerlei Ansprüche mehr uns gegenüber, und es steht Ihnen frei, sich in dieser Stadt nach einer neuen Anstellung umzusehen, wo immer Sie möchten.« Ohne ihre verstörten Mienen zu beachten, lehnte er sich zurück und lächelte wohlwollend. »Ich habe alles vorbereitet, um Ihnen heute Abend die gesamte Summe auszuzahlen«, fuhr er fort und dehnte dabei jede Silbe. »Das ist auch der Grund, warum ich so rasch nach Ihrer Rückkehr aus dem Krankenhaus zu Ihnen komme. Schließlich hat der Chef Verständnis, dass sie in Zeiten wie diesen Geld brauchen.«

Gopal war ganz benebelt vor Verwirrung, als er zu einer Antwort anhob. »Entschuldigen Sie bitte, aber ich begreife nicht ganz. Ich beabsichtige, wieder zur Arbeit zu erscheinen, sobald ich dazu in der Lage bin.«

In der Miene seines Gegenübers spiegelten sich Mitleid und Verachtung zu gleichen Teilen. »Nun denken Sie doch mal nach, Gopal *babu*«, sagte er in einem von Gehässigkeit durchwirkten Ton. »Was wollen Sie denn in der Fabrik noch tun? Sind Sie denn imstande, die Kunststoffplatten zu heben? Können Sie sie herumwuchten, sodass die Maschine sie anschließend sauber zerschneidet? Ein Fabrikarbeiter, dem drei Finger fehlen – ich weiß nicht, *baba*. Das ist wie eine Frau ohne Busen.«

Gopal sprang auf. »Passen Sie auf, was Sie in diesen Wänden sagen, Freundchen. Sie sind hier in einem anständigen Haus, nicht in einem Puff, Sie …«

»Nun beruhigen Sie sich, ganz ruhig, Gopalji«, entgegnete der Mann betont langsam. »Wer wird denn wegen nichts und wieder nichts gleich so aufbrausen? Sie müssen mit Ihren Kräften haushalten, oder nicht? Ich hatte nicht die Absicht, Ihre ehrenwerte Frau Gemahlin hier vor den Kopf zu stoßen. Was ich eigentlich sagen will, ist, dass es bei uns keine Arbeit mehr für Sie gibt. Okay?« Er fingerte in seiner Aktenmappe herum, ohne Gopal auch nur eine Sekunde aus den Augen zu lassen. Schließlich zog er mit einer schwungvollen Geste einen dicken braunen Umschlag heraus und wühlte dann noch etwas weiter, bevor er auch seinen Quittungsblock herausangelte.

»So, hier sind die tausend Rupien«, erklärte er, indem er über den Umschlag strich. »Nicht gerade eine magere Summe in diesen harten Zeiten.« Er wandte sich zu Bhima um, die nach wie vor dabeistand, und reichte ihr das Päckchen. »Hier, *didi*«, sagte er. »Sie sind die Herrin im Haus. Zählen Sie die Scheine nach, um sicherzugehen, dass ich mich nicht vertan habe. Schließlich kann man heutzutage keinem mehr über den Weg trauen in Bombay.«

»Rühr dieses Geld nicht an.« Gopals Warnung platzte so scharf heraus, dass Bhima erschrocken zusammenfuhr. »Ich will einen Job, nicht den finanziellen Gegenwert für meine drei Finger. Und außerdem, was ist mit meiner Zahlung aus der betrieblichen Unfallversicherung? Das allein ist ja schon mehr als diese lumpige Summe hier.«

»Aber *babu,* genau das versuche ich Ihnen doch begreiflich zu machen«, erwiderte der Buchhalter nachsichtig. »Als Sie im Krankenhaus waren, hat Ihre Frau die Konditionen dieser Vereinbarung unterschrieben. Gemäß diesem Papier hier ist das alles, worauf Sie Anspruch haben.«

Gopal erbleichte. Er wandte sich zu Bhima um, und in seinen Augen standen eine solche Gekränktheit, so viel enttäuschtes Vertrauen und Verwirrung zu lesen, dass sie wie hypnotisiert war von seinem Blick – als schösse er Pfeile aus seinen Augen ab, die sie an die Wand nagelten. Die Pfeile durchbohrten ihre Brust und erstickten die erklärenden Worte im Keim; wie angewachsen stand sie an Ort und Stelle und war nicht imstande, auch nur einen Schritt auf ihren Mann zuzutun, um diese entsetzliche Kluft zu überbrücken, die zwischen ihnen aufgerissen war. Sie hätte Gopal gern geschildert, in welcher Panik sie ins Krankenhaus gefahren waren, wie durcheinander und verzweifelt sie gewesen war und dass Devdas sie belogen und sie durch einen Trick dazu gebracht hatte, dieses Papier zu unterzeichnen; aber Gopals Blick lastete so schwer auf ihr, dass sie es nicht vermochte, etwas zu ihrer Verteidigung vorzubringen.

»Lügner«, sagte Gopal schließlich zu Devdas, der mit eigentümlich befriedigter Miene von ihm zu seiner Ehefrau schaute. »Meine Frau kann weder lesen noch schreiben. Wie hätte sie denn da irgendwas unterzeichnen sollen?«

Als Antwort hielt Devdas das Blatt Papier in die Höhe. »Daumenabdruck«, verkündete er, und sein Ton war triumphierend, ja beinahe übermütig, als könnte er sich nur mühsam das Lachen verbeißen. Er drehte sich zu Bhima herum, die immer noch wie angewurzelt mitten im Zimmer stand. »Erzählen Sie mal«, sagte er. »Ist das Ihr Fingerabdruck oder nicht?«

Doch Bhima starrte auf Gopals aufgesperrten Mund und betrachtete den feinen Speichelfaden, der von seinem Gaumen herabhing; registrierte, dass er sich nervös mit der Zunge über die Lippen fuhr; sah die Falten, die sich auf seiner Stirn bildeten, die Tränen, die wie erloschene Sterne in seinen dunklen Augen glänzten. »Frau«, hauchte er heiser. »Was hast du getan?«

Devdas rutschte ungeduldig auf seinem Stuhl herum. »Nun, was geschehen ist, ist geschehen«, warf er ein. »Also, wenn Sie jetzt bitte so gut wären; meine Frau wartet mit dem Abendessen auf mich. Bitte unterzeichnen Sie doch die Quittung hier bei diesem Stempelaufdruck, als Bestätigung, dass Sie das Geld erhalten haben. Oder brauchen Sie vielleicht auch ein Tintenkissen?«

»Ich kann mit meinem Namen unterschreiben«, erwiderte Gopal, den Blick noch immer auf Bhima geheftet. Er nahm Devdas Stift entgegen und kritzelte mit der Linken seine Signatur in den offiziellen, rosafarbenen Stempel. »Bitte schön«, erklärte er und reichte Devdas den Block zurück. »Mit dieser Unterschrift habe ich soeben mein Leben dahingegeben.«

Devdas ließ den Quittungsblock in seine Aktentasche gleiten und erhob sich. »Vielen Dank«, sagte er. »Und nun werde ich mich, wenn Sie erlauben, empfehlen.« Er legte den braunen Umschlag auf den Tisch und sah Gopal an, als erwarte er irgendetwas – dass dieser fluchte, gewalttätig wurde, Drohungen ausstieß oder seinem Ärger anderswie Luft machte, einfach irgendetwas. Doch Gopal starrte ihn ausdruckslos an, und seine Züge wirkten völlig erloschen. Der Buchhalter schnalzte missmutig mit der Zunge. »Ich will Ihnen mal was sagen, Gopal *babu*, Sie haben sich dieses Unglück selbst zuzuschreiben. Sie hätten besser aufpassen sollen bei der Arbeit. Schließlich sind das große, gefährliche Maschinen und kein Kinderspielzeug. Das wird Ihnen eine Lehre sein, dass Sie das nächste Mal besser Acht geben.«

Endlich bekam er die Reaktion, auf die er aus war. Mit einem wütenden Aufschrei fuhr Gopal von seinem Stuhl hoch. »Verschwinden Sie aus meiner Wohnung«, brüllte er. »Gehen Sie mir mit Ihrer dreckigen Lügenvisage aus den Augen. Mir zu erzählen, ich hätte besser Acht geben sollen, wo doch jeder weiß, dass ich erst drei Tage zuvor bei unserem obersten Chef moniert habe, dass mit besagter Maschine etwas nicht in Ordnung ist. Und keiner von euch elenden Schweinskerlen hat irgendetwas dagegen unternommen. Kommt ja auch billiger, einen Arbeiter wie mich auszuzahlen, als für einen Tag den Betrieb einzustellen, um die Maschine richten zu lassen. Glauben Sie bloß nicht, ich wüsste nicht, was in dem Umschlag ist – an diesem Geld klebt Blut. Das sind die drei Finger, um die ich gebracht worden bin und die man mir jetzt in diesem braunen Umschlag gleichsam zurückerstattet, und sonst gar nichts. *Saala maadarchot* – Sie mieses Arschloch, was glauben Sie eigentlich, wen Sie da vor sich haben, wen Sie da zum Narren zu halten versuchen? Sie können vielleicht Ihre Mutter und Ihre Schwester für dumm verkaufen und Ihren Sohn, der immer noch an Mamas Brustwarzen nuckelt; aber mich halten Sie nicht zum Narren, kapiert?«

Devdas gab einen Laut von sich, der eine Mischung aus Wutschnauben und hilflosem Gackern war. »Na, na, *babu*, Sie brauchen sich nicht gleich so aufzuführen. Immerhin bin ich bei Ihnen zu Gast.« Er gewahrte das Funkeln in Gopals Augen. »Ich werd jetzt mal gehen. Auf Wiedersehen«, fügte er hastig hinzu.

Nachdem Devdas fort war, war die Wohnung von einem unheimlichen Schweigen erfüllt. Bhima begab sich wieder zu ihren *chapatis* zurück, während Gopal auf den Stuhl hingesunken war, auf dem

Devdas nur wenige Minuten zuvor gesessen hatte, und die Wand vor sich anstarrte, als würde sie ihm die Antwort auf sämtliche Lebensrätsel offenbaren. Der Umschlag lag unangetastet auf dem Tisch. Ab und an schielte Bhima verstohlen zu Gopal hinüber, doch seine Miene war so leblos wie die Wand, die er fixierte. Schließlich konnte sie das Schweigen nicht mehr länger ertragen. Sie wischte sich das Mehl von den Händen und ging zu Gopal hinüber. »Lieber Mann«, sagte sie ruhig. »Gib deinem Herz einen Stoß und verzeih mir. Ich bin eine dumme, ungebildete Frau. Dieser *badmash* hat mir Sand in die Augen gestreut. Er hat mir weisgemacht, dass das, was ich da unterschrieben habe, ein Brief sei, der sicherstellen soll, dass du im Krankenhaus eine gute Behandlung erhältst.«

Gopal wiegte nachdenklich den Kopf. »Liebe Frau, begreifst du denn nicht?«, erwiderte er. »Das spielt überhaupt keine Rolle. Sie hätten uns so oder so übers Ohr gehauen. Weil ihnen die Welt gehört, verstehst du. Sie haben die Maschinen und das Geld und die Fabriken und die Bildung. Wir sind lediglich Werkzeuge, die sie benutzen, um zu all diesen Dingen zu kommen. Weißt du, wie ich einen Hammer schwinge, um einen Nagel irgendwo reinzuhauen? Nun, sie benutzen mich wie einen Hammer, um sich das zu verschaffen, was sie haben wollen. Das ist alles, was ich für sie bin – ein Hammer. Und was passiert mit einem Hammer, dessen Finne abgebrochen ist? Man wirft ihn weg und besorgt sich einen neuen. Alles, was sie getan haben, war, mich zu benutzen, um sich anschließend einen neuen Hammer zu kaufen.«

Sie starrte ihn verständnislos an. Sie erkannte diesen Gopal weder wieder, noch war er ihr besonders sympathisch. Dieser Gopal sah nicht nur anders aus, sondern er roch sogar anders. Ihr alter Gopal war aus Sonnenschein, Liedern, Lachen und Witzen gemacht und duftete nach Minze, Koriander und frischem Regenwasser. Dieser neue Gopal war so hart wie ein Hammer, zäh wie Leder und roch nach Schweiß, Asche und saurer Milch. »Hör zu, Gopi«, begann sie verzweifelt. »Vergiss Godav Industries. Durch meine Dummheit habe ich dich um diesen Job gebracht, aber ich werde einen anderen Job für dich auftreiben, das verspreche ich dir. Und von morgen an werde ich dir jeden Tag ein Stück Hühnerfleisch auftischen, damit du wieder zu Kräften kommst. Und ich werde Pandav dafür bezahlen, dass er einen Brief an deinen Bruder schreibt, in dem wir ihn bitten, uns Heilkräuter gegen deine Schmerzen zu schicken. Gopal, mein lieber Mann, als du im Krankenhaus warst, habe ich dafür gekämpft, dich am Leben zu halten. Und jetzt, wo du zu Hause bist, werde ich dich eins a versorgen, darauf hast du mein Wort.«

Er schenkte ihr ein Lächeln, und in dem Moment wurde ihr klar, dass die Götter ihnen einen Streich gespielt hatten – sie hatten Gopal am Leben gelassen, aber sie hatten ihm das Wesentliche geraubt, das in einem Mann den Wunsch nährt weiterzuleben. Gopal war so leer wie ein Uhrgehäuse, dessen Innenleben entfernt worden ist. Da war nichts mehr, was ihn am Ticken gehalten hätte. Sie wünschte, er könnte schreien, weinen, die Welt verfluchen, sie schlagen, etwas zertrümmern, den Umschlag auf dem Tisch in kleine Fetzen zerreißen, gegen Devdas wüten – einfach irgendetwas tun, was ihr anzeigte, dass er noch am Leben war. Aber stattdessen lächelte er dieses lethargische, traurige, schicksalergebene Lächeln, das ihn noch totenhafter wirken ließ als im Krankenhaus.

»Soll ich das Radio einschalten?«, fragte sie, in der Hoffnung, die Musik aus irgendwelchen Bollywood-Filmen würde ihn vielleicht aufmuntern. Doch er zuckte nur mit den Schultern. »Ich bin müde«, erwiderte er und drehte sich wieder zur Wand. Nach einer kleinen Weile ging sie zu ihrer Kochstelle in der Küche zurück.

Sie hörte Amit und Pooja die Treppe draußen heraufrasen, und keine Sekunde später kamen sie ins Zimmer gestürmt. Bhima bemerkte den besorgten Blick, den Pooja auf ihren Vater warf. Ein Blick, der so erwachsen und achtsam war, dass er ihr schier das Herz zerriss. Dieses Mädchen ist zu jung, um sich so viele Sorgen zu machen, dachte sie. Bhima sah, wie Pooja zu Gopal hintrat und ihm übers Haar strich, während sie leise mit ihm sprach; und sie spürte einen Stich in der Brust, weil sie ihre ruhige, zuverlässige, einfühlsame Pooja so liebte. Amit, dessen Gesicht noch immer gerötet war vom wilden Kricketspiel, schien dagegen die Spannung im Raum gar nicht wahrzunehmen. Er hatte etwas an sich, was Bhima an einen quirligen jungen

Hund erinnerte, der bei allen um Liebe buhlt. Wenn dieser Junge einen Schwanz wie ein Hund hätte, dann würde er den ganzen Tag damit wedeln, dachte sie. Und seit Gopal wieder zu Hause war, hatte Amit nicht aufgehört, ihn zu umschwänzeln. Er ist so glücklich, seinen *baba* wieder daheim zu haben, dass er gar nicht merkt, wie Gopal sich verändert hat, stellte Bhima staunend fest. Jetzt hüpfte Amit vor seinem Vater herum und berichtete ihm von dem Match. »Ich hab zwei Sechser geschafft, *baba*«, sagte er. »Dieser Vasu hat versucht, einen meiner Schüsse abzufangen, aber er ist so ein Fettkloß, er würde es nicht mal schaffen, dem Ball nachzurennen. Und dann hat dieser neue Junge versucht …« Sein Blick fiel auf den Umschlag. »Was ist das?«, fragte er und griff danach.

Gopal wandte den Kopf, und sein Blick begegnete dem von Bhima. »Ein vorgezogenes Divali-Geschenk«, antwortete Gopal gedehnt, wobei er Bhimas betroffenes Gesicht keine Sekunde aus den Augen ließ. »Mach es auf.«

Amit riss mit nervösen Fingern den Umschlag auf, und das Bündel aus zehn Hundert-Rupien-Scheinen fiel zu Boden. »Ooohhh!« Der Junge schnappte nach Luft. Noch nie hatte er so viel Geld auf einmal gesehen. Fassungslos drehte er sich zu seinem Vater um. »Was ist das, *baba*? Sooo viel Geld.«

»Weißt du, was das ist, *beta*?«, fragte Gopal. Sein Gesicht glühte so fiebrig wie damals im Krankenhaus. »Das ist dein *baba* da in dem Umschlag. So viel ist dein *baba* wert. Dies ist der Preis für …«

»Chup re!« Bhima kam ins Zimmer gefegt und schleuderte Gopal einen warnenden Blick zu. Dann fixierte sie Amits verstörtes Gesicht, und irgendetwas an seiner naiven Verwirrtheit reizte sie. »Dummer Junge«, schimpfte sie und drosch ihm auf die Schulter. »Heb sofort dieses Geld auf. Hier dämliche Fragen zu stellen und allen auf die Nerven zu fallen.« Sie versetzte ihm noch einen Schlag, diesmal auf den Hinterkopf.

»Ma«, heulte Amit. »Lass das sein. Was hab ich denn getan?«

»Hör auf, das Kind für deine eigenen Sünden zu bestrafen, Frau«, murmelte Gopal so leise, dass nur sie es verstehen konnte.

Doch das brachte sie nur noch mehr in Rage. »Was du getan hast?«, schrie sie den Jungen an, der sich den Kopf rieb. »Den Abend mit Kricketspielen vertrödelt wie ein *mawali*, zusammen mit all den anderen Nichtsnutzen, mit denen du befreundet bist, während ich todmüde von der Arbeit heimkomme und noch …« Die restlichen Worte blieben ihr im Halse stecken, als wären es heiße Kohlen. Doch der Zorn loderte noch immer in ihrer Brust. »Wir geben unser hart verdientes Geld dafür aus, dich auf die Schule zu schicken, während Pooja und ich uns den ganzen Tag abrackern. Und was tust du schamloser *namakharam*? Spielst Kricket mit den Nachbar-*goondas*.«

Amits Augen blitzten vor Entrüstung und Trotz. »Aber Ma, du hast mir doch vorhin erst gesagt, dass es in Ordnung sei, wenn ich nach unten zum Spielen gehe. Und überhaupt, das sind meine Freunde, keine Strolche.«

Auf einmal flackerte ihr Zorn nur noch leise und erlosch dann wie das blaue Flämmchen auf dem Primus-Gaskocher. Sie starrte ihren Sohn in einer Mischung aus Mitleid und Bekümmerung an. »Geh dein Gesicht waschen«, herrschte sie schroff. »Das Essen ist gleich fertig.« Dann drehte sie sich zu Pooja um. Bhima hatte den Eindruck, dass das Mädchen innerlich ängstlich den Kopf einzog, auch wenn sie nach außen hin ruhig wirkte. Sie seufzte still. Das war der besondere Fluch, mit dem Eltern geschlagen waren – dass sie die Seelenregungen ihrer Kinder so genau kannten. »Und du, *chokri*«, sagte sie in einem Ton, in dem all die widerstreitenden Gefühle mitschwangen, die in ihr gärten. »Du gehst am besten ebenfalls und wäschst dir das Gesicht. Du musst doch hundemüde sein, nachdem du den ganzen Tag gearbeitet hast. Deine Dienstherrin sollte den Oberbefehl über die Polizeitruppen haben, so wie sie dich herumkommandiert.«

»Ach, heute war sie eigentlich ganz nett zu mir. Hat mir ein Stück Schokolade zum Mittagessen spendiert«, erwiderte Pooja. Aus einer Gewohnheit heraus linste Bhima flüchtig zu Gopal hinüber, und für den Bruchteil einer Sekunde kommunizierten sie wieder wie früher, indem sie einen verständnisinnigen Blick wechselten. Sie wussten beide, dass Pooja stets instinktiv darauf aus war, Frieden herzustellen, und dass sie in vielen Dingen übertrieb oder die Unwahrheit erzählte, damit ihre Eltern sich besser fühlten.

»Schokolade ist gut, aber das nächste Mal sagst du ihr, dass sie dir mehr Geld geben soll«, brummelte Bhima; doch ihr Ton verriet Pooja, dass ihre Mutter sie nur neckte. Sie lächelte und verschwand eilig in die Küche, um das Waschbecken dort zu benutzen.

Als Bhima den Umschlag nahm und sich nach einem sicheren Platz umsah, an dem sie das Geld verstecken könnte, spürte sie, wie Gopal mit Argusaugen jede ihrer Bewegungen verfolgte. Sie merkte, wie ihr der Schweiß den Rücken hinunterlief, doch sie wappnete sich innerlich gegen seinen höhnischen Blick. Mit diesem Geld könnten sie ein paar Monate lang die Miete bezahlen und außerdem noch Lebensmittel einkaufen. Schließlich stand in den Sternen, wann Gopal wieder eine Stellung fand. Jetzt, wo sein Einkommen weggebrochen war, mussten sie jeden Paisa sparen.

Als sie am nächsten Tag zur Arbeit lief, keimte neue Hoffnung in Bhimas Brust. Sie beschloss, Serabai von dem betrügerischen Verhalten des Buchhalters zu erzählen. Serabai würde diesem Menschen schon mit ein, zwei wohl gewählten Worten den Kopf zurechtrücken.

Doch als Sera ein paar Stunden später in die Küche trat, machte sie ein finsteres Gesicht. »Ich habe gerade mit Feroz telefoniert«, fing sie an. »Er sagt, der Zug sei abgefahren. Indem du dieses Papier mit deinem Daumenabdruck versehen hast ... Ich fürchte, da ist nichts mehr zu machen, Bhima«, fügte sie behutsam hinzu.

Da sauste plötzlich Bhimas Hand an ihre breite Stirn, und sie schlug sich mehrmals hintereinander mit der flachen Hand gegen den Kopf. »Einfältiges, dummes Weib«, schrie sie dabei. »Bist die Schlinge um den Hals deines Mannes. Hast sein Leben zerstört. Verflucht sei der Tag, an dem du geboren bist ... Ja, ich verfluche meine Mutter dafür, dass sie mich nicht zur Schule geschickt hat. Als Kind habe ich mir so sehnlich gewünscht, Bücher zu lesen, Serabai.« Während Sera sie entsetzt beobachtete, setzte Bhima ihre Selbstzüchtigung fort. »Auf dass du endlos viele, qualvolle Lebenszyklen in dieser grausamen Welt durchläufst, um für diese eine Sünde zu büßen. Und auf dass dir deine Kinder dieses Verbrechen niemals verzeihen.«

»Bhima. Bhima, hör auf«, rief Sera. »Das ist nicht der rechte Moment für einen hysterischen Anfall.« Sie wartete, bis ihre Haushälterin einhielt. »Was bringt es denn, wenn du dir Vorwürfe machst, Bhima?«, fuhr sie fort. »Woher hättest du schon wissen sollen, dass dieser Bursche dich betrügt? Was meine Mutter immer zu sagen pflegte, stimmt einfach – zuweilen kreuzen als Menschen verkleidete Schlangen unseren Weg.«

Als Bhima an jenem Abend nach Hause lief, hielt sie an dem kleinen Krishna-Altar an, den irgendjemand in einen Baumstamm zwischen einer Bäckerei und einem Bekleidungsgeschäft hineingebaut hatte. Sie legte ein paar Münzen vor die Füße der blauen Statue und stand dann da, um Krishnas glückliches, friedvolles Antlitz zu mustern. Seit dem Tage, an dem sie Gopal kennen gelernt hatte, hatte sich Bhima zu Krishna hingezogen gefühlt, weil irgendetwas an dessen schelmischer, verschmitzter Art sie an Gopal erinnerte. Jetzt betrachtete sie die selige Miene des Gottes voller Neid. »Erweck meinen alten Gopal wieder zum Leben«, wisperte sie inbrünstig. »Bring meinen Gopal wieder zurück, und ich werde drei Kilo *pedas* an sämtliche Straßenkinder der Gegend verteilen, das gelobe ich hoch und heilig.«

An dem Tag, als der Verband abgenommen wurde, schlief Gopal zum ersten Mal nach dem Unfall wieder mit ihr. Den ganzen Abend lang schaute Bhima unverwandt auf die Stümpfe, wo sich einst die Finger ihres Mannes befunden hatten. Die Haut um die vernarbten Stellen war von einem blassen Rosa und hob sich hell gegen das tiefe Braun seiner restlichen Hand ab. Als die Familie beim Abendessen saß und Gopal versehentlich mit seiner versehrten Rechten gegen die metallene Servierplatte stieß, jaulte er laut auf. Seit dem Unfall hatte er gelernt, mit der linken Hand zu essen, aber er brauchte so lange, um den Reis und das *daal* mit den Fingern zu löffeln, dass Bhima sich oft fragte, ob das nicht der Grund für seinen enormen Gewichtsverlust war. Und als jetzt seine Hand von Schmerzschüben durchpulst wurde, ließ er sein Essen fallen und sprang vom Boden auf. »Ich kann nicht mehr«, erklärte er unvermittelt.

»Aber *baba*, du hast ja noch gar nichts gegessen«, protestierte Amit. Doch Gopal warf ihm so einen bitterbösen Blick zu, dass der Junge verstummte. Rasch und schweigsam aßen die drei anderen zu Ende, während Gopal sich auf sein einfaches Klappbett legte.

In jener Nacht allerdings merkte Bhima, wie die verstümmelten Finger ihres Mannes ihren Rücken hinunterwanderten. Sie erstarrte, weil die Finger so ungewohnt plump waren, und kämpfte das aufkeimende Ekelgefühl im Magen nieder. Als hätte er ihr Unbehagen erfühlt, flüsterte Gopal: »Widert meine fingerlose Hand dich an, liebe Frau?«

»Natürlich nicht«, entgegnete sie eilig und drehte sich zu ihm herum. Sie hob selbst die Hand, um sein hageres, markantes Gesicht zu liebkosen und dessen Konturen mit dem Zeigefinger nachzufahren. »So viel Gram in einem so jungen Gesicht«, wisperte sie. »Und es ist so schmal und zerbrechlich.«

Er vergrub seinen Kopf in ihrem Busen und saugte an ihren Brustwarzen, während er mit der Linken ihre Saribluse aufknöpfte. Sie spürte, wie der vertraute feurig-eisige Schauer durch ihren Körper lief, fühlte, wie sie gleichzeitig wohlig fröstelte und in glühendem Verlangen entbrannte.

Doch irgendetwas stimmte nicht. Sie schienen nicht mehr mit derselben Leichtigkeit zusammenzufinden wie früher. Es war, als sei ihnen bei jeder Bewegung, die sie machten, bei jedem Stoßen und Aufbäumen ihrer Leiber bewusst, dass jene drei Finger fehlten. Als er die Kordel seiner Pyjamahose aufzuknoten versuchte, streifte Gopals Narbe den Stoff, und er biss die Zähne zusammen vor Schmerz. Während er Bhimas Gesicht mit der Linken gefasst hielt, flatterte die Rechte durch die Luft und fiel dann seitlich herunter, hilflos wie ein gebrochener Flügel. Als Bhima ihm ihr Becken entgegenwölbte, vermochte Gopal diese intime Geste nicht zu besiegeln, indem er ihr Gesäß in der gewohnten Weise packte. Sie versuchten es; sie schwitzten und stöhnten und rieben sich aneinander. Doch sie bewegten sich fortlaufend aneinander vorbei – wie Tänzer, die aus dem Takt geraten sind. Schließlich hielt Gopal mittendrin inne und gab es auf. Unmittelbar bevor er sich auf die Seite drehte, bemerkte er verbittert: »Sieht aus, als hättest du vergessen, wie man seinen eigenen Mann in sich aufnimmt.«

Seine Worte brannten wie eine Ohrfeige, doch Bhima war zu müde und zu enttäuscht, um etwas zu erwidern. Anders als die meisten ihrer verheirateten Freunde hatten sie und Gopal im Bett stets gut harmoniert. Wann immer sie seit ihrer Hochzeitsnacht einander in die Arme gefallen waren, kichernd und schwitzend, sich stupsend oder miteinander kuschelnd, war ihre sexuelle Beziehung von einer Unbeschwertheit gewesen, von der Bhima wusste, dass sie vielen ihrer Freunde nicht vergönnt war. Gopal hatte niemals versucht, sie wie einen Berg zu bezwingen; er war vielmehr in ihr geschwommen wie in einem Fluss. Ja, wie ein Fisch und sein Fluss hatten sie in enger Verbundenheit gelebt, waren demselben vorgezeichneten Lauf gefolgt; sie hatten einander beide gebraucht, und nie hatte einer versucht, den anderen zu dominieren.

Doch plötzlich musste Gopal sich etwas beweisen. Auf einmal war sie ein Fluss, der eingedämmt werden musste, dessen mächtige Strömung es zu kontrollieren und in Schach zu halten galt. Jetzt, da Gopal drei Finger fehlten, musste er sich selbst davon überzeugen, dass jener andere, wichtige Finger noch intakt war. Und so rang er Nacht für Nacht mit ihr, bis ihr Sex irgendwann jeder Heiterkeit beraubt, mechanisch und uninspiriert war. Sie hatte weiterhin Geduld, da ihr bewusst war, welche Schmerzen er litt, und weil sie instinktiv erkannte, wie wichtig dies für ihn war. Doch mit der Zeit verwandelte sich ihre Geduld in Passivität, und Gopal, der seit so vielen Jahren auf ihre Stimmungen und Gedanken eingeschwungen war, merkte dies natürlich. Von dem Wunsch getrieben, sie zu irgendeiner Reaktion zu bewegen, gebärdete er sich in der Liebe immer verwegener, unerbittlicher und brutaler. Er bohrte ihr seine verstümmelten Finger in den Leib, förmlich elektrisiert von dem Schmerz, der daraufhin durch seinen Körper schoss wie eine Droge; er küsste ihre Brüste und biss kurz darauf hinein, als seien es Zitronenschalen; er stieß sein Glied tief in sie hinein wie ein Schwert. Um das Ganze vor sich selbst zu beschönigen, versuchte Bhima sich einzureden, diese verzweifelte Art zu lieben sei ein Zeichen von Leidenschaft; doch der verbissene, Furcht erregende Ausdruck in Gopals Augen vereitelte ihren Selbstbetrug.

Und dann war es eines Tages ganz vorbei mit dem Liebesspiel. Als sie in jener Nacht zu Bett ging, schlief Gopal bereits. Bhima kroch behutsam zu ihm auf die schmale Klappliege, voller Angst, ihn zu wecken, doch sein Atem ging unverändert ruhig und gleichmäßig. Sie lag mehrere Stunden lang wach, hin- und hergerissen zwischen dem Wunsch, in seligen Schlummer zu sinken, und der Befürchtung, er könnte sie berühren, sobald ihre Wachsamkeit nachließ. Letztendlich schlief sie dann doch irgendwann erschöpft ein.

Am nächsten Abend kehrte Bhima von der Arbeit heim und witterte sofort den fremdartigen, ungewohnten Geruch. »Riecht ja wie in einem *daru*-Laden hier drin«, scherzte sie. Doch das Lächeln auf ihren Lippen erstarb, als sie einige Schritte auf Gopal zu tat. »Du hast getrunken«, rief sie, und in ihrem Tonfall hielten sich Überraschung und Vorwurf die Waage.

Gopals Gesicht nahm schlagartig einen reservierten Ausdruck an, als hätte jemand ein Fenster zugeknallt. »So?«, bemerkte er trotzig. Seinem Gebahren haftete etwas Derbes, Großspuriges an, das sie gar nicht an ihm kannte. »Bin ich vielleicht irgendjemandem Rechenschaft schuldig, wenn ich Lust habe, mir ein, zwei Schnäpschen zu genehmigen?«

Sie blickte sich um. »Wo ist Amit?«, wollte sie wissen.

»Spielt unten mit den anderen Jungen.« Und als hätte er ihre Gedanken gelesen, fügte er hinzu: »Keine Sorge, er hat mich nicht die Treppe hochkommen sehen. Unser lieber kleiner Amit hat keinen Grund, sich für seinen Vater zu schämen.«

»Du bist ja betrunken«, sagte sie, eigentlich mehr zu sich selbst. »*Baap re,* Gopal, du bist betrunken. Du, der das Zeug kaum je angerührt hat, nachdem wir erst mal verheiratet waren.«

Er breitete schwungvoll die Arme aus. »Das war, bevor ich befreit wurde«, verkündete er mit schwerer Zunge. »Bevor ich einen Schlussstrich unter mein Leben als Pantoffelheld gezogen habe.«

Am Morgen darauf fing Bhima Feroz ab, bevor er zur Arbeit aufbrach, und bat ihn, Gopal eine Anstellung zu besorgen.

Feroz biss sich auf die Unterlippe. »Da fällt mir so spontan nichts ein«, erwiderte er. »Aber gib mir ein bisschen Zeit, ich werde darüber nachdenken.«

Gopal fing an, täglich zu trinken. Er behauptete, es helfe gegen die Schmerzen. »Du machst dir keine Vorstellung davon, was es heißt, solche teuflischen Schmerzen zu haben«, erklärte er Bhima eines Tages. »Es fühlt sich an, als rammte mir jemand ein Messer in die Hand. Und der Arzt hat mir nichts weiter dazu zu sagen, als dass es kein Mittel dagegen gibt. Das Einzige, was mir ein paar Stunden Frieden verschafft, ist dieser Stoff.« Seine Fassade bröckelte wie eine billig gebaute Mauer. »Alles andere ist mir geraubt worden, Bhima – meine Hände, meine Arbeit, mein Stolz. Bitte nimm mir diese eine Sache nicht weg. Ich bin nicht wie diese anderen besoffenen Narren. Ich weiß, wann ich aufhören muss.«

Als Feroz ihr endlich mitteilte, dass er einen Job für Gopal gefunden habe, ging Bhima glücklich, wenn auch nicht ohne gewisse Befürchtungen nach Hause. Doch zu ihrer großen Überraschung wirkte Gopal erfreut. Drei Tage später trat er die neue Stelle an. Bhima wachte an jenem Morgen schon früh auf und bereitete ihm sein Lieblingsfrühstück zu. Außerdem füllte sie zwei *chapatis* mit gebratenen Okras und gab sie ihm als Mittagessen mit.

Am Abend kehrte Gopal so bleich und abgekämpft nach Hause zurück, dass sie einen Augenblick lang dachte, er sei betrunken. Aber dann wurde ihr klar, dass es der Erschöpfung zuzuschreiben war und nicht dem Alkohol, dass er sich nicht mehr deutlich artikulieren konnte. An jenem Abend massierte sie ihm, nachdem die Kinder im Bett waren, den Rücken und löste die Verspannungen, die im gesamten Hals- und Schulterbereich saßen. Und in dem Maße, wie sie seine verhärteten Muskeln lockerte, löste sie auch seine Zunge. »Ich war langsam, so langsam«, murmelte er leise. »Und so ungeschickt. All die anderen Verlader haben den Krüppel angestarrt, der versucht, ihren Job zu machen. Ich hätte gute Lust gehabt, ihnen zu sagen: ›Ihr hättet mich noch vor ein paar Monaten sehen müssen, ihr *chootias*. Bei dem Arbeitstempo, das ich seinerzeit vorgelegt habe, würdet ihr noch eure Maschinen anwerfen, während ich bereits die Ziellinie überschreite.‹ Aber natürlich hab ich nichts dergleichen getan oder gesagt, sondern mir einfach nur unverdrossen eine Methode angeeignet, wie ich das Transportgut gegen meine Brust drücke beim Tragen, ohne dabei die rechte Hand zu Hilfe zu nehmen. Der Boss selbst, Deshpande, ist ein guter Mensch. Sehr geduldig. Aber ich habe mich so geschämt, Bhima.«

Die Liebe und die Entrüstung schnürten ihr förmlich die Kehle zu. »Da gibt es nichts, weswegen du dich schämen müsstest, Gopu«, befand sie entschieden. »Eine Schande ist nur, wenn man zu Hause rumsitzt und nicht für seine Familie sorgt. Aber sich zu bemühen, auf redliche Art und Weise sein Auskommen zu verdienen – daran ist doch nichts Verwerfliches.«

»Ich weiß«, seufzte er. »Das ist wortwörtlich das, was ich mir selbst erst gesagt habe, klar … Aber Bhima, da waren auch noch die Schmerzen. Zwischendrin wurden sie mehrmals so stark, dass ich dachte, ich würde ohnmächtig werden. Es ist komisch – ich habe meine rechte Hand keine Sekunde lang benutzt, und man sollte meinen, wenn überhaupt eine Hand dazu befugt gewesen wäre, mir Beschwerden zu machen, so wäre es die Linke gewesen, weil sie so hart zupacken musste. Aber es war die nutzlose Rechte, die so wehgetan hat. Erinnert mich fortwährend an ihre Anwesenheit, indem sie Schmerzsignale aussendet.«

Und dennoch wirkte Gopal, als er an jenem Freitag seinen Lohnscheck heimbrachte, glücklich, selbst wenn er leicht betreten war. »Das ist einfach nichts im Vergleich zu dem, was ich vorher verdient habe, wie?«, meinte er. »Aber mit Geduld und Spucke … In dem Maße, wie ich es schaffe, schneller zu arbeiten, werde ich auch mehr verdienen.«

Bhimas Augen füllten sich mit Tränen. »Wir kommen mit dem zurecht, was du verdienst, ganz egal, wie viel oder wie wenig es ist. Einfach nur, dich bei mir zu Hause zu haben und zu wissen, dass du glücklich bist in deinem Job, reicht mir schon.«

Er sah sie merkwürdig an. »Glücklich in meinem Job?«, wiederholte er leise.

Gopal gewöhnte sich an, nach der Arbeit auf ein, zwei Gläschen an der Bude des Schwarzhändlers Station zu machen, aber Bhima zwang sich, die Sorge darüber beiseite zu schieben. »Euer *baba* hat Schmerzen«, verteidigte sie ihn gegenüber den Kindern. »Das Trinken ist wie Medizin für ihn.«

Doch am darauf folgenden Dienstag weigerte Gopal sich, morgens aufzustehen. »Ich erkläre den heutigen Tag für sämtliche Arbeiter Bombays zum freien Tag«, verkündete er. Bhima konnte den schalen Alkoholgeruch in seinem Atem riechen. »Auch du solltest heute zu Hause bleiben«, fuhr er fort. »Es ist gerade ein neuer Film mit Rajesh Khanna angelaufen. Wir könnten in die Vormittagsvorstellung gehen.«

»Um dann den Rest der Woche am Hungertuch zu nagen?«, fragte sie verbittert. »Selbst wenn du auf mich keine Rücksicht nimmst, so denk doch wenigstens an die Kinder, okay? Was soll ich ihnen denn zu essen vorsetzen? Ich schulde dem *baniya* ohnehin schon Geld für Lebensmittel. Erst neulich hat Pooja davon gesprochen, dass sie einen zweiten Job annehmen will. Die ganze Jugend meiner Tochter wird damit draufgehen, dass sie die Trinkerei ihres Vaters finanziert. Ist es das, was du willst?«

»Wir haben ja noch das Geld aus der Abfindung«, entgegnete er hochmütig. »Liebe Frau, du vergisst, dass da noch das Geld ist, das uns deine intellektuelle Glanzleistung eingetragen hat.«

Sie errötete angesichts der Beleidigung, ließ sich jedoch nicht zu verbalen Entgleisungen hinreißen. »Gopal, von diesem Geld müssen wir noch ein paar Monate die Miete bezahlen. Wie sollen wir denn ohne deinen Lohn diese Wohnung hier halten, lieber Mann? Denk doch auch mal ein bisschen an die Zukunft, hm?«

Gopal rollte sich auf die Seite, um weiterzuschlafen.

Eine Woche später wartete Amit an der Straßenecke auf sie, als sie von der Arbeit zurückkehrte. »Ma«, rief er, kaum dass er sie erspäht hatte. »Komm nach Hause, schnell, *baba* hat den Verstand verloren.«

»Was ist denn los?«, fragte sie und lief schneller, um mit ihrem Sohn Schritt zu halten.

»Ich weiß nicht. Aber als ich aus der Schule kam, war er bereits zu

Hause. Er rennt in der Wohnung herum wie ein wild gewordener Stier und sucht irgendwas. Ich hab solche Panik bekommen, dass ich rausgelaufen bin. Ich hab eine halbe Ewigkeit darauf gewartet, dass du endlich heimkommst, Ma.«

Sie waren kaum über die Schwelle getreten, da ging Gopal sie schon an. »Wo ist mein Geld?«, keuchte er. Seine Haare standen wild zu Berge, und sein schweißnasses Gesicht sah zerschrammt und verstört aus, so als sei er in eine Schlägerei verwickelt worden. »Wo ist das Geld, das du für meine abgeschnittenen Finger eingestrichen hast, du liederliche Schlampe?«

»Wofür brauchst du denn Geld?« Sie sah sich um und stellte fest, dass er die Laken vom Bett gezogen hatte, den Schrank aufgerissen und von oben bis unten durchwühlt sowie jeden Topf in ihrer Küche umgedreht hatte.

»Ich muss den Bootlegger bezahlen. Mein Kredit dort ist abgelaufen, und ich muss heute Abend meine Schulden begleichen; vorher rückt er keinen Tropfen mehr raus. Ich brauche mein Geld«, rief er aufgebracht.

»Das Geld ist nicht hier im Haus«, erklärte sie matt. »Es liegt bei Serabai, weil es dort in sicherer Verwahrung ist. Im Übrigen sind ohnehin nur noch ein paar hundert Rupien übrig. Was meinst du eigentlich, wie ich diesen Haushalt hier am Laufen gehalten habe, seit …«

Er heulte laut auf und stürzte rasend vor Zorn auf sie zu, sodass sie die Augen schloss und sich darauf gefasst machte, im nächsten Moment seine Hände um den Hals zu spüren. Sie fragte sich, ob Gopal stark genug war, um sie mit seiner einen, gesunden Hand zu erwürgen.

»*Baba!*« Als er Amits Stimme hörte, hielt Gopal mitten in der Bewegung inne. »*Baba*, was tust du da?« Der Junge begann hemmungslos zu schluchzen, und der Anblick seines weinenden Sohnes schien Gopal zur Besinnung zu bringen. Außerdem kramte Amit in seiner Hosentasche. »Hier«, sagte er und reichte seinem Vater einen zerknitterten Fünf-Rupien-Schein. »Ich hab heute in der Schule eine Wette gewonnen. Nimm dies Geld, *baba*, und geh dir deinen *daru* holen.«

Eine halbe Ewigkeit lang schien die Zeit im Raum still zu stehen.

Nimm das Geld nicht an, Gopal, flehte Bhima stumm. Wenn du dieses Geld von deinem Sohn annimmst, so weiß ich, dass du dich für immer von uns verabschiedet hast, mein Mann. Mach es mir möglich, dass ich trotz allem noch ein klein wenig stolz auf dich sein kann. Raub unserer Familie nicht noch diesen letzten Funken Stolz.

Die Stille hielt an, doch die Luft im Zimmer flimmerte und vibrierte förmlich vor Spannung. Es war, als wüsste jeder im Raum, dass ein entscheidender Moment bevorstand, dass dies die Bewährungsprobe war, die sie entweder gemeinsam bestanden – oder sie wären jeder auf immer in ihre eigene, stumme Welt verbannt; es war, als wüssten sie, dass sie die drei Eckpunkte eines Dreiecks bildeten, bei dem jeder mit den anderen beiden verbunden war, und dass die leiseste Verschiebung von einem dieser drei Punkte die labile Balance zerstören würde.

Gopal riss Amit den Geldschein aus der Hand. »Bist ein gutes Kind«, nuschelte er, wagte es allerdings nicht, Bhima in die Augen zu sehen. »Ich werd es dir zurückzahlen, mein Junge.«

An der Wohnungstür blieb er noch einmal stehen und blickte in das deprimierte Gesicht seines Sohnes und dann in die Augen seiner Frau, die verrieten, dass sie innerlich gebrochen und mit ihren Kräften am Ende war. Da entfuhr ihm ein schwacher Schrei – als bemerkte er zum ersten Mal, dass Bhimas rundliche Formen, die er stets so an ihr geschätzt hatte, dahingeschmolzen waren; ja, als sei er überrascht über ihr bleiches, eingefallenes Gesicht, in dem die riesenhaften Daumen des Schicksals die Wangen nach unten gezogen hatten. Bhima starrte Gopal ihrerseits an, in der Erwartung, Bedauern oder Schuldgefühle in seiner Miene zu lesen. Sie wäre entsetzt gewesen, hätte sie gewusst, dass er in Wahrheit eine dunkle, beinahe sadistische Erregung empfand; als würde ihn die geschickte Zunge einer Hure stimulieren.

Gopals Miene wurde von hämischer Freude erhellt. »Apropos«, verkündete er. »Frohe Neuigkeiten, liebe Frau. Man hat mich heute entlassen. Von morgen an wirst du mich den ganzen Tag lang zu Hause haben.«

Seiner Finger beraubt, seiner Arbeitsstelle beraubt und nichts Produktives zu Wege bringend, hatte Gopal schließlich doch noch einen Bereich gefunden, in dem er seine Kreativität entfalten konnte – was er nach wie vor in schier unerschöpflichem Maße zu erzeugen vermochte, war Kummer.

Als Amit eines Tages ein miserables Schulzeugnis heimbrachte, befand Gopal, es sei möglicherweise Zeit für den Jungen, von der Schule abzugehen und sich stattdessen eine Stelle zu suchen. Doch da sprach Pooja ein Machtwort und nahm ihrerseits einen zweiten Job als Spülhilfe bei der Nachbarin von Mrs. Sodabottleopenerwalla an. Gopals Blick verklärte sich zunächst, als er davon erfuhr, doch dann drehte er sich gähnend auf die Seite und nickte ein.

»Ma, der *baniya* hat mich heute auf dem Heimweg aufgehalten«, erzählte Pooja. »Sagt, wir könnten nicht weiter anschreiben lassen.«

Bhimas Miene war von tiefer Sorge gezeichnet. »Vielleicht kann ich ihm die Hälfte der Schulden zurückzahlen«, sagte sie. Sie senkte die Stimme. »Du und ich, wir brauchen einfach nur weniger zu essen den Rest der Woche, um das Geld für die Miete reinzuholen.«

Gopal, der auf dem Bett lag und den letzten Satz im Halbschlaf mitgehört hatte, schnitt seiner Frau eine Grimasse. »Ich höre nichts als Geld, Geld, Geld aus deinem Munde. Frau, du widerst mich an.« Er erhob sich. »Aber, da du das Thema schon angeschnitten hast – ich brauche zehn Rupien.«

Irgendwie trieb er immer genügend Geld für seine Schnäpse auf. Bisweilen bestahl er Bhima; andere Male bedrohte er sie schlicht so lange, bis sie ihm das wenige Haushaltsgeld aushändigte, das sie noch hatte. Dieses Geld war gleichsam eingewickelt in ihre Flüche, so wie der Tabak, den er ab und an kaute, in Betelblätter eingerollt war. Als sie nichts mehr hatte, was sie ihm hätte geben können, als er sie finanziell völlig gerupft hatte, übernahm er kleine Jobs für den Schwarzhändler, um seine Trinkerei zu finanzieren. »Er ist mein einziger Freund«, erklärte er Bhima einmal. »Er ist der Einzige, der versteht, was mit einem Kerl passiert, der von seiner eigenen Frau entmannt worden ist.«

Sie musste sich auf die Lippen beißen, um ihm nicht ihren Hass ins Gesicht zu speien. Sie teilte ihm auch nicht mit, was sie erfahren hatte – dass Munnu, der Sohn des Vermieters, am Vortag aufgetaucht war und ihnen angedroht hatte, die Wohnung räumen zu lassen, falls sie die Miete nicht beglichen.

Wie sich herausstellte, war der älteren Dame von nebenan zu Ohren gekommen, in welcher misslichen Lage sie sich befanden, und als sie das nächste Mal gemeinsam vor der Toilette anstanden, die sie mit einer weiteren Familie teilten, sprach sie Bhima an. »*Beti,* seien Sie nicht beleidigt über das, was ich Ihnen jetzt sage. Aber Munnu, der Sohn unseres Vermieters, war gestern hier und hat mir gegenüber Ihre Situation erwähnt. Munnu will Sie loshaben, so viel ist sicher. Erzählt, er hätte bereits eine andere Familie, die auf der Stelle hier einziehen würde, und sie hätten ihm sechs Monatsmieten im Voraus versprochen. Diese Leute haben kein Herz, das sage ich Ihnen. Wenn Sie also ans Umziehen denken und nach einer billigeren Bleibe suchen, so lassen Sie es mich wissen. Ich hätte da was für Sie.«

Bhima drehte sich voll gespannter Ungeduld zu ihr um. »Wo liegt diese Bleibe, *didi*? Und wie hoch ist die Miete?«

»Sie ist im Grunde noch näher an Ihrer Arbeit als diese Wohnung hier, *beti.* Sie hätten keinen so weiten Fußmarsch wie jetzt, um nach einem langen Arbeitstag nach Hause zu gelangen. In der Bhalweshwar Colony gibt es ein hübsches kleines Häuschen, das …«

»Bhaleshwar? Aber das ist doch ein Elendsviertel, oder? Nein, an einen solchen Ort kann ich meine Kinder nicht verpflanzen.«

Die alte Dame klopfte an die Toilettentür. »*Arrey, bhai sahib,* haben Sie vor, sich da drinnen häuslich niederzulassen, oder was?«, brüllte sie. »Ich bin eine alte Frau, zeigen Sie Erbarmen und machen Sie mal ein bisschen dalli da drinnen.« Sie trat einen Schritt näher auf Bhima zu und blickte ihr in die Augen. »*Beti,* ein Slum ist kein guter Ort, um Kinder großzuziehen, da bin ich ganz Ihrer Meinung. Aber die Straße auch nicht, oder? Wollen Sie vielleicht eines Tages nach Hause kommen und Ihre Sachen auf dem Trottoir wiederfinden? Wo wollen Sie denn dann hin? Wenn Sie auch nicht an sich selbst denken, so denken Sie doch wenigstens an Ihre Pooja. Ein junges

Mädchen ist auf der Straße nicht sicherer als im Dschungel – hier wie dort lauern wilde Bestien.«

»Wie haben Sie von diesem Häuschen erfahren, *didi*?«

Die alte Frau blickte verlegen. »Mein Schwiegersohn besitzt ein paar Hütten in diesem Viertel«, gab sie zu. »Früher, vor Urzeiten, hat er selbst einmal dort gelebt. Jetzt hat er natürlich ein nettes eigenes Heim. Doch um mir gefällig zu sein, würde er Ihnen einen wirklich günstigen Preis bei der Miete machen.«

Die Toilettentür ging quietschend auf, und ein kahlköpfiger Mann in *lungi* und ärmellosem Trikot trat heraus. »Tut mir Leid, *mausi*«, murmelte er. »Aber was wolln Se machen bei Durchfall?«

Die alte Dame verschwand im Klo und hielt sich theatralisch die Nase zu.

Bhima stand draußen und trat unauffällig von einem Fuß auf den anderen, weil sie so einen starken Druck auf der Blase verspürte. All die Jahre hatte ihr in ihren Phantasien eine Wohnung mit eigener Toilette vorgeschwebt, so wie diejenige, die Sera besaß. Stattdessen fand sie sich nun mit einem Abstieg in eine Behausung konfrontiert, die schlechter war als ihre gegenwärtige Wohnung. Sie lief auf ihrem Heimweg von der Arbeit täglich an der Bhaleshwar Colony vorbei und musste sich jedes Mal die Nase zuhalten, weil es dort so bestialisch stank. Und nun fiel ihr auch wieder ein, wie dunkel und unendlich groß der Slum von der Straße her wirkte, mit seinen kleinen Seitengässchen, die gleich gewundenen Stollen tief ins Herz dieser finsteren Gefilde hineinführten. Und dann die Frauen, die in den offenen Hütten saßen und ihre Babys stillten und denen dabei die Brüste aus Blusen heraushingen, die so freizügig für fremde Blicke geöffnet waren wie ihr Zuhause. Und die Männer, die auf dem Trottoir hockten und deren ungebührliche, vom Alkohol verschleierte Blicke an anständigen Frauen wie ihr hängen blieben, wenn sie auf dem Weg zu soliden Jobs vorbeihasteten. Sie malte sich aus, wie Gopal sich in die Schar dieser arbeitslosen, liederlichen Gesellen einreihte und seine Tage damit zubrachte, faul in der glühenden Sonne zu sitzen. Und sie stellte sich Amit und Pooja in diesem grässlichen Viertel vor – Amit, der von der Schule heimeilte und den Sticheleien der jungen Herumtreiber im Slum widerstand, die weder lesen noch schreiben konnten und deren ganzes Bestreben es war, ihren Sohn in ihre unsauberen Machenschaften hineinzuziehen; und Pooja, die den lechzenden, geifernden Blicken der ungehobelten Flegel dort auswich.

Nein. Wenn die alte Dame aus dem Klo herauskäme, würde sie ihr Angebot ablehnen. Wenn es sein müsste, würde sie eben eine zweite Stelle annehmen. Vielleicht fand ja auch Amit eine Möglichkeit, nebenbei ein bisschen Geld zu verdienen. Sie und ihre beiden Kinder würden das Schiff schon über Wasser halten. Die Einzigen, die jetzt noch zählten, waren Pooja und Amit. Sie brauchten Gopal nicht mehr. Sie, Bhima, würde ihnen sowohl Mutter als auch Vater sein. Schließlich war sie es, die diese zwei neun Monate in ihrem Bauch getragen hatte, nicht Gopal. Sie hatte die Verantwortung für die Kinder, nicht er.

Doch wie würde sie die beiden schützen, falls sie plötzlich auf der Straße saßen? Selbst wenn sie in der nächsten Woche einen neuen Job fand, wäre es immer noch mindestens einen Monat hin, bis sie ihren Lohn erhielte. Und was, wenn Munna wollte, dass sie ihm die Gesamtsumme, die sie ihm schuldete, auf einmal zurückzahlte?

Die Toilettentür ging auf. Bhima sah die geistesabwesende Miene der alten Frau und wusste, dass diese ihre Unterhaltung mit ihr bereits komplett vergessen hatte. Da siehst du mal, wie schnell die Welt dich vergisst, mahnte sie sich innerlich.

Bhima merkte, wie ihr Mund sich öffnete, wusste allerdings nicht wirklich, was sie sagen würde. Daher hörte sie, als sie dann sprach, ihre Worte im selben Moment wie ihre Nachbarin. *»Didi«,* hob sie an. »Ich würde dieses Häuschen in Bhaleswhar gerne besichtigen. Können Sie einen Termin arrangieren?«

Sie zuckte erschrocken zusammen. Sie war so sicher gewesen, dass sie das Angebot der alten Dame gleich ablehnen würde.

18

Bhima bog in das dunkle Viertel ein und fragte sich, wo die beiden letzten Jahre geblieben waren. Schon fanden sich ihre Füße fast mechanisch zurecht in den düsteren Windungen der finsteren, engen Gässchen, die zu ihrer Hütte führten. Auch musste sie nicht mehr unwillkürlich würgen, wenn ihr gleich auf den ersten Metern der faulige Geruch des Slums stechend in die Nase stieg. Und erst wenige Tage zuvor hatte Amit ihr eine Frage zu der alten Wohnung gestellt, die Bhima bewusst gemacht hatte, dass er bereits zu vergessen begann, wie es dort ausgesehen hatte.

Bei dem Gedanken an Amit beschleunigte sie ihren Schritt. Der Junge war an jenem Tag nicht zur Schule gegangen, weil er unter hohem Fieber litt. »Hör zu, hab ein Auge auf den Jungen!«, hatte sie am Morgen zu Gopal gesagt. »Wenn der Husten oder das Fieber schlimmer wird, dann bring ihn in die Krankenstation zu Dr. Roy.« Sie zögerte kurz, bevor sie Gopal ein paar Rupien aushändigte. »Das Geld ist für die Arztgebühren bestimmt, falls du mit Amit dort hinmusst, ist das klar? Gib es nicht für deine lasterhaften Begierden aus.«

Gopal hatte ernsthaft genickt. »Ich schwöre es bei Gott, Frau. Du glaubst wohl, ich bin ein Tier und kein Mann. Welcher Vater würde denn das Geld, das für die Arznei seines Sohnes gedacht ist, für *daru* ausgeben?«

Als sie an jenem Abend nach Hause kam, lag Amit, mit einem dünnen Laken bedeckt, auf dem Boden. Allein. »Wie geht es dir, *beta*?«, fragte sie. »Wo ist dein *baba*?«

Die Stimme des Jungen war heiser und sein Gesicht glänzend und gerötet. »Ein bisschen besser, Ma«, erwiderte er und setzte sich auf. »Ich habe Baba nachmittags gebeten, mir aus der Ambulanz ein Medikament zu holen, aber er meinte, das bräuchte ich nicht. Ich glaube allerdings auch, dass das Fieber ein wenig runtergegangen ist.«

Bhima sah jetzt, dass ihr Sohn zitterte. »Frierst du etwa?«, rief sie und wickelte ihm, ohne eine Antwort abzuwarten, ein zweites Leintuch um. »Wo ist dein *baba*?«

Amit blickte sie flüchtig an und verdrehte die Augen. »Na, wo wohl?«

Bhima überkam die kalte Wut, als würde ein Regenguss auf sie niedergehen. »Er hockt also in der Kneipe?«, fragte sie. »Selbst heute? Hat dich allein zu Hause gelassen, in diesem Zustand?« Doch sie brauchte eigentlich keine Bestätigung. Sie schaute sich in dem kleinen Raum um, bis ihr Blick auf den Besen fiel, der in die Ecke gelehnt stand. »Du bleibst hier, Amit«, erklärte sie und packte den Besen. »Ich bin gleich wieder da, *beta*.«

Als sie schließlich bei der Spelunke des Bootleggers angelangt war, hatte sich ihre Wut zu einem tobenden Sturm ausgewachsen. Bhima entdeckte Gopal, sowie sie das provisorische Bauwerk betrat, das offiziell als Restaurant diente, als Spielhölle und Sauflokal für die Männer aus dem Viertel. Sie war die einzige weibliche Person im Raum. »*Ae,* gnädige Frau«, brüllte jemand. »Damen haben hier keinen Zutritt.« Ohne den Mann eines Blickes zu würdigen, steuerte sie zielstrebig auf Gopal zu, der mit fünf anderen Männern zusammensaß. Er lachte über irgendetwas, und seine weißen Zähne leuchteten in seinem dunklen Gesicht – bis er sie bemerkte und ihm das Lachen im Halse erstarb. »Was tust du denn …«, hob er an, doch schon im nächsten Augenblick erhielt er die Antwort, als Bhima den Besen hinter ihrem Rücken hervorzog und anfing, damit auf ihn einzuschlagen. *»Saala, besharam, mawali«,* keuchte sie und drosch immer wieder mit dem Besen auf seinen Körper ein. »Elende Kanaille! Tollwütiger Drecksköter! Natterngezücht aus dem Bauch deiner Mutter! Du bist wirklich die niedrigste aller Kreaturen! Hinterhältige Ratte! Schwein! Mieser Wichser! Die Maschine hätte dir den Penis gleich mitsamt deinen Fingern abschneiden sollen. Ein *hijra*, das bist du, jawohl, ein richtiger *hijra*. Du bist ein Eunuch und kein Mann. Ein echter Mann lässt doch schließlich nicht sein krankes Kind allein zu Hause, während er sich mit den anderen Herumtreibern aus der Nachbarschaft zum Saufen trifft.«

Nachdem sie so gründlich Dampf abgelassen hatte, ging ihr die Puste aus, und sie hatte keine Kraft mehr, um ihren Mann, der ihre wütende Attacke mehr oder weniger willenlos über sich hatte ergehen lassen, noch weiter zu schlagen. Sie hielt inne, starrte Gopal, der nun schützend die Arme vor den Körper hielt und beschwichtigend auf sie zuging, allerdings weiterhin warnend an. Doch genau in dem Augenblick kicherte jemand am nächsten Tisch, und das Kichern bewirkte, dass Gopal auf halbem Wege stehen blieb. Er blickte sich rasch im Raum um und sah dort all die Männer – seine Nachbarn und seine Zechkumpane –, die gespannt warteten, was er wohl als Nächstes tun und wie er seine beschädigte Männlichkeit wiederherstellen würde. Er versuchte, Bhima dies zu signalisieren. »Komm, lass uns nach Hause gehen«, erklärte er entschlossen und packte sie am Handgelenk; doch sie schüttelte seine Hand ab. »Fass mich nicht an, du widerlicher Trunkenbold«, fauchte sie.

Gopal war seit fünfzehn Jahren in keine Prügelei mehr verwickelt gewesen. Doch jetzt bewegte sein Körper sich wie von selbst, als er Bhima mit der linken Hand auf die eingefallene Wange schlug. Ihr Kopf zuckte ruckartig zurück, und einen Moment lang trat so etwas wie Mitleid in Gopals Augen. Dann hieb er erneut zu. Dieses Mal sickerte ein blutiges Rinnsal aus ihrer Nase. Gopals riss erschrocken die Augen auf, als er das Blut gewahrte. Bhima sah, wie ihr Mann gebannt ihr Gesicht fixierte, sah, dass der Anblick ihres Blutes ihn erregte; er wirkte, als erwägte er, das Blut abzulecken, um es so in sich aufzunehmen. Noch ehe sie reagieren konnte, schlug Gopal erneut auf sie ein, diesmal mit dem Handrücken; wobei sein Handgelenk gleichsam als Scharnier fungierte, das seiner Hand erlaubte, wie ein Türblatt zu schwingen. Schließlich packten ihn ein paar Männer von hinten. »*Bas, yaar,* Gopal«, sagte ein Mann gedehnt. »Sag mal, willst du nicht noch ein bisschen von deiner Frau für morgen übrig lassen? *Chalo,* schaff Sie hier raus, und geh heim.«

Bhima lief hinter Gopal her nach Hause, während sie versuchte, die Blutung mit ihrem Sari zu stillen, und gleichzeitig gegen das Verlangen ankämpfte, sich das Gewand über ihr schamgerötetes Gesicht zu ziehen. Sie spürte, wie sämtliche Blicke im *basti* auf sie gerichtet waren. Wie die Geier sind diese Leute, dachte sie. Hack, hack, hack, unablässig hacken sie auf dem Leben der anderen herum, weiden sich am Elend ihrer Mitmenschen, kreisen über den toten Ehen anderer Leute. Sie sah, wie Gopal vor ihr herging, dünn und verloren, und einen schrecklichen Moment lang glaubte sie, einen Schatten statt eines Mannes zu sehen. *Ae,* Bhagwan, ich schwöre es bei deinem Namen, sagte sie sich im Stillen, wenn ich nicht einen kranken Sohn zu Hause hätte, so würde ich nie wieder in diese Hütte zurückkehren.

Zu jener Zeit wiegte sie sich noch in dem Glauben, Gopal habe seinen Rachedurst gestillt, nachdem sie ihn in der Bar so erniedrigt hatte. Sein wirklicher Treubruch erfolgte jedoch fünf Tage später.

19

Als sie noch beim *baniya* Halt macht, um ein paar Zwiebeln fürs Abendessen zu besorgen, überlegt Bhima, ob Maya wohl zu späterer Stunde noch Lust hat, ans Meer hinunterzugehen. Sie stellt fest, dass sie mittlerweile diese abendlichen Spaziergänge mit ihrer Enkeltochter genießt. Die frische Salzluft, das Dehnen ihrer schmerzenden, verkrampften Muskeln beim Laufen, das anonyme Aufgehen in der Menge Tausender anderer, die wie sie staunend das Meer betrachten – auf all das freut sie sich mittlerweile. Insbesondere ist sie froh darüber, dass diese abendlichen Spaziergänge ihr Maya ganz offenkundig wieder näher bringen, dass ihre Enkelin allmählich ihre abwehrende, verschlossene Haltung aufgibt und sich wieder in das fröhliche, energiegeladene Mädchen zurückverwandelt, das sie vor ihrer Schwangerschaft war. Bhima stellt sich vor, dass sie demnächst auf ihre Rückkehr ans College zu sprechen kommen wird. Jetzt, wo Maya von ihren Erfahrungen mit dem doppelzüngigen Buchhalter weiß, wird sie sicherlich erst recht begreifen, wie übel das Leben Menschen ohne Bildung mitspielt. Und auch wenn es ihr peinlich ist, Serabai um Hilfe zu bitten, damit das Mädchen sich an einem anderen College einschreiben kann, ist sie um Mayas willen dazu entschlossen.

Bhima beschleunigt ihren Schritt, als sie den Anfang des Slums erreicht, und läuft dann die gewundene Gasse entlang bis zu ihrer Hütte. Die Papiertüte mit den Zwiebeln ist durchnässt vom Schweiß ihrer Hand, und was ihr gerade noch fehlt, ist, dass eine ihrer Zwiebeln in die Gosse zu ihrer Rechten rollt. Sie hat vor, zum Abendessen würzige Kartoffeln und Zwiebeln mit scharfen *chapatis* zu machen.

Schwungvoll öffnet sie die Haustür und bemerkt als Erstes den langen Schatten, den Maya wirft. Der Schatten erstreckt sich an der Blechwand entlang bis zur Decke, sodass Maya darunter wie ein Kind wirkt. Das Mädchen sitzt in der Ecke der Hütte, neben sich eine Petroleumlampe. Als Bhimas Augen sich an das veränderte Licht gewöhnt haben, sieht sie das taubenblaue Papier in Mayas Hand, und ihr ist sofort klar, was ihre Enkeltochter da liest. Sie wirft einen raschen Blick auf ihre Truhe, und tatsächlich, der Deckel steht offen. Maya schaut zunächst erschrocken, dann leicht schuldbewusst; doch als sich Bhimas Stirn in Runzeln legt und ihre Augen sich zu Schlitzen verengen, kommt das Mädchen ihr rasch zuvor. »Ich habe eigentlich etwas ganz anderes gesucht, Ma-ma, Ehrenwort. Nämlich meine Geburtsurkunde. Und als ich diesen Brief sah, nahm ich ihn heraus und fing an zu lesen, bevor ich wusste, was es war.«

»Wozu brauchst du denn deine Geburtsurkunde?« In Bhimas Stimme schwingt ein argwöhnischer Unterton mit.

Maya beißt sich auf die Unterlippe und zuckt kaum merklich mit den Schultern. »Ich weiß nicht. Ich wollte nur … Manchmal sehe ich mir eben gerne meine Geburtsurkunde an. Weißt du, einfach um die Namen von meiner *ma* und meinem *baba* darauf zu lesen. Das … Das vermittelt mir ein gutes Gefühl, ich weiß auch nicht, weshalb. So, als ob ich keine Waise wäre.«

Dieses Mädchen gibt keine Ruhe, bis sie es schafft, mein leidgeprüftes Herz endgültig zu brechen, durchfährt es Bhima. Diese kleine Göre mit ihrer verflixten Naivität und ihren mörderischen Worten, die mein Herz wie Nadeln durchbohren. »Wer hat denn gesagt, dass du eine Waise bist?«, fragt Bhima barsch. »Ist deine Großmutter vielleicht tot oder was, dass du eine Waise bist?«

Maya lächelt. Aber dann lässt sie auf einmal die Mundwinkel hängen, und Sorgenfurchen erscheinen wie verirrte Vögel auf ihrer Stirn. »Ma-ma, ich habe überhaupt nichts von diesem Brief gewusst«, murmelt sie leise.

Der Brief. Der Brief, der ihr ganzes Leben auf den Kopf gestellt hat. Der Brief, den Gopal wie einen Dolch gefeilt und ihr ins Herz gestoßen hat. Der Brief mit seinen lebensvernichtenden Worten, die Jaiprakash – der mit ihnen ihm Viertel lebte und gegen ein kleines Entgelt Briefe verfasste für Menschen, die weder lesen noch schreiben konnten – ihr damals laut vorgetragen hat, wobei er aus seinen kleinen Äuglein aufmerksam ihre Reaktion auf jedes einzelne Wort verfolgte und sein geschäftsmäßiger Stolz auf sein handwerkliches Können und seine rhetorischen Schnörkel die Oberhand gewann über sein Mitgefühl für die Frau, deren Leben er mit seinen Worten zerstörte. Sie hat seinen Brief all die Jahre aufbewahrt, ihn aber nur einmal vorgelesen bekommen. Und doch hat er sie so überwältigt, dass sie sich an die meisten Worte erinnert, dass sie noch immer in ihren Träumen die heimliche Schadenfreude in Jaiprakashs Ton vernimmt.

»Lies ihn vor«, befiehlt sie Maya jetzt. »Ich möchte es noch einmal hören. Ich habe den Brief bisher nur ein einziges Mal vorgelesen bekommen.« Ihre Stimme ist ruhig, aber Maya ist wie elektrisiert. »Ma-ma, nein«, protestiert das Mädchen. »Wozu denn ohne Not die Vergangenheit wieder aufrühren?«

Bhima lächelt. »*Beti,* die Vergangenheit ist stets gegenwärtig. Es geht nicht darum, sie aufzurühren. Die Vergangenheit ist wie die Haut auf deiner Hand – sie war gestern da, und sie ist heute da. Sie ist nie wirklich weg. Vielleicht wirst du das besser verstehen, wenn du einmal älter bist.«

»Aber Ma-ma, es heißt doch immer: Man soll die Geister der Vergangenheit ruhen lassen. Es bringt doch nichts, alte Geister zu wecken.«

Bhima denkt darüber nach. »Doch was ist, wenn du zu jenen Unglücklichen gehörst, deren Geister gar nicht erst Ruhe finden?«, fragt sie dann. Und da sie spürt, dass sie ihre Enkeltochter für einen Moment zum Schweigen gebracht hat, nutzt sie die Gelegenheit aus. »*Beti,* lies mir den Brief vor.«

»An die Königin meiner Träume«, hatte Gopal Jaiprakash diktiert.

Seit einer Reihe von Jahren bin ich nun für dich und die Familie eine Last gewesen. Für dieses und weitere Vergehen bitte ich dich um Vergebung. Ich habe mit angesehen, wie meine wohl gerundete, bildschöne Bhima, die Braut, die ich mit so großen Hoffnungen und Wünschen heimgeführt habe, sich verzehrt vor Kummer und Sorgen. Meine Trunksucht hat dich in ein mageres, verwelktes Geschöpf verwandelt, und auf Grund dieses Verbrechens werde ich dazu verdammt sein, diesen unseligen Kreislauf aus Tod und Wiedergeburt wieder und wieder zu durchlaufen. Glaub nicht, dass meine Trunksucht mich daran gehindert hat zu erkennen, wie unglücklich ich dich gemacht habe – der Schnaps ist der Kuss der Engel ebenso wie der Fluch des Teufels. Er vermag manches zu verschleiern, kann aber auch Dinge enthüllen. Doch bis vor fünf Tagen, liebe Frau, war mir nicht klar, wie tief ich im Leben gesunken war, und auch nicht, wie tief ich dich mit hinuntergezogen hatte. In einer Bar öffentlich in eine so peinliche Lage gebracht zu werden war mir unerträglich. Nach diesem Vorfall wäre es schwer für mich, weiter erhobenen Hauptes durch diesen basti *zu laufen, ohne dass mir beständig das hämische Gekicher der Frauen und Kinder, ja selbst der streunenden Hunde in den Ohren klänge. Du hast mich in den Augen der Welt entmannt, und nun lacht die Welt mir offen ins Gesicht. Und daher, meine Bhima, gehe ich fort. Und ich nehme Amit mit. Er wird gleichsam meine Krücke sein, meine Stütze, die rechte Hand, die mir nicht mehr zur Verfügung steht. Ich habe die Vorstellung, dass wir in mein Dorf zurückkehren, wo es meine Familie gibt und ein Stückchen Land und frische, saubere Luft. Vielleicht sogar einen Arbeitsplatz und eine neue Chance für einen Mann, dem drei Finger fehlen. Einst, vor langer Zeit, als ich noch ein junger Bursche war, bildete ich mir ein, dass ich Bombay liebte und mit der Stadt verheiratet sei, glaubte, dass die Stadt meine Braut, meine Ehefrau sei. Jetzt aber weiß ich: Bombay ist vielen Mätresse, doch keinem Ehefrau. Mein eigentliches Leben wartet im Dorf meiner Kindertage auf mich, in das ich voll Demut und in der Hoffnung auf Vergebung zurückkehren muss.*

Wenn Amit und ich nicht mehr da sind, wirst du um eine Last leichter sein. Wenn ihr beide arbeitet, Pooja und du, solltet ihr eigentlich genügend Geld zum Leben haben. Heute werde ich dich zum letzten Mal bestehlen – gerade nur das Geld für die Fahrkarten, damit Amit und ich bis in mein Dorf gelangen. Ich habe dem Jungen gesagt, dass ich mit ihm eine Reise mache, um seinen Onkel zu besuchen, und dass wir in ein paar Wochen zurückkehren. Ich hoffe, dass das Leben auf dem Dorfe – das einfache, aber herzhafte Essen, die harte, aber ehrliche Arbeit auf dem Feld, ein Dasein weit weg von den Zerstreuungen dieser dirnenhaften Stadt – ihm gut tun werden. Ich weiß, dass du es niemals über dich bringen wirst, mir zu verzeihen, dass ich Amit mitnehme; aber, Bhima, genau wie du brauche ich einen Grund weiterzuleben. Mein Sohn gehört an meine Seite; er wird die Stütze meines Alters sein und Ansporn für mich, weiterhin einen Fuß vor den anderen zu setzen. Du hast dafür Pooja. Sie wird für dich der Grund sein weiterzuatmen.

Glaube mir, liebe Frau, wenn ich dir versichere, dass ich, als ich dich zum ersten Mal zu mir mit nach Hause brachte, den festen Vorsatz hatte, dich wie eine Königin zu behandeln. Manchmal, wenn du bei der Arbeit bist, sitze ich allein in dieser erbärmlichen Bleibe und hadere mit den Göttern, wer oder was uns das Leben gestohlen hat. Ich suche die Antwort bei der Flasche. Ich blicke zum Himmel hinauf. Erforsche meine eigene Seele. Und von nirgends kommt eine Antwort. Nichts als tonlose Stille, die mein Herz flutet, ähnlich jenen Wellen am Chowpatty Beach. Entsinnst du dich an jene Abende am Meer, als ich noch dein Mann war und der Ernährer meiner Kinder? Gehe ich recht in der Annahme, dass wir damals glücklich waren? Oh Bhima, nach all diesen Jahren des Zusammenlebens – Jahren voller Lachen und Tränen, voll der Bitterkeit und des Glücks – bleibt mir nur dieses eine, Muscheln gleich, die am Strand zurückbleiben, wenn die Wellen weichen: Ich habe dich einst geliebt, und auch wenn mir bewusst ist, dass ich dich niemals von dieser Wahrheit überzeugen kann: Ich liebe dich immer noch. Trotz allem, trotz der hässlichen Vorfälle in dieser Woche liebe ich dich auch weiterhin. Jetzt, da alles andere – Arbeit, Geld, Haus, Stolz und Würde – verloren sind, bleibt nur die Liebe.

Ich weiß, du wirst mir niemals glauben. Doch wo immer wir auch sein mögen, ich bleibe stets

Dein Mann, Gopal

Maya weint leise, als sie ihren Vortrag beendet hat. Aber Bhima nimmt es gar nicht wahr. Sie denkt zurück an das erste, verhängnisvolle Mal, als ihr der Brief Jahre zuvor vorgelesen wurde – daran, wie Jaiprakash sich nervös mit der Zunge über die Lippen fuhr, nachdem er nach der letzten Zeile den Blick gehoben und den dämonischen Ausdruck auf Bhimas Gesicht gewahrt hatte; wie sie ihn verfluchte, als er ihr mitteilte, dass Gopal und der Junge mit dem Zug um halb vier gefahren seien; wie sie unruhig durch die Siedlung streifte und darauf wartete, dass Pooja nach Hause kam; wie sie die ganze Nacht keinen richtigen Schlaf finden und doch auch nicht wirklich die Augen aufhalten konnte und am Morgen beim Aufwachen vierzig Grad Fieber hatte. Und dann die folgenden Tage – Serabai, die ernst den Kopf schüttelte und ihr klar machte, dass sie, Bhima, überhaupt nichts unternehmen könnte, um Amit gegen Gopals Willen zurückzuholen, weil er der Vater war. Bhima wartete voller Spannung auf einen Brief oder eine Nachricht, damit sie erführe, wo Gopal und Amit sich aufhielten. Ja, und dann die Frauen im Slum, die missbilligend tuschelten und den Blick abwandten, wenn sie Bhimas leidvolle, gequälte Miene gewahrten; und Jaiprakash, der sie wochenlang mied und ihr dann eines Tages in die Arme lief und jegliche Schuld von sich wies, indem er zischte: »Da musst du dich schon an die eigene Nase fassen, Bhima *devi*. Seinen Ehemann öffentlich so zu erniedrigen. Was hast du dir denn erwartet? Ein Mann hat eben seinen Stolz, weißt du.« Und Bhima hatte sich von ihm abgekehrt, schachmatt gesetzt von Jaiprakashs Worten, denn sie wusste ja, dass er Recht hatte.

Jetzt schüttelt Bhima den Kopf über ihr eigenes schlimmes Los. Sie bemüht sich zuzuhören, was Maya zu ihr sagt. »Ma-ma«, fragt Maya behutsam. »Hast du je wieder etwas von Onkel Amit gehört?«

Die Fragen dieses Mädchens sind wie Fingernägel, mit denen man den Schorf von einer Wunde abkratzt, geht es Bhima durch den Kopf. »Nein, Amit hat nie geschrieben«, erwidert sie schließlich, wobei sie sich erst erlaubt zu sprechen, als sie sicher ist, das in ihren Worten kein Kummer mehr mitschwingt. »Aber Gopals älterer Bruder hat früher ab und zu geschrieben. Berichtete, dass er sich freut, wie Amit an seiner Seite auf dem Hof der Familie mitarbeitet.«

»Wenn ich Onkel Amit wäre, dann wäre ich abgehauen und nach

Bombay zurückgefahren, so viel ist sicher«, sagt Maya in dem Bemühen, ihre Großmutter zu trösten.

»Und hättest deinen *baba* alleine zurückgelassen? Nur böse Kinder lassen ihre Eltern im Stich.«

»Vielleicht kehrt er irgendwann einmal nach Bombay zurück. Ma-ma, was würden wir machen, wenn Onkel Amit eines Tages an unsere Tür klopft?«

Ja, was würde sie tun? Ich würde auf Knien bis ans Ende der Welt zu einem Tempel rutschen, um mein Dankopfer zu bringen, denkt Bhima. Ich würde eine Woche lang fasten, um den Göttern dieses Geschenk zu vergelten. Ich würde *pedas* an sämtliche Jungen und Mädchen in unserem Viertel verteilen. Ich würde zum Mond fliegen und ihn herunterholen, um damit mein Kind zu füttern. Ich würde mir ein Stück aus der Leber herausschneiden, nur um meinen Sohn noch einmal zu sehen.

Und erneut hebt Maya an. »War Großvater im Bilde ... Hast du ihm mitgeteilt, was mit meiner Mama und meinem Papa los war?«

Bhimas Mund ist plötzlich trocken vor Angst, und sie greift nach ihrer Tabakdose. Sie rollt sich einen Priem und stopft ihn sich in die Backe, bevor sie antwortet. »Das konnte ich damals nicht. Nicht von Delhi aus. Es war – keine Zeit. Doch als wir hierher zurückkamen, du und ich, schickte ich ihm einen Brief, in dem stand, was geschehen war. Serabai hat ihn für mich geschrieben.«

»Was hat er dazu gesagt?« Mayas Stimme klingt atemlos.

»Sein älterer Bruder schrieb zurück. Sie warfen mir vor, Gopal nicht rechtzeitig benachrichtigt zu haben. Beschuldigten mich, ihn von seiner Tochter fern gehalten zu haben. Behaupteten, dass die Seele meiner Pooja nicht ...« Als sie Mayas weit aufgerissene Augen gewahrt, hält Bhima abrupt inne. »Jedenfalls habe ich nach diesem Brief nie wieder etwas von ihnen gehört.«

»Ob Großvater wohl nach Delhi gekommen wäre, wenn er Bescheid gewusst hätte, was meinst du?« Bhima kann die Angst und die Hoffnung heraushören, die sich hinter dieser Frage verbergen.

Sie schließt die Lider und öffnet sie dann wieder, um ihrer Enkeltochter fest in die Augen zu blicken. »Er wäre gekommen. Auch wenn sich ihm sämtliche Mächte des Himmels und der Erde entgegengestellt hätten, er wäre trotzdem gekommen. Er hätte einen Weg gefunden, das weiß ich. Dein Großvater hat deine Mutter geliebt, Maya.«

»Aber warum hat er sich dann für Amit entschieden und sie bei dir zurückgelassen?«

Bhima muss schwer schlucken, bevor sie antwortet. »Weil er wusste, dass ich Pooja noch dringender brauchte als Amit«, murmelt sie leise. »Amit war mein Sohn. Aber Pooja war meine Erstgeborene – sie war mir Sohn und Tochter, alles in einem.«

Plötzlich beginnt Maya zu weinen. »Meine *Ma* hat dich auch geliebt, Ma-ma«, schluchzt sie. »Glaub mir, oder glaub mir nicht, aber ich erinnere mich noch gut. Sie hat früher immerzu von Bombay und eurem alten Haus und von dir erzählt.«

Bhima kniet sich rasch auf den Boden zu dem schluchzenden Mädchen und schließt es in die Arme. »Dummes Kind«, schilt sie. »Was weinst du denn über längst vergangene Dinge? Dies alles hat sich doch vor Urzeiten, in einem längst vergangenen Leben ereignet.«

»Aber wir können die Vergangenheit nie ganz abschütteln, Mama. Das hast du vorhin selbst erst gesagt.«

Bhima gibt Maya einen leichten Klaps auf die Hand. »Für ein Mädchen wirst du allmählich zu gescheit«, tadelt sie. Ihre Züge wirken abgespannt, als sie die Tüte mit den Zwiebeln auf dem Boden betrachtet. »Ich könnte jetzt schon fertig sein mit dem Kochen, wenn du mich nicht mit deinen tausend Fragen aufgehalten hättest.« Sie seufzt.

Sie denkt kurz nach und steht dann auf. »Komm, geh dir das Gesicht waschen. Wir laufen heute zum Chowpatty Beach hinunter und essen dort eine Kleinigkeit zu Abend. Es ist zu spät, um diese Uhrzeit fange ich nicht mehr an zu kochen.«

꩜ 20 ꩜

Bhelpuri.

Es ist drei viertel acht Uhr abends, und Dinaz wünscht sich zum Abendessen *bhelpuri.* Sie haben sich gerade zu dem wunderbaren Mahl mit Hühnchen und Lammkoteletts hingesetzt, das Bhima bereits im Laufe des Tages zubereitet hat, als Dinaz den Teller mit Koteletts von sich wegschiebt. »Von diesen *cutles* wird mir ganz schlecht«, klagt sie. »Nimm sie vom Tisch, sei so gut.« Sie sagt *cutles* statt *cutlets*, mit derselben altmodischen englischen Aussprache, die typisch ist für die Parsen und die auch Banu stets gepflegt hat; was bei Sera grimmige Gedanken über die Macht der Gene weckt.

Viraf zieht ein Gesicht. »Ich dachte, die Übelkeit sei nach den ersten drei Monaten vorbei«, bemerkt er, und beide Frauen wissen, was er nicht ausgesprochen hat: Ich glaube nicht, dass ich noch einmal die Schrecken der ersten drei Monate durchstehen könnte, als Hormone, Müdigkeit und Übelkeit meine Frau in eine Wahnsinnige verwandelt haben.

Dinaz lacht. »Schau nicht so sorgenvoll, *yaar*«, sagt sie. »Sieh dir mal sein Gesicht an, Mummy, und das alles, nur weil ich ein paar *cutles* nicht essen will. Ich sag euch, es ist zu schade, dass Männer keine Kinder kriegen können – wir würden das Problem der Überbevölkerung in Indien über Nacht lösen, weil keiner von ihnen jemals schwanger würde.«

»Nun, aber irgendwas musst du essen, Schatz«, wendet Sera ein. »Das Baby muss gut ernährt werden und …«

»Wisst ihr, wonach es mich so richtig gelüsten würde?«, seufzt Dinaz. »Nach *bhelpuri*. Am Chowpatty Beach unten.«

Viraf stöhnt. »Nun mach aber einen Punkt, Dinu. Ich bin gerade erst von der Arbeit nach Hause gekommen. Mir ist wirklich nicht danach, jetzt noch mal rauszugehen. Und das Zeug dort ist so ekelig. Ich habe immer das Gefühl, die spülen ihr Geschirr in der Kloschüssel.«

Dinaz lässt sich nicht aus der Fassung bringen. »Zumindest habe ich ja nicht plötzlich Heißhunger auf Gipsputz und Kakerlaken und dergleichen, wie manche anderen schwangeren Frauen.« Sie versetzt Viraf einen spielerischen Klaps auf den Arm. »Ist ja außerdem deine Schuld, du Held, dass ich fett wie eine trächtige Kuh durch die Gegend laufe. Da ist es doch wohl das Mindeste, dass du mich mit ein bisschen *bhelpuri* versorgst.«

»Okay, ist ja schon gut«, lenkt Viraf ein. »Eine der Pflichten eines werdenden Vaters, nehme ich mal an.«

Sera starrt auf den Tisch mit den Speisen. Sie hat sich den ganzen Tag lang auf dieses Abendessen gefreut. »Aber was machen wir mit all diesen Leckereien? Bhima wird zutiefst enttäuscht sein.«

»Phhh, pfeif was auf Bhima«, sagt Viraf. »Im Grunde wird sie froh sein. Hat sie weniger Arbeit morgen.« Er schiebt seinen Stuhl zurück. »Kommt, lasst uns fahren. Mummy, geh dir dein Umhängetuch oder eine Jacke holen. Für November ist es in diesem Jahr doch ein bisschen kalt.«

Als sie im Auto sitzen, seufzt Sera. »Es ist ewig her, dass ich am Chowpatty Beach war. Ich habe gehört, dass die Stadtverwaltung auf dem Gelände aufgeräumt hat. Das letzte Mal war ich dort nur wenige Tage, bevor dein Daddy von uns gegangen ist. Seinerzeit war es ziemlich verdreckt.«

Dinaz lacht. »Daddy war schon komisch – er hatte so alberne *vhems* und *dhahkaras* in Sachen persönliche Hygiene. Ich erinnere mich noch, wie er und ich einmal zum Flora-Brunnen kamen und dieser ungezogene Lümmel auf dem Fußweg den Saft aus seinem *paan* auf den Boden spuckte. Daddy war überzeugt, dass etwas von dem roten Betelsaft auf meiner Hose gelandet war, obwohl ich keine Spur davon entdecken konnte. Ich glaubte schon, er würde den armen Kerl gleich mit bloßen Händen erwürgen … Und andererseits dachte er sich nichts dabei, an irgendeinem Straßenstand zu essen.«

Sie wendet sich an Viraf. »Wenn er zu einem Spiel oder einer Feier in meine Schule kam, blieb er immer bei diesem Verkäufer vor der Schule stehen, der das beste *pyali* bereitete. Dad aß regelmäßig zwei Schalen davon. Weißt du noch, Mummy? Du hast immer geschimpft, weil er es so scharf gewürzt aß, dass ihm danach die Tränen über die Wangen liefen.«

Sera lächelt. »Er hat mir einmal erzählt, dass ihm nach seiner Rückkehr aus London immer schlecht wurde, wenn er das *bhelpuri* am Chowpatty Beach aß. Also ging er jeden Tag dorthin, bis sich sein Magen schließlich wieder daran gewöhnt hatte.«

Viraf lacht. »Das sieht Daddy Feroz ähnlich. Er war schon ein zäher Bursche.«

Einen Augenblick lang versinken sie alle in Schweigen, und jeder von ihnen denkt an Feroz zurück. »Nächsten Monat sind es schon drei Jahre«, bemerkt Sera leise. »Könnt ihr euch das vorstellen?«

»Nein, es kommt mir nicht so lang vor«, entgegnet Dinaz. Erneut herrscht Schweigen im Auto. Dann sagt Dinaz: »Ich wusste gar nicht, dass du mit Daddy nur wenige Tage vor seinem Tod noch am Chowpatty Beach warst.«

»Ja, doch. Wir hatten den großen Feuertempel in der Nähe des Flora-Brunnens besucht. Deine Großmutter Banu hatte nur ein paar Monate zuvor den Schlaganfall erlitten, und dein Vater war derart außer sich, als er seine Mutter in diesem Zustand sah, dass er gelobte, einen Monat lang jeden Tag zum Feuertempel zu pilgern, um dafür zu beten, dass sie wieder vollständig gesund wird. Ich habe ihn damals manchmal begleitet. Danach sind wir häufig ins Paradise zum Essen gegangen. An dem Tag aber beschlossen wir, zum Chowpatty Beach zu fahren. Dein Daddy war ja stets für ein *bhelpuri* oder ein *panipuri* zu haben. Vor unserer Heirat waren wir sogar ständig dort.«

Plötzlich fängt Viraf schallend zu lachen an. »Was ist denn jetzt los?«, fragt Dinaz, doch selbst in der Dunkelheit des Autos kann Sera das zärtliche Lächeln ihrer Tochter förmlich vor sich sehen.

»Ach, nichts«, erwidert er. »Mir ist nur gerade der Ratschlag eingefallen, den dein Vater mir gab, als ich das erste Mal bei euch zu Hause war. Es war auf deinem Geburtstagsfest, weißt du noch? Es waren ja noch zahllose weitere Gäste da, aber irgendwie hatte er mitbekommen, dass ich … dass wir uns mochten. So zog er mich also in eine Ecke und meinte, er müsse mir etwas sagen. So einen Rat von Mann zu Mann, wie er sich ausdrückte. Im Wesentlichen verriet er mir dann, dass er mich für einen netten jungen Parsen hielt, der das Potenzial hat, seine Tochter glücklich zu machen. Aber er sagte auch, ich solle beharrlich um dich werben, wenn ich dich nicht an deine anderen Verehrer verlieren wolle. ›Ein Mann sollte wie ein wilder Stier sein, wenn er hinter einer Frau her ist‹ – ja, ich glaube, das war der Wortlaut. Ich war so eingeschüchtert, dass ich nur noch stammeln konnte: ›Ja, *uncle,* nein, *uncle.*‹«

Dinaz lacht. »Ich glaube, Daddy war erleichtert, dass du Parse warst, das war alles. Er hatte immer Angst, dass ich irgendwann einen Christen aus Goa oder einen Hindu anschleppen würde, oder, nicht auszudenken, einen Muslim. Außerdem hatte sich bei ihm die merkwürdige Überzeugung festgesetzt, dass ich Mitleid haben könnte mit einem Krüppel oder einem Mann im Rollstuhl und diesen nur aus Mitgefühl heiraten würde. Kannst du dir das vorstellen? Das war wohl der Hauptgrund, weshalb er so dagegen war, dass ich in die Sozialarbeit ging. Oft und oft hat er mich gewarnt: ›Heirate bloß niemanden, nur weil er dir Leid tut.‹ Und ich habe ihm dann immer versichert, dass mir dieser Gedanke niemals in den Sinn gekommen wäre.« Sie kneift Viraf in den Schenkel. »In Wirklichkeit habe ich einfach nur darauf gewartet, dass ein attraktiver Smartie mit dem Aussehen eines Filmstars in mein Leben tritt. Aber das habe ich Daddy nicht verraten.«

»Und stattdessen hast du dann mich geheiratet«, bemerkt Viraf und zieht die Mundwinkel nach unten. »War ja gut, dass Daddy Feroz so sorgsam darauf bedacht war, dich von körperlichen Krüppeln fern zu halten, dass er gar nicht gemerkt hat, dass du einen geistigen Krüppel zum Mann genommen hast, was?«

»Gott steh mir bei«, stöhnt Sera ungehalten und schnalzt mit den Fingern. »Was redet ihr da bloß für einen Unfug, Kinder.«

»Och, Mummy, nun fall doch nicht auf seine billigen Tricks rein. Er will ja nur hören, dass seine beiden Frauen ihm bestätigen, wie schön und wie klug er ist.«

Unmelodisch pfeifend, kurvt Viraf kreuz und quer durch die Gegend, auf der Suche nach einem Parkplatz. Sera lächelt in sich hinein bei dem Gedanken, wie anders ihr Schwiegersohn doch ist als ihr Mann. Feroz hätte mittlerweile schon leise vor sich hingeflucht und Ausschau nach einem Polizisten gehalten, um ihm eine Zehn-Rupien-Note zuzustecken, damit er sich irgendwo ins Parkverbot stellen könnte. Viraf aber ist ein *thanda pani ka matla* – ein irdener Topf mit kaltem Wasser. »Ha!«, ruft er triumphierend, als er eine winzige Lücke entdeckt. »Wetten, dass ich es schaffe, mich da reinzuquetschen.«

»Unmöglich«, kommt es automatisch von Dinaz, obwohl sie und Sera beide wissen, was für ein ausgezeichneter Fahrer Viraf ist. Und als ihr Mann dann das Auto auf Anhieb sauber einparkt, murrt Dinaz: »Du hast wohl vergessen, dass deine Frau inzwischen die Ausmaße einer Elefantenkuh hat. Gott allein weiß, wie ich mich aus dieser engen Parkbucht herauswinden soll.«

»Meine Güte, wie sich hier alles verändert hat«, ruft Sera aus, als sie sich dem Strand nähern. »Es sieht so viel sauberer aus. Ich habe gehört, dass sie die Leute bestrafen, wenn sie ihren Abfall zurücklassen oder ihr Bedürfnis am Strand verrichten.«

»Igittigitt! Das ist aber auch wirklich ein handfester Verstoß gegen die Verfassung, ich muss schon sagen.« Viraf grinst. »Meine Güte, seinen Abfall liegen zu lassen und in aller Öffentlichkeit zu pinkeln sind einfach Grundrechte, wenn man in Bombay geboren ist.«

Sera versucht sich ins Gedächtnis zu rufen, wie der Strand das letzte Mal ausgesehen hat, als sie mit Feroz hier war. Sie ist jedoch abgelenkt, weil sie sich einzig daran erinnert, wie liebevoll und aufmerksam Feroz an jenem Abend war. Er hatte sie zu seinem Lieblingsverkäufer geführt und darauf bestanden, dass sie die erste Portion bekam, die Ramdas zubereitet hatte, obwohl sie doch wusste, dass er den ganzen Tag nichts gegessen hatte. Nachdem sie beide zwei Teller *bhelpuri* verspeist hatten, bekam er noch Lust auf ein Milch-*kulfi*. »Schatz, sei vorsichtig«, mahnte Sera. »Du weißt, dass Milchspeiseeis schlecht für deinen Cholesterinspiegel ist.«

»*Arrey*, zum Teufel mit diesem blöden Cholesterin«, entgegnete er. »Wir sind so lang nicht mehr am Chowpatty Beach gewesen. Und du weißt ja, was ich immer sage – du kannst zweihundert Rupien für ein Eis im Taj Mahal oder in einem anderen Fünfsternehotel hinlegen, aber das wird nie an das *kulfi* hier am Chowpatty Beach heranreichen. Komm, nur heute, ausnahmsweise. Ich habe meine Diät brav eingehalten, das weißt du doch.«

Sie gab nach – und er hatte auch nichts anderes erwartet; wenn Feroz' Gesicht diesen flehenden Ausdruck annahm, konnte sie ihm nicht widerstehen. Und seit Banus Schlaganfall hatte sich Feroz verändert. Es war, als sei ihm bewusst geworden, wie gnadenlos unvorhersehbar das Leben war, seit er mit ansehen musste, wie seine tyrannische Mutter nur noch passiv dahinvegetierte. Er besuchte sie jeden Abend direkt nach der Arbeit, und wenn er nach Hause kam, wirkte er weicher und aufgeschlossener als je zuvor.

»In den letzten Jahren ist so viel geschehen«, seufzte er an jenem Abend, nachdem sie vom Strand nach Hause zurückgekehrt waren. Im Licht der Leselampe bemerkte Sera die Falten in Feroz' Gesicht und sah, wie sich die knittrige Haut auf seinem kahlen Schädel zusammenschob, wenn er sorgenvoll die Stirn runzelte. Es war nicht das erste Mal, dass sie der dreizehn Jahre gewahr wurde, die sie von ihrem alternden Mann trennten. »Ich habe das Gefühl, dass ich noch gar nicht richtig über Papas Tod hinweg bin, und nun müssen wir Mama in diesem Zustand erleben«, seufzte Feroz. »Es ist unerträglich, sie so leiden zu sehen. Ich muss wirklich sagen, das einzig positive Ereignis in jüngerer Zeit war die Hochzeit von Dinaz und Viraf. Wäre da nicht das Glück der beiden, ich wüsste nicht, wofür ich noch leben sollte.«

Sera stand auf und ging hinüber zu dem Sessel, auf dem Feroz in sich zusammengesunken war. Sie setzte sich auf die Armlehne und strich ihm zärtlich über den Kopf. »Ich habe mir überlegt, ob wir nicht ein paar Tage fortfahren sollten, *janu*«, sagte sie. »Eine kleine Reise nach Goa oder irgendwas in der Art.«

Er nickte. »Ja, ich weiß schon, das wäre gut. Aber nicht jetzt. Lass uns abwarten, bis sich Mamas Zustand stabilisiert. Der Gedanke, sie in dieser Situation allein zu lassen, ist mir unerträglich.« Er blickte zu Sera auf, und sie bemerkte voller Bestürzung die Tränen in seinen Augen. So sehr liebt er also diese Frau, dachte sie verwundert. Macht er sich überhaupt eine Vorstellung davon, wie sehr die Einmischung seiner Mutter jegliche Chancen auf Glück in unserer eigenen Ehe zerstört hat? Kommt ihm das alles eigentlich je in den Sinn?

Als hätte er ihre Gedanken gelesen, fuhr Feroz fort. »Ich weiß, auch du brauchst mal eine Auszeit, Sera. Ich muss mich wirklich bei dir bedanken, dass du dich so liebevoll um meine Mutter kümmerst, jetzt wo sie hilfsbedürftig ist. Ich weiß, sie ist … du hast … also, sie war nicht immer einfach im Umgang. Wir werden zusehen, dass wir bald mal aus Bombay rauskommen, das verspreche ich dir. Vielleicht können wir sogar die Kinder mitnehmen. Nur … nicht gerade jetzt.«

Doch drei Tage später war er tot, und besagtes Versprechen lag in der Schublade mit der Aufschrift ›Nicht eingelöste Versprechen‹, zusammen mit vielen anderen. Zusammen mit dem nicht eingelösten Versprechen ihrer Ehe an sich. Einer Ehe, die mit so hoch fliegenden Hoffnungen und Erwartungen begonnen hatte – und dann waren diese kläglich verpufft, so wie die Schwärmer und Raketen, die Dinaz und ihre Freunde zu Divali immer in den Himmel hinaufjagten und die mit einem kleinlauten Zischen auf die Erde zurückfielen, so als seien sie von einem abweisenden Gott hinuntergestoßen worden.

An dem Tag, als er starb, kam Feroz früh aus dem Büro zurück und klagte, dass er sich nicht wohl fühle. »Zu viel Arbeit«, diagnostizierte Sera. »Zu große nervliche Belastung, die dir zu schaffen macht, *janu*. Vielleicht solltest du dich für einen Yogakurs oder etwas in der Art einschreiben, wo du lernst, mental zur Ruhe zu kommen.«

Er lächelte matt. »Ja, vielleicht.« Dann machte er auf einmal ein betrübtes Gesicht. »Ich habe heute nicht einmal Mama besucht«, klagte er, als er die Decke zurückschlug und ins Bett stieg. »Sie wird sich schrecklich aufregen.«

Deine Mutter ist ja nicht einmal mehr imstande, irgendjemanden zu erkennen, hätte Sera am liebsten gesagt. Sie kann vermutlich einen Tag nicht mehr vom nächsten unterscheiden. Doch sie behielt ihre Überlegungen für sich.

»Komm, leg dich zu mir«, flüsterte er, und zum ersten Mal schoss es Sera durch den Kopf, dass Feroz wirklich krank sein könnte. Noch nie zuvor hatte er so schwach, so verletzlich ausgesehen.

Sie kämpfte gegen eine plötzliche, irrationale Panik. »Schatz«, sagte sie, um einen unverändert ruhigen Tonfall bemüht. »Was ist denn bloß mit dir los? Soll ich den Arzt holen?«

»Nein. Keinen Arzt, bitte. Es ist wahrscheinlich nur eine Grippe oder so. Ich weiß auch nicht ... Ich kann gar nicht genau erklären, wie ich mich fühle. Es ist, als ob etwas in meiner Brust flattern würde. Ich glaube, es ist die Anspannung. Ich muss einfach ein paar Stunden schlafen.«

Sera ging in die Küche hinüber, um Bhima zu ermahnen, auf keinen Fall Lärm zu machen, solange Feroz *seth* schlief. »Er ist sehr müde«, fügte sie hinzu, als sie Bhimas fragenden Blick bemerkte. »Muss sich einfach ein Weilchen in Frieden ausruhen.«

Sie nutzte die Zeit, in der Feroz schlief, um ihm seine Lieblingssuppe zuzubereiten, eine chinesische Hühnersuppe mit Mais. Um sechs Uhr wies sie Bhima an, die Suppenschüssel auf den Tisch zu stellen. Sie würde Feroz wecken – er musste etwas essen; denn vermutlich war er geschwächt von all den Diäten, die er hinter sich hatte.

Sie schlich auf Zehenspitzen zu Feroz ins Schlafzimmer und setzte sich auf die Bettkante. »Liebling«, flüsterte sie. »Wach auf. Ich hab ein leckeres heißes Süppchen für dich gekocht.«

Es kam keine Antwort. Sie flüsterte erneut etwas und wollte ihn schon schütteln, als sie erschrocken die Ohren spitzte – und feststellte, dass tatsächlich nicht der kleinste Laut im Raum zu hören war. Feroz atmete nicht. »Feroz«, rief sie, während sie nach dem Lichtschalter tastete. Kurz darauf war der Raum lichtdurchflutet, und der

Schein der Lampe fiel auf das reglose Gesicht ihres Mannes. Sein Mund war geöffnet, ebenso wie seine Augen, doch selbst in dieser Minute tiefster Angst und Verzweiflung wusste Sera, dass der Friede, den Feroz sein Leben lang gesucht hatte, ihm nun endlich zuteil geworden war.

»Feroz!«, schrie sie gellend. »Nein, nein, nein! Bitte, Feroz, bitte! Bhima! Bhima, so komm doch! Oh mein Gott, nein!«

Bhima kam ins Zimmer gerannt. »Serabai«, stotterte sie hilflos. »*Arrey,* Bhagwan. Was ist denn das nun wieder für eine Tragödie, die uns da ereilt?«

Es war vorbei. Ihre Ehe war beendet. Feroz war einfach so, von einer Sekunde auf die andere, gegangen. Feroz – Ehemann und Unterdrücker; Geliebter und Peiniger; Opfer und Schinder. Kein Mann hatte sie je glücklicher, aber zugleich auch unglücklicher gemacht. Kein Mann hatte sie so leidenschaftlich geliebt; und kein Mann hatte mehr getan, um die Liebe abzutöten, die sie für ihn empfand. Feroz hatte die Schlüssel zu ihrem Glück in der Hand gehabt, doch diese Schlüssel hatten die Pforten zur Hölle aufgesperrt. Er war ein Mensch voller Widersprüche gewesen – aggressiv, hochintelligent, gewalttätig, eifersüchtig, und doch auch liebevoll, großherzig und bisweilen durchaus freigebig. Vielleicht war es ihre Schuld gewesen, dass sie nie gelernt hatte, diesen Mann richtig zu nehmen, ihr kleines Boot durch die Kabbelwellen zu steuern, die er in seinem Kielwasser hinterließ. Hätte eine andere Frau – erfahrener, lebensklüger – anders damit umgehen können? Hätte eine andere Frau Banu einfach nur als lästiges Ärgernis betrachtet?

»Feroz«, schluchzte sie. »Ach Feroz, mein lieber Mann. Es tut mir Leid. Es tut mir alles so Leid. Verzeih mir, dass ich so eine unzulängliche Ehefrau war. Ich war so in meinem eigenen Elend versunken, dass ich mir nie die Zeit genommen habe, auch einmal deinen Kummer in Betracht zu ziehen.«

Sie hatte offenbar ziemlich laut gesprochen, denn Bhima stand neben ihr, fasste sie unter dem Kinn und strich ihr das Haar aus dem heißen, tränenüberströmten Gesicht. »Kopf hoch, Serabai«, murmelte Bhima. »Sie müssen jetzt tapfer sein, *bai.* Und es gibt nichts, wofür

Sie um Verzeihung bitten müssten. Wenn die Männer fortgehen, sind es immer die Frauen, die um Vergebung bitten. Sie waren eine gute Ehefrau, *bai*. Ich hab es mit eigenen Augen gesehen. Tagaus, tagein. Jetzt kommen Sie, wir müssen unserer Dinaz Bescheid sagen.«

Dinaz. Sera gefror das Blut in den Adern bei der Vorstellung, ihrer Tochter die Nachricht beizubringen. Trotzdem zwang sie sich nachzudenken. »Sie müssen mittlerweile auf dem Heimweg von der Arbeit sein. Am besten versuchen wir, sie auf dem Handy zu erreichen. Hol mir mal das Telefonbuch, Bhima. Dort habe ich Virafs Handynummer notiert.« Dann hielt sie jäh inne in ihren Überlegungen, da ihr ein anderer Gedanke durch den Kopf fuhr. »Oh Gott, irgendjemand muss der alten Dame beibringen, dass ihr … ihr Sohn tot ist.« Sera fing wieder an zu schluchzen.

»Das kann doch Viraf *baba* übernehmen«, rief Bhima aus dem anderen Zimmer herüber. »Da müssen doch Sie nicht hingehen, *bai*. Und wer weiß denn schon, was die arme Frau überhaupt noch mitbekommt? Liegt ja ohnehin den ganzen Tag so leblos wie ein Stück Karotte herum.«

Eine halbe Stunde später läutete es an der Tür, und Viraf und Dinaz kamen mit geröteten Augen und Nasen herein. »Wir sind Hals über Kopf aus dem Zug gesprungen«, erklärte ein atemloser Viraf. »Und haben ein Taxi genommen. An der Ampel hat Dinaz die Ungeduld gepackt, daher sind wir einfach ausgestiegen und den restlichen Weg zu Fuß hergerannt.«

Dinaz' verzweifeltes Schluchzen zerriss Sera schier das Herz. So hatte sie ihre Tochter nicht mehr schluchzen gehört, seit sie zwölf war. Sicher, Dinaz hatte beim Begräbnis von Papa Freddy geweint; Sera hatte selbst das Gefühl gehabt, beim Tod von Freddy ihren rechten Arm verloren zu haben. Aber diese Trauer um den toten Vater war anders – sie ging einem durch Mark und Bein. »Ich hatte nicht einmal die Möglichkeit, Abschied zu nehmen«, schluchzte Dinaz. »Dadurch, dass ich und Viraf so weit weg am Stadtrand wohnen, habe ich selbst die ganzen letzten Monate nicht sehr viel Zeit mit ihm verbracht.«

Sera kramte in ihrem Gedächtnis wie in einem Geldbeutel, um

nach ein paar Goldmünzen zu fahnden. »Ich weiß, *deekra,* ich weiß«, murmelte sie und stöberte weiter.

Plötzlich fand sie das Gesuchte. »Weißt du, was Daddy erst vor zwei, drei Tagen noch zu mir gesagt hat? Dass deine Heirat *die* große Glücksquelle in seinem Leben war.«

Der Schuss ging jedoch nach hinten los, denn nun ertönte ein neues Klagelied im Raum. Es kam von Viraf, dessen schlanker Körper von Schluchzern geschüttelt wurde und dessen schmale Nase die Farbe von Roter Bete annahm. »Er war ein König«, stammelte er unter Tränen. »Feroz Daddy war wirklich ein ganz besonderer Mensch.«

Mit einem Mal fühlte Sera sich eingekapselt in einer Blase aus klaren, objektiven Gedanken, die unberührt dahintrieb auf dem ringsum tosenden Meer aus besinnungslosem, rasendem Schmerz. So also wird die Geschichte neu geschrieben, ging es ihr durch den Sinn. So fängt es an, indem man den Verstorbenen in den Himmel hebt. Jetzt genügt es nicht mehr, dass ein Mann einfach ein Mann gewesen ist; jetzt gebietet das Trauerzeremoniell, dass wir ihn zu einem ganz besonderen Menschen, zu einem König verklären. Nun müssen die Webfehler eines Menschen ausgebügelt werden wie Falten in einem Anzug, bis er so glatt und makellos rein vor uns ausgebreitet liegt wie am Tage seiner Geburt. Als ob die Erde sich weigern würde, ihn aufzunehmen, als ob die Geier auf dem Turm des Schweigens sich weigern würden, an ihm zu picken, wenn er nicht in den Zustand seiner ursprünglichen Herrlichkeit zurückversetzt würde. Im Tode werden alle Menschen zu Heiligen, dachte sie, und sie begrüßte den Gedanken und lehnte sich zugleich dagegen auf. Vielleicht war es besser so – dass man schlechte Erinnerungen einfach aus dem Gedächtnis tilgte, sie durch glücklichere ersetzte, so wie man ein schmutziges Tischtuch wechselt. Wenn dem jedoch tatsächlich so war, was sollte dann mit ihrem eigenen schweren, plumpen Körper geschehen, diesem Körper, der seine wahre Geschichte herausschrie, diesem Körper, der eine Aussage machen wollte, der Zeugnis von dem ablegen wollte, was man ihm angetan hatte. Dieser geschlagene, geschundene Körper, der gleichsam für die Vergehen anderer Menschen bestraft worden war – für die eifersüchtigen Wutanfälle von Feroz; für Banus intrigantes und abergläubisches Gebaren, das seinem Verhalten noch Vorschub leistete. Müsste dieser Körper – dieser aus Muskeln und Knochen und Nervenenden gestrickte Pullover –, müsste dieser Körper erst tot sein, müsste sein Blut erst zu kalter Unbeweglichkeit erstarren, bevor jemand ein Loblied auf ihn sänge und ihn als Körper eines ganz besonderen Menschen oder einer Königin bezeichnete?

»Mummy, so sag doch etwas, bitte. Ich fühle mich so verlassen.« Dinaz' Stimme durchstach Seras Blase, und sie spürte, wie sie erneut in die heißen, brodelnden Fluten aus Schmerz eintauchte.

»Komm her, Liebes«, murmelte Sera und barg den Kopf ihrer Tochter in ihren Armen. »Du wirst niemals allein sein, nicht solange ich lebe.«

Drei Jahre sind seit jenem Tag vergangen, denkt Sera jetzt erstaunt. Wie ist das möglich, wenn die Erinnerung an jenen gramerfüllten Tag noch immer so brennend schmerzt, als hätte mir jemand Chilipulver in die Augen gestreut? Und doch muss sie sich eingestehen, dass sie nie zuvor so glücklich gewesen ist wie in diesen drei Jahren, nun da die Kinder bei ihr wohnen und neues Leben unterwegs ist. Sie verspürt einen Anflug von Bedauern bei dem Gedanken, dass Feroz nicht dabei sein und sich über das neu geborene Baby freuen kann. So wie Feroz Dinaz geliebt hat, würde er sein Enkelkind sicher vergöttern. Und trotzdem – sie seufzt – wird es wunderbar sein, das Baby ganz für sich zu haben, wenn Dinaz und Viraf beim Arbeiten sind. Sie wird das Zusammensein mit ihrem Enkelkind in einer Weise genießen können, wie es ihr mit Dinaz niemals möglich war. Dinaz war nun einmal in ein Haus hineingeboren worden, in dem Banus irrationales Verhalten und die Furcht erregenden Tobsuchtsanfälle von Feroz beständig ihre dunklen Schatten warfen. Und selbst als sie aus Banus Reich ausgezogen waren, fühlte Sera sich niemals ganz befreit von der Anwesenheit der alten Frau und kam sich bei jedem unerwarteten Schrillen der Klingel wie eine gefangene Geisel vor. Auch waren entgegen aller Hoffnung Feroz' Fäuste weiter auf sie niedergesaust. In gewisser Weise hatte sie ihm einen neuen, beständigeren Vorwand für seine Wutausbrüche geliefert – die erzwungene Trennung von seiner Mutter.

Aber das ist nun alles vorbei, ermahnt sie sich. Das Zuhause, das du bei deinem Ehemann nie bekommen hast, hast du jetzt bei deiner Tochter und bei deinem Schwiegersohn gefunden. Viraf und Dinaz haben dir deinen Lebenstraum erfüllt. Also, du alte Närrin, wozu weiter innerlich in der Vergangenheit verharren, wenn die Gegenwart so verheißungsvoll ist?

Viraf stößt Sera spielerisch den Ellbogen in die Rippen. »*Su che,* Mummy?« Er grinst. »Was hat denn dieses verführerische und geheimnisvolle Lächeln ständig zu bedeuten? Denkst du etwa an einen neuen Freund? Wie heißt er, sag, Pestonji Pipyadas? Sei vorsichtig, all diese *bhaiyas* hier werden meinen, dass du mit ihnen flirten willst.«

Sera beginnt schallend zu lachen. »Alberner Kerl«, schilt sie. »Ich sollte deiner Mutter erzählen, was für absurdes Zeug du vom Stapel lässt.«

»Ich bin sicher, meine Mutter weiß nicht mal, was das Wort flirten bedeutet«, kontert er prompt. Er zwinkert Dinaz zu und wendet sich dann wieder an Sera. »Na ja, sie ist jedenfalls nicht so bezaubernd wie du. Eins sag ich dir, Dinaz, wenn deine Mutter zwanzig Jahre jünger wäre …«

»Hör nicht auf ihn, Mummy«, seufzt Dinaz und fasst Sera beim Arm. Dann sagt sie mit erhobener Stimme zu ihrem Mann: »Du *saparchand.* Willst du nun deiner armen, schwangeren Frau etwas zu essen verschaffen, oder willst dich nur selbst an deinen verrückten Sprüchen weiden? Nun komm schon, ich bin am Verhungern.«

»Lasst uns doch mal sehen, ob Ramdas Stand noch existiert«, schlägt Sera vor. »Er war der Lieblingsverkäufer deines Vaters hier am Chowpatty Beach.«

Sie suchen nach der Bude, aber es hat sich alles verändert. »Ach, lassen wir's gut sein«, meint Sera schließlich. »Dann essen wir eben irgendwo.«

Sie sind gerade alle drei bei ihrem zweiten Teller *bhelpuri,* als Dinaz einen überraschten Schrei ausstößt. »Schaut mal, wer da ist«, ruft sie mit vollem Mund.

»Ich kann dich nicht verstehen«, murrt Viraf. »Schluck erst mal runter, bevor du sprichst.«

Dinaz schluckt. Ihre Augen glänzen vor Aufregung. »Sieh doch, da sind Bhima und Maya, an dem Stand dort drüben. Mein Gott, es ist wirklich eine Ewigkeit her, dass ich das Mädchen gesehen habe. Bhima!«, brüllt sie.

»Äh, wir sollten sie vielleicht nicht behelligen«, wendet Viraf ein. »Immerhin hat Maya gerade ihr Kind verloren, da ist sie vielleicht …«

Aber Dinaz beachtet ihn gar nicht. »Bhima! Maya! Hallo, hier sind wir«, schreit sie und winkt wie wild.

21

Bhima wirbelt spontan herum. Ihre Miene wird von aufrichtiger Freude erhellt, als sie sieht, wer sie gerufen hat. Dinaz winkt ihnen zu, und selbst über die Entfernung kann Bhima das erwartungsvolle Lächeln auf ihrem Gesicht erkennen. »Es ist meine geliebte Dinaz«, sagt sie zu Maya und zieht sie am Handgelenk. »Komm mit, wir sollten ihnen guten Tag sagen gehen.«

»Nein, geh du, Ma-ma«, protestiert Maya. »Ich warte hier.«

»Arrey wah.« Bhima blickt entgeistert. »Was soll das denn, trägst du die Nase jetzt schon so weit oben, dass du nicht einmal ein paar Meter laufen kannst, um die Leute zu begrüßen, die dir so wohl gesinnt sind?« Der Griff um Mayas Handgelenk wird fester. »Los, komm mit, du faules Gör.«

»Hallo, hallo, hallo«, begrüßt Dinaz sie, als sie sich nähern. »Hey, Maya, hab dich ja ewig nicht gesehen. Wie geht's dir?«

»Gut«, murmelt Maya und starrt auf Dinaz' runden Bauch.

Dinaz bemerkt ihren Blick und lacht. »Ja, ich bin wahrscheinlich eine richtig fette Kuh geworden, seit du mich das letzte Mal gesehen hast, was?«, sagt sie und tätschelt ihren Bauch.

Plötzlich huscht ein Anflug von Groll über Mayas Gesicht. »Ich habe auch mal so ausgesehen. Das heißt, bis deine Mummy mich am Wickel bekommen hat.« Sie starrt Serabai, die angesichts der unerklärlichen Ungezogenheit des Mädchens kalkweiß geworden ist, herausfordernd an.

Bhima wäre am liebsten im Erdboden versunken. Was ist bloß in dieses Mädchen gefahren? Sie schlägt die Augen nieder und versucht, eine Entschuldigung für Mayas Benehmen zu ersinnen, als Serabai sie aus ihrer peinlichen Lage rettet. »Das ist doch schon über einen Monat her, Maya«, erklärt sie in ihrem gewohnt besonnenen Ton. »Und was geschehen ist, ist geschehen. Du musst mich einfach demnächst mal besuchen kommen, damit wir bereden können, was wir bezüglich deines Collegestudiums unternehmen wollen.«

Maya brummelt irgendetwas vor sich hin und wendet den Blick ab. Im goldenen Lichtschein der Snackbuden wirkt das Strahlen ihrer Augen beinahe künstlich, und ihr Gesicht ist so gerötet, dass Bhima sich fragt, ob Maya vielleicht krank wird. Das würde ihr merkwürdiges Verhalten erklären.

Den Blick immer noch auf ihre Enkelin gerichtet, erhascht Bhima aus dem Augenwinkel eine Bewegung und geht ihr nach: Da steht Viraf, der Sera und Dinaz um Haupteslänge überragt und nun über deren Köpfe zu Maya hinüberstarrt. Er wirkt ebenso verstört und nervös wie Maya, was in krassem Widerspruch zu seiner üblichen Selbstsicherheit und Gelassenheit steht. Bhima betrachtet ihn völlig gebannt. Viraf nagt an seiner Oberlippe, und seine langen, schlanken Finger zupfen an den Bartstoppeln auf seiner Wange. Der Junge sieht krank aus … nein, verängstigt … nein, so, als plagte ihn ein schlechtes Gewissen, denkt Bhima, und ihr fällt auf, dass Viraf sich genau genommen hinter seiner Frau und seiner Schwiegermutter zu verstecken versucht. Blitzartig kommt ihr ein Vorfall im *basti* einige Monate zuvor in den Sinn, als eine der Bewohnerinnen den halbwüchsigen Sohn eines Nachbarn bezichtigt hatte, aus ihrer Hütte Geld entwendet zu haben. Der Junge schüttelte unter heftigem Leugnen den Kopf, aber der erregte, schuldbewusste Ausdruck auf seinem Gesicht, die Art, wie er schwer schluckte und sich mit der Zunge über die trockenen Lippen fuhr, erzählten eine andere Geschichte. Genauso sieht Viraf aus, überlegt Bhima verwundert; als ob er ein Dieb sei, als ob er sich irgendwie schuldig gemacht hätte. Aber was könnte das sein?

Auch Dinaz muss etwas gewittert haben, da sie nach hinten über die Schulter schaut und nach Virafs Hand greift. »*Ae,* Liebster«, sagt sie. »Du hast ja Maya und Bhima noch nicht einmal begrüßt.«

Viraf nickt. »Hallo«, sagt er leise und lässt seinen Blick über Mayas gesenkten Kopf gleiten, bevor dieser auf Bhima zu ruhen kommt. Er zuckt leicht zusammen, als er bemerkt, wie aufmerksam sie ihn mustert.

Dinaz lacht unbekümmert. »Es wird langsam höchste Zeit zum Schlafengehen für den müden Gesellen hier«, bemerkt sie und knufft Viraf in die Rippen. »Eigentlich hatte er ja überhaupt keine Lust mehr, heute Abend noch mal rauszugehen. Aber ich hatte einen solchen Heißhunger auf *bhelpuri*. Trotzdem, wir sollten uns allmählich aufmachen.«

»Ich geh schon mal voraus und hol das Auto«, erbietet sich Viraf sofort. »Ihr beiden kommt einfach nach und wartet an der Ampel.«

Dinaz wendet sich an Maya. »Ich habe mich riesig gefreut, dich zu sehen, Maya«, erklärt sie. »Unsere Treffen bei Mama Banu fehlen mir so.« Sie drückt das Mädchen rasch an sich. »Ich weiß, dass du dein Studium wieder aufnehmen wirst, wenn du innerlich so weit bist«, flüstert sie. »Es tut mir so Leid, dass du diesen Verlust erlitten hast.«

Als die beiden Frauen sich entfernen, hat Bhima plötzlich das Gefühl, als sei sie mit dem Erdboden verwachsen, als sei sie eine der aus Sand geformten hinduistischen Götterskulpturen am Chowpatty Beach, der die Spaziergänger Münzen vor die Füße werfen. Ja, sie fühlt sich wahrhaftig, als sei sie aus Sand gemacht und als könne sie ein Eimer Wasser vernichten. Die Welt um sie herum scheint ebenfalls aus Sand erbaut – ohne solides Fundament, schwankend und instabil. Eine Welt, in der keine herkömmliche Regel, keines der alten Tabus mehr Geltung besitzt. Eine Welt, in der ein Mädchen aus einer armen Familie, das im Slum aufgewachsen ist, einen adretten, gut aussehenden jungen Mann aus der Oberschicht verführen kann, dessen Frau demnächst sein erstes Kind gebären wird. Eine Welt, in der Maya und Viraf …

Es ist merkwürdig, wie sie plötzlich hinter das Geheimnis kommt. Gerade noch hat sie keine Ahnung gehabt; und in der Minute darauf ist ihr alles klar. Gerade noch hat sich in ihrem Herzen nicht der leiseste Verdacht geregt; und in der Minute darauf ist die Schlange des

Argwohns in ihre Gedanken geglitten und hat ihr giftiges Haupt erhoben. Und nun muss sie mit der erschütternden Erkenntnis leben, dass Viraf Davar der Vater von Mayas totem Baby ist. In der ganzen Zeit, in der sie, Bhima, jeden jungen und auch nicht mehr ganz so jungen Mann im Slum argwöhnisch beäugt hat, in der sie sich selbst erniedrigt hat vor den hämisch grinsenden Burschen in Mayas College, in der sie in ihrer naiven Verblendung ihre Enkeltochter in einer Küche voll schimmernder Töpfe und Pfannen vor sich gesehen hat, ist es ihr nie in den Sinn gekommen, direkt vor ihrer Nase nach dem Sünder zu suchen.

Aber vielleicht täusche ich mich ja auch, denkt sie. Vielleicht sind meine Verdächtigungen selbst aus Sand, und eine einzige kräftige Welle würde sie mit sich reißen. Wenn dem so sein sollte, so fleht sie inständig, dann mögen die Wasser des Vergessens kommen und die bösen Ahnungen fortspülen, die an meinem Herzen nagen. Doch noch während sie darum betet, erhärtet sich ihre Vermutung zur felsenfesten Gewissheit.

Neben ihr drängt Maya voller Unruhe. »Komm, Ma-ma, ich will nach Hause.«

»Es gibt künftig kein Zuhause mehr für uns«, orakelt Bhima dunkel. »Es gibt keinen Ort der Ruhe für die gottlosen Sünder dieser Welt. Für deine Vergehen werde ich diese Welt unzählige Male durchlaufen. Also kann ich gleich schon mal anfangen, mich darin zu üben. Nein, komm jetzt, ich muss noch ein paar Meter gehen.« Maya errötet bis unter die Haarwurzeln, und ihre Augen werden immer größer, als sie in das knochige Gesicht ihrer Großmutter starrt. Sie öffnet den Mund, als wolle sie protestieren, aber Bhima stapft bereits in Richtung Küste davon, und nach kurzem Zögern folgt ihr das Mädchen.

Sie laufen in tiefem Schweigen. Doch dieses Schweigen klingt wie ein gellendes, lautes Schreien in ihren Ohren und ist erfüllt von allerlei Klängen und Emotionen – dem Pochen von Bhimas Herzen; der quälenden Angst, die Maya gleichsam ihre Klauen in die Brust haut und ihr die Kehle zusammenschnürt; dem scharrenden Geräusch von Bhimas Füßen, die sich bei jedem Schritt wütend in den Sand bohren. Eingehüllt in dieses Schweigen laufen die beiden Frauen vor sich hin, voller Angst, an diesen Kokon zu rühren; denn den Damm des Schweigens zu brechen würde bedeuten, dass die Wogen aus Ärger, Wut und Zorn heranbrausen könnten und die Flutwelle der jüngsten Vergangenheit – einer Vergangenheit, die sie geleugnet, abgetrieben, getötet haben – donnernd über sie hereinrollen und ihre zerbrechliche Gegenwart zerstören könnte.

Aber ebenso wie die Liebe währt die Ruhe eben nicht ewig.

Und so hebt Bhima an zu sprechen. Sofern man die erstickten, tierhaften Laute, die sie von sich gibt, als Sprechen bezeichnen kann. »Warum nur?«, stöhnt sie. »Warum ausgerechnet er?«

Maya blickt ihre Großmutter zweifelnd an, als sei sie nicht ganz sicher, ob Bhima sich nun an sie wendet oder an irgendeine unsichtbare Gottheit, die über den Wassern des Arabischen Meers schwebt und über sie lacht. Sie starrt hinaus auf die unendliche Wasserfläche.

Als von Maya keinerlei Reaktion kommt, packt Bhima die Wut. Die alte Frau versetzt ihrer Enkelin einen heftigen Schlag auf den Rücken, sodass Maya einen Augenblick ins Wanken gerät. »Ich habe dich etwas gefragt, du schamloses Gör«, schimpft sie, aber Maya schweigt weiter.

»Ashok Malhotra, ja?«, höhnt Bhima. »Erst hast du einen anständigen, verheirateten Mann verführt, und dann hast du mich auch noch angelogen, um mich auf die falsche Fährte zu locken, damit ich deiner Schande bloß nicht auf den Grund komme. In den Topf zu pissen, aus dem du gegessen hast. Das Vertrauen zu missbrauchen, das die gesamte Familie Dubash dir entgegengebracht hat. Die Frau dieses Jungen, Dinaz, ist wie eine Tochter für mich gewesen. Wie soll ich ihnen je wieder unter die Augen treten? Du undankbares Ding, jeder Buchstabe, den du lesen kannst, jeder Faden in der Kleidung, die du trägst, jedes Salzkörnchen in deinem Mund – das alles verdankst du Serabais Großzügigkeit.«

Mayas Gesicht ist ein Schlachtfeld, auf dem der Kampf zwischen widerstreitenden Gefühlen tobt. Bhima macht sich darauf gefasst, dass das Mädchen leugnen wird, dass Viraf der Vater ihres toten Kindes ist, dass sie so tun wird, als verstünde sie nicht, wovon Bhima redet. Aber die Zeiten der Verstellung sind vorbei, und der Ausdruck müder Resignation auf Mayas Gesicht ist die endgültige Bestätigung, deren Bhima noch bedarf.

Doch bevor Bhima etwas sagen kann, ergreift Maya das Wort. »Das stimmt überhaupt nicht, Ma-ma«, ruft sie aus. »Ich habe lesen und schreiben gelernt, bevor ich nach Bombay kam. Meine Eltern haben mich in Delhi auf die Schule geschickt. Serabai hat einfach nur Gefallen an der Vorstellung gefunden, dass ich ein armes Dummchen bin, das sie retten kann. Und was meine Kleider und das Essen betrifft – dafür bin ich dir dankbar und nicht ihr. Das sind die Früchte deines Schweißes und deiner harten Arbeit, nicht das Ergebnis von Serabais Großzügigkeit. Wenn du einen Monat lang nicht zur Arbeit kämest, dann möchte ich mal sehen, ob sie dir deinen Lohn mit der Post schicken würde.«

Bhima starrt ihre Enkeltochter mit offenem Munde an. »Schau sie dir an«, murmelt sie leise, wie zu sich selbst. »Jetzt hör dir die sündigen Worte an, die aus dem Mund dieser undankbaren Kreatur kommen. So unflätig über die Frau herzuziehen, die ihr dieses Leben ermöglicht hat. Und das alles, weil sie so niederträchtig war, eine Affäre mit Serabais Schwiegersohn anzufangen, und nun die schändlichen Spuren ihrer Schuld verwischen muss. Meine Pooja – sie möge in Frieden ruhen – muss glühend heiße Tränen vergießen über dieses Monster, das sie da geboren hat.«

Sie haben angehalten und stehen ganz dicht nebeneinander, ohne auf die lauwarmen Wellen zu achten, die plätschernd ihre Füße umspülen, und ohne die unverhohlene Neugier in den forschenden Blicken der Vorübergehenden zu bemerken. »Warum bist du so schnell bei der Hand und gibst mir die Schuld an dem, was geschehen ist, Ma-ma?«, fragt Maya aufgebracht. »Warum diese Voreiligkeit, mit der du deine Enkeltochter zur alleinigen Sünderin in dieser Sache erklärst? Was ist denn mit seinem Anteil? Oder müssen sämtliche Mitglieder seiner Familie in deinen Augen Heilige bleiben? Ist es nur deine Familie, die du verfluchen und anklagen musst bei jeder gottlosen, schändlichen Tat?«

Jetzt gewahrt Bhima den Hass in Mayas Stimme und entsinnt sich wieder daran, wie das Mädchen sich verkrampft hat, als sie Dinaz rufen hörten. In diesem Moment vermutete Bhima, dass Maya sich schämte und Dinaz deshalb nicht begrüßen wollte. Maya hatte sich ja selbst am Tag der Abtreibung merkwürdig gegenüber Serabai verhalten und sich seither hartnäckig geweigert, das Haus der Familie Dubash zu betreten. Bhima mustert ihre Enkeltochter verstohlen. »Hat – hat Viraf *baba* – dir wehgetan?« Sie unterdrückt die mörderische Wut, die sich bei diesem Gedanken in ihr regt.

Maya schüttelt unwirsch den Kopf, als sei Bhimas Frage eine lästige Fliege, die ihr um die Ohren summt. »Du bist einfach automatisch davon ausgegangen, dass ich diejenige war, die die böse Tat begangen hat. Doch warum, Ma-ma? Warum liebst du ihre Familie mehr als deine eigene?«

Bhima hat schwer an ihren Gewissensbissen zu schlucken, und sie brennen wie flüssige Lava in ihrer Kehle. »Wie kannst du nur«, flüstert sie. »Wie kannst du so etwas sagen, wo du doch mein ein und alles bist? Meine Güte, für dich würde ich …« Sie zittert vor Rührung und ist unfähig, ihren Gedanken zu Ende zu führen. Sie läuft bis dorthin zurück, wo der Sand trocken ist, und sucht nach einer Stelle, die weit genug entfernt ist von den anderen Leuten. Dann lässt sie sich auf dem Sand nieder und zieht Maya mit sich herunter.

Einige Minuten lang lauschen sie schweigend den plätschernden Wellen. Dann wendet sich Bhima Maya zu, und in ihrer freundlichen Miene ist keine Spur von Verurteilung und Ärger mehr zu lesen. »Erzähl mir, was geschehen ist, *beti*«, erklärt sie sanft. »Erzähl mir die ganze Geschichte.«

Und so erzählt Maya.

22

Maya stand gerade in Banubais Küche und bereitete den Tee für die alte Dame zu, als die Türklingel ertönte. Sie blickte auf, leicht beunruhigt. Es war halb fünf Uhr nachmittags, und sie erwartete eigentlich niemanden. Gita, die Nachtschwester, tauchte normalerweise nicht vor acht Uhr abends auf.

Sie öffnete die Tür und fand sich Viraf gegenüber. »Na so was, Viraf *baba*«, rief sie aus. »So früh schon hier?« Sie wusste, dass Viraf für gewöhnlich auf dem Heimweg von der Arbeit kurz vorbeikam, um nach der alten Dame zu sehen. Doch als sie seinen erregten Gesichtsausdruck gewahrte, hatte sie plötzlich ein mulmiges Gefühl in der Magengrube. »Ist alles in Ordnung zu Hause? Meine liebe Dinaz ist doch nicht etwa krank oder so was?«

»Nein, nein, sie sind alle wohlauf«, erwiderte Viraf abwehrend, während er bereits an ihr vorbei ins Esszimmer stürmte. Da er sah, dass Maya immer noch ein besorgtes Gesicht machte, fügte er hinzu: »Nein, keine Angst. Dinaz geht es gut. Das Einzige, was mit ihr nicht stimmt, ist, dass sie so verdammt launisch ist. Verwöhntes Balg. Wenn man sie so sieht, könnte man meinen, sie sei die erste Frau seit der Erschaffung der Welt, die ein Kind bekommt.«

Maya erbleichte. Sie duldete es nicht, dass jemand in der Weise über Dinaz sprach – das durfte selbst Viraf nicht. Als er ihre entsetzte Miene sah, grinste er heimtückisch. »Oh, tut mir Leid, dass ich deine heiß geliebte Dinaz kritisiert habe. Ich habe ganz vergessen, wie treu ihr einander ergeben seid. Weißt du, ich hätte dich um Unterstützung bitten sollen, als ich ihr vorgeschlagen habe, sie heute Abend ins Kino zu entführen. Aber natürlich hat sie mal wieder eine ihrer Durga-Launen. Hält stattdessen *mir* Vorträge, von wegen, sie sei extra zu Hause geblieben, um dort diverse Arbeiten zu erledigen, und wie verantwortungslos ich doch sei, einfach heimzukommen und zu erwarten, dass meine eigene Frau ein paar Stunden mit mir verbringt. Also bin mal wieder ganz klar ich der Arsch in dem ganzen Spiel.«

Maya zuckte zusammen angesichts dieser derben Worte. Sie hatte Viraf noch nie so wüst schimpfen hören – fast wie einer von diesen ungehobelten Flegeln, die in ihrem Slum herumlungerten. In ihrer Miene musste wohl etwas von ihrer Schockiertheit und Enttäuschung zu lesen sein, denn Viraf zeigte sich plötzlich milder und blickte schuldbewusst. »Tut mir Leid«, murmelte er leise. »Irgendwie ist mir wohl gerade der Gaul durchgegangen.« Gedankenverloren zog er Maya an sich und tätschelte ihr leicht den Rücken. »Ach Maya, du bist so eine Süße«, murmelte er. »Ich hab schon vergessen, wie treu du bist, wie ein goldiger junger Hund.«

Maya war erstaunt, geschmeichelt und verwirrt. Nach ihrer heiß verehrten Dinaz war Viraf *baba* ihr stets das liebste Mitglied in Serabais Familie gewesen. Feroz *seth* hatte ihr Angst eingeflößt, und obwohl Serabai ihr gegenüber von unerschütterlicher Freundlichkeit war, schüchterte Maya auch an dieser großen, würdevollen Frau irgendetwas ein. Viraf hingegen war seit dem Tage ihres Kennenlernens stets zum Scherzen und zu Neckereien aufgelegt gewesen und war ihr nie mit der Distanz begegnet, die Serabai immer wahrte. Und zwischendrin konnten ihn durchaus spontane Anwandlungen von Großzügigkeit gegenüber Maya und ihrer Großmutter befallen. Erst die Woche zuvor war Ma-ma mit einer Schachtel Konfekt nach Hause gekommen, die so riesig war, dass sie den anderen Slumbewohnern etwas davon abgeben mussten. »Das hat uns Viraf *baba* geschenkt«, hatte Bhima strahlend erklärt. »Einer seiner Kunden hat ihm drei solche Schachteln *mithai* mitgebracht. Und eine davon hat er uns vermacht.«

Und doch hatte Viraf sie nie zuvor berührt oder so liebevoll und ungezwungen mit ihr gesprochen. So hatte sie ihn tatsächlich noch nie erlebt, so unberechenbar, so aufgewühlt. So überschwänglich und ganz offensichtlich trostbedürftig. Auf einmal war sie milder gestimmt, und ein weiches, zärtliches Gefühl regte sich in ihrer Brust. Zugleich überkam sie eine seltsame Scheu; sie brachte keinen Ton hervor und kämpfte gegen den Impuls, den Blick auf ihre bloßen Füße zu senken. Stattdessen zwang sie sich, in Virafs gerötetes Gesicht zu sehen, und sann angestrengt nach einer Möglichkeit, ihn zu besänftigen, damit er seine gewohnt heitere Laune wiederfände.

»Chai«, sagte sie. »Ich brühe gerade ein Tässchen Tee für Banubai auf. Ich mache gleich noch eins für Sie mit, Viraf *baba*.«

Er lächelte und glich nun wieder ganz dem alten Viraf. »Ja, das ist gut. Ich mach der alten Dame nur kurz meine Aufwartung, und dann setz ich mich nach nebenan und kümmere mich um ihre Finanzangelegenheiten. Das war eigentlich ohnehin der Grund, warum ich hergekommen bin.« Seine Miene verdüsterte sich erneut. »Auch wenn diese Wohnung irgendwie deprimierend ist – zumindest hat man hier mal etwas Frieden und Ruhe und kann seine Arbeit erledigen. Keine meckernde Frau, bei der die Hormone verrückt spielen und die solche armen männlichen Wesen wie mich herumkommandiert.« Er sieht Maya plötzlich grinsend an. »Ja, keine meckernde Frau. Nur eine boshafte, bettlägerige alte Dame, die stattdessen dich herumkommandiert.«

Sie hatte ihn noch nie so erlebt – so wechselhaft. Der alte Viraf, der Viraf, der ihr vertraut war, war kurz zu sehen und verschwand dann wieder, wie die Sonne hinter den Wolken. Sie starrte ihn mit offenem Munde an, kannte ihn aber nicht gut genug, um zu beurteilen, ob er Spaß machte oder es ernst meinte und wie sie auf die lästerlichen Dinge reagieren sollte, die er über seine Familie losließ. Maya fühlte sich jung und klein, und ihr kam quälend ihre eigentümliche Stellung in dieser Familie zu Bewusstsein; sie war dazu verdammt zuzuhören, aber nichts zu sagen; und sie durfte sich nicht von ihm dazu hinreißen lassen, das auszusprechen, was sie wirklich von Banubai hielt – dass sie ihm voll und ganz beipflichtete, wenn er sie als boshafte alte Dame charakterisierte, die ihrer gesamten Umgebung das Leben zur Hölle machte.

Als habe sie nur auf ihren Einsatz gewartet, drangen gurgelnde Laute von Banu herüber. »Urgghh, urgghh, urgghh«, gluckste sie.

Viraf kehrte sich mit einem Zwinkern von Maya ab. »Der entgeht auch wirklich gar nichts, was?«, schmunzelte er. »Tja, wird wohl Zeit, dass ich Kali *devi* meine Reverenz erweise.« Diesmal konnte Maya nicht anders und schnappte hörbar nach Luft, schockiert über seine unverhohlene Blasphemie. »Viraf *baba*«, protestierte sie, doch er war schon verschwunden. »*Kem,* Banubai?«, hörte sie ihn fragen. »Wie fühlst du dich heute? Du siehst gut aus, Wangen rot wie Kaschmir-Äpfel. Hältst hoffentlich alle dienstbaren Geister auf Trab?«

Maya hörte von der Küche aus, wie Banu einen erstickten Laut von sich gab, den sie als Gelächter identifizierte. Dieser Viraf *baba* war schon ein Teufelskerl. Maya schmunzelte. Wenn er seinen Charme spielen ließ, vermochte er selbst den Toten ein Lachen zu entlocken.

Als sie ihm seinen Tee brachte, saß er über einen Stapel Rechnungen und Banus Scheckbuch gebeugt. Er hatte die Krawatte abgenommen, sie ordentlich aufs Bett gelegt und seine Hemdsärmel hochgekrempelt. »Vielen Dank«, sagte er mit einem Lächeln und wandte sich wieder seiner Buchhaltung zu. »Ein schöne Tasse Tee ist genau das, was ich jetzt brauchen kann.«

Die Erinnerung an sein Lächeln wärmte Maya das Herz, als sie Banubai ihren Tee zu trinken gab und der alten Frau dabei eine Stoffserviette unters Kinn hielt, um die Speicheltropfen aufzufangen, die aus dem schlaffen, hilflos geöffneten Mund rannen. Wie immer tauchte sie auch zwei Kekse in den Tee mit Milch und schob der alten Frau dann die durchweichten Überreste des Gebäcks in den Mund. Manchmal, wenn sie sich über Maya ärgerte, spuckte Banu ihren Tee und die matschigen Kekskrümel aus, sodass das Mädchen die Serviette dazu benutzen musste, sich selbst das Gesicht und die Kleidung abzuwischen. Aber heute war Banu guter Laune, aufgemuntert durch Virafs Zuwendung und sein charmantes Geschäker.

»So, Mummylein«, erklärte Maya energisch, als Banu ihren Tee ausgetrunken hatte. »Jetzt sind wir schön lieb und schlafen ein paar Stunden. Danach gibt's Abendessen. Doch zuerst halten wir einen kleinen Schönheitsschlaf.«

Banu verfolgte aus ihren trüben grauen Augen jeden ihrer Handgriffe, als Maya das Zimmer aufräumte. Doch als das Mädchen irgendwann wieder zu ihr hinübersah, war die alte Frau eingeschlafen, und ihr Unterkiefer hing lax herunter.

Als Maya den Raum betrat, in dem Viraf zuvor gearbeitet hatte, lag er ausgestreckt auf dem Bett. Er rekelte sich, als er sie erblickte. »Der Tee vorhin war so köstlich, er hat mich ganz schläfrig gemacht«, murmelte er träge. »Dachte, ich halte ein kurzes Nickerchen. Dinaz ist wegen der Schwangerschaft nachts so unruhig, dass ich kaum mehr richtig durchschlafen kann.«

Sie war gerade dabei, mit der Teetasse aus dem Zimmer zu gehen, als er erneut zu sprechen anhob. »Ach, Maya. Geh doch bitte mal zum Medizinschränkchen und schau nach, ob du das Gläschen Iodex findest. Mein Nacken ist ganz böse verspannt. Hab wohl zu lange am Schreibtisch gesessen.«

Sie kam mit dem kleinen, dunklen Gläschen zurück und hielt es ihm hin, aber er lächelte sie flehend an. »Ich komm selbst nicht so richtig an die Stelle hin«, sagte er. »Könntest du mich vielleicht einreiben?«

Sie zögerte einen Moment und tauchte dann zwei Finger in die schwarze Paste. Viraf öffnete die obersten beiden Knöpfe seines Hemdes und drehte sich auf den Bauch. Als ihre Finger seine Haut berührten, stieß er einen kleinen Schrei aus. »Deine Hände sind kalt«, sagte er vorwurfsvoll, aber sie konnte den heiteren Unterton in seiner Stimme hören.

Ihre Finger fanden die Muskelverhärtung und bearbeiteten sie geschickt, um sie zu lösen. »Kannst ruhig ein bisschen fester kneten«, brummte Viraf. Er drehte sich leicht auf die Seite und öffnete ein paar Knöpfe mehr, sodass sie ungehinderter agieren konnte. »Oh, du bist wirklich ein Engel«, seufzte er, als sich der Muskel unter dem Druck ihrer Hand entspannte. »Heute Mittag konnte ich meinen Hals kaum noch bewegen. Wahrscheinlich ein weiterer Grund, warum ich so schlechter Laune war.«

Sie verspürte auf einmal eine seltsame Erregtheit. »Meine *Ma-ma* hat auch oft so einen steifen Hals. Aber ich krieg sie jedes Mal wieder hin«, erklärte sie stolz. »*Ma-ma* behauptet immer, dass ich die beste *champi-malish* mache.«

Sie konnte spüren, wie Viraf grinste. »Wetten, dass du nicht so gut bist wie die Massage-*walas* am Chowpatty Beach«, foppte er sie.

»Das ist unfair.« Sie lachte. »Diese *bhaiyas* verwenden Mandelöl mit *masalas* und ich weiß nicht was drin.«

»Dann hol doch das Johnson-Babyöl«, entgegnete er, noch immer in amüsiertem Ton. »Dann werden wir ja sehen, wie gut du bist.« Sie hielt inne, nicht sicher, ob er nur Spaß machte oder es ernst meinte. Da er merkte, wie sie zögerte, stützte sich Viraf auf einen Arm und versetzte ihr mit dem anderen einen leichten Stoß. »Nun mach schon«, beharrte er. »Ich könnte wirklich eine Rückenmassage gebrauchen.«

Als sie kurz darauf zurückkehrte, hatte er sein Hemd ausgezogen. Sie war erstaunt, wie glatt und unbehaart sein Rücken war. Und blass. So blass. Von der Farbe und Struktur des Weizenmehls, das Ma-ma in ihren *chapati*-Teig knetete. Sie dachte an die primitiven Kerle, die in ihren karierten *lungis* im Slum herumstreunten – verglichen mit ihren behaarten Rücken, die ihnen das Aussehen von Zirkusbären verliehen, wirkte Virafs Rücken so harmlos wie ein Laib Brot.

Sie trug das Öl auf und versuchte, ihren Blick auf einen bestimmten Fleck an der Wand zu lenken statt auf Virafs glatten Körper. Noch nie hatte sie den Rücken eines Mannes berührt und brachte nun vor lauter Scheu kein Wort mehr heraus. Doch ihre Augen wanderten immer wieder zu ihren dunklen Händen, die sich so eindrucksvoll von seiner butterhellen Haut abhoben. »Mmmh, mmmh, mmmh«, stöhnte Viraf wohlig. »Alle Achtung, du hast nicht zu viel versprochen. Eine Massage von dir, und diese Massage-*walas* am Chowpatty Beach können ins *narial pani*-Gewerbe abwandern.«

Es war ein schönes Gefühl, ihm einen solchen Genuss zu bereiten. Als ihre Hände Virafs Rücken kneteten und liebkosten, als sie die Verspannung aus seinen sehnigen Muskeln strich, kam Maya sich wichtig und stark vor – und mächtig. Der Viraf von vorhin mit seiner schlechten Laune, der Viraf, der sie aufzog und über seine

Familie lästerte, war verschwunden. Bezwungen von ihren geschickten, kundigen Händen. Sie konnte mit diesen Händen etwas in ihm bewegen, konnte ihn formen und erneuern. Wenn er so entspannt war, vermochte er vielleicht auch wieder netter zu ihrer geliebten Dinaz zu sein, wenn er nach Hause kam. Maya hatte schon vermutet, dass bei dem Paar nicht gerade eitel Sonnenschein herrschte; wenn sie zu ihnen kam, um ihre Großmutter abzuholen, hatte sie gelegentlich die wütenden Unmutsäußerungen gehört, die aus ihrem Schlafzimmer drangen. Aber bis zu diesem Moment hatte sie nicht geahnt, dass sie hier irgendetwas unternehmen könnte. Jetzt, da sie beobachtete, wie Virafs dankbare Muskeln sich wie Schlangen im Korb des Schlangenbeschwörers aus dem Knäuel lösten, sah sie das Ganze mit neuen Augen. Maya empfand etwas wie Ehrfurcht, als sie auf ihre dunklen Hände schaute, die sich wie Schatten über die stillen Wasser seines Rückens bewegten.

»Tiefer«, flüsterte er. »Der untere Teil meines Rückens tut höllisch weh.« Sie bearbeitete seinen Lendenbereich und achtete sorgsam darauf, mit den Fingern oberhalb seiner Gesäßfalte zu bleiben, gestattete allerdings ihrem Blick, sich dorthin zu verirren. Sie fühlte sich wie hypnotisiert von den rhythmischen, kreisenden Bewegungen ihrer eigenen Hände, und Viraf war eine kleine Weile so ruhig, dass sie sich fragte, ob er vielleicht eingeschlafen sei.

Doch da drehte er sich blitzschnell um, sodass ihre Finger einen verwirrenden Moment lang in die Luft griffen – und dann massierten sie die dunklen Haarkringel auf seiner Brust, ertasteten die scharfen, feinen Konturen seines Schlüsselbeins, fühlten die traurige Leere in seiner Brust, spürten die Anspannung in seinen Rippenmuskeln und erkannten irgendwie, aus einer uralten, archaischen Weisheit heraus, dass sie selbst der Grund für diese Anspannung, dass sie der Anlass für seine flache Atmung war. Und dann schlug das ehrfurchtsvolle Staunen in Stolz um und der Stolz in Panik, als Viraf sich halb aufrichtete und sie sanft, aber bestimmt mit dem Rücken aufs Bett drückte und ihre Schultern herunterpresste, sodass einen absurden Moment lang ihr Oberkörper auf der Matratze lag, während ihre Beine noch lose über dem Boden baumelten. Ihr wurde flau im Magen, und dann plötzlich, als Viraf sich über sie beugte und seine Lippen ihre Brust berührten, überkam sie eine Flut von anderen Gefühlen, eine Flut, die durch ihre Schenkel schoss, die Mauer des Widerstrebens einriss, ihre Beine mit Schwere und Leichtigkeit zugleich füllte.

Sie wehrte sich; und sie wehrte sich nicht. Es spielte gar keine Rolle, weil unvermeidlich war, was nun geschehen würde, ja, was bereits geschah, und sie wussten es beide. Sie waren wie Schwimmer, die von ein und demselben Strom mitgerissen wurden; sie sahen sich ernst, wortlos an. Der Raum, die Welt um sie herum sank in Schweigen; sie waren die einzigen beiden Menschen darin, die letzten beiden Menschen, die noch existierten, und es gab niemand außer ihnen, keinen Gedanken an andere Menschen, es gab keine bettlägerige Frau im Zimmer nebenan, keine Nachtschwester, die bald kommen würde, um Maya abzulösen, es gab keine Bhima, die das Geschehen in diesem Raum missbilligen konnte, und vor allem gab es keine Dinaz, in deren Bauch ein Baby heranwuchs.

»Oh Gott, oh Gott, oh mein Gott«, entfuhr es Viraf, als er sich über ihr bewegte. Sie biss sich auf die Lippen, um nicht von dem stechenden Schmerz überwältigt zu werden, der ihren Körper durchbohrte, als er in sie eindrang; sie versuchte, seinen Rücken zu packen, als sie ihm ihren Körper entgegenwölbte, aber ihre Hände rutschten an seiner öligen Haut ab. Und dann war da nur noch ein einziges Reiben und Wogen, alles war glatt und feucht – das Öl auf Virafs Rücken, das Blut, das ihr aus der Lippe rann, weil sie zu fest darauf gebissen hatte, und ein anderes, beinahe rituelles Blut, das aus einer weiteren Quelle hervorsickerte; die Tränen, die ihr in die vor Lust und Schmerz zusammengekniffenen Augen traten, der Schweiß, der ihre klebrigen Leiber untrennbar miteinander verschmolz, und schließlich die angestaute Lust in Virafs erhitztem Körper, die sich in den ihren entlud.

Sie kam vor ihm wieder zur Besinnung. Während sie reglos und starr vor Schrecken und Scham dalag, glühte er noch immer, überwältigt von einem entspannenden Gefühl der Wärme und Gelöstheit. »Ewig her …«, vernahm sie verschwommen. »Dinaz' Schwangerschaft … so kühl und abweisend … wollte mich nicht an sich ranlassen …« Aber sie konnte kaum hören, was er sagte, da die schallenden Glocken ihrer eigenen Angst seine Worte übertönten.

Das Telefon läutete. Einen Moment lang sahen sie sich aus weit aufgerissenen Augen an. Dann befahl Viraz: »Los, geh ans Telefon.« Sie sprang mit einem Satz aus dem Bett und schlüpfte in ihren Salwar Kameez; in tausend Qualen, weil Viraf ihren nackten Körper anstarrte. Doch in seinen Augen stand keine Begierde zu lesen, lediglich ein undurchsichtiger Ausdruck, den sie nicht zu deuten wusste. Das Klingeln des Telefons hatte seiner träumerischen Entrücktheit ein jähes Ende bereitet, ihn in die Wirklichkeit zurückgeholt.

Es war Dinaz, die nach Viraf fragte. »Hallo, Maya«, sagte sie. »Warum hat es denn so lange gedauert, bis du abgehoben hast?«, und Maya hätte weinen können über Dinaz' liebevollen, arglosen Tonfall. »Ist Viraf da?«

Er stand hinter ihr, bereit, ihr den Hörer abzunehmen. »Bin nur ein paar Minuten eingenickt, Liebes«, hörte sie ihn zu Dinaz sagen. »Du weißt ja, wie langweilig die Buchhaltung deiner Großmutter ist. Nein, es geht mir gut. Du brauchst dich nicht zu entschuldigen. Ich bin dir nicht böse, ehrlich. Wir können den dämlichen Film ja immer noch irgendwann anschauen. Ich komm nach Hause, sobald ich den Papierkram hier erledigt habe. Ciao, Schatz.«

Maya war in der Küche, als er vom Telefonieren kam, und musste sich zwingen, zu ihm aufzublicken. Sie brachte kein Wort über die Lippen und wäre am liebsten im Boden versunken vor Scham. Sie hätte gern etwas gesagt, erklärt, dass sie ein anständiges Mädchen sei, dass sie das, was sie da mit ihm getan hatte, mit keinem anderen Mann tat, ja dass sie so etwas noch nie zuvor getan hatte. Aber der Viraf, der da so hoch aufragend vor ihr stand, wirkte so fern wie ein entlegener Berggipfel.

»Gibt's hier irgendwo ein sauberes Handtuch?«, fragte er. »Ich würde gerne duschen, bevor ich fahre.« Falls er den gekränkten, ängstlich lauernden Ausdruck auf Mayas Gesicht gewahrte, ließ er es sich zumindest nicht anmerken. »Ach so, noch was, du solltest vielleicht die Bettwäsche waschen, bevor die Nachtschwester hier auftaucht«, fuhr er fort. »Es ist – Blut auf den Laken. Das könnte verdächtig aussehen.«

Während er duschte, saß sie auf den Boden gehockt in der Ecke und weinte leise vor sich hin. Sie fühlte sich beschmutzt, denn an ihrem Körper haftete ein Geruch, der ihr fremd war. Sie betete zu Gott, dass Viraf auf immer in der Dusche bleiben möge, dass sie ihm nie wieder gegenübertreten müsste. Doch nach einer Weile hörte sie, wie er das Wasser abstellte, und dann stand er vor ihr und duftete leicht nach Yardley-Lavendelseife.

»Hör zu, Maya«, begann er sanft. »Ich habe unter der Dusche nachgedacht. Nachgedacht über das, was ... soeben passiert ist, was du getan hast. Ja, das war schlimm, was du da angestellt hast – mich in der Art und Weise zu verführen, es auszunutzen, dass ich in angeschlagener Verfassung war.«

Sie wollte schon Einwand erheben, aber er unterbrach sie beschwichtigend. »Sch ... Lass mich ausreden. Was ich sagen will – ich verzeihe dir, was geschehen ist. Vorausgesetzt, es kommt nie wieder vor. Und vorausgesetzt, du erzählst keiner Menschenseele je, was du da getan hast. Denn denk an die arme Dinaz, wenn sie das jemals herausbekäme ... Mein Gott, es würde sie umbringen. Sie würde dir niemals verzeihen. Verstehst du? Sie würde ihr Vertrauen in dich in der schlimmsten Weise verraten sehen. Und mit der Schwangerschaft und alldem kann ich nicht riskieren, dass ihr etwas passiert. Vergiss nicht, die Familie Dubash ist dir und deiner Großmutter gegenüber stets äußerst großzügig gewesen. Sie haben dich wirklich wie ihr eigenes Kind behandelt, dich auf ein gutes College geschickt. Vor dir liegt eine glänzende Zukunft. Also sieh zu, dass dieser einmalige Ausrutscher nicht dein Leben ruiniert. Kannst du mir folgen?«

Der Zorn verlieh ihrer Stimme eine eiserne Härte. »Aber ich habe doch gar nichts getan«, erwiderte sie heftig. »Es war doch so ... Sie waren doch derjenige, der sich auf mich gestürzt hat wie ein wild gewordener Hund.«

Sie war eigentlich darauf gefasst, dass er auf sie losgehen würde, aber Viraf musterte sie nur kummervoll und schüttelte leise den Kopf. »Maya, Maya.« Er seufzte. »Nun komm mir doch bitte nicht auf die Tour. Wenn du irgendjemandem erzählst, was geschehen ist, was meinst du – wem werden sie dann wohl glauben? Dir oder mir?

Vor allem werde ich alles leugnen. Also sei so vernünftig und tu nichts, wodurch du deine Ausbildung oder Bhimas Arbeitsplatz aufs Spiel setzen würdest. Ich bitte dich. Versprich mir, dass du nicht weiter an die Sache denkst, okay?«

Sie nickte. Ihr Körper schmerzte, und sie wünschte sich nur noch, dass er gehen möge. Zunächst hatte sie noch Gewissensbisse gehabt und das Gefühl, leichtfertig und schamlos gehandelt zu haben, aber sie hatte sich wie sie selbst gefühlt, wie Maya. Doch seine Worte hatten bewirkt, dass sie sich jetzt wie eine Prostituierte vorkam. Sie wartete schweigend wie ein in die Enge getriebenes Tier, während er seine Unterlagen einsammelte und sie in dem Godrej-Schrank in Banus Zimmer einschloss. Er verharrte einen Augenblick an Banus Bett, als überlegte er, ob er sie wecken solle, um sich von ihr zu verabschieden; aber genau in dem Moment ließ die alte Frau einen besonders tiefen Schnarcher hören, und er wich zurück und schlich auf Zehenspitzen aus dem Zimmer hinaus.

An der Haustür blieb er noch einmal stehen, um Maya anzusehen, und sie bemerkte, dass sein Blick alles andere als kalt war. Ihr Herz machte unwillkürlich einen Sprung, voller Hoffnung und in Erwartung eines freundlichen Wortes, einer kleinen Geste von seiner Seite, die dieses schmutzige Gefühl beseitigen würde, das sich wie eine Schlingpflanze um ihre Glieder legte. Viraf stand vor ihr und nagte an seiner Unterlippe, während seine Augen flüchtig ihr Gesicht streiften. »Alles in Ordnung?«, fragte er, und als sie nicht antwortete, huschte ein Anflug von Verärgerung über sein Gesicht. »Ich bitte dich, Maya, nimm dich zusammen«, sagte er. »Was geschehen ist, war … Nun, es ist eben geschehen. Da hat niemand Schuld, nicht wahr? Tja, so ist das. Jedenfalls kommt die Nachtschwester bald. Wenn du also, na ja, dich noch irgendwie frisch machen willst oder dergleichen, tust du das besser, bevor Banu aufwacht. Und denk dran, kein Sterbenswörtchen zu irgendjemandem. Am besten streichst du das Ganze aus deinem Gedächtnis.«

Er war schon zur Tür draußen, als er sich noch einmal umdrehte. »Ach, noch etwas«, sagte Viraf. »Vergiss nicht, die Bettwäsche zu waschen, okay?«

23

Bhima hat sich vorher keine Vorstellung davon gemacht, dass Hass so scharfe Kanten haben könnte. Dass er sich so unangenehm anfühlen könnte, ein ständig drückendes Etwas, wie ein Steinchen im Schuh oder ein Kleidungsstück, das zwei Nummern zu klein ist. Zudem hat sie keine Ahnung von der verdichtenden Kraft des Hasses gehabt – wie er sich jeder Beleidigung aus vergangener Zeit, jedes alten Verrates bemächtigt und alles bündelt und an einer einzigen, brennenden Stelle im Magen ablagert. Wie er alles mit einem säuerlichen Beigeschmack versieht, als sei er eine saure Limette, die über der ganzen Welt ausgequetscht würde.

Der junge Arzt damals im Aids-Krankenhaus, der ein verächtliches »Ihr seid mir schon so eine Spezies« gebrummt hat. Der Buchhalter, der sich gleichsam selbst auf die Schulter geklopft hat, weil er es ausgenutzt hatte, dass eine Frau wie sie weder lesen noch schreiben konnte. Der alte Arzt, der den kranken Gopal im Krankenhaus links liegen gelassen hat, bis er den Geruch von Geld und Macht zu schnuppern bekam. Gopal, der sie verlassen und Amit mit sich fortgenommen hat, als sei der Junge ein Bündel mit alten Kleidern, das man von einem Ort zum nächsten schleppen könnte. Gopal, der ihr einen Brief geschrieben hat, der Kuss und Mordanschlag zugleich war.

Und nun ist da auch noch Viraf hinzugekommen. Doch an dieser Stelle schwillt das Dröhnen in Bhimas Kopf zu einem ohrenbetäubenden Getöse an, wie das donnernde Motorengeheul jener Flugzeuge, das sie seinerzeit hörte, als sie Serabai zum Sahara-Flughafen begleitete. Sie nimmt einen bitteren Geschmack im Mund wahr, den auch der Kautabak nicht vertreiben kann. Der Hass fühlt sich an wie Nadelstiche, als hätten sich winzige Metallspitzen überall in ihren Körper gebohrt. Ihr Hass auf Viraf ist vollkommen neu, und er ist so brennend und scharfkantig, dass seine feinen Dornen Bhima die ganze Nacht wach gehalten haben und sie sich nun am Morgen wund, blutig und geschunden fühlt. Eben das, was sie früher an Viraf so mochte – seine Schönheit, sein gut geschnittenes, attraktives Gesicht –, verachtet sie jetzt, weil sie das alles als Maske erkennt, die sein zynisches, korruptes Wesen kaschiert.

Was empfindet er wohl, fragt sie sich, als sie sich von ihrer Matratze erhebt, angesichts des Wissens, dass ein Kind von ihm vernichtet worden ist und genau zur selben Zeit seine Frau kurz davor steht, ein weiteres Kind zur Welt zu bringen? Betrachtet er es nicht als böses Omen, dass sein totes Kind seine Schatten auf das Glück seiner schwangeren Frau wirft? Oder kümmert ihn sein unehelicher Spross so wenig, dass er nachts ungestört schlafen kann und in seinen Träumen nur das eine Kind, den einen Sohn sieht, der das Aussehen seines Vaters, seinen Charme, seinen Reichtum, seinen Einfluss erben wird? Bei diesem letzten Gedanken verfinstert sich Bhimas Miene vor Zorn. Und dann steigt aus der Asche dieses letzten Gedankens eine Erinnerung auf: eine Fahrt zum Markt, auf der Viraf ihr völlig ungerührt erklärt hat, wie wichtig es sei, keine weitere Zeit mehr zu verlieren und Maya so rasch wie möglich zu einer Abtreibung zu verhelfen. Kindsmörder, wütet Bhima jetzt innerlich. Was ist das für ein Vater, der für den Tod des eigenen Babys sorgt?

Sicher hat Maya genau deshalb seinerzeit darauf bestanden, dass Sera sie zu dem Arzt, der die Abtreibung vornehmen sollte, begleitet. Serabai, die ahnungslos die Tötung des Kindes überwachte, das der dunkle Schatten – der Bruder oder die Schwester – war, der eines Tages das Glück der Familie Dubash hätte ins Wanken bringen können, ihre Stellung in der Gesellschaft, ihren Anspruch auf Ehrbarkeit. Und Maya hatte es eingerichtet, dass Sera dabei war in diesem Augenblick der Zerstörung, als der potenzielle Widersacher für immer zum Schweigen gebracht wurde. Bhima äugt hinüber zu der schlafenden Maya, und trotz ihrer Abscheu empfindet sie einen flüchtigen Augenblick Bewunderung für das Mädchen. Maya hat sichergestellt, dass die Familie Dubash in den Tod ihres Kindes mit einbezogen wird, dass Spuren des dunklen Blutes auf immer ihre Hände beflecken. Ganz sicher ist Serabai an jenem Tag nach Hause zurückgekehrt und hat die Schrecken der Klinik beschrieben; ganz sicher hat Viraf mit kühler Faszination der Geschichte über die Vernichtung seines Kindes gelauscht. Vielleicht wacht er nun mitten in der Nacht auf, bedeckt von seiner Schuld wie von einem Leichentuch; vielleicht erkennt er im Dunkel der Nacht die verfluchte Schwärze seiner eigenen Seele.

Aber vielleicht auch nicht. Plötzlich fühlt Bhima sich alt und müde und empfindet wieder diese altbekannte geistige Schwere. Es gibt so vieles, was sie nicht weiß und nicht begreift. Viraf *baba* ist ein Mann, der attraktiv ist, gebildet, vermögend und weit gereist. Er ist all das, was sie, Bhima, nicht ist. Wie konnte sie annehmen, sie wüsste, was er denkt? Hat sie denn nicht gemerkt, dass Viraf langsam spricht, wenn er sich an sie wendet, als ob er erwarte, dass sie nicht versteht, was er sagt? Und wenn sie schon ihren eigenen Mann nicht durchschauen, die Treulosigkeit seines Herzens nicht zu erahnen vermochte, wie könnte sie da von sich behaupten, sie wüsste, welches Unkraut auf dem Grunde von Virafs schwarzer Seele wuchert?

Sie wird ihm sagen, dass sie Bescheid weiß. Der Gedanke flackert so hell und unvermittelt in ihr auf wie ein im Dunkel entflammtes Zündholz. Sie wird ihm zu verstehen geben, dass sie zwar arm sein mag und noch dazu eine Frau, dass sie jedoch niemand ist, zu dem man langsam sprechen muss; dass sie nicht länger eine Person ist, die sich zum Narren halten lässt von Buchhaltern und Ehemännern und der Ärzte und Männer, die ihre Enkeltochter vergewaltigen, mit Herablassung begegnen können. Vielmehr ist sie jemand, der ihn besser kennt als seine eigene Mutter; denn, auch wenn sie vielleicht nicht lesen und schreiben kann – kann sie etwa nicht lesen, wie verdorben seine Seele ist? Sie wird ihm sagen, dass sie alles weiß und dass er sie fortan fürchten muss, denn sie besitzt die Macht, sein gegenwärtiges Glück so rasch zu zerstören, wie der Wind ein Haus niederreißen kann. Ja, sie wird ihm sagen, dass sie im Bilde ist und dass er fortan seine Finger von anderen Frauen lassen muss, dass sie es nicht dulden wird, dass seine schmutzigen, ekelhaften Hände noch einmal die Ehre irgendeines jungen Mädchens besudeln. Sie wird ihm vor Augen führen, dass durch sein gedankenloses Vergnügen das Leben ihrer Maya aus dem Gleis geraten ist, das ihr nun der Weg versperrt ist, der das Mädchen aus dem Slum geführt hätte. Was sie und Serabai zusammen aufgebaut haben, hat Viraf zerstört. Frauen gestalten, geht es Bhima durch den Kopf, Männer zerstören. Das ist der Lauf der Welt.

Heute ist Samstag, der Tag, an dem sie wie immer mit Viraf zum Markt fährt. Im Auto wird sie ihm sagen, dass sie Bescheid weiß. Dass Maya sein Geheimnis nicht länger stumm mit sich herumträgt, so wie sie auch das Symbol seines schändlichen Verhaltens nicht länger in sich trägt. Er wird zittern und sie um Vergebung bitten, sie aber wird sich nicht erweichen lassen. Manche Sünden sind zu finster, als dass man sie vergeben könnte. Das weiß selbst sie.

Ihre neu gewonnene Entschlossenheit verleiht Bhima frische Tatkraft. Sie erhebt sich schwungvoll von der Matratze und hört das vertraute Knacken ihres Hüftgelenkes; aber heute wartet sie nicht ab, ob die Schmerzwelle folgt. Sie hat keine Zeit, dem Knirschen und Ächzen ihres eigenen Körpers Beachtung zu schenken; alles, was sie jetzt im Sinn hat, ist, Viraf Schmerz zuzufügen.

»Komm, *beti,* wach auf«, sagt sie zu Maya, indem sie das schlafende Mädchen ganz leicht mit den Zehen stößt. »Geh du die Töpfe mit Wasser füllen, ich bereite dann den Tee zu. Nun mach schon, ich muss heute früh zur Arbeit.«

Bildet sie es sich nur ein, oder wirft Viraf ihr wirklich einen prüfenden Blick zu, als sie das Haus betritt? Sie hat keine Zeit, darüber nachzugrübeln, denn schon ergreift Sera ihre Hand. »Ach, Gott sei Dank, Bhima, dass du da bist«, sagt sie. »Hast du die Einladung heute Abend vergessen? Los komm, wir müssen die Liste mit den Sachen durchgehen, die ich vom Markt brauche.«

»Ähm, eigentlich wollte ich heute ein bisschen früher zum *maidan* fahren«, erklärt Viraf, der in der Küchentür steht. »Vielleicht sollte Bhima also ein Taxi zum Markt nehmen, wenn sie so weit ist.«

Noch bevor Sera etwas erwidern kann, ergreift Bhima das Wort. »Ist schwierig, am Samstagmorgen ein Taxi aufzutreiben. Ich kann gleich mitkommen, wenn Sie möchten.«

»Ja, eigentlich müsst ihr ja in dieselbe Richtung«, bestätigt Sera. »Ist doch Blödsinn, Geld für ein Taxi auszugeben, wenn's nicht sein muss, oder?« Sie lächelt. »Mein Gott, Kinder, wie oft muss ich's euch denn noch erklären, dass Geld nicht auf Bäumen wächst.«

Viraf verzieht keine Miene. »Na schön. Wie du meinst.« Er spricht zu Sera, obwohl Bhima direkt daneben steht. »Dann sieh aber bitte zu, dass sie in ein paar Minuten startklar ist.«

Sera wendet sich an Bhima, während diese die Stofftaschen zusammensucht, die sie mit zum Markt nehmen will. »*Ae,* Bhima, geht es Maya gut? Sie sah gestern nicht so wohl aus. Ist ihr das Essen am Chowpatty Beach nicht bekommen?«

Bhima hält Serabai weiter den Rücken zugekehrt. »Das ist es nicht, *bai*. Nach allem, was sie in letzter Zeit durchgemacht hat, ist sie immer noch sehr …«

»Ich verstehe.« Sera seufzt. »Armes Mädchen. Die ganze Sache ist einfach so bedauerlich. Nun, wenn sie wenigstens aus ihrem Fehler lernt, dann hat es vielleicht auch sein Gutes. In dem Alter sind Mädchen so … Ich erinnere mich, dass Feroz und ich Dinaz stets scharf im Auge hatten, solange sie ein Teenager war. Schließlich ist der größte Schatz eines Mädchens seine Unberührtheit. Und du weißt ja, wie das hier bei uns in Indien ist, Bhima. Jeder Mann will gerne eine Jungfrau heiraten. Egal ob sie Hindus, Christen oder Parsen sind – die Männer sind alle gleich, oder?«

Bhima beißt sich auf die Unterlippe, bis sie das Blut riechen kann.

Sera bemerkt den steifen Rücken ihrer Hausangestellten. »Nun, ich will damit nicht andeuten … Maya ist so ein nettes Mädchen, dass wir sicherlich keine Schwierigkeiten haben werden, eine geeignete Partie für sie zu finden. Und es muss ja wirklich niemand in eurem Umfeld etwas von diesem einmaligen Ausrutscher erfahren. Schließlich heißt es nicht umsonst: ›Was man nicht weiß, macht einen nicht heiß.‹ Aber Heirat wird erst mal noch etliche Jahre kein Thema für Maya sein, hoffe ich. *Bas,* das Beste ist, wenn sie zunächst ihre Ausbildung abschließt. Danach können wir das Projekt ›Mann‹ in Angriff nehmen.«

Immer noch wagt Bhima nicht zu sprechen. Wenn sie den Mund auftut, werden ihr die Worte herausrutschen, das weiß sie. Giftige Worte, die bei Serabai eine Wunde hinterlassen könnten, die möglicherweise nie wieder heilen wird.

Sera steht jetzt hinter ihr. »*Chal ne,* Bhima«, spöttelt sie ungeduldig. »Wie lange brauchst du denn noch, um dich zu entscheiden, welche Beutel du mitnimmst? Wenn du in dem Tempo weitermachst, bin ich eine alte Frau, bis du vom Markt zurückkehrst.«

Viraf steckt seinen Kopf herein. »Fertig?«, fragt er.

Bhima nickt, wobei sie sich bemüht, den Blick auf eine Stelle oberhalb von Virafs rechtem Ohr zu richten. Sie traut sich nicht, direkt in das gut geschnittene Gesicht zu schauen, denn dann würde sie vermutlich von dem Wunsch gepackt, es zu zerkratzen.

Sie warten auf den Aufzug und fahren hinunter, ohne ein Wort zu wechseln. Stattdessen plaudert Viraf mit dem Liftboy, der schüchtern die Hand ausstreckt, um über Virafs teuren, glänzenden Kricketschläger zu streichen. »Was halten Sie von diesem neuen Team von den West Indies, *seth*?«, erkundigt sich der Junge, den Blick noch immer auf den Schläger geheftet. Er ist ein großer, schlaksiger Kerl mit vorstehenden Zähnen, durch die er wirkt, als lache er ständig leise über irgendeinen Witz, der ihm durch den Sinn geht.

Viraf zuckt die Achseln. »Diese Spieler von den West Indies sind immer toll.«

Der Junge verzieht den Mund zu einem breiten Lächeln und schüttelt den Kopf. »Ja, aber unser indisches Nationalteam ist diesmal nicht schlechter«, entgegnet er rasch, als ob er mit Virafs Antwort gerechnet hätte. »Ich sag's Ihnen, bei dem Match in Bombay werden wir diesen schwarzen Affen einen Denkzettel verpassen.« Er beugt sich vertraulich vor. »Es heißt, dass man im Stadion mit jeder Menge Bananenschalen aufkreuzen soll. Diese afrikanischen Affen stehen auf Bananen. Wir werden sie aufs Feld werfen, wenn sie am Zuge sind.«

Viraf kneift missmutig die Lippen zusammen. »Das ist ja nicht gerade sportlich, oder?«, bemerkt er. »Solche Aktionen bringen unser Land in Verruf.«

Der Aufzug erreicht das Erdgeschoss, und der Junge springt von seinem Sitz auf, um die Tür zu öffnen. »Das stimmt, da haben Sie völlig Recht, Sir«, erwidert er. »War keine gute Idee.« Er blinzelt nervös in Erwartung eines Trinkgeldes, aber Viraf würdigt ihn keines Blickes und steuert zielstrebig auf sein Auto zu, während Bhima ihm im Abstand von ein paar Schritten folgt. So ein Dummkopf, denkt Bhima bei sich. Sieht selbst aus wie eine kahl geschorene Ratte, mit Zähnen wie ein Schermesser, und betitelt andere Leute als Affen.

Viraf schaltet sofort die Klimaanlage ein, als er ins Auto einsteigt; doch obwohl es draußen warm ist, friert Bhima diesmal. Sie lehnt sich zur Seite, weg von Viraf, und bemüht sich, ihr Zähneklappern zu verbergen. Ihre Hände sind feucht und kalt, und sie spürt eine Eiseskälte im Magen, die ihr bewusst macht, wie nervös sie ist. Sie versucht sich an die Unerschrockenheit zu erinnern, von der sie am Morgen beseelt war, an dieses Hab-ja-nichts-zu-verlieren-Gefühl, versucht, den Hass und die Aggression wieder heraufzubeschwören, die sie Viraf gegenüber noch vor wenigen Stunden empfunden hat, aber sie ist außerstande. Es gelingt ihr lediglich, das peinliche Zittern ihres Körpers zu unterdrücken, damit Viraf es nicht mitbekommt; und es kostet sie ihre ganze Willenskraft, die Kontrolle über ihren Darm zu behalten, da sie plötzlich das Gefühl hat, dass ihr Körper sie im Stich lässt.

Viraf, der sonst immer so aufmerksam ist, beachtet sie überhaupt nicht und spielt am Radio herum auf der Suche nach einem Sender. Als er auf einen Song stößt, der ihm gefällt, beginnt er unmelodisch mitzupfeifen. Bhima äugt verstohlen zu ihm hinüber – anders als sie wirkt Viraf nach außen hin völlig entspannt und scheint sich wohl zu fühlen in seiner Haut. Und obwohl sie weiß, dass diese zur Schau gestellte Lockerheit eine Pose ist, gleichsam ein Mantel, den er sich ihretwegen übergeworfen hat, bewundert sie ihn dafür, dass er so hervorragend Theater spielen kann. Sie beschließt, dass sie versuchen wird, es ihm gleichzutun, und zwingt sich, das Beben in ihrer Stimme zu bezähmen, als sie zu sprechen anhebt. »Viraf *seth,* ich muss Ihnen etwas sagen.«

Viraf blickt geradeaus, die Augen auf die Straße geheftet. Nach einer Pause, die Bhima endlos erscheint, fragt er gleichgültig: »Und das wäre?«

Sie öffnet den Mund, um ihm zu erklären, dass sie im Bilde ist; dass sie sich niemals dazu durchringen wird, ihm zu vergeben, was er getan hat; dass er Maya die Jugend und die Unschuld geraubt hat; und dass sie mit dem Gedanken spielt, Sera und Dinaz reinen Wein einzuschenken und ihnen von seiner niederträchtigen Schandtat zu erzählen.

Sie öffnet den Mund – und es geschieht nichts. Ihr Mund ist trocken vor Angst. Ihr Körper gehorcht ihr nicht länger, und sie zittert wie Espenlaub. Und trotz der Kälte, die langsam in ihre Knochen einsickert, spürt sie, wie ihr der Schweiß übers Gesicht läuft. Sie öffnet den Mund, um ihm zu drohen, ihn zu verfluchen, ihm ihre grenzenlose Entrüstung zu verstehen zu geben; und alles, was stattdessen herauskommt, ist »Viraf *baba*, warumwarumwarumwarum, ach, warumwarumwarumwarumwarumwarumwarumwarumwarum?« So ist es nicht der Inhalt ihrer Worte, sondern deren Klang, der Viraf veranlasst, auf die Bremse zu treten; es ist der klagende Schmerzensschrei eines verwundeten Wesens, der selbst in ihren eigenen Ohren merkwürdig und fast tierhaft klingt, sodass sie für den Bruchteil einer Sekunde genauso schockiert wirkt wie er.

Viraf erbleicht. Er bremst leicht. Seine Hände werden weiß, weil sie das Steuerrad so fest umklammern. Ein Muskel seines Kiefers bewegt sich ein paar Sekunden lang wie unter Zwang auf und ab. Davon abgesehen geschieht nichts. Er fährt weiter, die Augen unverwandt auf die Straße gerichtet. Und lässt sich nicht einmal dazu herab, auch nur flüchtig in ihre Richtung zu blicken. Nach ein paar Sekunden trommelt er mit den Fingern kaum hörbar aufs Steuerrad, und daraus schließt sie, dass er darauf wartet, dass sie weiterspricht, dass er wissen möchte, was auf den Ausbruch folgt.

Doch sie ist fertig. Sie ist am Ende, erschöpft, gebrochen. Das animalische Wimmern klang selbst in ihren eigenen Ohren kläglich und schwach, und sie fühlt sich wie ein kleiner Vogel, der gegen einen Berg geflogen ist. Viraf sitzt im Auto, so kalt und abweisend wie dieser Berg. Sie kann ihn emotional nicht verwunden, das wird ihr jetzt klar. Selbst ihr Hass vom Morgen erscheint ihr nun belanglos und lächerlich, so als ob ein Kind aus Protest gegen die Eltern mit den Füßen aufstampft oder ein Selbstmörder sich die Pulsadern aufschneidet. Sie wird tun, was Frauen seit Jahrhunderten getan haben – die Wut gegen sich selbst richten.

Denn die einzige Waffe, die sie gegen ihn in der Hand hat, wird sie nicht einsetzen. Das weiß sie jetzt. Die einzige Art und Weise, wie sie Viraf wirklich treffen könnte, wäre, Serabai und Dinaz über seine Ehrlosigkeit aufzuklären, zu beobachten, wie der Widerschein seiner schändlichen Tat sich gleich einer Schmutzlache auf ihren Gesichtern ausbreitet. Und das kann sie nicht. Dies würde bedeuten, die beiden einzigen Personen zu vernichten, die sie je wie ein menschliches Wesen behandelt haben, die in unerschütterlicher Treue zu ihr gestanden, sie niemals dafür verachtet haben, dass sie unwissend, ungebildet oder schwach war. Sie denkt an Dinaz im Alter von fünf, sechs, zwölf, von vierzehn Jahren, und jedes Bild, das vor ihrem inneren Auge auftaucht, ist mit Rosenwasser benetzt, jede Erinnerung süß wie Zucker und rein wie Kristall: Dinaz, die sich weigerte, ein Stück Schokolade zu essen, wenn sie Bhima nichts abgeben durfte; Dinaz, die Bhima bat, sich zu ihr auf einen Stuhl zu setzen, wenn sie beide allein zu Hause waren; Dinaz, die etwas von ihrem Taschengeld in die Hände der verlegenen Bhima gleiten ließ. Bevor es Maya gab, gab es Dinaz, und Dinaz hatte sie mit einer Hingabe geliebt, zu der vielleicht nur ein Kind fähig ist. Sie weiß noch, wie Feroz *seth* einmal lachend zu ihr sagte: »Zum Teufel noch mal, Bhima, verfügst du über geheime magische Kräfte oder so was? Wie kommt es, dass du mein kleines Mädchen so vollkommen in deinen Bann gezogen hast? Meine Güte, wenn das so weitergeht, wirst du ihre Schularbeiten überwachen und bei den Elternabenden mit ihren Lehrern sprechen müssen.«

Und Serabai, hoch gewachsen, hellhäutig, eine Wächterin, die stets an den Toren zur Unterwelt stand und zu verhindern suchte, dass Bhima von den Flammen der Hölle weggerissen wurde. Sera, die Gopal das Leben gerettet hat, die sich bemüht hat, Maya zu einem anderen Schicksal zu verhelfen, indem sie das Mädchen aufs College schickte, und die bestimmt hat, dass ein werdendes Leben vernichtet wird, weil sie meinte, es sei in Mayas wohl verstandenem Interesse.

Und nun liegt ihr Schicksal in Bhimas Händen. In diesen vernarbten, schwieligen Händen, die Poojas Haare gekämmt haben, die Hunderte von Schüsseln abgewaschen, Tausende von Zwiebeln gehackt haben – diese Hände halten jetzt die Zügel zu Seras und Dinaz' Glück. Ein Ruck, und das Glück könnte auf immer davongaloppieren.

Und nun endlich schaut Viraf sie an, wachsam, vorsichtig. »Bhima«, sagt er. »Wir müssen alle die Kraft finden weiterzumachen.«

Sie ist sich nicht ganz sicher, was er meint, weiß jedoch, dass sie nicht fragen wird. So wird es zwischen ihnen bleiben, grübelt sie, ungelöst, unbefriedigend, ein lang währendes, armseliges und unfruchtbares Schweigen, das die witzige, neckische Art des alten, makellosen Virafs verdrängt. Wie eine Vorahnung blitzt plötzlich ein Bild vor ihrem geistigen Auge auf, und sie sieht Viraf als weißhaarigen Greis mit Hängebacken vor sich, fett und vor der Zeit gealtert – ein Mann, bei dem auf Grund einer Schuld aus längst vergangenen Tagen die Augenlider schlaff herunterhängen und das Doppelkinn wuchert. Sie kann sich nicht vorstellen, dass er schön altern wird; nicht dieser Mann. Er wird seinem Schwiegervater wohl ähnlicher werden, als er sich das heute ausmalt.

Als könnte er ihre Gedanken lesen, umklammern Virafs Hände das Steuerrad fester, und er tritt aufs Gaspedal. Eine junge Frau mit zwei kleinen Kindern, die einen Schritt auf die Straße macht, entgeht seinem Auto um Haaresbreite – mit der lässigen, gedankenlosen Art, die sämtlichen Bewohnern Bombays eigen ist. Heute aber hat Viraf kein Verständnis für solch ein verantwortungsloses Verhalten. »Dumme Gans«, brüllt er, indem er das Fenster herunterkurbelt.

»Wie willst du diese Kinder da großziehen, wenn du nicht mal auf dich selber aufpassen kannst?« Er murrt noch vor sich hin, als er das Fenster wieder hochdreht. »Es wird langsam unmöglich, in dieser Stadt zu leben, einfach unmöglich. Gottverdammte Schwachköpfe an allen Ecken und Enden. Das Fahren hier ist die reinste Pest, nicht etwa ein Vergnügen.«

Instinktiv geht Bhima vor seinem Zorn in Deckung. Sie hat Viraf auch früher schon wütend erlebt, hat seine Streitereien mit Dinaz mitbekommen; doch die waren stets begleitet von einem verliebten Augenzwinkern. Jetzt ist sein Zorn von einer Rachsucht durchtränkt, die ihn gefährlich macht. Sie hat Viraf die Maske heruntergerissen, hat ihn gezwungen, sich dem eigenen Schatten zu stellen, hat ihm die hübsche, freundliche Fassade abgezogen, um den garstigen, wurmstichigen Wirrwarr aus Widersprüchen und Verderbnis dahinter freizulegen. Bhima versucht sich die kalte Angst vorzustellen, die Viraf spüren muss bei der Frage, was sie wohl als Nächstes tun wird; ob sie ihn bloßstellen und ihn gleichsam nackt vor seiner Frau und seiner Schwiegermutter ausziehen wird. Ihrer Ansicht nach muss er sich fühlen wie ein Mann, der auf einem Pulverfass sitzt. Und die erschreckende Wahrheit ist, dass die Person, die an dieses Fass die Lunte anlegen, die Explosion auslösen und sein Leben und seine Familie in Trümmer legen könnte – dass diese Person nur eine einfache Hausangestellte ist, eine alte, ungebildete Frau, eine klapperdürre Gestalt, so hässlich wie ein abgenagtes Hühnerbein. Auf einmal verspürt Bhima den irrationalen, aber kaum zu bändigenden Drang zu kichern; doch da fragt Viraf mit belegter Stimme, mit einer Stimme, die klingt, als hätte er einen Liter von den Dieselabgasen draußen geschluckt: »Wie geht es Maya?«

Was soll man denn nun auf eine solche Frage erwidern? Um sie richtig zu beantworten, müsste sie mindestens bis zur Epoche ihrer Urgroßmutter ausholen, müsste ihm darlegen, wie sämtliche weiblichen Mitglieder ihrer Familie bei irgendwelchen anderen Leuten als Hausangestellte gearbeitet hatten, müsste ihm erzählen, wie weh es ihr getan hat, dass ihre eigene Mutter sie krank daheim zurückließ, um sich um den Haushalt und die Kinder anderer

Leute zu kümmern. Wie soll sie ihm begreiflich machen, dass sie, wenn Maya morgens ins College ging, stets das Gefühl hatte, alles, was sie in ihrem Leben durchgestanden hatte – jede Entbehrung, jede Beleidigung, jeder Verrat –, habe sich gelohnt, wenn sie ihrem Enkelkind zu einem Leben verhelfen konnte, das besser war als das, welches ihr und ihrer Mutter und der Mutter ihrer Mutter beschieden gewesen war. Vor allem, wie ihm erklären, dass die Abtreibung allein die Vergangenheit nicht ausgelöscht, das Rad der Zeit nicht zurückgedreht und es Maya auch nicht ermöglicht hat, wie nebenbei die Fäden ihres Lebens wieder aufzunehmen und ans College zurückzukehren. Nun ja, Letzteres war ihre eigene Schuld, sie hatte Maya diesen Weg versperrt mit ihrem übereilten Versuch, Ashok Malhotra zu stellen und ihn dazu zu überreden, ihre Enkelin zu heiraten. Aber was hätte sie denn auch tun sollen? Sie ist völlig verzaubert gewesen von der Vision einer Küche mit glänzenden Töpfen und Pfannen und einem sauberen kleinen Jungen, der durchs Haus tollt.

So sagt sie nichts und starrt auf die Fußmatte vor ihrem Sitz, und schon bald schnalzt Viraf frustriert mit der Zunge. Sie sind mittlerweile fast beim Markt, und er verlangsamt seine Fahrt, um Ausschau zu halten, wo er sie absetzen kann. »Gleich sind wir da«, sagt er, und sie hört die Erleichterung in seiner Stimme.

Sie nestelt ungeschickt an der Türverriegelung, als sie hört, wie Viraf fragt: »Sag mal, das heißt, ich meine … Braucht ihr beiden vielleicht irgendwas?«

Bhima spürt, wie ihre Miene versteinert. »Wir kommen zurecht«, erwidert sie steif. »Wir sind arm, aber jedes Reiskorn, das wir essen, haben wir selber verdient.«

Viraf atmet hörbar aus. »Okay. Ist ja gut. Mein Gott, warum sind die Leute in dieser Stadt hier alle so verdammt dramatisch und edelmütig? Alles, was ich sagen wollte …«

Sie ist jetzt ausgestiegen und eingetaucht in das wohltuende Getümmel und die Hitze der Straße. Das ist der Platz, wo ich hingehöre, denkt sie. Zu den Straßenverkäufern und den Männern mit den Lastkarren, zu den Fischhändlern und Lumpensammlern. Nicht in ein Auto mit Klimaanlage. »Danke fürs Mitnehmen, Viraf *seth*«, sagt sie.

Sie gewahrt den gekränkten Ausdruck auf seinem Gesicht. Er hat registriert, dass sie ihn mit *seth* angeredet hat und nicht mit dem gewohnten, liebevollen *baba*, das so, wie sie es ihm gegenüber verwendet, so viel wie Junge bedeutet. Sie spürt eine leichte Genugtuung angesichts seiner Enttäuschung.

»Keine Ursache«, gibt er kurz angebunden zurück. »Ach so, hör zu. Richte Dinaz und Sera Mummy doch aus, dass sie ohne mich zu Mittag essen sollen. Ich werde heute etwas später nach Hause kommen.«

24

Es war ein langer Tag, und nun ist das Haus ruhig, denn Viraf und Dinaz sind ausgegangen. Bhima ist mehr oder weniger im Begriff, sich auf den Heimweg zu machen, aber Serabai möchte noch eine Tasse Tee, und Bhima sieht sich genötigt, sich darum zu kümmern. Serabai ist anders, wenn die Kinder abends nicht da sind, schwermütiger und einsamer. Sie braucht ihre Tochter und den Schwiegersohn hier um sich herum, damit Leben im Haus ist, denkt Bhima und verspürt einen Anflug von Mitleid mit der jüngeren Frau. Sie erinnert sich noch an die Monate nach dem Tod von Feroz *seth*, als Serabai manchmal einfach nicht daran dachte, zu Mittag zu essen, bis sie, Bhima, sie schließlich dazu drängte, doch etwas zu sich zu nehmen; und als sie ein- oder zweimal auch vergaß, während des Tages zu baden. Einmal war sie ins Wohnzimmer gekommen und hatte Serabai dort vorgefunden, wie sie im Dunkeln saß und leise mit sich selbst sprach, während sie sich wütend den Arm rieb. Bhima war sich nicht sicher, wer von ihnen beiden erschrockener war, auch wenn Serabai natürlich Bhima den schwarzen Peter zuschob und grummelte, dass man ja wirklich nirgends seine Ruhe habe und dass es sich nicht gehöre, sich an andere Leute anzuschleichen. Aber der Anblick der sonst so eleganten, würdevollen Sera, die dort im Finstern saß wie ein im Käfig gefangenes Tier und wirkte wie eine dieser verrückten alten Parsinnen – wie Banubai beispielsweise –, schockierte Bhima und erfüllte sie mit Bestürzung. Als Dinaz und Viraf *baba* am Samstag darauf wie gewohnt zum Mittagessen kamen, sprach Bhima Dinaz darauf an. »Deine *mummy* ist einsam«, flüsterte Bhima, als Dinaz das schmutzige Geschirr in die Küche brachte. »Vergisst manchmal Essen und Trinken und sitzt allein im Haus, ohne das Licht einzuschalten.« Nach all den Jahren, in denen sie Serabai geschützt, ihre Geheimnisse für sich bewahrt und ihr Schweigen respektiert hatte, kam es ihr seltsam vor, sie jetzt gleichsam zu verpfeifen. Der besorgte Ausdruck auf Dinaz' Gesicht war jedoch die Bestätigung, dass sie richtig handelte. »Ich habe mir da auch schon so meine Gedanken gemacht«, erwiderte Dinaz leise. »Danke, Bhima, dass du es mir erzählt hast.«

Nein, es ist schon gut, dass Dinaz sich erboten hat, zu ihrer Mutter zu ziehen, denkt Bhima. Dass die beiden jungen Leute hier bei ihr wohnen, hat Sera gut getan. Bhima hat zu viele Parsinnen kennen gelernt, die vorzeitig gealtert sind, die sich scheinbar grundlos ins Bett geflüchtet und den Nachtstuhl benutzt haben, statt auf die Toilette zu gehen, und die sich geweigert haben, das Haus zu verlassen, außer um ab und zu an einer Totenfeier teilzunehmen. Diese Mrs. Motorcyclewalla, die drei Häuser weiter im fünften Stock wohnte, war so eine Person. Aber bei dieser Frau war ja auch schon vor Jahren mehr als eine Schraube locker gewesen. Nach Gopals Unfall hatte Bhima eine zweite Stelle angenommen und für Mrs. Motorcyclewalla das Geschirr gespült. Nachmittag für Nachmittag stand diese Frau da und passte auf wie ein Schießhund, während sich Bhima in der Küche am Spülbecken zu schaffen machte; dabei sprach sie keine Silbe, ahmte allerdings zuweilen das Gurren der Tauben nach, die auf dem Sims vor ihrem Fenster saßen. Bei diesen seltsamen Lauten sträubten sich Bhima die Härchen auf den Armen. Warum spült sie ihr Geschirr nicht selbst, wenn sie die Zeit hat, hier herumzustehen und mich aus ihren großen, reglosen Eulenaugen zu beobachten, dachte Bhima verärgert. Aber sie brauchte eben das Geld, und Mrs. Motorcyclewalla zahlte stets pünktlich. Nach einigen Monaten bemerkte Bhima jedoch, dass die Frau den Tauben auch dann zugurrte, wenn überhaupt keine auf dem Fenstersims saß. Und eines Tages, als Bhima sich anschickte zu gehen, blickte die Frau sie grimmig an und fragte: »Hast du an das *pego paro* für die *batti* gedacht, bevor du die Küche verlassen hast?«

Bhima starrte sie sprachlos an. »Ich weiß nicht, was Sie meinen, *bai*«, stotterte sie schließlich.

Mrs. Motorcyclewallas Stimme wurde schrill. »Ich frage dich, ob du der Öllampe, die unter dem Bild unseres Propheten Zarathustra in der Küche brennt, deine Ehrerbietung bezeugt hast. Niemand sollte die Küche verlassen, ohne das Licht zu berühren.«

»Aber ich bin doch gar keine Parsin, *bai*«, erwiderte Bhima vorsichtig. »Ich gehöre zu einer Hindukaste und bin nicht einmal Brahmanin.« In den meisten parsischen Haushalten, in denen sie bis dahin gewesen war, galt genau das Gegenteil. Banubai zum Beispiel achtete peinlichst genau darauf, dass Bhimas Schatten nicht auf die *batti* fiel, die Tag und Nacht in der Küche brannte.

Aus irgendeinem Grund war dies nicht die richtige Antwort. Die Frau ließ eine wahre Tirade los. »Keiner darf über diese Schwelle hinaus, ohne ihr seine Ehrerbietung bezeugt zu haben«, schrie sie und umklammerte Bhimas Handgelenk. »Sonst wird sich eine hundertjährige Finsternis über dieses Haus herabsenken.« Sie zerrte Bhima regelrecht zurück in die Küche, wo Bhima mechanisch die Bewegungen ausführte, welche die Frau ihr vorschrieb, indem sie die Öllampe mit den Fingerspitzen berührte und diese danach zum Zeichen der Verehrung an die Stirne führte. »So, *bai,* nun muss ich aber gehen«, sagte sie. »Serabai wartet bestimmt schon auf mich.«

Bhima sah, wie beim Klang von Seras Namen erneut ein irres Flackern in den Augen der Frau aufblitzte. »Bestell dieser Sera, dass sie morgen mit dir herüberkommen und ein paar Sandelholzstäbchen mitbringen soll. Wir müssen diese Wohnung ausräuchern. Die Tauben haben mir seit Wochen verkündet, dass irgendetwas nicht stimmt, und jetzt wird mir klar, dass du die Unheilstifterin bist. Von jetzt an musst du das Bild unseres Propheten Zarathustra küssen, bevor du gehst, verstanden?«

»Achha, bai«, entgegnete Bhima, die sich bereits in den Hausflur hinausrettete. »Ich werde es Serabai ausrichten.«

Es war die Erinnerung an diese Mrs. Motorcyclewalla, die sich vor einigen Jahren ins Bett gelegt und sich geweigert hatte, wieder aufzustehen, obwohl die Ärzte keinerlei Leiden bei ihr feststellen konnten, die Bhima veranlasst hatte, mit Dinaz über ihre Mutter zu sprechen.

Und nun wünscht sich Bhima zum ersten Mal, sie hätte sich nicht eingemischt. Wenn die Kinder immer noch draußen am Stadtrand lebten, wäre Viraf vermutlich nicht in Banubais Wohnung gekommen an dem Tag, als Maya dort war. Ja, Sera hätte noch viele weitere Abende wie jenen besagten damit zugebracht, im Haus umherzulaufen, als ob sie irgendwelche Spukgestalten sähe, aber zumindest wäre Maya gerettet gewesen, zumindest wäre ihr Enkelkind …

Sera tritt in die Küche. »Vergiss nicht, die Minzblätter mit ins Wasser zu geben«, erinnert sie Bhima. »Und brüh dir selbst auch eine Tasse auf.«

Bhima geht zu der Ecke, in der sie ihre Sachen aufbewahrt, und holt ihr metallenes Trinkgefäß heraus, während Sera für sich selbst einen Keramikbecher aus dem Schrank nimmt. Als Bhima den Tee einschenkt, schafft der aufsteigende Dampf eine wabernde Barriere zwischen den beiden Frauen. Jede greift sich die eigene Tasse, dann gehen sie ins Wohnzimmer hinüber, um dort ihre gewohnten Plätze einzunehmen – Sera auf einem Stuhl, Bhima in der Hocke auf dem Boden. Sie trinken in kleinen Schlucken und schweigen. Dann seufzt Sera. »Köstlich«, sagt sie. »Ich könnte schwören, dass du den besten Tee in ganz Bombay bereitest.«

»Das Haus kommt mir heute Abend so still vor, jetzt, wo die Kinder nicht da sind«, erwidert Bhima. Sie bringt Virafs Namen noch immer nicht über die Lippen.

»Ich weiß«, antwortet Sera. »Aber es ist gut, dass Dinaz mit ihren Freundinnen aus ist. Armes Ding, sie hat sich wegen ihrer Schwangerschaft die ganzen letzten Tage so schlecht gefühlt, dass sie heute Morgen beinahe die Verabredung gecancelt hätte. Sagt, dass sie vergangene Nacht kaum geschlafen hat. Viraf hat sie überredet mitzugehen. Weiß Gott, wie das wird, wenn das Kind erst einmal auf der Welt ist, dann wird sie keine Zeit mehr für Freunde und solche Dinge haben. Und die Mädchen aus ihrem Büro wollten ja unbedingt mit ihr zusammen ausgehen.«

»Er ist gar nicht mitgegangen?«, fragt Bhima beiläufig, in der Hoffnung, dass Sera nicht merkt, wie groß ihr Widerwille ist, Virafs Namen auszusprechen.

»Nein, es ist ein reiner Frauenabend. Nun ja – der Junge arbeitet sowieso zu viel und braucht etwas Ruhe.« Sie verzieht das Gesicht. »Nicht, dass ein Aufenthalt bei Mama Banu drüben unbedingt eine Erholung bedeuten würde. Aber er dürfte bald kommen. Er ist nur rübergefahren, um die monatliche Abrechnung mit den Schwestern zu erledigen und Banus Papiere wieder wegzuräumen. Ist gestern Abend bis elf aufgeblieben, um ihren Finanzkram zu erledigen. Wie viele Schwiegersöhne würden das schon machen? Und selbst wenn sie es mitbekäme, diese … meine Schwiegermutter würde es ihm wohl nicht danken.«

Bhima packt einen Moment lang die Panik bei der Vorstellung, dass Viraf dort drüben allein ist mit Schwester Edna. Was ist, wenn er es bei der armen Frau auf eine seiner miesen Touren versucht? Sie schüttelt den Kopf, um die unerwünschten Bilder loszuwerden, die in ihr hochsteigen. Edna ist eine erwachsene Frau, verheiratet, mit Kindern. Sie wird Viraf schon zu nehmen wissen, wenn er es mit seinen *badmashi* bei ihr probieren sollte. Und dann machten Männer wie er wahrscheinlich auch eher Jagd auf junges Frischfleisch wie Maya. Was für ein Interesse sollte er an einer müde aussehenden Frau mit Mann und Kindern haben? Nein, Viraf und seinesgleichen war es ein Bedürfnis, etwas Reines zu beflecken, wie wenn ein Tropfen Tinte in ein Glas Milch fällt.

»Mein Gott, Bhima, nun blick doch nicht gar so finster.« Sera lacht. »Du schaust ja, als hättest du einen *bhoot* oder so was gesehen. Was sind denn das für schwarze Gedanken, die du da wälzt?«

Wenn ich dir das nur sagen könnte, Serabai, denkt Bhima bei sich. Aber es wäre wohl gnädiger, dich mit einem Messer zu erstechen, als dich mit dem Gift meiner Gedanken zu töten. Dann sagt sie laut: »Mein ganzes Leben ist ein einziger schwarzer Gedanke.«

Sera seufzt. »Ich weiß, was du meinst.« Sie kämpft sichtlich mit ihren Gefühlen und zwingt sich dann, sich aufrecht hinzusetzen. »Aber Bhima, wir dürfen nicht aufgeben. Wir Frauen, wir leben für so viel mehr als nur für uns selbst. Du für Maya, ich für Dinaz und jetzt für das Baby, das sie erwartet. Weißt du, es ist mir oft durch den Sinn gegangen, dass Männer es sich leisten können, größere Risiken einzugehen, höher zu fliegen und tiefer abzustürzen, weil ihnen immer der Selbstmord als Ausweg bleibt. Wenn es nicht nach ihren Vorstellungen läuft – *bas,* zumindest haben sie dann immer noch diese letzte Alternative. Als ich jünger war, habe ich die Männer so glühend darum beneidet. Weißt du, ich hatte zwei Verwandte, die sich umgebracht haben. Beides Männer natürlich. Doch Frauen leben nicht für sich selbst. Und wenn du erst einmal Kinder hast – dann kannst du alles andere völlig vergessen. Ich weiß gar nicht, warum wir überhaupt noch einen Körper haben, wenn wir erst einmal Kinder geboren haben. Denn dann lebst du voll und ganz für einen anderen Menschen. *Arrey,* selbst die Kinder kannst du vergessen. Ich mach mir ja sogar um Mama Banu Sorgen – kaum zu glauben, was? Jetzt, wo Feroz nicht mehr da ist, frage ich mich oft, was mit ihr geschieht, falls sie mich überleben sollte.«

»Warum sollte Ihre Schwiegermutter Sie überleben?«, fragt Bhima grimmig. »Ihre Zeit ist noch nicht gekommen, Serabai, und ich hoffe inständig, dass es noch lange nicht so weit sein wird.«

Sera lächelt. »Das ich hoffe auch«, entgegnet sie zaghaft. »Jetzt, wo die Geburt des Babys vor der Tür steht … Kannst du dir das vorstellen, Bhima? Zum ersten Mal in meinem Leben möchte ich wirklich leben. Davor war mir ehrlich gesagt alles egal. Ich weiß nicht, was mit mir verkehrt war, aber selbst als ich eine junge Frau war, bedeutete mir das Leben nicht viel. All die Dinge, die man machen musste, einfach nur um weiterzuleben, schienen mir unendlich kompliziert und kaum der Mühe wert. Aber jetzt freue ich mich so unbändig darauf, Dinus Kind aufwachsen zu sehen. Und ich möchte da sein für …«

Die Türklingel ertönt, und Bhima macht Anstalten, sich zu erheben, doch Serabai winkt ab. »Ich geh selbst«, erklärt sie. »Das ist sicher Viraf. Ich hab meinen Tee ja fast ausgetrunken.« Sie nimmt noch einen letzten kräftigen Schluck, bevor sie den Becher auf den Tisch stellt, damit Bhima ihn später wegräumen kann.

Während Bhima sitzen bleibt und in aller Ruhe ihren Tee austrinkt, sinnt sie darüber nach, was sie an diesem Abend mit Maya unternehmen könnte. Seit sie Viraf am Chowpatty Beach in die Arme gelaufen sind, ist Maya nicht mehr dazu zu bewegen, ans Meer zu gehen. Die Abende zu Hause scheinen jetzt endlos und bedrückend. Bhima vermisst die milde Abendluft, den Geruch des Wassers und die Nähe, die zwischen Maya und ihr entstanden ist, wenn sie am Strand entlangliefen. Sie vermisst das schillernde Spektakel am Meer – die leuchtend bunt gekleideten Männer und Frauen in dicken Schlitten, die Bettler ohne Beine, die sich auf Skateboards durch die Gegend rollen, die stämmigen Sikhs mit ihren roten Turbanen, muslimische Frauen in Burkhas, alte Parsi-Ehepaare, die Arm in Arm auf den Steinbänken sitzen, Prostituierte in hochhackigen Schuhen, die darauf warten, von Gästen aus den nahe gelegenen Hotels angesprochen zu werden, Horden von lärmenden Teenagern aus den umliegenden Schulen. Bhima hat es genossen, die düstere Abgeschiedenheit ihrer Hütte im *basti* hinter sich zu lassen und aufzugehen in dieser gestaltlosen Masse, die beständig im Fluss war. Manchmal hatte sie das Gefühl, als müsse sie keinen einzigen Muskel anspannen, müsse überhaupt nicht einen Fuß vor den anderen setzen; als würde die wogende Menge sie, wenn sie einfach nur still dastünde, vorantreiben, wie der Wind oder die Wellen ein Blatt davontragen...

Bhima zuckt zusammen, als sie hört, dass Viraf ihren Namen nennt, und kraust verärgert die Stirn. Eigentlich ist es Zeit für sie, nach Hause zu gehen, aber nun möchte dieser dämliche Kerl wahrscheinlich, dass sie noch irgendetwas für ihn erledigt. Sie fragt sich gerade, was er wohl noch von ihr will, als sie jäh innehält in ihren Überlegungen, aufgeschreckt von dem seltsamen Unterton in Serabais Stimme. »Unmöglich«, hört sie Sera. »Du musst dich irren, *deekra.*« Ihr Ton ist eindringlich, sorgenvoll, gekränkt und abwehrend zugleich.

Einen Moment lang herrscht Schweigen, und dann durchbricht Virafs dunkle, leise Stimme die Stille wie das Trippeln der Mäuse, die nachts über ihr Hüttendach huschen. »Ich sage dir doch, ich hab es mit eigenen Augen gesehen«, beharrt er – wobei seine Stimme trotz allem schärfer als vorher klingt.

»Bhima!«, ruft Sera in einem Ton, in dem noch immer diese eigenartige Note mitschwingt, und Bhima erhebt sich ächzend vom

Boden, wartet dann allerdings einen Moment, bis ihre knackenden Knochen sich wieder richtig zurechtgeschoben haben.

Viraf und Sera sitzen im Wohnzimmer dicht nebeneinander auf dem Sofa. Seras Gesicht ist gerötet, und ihre Miene verrät drängende Ungeduld und steht in völligem Kontrast zu dem sinnenden, nachdenklichen Ausdruck wenige Minuten zuvor. Was immer dieser Junge gesagt oder getan hat, muss sie in große Aufregung versetzt haben. Einen kurzen Augenblick lang überlegt Bhima, ob Viraf ihr wohl von Maya erzählt hat, aber dann verscheucht sie diesen Gedanken ganz schnell wieder.

»Ah, Bhima, gut, dass du da bist«, stammelt Sera. »Sieht so aus, als ob Viraf *baba* ein Problem hat. Es geht darum, ähm, also es fehlt offensichtlich Geld aus Banubais Schrank.«

Bhima starrt Sera verständnislos an, nicht ganz sicher, was sie mit der Sache zu tun hat. »Handelt es sich denn um eine größere Summe?«, will sie schließlich wissen. Und als keiner der beiden spontan antwortet: »Ist es schon lange weg?«

»Nun, weißt du, das ist es ja gerade. Viraf ist der Meinung, dass …«

»Das Geld war vorgestern noch da«, fällt ihr Viraf ins Wort. Sein Gesicht ist schweißnass, und sein Kiefer bewegt sich mahlend. »Ich habe es selbst dort hineingelegt. Und gestern habe ich dich doch losgeschickt, damit du mir die Scheckbücher rüberholst. Ich sagte dir, du sollst mir den einen Umschlag bringen, den anderen hingegen dort lassen, erinnerst du dich?«

»Ja, zu dem Zeitpunkt war er noch da«, ruft Bhima triumphierend aus, froh darüber, behilflich sein zu können. »Ich habe ihn mit eigenen Augen gesehen.«

»Hast du ihn geöffnet?«

»Nein, das hab ich nicht. War ja auch gar nicht nötig. Ich konnte doch fühlen, welcher Umschlag die Scheckbücher enthielt.« Bhima fragt sich, ob sie etwas falsch gemacht hat, weil sie nicht in beide Umschläge hineingeschaut hat.

Es herrscht betretenes Schweigen, und Sera wirft Viraf einen hilflosen, aber hoffnungsvollen Blick zu. »Nun, dann ist das Ganze wirklich ein Rätsel«, bemerkt sie leichthin. »Gott sei Dank war es ja keine große Summe. Nur siebenhundert Rupien.«

»Darum geht es nicht.« Virafs Worte sind spitz wie Pfeile. Er fixiert Bhima aus seinen dunklen Augen. »Du hast doch gesagt, dass du mir die Schrankschlüssel sofort wieder zurückgebracht hast, stimmt's? Du hast sie nicht Edna oder sonst jemand gegeben?«

Ja, hält mich dieser Junge denn für total bescheuert?, fährt es Bhima durch den Kopf. Schon seit Jahren ist sie regelmäßig bei Banubai gewesen, noch bevor dieser Viraf begonnen hat, sich um ihre Geldangelegenheiten zu kümmern, mit seinem Scheckbuch-hier-und-Sparbuch-da. Sie hat riesige Geldbeträge von einem Haus ins andere getragen, hat Schecks für Feroz zur Bank gebracht, um sie seinem Konto gutschreiben zu lassen, ist mit Schlüsselbünden für beide Häuser herumgelaufen. »Nein, außer mir hatte keiner die Schlüssel, *seth*«, erwidert sie mürrisch.

»Nun, dann gibt es nur eine plausible Erklärung. Von dem Zeitpunkt, an dem ich vorgestern das Geld dort deponiert habe, bis heute, als ich wieder drüben war, warst du die Einzige, die Zugang zu dem Schrank hatte. Also hast du das Geld gestohlen.«

Sera stößt einen Schrei aus. Aus Entrüstung? Aus Ärger? Aus Abwehr? Als sie den Schrei hört, blickt Bhima stumm zu ihr hinüber. Sie wünscht sich, dass Sera dem Mann, der neben ihr sitzt, eine Ohrfeige verpasst, dass sie Viraf die Hand auf den Mund presst und ihm seine lästerlichen Worte in die Kehle zurückstopft. Sera fängt Bhimas Blick auf, und er scheint sie aus ihrer Lähmung zu reißen. »Viraf, das ist doch Unsinn«, protestiert sie matt.

»Unsinn? Warum ist das Unsinn? Bei allem Respekt, Sera Mummy, aber willst du Bhima vielleicht wenigstens mal die Gelegenheit einräumen, es selbst zu leugnen, oder willst du es für sie abstreiten? Ich meine, sie steht hier mit schuldbewusster Miene wie eine ertappte Diebin, während du dich für sie in die Bresche wirfst, um sie zu verteidigen.«

Einen Moment lang wird die Welt um Bhima herum schwarz, und dann ist plötzlich alles in ein entsetzlich grelles, weißes Licht getaucht. Bhima lacht in diese weiße Leere hinein. Aus dem Weiß –

das jetzt einen roten Rand hat, rot wie Blut, rot wie Zorn – sieht sie Seras Gesicht zu sich emporgewandt, sieht ihre fragende Miene, sieht Virafs verschlagenen, hinterhältigen Blick. Der Junge hat ihr eine Falle gestellt, das wird ihr jetzt bewusst. Er muss das Ganze seit Wochen geplant haben. Selbst in all den Momenten, in denen sie ihn voller Groll musterte und er es vermied, ihr in die Augen zu blicken; selbst in den Momenten, in denen er es demütig über sich ergehen ließ, dass sie grob zu ihm war; ja, selbst als er vor einiger Zeit diese Spiegeleier aß, in die sie hineingespuckt hatte, bevor sie sie ihm auftischte, hat er seine Fallstricke ausgelegt. All die Zeit über hat er fieberhaft nachgedacht, hat seine Rache geplant, hat die nötigen Versatzstücke zurechtgeschoben, die Steine aufeinander geschichtet zu der Mauer, die sie einkesseln würde.

Bhima muss erneut lachen. Sie lacht über ihre törichte Naivität, die sich nun als ebenso verhängnisvoll wie die von Maya erweist. Sie lacht über ihre Überheblichkeit, die sie dazu verleitet hat zu glauben, sie könnte einen gebildeten, einflussreichen Mann wie Viraf garstig behandeln, ohne den Preis dafür zu bezahlen. Vor allem aber lacht sie über ihre einfältige Vorstellung, dass Viraf das, was er Maya angetan hat, bedauern würde, dass er aufrichtig beschämt sein würde über seinen Moment der Schwäche. Obwohl dieser Junge sich wie ein wildes Tier gebärdet hat, hat sie ihn nicht als solches gesehen. Sie hat es vorgezogen zu glauben, er würde ihrer Familie nie wieder etwas zuleide tun, und das Wissen, dass sie über seine Schuld im Bilde war, würde genügen, um ihm seine Giftzähne zu ziehen.

Und jetzt hat er sie in diese verheerende Lage gebracht. Selbst Feroz *seth* mit seinem aufbrausenden Naturell und seinen arroganten Allüren hätte niemals an ihrer Ehrlichkeit gezweifelt, an der geradezu hündischen Ergebenheit, mit der sie dieser Familie stets gedient hat. Sie erinnert sich an Mayas verbitterte Worte, von wegen, sie würde die Familie Dubash besser als ihre eigene behandeln. Das Mädchen hatte Recht – sie hat sich abgerackert und geschuftet für diese Familie, hat sie in Schutz genommen und verteidigt, als sei sie ihre eigene. Und jetzt klagt diese falsche Schlange, dieser Satan mit dem hübschen Gesicht sie an, Serabai bestohlen zu haben.

»Siehst du, was für ein mieses Weibstück sie ist?«, fragt Viraf nun. »Kannst du dir das vorstellen – zu lachen, wenn dich jemand bezichtigt, dass du dich eines ernsten Vergehens schuldig gemacht hast? Wenn jetzt nicht sofort Schluss ist, rufe ich die Polizei, da verlass dich drauf.«

Das Wort »Polizei« bringt Bhima zur Besinnung. Sie spürt, wie es in ihren Schläfenadern zu pochen beginnt, und ihre Worte quellen so zähflüssig und bittersüß wie Blut aus ihrem Mund. »Nur zu, rufen Sie ruhig die Polizei«, sagt sie. »Erzählen Sie ihnen Ihre Geschichte, und danach werde ich ihnen dann die Geschichte von Ihrer Freveltat erzählen. Werde ihnen schildern, wie Sie den Ruf meiner Familie ruiniert haben, wie Sie deren Ehre befleckt haben. Reißen Sie Ihren Mund nur auf gegenüber der Polizei, dann werd ich Ihnen schon zeigen, aus welchem Holz ich geschnitzt bin, Sie elender Hundsfott …«

»Bhima«, zischt Sera, bleich vor Zorn. »Nimm dich gefälligst zusammen. Bist du denn völlig übergeschnappt, einen solchen Gossenjargon zu benutzen? Vergiss nicht, mit wem du da redest!«

Bhima wirbelt zu Sera herum, und ihr Gesicht ist zu einer wütenden Fratze verzerrt. Sie weiß, dass sie jetzt schnell sprechen muss, bevor die Tränen zu strömen beginnen und ihre Worte ertränken. »Ich weiß genau, mit dem ich da rede, *bai*. Sie sind diejenige, die nicht weiß, wer dieser Mann wirklich ist. Monatelang habe ich aus Rücksicht auf Sie meinen Mund gehalten. Aber jetzt muss ich ihn entlarven, Ihnen die Schwärze seiner Seele vor Augen führen …«

»Siehst du nun, was du dir da herangezogen hast, Sera Mummy?«, brüllt Viraf. »Das ist der Lohn dafür, dass du eine Hausangestellte wie ein Familienmitglied behandelt hast. Diese schamlose Person macht vor nichts Halt, um die Tatsache, dass sie eine Diebin ist, zu verschleiern. Weiß der Kuckuck, wie lange sie dich bereits beklaut hat, und du hast es nicht mal …«

»Der Teufel soll mich holen, wenn ich dieser Familie auch nur einen Paisa entwendet habe«, unterbricht Bhima ihn, und ihre Stimme bebt, weil sie so heftig mit den Tränen kämpft. »Und der Teufel soll Sie holen, weil Sie eine arme Frau wie mich zu Unrecht anprangern, nur um Ihre eigenen schändlichen Machenschaften mit meiner Schmach zu vertuschen.«

»Du undankbare Person«, faucht Viraf. »Isst all die Jahre das Brot dieser Familie, und jetzt beschimpfst du uns auf so wüste Weise.« Er dreht sich zu Sera herum. »Als hätten dich nicht alle gewarnt – du hättest auf sie hören sollen, Mummy. Es ist meine Schuld, weil ich es zugelassen habe, dass diese Frau deine Gutmütigkeit schamlos ausnutzt. Genau das geschieht, wenn man versucht, aus einem streunenden Köter das Schoßhündchen der Familie zu machen. Früher oder später geht dieser Hund auf dich los, um dich zu beißen.«

Sera sitzt mit bestürzter Miene auf dem Sofa. Bhima spürt, wie Sera innerlich von ihr zurückweicht, wie der Mond, der höher und höher in den Nachthimmel hinaufsteigt. »Serabai, *maaf karo*. Verzeihen Sie meine harschen Worte, *bai*. Aber Sie ahnen ja nicht, welchen Frevel dieser Mann verhehlt. Er ist der toll gewordene Hund, *bai*, nicht ich. Ich flehe Sie an, mir …«

Viraf hebt drohend die Hand über Bhimas Kopf. »Nun hör mal zu, du alte Scheißziege. Noch ein Wort gegen diese Familie, und ich zerr dich nackt auf die Polizeistation, kapiert? Jetzt pack deine Sachen und verschwinde.«

Als Virafs Hand die Luft durchschneidet, zuckt Sera zusammen. »Wir sollten uns alle ein bisschen zügeln«, erklärt sie energisch. »Das Ganze artet mir zu sehr aus.« Sie sieht Bhima aus tränennassen Augen an. »Bhima, sag die Wahrheit. Wenn du das Geld gebraucht hast, verstehe ich das. Aber sag mir die Wahrheit.«

Die eindringliche Bitte schwebt einen Moment lang im Raum, wie ein Wassertropfen, der im Begriff ist, sich von einem undichten Dach innen zu lösen. Dann beschließt Bhima, die außer sich ist vor Empörung und Wut, das ganze Dach zum Einsturz zu bringen. »Die Wahrheit? Fragen Sie ihn, was er meiner Maya angetan hat, wenn Sie die Wahrheit wissen wollen«, bemerkt sie verbittert. »Fragen Sie ihn, welche Schuld er zu vertuschen versucht. Er meint wohl, er könnte sich mein Schweigen mit seinen siebenhundert Rupien erkaufen, wie? Und wenn er mir einen goldenen Palast baut, werde ich ihm nicht vergeben, was er meiner Enkelin angetan …«

Sera stößt einen erstickten Schrei aus. Zutiefst bestürzt wendet sie sich einen kurzen Moment zu Viraf herum, wie um ihn zu fragen, die Augen angstvoll geweitet, während sie seine versteinerte Miene zu erforschen sucht. Doch keine Sekunde später fällt gleichsam ein weißer Schleier über ihr Antlitz, und es wird klar, dass sie es nicht wahrhaben will. »Das reicht«, erklärt sie, indem sie sich die Hände auf die Ohren presst, so wie Pooja es zu machen pflegte, wenn Bhima und Gopal Streit hatten. »Ich hab jetzt genug von deinem verrückten Geschwätz, Bhima. Gott sei Dank ist meine Dinu nicht zu Hause und muss deine schmutzigen Reden nicht hören. Du machst besser, dass du hier rauskommst, bevor ich etwas sage, was ich später bereue. Ich kann es entschuldigen, dass du mich bestiehlst, aber dass du die Ehrenhaftigkeit meines Schwiegersohnes in Frage stellst, werde ich dir niemals vergeben.«

»Aber so hören Sie mir doch zu, Serabai«, ruft Bhima. »Ich versuche Ihnen klar zu machen …«

»Was deine Maya getan hat, ist ihre Privatsache«, kreischt Sera. »Sie kann von mir aus mit fünfzig Männern herumgehurt haben. Aber zieh meine Familie nicht in ihre verdorbenen Machenschaften hinein. Ich habe für das Mädchen alles getan, was ich konnte. Doch jetzt will ich mit der ganzen Sippe nichts mehr zu schaffen haben. Mach, dass du hier rauskommst«, herrscht sie erneut und nagt nervös an ihrer Oberlippe. »Geh mir aus den Augen.«

Bhima hört, wie der letzte Mauerstein klickend einrastet. Sie bemerkt den Schweißfilm auf Virafs Gesicht und seinen leisen, beinahe unmerklichen Ausdruck der Genugtuung. Er blickt sie bohrend an, und seine Augen leuchten. Siehst du? Sie scheinen sie zu verhöhnen. Ich wusste, dass ich dich am Ende drankriege.

Die Schluchzer steigen wie Blasen in Bhimas Kehle auf und schütteln ihren zerbrechlichen Körper. »Serabai, werfen Sie mich nicht raus«, fleht sie. »Wo soll ich denn hingehen nach all den Jahren?«

Doch Seras Miene ist völlig versteinert. Sie schaut Bhima an, als begegneten sie sich zum ersten Mal. »Pack deine Sachen und geh«, befiehlt sie leise. »Ich bitte dich. Sag jetzt nichts mehr. Geh einfach.

Was immer ich dir an Geld noch schuldig bin, werde ich dir nach Hause schicken.«

Als Bhima den langen Flur zur Küche hinunterläuft, scheinen ihre Beine sie nicht länger tragen zu wollen. Viraf und Sera folgen ihr, sodass Bhima sich wie eine Strafgefangene fühlt, die nach der Verurteilung von den Wärtern in ihre Zelle geführt wird. Flüchtig betrachtet sie ihre mageren Habseligkeiten, die sie in einer Ecke der Küche in einem Pappkarton aufbewahrt – einen Seifenbehälter, Talkumpuder von Pond's, einen blauen Kamm, dem bereits einige Zinken fehlen, ihren Metallbecher, ihre Tabakbüchse. Als sie den Karton hochhebt, stürzen ihr heiße Tränen aus den Augen. Sie blickt sich in der Küche um, in der sie so oft jeden Zoll gekehrt und geputzt hat. Wie viele Abende hat sie diesen Raum betreten, ohne sich die Mühe zu machen, das Licht einzuschalten, und hat dennoch gewusst, wo sie jede Gabel findet, jeden Teller, jede Pfanne. Sie gewahrt das Spinnennetz, das in der Ecke über dem Fenster entsteht – sie hatte eigentlich am Vortag die Absicht gehabt, es wegzufegen. Einen Augenblick lang empfindet sie Stolz, als sie sieht, wie der Dampfkochtopf funkelt, den sie einige Stunden zuvor gesäubert hat. Dann seufzt sie, als sie zu der hohen Decke emporblickt – sie bietet so eine willkommene Abwechslung zu dem bedrückend niedrigen Dach ihrer eigenen Hütte, die sie nur mit eingezogenem Kopf betreten kann.

Sie ist bereits im Begriff, aus der Küche hinauszugehen, als ihr plötzlich noch etwas einfällt, und sie dreht sich zu Sera herum, die mit dem ausdruckslosen, benommenen Blick einer Schlafwandlerin dasteht. »Meine geliebte Dinaz«, sagt sie mit brechender Stimme. »Ich werde gar keine Gelegenheit mehr haben, mich von meiner lieben Dinaz zu verabschieden.«

Einen winzigen Moment lang flackert in Seras Blick ein Funken Wärme auf, bevor sich ihre Augen in Eiswürfel verwandeln. »Das ist auch mehr als gut so«, erwidert sie, und ihr Ton wird hart, als sie weiterspricht. »Nach den hässlichen Dingen, die du losgelassen hast, bin ich froh, dass du meiner Tochter nie wieder begegnen wirst.«

Der Kloß in Bhimas Hals schmeckt irgendwie nach Blut. »Serabai, ich hatte keine Sekunde lang das Verlangen, Sie oder die Kleine zu verletzen«, sagt sie. »Dieses Mädchen ist für mich wie meine eigene …«

»*Achha, bas,* jetzt reicht's aber mit dem Affentheater«, herrscht Viraf. »Los, *chalo,* mach, dass du hier verschwindest.«

Viraf öffnet die Wohnungstür und hält sie Bhima auf, um sie vorbeizulassen. Der Teufel am Ausgang der Hölle, schießt es Bhima durch den Kopf. Doch dann überfällt sie ein anderer Gedanke: Die Hölle liegt außerhalb dieser Tür, denkt sie. Es wird die Hölle werden, sich in meinem Alter nach einem neuen Job umzusehen, sich mit den Gepflogenheiten einer neuen Familie vertraut zu machen, für fremde Leute zu kehren, zu putzen und zu kochen. Die Hölle wird darin bestehen, gegen einen geringeren Lohn für eine unbekannte Familie zu arbeiten und zuzusehen, wie Maya ihre Zukunftspläne über Bord wirft, als seien sie verdorbene Früchte. Die Hölle ist zu wissen, dass es niemals eine zweite Serabai geben wird, niemanden, der sich für Mayas Ausbildung einsetzt, niemanden, den es kümmert, ob sie, Bhima, tot oder lebendig ist.

Plötzlich hat sie vor Dankbarkeit einen Kloß im Hals und ergreift Seras steife Hand, um sie zu ihren Augen zu heben. »Serabai, auch wenn ich dazu verdammt werden sollte, Millionen Mal wiedergeboren zu werden auf dieser Welt, werde ich niemals imstande sein, mich bei Ihnen zu revanchieren für …« Selbst im abendlichen Dämmerlicht kann sie die Träne erkennen, die auf Seras blassem Handgelenk schimmert.

Doch noch ehe sie den Satz beenden kann, knallt Viraf ihr die Tür vor der Nase zu. Bhima lehnt sich einen kurzen Moment mit geschlossenen Augen an die Wand, dann bewegt sie sich langsam in Richtung Aufzug. Die Vorstellung, dass der Liftboy sie in diesem Zustand sieht und mitbekommt, dass sie verstoßen worden ist, erfüllt sie allerdings mit Scham, weshalb sie beschließt, die Treppe zu nehmen. So tritt sie ihren langsamen, martervollen Abstieg in die Unterwelt an.

25

Als Bhima aus dem Wohnblock nach draußen kommt, ist es dämmrig. Der Himmel ist von einem staubigen Orange; die Art von Himmel, der sich in den Gesichtern der Menschen spiegelt, die unter ihm dahinlaufen, sodass jedes matte braune Gesicht glüht, als würde es vom Licht Abertausender Sonnen erleuchtet. Die Leute auf der Straße wirken wie vergoldet, als seien sie von einem freundlichen, wohlwollenden Gott geküsst worden. Es ist ein windiger Abend, und der Wind fährt mit seiner Zunge in Bhimas Haar und zerrt Strähnen aus ihrem Knoten heraus. Während ihre Rechte schützend den Pappkarton umfasst hält, versucht sie sich mit der Linken das Haar zurückzustreichen, gibt es jedoch nach ein paar vergeblichen Versuchen auf und greift stattdessen mit ihrer freien Hand nach ihrem vom Wind geblähten Sari, um ihn vor dem Hochfliegen zu bewahren. Normalerweise wäre sie genervt von dieser konstanten Brise, aber heute ist sie dankbar dafür. Die kühle Abendluft umfächelt ihr Gesicht und lässt die Tränenspuren auf ihren Wangen gleichsam gefrieren. Irgendwie vermittelt ihr der Wind ein Gefühl von Freiheit und Anonymität, als würde er sie vor den forschenden Blicken der zahllosen anderen schützen, die dieselbe Straße entlanglaufen.

Ihre Füße bewegen sich schlurfend über das steinerne Pflaster, und sie kennen ihren Weg ebenso gut wie die Pfoten eines blinden Hundes. Sie muss gar nicht aufpassen, wo sie hingeht, denn ihre Füße werden sie nach Hause tragen. Stattdessen kann sie sich darauf konzentrieren, die Leichen zu sichten, die verkohlten Überreste zu identifizieren, die abgetrennten Gliedmaßen zu sortieren, die nach der Bombenexplosion, die soeben ihr Leben erschüttert hat, zurückgeblieben sind. Denn davon ist mehr als nur ihr eigenes und Mayas Leben in Mitleidenschaft gezogen worden. So viel ist sicher.

Seras Miene, als sie ihr die Wahrheit enthüllt hat. Wird Serabai je imstande sein, diese Worte zu vergessen, sie unter den dämmenden Schichten des Vergessens und der Verleugnung zu begraben? Oder werden diese Worte so rau in ihren Ohren nachhallen wie Krähengekrächz, werden sie gleichsam auf ihre helle Haut einhacken wie Geier, werden sie sie peinigen, wenn sie mitten in der Nacht schweißgebadet erwacht und keinen Schlaf mehr findet? Wird sie je wieder in der Lage sein, in Dinaz' unschuldiges, lachendes Gesicht zu blicken, ohne dabei an den Treubruch ihres Schwiegersohnes zu denken? Werden Bhimas missliebige Worte nicht eine Art gläserne Mauer zwischen Serabai und Viraf schaffen, eine Mauer, die keiner außer ihnen beiden zu erkennen vermag, eine Mauer, die keiner von ihnen überwinden kann, die jeden in seiner eigenen frostigen Welt eingesperrt hält? Und das Baby. Das neu geborene Baby, das sie, Bhima, nie zu sehen bekommen wird. Das Baby wird hübsch sein, das weiß sie, mit Virafs schwarzen, intensiv blickenden Augen und Dinaz' entzückendem Mund. Doch wird Serabai je in der Lage sein, das hellhäutige, unbescholtene Gesichtchen des Babys zu betrachten, ohne an den dunkleren Halbbruder zu denken, bei dessen Tod sie auf Mayas Drängen hin zugegen gewesen ist?

Fühlen die Reichen überhaupt so, grübelt Bhima. Oder lernen sie zusammen mit ihrem Abc und ihren Eins-zwei-dreis, wie man sich erfolgreich dagegen wappnet, dass die Wahrheit einen hetzt und quält? Sie hat keine Ahnung. In gewisser Hinsicht kennt sie Serabai besser als die meisten ihrer eigenen Verwandten, aber dennoch – wie weit versteht sie schon diese stolze, würdevolle Frau, die all die Jahre wie eine mächtige Gottheit in ihrem Leben zugegen gewesen ist? Serabai ist ihr hauptsächlich durch ihre Handlungen und Gewohnheiten vertraut, stellt Bhima jetzt fest. Sie weiß, dass ihre Herrin ihren Tee gerne schwach und mit viel Milch trinkt, dass sie es nicht leiden kann, wenn an ihren gewaschenen Kleidern Stärke haftet, dass sie großzügig ist, dass sie an den Wert der Bildung glaubt. Auch kennt sie Serabais Arten zu schweigen – das plötzliche, rigorose Verstummen; das hochmütige, eisige Schweigen, wenn sie ihre Verletzungen vor der Welt zu verbergen sucht; das scheue, unbeholfene Schweigen, wenn sie inmitten einer Gruppe schnatternder Frauen sitzt und nichts zu sagen hat.

Aber nach all diesen Jahren, die sie in Serabais Haus tätig gewesen ist, hat Bhima keine Ahnung, was wirklich im Kopf ihrer Herrin vorgeht, das wird ihr jetzt klar. Und warum solltest du auch?, schilt sie sich selbst. Du, eine ungebildete, unwissende Frau. Und Serabai, gebildet und weit gereist. Eine Frau, die jeden Tag Zeitung liest, während du die Informationshäppchen vom Boden aufpickst, die dir gleich Brotkrumen vor die Füße fallen. Über was in aller Welt sollte sie sich mit dir unterhalten? Bhima errötet, als sie daran denkt, wie oft Serabai sie von ihren geistigen Scheuklappen befreien musste. Beispielsweise was ihre Furcht vor Muslims betraf. Wie so viele andere war sie in dem Glauben groß geworden, dass die Muslims im Begriff standen, Indien zu überrennen, dass sie sich mit der Absicht trugen, Gold und Silber an sich zu bringen, bis ihnen das Land gehörte und sie sämtliche Hindus verjagt hatten. Das war der Grund, weshalb sie solche Unmengen von Kindern hatten; und die Regierung stand auf ihrer Seite, da ihre Parolen zur Familienplanung allein an die Hindus gerichtet waren. Serabai hatte gelacht, als Bhima ihr all dies zum ersten Mal dargelegt hatte. Doch dann war ihr Gesicht ernst geworden und ihr Blick unbehaglich. Sie war ins Nebenzimmer verschwunden und mit einem dicken Buch zurückgekehrt. Zunächst konnte Bhima gar nicht fassen, was Serabai ihr da vorlas – dass die meisten Muslims in Indien bettelarm und gegenüber den Hindus deutlich in der Minderzahl waren. »Selbst falls einige von ihnen Absichten hegen sollten – nun, wie hast du es ausgedrückt? –, die Herrschaft über Indien an sich zu reißen, würde es sie bei dem gegenwärtigen Stand der Dinge mehr als hundert Jahre kosten, Bhima«, erläuterte Sera. Bhima war noch nicht überzeugt. Aber Sera scheute keine Mühe und begann Teile der Zeitung für sie zu übersetzen, und Bhima erfuhr, wie Hindubanden muslimische Dörfer niederbrannten und die Politiker eine Gruppe gegen die andere ausspielten. Das Entscheidende jedoch war, dass Sera sie darüber aufklärte, wie beide Volksgemeinschaften Hunderte von Jahren friedlich nebeneinander gelebt hatten, bis die weißen *sahibs* gekommen waren und ihre Intrigen gesponnen und jede Gruppe gelehrt hatten, die andere zu fürchten. Da warf Bhima schließlich ihren Hass gegen die Muslims über Bord und begann stattdessen die Politiker zu verabscheuen.

Doch nun wünscht Bhima, Sera hätte ihr, statt sie über die geschichtlichen Entwicklungen aufzuklären, lieber einige ihrer persönlichen Gedanken mitgeteilt. Gedanken, die sie in ihrem Kopf verschlossen gehalten hat wie Medizin in einem Apothekenkasten, wie Geld in einem Schrank. – Geld in einem Schrank. Siebenhundert Rupien. Bhima wusste, dass Viraf, wenn er eine seiner Partys für seine Freunde veranstaltete, allein für Bier und nichtalkoholische Getränke schon mehr als diese Summe ausgab. Der Betrag war zu klein für ihn, als dass er sich zu irgendeinem anderen Zeitpunkt den Kopf darüber zerbrochen hätte.

Und wer sagt denn, dass das Geld überhaupt fehlt?, denkt sie grimmig. Das Geld steckt wahrscheinlich zur Stunde in seiner Hosentasche. Der braune Umschlag war der Baustein, mit dem er dich endgültig eingekeilt hat, weißt du. Du warst der Ansicht, der Buchhalter aus Gopals Firma hätte dich übers Ohr gehauen. Aber der hat dich nur für eine ungebildete Närrin gehalten, womit er ja gar nicht so falsch lag. Aber dieser Junge hier, dieser Junge hat dir ins Gesicht gesagt, dass du eine Diebin bist, und du konntest nichts machen. Wie ein Jäger, der einem wilden Tier eine Falle stellt, hat er Fußangeln für dich ausgelegt. Hat sich vermutlich einen Tag ausgesucht, von dem er wusste, dass die gute Dinaz nicht zu Hause sein würde. Seit Tagen, ja seit Wochen muss er das Ganze geplant haben. Jedes Mal, wo du ihm einen finsteren Blick zugeworfen hast, jedes Mal, wo du nicht sofort gesprungen bist, wenn er gerufen hat, jedes Mal, wo du ihn vor seiner Frau erniedrigt hast, hat er nachgedacht, hat seine berechnenden Überlegungen angestellt und Pläne geschmiedet. Und wie viel Planung war denn letzten Endes überhaupt erforderlich? Wie groß konnte seine Angst schon gewesen sein, wo er doch wusste, dass seine Kontrahentin eine alte, ungebildete Frau war? Wahrscheinlich hat er noch nicht mal bewusst den richtigen Augenblick abgepasst. Wahrscheinlich hat er einfach nur mit dir gespielt, dich herumgeschubst, darauf gewartet, dass du dich für mächtiger hieltest, als du es warst. Und dann hat er dich mit einem Fingerschnippen von deinem hohen Ross heruntergeholt und dich zu Fall gebracht. Mit dieser Summe hat er dich gekauft, und dafür ist er dich losgeworden, siebenhundert Rupien. Das ist dein Wert – weniger als die Biervorräte für eine Party.

Bhimas Kehle brennt, weil ihr die Ungerechtigkeit so sauer aufstößt. Sie schluckt, um den Kloß im Hals loszuwerden, aber er zieht eine sengend heiße Spur durch ihren Brustkorb hinunter und bleibt schließlich gleich einem glimmenden Feuerball in ihrem Magen liegen. Soll ich vielleicht versuchen, Kontakt zu Serabai aufzunehmen, während Viraf bei der Arbeit ist?, sinnt sie. Und sie schreit laut auf, als sich die Antwort in ihrem Hirn formt: Ich kann nicht. Wenn es sich nur um das gestohlene Geld drehen würde, so könnte sie zu Serabai hingehen und sie von der Unrichtigkeit der Beschuldigung überzeugen. Ja, dann hätte sie im Grunde gar kein Wort verlieren müssen – Sera selbst hätte sie verteidigt, oder nicht? In diesem Punkt hatte Viraf den Gerechtigkeitssinn seiner Schwiegermutter nicht ausreichend in sein Kalkül mit einbezogen. Wenn dieser Junge gedacht hatte, dass Serabai sie vor die Tür setzen würde, nur weil er mit dem Finger auf sie zeigte und sie auf so gemeine Art und Weise anklagte, dann hatte er sich geirrt. Doch auch wenn Viraf es nicht geschafft hatte, den Holzstoß für ihre Verbrennung zu entzünden, so hatte sie selbst es für ihn getan. Sie war auf den sauber aufgeschichteten Stapel Scheite geklettert und hatte sich obenauf gelegt; sie hatte das Streichholz angesteckt, um die Flammen zum Lodern zu bringen, die sie schließlich verschlingen sollten. Mit ihren Worten hatte sie ein Feuer entfacht, das sie alle drei versengte. Das Feuer hat sie selbst völlig verzehrt, hat ihre Zukunft und ihre Träume zu Asche zerfallen lassen; wie schwer es die beiden anderen versehrt hat, wird sie nie erfahren – ob seine Flammen nur an ihren Körpern geleckt haben und dann von den Windstößen ihrer Verleugnung ausgelöscht worden sind oder ob die Glut bleibende Wunden hinterlassen hat.

Und trotz ihres Kummers und ihrer Empörung betet Bhima darum, dass Serabai es vermag, das Ganze innerlich wegzuschieben. Sie verspürt nicht im Geringsten den Wunsch, dieser Frau, die bereits so viel durchgemacht hat, wehzutun. »*Ae,* Bhagwan, vergib mir«, betet sie. »Du hättest mir lieber die Zunge abschneiden sollen, als zuzulassen, dass ich solche hässlichen Dinge sage.« Sie schließt einen kurzen Moment die Augen, um das Bild von Seras verstörtem, erschüttertem Gesicht auszublenden, und streift deshalb einen halbwüchsigen Jungen, der mit seinem Rad auf der verkehrten Straßenseite fährt. »*Ae, mausi,* passen Sie doch auf, wo Sie langgehen«, brüllt er über die Schulter zurück, während er sich im Zickzack durch die Menge schlängelt. »Hätten mich fast vom Rad geworfen, *yaar.*«

Peinlich berührt murmelt Bhima eine Entschuldigung und beschleunigt ihren Schritt. Plötzlich kommt ihr der Abend wieder in den Sinn, an dem Feroz *seth* gestorben ist. Irgendetwas an diesem Himmel, der in Orange- und Violetttönen entbrennt, gemahnt sie an jenen Abend. Sie erinnert sich wieder, wie sie in der Tür stand und auf diesen reglosen, steifen Körper blickte und wie befremdlich sie die Vorstellung anmutete, dass sie Feroz *seth*, wenn ihn die Sanitäter erst einmal mitgenommen hätten, nie mehr wieder sehen würde. Auf die Türme des Schweigens durften nur parsische Tote gelegt werden, so viel war ihr bekannt. Und als sie dort so auf der Schwelle stand, versuchte sie, sich Feroz' Gesichtszüge einzuprägen, versuchte, den Klang seiner Stimme heraufzubeschwören, sein kurzes, unvermitteltes Lachen. Und stellte fest, dass es ihr nicht gelang. Seit wenigen Minuten erst tot, und schon war er fort.

Genauso fühlt sich diese Entzweiung mit Serabai an, denkt sie nun. Ein Bruch, der so plötzlich gekommen ist wie der Tod. Aber er ist noch schlimmer, weil sie fortan mit dem Wissen herumlaufen muss, dass Serabai mit ihr in derselben Stadt weiterlebt, dass ihre Herrin sich in wenigen Wochen über die Wiege des Babys beugen und ihm etwas vorsingen wird, während irgendeine andere Frau ihre Kleider wäscht und ihre Töpfe und Pfannen spült.

Bei dem Gedanken, dass sich eine andere Person in Serabais Wohnung zu schaffen macht, wird Bhima von jähem Zorn durchzuckt, doch dann wechselt der Zorn die Richtung und wendet sich nach innen. Meine Güte, du dumme Person, schilt sie sich selbst. Was hat es dich schon zu kümmern, wer in ihrem Hause arbeitet? Selbst als dein Ehemann dich verlassen hat, hast du ja keine solche Trauer empfunden wie jetzt. Was bedeuten dir diese Leute letztendlich schon? Haben dich wie eine altbackene Scheibe Brot entsorgt, als die Zeit gekommen war, oder nicht? Hat nicht Serabai die offenkundige Lüge ihres Schwiegersohnes über deine offenkundige Wahrheit gestellt? Hat sie sich nicht im Schoße der Familie verkrochen, als sie vor der Wahl stand? Und hat sie ihm vielleicht eine Ohrfeige verpasst, als er dich als Diebin verunglimpft hat? Hat sie ihn gebeten, aus ihrem Haus zu verschwinden, als du ihr erzählt hast, was er getan hat? Nein, stattdessen hat sie dich aufgefordert zu gehen. Was Ma immer sagte, hat sich bewahrheitet – Blut ist dicker als Wasser. Was spielt es da schon für eine Rolle, dass Serabai Viraf nicht selbst geboren hat? Er ist trotzdem ihr Sohn – hat die gleiche helle Haut, das gleiche Selbstvertrauen, wenn er mit Fremden spricht, die gleiche gebildete Art, sich auszudrücken.

Bhima ist nicht überrascht, als sie feststellt, dass an diesem Tag, an dem sie so arglistig getäuscht und in die Falle gelockt worden ist, selbst ihre Füße sie in die Irre geführt haben. Anstatt sie, wie erwartet, nach Hause zu tragen, haben sie einen scharfen Haken geschlagen, sodass sie jetzt nur noch durch die Straße vom Meeresufer getrennt ist. Der Himmel leuchtet hier noch intensiver, ist noch wilder geflammt, von roten und violetten Schnittspuren übersät, die ihm die Rasierklinge eines Wahnsinnigen beigebracht hat. Mit einem Mal packt sie die Sehnsucht, dicht am Wasser zu sein und seinem wilden, aber rhythmischen Branden zu lauschen, das dem heftigen Aufruhr ihrer eigenen Seele entspricht. Der Wind treibt sie vorwärts, über sechs dicht befahrene Spuren, die sie kreuzen muss, um auf die andere Straßenseite zu gelangen. Bei dem Gedanken, dass Maya voller Sorge zu Hause sitzt und auf sie wartet, verspürt sie einen kurzen Stich, doch der Wind erfasst ihre Schuldgefühle und trägt sie mit sich fort.

Sie stellt ihren Pappkarton auf der Betonmauer ab, die entlang der Küste verläuft, und setzt sich daneben. Sie beschließt, dass sie ihn nicht mitnehmen wird, wenn sie hier weggeht. Die Schachtel ist nur eine höhnende Erinnerung an Tage, die auf immer vorüber sind. Soll irgendjemand anders darin herumwühlen. Sie malt sich das Entzücken eines kleinen Jungen aus, der ihren blauen Kamm entdeckt; stellt sich vor, wie eine arme Bettlerin mit ihrer Seifendose davonspaziert, wie ein junges Mädchen den Talkumpuder am nächsten Morgen nach dem Baden benutzt. Sie sitzt auf der Betonmauer, zusammen mit Hunderten anderer Menschen, die aufs Meer schauen, und blickt unverwandt auf die grauen Fluten hinaus, die mit ihren Fäusten auf die riesigen Felsbrocken zwischen der offenen See und ihrem Aussichtsplatz einhämmern. Sie versucht, das Meer durch die Kraft ihrer Gedanken dazu zu bewegen, eine gewaltige Woge in ihre Richtung zu schicken; eine Woge, die sich majestätisch über der schützenden Wand auftürmt und alles überspült – die vermögenden Damen, die ihre Hunde spazieren führen, die weizenblonden Ausländer mit ihren weit ausgreifenden Schritten und den großen Rucksäcken auf dem Rücken, die Pärchen, die mit Blick aufs Meer dasitzen und einander die Hände in den Schoß gelegt haben, den *channawalla* mit seinem näselnden Gequengel, der sie drängelt, ihm doch ein paar Erdnüsse abzukaufen. Vor allem aber wünscht sie sich, dass die Welle aufsteigt und ihren dünnen, erschöpften Körper überrollt, um ihn mit sich ins Meer zurückzutragen wie einen Zweig; sie wünscht sich, auf dem Wasser zu schaukeln wie eine vertrocknete Kokosnuss, die irgendeiner in die Fluten geworfen hat, um die Götter versöhnlich zu stimmen; sie betet darum, dass das Wasser ihre Sünden abwäscht, dass es jeden brennenden Gedanken in ihrem Kopf fortschwemmt und das Feuer in ihrer Kehle löscht.

»Bai, bai.« Der *channawalla* steht immer noch neben ihr und bearbeitet sie hartnäckig, dass sie ihm etwas abkaufen soll. Sie schüttelt ernergisch den Kopf, signalisiert ihm allerdings damit, dass sie ihn überhaupt wahrnimmt, und scheint ihn so nur noch weiter zu ermutigen. »Bitte, *bai*«, fleht er mit einem schmeichlerischen Lächeln. »Geschäfte gehen sehr, sehr zäh heute. Habe Frau und fünf Kinder zu Hause.«

Sie blickt ihn verächtlich an, während sie an den alten Ballonverkäufer aus Afghanistan und seine gelassene Würde zurückdenkt. Der Paschtune hätte niemals einen Kunden angebettelt, seine Ware zu erwerben, schießt es ihr durch den Sinn. Er wäre am Ende des Tages hungrig weggegangen, wäre mit leeren Händen in seinen einsamen Winkel der Welt zurückgekehrt, aber er hätte sich niemals so weit erniedrigt zu betteln. Der *channawalla* beobachtet, wie sich die Verachtung auf ihrem Gesicht gleich Meeresschaum zusammenbraut, und zuckt erschrocken zusammen. Eilends läuft er davon, während er etwas von der Herzlosigkeit der Städter in seinen Bart murmelt.

Die Erinnerung an das gut geschnittene, stille und nachdenkliche Antlitz des afghanischen Ballon-*walas* beschäftigt Bhima, sodass sie einen Moment lang glaubt, die See habe ihre Bitte tatsächlich erhört. Es ist seltsam, denkt sie versonnen, dass sie sich kaum noch vor Augen rufen kann, wie Feroz *seth* ausgesehen hat. Und die Götter mögen ihr vergeben, aber sie beginnt allmählich auch, Amits Gesicht zu vergessen. Das heißt, sie vermag einzelne Teile seines Körpers vor ihrem inneren Auge heraufzubeschwören – die weißen Flecken auf seinen Fingernägeln, den grünlichen Rotz, der ihm oftmals aus der Nase getropft ist, die Beschaffenheit seines dicken, dunklen Haares, die ausgeprägte Kerbe in seinem Kinn. Doch mittlerweile hat sie Schwierigkeiten, sich sein Gesicht im Ganzen vorzustellen. Am klarsten in Erinnerung hat sie ihn so, wie er etwa zwei Jahre, bevor er sie verlassen hat, aussah. Und das liegt nur daran, dass sie aus dieser Zeit ein Foto von ihm besitzt; ein Foto, das über die Jahre vergilbt ist und obendrein verschmiert, weil sie es so oft in der Hand gehalten, es geküsst und gestreichelt hat.

Das Gesicht des Paschtunen sieht sie hingegen so lebendig vor sich, als sei sie ihm gestern erst über den Weg gelaufen. Sie kann das milchige Grau seiner traurigen Augen erkennen, von denen sie sich stets einbildete, dass sie die Himmel seines Heimatlandes widerspiegelten. Sie vermag sich die verdörrte braune Haut auf seinem Gesicht ins Gedächtnis zu rufen, das so zerfurcht war wie das Land, aus dem er stammte. Sie sieht seine lange Nase vor sich, die gerade war wie ein Bergrücken, und die schmalen Lippen, die sich wie ein Fluss schlängelten, wenn er sich auf seine Arbeit konzentrierte. Vor allem aber entsinnt sie sich an seine schönen braunen Hände – Hände, die aus einem Nichts etwas Poetisches schufen, die leblose Gummistücke in magische Objekte verwandelten und damit Freude in Kinderaugen zauberten.

Bhima spürt, wie es ihr irgendwie leichter wird ums Herz. Der Himmel verdunkelt sich jetzt allmählich, und sein grell leuchtendes Lichterspiel beginnt zu verblassen, doch der Wind und das tröstliche Branden des Meeres beruhigen sie nach wie vor. Inmitten des Gekreischs und Gebrülls und des unaufhörlichen Geschnatters der Leute um sich herum vermeint sie die leise, tiefe Stimme des Paschtunen zu hören, der ihren Kummer lindert, ihr Mut zuspricht, sie dazu drängt weiterzumachen. Seine Stimme ist über die Berge und über die Distanz von Jahren zu ihr gekommen, indem sie den Wind als Boten genutzt hat. Das Bedauern, das sie stets verspürt hat, weil sie nicht mit ihm geredet, ihn nicht über sein Leben ausgefragt hat, weicht nun aus ihrer Seele. Denn irgendwie hat der Paschtune, obwohl sie ihn nicht einmal gefragt hat, zu ihr gesprochen. Sie denkt daran zurück, wie sich seine eingefallenen Wangen blähten, bevor er die Luft in den Hals eines leeren Gummiballons entließ; wie seine langen, braunen Finger behände über den glänzend glatten Bauch der prall gerundeten Ballons glitten, gleich Krishnas geschmeidigen Fingern, wenn er auf seiner Flöte spielte. Bhima staunt über das Paradox: Ein einsamer Mann, ein Exilierter, ein Mensch, der weder in seinem Heimatland lebte, noch eine Familie besaß, vermochte es noch immer erfolgreich, Traumwelten für Hunderte von Kindern erstehen zu lassen, war mit seinen farbenprächtigen, phantasievollen und magischen Kreationen in die Häuser von Fremden eingezogen. Ein Mann, der nie wieder die geliebten Gesichter seiner eigenen Kinder berühren oder küssen würde, lockte ein Lächeln auf die Gesichter von anderer Leute Kindern. Gleich einem Musiker hatte der Paschtune gelernt, aus seiner Einsamkeit eine Melodie zu spinnen. Gleich einem Magier hatte er gelernt, mit Hilfe bloßer Luft schlaffe Gummistücke zu glückspendenden Objekten zurechtzubiegen. Mit leeren Händen hatte er einen ganzen Kosmos geschaffen.

Um Bhima herum wird alles still. Die weißen Pudel hören auf zu kläffen; die Autohupen verstummen; die Verkäufer preisen nicht länger lauthals ihre ach so einzigartigen Waren an. Alles, was Bhima vernimmt, ist das gleichmäßige Plätschern der Wellen und die sanften Worte des Paschtunen, die leise raunend an ihr Ohr dringen und sich zu einer Melodie verweben, welche zu gleichen Teilen aus Einsamkeit und dem Geheimnis gewirkt ist, wie man die Einsamkeit überwindet; einer Melodie, die sowohl von der Bitterkeit des Exils kündet wie auch von der Süße der Einsamkeit; von der Furcht, allein auf der Welt zu sein, und der Freiheit, die ihre Schwingen ganz dicht unter jener Furcht entfaltet. Bhima sitzt reglos da und lauscht der Musik. Und bald schon verklingt das schrille, dramatische Klagelied der Shenai, und ein paar Minuten später verstummt das herzerschütternde Wummern des Sitar, und alles, was bleibt, ist das rhythmische Schlagen des Tabla – ungebrochen, wirbelnd und kraftvoll. Wenig später verklingt das Klagelied der Einsamkeit, und das herzerschütternde Wummern der Furcht verstummt, und alles, was bleibt, ist die Freiheit – ungebrochen, wirbelnd und kraftvoll.

Bhima fängt laut zu lachen an. Das Pärchen, das sich neben ihr niedergelassen hat, zuckt zusammen beim Anblick der alten Frau, die da im Schneidersitz auf der Betonmauer hockt und vor sich hinlacht. »Bildet sich wahrscheinlich ein, sie sei der lachende Buddha«, flüstert der Mann seiner Freundin zu.

»Zu mager«, flüstert diese zurück.

Doch Bhima hört sie gar nicht. Sie nimmt jetzt die Anweisungen einer anderen Autorität entgegen, horcht auf das Flattern in ihren Ohren, das Rauschen schlagender Flügel; lauscht, wie es sich anfühlt, fliegen zu lernen. Freiheit.

Jetzt ist sie Viraf *baba* beinahe dankbar, denn sein Verrat war das Messer, das die unsichtbaren Fesseln durchtrennt hat, durch die sie so lange gebunden war.

Sie klettert von der Mauer hinunter, denn sie weiß jetzt, was sie tun muss. Vor lauter Hast wartet sie gar nicht erst ab, bis das lockere Hüftgelenk wieder richtig eingerastet ist, sondern läuft sofort los, und die Strafe ist ein stechender Schmerz, der bis in ihr dürres, dunkles linkes Bein hinunterschießt. Doch an diesem Abend ist ihr alles gleich, und noch ehe der flammende Schmerz abebbt, nestelt sie an ihrem Sari, um nach dem Zwanzig-Rupien-Schein zu fahnden, von dem sie weiß, dass sie ihn bei sich hat. Einen flüchtigen Augenblick lang denkt sie an Maya, die vor dem Primus-Gaskocher sitzt und darauf wartet, dass ihre Großmutter heimkehrt, und sie wird von Gewissensbissen gezwickt, weil sie das Mädchen um das Essen bringt, das sie mit diesen zwanzig Rupien erstehen könnten. Doch dann sagt sie sich: Was ist diese armselige Summe schon noch wert im heutigen Bombay? Was kann ich mir dafür schon kaufen, ein paar Stückchen Zucker? Ich werde meinen Tee die nächsten paar Wochen ganz einfach ungesüßt trinken. Denn bevor sie weitermachen kann, bevor sie überlegen kann, welche Ausrede sie Maya auftischt, wenn sie nach Hause kommt, und bei welcher Familie sie sich um eine neue Stellung bewerben könnte, bevor sie zwangsläufig der entsetzlichen Realität ins Auge blickt, dass sie arbeitslos ist und dazu gehalten, eine neue Beschäftigung zu finden, und dass dies unter Umständen allerlei erniedrigende Situationen mit sich bringt, bevor sie die Entscheidung fällen kann, ob sie sich vom Flügelrauschen der Freiheit verlocken lassen oder es ignorieren soll, muss sie diese eine Sache tun. Sie muss das Andenken des Paschtunen ehren.

In ihrem Eifer wäre sie um ein Haar an dem jungen Mann vorbeigelaufen, der auf dem Trottoir hockt, das Gesicht verdunkelt von den Ballons, die er in die Höhe hält. Sie geht ein paar Schritte zurück und bleibt vor ihm stehen, um die Ballons zu beäugen, die an dünnen Stäben befestigt sind und wie riesige Lutscher wirken. »Sind das alle Ballons, die Sie haben?«, erkundigt sie sich.

Der Mann ist mit einem Satz auf den Füßen, ein gieriges Grinsen auf dem Gesicht. »*Arrey, mausi,* hab solche vielen Ballons«, entgegnet er. »Alle lauter verschiedene Farben – Gelb, Rot, Orange. Was wollen Sie noch mehr?«

Sie schüttelt ungeduldig den Kopf. »Hätte gerne die andere Sorte. Gibt's noch irgendwelche anderen Ballon-*walas* hier?«

Er mustert sie grimmig, hin- und hergerissen zwischen dem Wunsch, etwas zu verkaufen, und einem schwachen Anflug von

Loyalität gegenüber seinen Kollegen. »Ja, doch«, erwidert er schließlich. »Weiter unten, wenn Sie einfach hier weitergehen, gibt's noch einen anderen Burschen, der verkauft Gasballons. Aber er steht ziemlich weit weg von hier«, fügt er warnend hinzu.

»Ich danke Ihnen«, erwidert Bhima. Sie eilt jetzt flinken Schrittes dahin und weicht geschickt den Passanten aus, die ihr aus der anderen Richtung entgegenkommen. An einer Stelle denkt sie erstaunt, wie viel schneller sie sich doch allein fortbewegen kann als zusammen mit Maya. Und wieder hört sie ein Flügelrauschen. Freiheit. Es liegt so viele Jahre zurück, dass sie das letzte Mal so völlig auf sich gestellt war.

Sie ist beinahe außer Atem, als sie schließlich bei dem zweiten Ballon-*wala* anlangt. Das Gedrängel ist nicht mehr so dicht hier, und sie wundert sich kurz, weshalb der Mann ausgerechnet an dieser Stelle sein Geschäft betreibt. Doch dann fällt ihr wieder ein, was Serabai ihr immer erzählt hat – wie die Polizei und die Banden im Viertel Hand in Hand arbeiten, um die Verkäufer dafür zur Kasse zu bitten, dass sie ihnen einen bestimmten Platz zuerkennen. Vermutlich muss er weniger zahlen, wenn er seine Ware hier anbietet, sagt sie sich.

Ihr lacht das Herz, als sie die zylindrische Gasflasche erspäht. Er führt also die Sorte Ballons, die sie haben möchte. Bhima wartet voll Ungeduld, während der Händler einen davon für ein kleines Mädchen füllt, das fest die Hand seines Vaters umklammert hält, während es staunend auf den dicker werdenden Ballon starrt. »Was ist, wenn er platzt?«, fragt es ängstlich.

Der Ballonverkäufer schmunzelt. »I wo, der platzt nicht, bin schließlich Profi, Kleine.«

Als Bhima an der Reihe ist, sieht sich der Mann suchend um, ob ein Kind in ihrer Nähe steht, und mustert sie dann verwirrt. »Was kostet einer?«, will sie wissen, doch noch ehe er etwas erwidern kann, streckt sie ihm den Zwanzig-Rupien-Schein hin. »Ich möchte so viele, wie ich für diese Summe kriegen kann«, erklärt sie.

Der Mann schaut sie an, als wagte er seinem Glück nicht zu trauen. »Kaufen Sie für ein Fest im Hause Ihrer Herrin ein?«, erkundigt er sich im Plauderton, während er beginnt, einen Ballon nach dem anderen zu füllen.

»Ich habe keine Herrin«, entgegnet Bhima knapp. Und die Worte schmecken nicht etwa bitter wie Aspirin, fühlen sich nicht an wie scharfkantige Glasscherben, die einem den Mund aufzureißen drohen, sondern sie hinterlassen einen süßen Geschmack auf der Zunge, wie Cadbury-Schokotoffees. »Ha. Keine Herrin«, wiederholt sie.

Als er fertig ist, nimmt sie die Ballons wie einen Blumenstrauß in Empfang und hält sie an ihren langen Schnüren gefasst, während sie über ihrem Kopf wippen und wogen. Der Himmel ist jetzt schwarz, ohne jede Spur des vorherigen Feuers, und die Ballons tanzen im Wind wie violette, rote und blaue Köpfe, die sich scharf gegen das Schwarz des Firmaments abheben. Im Schein der Straßenlaternen kann sie die neugierigen Blicke der vorübergehenden Passanten erkennen. Dann und wann reißt sich ein vom Neid gepacktes Kind aus den Armen seiner Mutter los und greift nach einem der Ballons. Bhima tut, als würde sie es gar nicht bemerken. Überall entlang der dunklen Fluten sieht sie das glitzernde Halsband der Königin – wie die Einwohner die funkelnde Lichtersichel aus Straßenlampen liebevoll nennen, die den Küstenbogen von Malabar Hill bis Nariman Point säumt.

Der Wind versucht ihr die Fäden aus der Hand zu ziehen, doch sie verstärkt ihren Griff, um seinem gewaltsamen Zerren zu trotzen. Unschlüssig, was sie als Nächstes tun soll, schaut sie sich um – als ihr Blick auf eine Stelle fällt, an der die Betonwand eingestürzt ist und eine Lücke klafft, durch die man auf die wellengepeitschten Felsen hinunterklettern kann. Sie hockt sich auf das zerbröckelte Mauerstück und zieht ihre Schlappen aus. Dann rutscht sie mit dem Gesäß so lange hin und her, bis sie am Rande des Abgrunds ist, bevor sie vorsichtig einen Fuß hinunterbaumeln lässt und dieser schließlich die Felsen berührt. Während sie auf diesem Fuß balanciert, die Schnüre der Ballons, die gleich ausgelassenen Geistern über ihrem Kopf tanzen, immer noch fest umklammert, setzt sie den anderen Fuß auf den Fels und stützt sich dabei kurz mit der Hand an der Mauer ab, bevor sie diese ganz loslässt. Einen winzigen Augenblick lang verharrt sie reglos und versucht, sich einen Eindruck von den Fluten um sich herum zu verschaffen; wobei sie eher ihren Ohren vertraut als ihren Augen.

Sie verspürt den Drang, näher ans Wasser zu gehen, das kühle Nass an den Füßen zu spüren. Halb hockend bewegt sie sich unter Zuhilfenahme der Fingerspitzen Zentimeter für Zentimeter aufs Meer zu, klettert von Klippe zu Klippe. Je weiter sie vordringt, desto feuchter und glitschiger werden die Felsbrocken. Der Wind peitscht sie wie ein grausamer Gebieter und versucht ihr die Ballons aus der Hand zu reißen. Doch obwohl der Untergrund so schlüpfrig ist, bewegt sie sich jetzt geschickter, und ihre Füße krümmen und biegen sich, um sich den Konturen der Steine anzupassen. Sie spürt, wie das Wasser gurgelnd ihre Füße umspült, und die Geräusche von Wind und Wellen übertönen das Raunen des Paschtunen, überlagern den Lärm der Stadt. Bombay scheint jetzt weit weg, und es geht ihr durch den Sinn, dass sie nicht überrascht wäre, wenn sie sich umblicken und feststellen würde, dass die Stadt versunken ist; dass die Taxen sich in Luft aufgelöst haben, die hohen Bauten eingestürzt, die Menschen von der Bildfläche verschwunden sind. Im Angesicht der Unsterblichkeit – des endlos tosenden Meeres, der aufgepflügten Himmelsfelder, des frei zigeunernden Windes – fühlt sich der Rest des Lebens auf widersinnige, ja groteske Weise vergänglich und flüchtig an. Vergänglich wie Geld, zerbrechlich wie die Liebe. So ätherisch und jederzeit bereit zu zerplatzen wie diese im Wind tanzenden Ballons.

Und nun begreift sie endlich, was sie immer auf den Gesichtern der Menschen beobachtet hat, die am Meer saßen. Jahre zuvor, als sie und Gopal regelmäßig hierher kamen, ist ihr immer aufgefallen, wie die Köpfe der Leute leicht nach oben gewandt waren, während sie konzentriert in die Ferne schauten, so als würden sie sich anstrengen, einen Hauch von Gott zu erhaschen, oder als würden sie das nahezu lautlose Summen des Universums vernehmen. Auch fiel ihr auf, dass die Züge der Menschen weich und sehnsüchtig wurden, und sie erinnerten sie an den Gesichtsausdruck der liebenswerten alten Hunde, die in den Straßen von Bombay umherstreunten. Als würden sie schnuppernd die Salzluft einsaugen, um der Transzendenz teilhaftig zu werden, irgendeiner höheren Wahrheit, die ihnen erlaubte, dem gewohnten Gefängnis ihrer eigenen Haut zu entrinnen. In den Tempeln und Schreinen hielten sie die Köpfe gesenkt, und ihre Gesichter waren klein, ängstlich und ehrfurchtsvoll; zur Bedeutungslosigkeit zusammengeschrumpft vor dem rituellen Gesang der Priester. Doch wenn sie auf die See hinausblickten, hielten die Menschen das Haupt aufrecht, und ihre Miene war auf einmal neugierig und offen; als ob sie nach etwas suchten, was sie mit der Sonne und den Sternen verband, als ob sie Ausschau hielten nach jenem bedeutungsvollen Einen, von dem sie wussten, dass es noch lange, nachdem der Wind ihre Fußspuren im Staub verweht hatte, fortbestehen würde. Land konnte verkauft, gekauft, besessen, geteilt, beansprucht, niedergetrampelt oder umkämpft werden. Das Land wurde unablässig von riesigen Blutlachen befleckt; es bekam Beulen und Schwellungen von den Umrissen der Abermillionen Toten, die unter ihm begraben lagen. Doch das Meer war unberührt und ewig und entzog sich, wie es schien, dem menschlichen Zugriff. Seine Wasser stiegen und verschluckten die schändlichen scharlachroten Lachen aus vergossenem Blut.

Bhima hält noch immer die Ballons in der Hand, und plötzlich hat sie die Phantasie, dass deren Fäden alles sind, was sie noch an diese trostlose, zugrunde gerichtete Erde bindet; dass sie nur ihren Griff lösen muss, um sich emporzuschwingen und über diese Klippen davonzuschweben, zu der schmalen Nahtlinie hin, an der Himmel und Meer sich treffen. Und sie hat diesen Gedanken noch gar nicht wirklich zu Ende gedacht, als sich ihr Griff um die Schnüre bereits lockert und der vagabundierende Wind die Ballons sachte umfängt und davonträgt. Das Gesicht des alten Paschtunen – melancholisch und sinnend, aber zugleich würdevoll und beherzt – schwebt eine flüchtige Sekunde lang vor Bhimas Augen, doch dann ist das Bild verschwunden, vom Winde verweht, und alles, was Bhima sehen kann, sind die Ballons, die emporsegeln und wie abgetrennte Köpfe über den dunklen Fluten durch die Lüfte treiben; die höher und höher steigen, in den Himmel hinaufgleiten wie Arjuns Wagen und auf die Sterne zusteuern. Bhima blinzelt und verfolgt ihren Flug, blickt ihnen lange nach, bis auch der letzte Ballon aus ihrem Sichtfeld entschwunden ist. Sie steht auf den Klippen, wobei sie ab und zu ins Rutschen kommt, sich aber immer wieder fängt, und starrt aufs Meer hinaus, als harre sie auf eine Antwort. Eine Krabbe huscht dicht neben ihren Füßen unter einem Felsen hervor, aber Bhima bemerkt es gar nicht. Sie ist zu intensiv damit befasst, mit dem Meer zu sprechen, ihm ihre Bürden zu übergeben, wie ein kleines Mädchen, das auf dem Heimweg von der Schule die schweren Bücher ihrem großen Bruder in den Arm drückt.

Ich könnte ewig hier stehen bleiben, denkt sie. Sie könnte auf diesem Flecken, der weder Land noch Wasser ist, die Stellung halten, könnte hier warten, bis der Himmel und das Meer sich aus ihrer innigen dunklen Verschmelzung lösen und sich im Licht eines neuen Tages wieder trennen.

Ein neuer Tag. Morgen wird sie einen neuen Tag beginnen, um Mayas willen. Zusammen mit der erwachenden See, zusammen mit dem restlichen Bombay – den Straßenkindern und den streunenden Hunden, den verarmten Nussverkäufern und den Marktfrauen, die nur sechs Kohlköpfe am Tag veräußern, den hohläugigen Menschen im Slum und den pausbäckigen Bewohnern der nahe gelegenen Wolkenkrater, den Büroangestellten, die an der Churchgate Station aus den Zügen strömen, und den kleinen Kindern, die in quietschende Schulbusse einsteigen, den alten Männern, die sich stöhnend auf ihrem Sterbelager wälzen, und den Babys, die aus den dunklen Leibern ihrer Mütter herauspurzeln; zusammen mit der ganzen gigantischen Metropole, mit all ihren Bewohnern, die ihrer persönlichen Bestimmung gemäß gleich einem Ameisenheer über die Erde dahinkrabbeln und sich einbilden, sie seien eine Armee von Riesen – zusammen mit Banubai in ihrem feuchten Bett und Serabai in ihrer in Trümmern liegenden Welt und Viraf *baba* mit seiner Schuld, an der er beinahe erstickt, und Maya mit ihren verhaltenen, zaghaften Träumen und, ja, zusammen mit Gopal und Amit, denen beim Erwachen in einem fernen Landstrich der Geruch lehmiger Erde in die Nase steigt. Genau wie sie alle – die Millionen von Menschen, denen sie nie begegnet ist, und die wenigen, die sie kennt – wird auch sie morgen einen neuen Tag beginnen.

Morgen. Das Wort schwebt einen Augenblick in der Luft, sowohl Verheißung als auch Bedrohung. Dann segelt es davon wie ein Papierschiffchen, fortgetragen von den Wellen, die ihre Knöchel umspülen.

Es ist dunkel, doch in Bhimas Herzen wird es licht.

Glossar
indische Ausdrücke

Die Begriffe und Wendungen entstammen verschiedenen Sprachen. Ihre lateinische Umschrift orientiert sich an den indischen Gepflogenheiten, sich an die englische Orthographie anzulehnen. Zur Erläuterung ist die Aussprache, wo sie für den deutschsprachigen Leser in der anglisierten Schreibweise nicht eindeutig zu erkennen ist, noch einmal in eckigen Klammern nach deutschen Rechtschreibregeln wiedergegeben.

acchut [atschhuut]: unrein, unberührbar

achha [attschha]: gut; okay, einverstanden. Als Frage = wirklich? Ach so?

ae: He, hey

agyari [aagjaari]: Feuertempel, in denen die Gottesdienste der Parsen stattfinden

akuri: Rührei mit Chilipulver, Zwiebeln, Knoblauch und anderen Gewürzen

arrey [arree]: He, Hey

asli maal [assli maal]: echte Ware (nicht gefälscht/nachgemacht)

auntie: Fremde, die älter sind als man selbst, werden in Indien oft auch englisch *Uncle* bzw. *Auntie* genannt

baap re: Oh mein Gott! Ach du liebe Zeit! Unglaublich!

baba: »Vater« (im engeren Sinne respektvolle Bezeichnung für einen religiösen Lehrer oder Heiligen/Guru)

babu: respektvolle Anrede für einen höher gestellten Herrn (dann meist: babuji); Büroangestellter oder Beamter (ohne ›ji‹ am Ende) *badmash [badmaasch]:* Schurke, schlechter Mensch; badmashi: krumme Touren

bai: Dame, Herrin

baiji [baidschi]: bai + ji

baniya, bania [bannja]: Händler, Geldverleiher. Dritthöchste Kaste im indischen Kastenwesen, orientiert sich in ihren Gebräuchen an der obersten Kaste, den Brahmanen (Priestern), z. B. durch vegetarische Ernährung. Der Begriff *baniya* ist in Indien eher negativ besetzt

basti: ärmliches, dicht bevölkertes Stadtviertel oder Slumkolonie (in Indien auch *bustee* geschrieben)

battatawadas: gewürzte Kartoffeln im Teigmantel, die im Wok in heißem Öl ausgebacken werden

batti: Lampe, Licht

behnji [bähin-dschi]: Schwester, auch als allgemeine Anrede für eine gleichaltrige oder jüngere Frau benutzt

besharam [beescharm]: schamlos

beta [beeta]: wörtlich »Sohn«; hier zärtliche Bezeichnung für Sohn (Tochter: *beti*)

beti: Tochter; im weiteren Sinne liebevolle Anrede für jüngere Frau

bhai sahib [bhai sahb]: älterer Bruder, verwendet als respektvolle Anrede für einen Fremden

bhaiya: (jüngerer) Bruder, auch als Anrede für jüngere bis gleichaltrige andere Männer verwendet sowie für Verkäufer, Taxifahrer, Kellner usw.

bhel = bhelpuri: Snackspezialität aus Bombay, bestehend aus Reis, klein gehacktem Gemüse und Gewürzen

bhola-bhala: Unschuldslamm

bhoot [bhuut]: Geist, Gespenst, Dämon

*bidi (*auch: *beedi):* eine indische zigarettenähnliche Tabakware aus einem Tendublatt (von *Diospyros melanoxylon*) als Hüllblatt und Tabak oder anderen Kräutern als Füllung

biryani: Reis mit Fleisch und/oder Gemüse

chai: schwarzer Tee mit viel Milch und Zucker, häufig auch mit Gewürzen angereichert.

chakkars [tschackers]: dunkle Ringe unter den Augen
chal ne: na los, komm schon
chalo [tschallo, tschello]: Los! Gehen wir!
chalta hai [tschalta hä/tschelta hä]: Geht so
chamcha [tschamtscha]: wörtlich »Löffel«, abfällige Bezeichnung für einen Jasager
champi-malish [tschampi-maalisch]: Massage
channawalla [tschannawaala]: Snackverkäufer, der die verschiedensten Sorten geröstete Nüsse und Kichererbsen feilbietet
chapati [tschappaati]: einfaches, ungesäuertes Fladenbrot aus Mehl und Wasser
chappals [tschappels]: hinten offene Sandalen, Schlappen (bei armen Leuten sind es einfache Gummilatschen, das einzige Schuhwerk, das diese sich leisten können)
chokri [tschookri]: Mädchen
chootia [tschuutia] (derb): Volltrottel, Waschlappen, Arschloch, Saftsack
chup re [tschupp ree]: Halt den Mund!
daakan: Hexe
*daal (*auch: *dal):* dicke Suppe aus kleinen gelben Linsen
dada, daada: Großvater
darbar: Hof [des Königs/Maharadschas]
daru: Schnaps, Alkohol, wobei der Begriff in Indien eher negativ besetzt ist und meist nur für einheimische Alkoholika verwendet wird
deekra: Kind
Devi: Sanskrit (Altindisch): Göttin, im heutigen Hinduismus die große Muttergöttin und Gattin Shivas in Erscheinungsformen wie Durga, Kali u. v. a.
dhahkaras: Aberglaube, abergläubische Vorstellungen
dhansak: Hammel oder Huhn mit fünf verschiedenen Daals
dhoti: spezieller Wickelrock, der hosenartig zwischen den Beinen hochgezogen und meist zu besonderen Gelegenheiten, z. B. religiösen Anlässen, getragen wird. Der einfache, um die Hüften geschlungene Wickelrock (in Nordindien: *lungi*, im Süden: *mundu*,

in Südostasien: *Sarong*) ist heute die Kleidung der Armen außer im äußersten Süden Indiens, wo ihn auch die verwestlichste Mittel- und Oberschicht noch trägt

didi: ältere Schwester; auch Anrede für eine Frau, die älter ist als man selbst

fattaa-faat: schnell

ferang, firang [firang]: Ausländer, Fremder

gadhera: Esel

gajar halwa [gaadscher halwa]: Süßspeise aus geriebenen Karotten, Cashewkernen, Pistazien oder Mandeln, Rosinen, Milch und Ghee

*garam (*auch: *garm):* heiß, *garam-garam:* sehr heiß

ghatis: Angehörige der Unterschicht

gunda, goonda [gunda]: Ganove, Gauner, Schläger, Rowdy, Mitglied einer Verbrecher-/Mafiabande

hai na? [hääna?]: nicht wahr?, stimmt's?

Han-ji [haandschi]: ja, ja genau

hathgadi: Karren

hijra (auch: *hijda [hidschra]*): Eunuch; Transvestit

jaat [dschaat]: Kaste, Stamm

jadoo [dschaadu]: Zauberkunststück, Magie

jadoogar [dschaadugar]: Magier, Zauberer

jamva chaloji [dschamwa tschallo-dschi]: Das Essen steht bereit, es ist angerichtet (wörtlich: Bitte kommt essen)

janam [dschannam]: wörtlich »Geburt«, wird im Kontext des indischen Glaubens an die Wiedergeburt häufig für die gegenwärtige Inkarnation verwendet und ist dann häufig mit »Leben« zu übersetzen

janu [dschaanu]: Liebling, Schatz

Jat [dschaat]: weit verbreitete, politisch ziemlich einflussreiche Kaste in Nordwestindien (Hindus und Sikhs) und Nordostpakistan (Muslims), meist Bauern, zum Teil auch Kamelhirten und Händler

jharoo [dschhaaru]: Besen

ji [dschi]: Endung, die ein Wort oder eine Aussage höflicher macht, wird häufig auch als Zeichen des Respekts an den Namen angehängt, z. B. Gandhiji.

kanjoos [kandschuus]: Geizhals
kasti: Gebetsgürtel der Parsen
kem: wie
kem che?: Wie geht's? (Gudscharati, Sprache der wohlhabenderen Schichten Bombays)
khandaan [khaandaan]: Großfamilie, Sippe
khata [khaata]: Konto
kulfi: Eiscreme mit Nuss- und Fruchtgeschmack
Kurta: traditionelles, locker fallendes Hemdgewand, das entweder bis knapp über (Hindus) oder bis unter die Knie (Muslims) reicht
Limca: indische Zitronenlimonade (Markenname)
lungi: um die Hüften geschlungener Wickelrock für Männer (in Südostasien: Sarong, s. *dhoti*), heute im öffentlichen Leben die Kleidung der Armen, außer im äußersten Süden
maaf karo: Entschuldigung, Verzeihung
maaja-masti (auch: *maza-masti* [maasa-masti, maadscha-masti]): Spaß, Vergnügen
maidan [mädan]: offene Grasfläche in einer Stadt, auch Platz, Paradeplatz oder Park
mamla [maamla]: Angelegenheit, Affäre
masala [massaala]: Sammelbegriff für alle Gewürze, Würzmischungen und alles scharf Zubereitete, hier: in scharfer Sauce
masala dosa [massaala doossa]: hauchdünner, knusprig gebratener Teig aus Linsen- und Reismehl, der um eine Kartoffel/Zwiebel/Erbsenfüllung gerollt ist
mathubanu: Kopftuch, das die traditionsbewussten Parsinnen, besonders beim Beten, tragen
mausi [maossi]: Schwester der Mutter; auch verwendet als Anrede für jede Frau, die älter ist als man selbst
mawali: Gangster, Gauner
mela: Volksfest. Pilgerfest mit Jahrmarkt, häufig auch mit Viehmarkt
memsahib [meemsahb, von *»madam sahib«]:* respektvolle Anrede/Bezeichnung für eine höhergestellte weibliche Person
mere re: meine Güte, mein Gott
mithai [mitthaai]: Sammelbegriff für alle traditionellen indischen

Süßwaren, die zumeist auf der Basis von in Zucker eingekochter Milch *(khoya)* hergestellt werden

naatak, natak: Auftritt, Bühnenshow, Tanzdarbietung

nahi [naii, näi, nahii]: nein, nicht

namak-haram: undankbarer Mensch

namaste [namastee!]: Seien Sie gegrüßt/Guten Tag ... Gebräuchlichste indische Grußformel

narial pani: Kokosnusswasser

paan: Betelnuss und -blätter, wird mit Zusätzen wie Kalk, Gewürzen, manchmal auch Tabak o. Ä. als Genussmittel überall an den Straßen verkauft. Wird gekaut und dann ausgespuckt, hinterlässt eine starke Rotbraunfärbung der Zähne.

paan-sopari: Betelnuss mit Zusätzen wie Limone, wird zur Verdauung nach dem Essen gekaut

pakoras (auch: *pakodas*): frittierte Teigtäschchen, mit Gemüse oder Fleisch gefüllt

panipuri: gefüllte Teigbällchen *(puri)* mit Chutney; ein Snack, der insbesondere typisch für die Strände in Bombay ist

pedas: runde Süßigkeit aus Milch, wird bei festlichen Anlässen gegessen

pego paro: Anbetung

poras: eine Art Omelett

puri (auch *poori*)*:* goldgelbe, in Fett gebackene, aufgeblähte Fladenbrote

pyali [pjaali]: Straßensnack, wörtlich »Tässchen«

saala, sala: Mist; Schweinehund, Dreckskerl (manchmal spaßhaft, meist jedoch beleidigend, wörtlich: »Schwager«)

saala maadarchot: Drecksau, Arschloch

sadra: Hemd der Parsen

sahib [sahb], von Arabisch *sahib »Herr«:* Anrede/Bezeichnung für eine höhergestellte männliche Person

salaam: Begrüßung

Salwar Kameez [salwaar kamiis/kamiidsch]: traditionelles zweiteiliges Gewand für Männer und Frauen, das aus einem tunikaartigen Oberteil und meist weit geschnittenen Hosen besteht

saparchand: Idiot
samosa [samoossa]: in Fett gebackene, mit Gemüse gefüllte Teigtasche
seth: Sir
Shenai: ein Blasinstrument
shrikhand: süßes indisches Joghurtdessert mit Safran und Kardamom, das mit Mandel- und Pistazienstiften garniert wird
shukria: danke, vielen Dank
su che [su tschee]: Was ist los?
Tabla: asymmetrisches Paar kleiner, mit den Händen geschlagener Kesselpauken
Thums Up: indische Cola-Marke
tilla: roter Punkt auf der Stirn
ustad [uutaad]: Lehrer, Meister, v. a. im Bereich der Musik und der anderen Künste
vhems: Aberglaube, abergläubische Vorstellungen
wah: wow (bewundernd, aber nicht staunend)
wala, wallah [waala]: in der Hindi-Umgangssprache sehr häufig verwendete Endung, bildet z. B. Berufsbezeichnungen (entspricht am ehesten dem Berliner »-fritze«): *taxi-wala*: Taxifahrer
yaar [jaar]: Freund; Mensch (z. B. in: *arrey yaar* = Mensch! Hör mal! Also, so was!)

Danksagung

Wie die anderen Werke ist auch dieses Buch ermöglicht worden durch die Liebe, die Ermutigung und die Unterstützung all meiner Freunde und meiner Familie. Obgleich ihr zu viele seid, als dass ich euch alle namentlich erwähnen könnte, hoffe ich, dass ihr wisst, wer gemeint ist und was für eine wichtige Rolle ihr in meinem Leben spielt.

Wie immer gilt mein besonderer Dank euch beiden, Noshir und Homai Umrigar, für eure steten Gebete, guten Wünsche und freundlichen Worte. Vielen Dank auch Eustatha Kavouras für den unermüdlichen Beistand und Zuspruch.

Arkady Lerner danke ich, dass sie meine Hände wieder geheilt hat; Sarah Willis, dass sie mir so überaus großzügig ihre Zeit geopfert hat, um das Manuskript zu lesen, und mir unschätzbar wertvolle Vorschläge gemacht hat. Mary Grimm Dank für ihren Optimismus, der mir über dunkle Stunden hinweggeholfen hat. Marly Rusoff danke ich für das Vertrauen, das sie in mich hatte. Dieses Buch wäre nicht möglich gewesen ohne euer aller Hilfe.

Brigitte Blobel

Glücksucher

Roman

ISBN 978-3-548-26648-0
www.ullstein-buchverlage.de

Afrika ist für Johanna Hoffnung und Neuanfang. Den Kampf um die Liebe der Mutter hat sie aufgegeben. In der Wildnis Südafrikas und dem Brodeln Kapstadts entdeckt sie ihre Stärken und lernt langsam, zu vertrauen und sogar zu lieben. Doch ein Mord droht ihr neues Leben aus der Bahn zu werfen …

»Spannende Geschichte in einer faszinierenden Umgebung« *Frau von Heute*